Christoph Wrembek SJ
Das Leben der Maria Magdalena

let
Mirjam go into
the American public

Christoph ↑

Christoph Wrembek SJ

Das Leben der Maria Magdalena

Erstes Buch
Zwischen Verlusten, Glück und Dämonen

EIN BIBLISCH-HISTORISCHER ROMAN

Mohorjeva
Hermagoras

Christoph Wrembek SJ: Das Leben der Maria Magdalena
Erstes Buch: Zwischen Verlusten, Glück und Dämonen.
Ein biblisch-historischer Roman

© 2022, Hermagoras Verlag/Mohorjeva založba,
Klagenfurt/Celovec–Ljubljana/Laibach–Wien/Dunaj

Lektorat: Wolbert Ebner
Umschlagbild: Eva Maria Nolte
Umschlaggestaltung: ilab.at
Landkarten: Nina Hercog

Gesamtherstellung: Hermagoras Verein/Mohorjeva družba,
Klagenfurt/Celovec

ISBN 978-3-7086-1254-6

Einführung in meinen Roman

Verehrte Leserinnen und Leser,

der Roman, den Sie jetzt zu lesen beginnen, hat mich über 13 Jahre auf eine Reise voller Überraschungen mitgenommen. Und wenn Sie nach dem letzten Wort des letzten Bandes sogleich wieder von vorn beginnen wollen, dann weil es Ihnen womöglich ergeht wie mir: Das Leben dieser Frau fesselt! Es ist wie ein Bildband zum Evangelium oder, im Anklang an ein anderes Wort: Ein Roman, „der mit der Wirklichkeit tanzt".

Es hätte tatsächlich alles so geschehen sein können, wie Sie es gleich lesen werden.

Das Werk zum Leben der Maria Magdalena ist meines Wissens der erste Roman weltweit, der sich an das gesamte Leben dieser bewundernswerten Frau heranwagt: Das erste Buch beschreibt von ihrer Kindheit an ihr Leben zwischen Verlusten, Glück und Dämonen, bevor sie schließlich Jesus trifft; das zweite schildert jene besonderen Jahre dieser reifen, liebenden und talentierten Frau an der Seite Jesu, bis sie ihn wieder verliert; das dritte entwirft ihre Zeit nach Jesu Tod, in der sie wie eine führende Apostolin den Aufbau der Kirche lenkt, zwischen Jerusalem und Rom bis nach Ephesus und Spanien.

Es ist ein biblisch-historischer Roman. Er geht von den belegbaren biblischen Tatsachen aus, dass diese Frau aus Betanien jenseits des Ölbergs stammt, dass Lazarus und Marta ihre Geschwister sind. Ebenso akkurat sind Zeitumstände und Politik mit ihren Personen und Vorgängen, die die Menschen damals bestimmten, recherchiert und eingearbeitet. Dazu finden sich umfangreiche Glossare am Ende jeden Bandes.

Wenn ich nach manchmal langen Pausen weiterarbeitete, musste ich mich neu einfühlen in die Menschen, Kontakt zu ihrem Denken aufnehmen, die Spannungen ertasten, in denen sie innerlich wie äußerlich standen, um die Hintergründe sowohl der Zeitgeschichte als auch der religiösen Entwicklung zu beachten und die Charaktere sehr verschiedener Personen zu verfolgen samt den Konflikten, die sich aus ihnen ergaben.

Das Genre Roman bietet im Vergleich zu exegetisch-wissenschaftlicher Arbeit große Freiheiten. Doch sollte die Schilderung des Lebens dieser Frau kein Hirngespinst werden. Was ich schrieb, durften nicht fabulierte, sondern mussten fundierte Geschichten sein, alle biblisch und historisch in gesicherte Erkenntnisse eingefügt. Denn ein „historischer Roman" beansprucht ja, dass über geschichtlich aufgezeigte „Tatsachen" hinaus nur das ausgedacht wird, was tatsächlich so hätte passiert sein können. Dieser Ansatz verlangte zusätzliche Arbeit: Ich sammelte umfassende Hintergrundinformationen und fügte das Leben dieser Frau dort passend ein. Vor allem musste der „Übergang" von ihrem Leben seit der Kindheit bis zu jenem Tag stimmen, an dem sie Jesus, wie Lukas es uns schildert, zum ersten Mal begegnete: Dieses „Andocken" nach dem romanhaft Historischen im biblisch Historischen musste psychologisch nachvollziehbar sein. Dazu ließ ich mich vom Wort des Auferstandenen leiten: Halte mich nicht fest! Mirjam wollte festhalten – hatte sie schon viel zu viel loslassen müssen?

Ich vermute, dass manche von Ihnen erstaunt sein werden über das, was sie lesen: Das soll so gewesen sein? Das habe ich ja noch nie gehört! Doch zum Glück gab und gibt es in der Wissenschaft zur Heiligen Schrift viele Schulen. Diese entwickelten unterschiedliche Ansichten und Thesen. Ihre Vielgestaltigkeit konnte ich mir zunutze machen: Ich brauchte nicht nur einer Schule zu folgen.

Wenn ich z. B. die Entstehung des Markus-Evangeliums nicht nach dem Jahre 70 ansetze, wie es heute gelehrt wird, sondern es als Diktat durch Petrus an seinen Dolmetscher Markus (einen Sohn der Maria Magdalena!) entstanden sein lasse, und zwar in den 40er Jahren in Rom, wohin Petrus geflüchtet ist, so dürfte das für viele überraschend sein. Aber sogar in gewichtigen Lexika findet man dazu Hinweise.

Viel verstörender könnte es für diese Schulrichtung aber sein, dass ich sämtliche vier Evangelien wie auch die Apostelgeschichte vor dem Beginn des jüdisch-römischen Krieges im Jahre 66 entstanden sehe! Auch diese Auffassung gab es schon.

Unerhört provokant ist es jedoch, wenn ich Maria von Magdala bei der Entstehung aller vier Evangelien maßgeblich beteiligt sein lasse (wie es der dritte Band schildern wird). Leider hat die Fachwissenschaft die Möglichkeit einer weiblichen Mitwirkung noch nie in Betracht gezogen, obwohl es durchaus stichhaltige Indizien dafür gäbe.

Ein Roman aber zieht solche Mitwirkung gerne in Betracht.

Natürlich müssen sich solche neuen Hypothesen nicht nur logisch aus dem Fortgang des Romans ergeben, sondern sich auch in gesicherte Erkenntnisse der Exegese und Kirchengeschichte einfügen. Deswegen war es für mich unerlässlich, viel mit der Heiligen Schrift zu arbeiten, mit zahlreichen Übersetzungen, vor allem mit dem griechischen Original, das immer wieder überrascht. Aber ebenso mit Kommentaren wie „Auf den Spuren Jesu" (von G. Kroll) und Lexika wie dem „Bibel-Lexikon" (von H. Haag) und Schriften anderer anerkannter Autoren (etwa N. und G. Lohfink, M. Reiser). Manchmal war es unerlässlich, Spezialgebiete zu beackern (Josephus Flavius) oder „Nischenwissenschaftler" zu befragen (zum Thema Papyrus 7Q5). Auch meine eigenen Forschungsarbeiten halfen mir: „Die sogenannte Magdalenerin", „Sentire Jesum", „Quirinius, die Steuer und der Stern", wie auch meine Entdeckungen zum Stern von Bethlehem: Matthäus hatte alles von den Sterndeutern erfahren.

Eins aber war mir ergiebiger als alle Bücher: Dass ich selbst zu Fuß durch das Heilige Land gewandert bin, als ich neunmal Gruppen in Pilger-Exerzitien führte, abseits der üblicherweise vom Pfarrer mit jüdischem Führer im Bus gefahrenen Straßen. Dann spürt man nämlich unter den Worten der Bibel Gräser und Wasser, den Sand und die Steine, über die der Herr gegangen ist. Und man kann mit Sicherheit sagen: Hier ist ER entlanggegangen und SIE an seiner Seite, weil sich dies aus den topographischen Gegebenheiten zwingend nahelegt.

Wenn ich die Magdalenerin in meinem Roman deutlich in die Mitte stelle, dann ist dies nicht frei erfunden zur genüsslichen Anregung begeisterter Phantasie. In den vier Evangelien wird sie zwar wenig bis fast gar nicht erwähnt; doch rücken die Apokryphen, 100 bis 200 Jahre später aufgeschrieben, sie nun im Gegenteil so sehr in den Mittelpunkt, dass sie der Person des Petrus gleichwertig erscheint, ja: Mit ihr, entrüstet sich dieser, habe Jesus noch mehr geredet als mit uns, den Männern! Mit

Hilfe ihrer literarischen Person, die eine Frau ist, wurden später Kirchenfragen entschieden. Für einen Roman-Autor sind diese Hinweise Goldstücke, die er logisch und begründet in ein Gesamtkunstwerk einfügt, das in vielen Facetten Wirklichkeit enthüllt und widerspiegelt.

Wer immer diesen Roman liest, darf also sicher sein, dass er aus gediegener Arbeit mit der Heiligen Schrift unseres Glaubens erwachsen ist. Wenn der Leser jedoch auf Personen wie Selene, Muzifungi, Salma oder Unorarama stößt oder auf Abigajil oder Salvia Superba, Octopus, Octavus Posterius, Tribocus und hundert andere, so mag er sich entweder damit trösten, dass auch die vier Evangelien viele Namen nicht nennen, deren Personen es aber gegeben haben muss; oder damit, dass die wissenschaftliche Exegese noch nicht so weit ist, herausgefunden zu haben, wer diese und jener damals gewesen ist ...

Aber die Bibel war nur ein Pfeiler meiner Arbeit.

Ein zweiter wichtiger Pfeiler dieses „biblisch-historischen" Romans war die Historie, die Weltgeschichte mit ihren Personen und Denkmälern, mit ihren Namen und Entwicklungen, nebst Archäologie und Landkarten. Wenn da z. B. plötzlich die Kleopatra auftaucht (jeder gute Roman braucht große Namen, Papst und Vatikan samt Geheimgängen passten hier nicht hinein, also Kleopatra, Kaiser Augustus ... alle im ersten Band), dann musste ich mich über diese Dame ausreichend informieren. Oder die Hatschepsut, 1500 Jahre früher, aus der 18. Dynastie im Neuen Reich: Sie verlangte, dass ich genügend über sie und ihre Herrschaft wusste, um alles korrekt ins Wort und Bild setzen zu können (im zweiten Band). Oder wenn ein erstes interreligiöses Gespräch zwischen Jesus und ehrwürdigen Vertretern vierer asiatischer Religionen in Theben stattfindet, musste ich genügend studieren, um die korrekten Worte zu finden. (Ebenfalls im zweiten Band.)

Eine Herausforderung war der Dialog zwischen Jesus und Seneca: War der historisch überhaupt möglich? Und worüber haben die gesprochen? Ich kam darauf, weil ich der Ansicht jener Exegeten folge, dass das öffentliche Leben Jesu über drei Paschafeste reichte, von jenem in unserem Jahr 28 bis zu seinem dritten im Jahre 30. (Jesus ist 37 Jahre alt geworden.) Diese Zeitspanne aber schließt zwei Winterzeiten ein: Von der zweiten berichtet der Evangelist Johannes, die erste wird von niemandem erwähnt. (Im Winter kann man in Galiläa nicht wandern und predigen, wusste ich aus meinen Wanderungen.) Wo also war Jesus im ersten Winter? Für einen Roman-Autor die beste Gelegenheit, den Ort selber zu finden: Die Magdalenerin nahm ihren Rabbuni (samt seiner Mutter) mit in ihr Kontor nach Alexandria – und die Historie bezeugt, dass just zu dieser Zeit auch Seneca dort war. Ich musste also Seneca studieren, etwas! (Sein Bruder Gallio begegnet dem Paulus später im Prozess in Achaia, wie die Apostelgeschichte berichtet.) Zu meinem Glück war es der junge Seneca vor seiner Karriere mit vielen Schriften …

Das ist der Roman, der mit der Wirklichkeit tanzt.

So wäre noch vieles zu erklären und zu erhellen. Wenn z. B. im ersten Buch ein Gang durch das Rom des Kaisers Augustus geschildert wird, so darf der Leser vertrauen, dass er wie in einem Dokumentarfilm sieht, was rechts und links der Straße für Gebäude stehen. Dazu musste ich wieder Bücher heranziehen. Natürlich auch Bücher zu den vielen Parfums, die die Magdalenerin gut kannte. („Magie der Düfte")

Aber für eine besondere Person fand ich kein Buch: Für die Gestalt der Maria, der Mutter Jesu. Sie hat mich noch mehr überrascht als die der Maria von Magdala. (Magdala ist das jüdische Viertel innerhalb der großen Handelsstadt Tarichea.)

Überraschung mit einer Person, so etwas mögen Roman-Autoren gut kennen: Denn Roman-Gestalten entfalten ihr Eigenleben! Sie gewinnen ihre eigene Psyche, ihre eigene Sprache, ihr eigenes Auftreten, das für den Autor nicht vorhersehbar ist. Manchmal wusste ich: Heute muss ich etwas zu Maria schreiben – aber ich wusste nicht, was. Das entwickelte sich von selber, von ihr her, wie an mir vorbei, sehr oft aus dem Schauen: Ich sah und erlebte sie. Die Maria, „die Mutter" (wie ich sie nach dem Evangelisten Johannes nenne), entfaltete sich zu einer Persönlichkeit, wie ich sie vorher nicht kannte, gar nicht schildern wollte, sie dichtet nämlich und singt wunderschön. Aber vielleicht war sie tatsächlich so? Die ostkirchliche Tradition der Christenheit hat bewahrt, dass sie mit der Magdalenerin und mit Johannes eng befreundet war und einige Jahre in Ephesus lebte. Also …

9

Mit dieser „neuen Maria" habe ich mir jedoch ein Problem geschaffen: Ich werde mit solcher „Muttergottes" bei gewissen Lesern Anstoß erregen. Sie passt nicht in ihr traditionelles Bild von der Mutter des Erlösers. (Bei mir z. B. hilft die Gottesmutter der Maria Magdalena, sie wie eine neue Pharaonin Hatschepsut herauszuputzen.) Nein, werden sie empört protestieren, so war sie nicht, nie und nimmer!

Andrerseits, da bin ich ebenfalls sicher, wird es einige geben, die aufatmend sagen: Ja, so könnte sie durchaus gewesen sein! Nah dem Leben, nah den Menschen und ihrer alltäglichen Praxis. Ganz Gottesmutter und ganz normaler Mensch. So kann ich sie annehmen.

Das ist überhaupt ein Grundproblem dieses biblischen Romans: Ich verstoße gegen Voreinstellungen zahlreicher Gläubiger. Um dieser Blockade vorzubeugen, habe ich für den uns so gut bekannten Jesus den damaligen jüdischen Namen „Jeshua" gewählt – bei diesem Namen bleiben traditionelle (christliche) Vorstellungen und Gefühle, die jeder auf seine Weise mit diesem Namen automatisch verbindet, ein wenig draußen vor. Man kann diesem Propheten aus Nazaret neu begegnen, und das war mir das Wichtigere: Jeshua selber passte auch damals nicht in überkommene Vorstellungen und Wünsche seiner jüdischen Mitbürger und Glaubensgenossen vom verheißenen Messias.

Das gilt auch für Maria, die Mutter, auch für die anderen Apostel. Und eben auch für die „sogenannte" Magdalenerin, die Maria aus Betanien. Ich nenne sie deshalb „Mirjam", wie sie auch in den Evangelien oft genannt wird (oder Marjam).

Aber noch etwas hat mir Kopfzerbrechen bereitet: Das Selbstverständnis unserer jüdischen Brüder und Schwestern. Von christlicher Seite wurde durch 2000 Jahre immer neu der Vorwurf erhoben, „die Juden" hätten Jesus, den Messias, umgebracht. Das entspricht nicht den Tatsachen. Oder umgekehrt: „Die Christen" hätten Juden verfolgt und umgebracht. Auch das ist so pauschal nicht haltbar. Ich sage: Es war eine bestimmte Mentalität in uns Menschen, die für Jesus festgestellt hat, dass er nach der Tora den Tod auf sich gezogen habe. Eine andere Mentalität hat auf christlicher Seite Juden in den Tod getrieben. Aber man kann nicht ein ganzes Volk, eine ganze Nation damit belasten. Meine Eltern waren Deutsche, Katholiken, sie haben in den letzten Kriegstagen Juden aus unserem Haus unter Lebensgefahr bei sich versteckt – selbstverständlich! Aus ihrer Mentalität heraus.

Mentalitäten aber, die andere ausrotten wollen, gibt es auch heute noch: in der Christenheit, im Islam, im Hinduismus, im Judentum (Tötung von Jitzchak Rabin), in wohl allen Religionen, aber auch in der Welt politischer Systeme, der Wirtschaft, des Sports. Dergleichen Mentalitäten haben nichts mit dem Urgrund der Juden, nichts mit der Wurzel der Christen zu tun.

Der bekannte jüdische Historiker und Politikwissenschaftler Prof. Dr. Michael Wolffsohn hat einmal in einem Radiobeitrag ungefähr Folgendes gesagt: Das jüdische Prophetentum und das jesuanische Christentum könnten gut miteinander auskommen. (Das jüdische Prophetentum nenne ich die „vorexilischen Propheten", das jesuanische Christentum ist nicht das dogmatische, katechismusartige Christentum, sondern der lebendige, geisterfüllte Ursprung in der Person Jesu, die wache und echte Beziehung zu IHM.)

Diesen lebendigen Ursprung wollte ich in meinem Roman berührbar, sichtbar machen. Viele Themen blieben unbearbeitet, natürlich, das kann man mir vorwerfen. Aber die Frau an der Seite Jesu, des Verheißenen, würde darüber den Kopf schütteln.

Mit diesem Roman soll jeder die Möglichkeit haben, einen neuen Zugang zu dieser Frau, die mit ihren Gefährtinnen Jesus und den Jüngern gedient hat, zu gewinnen. Sie war wichtig für ihn. Wichtig für die Jüngerbewegung. Wichtig für die Entstehung der neuen „Sammlung". (Dahinter steckt das hebräische ‚quahal', das zum griechischen ‚ecclesía' wurde, das heute mit ‚Kirche' oder ‚Gemeinde' übersetzt wird.)

Sie ist wichtig für unsere Zeit, für die Kirche, für unseren Glauben, vielleicht auch für unsere jüdischen Schwestern und Brüder, für alle Menschen: die Apostolin Maria aus Betanien, genannt die Magdalenerin. Wichtig und wegweisend für unsere Liebe zu Jeshua: „Von der Ewigen Liebe getrieben, in die jede irdische Liebe einmündet." (R. Pernoud)

Ohne diese Liebe bauen alle Bauleute vergebens.

Christoph Wrembek SJ
27. April, Fest des hl. Petrus Canisius, 2021

11

I

Mirjam liebte diesen Felsen. Sie liebte es, hier am Tag dem Wind zu lauschen und des Nachts mit den Sternen zu sprechen. Es war ihr, als könne sie von diesem Ort die ganze Welt überblicken. Wohin ihre Augen auch schauten, alles gehörte ihr: Die sanft abfallenden Wüstenhügel aus Gräsern, Sand und Steinen, die aussahen wie die wippenden Wollrücken der Schafe des Dorfes; die tiefen Einschnitte des Wadi el Quelt, wo es drunten dunkel und gefährlich sein musste; und weiter hinten das breite Tal bei Jericho, der wunderschönen Stadt, wo die Reichen ihre prachtvollen Villen bauten. Sobald der Vater davon erzählte, kniff er Mund und Augen zusammen, wie Mirjam wohl bemerkte. Und wenn die Luft in ihrer Klarheit zugleich mannigfach duftete, konnte Mirjam sogar die Berge Peräas sehen, den Nebo. Bis zu ihm sei vor langen Zeiten Mose gekommen, erzählten die Eltern, wenn sie das Pessach feierten.

Mirjam fand, dass sie in der Mitte der Welt wohnte. Wie eine Königin. Eines Tages erklärte sie den Felsblock, auf dem sie bei ihrem Rundblick hockte, zu ihrem Thron.

Schaute sie von dort nach rechts hinüber, sah sie hinter den Ölbäumen die Häuser ihres Dorfes. Es hieß Betanien und lag auf der sanft abfallenden Flanke des Ölbergs, der hinter ihrem Rücken noch anstieg. Wenn der Wind die kleinen Blätter anhob, konnte sie sogar das Haus ihrer Eltern sehen. Ihr Vater hieß Simon und die Mutter Rahel. Mirjam hatte auch eine große Schwester, die Marta; sie verstand schon seit langem alleine auf den Markt zu gehen, einzukaufen und Essen zu kochen, wenn die Eltern beschäftigt waren. Dabei half Marta ihr Bruder Lazarus; der war ebenfalls älter als sie. Viel lieber begleitete Lazarus natürlich den Vater, wenn der auf die Felder ging oder Ware auf den Markt der Stadt trug. Mirjam brauchte noch nicht zu arbeiten, weil sie noch klein war. So konnte sie überall zuschauen. Sie zählte so viele Jahre wie ihre Hand Finger hatte.

Ihre Eltern vermochten ausreichend Geld zu verdienen, dass die Familie nicht Not litt. Mutter stellte Wollfäden von den Schafen des Dorfes her. Manchmal färbte sie die Wolle mit Indigoblau. Dazu tauchte sie eigenartige Pflanzen in eine Schüssel mit Wasser, und nach einiger Zeit wurde das Wasser blau. Mirjam staunte jedes Mal, wie das zuging. Gelegentlich benutzte Rahel eine andere Pflanze, die nannte sie lutum; das sei ein lateinisches Wort, erfuhr Mirjam, und komme von den Römern. Diese Pflanze fand sie deswegen lustig, weil sie blauen Stoff in grünen, weißen dagegen in gelben verzauberte. Mirjam war jedes Mal gespannt, ob die Farben sich wieder wandelten. Am meisten aber mochte sie Koschenillerot; für das wunderschöne Rot brauchte die Mutter nämlich Läuse, aus ihnen holte sie die rote Farbe heraus. Da traute sich Mirjam dann doch nicht hinzuschauen. Mit den blauen, gelben und roten Fäden webte Mama einfache Teppiche. Einmal hatte sie Mirjam erzählt, wie sie als Mädchen zu nabatäischen Frauen nach Mamshit in der Wüste im Süden mitgenommen worden war, um von ihnen zu lernen, wie man feine weiße Wolle macht und wie man sie am schönsten weben und färben kann. Mirjam konnte stundenlang zuhören, wenn die Mutter so erzählte. Dabei ließ sie sich immer neue Muster einfallen, welche die Mutter am Webegerät, das an die Wand ihres Hauses gelehnt war, vor ihren Augen als Teppich erstehen lassen musste.

Mirjam fühlte sich glücklich, wenn Rahel sich so viel Zeit für sie nahm, mit ihr sprach und ihr immer etwas Neues beibrachte.

Vater ging derweil auf seine Felder, wo Dattel- und Feigenbäume wuchsen; von ihrem Thron konnte Mirjam sie genau sehen. Bevor er die Früchte verkaufte, schenkte er ihr immer die schönste Dattel, die größte Feige, den saftigsten Granatapfel. Und überhaupt: jedes Mal, wenn er von einer Reise, einem Geschäft oder einem Gang in die Stadt zurückkam, brachte er ihr ein kleines Geschenk mit. Mirjam liebte ihren Vater sehr. Er handelte auch mit Balsam, den er von einem Verwandten aus Jericho erhielt. Nach solchen Geschäften duftete Papa ganz besonders schön, und Mirjam setzte sich dann gern neben ihn, um ihn zu riechen und genau zuzuhören, was Papa von seinen Geschäften erzählte.

Am liebsten aber schien der Vater sich in ein kleines Häuschen am Rande des Dorfes zurückzuziehen, dort, wo es in die steinige Schlucht hinunterging. Das ist ja so klein, überlegte

Mirjam eines Tages, da passen nicht einmal zwei Hände voll Ziegen hinein. Von ihrem Elternhaus, das einen kräftigen Steinwurf entfernt weiter oben stand, vermochte sie gerade noch die Tür dieses Häuschens zu erspähen. Niemand außer Vater durfte da hinein. Manchmal auch die Mutter. Wenn Vater dort drinnen war, stieg bald dunkler Rauch aus einer Öffnung im Dach, sogar in verschiedenen Farben, und drehte sich zum Himmel hinauf. Eines Tages fragte Mirjam:

„Mama, wozu geht Papa dort hinein?"

Die Mutter antwortete, während sie Kerne aus Oliven löste:

„Papa stellt dort kleine Verzierungen und Schmuckstücke aus Eisen her. Einige der römischen Soldaten drüben in der Stadt schmücken mit ihnen ihre Pferde oder auch sich selbst, damit viele Leute sie angucken. Für die Schmiedearbeiten hat Vater sich einen besonderen Ofen gebaut, mit dem man ganz heißes Feuer machen kann. Und darin bringt er das Eisen, das er überall aufsammelt und kauft, so zum Glühen, dass er es zu Schmuckstücken umarbeiten kann."

„Und wo hat Papa das alles gelernt?"

„Weißt du, Töchterlein, das weiß niemand im Dorf."

Niemand, außer Mirjam, die es eines Nachts erfuhr.

Sie hatte am Abend so viele Datteln genascht, dass sie nicht einschlafen konnte. Da hörte sie draußen ein Klickern von Kieseln. War da etwas? Sie spähte durch eine Ritze zwischen Hölzern und sah im Mondschein, wie Vater einen schweren Sack schleppte. Leise schlich sie aus dem Haus. Da gewahrte sie, wie der Vater mit dem Sack unter dem Arm – in die Hütte der Hexe ging! Alle Leute im Dorf nannten sie die Hexe. Sie war eine schlanke Frau, größer gewachsen als die Frauen im Dorf. Sie besaß einen auffallend schönen Gang. Erst vor einem Jahr hatte sie die kleine Hütte bezogen, wo sie abgesondert für sich lebte; niemand wusste, woher sie stammte, niemand wusste, wie sie aussah. Denn stets trug sie ein dunkelblaues Tuch über dem Kopf. Wer sie doch einmal gesehen hatte, erzählte den anderen mit flüsternder Stimme, wie abscheulich sie aussähe! Ihr Gesicht wäre ganz hässlich und schwarz. Gewiss wohnten Dämonen in ihr. Viele Dämonen! Die Hütte der Frau stand hinter flachen Felsbuckeln quer gegenüber dem Haus der Eltern, nahe an der tiefen Schlucht. Um sich vor der Hexe zu schützen, hatten die Dorfleute in einem großen Kreis um das Haus der Fremden zwei Reihen Steine gelegt, die sie blau angemalt hatten. Denn vor Blau fürchteten sich die Dämonen, wie jeder wusste. Die Frau durfte da nicht heraus, und keiner durfte über die Steine in diesen Bereich hinein, denn dort herrschten die Dämonen. Sie würden jeden töten, der die Grenze überschritt.

Und genau das tat der Vater jetzt!

Er ging in den Kreis hinein!

Mirjam erstarrte. Sie wollte schreien: Nein, tu das nicht! Aber sie bekam keinen Ton heraus. Voller Furcht wartete sie auf das Geheul der Dämonen oder auf Feuerschlangen. Aber alles blieb still. Nur dämmriges Licht und Schatten bewegten sich im Haus der Hexe. Allmählich fror Mirjam, aber etwas hielt sie fest an ihrem Platz. Endlich, nach langer Zeit, kam Vater heraus, trug wieder etwas Schweres im Sack und ging seitwärts hinüber in seine kleine Hütte.

Und dann geschah das Furchtbare: Die Hexe kam hinterher! Groß aufgerichtet trat sie über die Reihe der Steine hinweg und folgte in ihrem dunkelblauen Gewand dem Vater in das Häuschen. Ihr Gehen war ein Schreiten, und in der Hand trug sie etwas wie eine Rolle. Mirjam sah sich ängstlich um, ob von irgendwoher die Dämonen angesaust kämen. Aber niemand kam. Bald sah sie, wie oben aus dem Dach von Vaters Häuschen wieder Rauch aufstieg. Sonst blieb alles ruhig bis auf die Grillen, die ihre nächtlichen Lieder zirpten. Mirjam hockte sich an den Türpfosten, wo sie gestanden hatte; auf keinen Fall wollte sie einschlafen – aber dann war es doch hell, als das erste Meckern der Ziegen sie aufschreckte.

Sie erzählte niemandem etwas von diesem unheimlichen Geschehen, nicht einmal der Mutter. Den Vater sah sie am nächsten Tag scheu von der Seite an, aber er verhielt sich so, als wäre nichts geschehen. Merkwürdig! Und Dämonen waren auch nicht gekommen. Das alles fand sie nun doch recht seltsam. Und ganz still wuchs in Mirjam der Wunsch, die geheimnisvolle Frau einmal zu besuchen in ihrer Hütte hinter der Steingrenze.

In den nächsten Tagen richteten sich ihre Augen immer wieder auf die zwei Steinkreise. Es war ihr, als könnten die blauen Steine ihre Füße verzaubern, denn sie bewegten sich immer näher an die Steine heran. Schließlich geschah es: ein Blick nach links, einer nach rechts – und schon stieg ein Fuß auf einen der blauen Steine. Nichts passierte. Sie probierte es an einer anderen Stelle, aber wieder kamen keine Dämonen. Und so wagte sie es: Mit beiden Füßen sprang sie über die Steingrenze und stand zitternd im verbotenen Kreis. Aber nur für einen kurzen Moment. Gleich war sie wieder draußen und lief schnell weg. Sie schaute sich ängstlich um, weil sie sich schuldig fühlte. War das nicht böse, was sie da gemacht hatte? Würden die Dämonen sie nun bestrafen?

Doch schon am Abend des gleichen Tages ging sie bereits ganze fünf Schritte drüben auf der anderen Seite. Allerdings ganz dicht an den Steinen. Man konnte ja nie wissen …

Einen Tag ihrer frühen Kindheit verlor sie nicht aus der Erinnerung. Sie war inzwischen sieben Jahre alt geworden. Am Abend hatten fremde Kaufleute Betanien erreicht und ihre wunderbaren Zelte nahe bei Vaters Haus aufgeschlagen. Sie besaßen sogar vier Dromedare, und sieben Lastesel schleppten dickvolle Säcke. Den folgenden Tag über saß der Vater mit den Männern zusammen. Rahel musste Getränke und Kuchen und Früchte bringen und ein schönes Essen zum Abend bereithalten. Manchmal erklang aus dem großen Zelt, wo der Vater mit den fremden Kaufleuten verhandelte, zorniges Geschrei, dann bekam Mirjam Angst. Doch bald darauf hörte sie lautes Lachen. Und eine Stunde später war dann wieder Geschrei – Mirjam verstand das nicht. Einmal kamen die Männer heraus, stritten mit ihrem Vater, gestikulierten und schimpften laut, sie gingen zu ihren Tieren und wollten aufsteigen. Der Vater lief hinterher, fuchtelte mit den Armen und erzählte wohl eine Geschichte – da kamen die Männer wieder zurück. Und alle palaverten weiter. Am Nachmittag, endlich, kam der Vater heraus, strahlte über das ganze Gesicht, gab der Mutter ein Zeichen – und sie brachte zusammen mit Marta den duftenden Hammelbraten mit Gewürzen, dazu schweren Wein und Kannen voll frischen Wassers.

Als die Männer noch am Abend fortzogen, sah Mirjam, wie Vater hinter dem Haus von einem Bein auf das andere hüpfte, Lazarus am Arm packte und ihn herumschwenkte, dazu einen prallen Ledersack in der anderen Hand, und tanzte und lachte und sich auf die Schenkel schlug. Mirjam staunte mit großen Augen. Plötzlich kam ihr eine Frage: Sie rannte zu der Straße, welche die Männer gerade hinauf schritten zur Stadt hinüber – und da sah sie, dass auch diese tanzten, sich auf die Schenkel schlugen und lachten.

Merkwürdig, überlegte sie, alle sind froh!

Wenn sie sich später an diesen Tag erinnerte, lächelte sie: Das war das erste, was ich schon früh über gerechten Handel gelernt habe: Am Ende müssen sich alle freuen, weil alle gewonnen haben.

Bald nach diesem aufregenden Besuch und erfolgreichen Geschäft begann Simon, ein größeres Haus zu bauen. Eines mit Innenhof, kleinem Wasserbecken und Eingangshalle, mit zwei Säulen, wie die reicheren Leute sie hatten, mit Küche, eigenem Speiseraum und Schlafräumen. Und über allen Räumen schräge Dächer mit Dachpfannen. Aber Mirjam vermisste doch ein wenig das alte Haus mit den Ritzen in der Wand. Zur Einweihung des prachtvollen, großen Hauses kam auch der Synagogenvorsteher und sang Gebete.

Die Familie des Simon stand in gutem Ruf in Betanien.

Bis zu dem Tag, an dem sich beim Vater Aussatz zeigte.

Mirjam erfuhr zunächst nichts davon. Ihre Geschwister auch nicht. Sie alle merkten nur, dass die Eltern schweigsam wurden, ganz grau im Gesicht. Des Öfteren ging der Vater, von einem Umhang verhüllt, über den Ölberg und durchs tiefe Tal Kidron hinüber ins Heiligtum zu den Kohanim. Über dem Haus in Betanien lag eine Beklemmung, die vor allem die Jüngste ängstigte, denn Mirjam verstand nicht, was da vor sich ging. Die Eltern ließen sie nicht mehr zu sich heran, sie wurde nicht mehr in die Arme genommen. Und überhaupt: Papa und Mama sprachen kaum mehr mit ihr. Es war Mirjam, als werde sie weggestoßen. Das schmerzte sie tief, sie fühlte sich abgelehnt. Immer öfter musste sie nun weinen.

Eines Tages sprach es der Vater aus:

„Ich habe Aussatz! Und Rahel hat sich bei mir angesteckt. Wir müssen das Haus verlassen."

Verwirrung, Entsetzen, Verzweiflung lasteten auf dem schönen Haus. Marta weinte, Lazarus biss die Lippen aufeinander.

Mirjam aber schaute zum Himmel, und in ihrem Herzen schrie sie laut: „Warum hilfst du nicht, Gott? Warum nimmst du mir die Eltern weg?"

Denn das hatte sie aus den Reden der Erwachsenen herausgehört: Aussatz war eine Strafe Gottes. Gott hatte ihren Vater und ihre Mutter gestraft mit Aussatz. Aber warum? Vater habe einen falschen Eid geschworen? Mutter sei hochmütig gewesen, mit verführerischen Blicken umhergegangen? So etwas überlegten die Kohanim, wenn sie zu ihnen ins Haus kamen. Aber ihre Mutter verführte niemanden, sie war einfach schön! Und ihr Vater war kein böser Mensch, er hatte keinen Raub begangen, er hatte niemandem etwas Böses angetan, auch nicht schlecht über andere geredet oder Streit entfacht! Und was Unzucht war, verstand sie nicht. Ihre Eltern waren gute Menschen. Ganz gute!

Oder war das jetzt die Rache der Dämonen, weil der Vater heimlich die Hexe besucht hatte? Oder weil sie, Mirjam, über die Steingrenze gesprungen war? Aber die Priester sprachen nur von einer Strafe Gottes, nicht der Dämonen. Gott sei zornig geworden wegen des Vaters Sünden und habe ihn mit Aussatz gestraft. Mirjam fand alles ungerecht. Nein, wenn Gott ihr den Vater und die Mutter wegnahm, dann war Gott böse! Dann wollte sie nie mehr etwas von ihm wissen. Sie wurde immer stiller und verschlossener. Zu wem sollte sie auch gehen mit ihren Gedanken und Gefühlen des Zornes auf Gott? Ihre älteren Geschwister sah sie kaum noch, die hatten wohl noch mehr zu arbeiten als früher. Eine Zeitlang mussten sie alle das neue Haus verlassen, die Kohanim kamen und reinigten es mit Ysop. Vater und Mutter waren schon weiter unten in der Wüste, in einer dunklen Seitenschlucht des Wadi Abu Dis, und niemand durfte zu ihnen hin. Und die Eltern kehrten von dort unten nicht mehr zurück.

Mirjam wollte an all das nicht denken. Sie achtete nur darauf, dass Marta oder Lazarus jeden Tag Essen und Wasser zu ihnen hinunterbrachten, und jede Woche legte sie einen kleinen Kuchen bei, den sie gebacken hatte, und eine Blume. Manchmal malte sie den Eltern auch ein Bild auf einer Wachstafel …

Weil der Vater wegen seiner Absonderung die fälligen Abgaben für das Heiligtum nicht erbringen konnte, mussten nun Marta und Lazarus die Steuern für die Familie erarbeiten. Sie hatten kaum noch Zeit für die kleine Schwester, manchmal sah Mirjam den ganzen Tag über niemanden von ihnen. Dann zog sie sich in ihre Kammer zurück, legte Decken und Tücher über ihren Kopf, wie sie das bei den Eltern gesehen hatte, und wartete auf die Dunkelheit.

Eines Tages flüsterten die Leute im Dorf, die Eltern seien noch zusätzlich schwer krank geworden. Und dann kam die Nachricht:

„Deine Eltern sind gestorben!"

Mirjam konnte nichts denken. Sie ging zu ihrer Lieblingsziege, legte ihren Kopf an deren Hals und weinte, weinte lange. Und die Ziege leckte ihre Tränen. Und Mirjam dachte: Sogar diese Ziege ist noch besser als Gott. Viel besser. Und sie machte den schönsten Kuchen, den sie je gebacken hatte, pflückte die schönste Blume, die sie finden konnte, nahm ein Öllämpchen und ging zum Wadi Abu Dis. Dort setzte sie sich auf einen kleinen Buckel. Sie steckte die Blume zwischen Steine, legte den Kuchen und das Öllämpchen vor sich hin, barg ihr Gesicht in ihren Händen und wollte nie wieder weggehen.

Nie wieder!

Als die Sonne schon unterging, kam ihre Ziege und stupste sie in die Seite. Mirjam weinte noch einmal, ganz lange, schluchzte tief, dann ging sie hinter ihrer Ziege zurück nach Betanien. Aber das war nicht mehr ihr Zuhause. Sie hatte die Eltern verloren. Es gab kein Streicheln mehr und kein Umarmen, keine Geschenke und keine Gespräche. Keiner lachte mehr mit ihr. Sie fühlte sich mit ihren sieben Jahren ganz allein auf der weiten Welt.

Und ihr Thron? Das war kein Thron mehr.

Die nächsten Monate waren eine schwere Zeit für sie. In ihr war es so leer, dass keine Tränen mehr kamen. Sie wollte nur noch allein sein. Einzig die Ziege durfte kommen, von ihr fühlte sie sich verstanden. Nachts wenn sie schlafen konnte, sah sie im Traum die Mutter, sah den Vater, wie sie lieb zu ihr waren, wie die Eltern sie auf den Schoß nahmen und ihr erzählten und wie der Vater ihr alles erklärte. Er konnte so gut erklären, und dann wusste man alles. Als sie einmal des Nachts so träumte, schaute der Vater sie an und sagte: Nicht wahr, du weißt, wo ich war. Wenn du willst, dann geh zu der Frau. Sie sieht hässlich aus, aber sie ist gut. Als Mirjam aufwachte, wusste sie nicht recht, ob Vater im Traum oder ob er wirklich so zu ihr gesprochen hatte.

Marta und Lazarus fragten sie manchmal, wie es ihr ginge, aber Mirjam merkte, wie die beiden vom vielen Arbeiten sehr müde waren und nicht wirklich Zeit für sie hatten. Sie nickte nur: Es geht. Und dann war sie wieder allein mit ihren Gedanken und Gefühlen. Es war keiner da, der sie umarmte. Und sie wollte es auch nicht.

Nur manchmal.

Sie beobachtete die Erwachsenen, ob sie etwas von ihnen lernen könnte. Aber niemand nahm sie ernst. So entschied sie, für sich selber zu sorgen. Dabei kam sie auf den Gedanken, Lesen und Schreiben zu lernen. Ganz für sich. Von den anderen sollte es niemand merken.

Als sie eines Abends an der Rückwand des Hauses saß, die letzten Strahlen der Sonne aufsog und Schreiben übte, sah sie die Hexe. Sie war aus ihrem Haus getreten im blauen Gewand mit schwarzen Querstreifen, die silbrig glänzten, mit einem purpurfarbenen Tuch über dem Kopf. Irgendetwas trägt sie auf ihrem Kopf, dachte Mirjam, denn das Tuch steht ja höher als der Kopf reicht. Vielleicht einen Turban? Die Frau sortierte verschiedene Pflanzen an der Wand ihres Hauses. Mirjam schaute wie gebannt hinüber. Sie konnte alles gut sehen. Etwas war da in ihr, das sie mit dieser blauen Frau verband. Ein Geheimnis, das nur sie beide kannten. Die Frau war immer noch mit den Pflanzen beschäftigt, steckte sie in Töpfe, gab etwas Erde dazu und goss Wasser darüber. Sie machte keinen furchterregenden Eindruck, wie die Leute behaupteten, sondern einen sorgenden, friedvollen.

Auf einmal richtete sie sich auf und drehte sich herum. Sie blickte herüber, Mirjam direkt in die Augen. Als hätte sie gewusst, dass Mirjam schon die ganze Zeit zu ihr hinübergeschaut hatte. Mirjam genoss den geheimnisvollen Blick, der lange und beruhigend auf ihr lag und tief in sie eindrang. Es tat ihr gut, angeschaut zu werden. In diesem Moment entstand so etwas wie eine Freundschaft zwischen ihr und der geheimnisvollen Frau.

Eine Freundschaft von zweien, die allein waren.

Von nun an war dies der Platz, wo Mirjam saß und lernte. Dabei eilten ihre Augen von selbst hinüber, über die niedrigen

Buckel, die zwischen den Häusern aus der Erde ragten, und über die Steingrenze hinweg zum Häuschen der Frau. Und die blaue Frau schien nun auch öfter herauszukommen. An einem Nachmittag, als sie wohl aus dem Tal zurückkam, meinte Mirjam zu sehen, wie sie ihr sogar zunickte. Und da auf einmal fiel ihr der Traum ein, in dem der Vater gesagt hatte, ja, geh hin zu ihr, wenn du möchtest; sie ist gut. Mirjam fasste den Entschluss, die Frau noch in dieser Nacht zu besuchen, wenn Marta und Lazarus schliefen.

Als es so weit war, schlich sie leise aus ihrer Kammer, ging in Richtung jenes Häuschens an der Schlucht, in dem Vater früher alleine gearbeitet hatte und das jetzt nicht mehr benutzt wurde, tastete sich noch ein paar Schritte weiter den Abhang hinunter und bog dann nach rechts hinüber, durch Disteln und über Felsen. Schließlich krabbelte sie den Abhang wieder hinauf, bis sie die Hütte der Frau erkannte. Jetzt war sie bei den Steinkreisen angelangt, aber diese Grenze ängstigte sie nicht mehr. Als gäbe es keine Dämonen, stieg sie drüber hinweg und ging leise und gebückt, Schritt für Schritt, auf die Rückseite des Hauses der Hexe zu.

In dem Augenblick, als sie überlegte, wie sie da wohl hineinkäme, hörte sie eine warme, raunende Stimme:

„Komm hierher!"

Gerade noch konnte sie in der Dunkelheit erkennen, wie sich hinter einem Gebüsch links von ihr eine Art verborgene Tür einen Spalt weit öffnete. Dämmriges Licht fiel heraus. Mirjam bewegte sich langsam auf den Lichtspalt zu.

Dann war sie drinnen.

So etwas hatte sie noch nie gesehen. Und noch nie gerochen! Mehr als ihre Augen allmählich zu entdecken vermochten, war ihre Nase von eindringlichem Geruch umhüllt. Es war aber nicht nur ein Geruch, nein, es waren viele! Süße und bittere Düfte, erdige und stinkende, würzige, tierähnliche und feine. Wo war sie hier? Und was ihre Augen allmählich im schwachen Licht erkannten, verwirrte Mirjam nicht minder: Dicke Teppiche auf dem Boden glänzten von kräftigen Farben; fast gänzlich bedeckten sie kleine Kesselchen, Schälchen, vasenähnliche Gebilde und größere Amphoren wie jene, in denen Mutter Erbsen und Linsen aufbewahrt hatte. An den Wänden liefen Bretter entlang, darauf standen dicht beieinander Tassen und Töpfe, kleine Fläschchen und silberne Kessel. Von den Wänden und von der Decke aber hingen zahllose Büschel von Kräutern aller Art herunter. An der gegenüberliegenden Seite des Raumes stand ein Herd, schwaches Feuer glomm darin. An der Seite, wo sie hereingekrochen war, lag zu ihrer Rechten Stroh auf der Erde mit einem silbern glänzenden Tuch darüber. Das musste das Bett der Frau sein.

Mirjam brauchte eine Weile, bis sie wieder zu sich kam. Sie machte sich Mut und wiederholte den beruhigenden Satz des Vaters: ... aber sie ist gut!

Die Frau stand noch bewegungslos links neben dem Herd vor der Tür. Das schwache Feuer flackerte über ihr Gesicht und tauchte es in gespenstische, hüpfende Schatten. Sie ließ Mirjam Zeit, sich an das Neue zu gewöhnen. Dann zog sie ihr Gewand leicht hoch und hockte sich langsam auf die Erde nieder. Und nach einem Moment sagte sie mit samtener Stimme:

„Ich heiße Charmion."

„Ich heiße Mirjam." Mirjams Stimme zitterte ein wenig, als sie schüchtern zum ersten Mal ihren Namen nannte.

„Möchtest du gerne etwas trinken oder essen? Hier habe ich noch Kuchen, den ich heute Nachmittag gebacken habe. Und das ist Wasser mit Dattelgeschmack."

Mirjam nickte, nahm etwas von dem Kuchen und probierte ihn vorsichtig. Dabei schaute sie mit unsicheren Augen zu der Frau hinüber. Diese schien zu lächeln, soweit man das unter dem Tuch sehen konnte, das sie wie einen Schleier um ihr Gesicht gelegt hatte. Mirjam meinte zu erkennen, dass die Haut der Frau hellbraun war.

„Ich bin keine Hexe, Mirjam", sagte die Frau ruhig. „Ich weiß, die Leute hier in Betanien denken das, aber niemand kennt mich." Sie machte eine Pause. „Nur dein Vater kannte mich." Sie lächelte dem Mädchen zu. „Du hattest einen guten Vater."

Mirjam nickte und schaute zur Seite.

„Warum ist mein Vater in der Nacht zu dir gekommen?" Eigentlich wollte sie das gar nicht fragen, aber jetzt war es heraus.

„Dein Vater war ein intelligenter Mann, er wollte etwas Bestimmtes wissen, und er hatte erfahren, dass ich das wusste." Charmion machte eine Pause. „Es war nichts Böses, Mirjam, nichts Schlechtes." Sie hielt noch einmal inne. „Was ich dir jetzt sagen will, ist ein Geheimnis. Aber uns beide verbinden Geheimnisse, nicht wahr?"

Mirjam nickte.

„Ich möchte dir heute Abend nur wenig sagen, in den nächsten Tagen kannst du wieder kommen und so viel hören und erfahren, wie du willst. Ist dir das recht?"

Mirjam nickte wieder.

„Weißt du, wer Kleopatra ist? Nein? Kleopatra war die letzte Königin der Ptolemäer, Kleopatra VII. Sie war hochgebildet, sie sprach nicht nur griechisch und lateinisch, auch hebräisch, arabisch, syrisch, äthiopisch, persisch, medisch. Und als erste seit 300 Jahren auch ägyptisch. Sie war schön, sehr schön. Sie hatte zudem einen Sinn für Kunst und für Wissenschaft. Sie holte gebildete Männer aus der ganzen Welt, auch aus Indien, an ihren Hof und gab ihnen die Aufgabe: Findet einen Weg, aus wertlosen Stoffen wertvolle herzustellen! Aus Erde Gold, aus Steinen Quecksilber, aus Meerwasser Purpur, aus Pflanzen ätherische Öle und vor allem: Parfums. Die Männer versuchten es mit Amber und Benzoeharz, mit Myrrhe, Schminkwurz, mit Weihrauch und Narde und vielen anderen Duftstoffen. Vor zweihundert Jahren lebte in Mendes, unserer Stadt im weiten Delta des Nil, ein Mann namens Bolos; er hatte schon mit solchen Dingen begonnen und seine Stadt berühmt gemacht für ihre Parfums. Zum Glück hat er seine Rezepte aufgeschrieben; Kleopatra besaß sein Handbuch. Es war geheim und niemand sonst kannte es. Darin stand, wie man Metalle gießen und färben und sogar vergolden konnte. Wir bearbeiteten auch Säfte von Pflanzen, um mit ihnen zu heilen oder zu vergiften. Dazu brauchten wir einen besonderen Apparat, den Ambikos, mit dem man ganz heißes Feuer erzeugen kann. Am Ende schafften wir es, Alkohol und ätherische Öle aus Wurzeln und Blüten herzustellen."

Sie machte eine Pause.

„Dein Vater hatte einen solchen Ambikos."

„Ich weiß. Das hat mir meine Mutter gesagt. Und du hast Papa gelehrt, aus Erde Gold herzustellen?"

„Nein, so weit sind wir nicht gekommen." Charmions Augen lachten. „Aber dein Vater war gerade dabei, Metalle zu färben.

Kleopatra hatte auf ihrem Admiralsschiff das Heck vergolden lassen, die Segel waren aus Purpur und die Ruder versilbert, als wir damals im Sommer nach Tarsos in Kilikien fuhren."

„Und du warst dabei?" Mirjam verschlug es die Sprache. Solch eine hohe Dame sprach jetzt mit ihr! Sie hatte nun gar keine Scheu mehr vor der fremden Frau. Charmion lachte:

„Ach, dieses Schiff, Mirjam. So etwas gibt es nicht wieder. Man stieg über das Heck an Bord, zuerst in eine Vorhalle. Sie war an den Seiten von Säulen eingefasst. Ging man nach vorne, zum Bug, schritt man durch eine Pforte, die war aus Elfenbein und kostbarem Zitrusholz. In der größten Kabine standen Säulen, deren korinthische Kapitelle waren mit Elfenbein und Gold überzogen, dort gab es 20 Ruhebetten, sie waren ganz aus Zedernplatten und milesischem Zypressenholz, dazu mit vergoldetem Schildpatt verziert. Rings herum öffneten sich zwanzig Türen, sie hatten Füllungen aus aromatischem Zedernholz mit Elfenbeinverzierungen, Ornamentknöpfen, Edelsteinen, und die Klinken waren aus rotem, vergoldetem Kupfer."

Charmion seufzte leicht.

„Als ich mit Kleopatra Jericho besuchte, das war, als sie dem Herodes die Balsamhaine verpachtete, für 200 Talente, da habe ich deinen Vater kennengelernt. Er war noch nicht verheiratet, ein junger Mann im Dienst des Herodes. Bei einem Festessen scherzte er mit mir und meinte, wenn ich einmal in Not wäre, würde er mir helfen. Darüber haben wir damals herzlich gelacht. Ich war noch ein Kind. Der nette junge Mann gefiel mir. Als Kleopatra dann starb, wurden viele Menschen vom Hof der Königin getötet. Ich war nur ein paar Jahre älter als du jetzt. Meine Amme hat wertvolle Sachen der Königin gerettet. Nur ich kannte das Versteck. Dann haben die Soldaten auch mich gefasst und zu Kaiser Augustus nach Roma geschleppt. Später hat er mich an einen Mann aus Mauretanien verheiratet. Von dort bin ich vor drei Jahren hierhergekommen. Nur mein … mein junger Sklave kam mit mir."

„Was? Du hast einen Sklaven?" Mirjam dachte, nur große Leute haben einen Sklaven.

„Ja, ich habe einen, Juba. Er ist fast blind. Aber mit seinen Ohren sieht er besser, als du mit deinen Augen sehen kannst. Er kommt des Nachts und bringt mir Wasser und Brot und Früchte."

Mirjam staunte; von diesem Mann hatte sie noch nicht gehört. Charmion erzählte weiter:

„Dein Vater hat mir dann diese Hütte nahe bei seinem Haus gegeben. Deine Mutter, eine wunderbare Frau, wusste um alles."

Sie machte eine Pause. „Und ich habe mich dankbar gezeigt, indem ich ihn in die Kunst des Ambikos einführte."

„Und warum sagen die Leute hier, du würdest ganz hässlich aussehen und von Dämonen besessen sein?"

Charmion lächelte erneut. Mirjam spürte, wie gut es ihr tat, wenn jemand ein heiteres Gesicht zeigte. In ihr begann sich etwas wie nach langem Dunkel zaghaft zu öffnen.

„Weißt du, in Mauretanien ging es erst gut. Aber dann passierte etwas, was alle als Schande für den König betrachteten. Sie sagten, ich sei daran schuld, ich sei von Dämonen besessen. Man zündete mein Haus an. Ich bin in ein Wasserbecken gesprungen, habe mich und meine Kleider ganz nass gemacht und bin durchs Feuer gerannt. Aber ich stürzte hin. Meine rechte Gesichtshälfte geriet in Öl – das brannte mir das halbe Gesicht weg, bevor ich das Feuer löschen konnte. Es sieht nicht schön aus. Deshalb trage ich den Schleier. Aber meine Flucht ist gelungen."

„Und wer bist du?", wagte Mirjam die große Frage.

Eine Pause entstand. Charmion sah Mirjam in die Augen, schaute dann über ihren Kopf hinweg nach rechts wie in weite Ferne. Dann sah sie Mirjam wieder an und sagte:

„Ich war die persönliche Dienerin der Kleopatra."

II

Mirjam besuchte in den folgenden Tagen und Wochen Charmion jeden Abend. An eine Hexe dachte sie nicht mehr, sie hatte eine Freundin gefunden. Doch erst, wenn die nächtliche Dunkelheit alles verbarg, schlich sie in Charmions Hütte. Vieles gab es bei ihr zu hören und zu lernen. Einmal erzählte Charmion, dass Kleopatra noch eine zweite Dienerin besessen hatte, die Kammerjungfrau Eiris, aber diese sei mit der Königin gestorben.

Und dass Kleopatra vier Kinder geboren hatte, einen Sohn von Cäsar aus den zwei Jahren, die sie in Roma gewesen war, dann Zwillinge, einen Sohn und eine Tochter, und später noch einen weiteren Sohn aus ihrer Verbindung mit Antonius. Marc Antonius habe der Kleopatra viel geschenkt, sogar die ganze Stadt Caesarea am Meer. Aber ihre Söhne seien alle umgekommen. Nur die Tochter Selene habe die Mutter überlebt.

„Wo ist Selene jetzt?", fragte Mirjam.

Charmion schwieg einen Augenblick. Dann drehte sie sich zum Herd um und sagte:

„Ich glaube, sie ist auch schon tot."

„Wie alt ist Kleopatra geworden?", wollte Mirjam wissen.

„Die Königin ist schon mit 39 Jahren gestorben. Octavian wurde ihr Ende. Er hat die große Seeschlacht von Actium mehr gegen sie als gegen Antonius geführt. Kleopatra nahm auf ihrem Schiff am Kampf teil. Es zeigte sich aber bald, dass die kleinen Schiffe Octavians wendiger waren als die großen der Ägypter. Als Kleopatra das merkte, ist sie schnell zurückgesegelt nach Ägypten. Aber sie konnte das Schicksal nicht mehr umdrehen."

Charmion erzählte vom Hof der Kleopatra in Heliopolis, wo ihr Palast die Stadt beherrschte, ausgestattet mit unzähligen Zimmern und Toren, verschönt durch kostbare Gemälde, Mosaike und Statuen, Hallen, ausgestattet mit Fußbodenheizungen; wie das Tafelgeschirr von Gold und Silber funkelte; wie die Diener gekleidet und geschminkt waren; welche erlesenen Parfums aus Arabien und Indien die Königin benutzte. Ja, dass es dort nicht nur heiße Bäder gab, sondern schon feine Latrinen, als in Roma noch alle auf die Straßen machten. Damals sei Kleopatra die reichste Frau der Welt gewesen.

„Ach ja, damals habe ich sie verehrt. Ich habe sie bewundert. Heute denke ich anders. Sie war voller Ehrgeiz, voller Träume. Und sie war besessen. Besessen davon, noch mehr zu haben. Immer noch mehr. Sie wollte Augustus haben. Aber innerlich war sie leer. Vielleicht gierte sie deshalb nach immer mehr, weil sie in sich selbst immer leerer wurde. Sie hatte den Bezug zur Maat, zur Weltordnung, verloren. Ich denke, ein wirklich großer Mensch kann arm sein. Kleopatra konnte das nicht. Sie war kein echter Pharao wie die alten."

Sie reichte Mirjam ein Tonschälchen mit Fruchtsaft.

„Ich erinnere mich noch, dass sie für ein Essen mit Marc Antonius, als sie ihn weiter an sich binden wollte, eine Perle in Essig auflöste, um ihren Reichtum zu demonstrieren. Die Perle besaß einen Wert von mehreren Millionen Sesterzen. Verrückt."

Sie hob den Kopf und massierte mit den Fingern ihre Stirn.

„Wir waren jung. Wir waren viel zu jung. Wir dachten, wir könnten mit Schönheit und Geld alles schaffen. Bei Cäsar und Marc Antonius klappte das noch, aber bei Octavian, dem jetzigen Kaiser Augustus, hat sich Kleopatra verrechnet. Der war ein kühler Kopf. Berechnend. Kleopatra dachte, sie könnte auch ihn von sich abhängig machen, mit ihrem Charme, ihren Reizen ihn betören, wie Marc, den Vater von Selene. Aber bei Octavian verfing das nicht, sie hätte politischer vorgehen müssen. Octavian ließ sich nicht fangen, er hatte eigene Ideen. Auch Herodes verfolgte eigene Ziele."

Charmion lächelte etwas gequält:

„Über Herodes hat sie sich damals geärgert. Oh, war sie wütend!"

Was Mirjam mit der Zeit mehr interessierte als die Intrigen in den Palästen zwischen den Großen und den Möchtegern-Großen, das waren die Kräuter und Wurzeln, die Blüten und Blätter, die an den Wänden der Hütte hingen und von denen Charmion in Schalen und Vasen kleine Körner und Blätterstaub aufbewahrte. Manchmal enthielten sie nur feine, farbige Pulver, dann wieder eine stark riechende Flüssigkeit oder getrocknete Wurzeln. Alles durfte sie in die Hand nehmen und daran riechen. Ganz lustig fand sie ein Parfumgefäß, das aussah wie der Kopf einer Frau, vorne der einer Ägypterin, hinten der einer Negerin. Mit der Zeit lernte sie, die Pflanzen zu unterscheiden und sie am Geruch zu erkennen. Charmion erklärte ihr, wo die einzelnen Pflanzen wuchsen und wie man aus dem Strauch oder Baum den Saft gewann. Sie schilderte auch, auf welchen langen Wegen die Pflanzen nach Israel kamen und wie teuer sie auf dem Markt von Jerusalem verkauft wurden.

„Das hier zum Beispiel ist Zimt, in Ägypten nennen wir es Kasia. Das gewinnt man vom Zimtbaum in Arabien oder Äthiopien. Eine besondere Art kommt von den Küsten Indiens. Und eine andere aus China. Hier, probier mal. Lege es unter deine Zunge, dann riechst du angenehm aus dem Mund. Zwischen den Kleidern schützt es vor Motten und lässt die Stoffe schön duften. Oder man haucht es mit Wasserdampf ein; im Winter haben wir es mit heißem, süßem Wein getrunken, dann wirkt es gut für die Verdauung, auch gegen Erkältung. Und es lindert die Menstruationsschmerzen, aber mit denen hast du erst später Probleme. Und diese beiden", Charmion holte vom Brett zwei wunderschöne Becher herunter, reich verziert, einer aus Silber, der andere aus Bronze, „diese beiden enthalten Moschusparfum und Zibetparfum; die brauchst du später als Frau, wenn du Männern den Kopf verdrehen willst. Aber dazu, meine Liebe, musst du nicht nur etwas im Becher, sondern vor allem in deinem eigenen Kopf haben."

Mirjam konnte gar nicht genug hören.

„Das hier ist Wolfsmilch aus der Gegend von Jericho, eine Sorte, die es nur dort gibt; dein Vater hat mir das Kraut gebracht. Riech mal! Aber wenn man es im Ambikos destilliert, dann verliert es seinen wohlriechenden Duft. Und dies Parfum hier heißt Ladanon, so nennen es die Araber. Weißt du, woraus man das gewinnt? Du wirst lachen: Aus dem Bart der Ziegenböcke! Oder indem man das Fell der Ziegen und Böcke kämmt; wir haben dazu Schnüre in feste Zweige gebunden und sie dann durch ihr Fell gezogen. Und hier habe ich Myrrhe; wenn sie in Form von Tropfen aufbewahrt wird, nennt man sie Stakte. Sie ist sehr wohlriechend und kostbar, deshalb wird sie oft gefälscht. Die meisten Parfums werden mit Myrrhe hergestellt. Myrrhe ist am besten, wenn sie nicht mit Öl gemischt wird."

Eines Tages überraschte Charmion ihre kleine Freundin mit einem Vorschlag. Sie nahm Mirjams Kopf zwischen ihre Hände, schaute sie ernst an und sagte:

„Mirjam, du musst unbedingt lesen lernen. Auch schreiben und rechnen. Du hast schon damit angefangen, ich habe es gesehen. Aber du musst das richtig lernen und gut können. Ich werde dir helfen. Wenn du das nicht kannst, machen alle mit dir, was sie wollen."

Mirjam nahm diesen Vorschlag gern an. Jeden Tag saß sie nun an der Rückwand ihres Hauses und ritzte eifrig Buchstaben, die Charmion ihr vorgemalt hatte, in das Wachstäfelchen. Allmählich gelang es ihr, Worte zu schreiben und zu lesen. Und bei den Zahlen kam sie schon leicht bis zwanzig.

So vergingen die Monate. Bei einem ihrer nächtlichen Besuche nahm Charmion sie mit in das Häuschen des Vaters, aus dessen Schornstein der farbige Rauch herausgekommen war. Hier sah sie zum ersten Mal den Ambikos. Das war ein merkwürdiges Gestell aus Eisen mit einem Topf oben drauf und seltsamen Röhrchen, die von oben nach unten oder von unten nach oben führten. Und wenn man unten Feuer machte und eine Flüssigkeit hineinstellte, tropfte oben eine andere Flüssigkeit heraus und wurde durch die Röhrchen in einer Schale aufgefangen. Manchmal bastelte Charmion sehr lange an dem Gerät und probierte seltsame Substanzen aus. Dann langweilte sich Mirjam, weil sie nicht verstand, was der Sinn von all dem war.

Noch nie aber hatte Charmion ihren purpurnen Schleier abgenommen und Mirjam ihr ganzes Gesicht sehen lassen. Einmal, als der linke Ärmel ihres blauen Gewandes ein wenig hochrutschte, konnte Mirjam für einen Moment erkennen, dass da etwas auf die Haut gemalt war.

„Sind das Buchstaben?", fragte sie.

„Ja, das sind Buchstaben." Und als hätte sie die nächste Frage des Mädchens schon erraten, fügte sie hinzu: „Du wirst sie einmal selbst lesen und verstehen können."

„Und warum ist dein Schleier aus Purpur?"

Charmion schaute sie überrascht, fast erschrocken an.

„Warum der aus Purpur ist? Nun ja, Purpur ist … ist überaus kostbar. Der Farbstoff wird aus Purpurschnecken gewonnen, bei Tyrus in Phönizien werden die gezüchtet. Deshalb war meine … Königin so versessen darauf, Caesarea am Meer zu besitzen; das ist nicht weit von Tyrus. Ich glaube, man braucht viele tausend Schnecken für nur ein bisschen Purpur. Kleopatra schwärmte von Alexander, der hatte in Susa Purpurgewänder im Wert von 5000 Talenten erbeutet. Purpur, ja, das war das Zeichen der Könige. Er war es. Heute wird Purpur oft gefälscht, jedes Großmaul kauft sich Purpur. Aber mein Schleier ist echt, noch von meiner Königin."

Wenn Mirjam später auf diese fünf Jahre des Zusammenseins mit Charmion zurückschaute, erkannte sie überdeutlich, wie viel mehr sie in dieser Zeit vom Leben gelernt hatte als die anderen Kinder des Dorfes. Viel mehr! Der Verlust ihrer Eltern hatte sie zum Umgang mit der Frau vom königlichen Hof geführt, und das Zusammenleben mit dieser Frau hatte sie bewusster und selbstständiger gemacht als das für ein Kind ihres Alters auch nur denkbar war. Äußerlich lebte sie in einer dörflichen Welt, lebte Tag für Tag in der Wüste, bei ihren Tieren, die sie führte und umsorgte. Aber in ihrem Geist formte sich daneben eine geradezu gegensätzliche Welt. Sie hörte von Städten und Bauten, von Architektur und Gärten und Ausstattung, von Parfums und Salben und lernte zu alldem höfische Manieren und Sitten kennen. Charmion bereitete sie sorgsam auf das Leben vor, das sie damals schon kommen sah. Aber auch das erkannte Mirjam im Rückblick: Tief in ihr schwelten in jenen Jahren noch die Trauer und die Einsamkeit, die nach dem Tod der Eltern in sie eingezogen waren. Sie sollten lange ihre Begleiter bleiben.

Bei einem jener damaligen Gespräche, die bis spät in die Nacht hinein dauern konnten, kam Charmion erneut auf Kleopatra zu sprechen. Sie erzählte, wie sie damals, vor dreißig Jahren, zu spät hinzukam, als das Gift der Schlange bereits im Blut der Königin wirkte. Und wie sie dann starb, in ihren Armen. Schrecklich sei das gewesen, ganz elend habe sie sich gefühlt, als hätte sie nun nichts und niemanden mehr auf der Erde. Mirjam hörte zu, und das Dunkel des letzten Jahres stieg wieder in ihr auf.

„Ich weiß", sagte sie leise.

Und dann erzählte sie von ihren Eltern, die sie sehr lieb gehabt hatte, wie jedoch der Aussatz kam und wie alle redeten, das sei Gottes Strafe für die Sünden ihrer Eltern, und wie auch sie sich ganz allein auf der Welt gefühlt hatte, als Vater und Mutter gestorben waren.

„Warum hat Gott meine Eltern nicht beschützt? Mein Vater hätte meine Mutter ganz gewiss beschützt! Gott ist nicht gut. Ich mag ihn nicht. Vielleicht gibt es ihn gar nicht. Hexen gibt es ja auch nicht."

„Nein, Hexen gibt es nicht", bestätigte Charmion. „Weißt du, immer wenn Menschen andere Menschen nicht mögen, dann sagen sie: Die ist eine Hexe! Oder: Der hat einen Dämon. Wenn man aber genau aufpasst, dann wollen sie damit eine Vorstellung, die sie von dem anderen Menschen in sich tragen, nicht loslassen. Sie fesseln den anderen mit ihrer Vorstellung; sie wollen, dass die Menschen immer so sind, wie sie sich das wünschen. Weißt du, warum?"

Mirjam schüttelte den Kopf.

„Wenn der andere anders wäre als sie ihn sich vorstellen oder wünschen, dann müssten sie nämlich sich selbst ändern. Das wollen sie nicht, das ist unangenehm und schwer. Und deshalb sagen sie, der hat einen Dämon oder die ist eine Hexe, dann können sie selbst so bleiben, wie sie sind. Nichts mag der Mensch so wenig wie sich selbst zu ändern."

Mirjam nickte; aber so ganz verstanden hatte sie das nicht.

„Aber warum sagen sie, es gibt Gott, wenn er doch nicht hilft? Oder ist Gott gar nicht gut?"

Und auf einmal waren die große Frau und das kleine Mädchen in einem Gespräch über Gott, den sie beide nicht kannten. Das kleine Mädchen fing wieder an zu weinen:

„Gott hat mir meine Eltern weggenommen", schluchzte es.

„Das glaube ich nicht", sagte die Frau. „Nein, das hat er nicht getan. Gott ist gut. Er ist viel besser als wir Menschen. Er nimmt nichts weg, was wir brauchen."

„Aber er hat sie mir weggenommen! Und ich brauche sie!"

„Weißt du, Kleines, wir Menschen möchten nur das erleben in unserem kurzen Leben, was uns gut erscheint. Was uns jetzt gut erscheint. Das möchten wir behalten und immer mehr dazu gewinnen. Die meisten Leute meinen, dann werden sie glücklich. Natürlich, wir brauchen etwas zum Leben und zum Glücklichsein. Aber ich habe nur selten jemanden getroffen, der Gott gedankt hat, wenn sein Reichtum größer wurde! Oft zum Nachteil anderer. Ach ja, die Leute wollen vor den Zahlen ihres Lebens immer nur ein Plus haben. Weißt du, was ein Plus ist? Nein?"

Und dann erhielt Mirjam ihre erste richtige Rechenstunde.

„Schau, das ist eine Schale. Und das ist noch eine Schale, eins plus eins gibt zwei. Und noch eine und noch eine plus, das sind jetzt drei, vier Schalen. Und die Menschen denken, ich bin glücklicher, wenn ich vier Schalen habe. Oder sogar fünf! Oder fünf plus fünf! Das sind zehn Schalen. Dann bin ich reich, dann bin ich ganz glücklich."

Charmion stellte zehn Becher in zwei Reihen auf.

„Und sie denken, wenn man Becher wegnimmt, also zehn Becher minus fünf, ist das schlecht. Dann sind die Menschen traurig. Sie denken, Gott habe ihnen etwas weggenommen. Sie meinen, Gott müsse immer mit Plus arbeiten, immer mehr Becher bereitstellen. Noch mehr Herden, noch mehr Frauen, noch mehr Sklaven und Länder. Und noch mehr. Und noch mehr. Und nur wenn er das tut und nie etwas wegnimmt, nur dann ist er gut. Aber das ist falsch gedacht."

Sie machte eine Pause. Mirjam wusste wieder nicht, ob sie verstanden oder nicht verstanden hatte. Charmion fuhr fort:

„Weißt du, mir ist einmal aufgegangen, dass für Gott das Minus genauso gut wie das Plus sein muss. Und das Plus ist für ihn wie ein Minus. Gott kann mit Minus arbeiten wie mit Plus."

„Wie meinst du das?"

Mirjam guckte mit großen Augen unter den schwarzen Haaren hervor, während ihre Wangen noch nass waren von Tränen. Charmion nahm einen Schluck Wasser und erzählte:

„Ich muss immer wieder an den Gelehrten denken, den Kleopatra einmal eingeladen hatte. Der kam aus Griechenland. Er gründete ein Lyzeum auch bei uns in Ägypten, in Alexandria, und erhielt viel Zulauf von Schülern aus allen Ländern. Kleopatra lud ihn in den Palast ein, er solle etwas über neue Erkenntnisse in der Mathematik sagen. Ich habe nie vergessen, was der Gelehrte uns über das ‚Teilen' gesagt hat. Du weißt sicher nicht, was Teilen ist. Pass mal auf: Das sind zehn Becher. Stell dir vor, es kommen fünf Besucher – hier, jedes Holzstück ist ein Besucher – und wir müssten die zehn Becher an die fünf ‚verteilen'. Wie viele Becher bekommt jeder Besucher?"

Mirjam schaute auf die Becher, auf die Holzstücke, dann begann sie zögernd, zu jedem Holzstück einen Becher hin zu schieben, und dann noch einen …

„Zwei!" Die Sache begann, ihr Spaß zu machen.

„Ganz richtig! Jeder Besucher bekommt zwei Becher. Zehn Becher geteilt durch fünf Besucher sind je zwei Becher. Das nennt man Teilen. Nächste Aufgabe: Wir haben neun Becher und es kommen drei Besucher, wie viele …"

„Ich biete drei!", antwortete Mirjam stolz.

„Du bist gut. Aber jetzt kommt es: Der Gelehrte hat uns noch mehr vorgeführt. Mir wurde damals ganz unheimlich, denn das hatte ich noch nie gehört. Er sagte: Was ist fünf durch fünf? Also fünf Besucher teilen sich fünf Becher, jeder bekommt dann einen. Klar. Und dann fragte er: Was ist fünf durch vier? Da haben wir alle geguckt und gelacht und gesagt, das geht gar nicht! Man kann nicht fünf Becher an vier Besucher verteilen, da bleibt einer übrig. Aber der Gelehrte hat den Kopf geschüttelt und gesagt, nein, das geht auch anders. Weißt du wie, Mirjam?"

Mirjam schaute sich die Becher und die Holzstücke an, aber wie sie die Becher auch schob, einer blieb immer übrig.

„Nein, das geht nicht. Ich kann den Becher nur zerschlagen in vier Scherben, aber mit Scherben kann niemand trinken."

„Du bist großartig, Mirjam. Jetzt vergessen wir einmal die Becher und Besucher und nehmen gleich Scherben. Hier habe ich einen Korb mit Scherben, das waren einmal die Goldteller, von denen ich mit Kleopatra gegessen habe. Sagen wir nun, acht Scherben zusammen sind so gut wie ein Becher. Also legen wir jetzt vier Haufen und jeder hat acht Scherben, so, das sind unsere ‚Becher'. Und jetzt kommen die vier Holzstücke, unsere Besucher. Was ist jetzt vier verteilt auf vier?"

„Dann schiebe ich einfach jeden Haufen mit seinen acht Scherben zu einem Holzstück."

„Richtig, dann hat jedes Holzstück acht Scherben. Aber jetzt, pass auf: Was ist Vier geteilt durch Zwei? Was ist, wenn nur zwei Besucher kommen?"

„Dann schiebe ich zu jedem Holzstück, ah, es sind nur zwei, einen Haufen Scherben und noch einen. Jetzt liegen beim Holzstück, wie sagt man, zweimal acht Scherben?"

„Genau! Das sind sechzehn. Jetzt hat jedes Holzstück zwei Haufen Scherben. Und wenn nur ein Besucher alleine kommt?"

„Dann bekommt der alle Scherben."

„So ist es. Vier geteilt durch Eins ist Vier, nämlich vier Haufen Scherben. Fällt dir etwas auf?"

„Ich weiß nicht. Dieser eine Haufen hat jetzt viel mehr Scherben als die vier am Anfang."

„Genau das ist es."

„Ja. Aber was hat das mit Gott und meinen Eltern zu tun?"

„Warte noch etwas. Der Gelehrte hat damals unser Denken ganz schön auf die Probe gestellt. Er hat uns gefragt, ob wir aus dieser Reihe von Beispielen etwas erkennen würden. Wir haben gesagt, nein. Dann hat er uns gezeigt, dass das Resultat doch immer größer wird, je kleiner die Zahl ist, durch die man teilt. Der eine Besucher bekommt am Ende sogar vierzig Scherben. Was nun, wenn man noch weniger nimmt als Eins, hat der Gelehrte uns gefragt."

Mirjam lachte:

„Das geht ja nicht! Weniger als ein Besucher? Dann kommt ja gar kein Besucher." Sie lachte. „Es kann ja nicht nur eine Hälfte von einem Menschen kommen oder nur ein Arm oder nur seine Füße. Das geht doch gar nicht."

„So haben wir damals auch gesagt. Da wurde der Gelehrte ganz ernst und sagte: Jetzt erlebt ihr den Übergang vom Rechnen zur Mathematik. Beim Rechnen könnt ihr euch noch Vorstellungen machen und Beispiele suchen, mit Holzstücken und Besuchern; bei der Mathematik geht das nicht mehr. Dann hat der Gelehrte uns erklärt, dass das Resultat immer größer wird, je kleiner die Zahl unter eins ist, durch die man teilt. Teilt man durch ein Halbes, wird es zweimal so viel, durch ein Viertel, viermal, durch ein Zwölftel, zwölfmal so viel. Es wurde damals ganz still in unserem Lehrraum."

Charmion machte eine Pause, als würde sie sich genau erinnern.

„Nach einer Weile stand dann Kleopatra auf und sagte: Ein indischer Gelehrter hat mir erklärt, es gebe die Zahl ‚nullum'. Wenn ich also durch ‚nullum' teile, in Griechisch sagen sie ‚udénn', was kommt dann heraus? Da hat der Gelehrte seine Hände vor die Augen gehalten, nur noch den Kopf geschüttelt und leise gesagt, diese Zahl könne niemand mehr sagen, sie sei ohne Ende."

Charmion hielt wieder inne, und es schien Mirjam, als wäre da etwas Glänzendes in ihren Augen.

„In diesem Moment habe ich Gott gefühlt. Und zugleich kam mir der Gedanke, wenn ich ganz klein, ganz arm würde, wenn ich stürbe und ‚Nullum' werde, dann wäre ich nahe bei Dem-Ohne-Ende."

Eine Stille erfüllte die Hütte, die so dicht war, dass sie alles miteinander zu Einem machte. Und wie aus weiter Ferne sagte Charmion mit leiser Stimme, während ihre Hand über die Scherben glitt:

„Gott hat dir deine Eltern nicht weggenommen."

Sie stockte.

„Er hat sie nur klein gemacht. Er macht sie immer noch kleiner, weil er sie immer größer machen will. Und wenn sie Nullum sind, dann sind sie bei Dem-Ohne-Ende."

III

Auf der mit Marmorplatten gepflasterten Mole, von drei Seiten vom Meer umgeben, gingen zwei Männer nebeneinander. Vor ihnen breitete sich der weite Horizont des Mittelmeeres aus, das seine Wellen zum Ufer schickte und sie als springende Brandung zurückerhielt, von Schaum gekrönt wie mit Siegeskränzen. Zum Norden hin überblickten sie den neu angelegten, großzügigen Hafen, in dem sich gerade ein Segler aus Alexandria im ruhigen Wasser zu erholen begann. Ein Schnellruderer mit drei Reihen, der daneben lag, wurde soeben frisch geteert, geschrubbt und gesäubert. In ihrem Rücken gen Osten zogen prächtige Gebäude den Blick auf sich, eines mehr als das andere: der Königspalast, das Amphitheater, das Hippodrom, im Norden das Aquädukt, das die Stadt und ihre vieltausend Einwohner mit frischem Wasser vom nördlich gelegenen Karmel her versorgte. Es war ein in der Tat wunderschöner Ort, der die trügerische, nur durch die Schwächen der Parteien erhandelte Balance zwischen Krieg und Frieden vergessen machen konnte.

„Man muss es dem Herodes lassen, diesem Schwein – ist nicht von mir, hat der Caesar gesagt! –, bauen konnte er! Ich bin doch lieber, viel lieber hier in Caesarea Maritima als in Roma. Stinkt es in Roma immer noch wie früher, Coponius?"

„Wenn du keine Sklaven hast, die dich in einer Sänfte über den Köpfen der Leute durch die verkoteten Straßen tragen, mit einem Tuch voll Balsam vor der Nase, dann bleibe lieber auf deinem Landgut in Kampanien und aale dich unter Olivenbäumen und neben Weinreben. Oder in den Gärten von Baiae mit Hetären. In Roma leeren sie nach wie vor ihre randvollen Nachttöpfe aus dem vierten Stock auf die Straße hinunter. Immerhin, jetzt gibt es schon öffentliche Latrinen, wo alle nebeneinander hocken. Doch manche Geizhälse wollen ihr Geld sparen und pinkeln, wo sie gerade stehen. Aber ich habe von Plänen gehört, endlich eine Kanalisation anzulegen, um die Kakkē ins Meer zu schwemmen. Dann wird das Baden bei Ostia interessant, sag' ich dir. Übrigens, Varus, Germanien ist jetzt römische Provinz geworden. Wäre das nicht was für dich?"

„Tja, warum nicht. Nach dem Tode des alten Herodes war hier in Judäa die Hölle los, mein Lieber. Aber noch mal zurück zu Roma, erzähl', wie es da jetzt aussieht."

„Ich glaube, die Stadt ist endlich so groß wie Alexandria. Der Caesar hat vor ein paar Jahren eine Volkszählung durchgeführt, dabei erhielten alle männlichen Bürger der vierzehn Bezirke je 60 Denare. Schön! Aber mit der Stadtplanung sind wir trotzdem hoffnungslos im Hintertreffen. Roma stinkt immer noch wie eine Kloake. Und in der Subura, dem Proletarierviertel, bricht jede Woche irgendein Haus zusammen oder es brennt eines ab. Im vierten Stock zu wohnen ist lebensgefährlich. Es ist eine Stadt ohne Kultur. Nachts der Lärm der Wagen, die tagsüber nicht fahren dürfen, die Überfälle, die Wirtsstuben mit den Grölenden. Wer kann, flüchtet in ein ruhiges Provinznest. Wir befinden uns eben dauernd mit irgendwem im Krieg. Und der kostet Geld! Hätten wir die Etrusker nicht gehabt, ich glaube, dann käme noch heute kein Quellwasser in die Stadt und es gäbe immer noch keine Abwasserkanäle. Es sind ihrer viel zu wenige. Dafür werden Tempel gebaut."

„Und die Griechen? Haben die nicht was geschafft?"

„Das muss man diesen Schönrednern lassen, sie haben uns Kultur beigebracht, während wir nur Kriegsschiffe und Legionen ausrüsteten. Aber jetzt schleppen sie immer mehr exotische Parfums in die Stadt. Und teuer sind diese Salben und Öle, teuer sag' ich dir! Stell dir vor, auf dem Marsfeld begegneten mir Frauen und Männer, Männer sag' ich!, von einer Duftwolke umgeben! Sie glänzten von Pomade und schimmerten in Purpur. Ja wo sind wir denn?! Der Senat will diesen Luxus jetzt per Gesetz verbieten."

„Wahrscheinlich nur für die anderen."

„So ist es. Mitglieder des Magistrats neigen grundsätzlich zur Trägheit. Es gibt in Roma schon Straßen voller Parfum- und Salbläden, Treffpunkte für Bummler, Faulenzer und Lustknaben. Ich war im Theater, da gab es ‚Die Brüder' von Terenz. Warte, ich habe den Vers behalten: ‚Er schmaust und sauft und riecht betörend, Moschus ist seine Liebe – von meinem Gelde!' Ich bin überzeugt, das gilt heute mehr als früher."

„Apropos Theater. In zwei, drei Monaten soll hier im Amphitheater ein großes Schauspiel aufgeführt werden. Sergius Flacchus ist der Organisator. Er hat vor, die Bühne und Orchestra, die Herodes entworfen hat und konstruieren ließ, einmal richtig und ganz auszunutzen. Stell' dir vor, wir werden eine Seeschlacht auf der Bühne erleben! Mit Schiffen und Feuer und Ersaufen, vielleicht auch mit Krokodilen und Nilpferden."

„Mach keinen Witz! Auf der Bühne?"

„So ist es. Die Zuschauer auf ihren Sitzen können auf das Meer hinausschauen – und zugleich werden ihnen die Füße nass vom großen Geplansche. Wahrscheinlich werden einige, die gutes Eintrittsgeld bezahlt haben, auch den Schweiß der Sklaven riechen können."

„In Herculaneum haben sie eine Bühne, die kann man hochziehen und runterlassen. Nicht schlecht, die Idee."

Varus hielt inne und lehnte sich rücklings ans Geländer.

„Coponius, du bist jetzt schon zum zweiten Mal in Judäa. Wäre es nicht an der Zeit, du wirst hier Statthalter?"

„O edler Varus …"

„Lass das edel weg. Wir kennen uns. Keine Schmeicheleien."

„Das wäre eine große Ehre."

„Lass auch die Ehre weg. Das hier ist harte Arbeit, sag' ich dir. Wenn dir dein Leben lieb ist, dann werde lieber Koch. In den letzten zwei, drei Jahren hatte ich alle Hände voll zu tun, diese jüdischen Fanatiker, von denen jeder träumt, König oder Messias zu sein, im Zaum zu halten. Da brauchen bloß ein paar Räuber kommen, die können gut reden und überzeugen, dann interpretieren sie ihre Torah in einer Weise, dass sich Jugendliche wie in einem Heerlager um sie scharen, von Tag zu Tag mehr. Und wenn so ein fanatischer Räuber sich erst mal in Rausch geredet hat, dann kann er die jungen Leute zu allem verführen, was ihm gefällt. Zu allem! Da ist mit Reden und Argumenten nichts mehr zu machen. Gar nichts. Da kannst du nur noch schnell, aber ganz schnell die nächste Legion holen und zuschlagen. Total. Lass bloß keinen entkommen, der fängt wieder von vorne an. Wir haben viele Leute verloren, Coponius."

„Ich habe gehört, dass Sabinus dich in arge Schwierigkeiten gebracht hätte."

„Hat er. Aber zuerst sich selbst. Der Mann besitzt Talente, zweifellos, aber er ist nicht klug genug, um eine Legion zu führen. Er ist Egoist. Ich hatte ihm eine Truppe in Jerusalem zurückgelassen, er bewaffnete aber auch noch seine zahlreichen Sklaven und dachte, mit dieser Schar könnte er sich ohne Probleme der Schätze des Königs bemächtigen. Von wegen! Es war zur Zeit des Pfingstfestes der Juden. Da kommen viele echt fromme Juden zusammen. Die wurden nun von den Fanatikern aufgeputscht – und schon standen im Norden, im Süden, im Westen respektable Kontingente und nahmen unsere Leute in der Mitte unter Beschuss. Sabinus geriet gehörig in Schrecken, wurde mir erzählt. Er schickte Boten an mich, ich möge doch schnellstens kommen. Ihm schlotterten die Knie so sichtbar, dass er nicht mal vom Turm zu seinen Legionären hinuntersteigen konnte. Schlechtes Zeichen für die Moral der Truppe. Zum Glück für unsere Leute kam jemand auf die Idee, die kostbaren Säulenhallen anzuzünden, auf denen die Juden Leute mit Wurfgeschossen postiert hatten. Schade für das Gebäude, aber wir waren gerettet. Doch dann frohlockte dieser arrogante Hohlkopf von Sabinus, nun habe er freie Hand, die Schätze zu rauben. 400 Talente nahm er mit. Ein Barbar und Dummkopf dazu! Was hat er gewonnen? Die Juden waren erst recht aufgebracht und sammelten sich wieder. Und Sabinus befand sich mit seinen Leuten noch lange nicht in Sicherheit. Ich habe verstanden, die jüdischen Anführer gingen nun mit List vor und stellten ihm eine Falle. Die hat er aber gerochen. Zu seinem Glück kam eine Elitetruppe des Herodes unter Gratus und Rufus, die liefen zu ihm über; Rufus leitete die Reiterei, Gratus hatte unter seinen Leuten auch trachonitische Bogenschützen und kampferprobte Männer aus Sebaste. Die beiden scheinen mir ordentliche Offiziere zu sein."

„Und was hast du gemacht?"

„Was blieb mir anderes übrig? Eine römische Legion war in Gefahr, niedergemetzelt zu werden. Unangenehm war, dass Aufruhr gerade überall herrschte: in Idumäa, in Sepphoris – da war der Ezechias, dieser elendige Räuberhauptmann, an das Waffenmagazin des Königs herangekommen; in Peräa setzte sich ein Sklave, ein Mordskerl von einem Mann, die Königskrone auf den Dickschädel. Sogar ein Hirte, hörte ich, wollte König werden! Stell dir vor, Coponius, ein Hirte! Der Mann hat bei Emmaus eine unserer Einheiten umzingelt, welche für die Legion Waffen und Proviant bringen sollte. Ihren Hauptmann Arius, ich kenne ihn, und 40 gute Soldaten machten sie nieder. Zum Glück tauchte dieser Gratus auf und entsetzte den Rest, der noch lebte. Tja, was blieb mir anderes übrig als mit den beiden restlichen Legionen und vier Reiterabteilungen in Eilmärschen nach Süden aufzubrechen, nicht ohne noch Sepphoris anzustecken und Einwohner als Sklaven zu verkaufen. Man braucht ja Geld. In Jerusalem ging es dann relativ einfach, vor solch einer Übermacht hatten die Aufrührer doch Angst. Ich habe kurzerhand 2000 ans Kreuz schlagen lassen."

„Der Caesar hat deinen Bericht gelesen. Allerdings hat er gegenüber einigen der Aufrührer, die du ihm überstellt hast, Gnade walten lassen."

„Vielleicht war das ja auch richtig. Aber jetzt mal was anderes, Coponius."

Varus drehte sich um und legte die Arme aufs Geländer. Es war an dieser Stelle vergoldet und mit einer Ausbuchtung versehen; darin stand, erhöht, ein prächtiger Stuhl, dem kaiserlichen Thron nachgebildet. Unten im Wasser konnte er die riesigen Quader ausmachen, die Herodes zur Stabilisierung der Mole hatte herbeischleppen lassen, ein einziger so groß wie zwei Elefanten.

„Willst du dir nicht ein paar Sporen verdienen, die ich dann dem Caesar melden kann?" Er blickte auf den Kaiserstuhl.

Coponius zog die Augenbrauen zusammen. Die frische Brise des Meeres, dieses Gemisch aus salzigem Meerwasser und würzigem Wüstenduft, zog belebend durch seinen jungen Körper. Er genoss es, zu größeren Taten gerufen zu werden.

„Und womit könnte ich dem Herrn Statthalter dienen?"

„Coponius, wir brauchen mehr Straßen. Gute Straßen. Ich habe das gemerkt, als ich von Antiochia schnell mit Legionen und Reiterei nach Jerusalem wollte. Ohne gute Straßen kommst du nicht voran; außerdem gerätst du bei Überfällen sofort in Bedrängnis."

„Das ist einsichtig."

„Ich erinnere mich, dass der Caesar vor einigen Jahren, ich glaube, es war sechs Jahre nach Kleopatras Tod, den Aelius Gallus, meinen Kollegen in Ägypten, beauftragt hat, mit 10.000 Mann Arabia Felix zu erobern, das Land der Aromata. Ein gewisser Euhemeros von Messene, ein epikureischer Philosoph, soll darüber einen attraktiven Reisebericht geschrieben haben. Irgendwo im indischen Ozean, orakelte er, solle das Paradies liegen. Wer's glaubt, wird sicher nicht selig. Aber hinter Caesars Anweisung, mein lieber Coponius, steckte ein ganz ausgefuchster Gedanke. Der Caesar braucht Geld. Natürlich. Und davon nicht wenig. In Roma und Italien herrscht immer wieder Hungersnot. Und deshalb wollte er alles, was von Osten nach Westen kommt, seinem Finanzamt zuführen. Und das geht eigentlich nur übers Wasser. Die Straßen zu Land, durch Mesopotamien, sind erstens sehr lang, zweitens unsicher, drittens teuer. Gallus sollte einen Seeweg nach Indien finden, damit der Caesar an die in Roma so begehrten Aromata und vieles andere billig herankommen und sie teuer verkaufen kann."

„Aha. Und, hat Gallus es geschafft?"

„Ich glaube, er ist mit einer Flotte von 50 Schiffen losgesegelt. Die Legionäre haben dort völlig unbekannte Orte zerstört und sind wohl bis zur sagenhaften Festung Athlulon oder Epibulon gekommen. Der Caesar in Roma erhielt ständig Siegesmeldungen. Na ja, so dumm war der nun auch nicht. Am Ende sind die meisten der Legionäre an irgendeiner neuen Krankheit gestorben, weil sie nicht genug von so einem Wundermittel aus Öl und Wein bei sich hatten. Jedenfalls kamen dann die Araber oder weiß der Teufel wer das war aus ihren Verstecken – und haben sich alles zurückgeholt, was unsere Leute erbeutet hatten. Und unsere Soldaten dazu. Blöde Geschichte."

„Brachte dieser Feldzug kein positives Ergebnis?"

„Doch, er brachte eins. Unsere Legionäre und ihre Söldner

hatten einen direkten Weg von Alexandria zum Golf bei Eu-daemon Arabia entdeckt. Und weil man im Sommer mit den Monsunwinden über Sokotra nach Indien und im Winter wie-der zurück segeln kann, sind unsere Handelsstraßen viel kürzer und billiger geworden. Ich habe das Gefühl, Coponius, da steckt noch viel Geld drin. Mein Spezialist im Heeresstab für Seewege meinte, man könne jetzt leicht ganz Südindien ansteuern, das sei das Zentrum des Pfefferhandels. Stell dir mal vor! Und noch weiter zu einem Land Malaia oder so ähnlich. Und noch weiter östlich gäbe es ein Mekong-Delta. Ich habe gehört, in diesem Jahr oder im nächsten soll eine römische Flotte von 120 Schif-fen diese Route bis nach Indien sicher machen. Coponius, dann können wir mit unserem bescheidenen Gehalt Myrrhe und Ka-neel, Ingwer, Pfeffer und was weiß ich alles kaufen."

„Und verkaufen. Ich verstehe. Und wie hängen unsere schö-nen Straßen mit diesem neuen Seeweg zusammen?"

„Ohne gute Landstraßen geht nichts auf dieser Erde. Ich möchte, dass Jerusalem über eine weitere Straße von Jericho her erreichbar wird. Jetzt führt eine oberhalb des Wadi Quelt herauf, die biegt nach etwa 13 Meilen Richtung Nordwest und führt zu unserer Mansio, dem Militärposten, etwa drei, vier Meilen öst-lich der Ölbergkuppe. In dieser Mansio sollen fünf Leute statio-niert sein. Sie stehen in Kontakt mit dem Posten auf dem Ölberg und einem nächsten südlich auf einer Bergkuppe. Ich möchte aber noch einen zweiten Weg nach Jerusalem haben. Man muss Alternativen bereithalten."

„Hast du schon eine Vorstellung, wo der langgehen soll?"

„Er sollte etwas südlicher liegen. Ich verbinde mit Straßen noch eine andere Idee: Sie sollen der Befriedung der Provinz die-nen und damit dem Frieden und Wohlstand im Reich."

„Oho! Und wie dieses?"

„Unsere Straßen sind gerade in diesem hügeligen Land sehr beliebt. Sie sind gut. Wer sonst auf der Welt baut Straßen so breit und so tief und so fest wie wir!"

„Da hast du Recht. In Gallien haben unsere Leute vortreff-liche Straßen gebaut, bis zu 14 Faden breit, sogar mit Ausweich-stellen für Heeresabteilungen, die sich entgegenkommen. Ganz abgesehen von den Brücken."

„Wir haben hier weder Rhein noch Donau", erwiderte Varus trocken. „Straßen, wie wir sie mit den Legionären bauen, erreichen vier Ziele: Erstens sind die Bewohner des Landes beeindruckt, was und wie wir bauen, und sie fürchten uns. Zweitens sind sie dankbar, weil sie nun selbst besser vorankommen. Drittens marschiert unser Militär auf ebenen, geraden Straßen bedeutend flotter, wird nicht so müde und ist nicht so anfällig für Überfälle. Viertens entwickelt sich entlang guter Straßen Handel; Handel aber macht die Leute reich. Und wenn sie reich sind, wollen sie keinen Krieg."

Er schaute grinsend zu Coponius hinüber.

„Na, was sagst du nun?"

„Hm, nicht schlecht gedacht. Und hier in Judäa?"

„Auch hier ist nicht alles anders. Man muss sich auf die Mentalität der Leute einstellen. Mit Fanatikern hast du überall Probleme. Die kann man nur aufhängen. Also, Coponius, an die Arbeit. Beherzige, was ich dir gesagt habe: Suche Streit mit den Juden zu vermeiden. Bau ihnen lieber eine Synagoge. Gelegentlich den Göttern opfern schadet auch dir nichts."

„Und wo soll ich anfangen?"

„Wenn man von Jerusalem über den Ölberg geht und wieder hinabsteigt über ein paar Hügel, dann liegt da ein Ort namens Betanien. Schau dich da mal um."

IV

Natürlich erfuhr Marta bald, wohin die kleine Schwester nachts heimlich ging. Und zwar immer wieder. Es gab eine unangenehme Szene. Marta schimpfte wie eine Furie – jetzt sieht sie aus wie eine Hexe, dachte Mirjam –, Lazarus zeterte wie ein Esel; Vater habe verboten, die Steingrenze zu überschreiten, und er drohte der kleinen Schwester mit der Faust. Als Marta und Lazarus in ihrem Schreien eine Pause machten und Luft holten, sagte Mirjam kurz:

„Vater war auch dort."

Marta verlor die Fassung, Lazarus verschluckte sich.

„Was? Wie? Vater bei der Hexe? Nein, sicher nicht. Niemals!"

„Sie ist keine Hexe. Und Vater war dort", trumpfte Mirjam auf. „Und Mutter wusste es!", legte sie nach. In wenigen Worten teilte sie mit, was sie gesehen und dass Vater ihr im Traum gesagt hatte, die Frau sei gut und sie könne dorthin gehen.

„Sie erzählt mir vieles über Blätter und Gräser", fügte sie an.

Aber von Kleopatra und dem Ambikos und all dem anderen wollte sie besser nichts sagen. Marta schüttelte den Kopf: Von diesen Geschichten sollte sie auch nur einen Finger breit glauben? Lazarus grollte unmissverständlich, davon werde gar nichts stimmen. Zu allem anderen lüge Mirjam jetzt auch noch. Er bezweifle jedes Wort. Marta meinte seufzend, nun habe Mirjam zwar eine Freundin und sei zum Glück nicht mehr allein. Doch diese Frau sei gefährlich, und sie mache sich Sorgen um Mirjam. Große Sorgen.

Seit diesem Tag fühlte Mirjam sich besser. Sie hatte etwas, das ihr allein gehörte und wodurch sie sich von den Leuten im Dorf einmal mehr unterschied, aber auch absonderte. Das gab ihr ein neues Selbstbewusstsein. Sie fühlte sich mit ihren neun Jahren schon ein bisschen erwachsen. Durch die zahllosen Gespräche mit ihrer großen Freundin hatte sie viel gelernt, nicht nur über Kräuter und Salben, sondern auch darüber, wie man ein großes, schönes Haus baut, welche Räume dazu gehörten und worauf beim Bau zu achten ist, wie man Personal führt, wie man mit Geld umgeht und mit Banken und vieles, vieles andere mehr. Ihr schien, sie wusste bereits mehr von der Welt als alle Männer von Betanien.

Als sie Charmion vom Streit mit ihren Geschwistern erzählte, meinte diese beruhigend, sie verstehe Marta und Lazarus. Das sei alles nicht so schlimm. Viel wichtiger sei, dass Mirjam nicht mit dem Lernen aufhöre.

„Du kannst jetzt schon ganz gut Aramäisch lesen und schreiben. Jetzt musst du noch Griechisch lernen. Und auch Latein. Stell dir vor, du kommst mal nach Italien, nach Roma, und kannst nicht lesen, was da geschrieben steht."

„Ich nach Italien?" Mirjam lachte. „Nein, sicher niemals. Aber vielleicht nimmst du mich mal mit nach Ägypten, nach Alexandria oder dorthin, wo du mit Kleopatra gelebt hast."

„Ich habe das Gefühl, ich schaffe diesen langen Weg nicht mehr. Ich bin in den letzten Monaten müde geworden. Und manchmal tut mir mein Bauch weh. Nein, du lerne die Sprachen. Lerne sie gut. du wirst bald wissen, warum ich das sage."

So saß denn Mirjam eifriger noch als zuvor an der Hauswand von Vaters Haus und lernte jetzt Griechisch und Lateinisch. Wenn sie mal keine Lust hatte, und solche Tage gab es, dann dachte sie an Alexandria und den Palast der Kleopatra. Und ein ganz klein wenig auch an Roma. Aber wirklich nur ein wenig. Mit Charmion sprach sie jetzt immer nur Griechisch, lernte auch ägyptische Worte und begann sogar, einige Dinge auf Lateinisch zu benennen.

Eines Tages kam der Dorfvorsteher. Sie sei jetzt schon neun Jahre alt. Da sei es für sie an der Zeit, die Ziegen und Schafe des Dorfes zu hüten; das sei ohnehin nützlicher als immer zu der Hexe zu laufen und sich zudem die Augen mit Büchern zu verderben. Mirjam besprach sich noch am gleichen Abend mit Charmion; beide fanden, dass es vorteilhaft wäre, Abwechslung zu haben. Nur mit Buchstaben und Zahlen zu arbeiten wäre auf die Dauer einseitig.

„Du musst etwas für deinen Körper tun, Mirjam. Du sitzt viel zu viel herum. Schafe und Ziegen werden dich lehren zu laufen und zu springen. Und du kommst aus der Enge des Dorfes heraus. Die Leute hier mögen dich nicht, weil du nicht so lebst wie sie. Sie sind wahrscheinlich neidisch auf dich, und heimlich haben sie Angst vor mir und deswegen auch vor dir, weil du mehr mit mir lebst als mit ihnen. Aber die Welt ist größer als dieses Dorf! Es tut gut, die Wüste kennen zu lernen. Außerdem kannst du dort zwischen den Hügeln und um die Felsen herum viele Gräser finden und Blumen und Pflanzen; die bringst du mit und ich erkläre dir, welche Kräuter das sind, wozu sie helfen und was man mit ihnen machen kann."

Und dann lächelte sie vielsagend und fügte an:

„Und dann – dann werde ich dich ein paar Kochrezepte lehren. Jawohl! Vielleicht willst du einmal Ente mit Rüben servieren? Oder ein Huhn auf numidische Art essen?"

Und so wurde Mirjam zur Hirtin von Betanien.

Am Anfang gab man ihr nur zehn Tiere, weil sie noch jung und unerfahren war, dann wurden es zwanzig, später wuchs die Herde auf einige Dutzend und sogar 70 Tiere an. Mirjam lernte schnell, wie sie die Tiere führen und leiten musste. Dazu hatte Charmion ihr eine leichte Tasche aus Ziegenleder genäht, in der trug sie kleine Steine. Sie übte, mit den Steinen so genau nach den Ziegen zu werfen, dass diese wussten, wohin sie gehen soll-ten. Umgekehrt lernten die Schafe und Ziegen Mirjams Stimme kennen und begannen, ihr zu vertrauen. Ab und zu war auch ein Bock in der Herde. Der hatte starke Hörner, und wenn er in Stimmung war, wollte er mit Mirjam streiten. Aber Mirjam hatte keine Angst vor ihm, sie passte auf, dass der Bock die Zie-gen und Schafe nicht zu sehr stieß und dabei verletzte. Dazu brauchte sie bloß zu schreien, ihren Stab zu erheben oder einen größeren Stein zu werfen, und schon verstand der Kerl, was er gefälligst zu lassen hatte.

Seit jenem Tag also wanderte sie nun mit den Tieren über die Hügel um Betanien, meist die Wüste hinunter in Richtung Jericho. Zum Ölberg hinauf zog es sie überhaupt nicht, denn dahinter war die große Stadt Jerusalem, und dort im Heiligtum wohnte Gott, und an den wollte sie nicht denken. Er und all diese Frommen mit ihrer Torah waren schuld am Tod der Eltern.

Neben der Tasche mit den Steinen hatte sie eine zweite um-gehängt, darin trug sie Brot und Früchte und einen Fellschlauch mit Wasser. Im Laufe der Jahre lernte sie auch, verborgene Quel-len zu finden und überhaupt zu spüren, wo Wasser sein musste. In einer dritten Tasche sammelte sie Kräuter. Wenn sie abends bei Charmion saß, untersuchten beide die Pflanzen, sortierten, trockneten die einen und legten andere in eine ölige Flüssigkeit.

Es war wieder ein Jahr vergangen. Mirjam fühlte sich wohl am Tag in der Wüste, des Abends bei ihrer großen Freundin, da sagte Charmion eines Nachts:

„Mirjam, wenn ich einmal nicht mehr bin …"

„Nein!", schrie Mirjam. „Du darfst nicht weggehen! Bitte, nicht! Ich habe doch niemanden außer dir!"

„Denk an das Teilen, Mirjam. Immer kleiner werden."

Und dann fasste sie Mirjam an beiden Schultern:

„Schau, wenn ich einmal hinübergehe, dorthin, wo meine Königin ist und wo deine Eltern sind, dann – dann gehört dir alles, was hier in der Hütte ist. Alles. Ich habe das hier auf dem Pergament aufgeschrieben, in Griechisch, Aramäisch und Lateinisch. Du kannst es lesen. Darunter ist mein Siegel. Du wirst noch manches finden, was ich dir noch nicht gezeigt habe. Auch das gehört dir. Und in manche Körbe und Kessel habe ich ein Pergament gelegt, darauf steht, was sie enthalten und wie du damit umgehen musst."

Mirjam merkte, wie ihre Seele wieder anfing zu bluten und Leere in sie einzog. Wie die weite Welt wieder eng und dunkel wurde.

„Bitte, bleib! Noch ein paar Jahre, bis ich groß bin."

„Ich werde bei dir sein, Mirjam. Ich passe auf dich auf. Immer!" Sie legte ihren Arm um Mirjams Schultern. „Noch etwas muss ich dir sagen: Drüben im Häuschen deines Vaters – auch dieses Häuschen gehört dir, das steht auf einem anderen Pergament, das ich dir geben werde – gibt es ein Versteck. Unter der Erde. Ich werde es dir zeigen. Darin befinden sich Goldbarren, auch Silber und Silberdenare – aber vor allem: Da liegt das Buch, das Kleopatra von dem Bolos von Mendes bekommen hat. Es enthält die geheimen Regeln über den Ambikos und wie man mit ihm Metalle und Pflanzen erhitzt und welche Ergebnisse dann erzielt werden. Das Besondere ist: Kleopatra hat selbst eigene Versuche gemacht und Erkenntnisse gesammelt und sie ebenfalls aufgeschrieben. Auch die findest du auf diesem Pergament eingetragen."

Mirjam lehnte am Leib der Charmion, sie fühlte deren Herz, das ein wenig heftig und unruhig pochte. Ich bekomme jetzt viel, dachte sie, aber ich will das alles gar nicht. Ich will diesen Menschen behalten. Nur diesen Menschen. Der soll mir nicht genommen werden, diese Frau. Meine Freundin. Ich werde wieder arm sein, wenn sie nicht mehr ist. Einsam.

„Noch etwas, Mirjam. Schau, hier in der Hütte stehen ja viele Näpfe, Schalen, verschlossene Vasen. Wir haben sie uns angesehen. Die meisten enthalten Salben oder Öle gegen Krankheiten. Du weißt das schon. Mit manchen kann man Parfums machen. Aber da sind noch andere Vasen. Die habe ich dir nicht gezeigt, denn sie enthalten Gifte. Ich habe auf diese verschlossenen Vasen Buchstaben in Rot gemalt. Hier auf dem dritten Pergament steht bei jedem dieser Buchstaben, was das für ein Heilmittel oder ein Gift ist und was es bewirkt. Du musst dir nun ein Versteck suchen, denn wenn die Leute kommen und meine Hütte ausräumen, dann sollen diese Vasen und Salben und Öle nicht in ihre Hände fallen."

„Wo soll ich denn ein Versteck finden?" Mirjam standen Tränen in den Augen. „Nein, ich will nicht!"

„Ich denke, da unten irgendwo in der Wüste. Zwischen manchen Felsen gibt es Höhlen, kleinere und größere; such dir eine passende, schleiche hinein und finde heraus, ob du sie für ein Versteck benutzen kannst. Dann musst du sie wieder gut verschließen und den Eingang unsichtbar machen. Pass auf, dass keine großen Tiere hineinkommen. Wenn du ein Versteck gefunden hast, dann holen wir alles aus dem Häuschen deines Vaters und bringen es dahin."

Jeden Abend, wenn Mirjam von den Fluren um Betanien zurückkam, war sie voller Angst, ob Charmion noch da wäre. Aber sie war da. Jeden Abend. Und es schien, als würde sie sich wieder wohler fühlen, denn sie lachte wieder mehr. Allmählich begann Mirjam jenes schreckliche Gespräch zu vergessen.

Eines Nachmittags kam sie schon früher mit der Herde zurück. Am Abend würde der Sabbat beginnen, und die Bewohner des Dorfes wollten ihre Tiere dann immer zeitig zurück im Pferch haben. Marta und Lazarus waren nicht im Haus; sie hatten Arbeit drüben in der Stadt gefunden, in der Nähe des Heiligtums. So schlenderte Mirjam hinüber zur Hütte von Charmion.

„Einen schönen guten Abend, Charmion."

„Du siehst etwas müde aus, Mirjam."

Sie wechselten ein paar Worte. Mirjam erzählte, was sie mit den Tieren angestellt hatte, dass einige Schäfchen nur langsam gehen konnten und dass sie auch schon mehrere Höhlen gefunden hatte, die sich gut als Versteck eignen würden.

„Willst du dich frisch machen?", fragte Charmion. „Ich bereite derweil ein kleines Abendessen. Du weißt ja, da hinten …"

Weiter kam sie nicht. Denn von den Häusern des Dorfes her ertönte eigenartiger Lärm. Er klang ganz anders als das übliche Schreien der Menschen und Tiere im Dorf. Da brüllten Stimmen von Männern. Metall dröhnte. Pferde wieherten.

Charmion stand einen Augenblick wie erstarrt. Sie sah kurz zu Mirjam hinüber, dann lauschte sie wieder, bewegte sich vorsichtig zur Tür ihrer Hütte und lugte durch einen Spalt. Mirjam wusste überhaupt nicht, was da vor sich ging. Sie hatte eigentlich nur Angst, weil Charmion sich so seltsam verhielt. Und weil da draußen so merkwürdig geschrien wurde. Und was wollten Pferde hier? Nach einem Augenblick kam Charmion zu Mirjam, auf Zehenspitzen.

„Es sind römische Soldaten. Sie suchen ein Haus. Sie zeigen immer auf euer Haus. Ich fürchte, sie wollen es konfiszieren."

„Konfiszieren? Was heißt das? Das ist doch unser Haus! Vater hat es gebaut, bevor er aussätzig wurde."

Charmions Augen wurden ganz groß.

„Mirjam, das könnte uns helfen. Schnell!" Und während sie verschiedene Salben holte, rief sie Mirjam in Windeseile die politische Lage in Erinnerung: Den Römern gehörte alles im Land. Jedes Haus. Aus irgendeinem Grund wollten sie das Haus von Vater Simon haben. Die einzige Rettung bestand vermutlich – hoffentlich – darin, dass Mirjam jetzt aus dem Haus wie eine Aussätzige den Römern entgegengehen und schreien würde …

„Los! Mirjam, das musst du schaffen. Ich pass' hier auf."

Im Handumdrehen hatte Charmion mit ihren Salben Mirjams Gesicht so bearbeitet, dass es furchtbar entstellt aussah. Nun hängte sie ihr schnell noch ein schmutziges Tuch über Kopf und Körper, umwickelte die Füße mit alten Lappen und flüsterte:

„Schleich dich von hinten an euer Haus, dann durch die Hintertür hinein und vorne wanke den Soldaten entgegen. Und dann schrei! Schrei ganz schrecklich. Versuch' es!"

Die Soldaten zu Pferde unter ihrem Centurio Coponius bemühten sich immer noch, die Dorfbewohner zu beruhigen. Es ginge nur um eine neue Straße, das wäre doch gut für sie. Richtig, sie dürften alle hier bleiben. Ja, sie bekämen sogar eine neue Synagoge. Nein, es würde niemand verhaftet. Ja, alles sei hier in Ordnung. Nein, keiner würde als Sklave verkauft. Ja, es ginge nur um eine neue Straße. Nein, niemand bräuchte Angst zu haben …

In diesem Augenblick aber befiel die Leute Angst und Schrecken. Sie sahen, noch bevor die Soldaten es bemerkten, wie aus dem Haus des Simon eine Gestalt heraus wankte. Entsetzlich anzusehen. Abstoßend! Ein Aussätziger. Ein Geist? Der Geist des verstorbenen Simon!

„Aussätzig! Aussätzig!" krächzte der Geist.

Sein Gesicht war fürchterlich entstellt, die Augen kaum noch zu erkennen, Stümpfe statt Beinen ließen ihn nur humpeln. Wieder röchelte der Geist und schwenkte dabei die Arme:

„Das ist das Haus Simons des Aussätzigen, Haus Simons des Aussätzigen. Aussätzig, aussätzig. Simon der Aussätzige."

„Ach du grüne Kakkē!", entfuhr es Coponius. „Männer, umkehren, wir reiten zurück. Das macht keinen Sinn. Wiedersehen, ihr Leute. Passt schön auf euch auf. Immer sauber die Hände waschen!" Die Soldaten gaben ihren Pferden die Sporen. Hinauf ging's, weg aus der Reichweite dieses vermaledeiten Hauses.

Charmion erspähte durch den Spalt ihrer Tür, wie die Leute mit großen Augen hinterher starrten, ungläubig hinter den Soldaten und noch ungläubiger hinter dem Geist, als dieser wieder im Haus verschwand. Etwas leichtfüßiger, als er heraus gehinkt war. Wie einige Frauen immer noch schrien, während die Männer mit zusammengekniffenen Augen hinter den Römern her blickten. Und wie sich dann alle vorsichtig dem Haus Simons des Aussätzigen näherten, um jede Ecke äugten, ob sie seinen Geist noch zu Gesicht bekämen, wie sich aber niemand ins Haus hinein traute. So sehr sie ihre Augen auch anstrengten, sie sahen ihn nicht. Der Geist war verschwunden.

Sie sahen auch nicht, wie hinter dem Haus Mirjam ohne Tuch um den Kopf, ohne Lumpen an den Füßen den Abhang hinuntersprang, unten herum und wieder hinauf und gebückt von hinten in die Hütte der Charmion schlich, mit den Tüchern unter dem Arm, das Gesicht immer noch voller Schminke. Sie war außer Atem. Sie war so durcheinander, dass sie jetzt erst anfing zu weinen. Ihr ganzer Körper bebte. Charmion hielt sie fest umschlungen.

„War toll, Kleines. Ganz prima! Keiner hat etwas gemerkt. Du hast euer Haus gerettet. Die Römer sind darauf reingefallen. Die Leute vom Dorf auch. Ha, dein Vater wäre stolz auf dich."

Allmählich beruhigte sich Mirjam. Doch schließlich atmete sie wieder gleichmäßig, schüttelte noch einmal den Kopf und schaute in den Handspiegel – da bekam sie einen gewaltigen Schrecken! Das war sie? Aber dann lachte sie, und lachte und lachte! Und beide lachten. War das ein Spaß gewesen. Sie hängte sich noch einmal das Tuch um den Kopf und schaute wieder in den Spiegel.

„Ich wäre auch darauf reingefallen", sagte sie. „Ich erkenne mich selber nicht wieder!"

Es wurde ein gemütlicher Abend. Sie erzählten, Charmion von den Verwandlungskünsten am Hof der Königin, Mirjam von ihrem Vater und der Mutter. Natürlich bekamen auch die Dorfleute und erst recht die Römer ihren Spott ab, die von einem unerfahrenen Geist so wirksam reingelegt werden konnten. Nebenbei gab es Früchte und frischen Saft. Bis sie die laute Stimme von Marta hörten:

„Mirjam! Mirjam!"

„Ich glaube, du gehst jetzt besser hinüber. Du musst dich aber innerlich umstellen. Die wissen ja nichts."

„Und nichts werde ich sagen", fügte Mirjam selbstbewusst hinzu.

Als sie zum Elternhaus ging, winkte Charmion leicht mit der Hand hinterher, doch bei Marta und Lazarus rührte sich kein Finger. Stattdessen überfielen sie aufgeregt die kleine Schwester:

„Weißt du, was passiert ist?"

„Was denn?"

„Die Römer waren hier! Römische Legionäre. Reiter! Sie wollten unser Haus konfiszieren. Aber Vater ist ihnen als Geist erschienen und hat gerufen: Haus Simons des Aussätzigen, Haus Simons des Aussätzigen! Er hat sein Haus gerettet."

„Natürlich!", sagte Mirjam.

V

In den folgenden drei Jahren blühte Mirjam auf. Mit ihrer großen Freundin, die so unendlich viel wusste und erlebt hatte, konnte sie über alles sprechen. Und Charmion merkte, wie dieses Mädchen den Verlust der Eltern unbewusst dadurch ausglich, dass es seine eigenen Fähigkeiten entdeckte und mit Eifer entfaltete. Nur die Erfahrung fehlte noch. Charmion sah die Talente, sie zögerte nicht, das Mädchen auf diesem Weg zu führen und weiter zu bilden; in mancher Hinsicht konnte sie mehr für Mirjam tun als Vater und Mutter. Die Dorfleute merkten, dass Mirjam anders heranwuchs als sie, und hatten sich darein gefügt, dass weder sie noch die beiden Geschwister auf dieses Mädchen Einfluss nehmen konnten. Und wie das so ist: Sie neideten es ihr in einer Form von heimlichem Hass.

Als Mirjam größer wurde, besorgte Charmion ihr neue Kleider, auch feste Sandalen sollte sie jetzt öfter tragen. Und eine kleine Kette erhielt sie aus dem Schatz der Kleopatra. Es war wohl der Sklave, der im Stillen besorgte, was die große Frau und das kleine Mädchen brauchten. Mirjam bekam ihn nie zu Gesicht. Charmion zeigte ihr auch, was sie mit ihren langen, schwarzen Haaren anstellen, wie sie diese binden und flechten sollte, stecken und sogar färben. Mit dem Spiegel der Kammerzofe war das jedes Mal ein lustiges Spiel. Monat für Monat lernte sie ein neues Parfum kennen und verstand allmählich, welchen Duft man aus den einzelnen Blättern, Wurzeln und Blüten mit den unterschiedlichen Ölen zubereitete. Sie lernte Perlen kennen, Ohrgehänge, echtes Gold, Silber, Purpur zu unterscheiden von unechtem. Der Ambikos leistete unentbehrliche Dienste. Und immer mehr erfuhr sie aus der Welt der Großen, der Welt des Hofes und der Welt der Geschäfte, der Kunst und des Geldes.

Die Schafe und Ziegen waren ihre dritte Welt geworden. Eine Art sorgende Vertrautheit verband sie mit den Tieren, und die Tiere wussten, dass ihre Hirtin sie umsichtig führte. Zur Herde gehörten inzwischen auch vier Hunde, Setschheb und Hekenu, Hatet und Ramses, zottige Gesellen, die um ihre Aufgaben wussten.

Beim täglichen Führen der unterschiedlichen Tiere wurde Mirjam nicht bewusst, wie sie ihr Talent zur Leitung entwickelte und täglich verbesserte. Aber Charmion merkte es und förderte diese Fähigkeit.

Mit den vier Hunden wagte sie auch, über Nacht draußen zu bleiben. Dort lauerten Gefahren, die wilden Tiere der Nacht strichen umher, darunter Luchse; und einige wollten sogar den grauen Bergpanther gesehen haben. Aber Mirjam kannte die Wüste bereits wie ihr Zuhause. Weiter unten, wo Herodes große Aquädukte hatte bauen lassen, um das Wasser von Quelt zu seinen Palästen und Teichen in Jericho zu leiten, hatte sie oben in den Bergen tiefe Höhlen entdeckt. Dort konnte sie sogar eine zahlreiche Herde über Nacht sicher unterbringen. Vorne am Eingang, den sie mit Steinen verengte, hielten die Hunde Wache. Neben ihnen stand der mächtige Ziegenbock mit seinen geschwungenen, kraftvollen Hörnern. Er schien auf den Panther nur zu warten.

Im Steinwerfen war sie eine Meisterin geworden; sie hatte ja genügend Zeit, um zu üben. Es gelang ihr sogar, weit entfernte Pflanzen sicher zu treffen. Worin sie sich jedoch von allen Hirten der Wüste Juda eindeutig unterschied, das war ihr Buch. Immer trug sie ein Buch oder eine Rolle mit sich, die ihr Charmion besorgt hatte. Zum Beispiel ein Buch mit Theaterstücken von Griechen. Wenn sie im Schatten eines der wenigen Bäume, die sich in der Wüste behaupten konnten, saß und auf die Herde aufpasste, nutzte sie die Stunden zum Studieren. Ein lateinisches Gedicht handelte von Schafen, das gefiel ihr. Sie bemühte sich, die Strophen auswendig zu lernen:

„Nicht mehr braucht man die Wolle in künstliche Farben
zu tauchen, draußen schon auf der Trift wird das Vlies
des Widders sich färben, bald zu purpurnem Rot,
bald auch zu goldgelbem Safran. Und natürlicher Scharlach
kleidet die weidenden Lämmer."

Was meinte der Dichter damit? Sie wollte Charmion fragen. Fand sie aber Verse, die sie zum Lachen reizten, lernte sie einige auswendig und spielte sie ihren Schafen vor. Aber so intensiv sie auch gestikulierte und so wortgewandt sie auch betonte, deren Beifall gelangte über ein jämmerliches Mähmäh nicht hinaus. Manchmal schaffte sie es trotz allen Grübelns nicht, gewisse Ausdrücke der Dichter zu verstehen. So etwa die Verse von einem Herrn Dioskurides:

„Rasend machen sie mich, die geschwätzigen, rosigen Lippen,
seelezerschmelzendes Rund eines nektarischen Mundes.
In den unter den Brauen blitzestrahlenden wonnigen Augen
sind meinem innersten Herzen Fallen und Netze gestellt.
Weiß wie Milch die Brüste, die blendenden, zwillingsgesellten,
denen an schöner Gestalt keinerlei Blume gleicht."

Charmion erklärte es ihr am Abend. Sie erzählte Mirjam sachlich und ruhig, wie Frau und Mann sich unterscheiden, äußerlich und noch mehr innerlich, in ihrem Wahrnehmen, Empfinden und Verhalten bis hinein in unterschiedliche Fähigkeiten, durch die sie sich ergänzen, wenn sie gut zusammenleben. Und wie die Frauen durch ihren Körper die Männer ganz durcheinanderbringen können. Und umgekehrt. Aber Mirjam besaß noch kein Gefühl für ihren Körper oder dafür, dass sie Frau war. Sie lebte ja alleine, ohne Freundschaft mit anderen Mädchen und noch weniger mit Jungen. Nur bei ihren Tieren sah sie ganz natürlich, wie männliche und weibliche Tiere sich unterschieden, wie sie sich besamten, wie sie Nachwuchs kriegten.

„Und was meinte der Dichter mit den Versen, wo sich die Wolle der Schafe von selbst färbt? In purpurnes Rot oder Safran?"

„Das sind Worte des großen Vergil. Er spricht in dem Gedicht von einem Knaben, von einer göttlichen Jungfrau, und mit ihm komme ein neues Zeitalter herauf, wo die Welt von selber schöner und königlicher und voller Frieden ist. Das hat sogar etwas mit Kleopatra zu tun."

„Mit deiner Kleopatra? Wieso das?"

„Nun, Kleopatra hatte mit Caesar ein Kind, und Vergil hatte gehofft, dieses Kind des römischen Herrschers und der ägyptischen Pharaonin werde der Welt den großen Frieden bringen."

„Und? Wird das so kommen?"

„Caesar wurde umgebracht, das Kind auch. Die Menschen werden sich immer bekriegen. Schon deine Ziegen streiten sich."

In der Tat, ihre Schafe und Ziegen besaßen unterschiedliche Charaktere. Einige der gesprenkelten Böcklein wollten immer wieder mit ihr kämpfen. Dabei entdeckte Mirjam die Eigenarten jedes Tieres und dass sie ein jedes nach seiner Art lenken musste. Sie gab den Schafen und Ziegen Namen, die zu ihnen passten. Das war lustig. Wenn sie das Tier dann bei seinem Namen rief, drehte es den Kopf – und kam nicht! Nur dann liefen sie alle herbei, wenn sie merkten, es gab Salz zu lecken aus Mirjams Hand.

Um zu überleben, brauchten die Tiere bestimmte Kräuter, die sie vor Schwächen schützten. Aber diese Kräuter wuchsen nur an bestimmten Orten und zu bestimmten Zeiten. Manche

Tiere wussten selber, wo die Büsche und Pflanzen standen, die sie brauchte. Allmählich lernte auch Mirjam, diese Orte zu erkennen und wiederzufinden; sie wusste, wann die Sträucher in Blüte standen, und sie konnte die Herde zur rechten Zeit dorthin führen.

Die Wüste war ihre Welt geworden. Sie erspähte, wo Hornissen ihre Nester bauten, wo sich Schlangen gern versammelten, wo sich kleine, wo große Höhlen sich wie ein Ohr der Erde öffneten, wo dunkle Schluchten gähnten und wo Wasser von einem Stein tropfte. Sie passte auf, dass sie sich nach dem Regen im Herbst nicht in einem engen Wadi aufhielt, denn wenn die Wasserfluten plötzlich und in wilder Wucht heran stürzten, wäre sie mit den Tieren nicht mehr herausgekommen. Sie lernte auch immer mehr Kräuter kennen und an ihrem Duft unterscheiden. Und bald verstand sie auch, sich in der Wüste ihr Brot zu backen, auf heißen Steinen. Und Wasser gab es genug.

Aber es kamen auch Tage, da wurde es dunkel in ihrer Seele. Da war niemand, der sie beim Namen rief. Es gab keine Augen, die sie anschauten, keinen Ort, der ihr Zuhause war; keinen lieben Menschen, zu dem sie hingehen und an den sie sich anlehnen konnte. Charmion schien das zu spüren, an solchen Tagen war sie besonders ruhig und sprach nicht viel. Mirjam musste lernen, in diesen leblosen Tagen mit sich selbst zurechtzukommen.

Aber es gab auch die heiteren Tage. Wenn ein Schäfchen oder eine Ziege geboren wurde, wenn die Mutter es nährte und schützte, oder wenn die alten Tiere sie mit immer demselben Ausdruck anglotzten – dann begann Mirjam zu singen. Und der Wind hörte zu, und bisweilen sang er mit, und die Gräser tanzten im Takt. Sie dachte sich selbst Worte und Melodien aus, erzählte im Singen Geschichten, Geschichten vom Verlieren und Geschichten von Blicken der Liebe, Geschichten vom kleinen Mädchen, das über die Hügel wandert und sucht, und Geschichten von den Wolken, die alles sehen und verstehen. So tröstete sie sich. Manchmal wurden ihre Lieder am Ende sogar beschwingt und leicht, dann konnte sie aufspringen, hüpfte von Stein zu Stein und lud Schafe und Ziegen ein, mit ihr zu tanzen und zu singen.

Aber die begriffen das nicht.

Wenn die Schafe geschoren wurden, passte sie auf, was die Leute mit der Wolle machten. Sie holte sich eine Spindel, schaute genau zu, wie man sie in der Hand hält und schwingt und dreht – und versuchte dann selber, Fäden zu spinnen. Das machte Spaß, auch wenn die Fäden noch voller Flöhe waren. Charmion brachte ihr bei, wie man in Ägypten mit der Handspindel arbeitet. So hat es die Mutter getan, dachte Mirjam. Und dann musste sie still weggehen.

Eines nachts hatte Charmion sie zum Häuschen des Vaters mitgenommen. Dort zeigte sie ihr das Versteck in der Erde. In dieser Nacht sah Mirjam zum ersten Mal den Sklaven der Charmion, Juba. Doch es war so dunkel, dass sie sein Gesicht nicht erkennen konnte; sie meinte, es sei hellbraun wie das der Charmion. Der blinde Juba schien nicht alt zu sein. Er hatte einen Esel mitgebracht. Gemeinsam holten sie aus dem Erdloch, was in Beutel eingewickelt war. Die Beutel und Säcke waren schwer, sehr schwer.

„Mirjam, wir schauen uns jetzt nicht an, was drinnen ist, das kannst du später tun. Jetzt sind wir in Eile, die Sachen müssen in dein Versteck. Du hast gesagt, es ist eine Stunde entfernt? Also, dann müssen wir uns beeilen."

Es waren sechs größere Beutel aus Leder und drei aus kräftigem Leinen, dazu vier kleinere Säcke, die Charmion beim schwachen Schein von drei Öllampen aus dem Erdloch holte. Juba wartete draußen mit dem Esel. Auch den Ambikos packte Charmion dem Tier auf den Rücken.

„Brauchen wir den nicht mehr?", fragte Mirjam.

„Nein, im Moment nicht. Wir haben genug damit gearbeitet, du weißt schon viel. Nun machen wir eine Pause."

Dann zogen sie los. Juba trug eine Fackel unterm Arm, damit sie später sehen konnten. Mirjam hatte die Hunde geholt. Aufgeregt über den nächtlichen Ausgang, sprangen sie um die drei und den Esel herum, aber bald verstanden sie ihre Aufgabe. In ihrer Begleitung fühlten Charmion, Juba und Mirjam sich sicher. Nach einer Stunde nächtlichen Marsches unter silbrig schimmernden Wolken näherten sie sich der kleinen Höhle. Sie lag am Grunde einer Mulde, die von Disteln und wilden Rosen überwachsen war. Kaum jemand würde im Vorbeigehen auf die Idee kommen, da hinunter zu rutschen. Hinter einem wilden Rosenbusch befand sich das Loch, durch das freilich nur ein schmaler Mensch schlüpfen konnte. Charmion, die auch jetzt ihren Schleier nicht abgelegt hatte, sagte zu Mirjam:

„Bist du sicher, dass kein Tier in der Höhle wohnt?"

„Ich habe die Hunde einmal hineingelassen, sie haben nur normal geschnüffelt und gebellt. An ihrem Bellen konnte ich erkennen, dass der Raum darin größer sein muss, als man hier draußen vermuten würde." Sie hob den Rosenbusch, den sie früher schon gelockert hatte, zur Seite und ließ Ramses und Hatet noch einmal in das Loch hinein. Kein auffälliges Geräusch.

„Gut, Schlangen sind nicht drin. Dann krieche ich hinein und ihr reicht mir alles hinterher. Bitte, die Öllämpchen."

„Nein, nimm jetzt die Fackel, Mirjam. Zünde sie an, bevor du hineinkrabbelst. Manchmal hält sich in solcher Höhle eine giftige Luft, halte deshalb die Fackel erst vorsichtig an den Eingang und prüfe, was passiert."

Alles ging gut. Die Höhle war in der Tat wie für ihre Zwecke geschaffen: der Eingang recht schmal, Mirjam kam mit Kopf und Körper noch gut hindurch, im Innern aber konnte sie sitzen und sich auf dem Sandboden ausstrecken. Keine Schlangen, keine Skorpione; vielleicht fehlten sie, weil es in der Höhle fühlbar kühl war. Manchmal sammelte sich am Grund solcher Mulden kalte Luft und blieb dort, das hatte Mirjam schon gelernt. Mit der Fackel leuchtete sie alle Seiten und Ecken ab. Einige dicke Käfer bewegten sich schwerfällig davon. Charmion reichte ihr alle Beutel und Säcke hinein, dann einen großen Ledersack, in den man alles noch einmal einwickeln konnte. Schließlich kamen Steine dazu, die den ganzen Haufen sicher abdecken sollten.

Als sie wieder draußen war, hatte Juba bereits größere Steine herbeigeschleppt. Die packten sie jetzt vor das Loch, hoben den Rosenbusch samt Wurzeln sorgfältig zurück an seinen Platz und stiegen aus der kühlen Mulde heraus. Nach einer Stunde waren sie wohlbehalten wieder in Betanien. Als Mirjam sich bei Juba bedanken wollte, war der im Dunkel verschwunden.

„Lass ihn", sagte Charmion. „Er merkt und hört alles, aber er will allein sein. Für ihn ist es immer Nacht – deswegen hat er mehr gesehen als wir. Auch dich hat er gesehen."

In den nächsten Tagen schaute Mirjam immer wieder zu ihrem Versteck hinunter, aber auch in der Sonne sah man keine Spuren; nichts ließ erahnen, dass da unten ein Schatz in einer Höhle lag. Doch Schätze in Beuteln und Säcken, ob Gold oder Silber, interessierten sie nicht. Mirjam fand, dass ihr ganzes Leben ein einziger Schatz war: die Gräser und Hügel, die Schafe und Ziegen, und zu Hause Charmion und die Gespräche mit ihr an jedem Abend, das war genug und machte ihr Leben reich und schön. Und sie dachte nicht einen Augenblick daran, dass dies sich einmal ändern könnte.

VI

Die schöne Zeit neigte sich jäh dem Ende zu, als Mirjam ein merkwürdiges Ziehen im Unterleib verspürte. Erst achtete sie nicht darauf. Dann dachte sie, frisches Wasser könnte die Bauchschmerzen vertreiben. Doch ihre Stimmung wurde schlechter, der Schmerz im Bauch aber stärker. Sie hatte zu nichts mehr Lust, verspürte keinen Appetit und wollte nur noch schlafen. Was war das nur? Sie war doch nie krank gewesen. Hatte sie sich vergiftet?

Als sie Charmion davon erzählte, lächelte die vielsagend:

„Ich glaube, du trittst in ein neues Lebensalter ein!"

Am nächsten Tag legte sich Mirjam an einer schattigen Stelle auf halber Böschung zur Ruhe, während die Tiere vor ihren Augen ruhig weideten. Da kam auf einmal eine Ziege, die sie wegen ihres schönen Kopfes ‚Nofretete' genannt hatte. Sie kam immer näher und wollte ihre Nase schließlich zwischen Mirjams Beine stupsen.

„Was soll denn das? Hör auf, blöde Ziege!" Auf einmal spürte sie, wie da etwas floss. Zuerst war sie erschrocken, prüfte mit ihren Fingern, dann sah sie das Blut – sie war Frau geworden!

„So ist das also", dachte sie und legte sich hin.

Charmion hatte ihr davon erzählt, wie das bei ihr gewesen war, wie das so allgemein bei Mädchen ist, und dass man keine Angst zu haben braucht, nur sich öfter reinigen sollte. Alles würde nach ein paar Tagen vorübergehen – und nach einem Monat wieder von vorn beginnen. Am Abend ging sie zu Charmion, schmiegte sich an sie und spürte, dass Charmion sogleich wusste, was los war.

„Weißt du was, Mirjam? Das müssen wir feiern. Jetzt sind zwei Frauen hier in der Hütte. Zwei richtige Frauen. Ich hole uns einen Wein. Nein, warte, in zwei, drei Tagen geht es dir wieder besser, dann kannst du den Wein auch richtig genießen."

Sie gab Mirjam noch Ratschläge, wie sie mit ihrem Körper jetzt umzugehen habe, worauf sie achten müsse, wie sie sich pflegen sollte. Aber Mirjam hatte keine Lust, sich das anzuhören. Sie wollte nur hinüber in ihr Bett.

Nach drei Tagen veranstalteten sie ihre „Frauenfeier", wie Charmion das Fest für sie beide genannt hatte. Mirjam wunderte sich: So aufgedreht und lustig und redselig hatte sie die persönliche Dienerin der Kleopatra noch nie erlebt. Ihr spaßiges Reden steckte Mirjam an. Charmion erzählte einen Witz nach dem anderen von den Frauen am Hof der Kleopatra. Ohlala, dachte Mirjam. Der süße Wein tat sein Übriges. Brote mit Rosinen, Lammspieße mit Oregano, Kuchen mit Sesam und Kümmel bestreut, und andere Fleischstücke mit Gewürzen. Sie schwelgten wirklich und waren bester Laune. Am Ende führte Charmion ihr sogar einen Bauchtanz vor – und zum ersten Mal legte sie ihren Schleier beiseite, so dass Mirjam im Schein des Feuers ihre rechte Gesichtshälfte ahnen konnte. Als sie auch ihr blaues Gewand hochnahm, staunte Mirjam, welch schlanke Beine darunter verborgen gewesen waren.

Eine sehr schöne Frau, dachte sie bei sich.

Es war nach Mitternacht, als Mirjam zurück ins Haus schwankte.

„Oje, ich hab' wohl zu viel im Schädel", murmelte sie.

Am nächsten Abend, als sie die Tiere im Pferch des Dorfes abgeliefert hatte, machte sie sich in ihrer Kammer frisch und ging dann hinüber zu Charmion. Es war schon dunkel geworden. Mal sehen, dachte Mirjam, wie sie die „Frauenfeier" überstanden hat.

Charmion lag auf ihrem Bett. Als Mirjam sie so daliegen sah, wollte sie nicht denken, was ihre Augen schon gesehen hatten.

Sie erstarrte.

Nichts in ihr rührte sich.

Charmion war tot.

Eine Weile spürte Mirjam gar nichts, keine Zeit, keine Tränen, kein Leben. Charmions Schleier hatte das ganze Gesicht freigegeben, deutlich sah Mirjam nun auch dessen zerstörte rechte Hälfte. Charmions Augen standen noch offen. Die Hände lagen über ihrem Körper gefaltet. Dann sah Mirjam das Fläschchen neben dem Bett. Sie brauchte nicht nachzuschauen, sie wusste, sie würde einen roten Buchstaben finden.

Langsam löste sich Mirjams Körper aus seiner Starre. Sie ging näher zu der Toten. Der Schleier lag noch über ihrer Stirn, nein, über dem, was Charmion da so oft auf dem Kopf getragen hatte. Einer inneren Ahnung folgend, bewegte Mirjam langsam ihre Hand dorthin und zog den Schleier behutsam zur Seite …

Eine Krone!

Eine funkelnde, goldene, flache Krone mit Edelsteinen.

Mirjam schaute fassungslos hin, erneut unfähig, sich zu bewegen. Dann tauchte eine Erinnerung in ihr auf: Sie fasste den linken Arm von Charmion und zog den Ärmel hoch – da fand sie die Schrift. Mirjams Herz schlug bis zum Hals, sie wollte nicht lesen, was da stand, sie wusste es schon. Es waren nur zwei Worte:

„Kleopatra Selene"

Charmion war nicht die persönliche Dienerin der Königin.

Charmion war Selene, die Tochter der großen Kleopatra.

Mirjam beugte sich über die Tote und gab Selene einen Kuss auf die Lippen. Sie streichelte noch einmal dies Gesicht, das ihr das Leben zurückgegeben hatte. Dann drückte sie liebevoll Selenes Augen zu.

Eine lange Zeit hockte sie so da. Die Vergangenheit zog an ihr vorüber, vom ersten Tag an, die vielen Gespräche, Unterweisungen. Die warme Stimme würde ihr fehlen. Nicht nur die Stimme.

Es kamen ihr die Worte Selenes in den Sinn: Alles hier im Raum gehört dir! Sie erhob sich und blickte an den Wänden entlang. Das Feuer im Herd glühte noch. Sie entzündete ein paar Öllampen. Sie betrachtete die Becher und Kannen, die Vasen und Phiolen, die bronzenen Amphoren und silbernen Schalen – was sollte sie jetzt damit machen? Sie ging zurück zur toten

Selene. Ja, da unter ihrem Gewand steckte ein Papyrus. Mirjam holte ihn hervor und las:

„Liebe Mirjam. Es tut mir leid, dass du erst jetzt erfährst, wer ich bin. Wer ein Mensch war, erkennt man erst, wenn er tot ist. Und auch dann hören wir nicht auf, ihn zu erkennen. Immer mehr. Ich musste gehen, meine Krankheit kam zurück. Du bist Frau geworden. Bis dahin wollte ich dich führen. Aber ich wollte dich nicht festhalten. Du kannst jetzt allein gehen. Du weißt schon viel, bist erwachsen, selbstständiger als ich es war in deinem Alter. Ich gehe im Frieden, und du wirst deinen Weg finden. Ich bin an deiner Seite. Du hast meine Krone gefunden. Sie gehört dir. Nimm auch die Ketten von meinem Hals, von den Armen, von den Füßen. Sie stammen aus der Zeit, da ich Königin in Mauretanien war, jetzt gehört alles dir. Der Purpur-Schleier auch. Juba ist mein Sohn. Du brauchst dir um ihn keine Sorgen zu machen. Wir haben besprochen, was er tun wird. Und neben meinem Bett findest du ein Siegel. Es ist das goldene Rollsiegel meiner Mutter. Es gehört dir. Lege es auf dein Herz. Wir werden uns wiedersehen. Bei Dem-Ohne-Ende. Deine Kleopatra-Selene."

Mirjam ließ das Blatt sinken. Tränen stiegen ihr in die Augen. Sie konnte noch nicht fassen, was sie jetzt alles erfuhr: Diese ihre Freundin war die Tochter der großen Kleopatra? Und Selene war auch Königin von Mauretanien? War es dort für sie gefährlich geworden? Und Juba ihr Sohn! Ein blinder Sohn? Wer und wo war der Vater?

Nach einer Weile nahm sie den Kopf der Toten und drückte ihn fest an ihr Herz. Ganz lange. Selene ließ es geschehen. Dann nahm Mirjam das Siegel der Kleopatra und hängte es sich um den Hals.

Vorsichtig nahm sie nun auch die Ketten vom Hals der Königstochter, der Königin, von ihren Armen und Fußgelenken – Selene hatte tatsächlich alle Ketten und Ringe und Spangen, die sie besaß, um ihre Arme und Füße gelegt. Mirjam wusste, dass sie wohl kostbar waren. Was gab es noch? Sie fand unter dem Bett den anderen Papyrus, auf dem die Buchstaben standen, auch jene in Rot, und die Erklärungen. Das Fläschchen neben dem Bett verschloss sie und stellte es zur Seite. Hinter dem Kopf der Toten fand sie einen Beutel; Geldstücke waren darin. Auf dem Papyrus stand: Das sind 300 Golddenare, dazu auch Silberstücke. Du wirst sie brauchen.

Es dauerte zwei Stunden, bis Mirjam alles zusammengetragen und in zwei großen Tragekörben verstaut hatte, die an der Wand bereitstanden. Mirjam lächelte, Selene war immer umsichtig und vorausdenkend gewesen. Das Feuer im Herd erstarb in der Glut, die Öllampen würden ihr Licht gleich der Nacht übergeben. Mirjam hockte sich noch einmal vor die Tote und lauschte. Lauschte in dieses Leben, dessen Teil sie für fünf Jahre geworden war. Lauschte in ihr eigenes Leben – was würde noch kommen?

Dann wurde ihr bewusst, dass sie wieder allein war. Wie nach dem Tod der Eltern. Niemand auf der Welt kannte sie jetzt. Niemandem konnte sie erzählen, was sie erlebt hatte. Alles verschloss sich.

Als sie die Augen wieder aufschlug, war das letzte Licht davongeflogen. Sie trug den ersten schweren Korb hinüber in ihre Kammer in das Haus ihres Vaters, dann den anderen, zum Schluss die großen Amphoren, die sie wie ein Joch um den Hals hängte. Jetzt lag in der Hütte nur noch Selene. Mirjam schaute sie ein letztes Mal an.

„Ich danke dir!"

Am nächsten Tag auf den Fluren um Betanien fühlte sie, wie gut es tat, dass die Tiere um sie waren. Aber ihre Gedanken waren bei Selene. Welches Schicksal hatte sie zu dieser Frau geführt? An ihrer Seite war sie erwachsen geworden und hatte so viel gelernt, dass sie meinte, sie sei in dieser großen Welt schon Zuhause.

Als sie am Abend hinüberging und in die Hütte trat, war Selene verschwunden. Mirjam war nicht erstaunt, Juba hatte sich um seine Mutter gekümmert. Aber wie lebte der blinde Sohn jetzt ohne Mutter? Oder war er gar nicht so blind? Sie flüchtete sich in den Gedanken, dass Selene auch daran gedacht und alles vorbereitet hatte. Die Hütte war jetzt ganz leer, nichts deutete mehr darauf hin, dass sie eigentlich ein Palast gewesen war. Mirjam fühlte an ihr Herz – doch, da war das Rollsiegel der Kleopatra. Selenes Krone, ihre Armbänder und Spangen und Ringe hatte sie ebenfalls in ihr Zimmer gebracht.

Irgendwann merkten die Leute im Dorf, dass die Hütte der Hexe leer geworden war. Sie rissen sie einfach ab. Mirjam merkte, wie sie erleichtert waren, als hätten sie gesiegt und den bösen Geist vertrieben. Sie denken wohl an Gottes Gerechtigkeit. Mirjam schüttelte den Kopf. Der Synagogenvorsteher kam und besprengte den Platz mit Ysop; dabei warf er vielsagende Blicke zu Mirjam hinüber.

Sie war keine Aussätzige, dachte Mirjam. Ihr irrt euch sehr! Ihr wisst so wenig …

„Wir sind froh, dass diese Hexe jetzt weg ist. Wahrscheinlich ist sie tot", äußerten sich auch Marta und Lazarus. In diesem Augenblick verstand Mirjam, was Charmion, nein Selene, vor einigen Jahren gesagt hatte von Menschen, die sich nicht ändern wollen und deshalb andere Hexe nennen: Marta und Lazarus wollten nicht nachdenken, sondern bei ihren einfachen Vorstellungen bleiben.

„Können Hexen eigentlich sterben?", fragte sie zurück und dachte bei sich: Die wissen gar nicht, wer mitten unter ihnen war.

VII

Die nächsten Jahre verliefen für die junge Frau eher im Schweigen. Nur die Tiere sprachen mit ihr. Marta und Lazarus waren mit Arbeit ausgefüllt. Aber immer wieder erzählten sie die Geschichte, wie der Geist des Vaters das Haus vor den Römern bewahrt hatte. Und dass die Dorfbewohner vor ihm richtig Ehrfurcht hätten. Mirjam ließ sie in ihrem Glauben. Sie brauchte Monate, eigentlich waren es zwei Jahre, bis sie durch dieses dunkle Tal der Tränen und Einsamkeit hindurch war. Warum gingen die Menschen eigentlich immer von ihr weg und ließen sie allein zurück? Die Hunde spürten wohl, dass sie jetzt gebraucht wurden, und kamen häufiger, um sich streicheln zu lassen und Mirjam zu liebkosen.

„Na, ihr Köter, jetzt reicht es aber", sagte sie eines Tages aufgebracht, als die Hundeschnauzen gar nicht mehr aufhören wollten. Daran merkte sie, dass sie wieder ins Leben zurückgefunden hatte.

Es wurde auch höchste Zeit.

Denn bald darauf passierte etwas, was sie an den Rand des Todes brachte – und zugleich an den Rand einer geheimnisvollen anderen Welt.

Sie war mit ihrer Herde wieder nach Osten gezogen; nur etwa 25 Tiere scharten sich um sie, aber dieses Mal liefen etliche jüngere Schäfchen zwischen den wenigen alten mit. Sie waren ganz lieb. Von ihren Hunden kreisten nur zwei um die Herde, die zwei anderen hatte sich ein neuer Hirt für seine Herde ausgeborgt. Setschheb und Hekenu blickten zu Mirjam auf und gaben zu verstehen, 25 Schafe, kleine, die schaffen wir leicht!

Aber sie irrten sich.

Es war nachmittags. Mirjam lenkte die Herde gen Betanien zurück. Sie folgte ihren Tieren in einigem Abstand, genoss den Duft der Kräuter, die sie an Selene erinnerten. Da hörte sie plötzlich von vorne wildes Röcheln, entsetzliches Schreien, Schafe stoben auseinander, die Böcke senkten die Hörner, die Hunde stürzten los – aber es war zu spät. Drei wilde Hunde waren aufgetaucht. Wilde Hunde, die sind gefährlich wie Wölfe, wusste Mirjam. Sie rannte los, ihren Stock fest in der Hand, durch die aufgescheuchte Herde hindurch. Dann sah sie die drei deutlich. Sie hatten ein junges Schaf gerissen, schüttelten es am Nacken und wollten ihre Beute zerreißen. Das wütende Bellen von Setschheb und Hekenu zwang sie, das Schäfchen aus den Fängen zu lassen und die Angreifer zu vertreiben. Als Mirjams Hunde jedoch die Wilden sahen, die steifbeinig in Drohgebärde bereit waren, ihre Beute mit den Zähnen zu verteidigen, traten sie vor dem übermächtigen Feind winselnd, mit eingesenkter Rute den Rückzug an.

Mirjam rannte weiter. Sie hatte erkannt, dass das Schaf noch lebte. Schützend stand sie nun vor der Herde, ihr gegenüber die mächtigen Wilden. Mirjams Auftauchen bedeutete für sie eine neue Gefahr. Ihr Anführer fletschte grollend die Zähne, starrte auf das Mädchen, als wollte er Mirjam erst fixieren und sie dann ebenfalls verschlingen.

Ich will das Schaf retten, war Mirjams einziger Gedanke.

Was tue ich? Was tue ich bloß?

Es war ihr Glück, dass sie keine Zeit für Angst hatte. Sie blickte dem Anführer in die starrenden Augen und fixierte nun umgekehrt ihn, achtete nicht auf das tödliche Grollen, sondern fasste ihren Stab fester und griff dabei langsam in die Tasche mit den Steinen. Unverwandt hielt sie seinem Blick stand, als hätte sie hier das Sagen, und bewegte einen Fuß langsam nach vorne. Das Grollen wurde mächtiger. Die anderen beiden standen hinter ihrem Anführer in Lauerstellung, mit hochgezogenen Lefzen, erhobener Rute und gesträubtem Nackenfell. Mirjam setzte ruhig auch den anderen Fuß. Das Grollen wurde noch angstregender, aber Mirjam ließ sich davon nicht einschüchtern.

Gerade, als sie langsam den Arm hob, um den Wilden mit einem Wurf zu erledigen, erklang plötzlich von rechts eine Flöte. Der feine Ton einer Flöte. Eine wunderschöne Melodie.

Mirjam hatte keine Zeit, darauf zu achten. Sie musste den Blick des mordenden Räubers aushalten und übertrumpfen. Wer spielt jetzt dort Flöte? Aber die Melodie erklang weiter. Und dann passierte das Wunderliche: Der wilde Hund, der Anführer der drei, wich langsam zurück. Immer noch grollte er aus wilder Kehle, immer noch tropfte der Geifer aus seinem Schlund, aber er wich zurück. Mirjam ging hinterher, Schritt für Schritt, ihren starken Blick unverwandt in seine gefräßigen Augen versenkt.

Los, geh weiter! Geh!, sagte die innere Stimme.

Und der Wilde ging. Ging immer mehr zurück. Die anderen beiden krochen mit ihm nach hinten. Immer noch spielte die Flöte jene schöne Melodie. Da warf Mirjam den Stein. Er traf. Mitten ins Auge. Der Wilde heulte auf und ergriff die Flucht. Und jetzt war es Mirjam, die schrie, urwüchsige Schreie, so laut sie nur konnte. Wollte ihnen Angst einjagen. Nun kam auch ihren eigenen Hunden der Mut zurück, sie bellten, jagten los. Aber die anderen rannten schon, als ginge es um ihr Leben. Da rief Mirjam ihre Hunde zurück und eilte zu dem Schäfchen. Es hatte eine tiefe Wunde am Nacken; es blutete stark. Seine kleinen Augen schauten groß und schwarz auf Mirjam.

Nein, stirb nicht! Nicht auch du, dachte Mirjam.

Wie aus innerem Instinkt griff sie zum Siegel der Kleopatra an ihrer Brust, nahm es und drückte es dem Schäfchen auf die offene Wunde. Langsam, sacht. Sie spürte das warme Blut in ihrer Hand. Erst jetzt bemerkte sie, dass die Flöte nicht mehr spielte. War das eine Einbildung gewesen? Aber die Wilden waren beim

Klang der Flöte zurückgewichen! Sie riss ein Stück von ihrem Gewand und band es dem Schäfchen um den Hals. Dann hob sie es auf ihre Arme, rief die Hunde und die Herde und ging suchend zu jener Stelle, wo die Flöte erklungen war – da war niemand! Sie rief …

Niemand antwortete.

Warst du das, Selene? War das dein Wunder?

Den ganzen Weg über nach Betanien klang die Melodie der Flöte in ihr nach. Wer war ihr da zu Hilfe gekommen? Sie war in Todesnot gewesen, sie und die Schafe. Wer hatte sie gerettet?

Die Nacht über schlief sie im Pferch bei dem kleinen Schaf. Die anderen Schafe standen und lagen um die beiden herum. Mirjam überlegte, welche Kräuter jetzt helfen würden, holte sie aus den Tragsäcken, die noch unberührt in ihrem Zimmer standen, und verband damit das Schäfchen aufs Neue.

Es überlebte. Das war das zweite Wunder.

Seit jenem Tag war in Mirjam noch eine andere Welt aufgegangen, nicht nur die Welt des Dorfes, nicht nur die der Selene, nicht nur die der Wüste – da war noch eine vierte Welt. Aber sie wusste nicht, wie sie genannt wurde. Niemand merkte, dass sie begann, diese vierte Welt zu suchen.

An einen Platz in der Wüste kehrte sie in den nächsten Jahren gern zurück, weiter im Nordosten bei einem felsigen Höhenzug. Von oben konnte sie auf die Straße hinunterschauen und die fremdartigen Karawanen beobachten, die auf den mächtigen Steinen entlang zogen, die die Römer exakt behauen und aufwendig verlegt hatten. Stundenlang schaute sie zu, wenn Kaufleute in ihren bunten Kleidern und fremdartigen Kostümen und Hüten vorbeizogen, mit Maultieren und Eseln, die verpackte Waren transportierten, von Sklaven geführt und getrieben. Auf der großen Straße zwischen Jericho und Jerusalem spielte sich das Leben ferner Welten ab.

Es war Mirjam, als rückten diese fernen Welten immer näher an sie und ihr Leben heran.

Sie kommen sicher von weither, träumte sie. Was in den Tüchern und Säcken wohl alles verborgen ist? Kostbare Schätze? Perlen und Gewürze? Da erinnerte sie sich, dass ja auch sie solch einen Sack mit vielen Beuteln besaß. Sie hatte den Schatz in der

Höhle beinahe vergessen. Irgendwann sollte sie einmal nachsehen, ob die Beutel noch da waren. Aber ihrem Gefühl nach bewahrte sie dort nicht ihr eigenes, sondern das Gut von jemand anderem auf.

Schaute sie wieder auf die Kaufleute dort unten, überlegte sie, ob man Menschen an der Art ihres Gehens erkennen könne, an ihrer Stimme, an ihrem Verhalten. Erkennen und unterscheiden. Wie ihr das bei den Schafen und Ziegen gelang. Der da unten zum Beispiel, der seinen Esel hinter sich herzog und sich immer wieder umdrehte, war der ein guter Mensch? Oder war er böse? Und der Kamelreiter da hinten, der seinen Kopf so hoch trug, was war das für ein Mensch? Es begann sie zu interessieren, ob man das Herz des Menschen an seinem Leib, an seiner Körperhaltung erkennen könne.

Dann kam jener Tag. Wenn sie später auf ihr Leben zurücksah und sich fragte, wann das alles begonnen hatte, dann tauchte aus den vielen Tagen dieser eine auf. Er lenkte ihr kleines Leben in Dimensionen, die sie nicht für möglich gehalten hätte.

VIII

Sie war an diesem Vormittag mit zwei Dutzend Tieren, darunter neuen, ziemlich weit in die Wüste Juda hinuntergezogen, um wieder bestimmte Gräser für ihre Tiere zu suchen. Die Hunde waren bei einer größeren Herde mitgegangen, deshalb musste Mirjam mehr als sonst die Augen aufhalten. Doch passte ihr das an diesem Tag gar nicht, denn sie war schrecklich müde. Die halbe Nacht über hatte sie damit zugebracht, die schweren Tragesäcke und großen Amphoren, die immer noch in ihrer Kammer gestanden hatten, in die geheime Höhle zu bringen. Sie hatte zuvor alles in kleine Einheiten vorgepackt, damit sie die Sachen überhaupt durch die Öffnung hindurchzwängen konnte. Die Krone behielt sie in ihrer Kammer, ebenso einige Ringe, Armbänder, Spangen und natürlich das Siegel, die Golddenare und einige Papyri. Alles hatte zwar gut geklappt, der Esel hatte nicht gebockt, die Höhle erschien ihr unberührt; aber sie kam erst am Morgen zum Schlafen und musste nach drei Stunden schon wieder aufstehen. Prompt bekam sie auch noch Streit mit zwei Leuten aus dem Dorf wegen deren Ziegen, deshalb konnte sie erst spät losziehen und schaffte es nicht bis hinunter zur Quelle Quelt.

Und geht einmal etwas schief, dann geht alles schief. Ein Schäfchen war verschwunden. So viel sie auch zählte, es waren nur 23. Eines von den Neuen war weg. Mirjam machte sich auf die Suche, kletterte um Felsen, stieg in Wadis hinab und wieder herauf und wieder hinab und wieder herauf. Das kostete Kraft. Und Zeit verging. Sie fürchtete schon, das Schaf wäre in eine birnenförmige Zisterne gefallen, aber schließlich entdeckte sie es in einer Grube, aus der es allein nicht herausfand. Mit ihrem Krummstab angelte sie es nach oben.

Als sie mit dem Tier endlich zurück bei der Herde war, die natürlich weit verstreut graste, legte sich die Sonne auf den Wellen der Hügel oben im Westen bereits zur Ruhe. Es wurde dunkel, sie würde es nicht mehr zurück nach Betanien schaffen. Sollte sie ohne Hunde alleine in der Nacht mit der Herde weiterziehen? Das war gefährlich, sehr gefährlich. Sollte sie es dennoch wagen? Sie probierte es, überquerte die Straße von Jericho nach Jerusalem und trieb die Herde an. Aber je mehr sie trieb, desto unruhiger wurden die Tiere. Und Mirjam merkte, dass auch sie selbst immer nervöser wurde. Sie war einfach schrecklich erschöpft.

So ging es nicht weiter.

Sie waren gerade einen Abhang hinauf gestolpert, da machte Mirjam eine Pause. Sofort scharten sich die Tiere um sie, als erwarteten sie von der Hirtin die rettende Idee. Wo aber konnte man hier über Nacht bleiben? Größere Höhlen gab es in diesem Teil der Wüste keine, aber … die Mansio der Römer! Ja natürlich. Dort rechts, weiter nach Norden, auf dem steinigen Plateau, wo die Straße über Treppenstufen zum Ölberg weiterführte, da befand sich doch der Militärposten der Römer; gleich daneben gab es eine einfache Unterkunft. Auch Wasser war dort. Sie teilte den Ziegen und Schafen ihren Plan mit, und dicht um sie gedrängt zog die Herde gen Norden.

Als sie dort ankam und sich die letzten Stufen der Straße hinauf tastete, war es schon finster. Vorn leuchteten Fackeln. Dort musste die Mansio sein. Ihre Tiere schoben sich noch enger an sie heran. Vom Haus her bellten Hunde und liefen warnend auf die Herde zu. Ihr Ziegenbock drängte nach vorn und senkte die Hörner.

Da traten Männer aus dem Haus, der eine sah aus wie ein römischer Legionär. Er rief etwas. Mirjam antwortete auf Griechisch, sie wolle mit ihren Tieren hier über Nacht bleiben. Ob der Fremde sie verstanden hatte, wusste sie nicht, aber er und noch ein anderer Mann gingen mit ihren Fackeln der merkwürdigen Schar langsam entgegen. Als die Soldaten das junge Mädchen und die ängstlichen Tiere erkannten, lachten sie laut und schüttelten den Kopf:

„Was willst denn du hier? Bist du allein? Los, komm mit. Die Tiere kannst du drüben im Stall unterbringen. Heu und Wasser müsste da ebenfalls sein. Mach dann das Tor zu. Bei uns kannst du dich aufwärmen und etwas trinken und essen."

Mirjam brachte zuerst die Tiere in den Stall. Tatsächlich, da gab es Heu und auch Wasser in drei Steinbecken. Sie streichelte jedes ihrer Tiere und sagte ihnen: Das habt ihr gut gemacht! Sie wusch sich das Gesicht, auch Arme und Beine; dabei merkte sie, dass sie etwas aufgeregt war. Warum nur?, fragte sie sich. Sie musste nicht lange suchen: Es war das erste Mal, dass sie von Männern angesprochen und eingeladen wurde. Und dann gleich von einem römischen Legionär! Schließlich legte sie den Schleier wieder um und ging die wenigen Schritte durch die Kühle der Nacht hinüber in die Mansio.

Auf einer Holzbank saßen drei römische Soldaten und ein jüdischer Mann. Anfangs hatte Mirjam etwas Angst, aber die Männer schienen ganz nett zu sein. Sie nickten ihr freundlich zu, gaben ihr zu essen und zu trinken. Da löste sie, ohne nachzudenken, ihr Tuch um das Haar und nahm es ab. Doch als die Männer jetzt mit großen Augen zu ihr herüberschauten, legte Mirjam das Tuch schnell wieder um den Kopf. Was hatten sie nur? Ihr fiel ein, was Selene von Männern und Frauen gesagt hatte, sollte das hier eine Rolle spielen? Allmählich kam das Gespräch wieder in Gang. Man tauschte sich aus über dies und das, mal auf Aramäisch, mal auf Griechisch, und wie es passieren konnte, dass sie des Nachts hierher gelangt war. Mirjam merkte, dass sie keine Probleme hatte, mit den Männern in deren Sprache zu sprechen, und sie war stolz, als die anderen anerkennend nickten, wenn sie etwas sagte. Besonders der eine Soldat, der ihr entgegengekommen war, sah sie immer wieder an und fragte dies und das. Schließlich erhob sie sich, sie wolle jetzt bei ihren Tieren schlafen. Der Soldat, der sie angeschaut hatte, stand auf:

„Ich bringe dich hinüber."

Er schaute ihr in die Augen, ein wenig länger als notwendig, und lächelte zaghaft. Es war ein warmes Lächeln. Mirjam spürte, wie er unsicher war. Und sie spürte, wie in ihr eine Wärme aufstieg, eine Zuneigung zu diesen Augen, diesem fremden Mann. Dann nahm der Soldat eine Fackel in die linke Hand, mit der rechten tastete er nach Mirjams Arm und suchte sacht ihre Hand. So führte er sie hinüber zum Stall. Dort hielt er ihre Hand noch lange. Und Mirjam genoss dieses neue, warme Gefühl.

„Komm' morgen früh zum Essen zu uns, ja?", bat der Römer. Er stand immer noch da, schaute an ihr vorbei und fügte hinzu: „Fehlt dir vielleicht etwas?" Dann hob er langsam die Hand, streichelte sie sanft über die Schulter, strich vorsichtig mit einem Finger über ihre Wange und ging.

Mirjam blieb stehen. Sie schloss die Augen und hielt das Gefühl fest. Sie sog es mit ihrem ganzen Körper ein.

Der Stall roch nach altem Heu, auch Geruch von Eseln konnte sie ausmachen. Ein Steinbecken mit Wasser stand zwei Fuß erhöht auf der anderen Seite. Draußen vor der Steinwand war eine Fackel angebracht, ihr Licht sprang lustig flackernd über die Wände. Während sie sich im kalten Wasser wusch, dachte sie über die Begegnung nach, die ihr Herz plötzlich warm gemacht hatte. Es war schön, dass ein Mann sich für sie interessierte, ihr Fragen stellte und sie liebevoll an der Hand nahm. Sie streichelte. Noch nie hatte ein Mann sie so lieb angeschaut. Und dazu noch ein Römer! Und er wollte sie wiedersehen. Ob er wohl alle Mädchen, mit denen er spricht, zum Essen einlädt?, fragte sie sich. Nein, er ist eigentlich scheu, urteilte sie, als sie an das Gespräch zurückdachte. Vielleicht ist auch er alleine und sehnt sich nach jemandem? Sie kuschelte sich ins Heu und spürte die Wärme der Tiere, die zum Eingang hin lagen. Ihre Gedanken kreisten um das, was heute geschehen war, und mehr noch um das, was morgen wohl kommen würde.

Sie schlief gut bei ihren Tieren.

Am nächsten Morgen nach einer Erfrischung mit kaltem Wasser ging sie hinüber zum Frühstück; unter ihre Zunge hatte sie Zimt gelegt. Zu ihrer Enttäuschung verlief das Essen jedoch einsilbig. Niemand sprach mit ihr. Die Männer schauten vor sich hin, rührten in ihrem Brei und löffelten schweigend ihre Portionen. Sogar „ihr" Soldat brachte kein Wort heraus, aber es schien Mirjam, als bemühte er sich, das Schweigen zu brechen. Als sie sich schon entschieden hatte, aufzustehen und sich zu verabschieden, erhob sich der Römer auf einmal und sagte:

„Also, ich heiße Posterius. Ja, ahm, und ich würde mich freuen, wenn du mich mal in Jerusalem besuchen würdest. Ich bin in der oberen Garnison bei den Türmen. Ja, ahm, da bin ich."

„Ich dich besuchen?"

„Ja, ahm. Besuch mich mal!"

Hatte sie richtig verstanden? Zögernd erwiderte sie:

„Ich heiße Mirjam."

Es war das zweite Mal in ihrem Leben, dass sie ihren Namen nannte. Aber es war das erste Mal, dass sie dabei auch einen Mann anlächelte. Sie mochte ihn, gerade weil er so unsicher wirkte.

„Ja, schön, Mirjam. Besuche mich mal."

„Kann ich dich denn so einfach in der Garnison besuchen?"

„Ja, komm nur und frag' nach Posterius."

Während sie die ausgeruhte Herde über die Stufen hinauf zur Römerstraße führte und weiter den Weg am Abhang des Wadi Umm-es-shit entlang zum Ölberg, dessen Hügel sich in der Morgensonne erfrischten, kreisten ihre Gedanken lebendig und warm um diese eigenartige Begegnung. Da war etwas Neues in ihr Leben eingetreten. Eine Verheißung stand plötzlich vor ihr, eine Zukunft, die sie anzog, die sie selig machte. Die Tage würden nicht mehr sein wie früher, nicht mehr einer wie der andere. Sie spürte, wie ihr Herz an Posterius dachte, ihn ersehnte. Sie hatte eine Verabredung, ein junger, netter Mann wollte sie sehen. Jemand wartete auf sie und würde sich freuen, wenn sie käme. Würde ihr in die Augen schauen. Das war ihr seit Selenes Tod vor vier Jahren nicht mehr widerfahren.

Seit einer Weile schon meckerten die Ziegen immer lauter,

stupsten die Schafe und verstießen gegen alle Ordnung. Ende meiner Träume, seufzte Mirjam. Zurück in die Wirklichkeit! Mit ein paar Steinwürfen und Stockschlägen brachte sie wieder Ordnung in die Herde. Auf dem weiteren Weg in der Frische des Morgens kam die stille Kühle in ihr Denken zurück – aber darunter, sie spürte es deutlich, glomm eine sanfte Glut. Sie fühlte sich glücklich und konnte es doch nicht glauben. Schließlich blieb sie stehen und schüttelte lachend den Kopf: Nur ruhig bleiben, ganz ruhig, Mirjam!

In Betanien war die Hölle los.

„Wo warst du? Wie konntest du über Nacht wegbleiben? Welche Angst wir hatten! Niemand wusste, wo du warst."

Ein klein wenig genoss es Mirjam, dass das halbe Dorf um sie herumstand und sie anschaute. Haben sie wirklich Angst um mich gehabt oder insgeheim gehofft, ich würde auch verschwinden?

„Ich kenne mich hier aus", sagte sie und legte selbstbewusst den Kopf in den Nacken. „Ihr wisst doch, die Wüste ist mein Zuhause."

Vom römischen Militärposten erzählte sie freilich nichts. Marta und Lazarus würden das nicht verstehen, sie würden grobe Fragen stellen, andere Leute hinzuziehen und nur Verdacht schöpfen: erst die Hexe und jetzt ein Römer! Nein, das wäre für die beiden zu viel gewesen. Und gar ein Besuch in der Garnison? Oh, den würden die lieben Geschwister unter allen Umständen zu verhindern wissen.

Nein, dachte Mirjam, das ist mein Leben! Sie haben sich seit Jahren nicht um mich gekümmert, ich war uninteressant für sie, und nun wollen sie mir befehlen wie einem kleinen Kind? Nein, es geht um mich! Ich mache jetzt, was ich will.

Aber dann wurde sie unsicher: Belog sie sich vielleicht? Täuschte sie sich mit falschen Entschuldigungen, suchte sie nur Ausreden? Was würde Selene ihr jetzt raten? Mirjam dachte wieder an die blaue Steingrenze – sollte sie erneut eine Grenze überschreiten? Eine viel strengere? Aber war es damals nicht wichtig gewesen, dass sie etwas Verbotenes tat? Hatte sie dadurch nicht die Tür zu einem viel weiteren Leben aufgestoßen? Einen wertvollen Menschen gefunden! Und der Vater hatte ihr geraten, es zu tun. Auch Selene hatte Grenzen überschritten. Vielleicht findet man nur so die Wahrheit, überlegte Mirjam. Und war nicht auch Selenes Vater ein Römer, der Marc Antonius? Einige Male hatte sie über ihren Vater gesprochen, den sie gar nicht kennen gelernt hatte. Nein, Selene hätte sicher keine Bedenken gehabt, zu einem Römer zu gehen.

Nach solchen Gedanken spürte Mirjam in sich etwas Neuartiges, das Gefühl eines Selbst, als sei sie plötzlich ICH geworden, als hätte sie ihr eigenes Leben gefunden. Da war einer, der auf sie wartete! Einer, der sie sehen wollte. Einer, der ihren Namen genannt hatte. Der in ihre Augen geschaut hatte.

Ja, sagte eine Stimme in ihr, ich will ICH sein!

„Ich werde hingehen!", murmelte sie halblaut vor sich hin.

In den nächsten Tagen prüfte sie den Entschluss von verschiedenen Seiten. Dabei wurde ihr immer klarer: Es ist gut, was ich will. Ich bin kein kleines Mädchen mehr, das nur Schafe und Ziegen hüten kann. Und überhaupt: Sie ging zu den Leuten im Dorf und teilte ihnen mit, dass sie, bitteschön, sich einen neuen Hirten suchen sollten, sie würde nur noch ein paar Tage für sie arbeiten. Das gab neuen Ärger mit Marta und Lazarus, die das Geld, das Mirjam verdiente, dringend brauchten. Doch ihre Entscheidung stand fest: Das war jetzt ihr Leben. Sie fühlte sich dazu reif mit ihren 16 Jahren. Vielleicht konnte sie bald ja noch mehr Geld verdienen.

Immer häufiger wanderten ihre Gedanken zu den Männern von der Mansio. Sie hatten ganz normal und interessiert mit ihr geredet. Und sie war ebenfalls in der Lage gewesen, mit den Männern zu sprechen. In deren Sprache. Und der Römer, „ahm", er war wirklich nett gewesen. Er wirkte schüchtern. Ja, er war einsam, ganz sicher, seine Augen suchten jemanden, der ihn warm anschaute. Und er wollte sie wiedersehen. Er mochte sie, und Mirjam mochte ihn. Das schöne Gefühl in ihr fing an zu wachsen und zu blühen.

Zwei Wochen später zog sie ihr besseres Gewand an und hüllte ihren Kopf in den schönen Schleier, aber nicht in den purpurnen. Auch zwei Ringe von Selene streifte sie über die Arme und legte eine Kette um den Hals. Von Tag zu Tag hatte sie sich mehr Gedanken darüber gemacht, was sie eigentlich für diese Begegnung anziehen sollte, und dabei festgestellt, dass sie so gut wie gar keine Auswahl an Kleidungsstücken mehr besaß; sie war gewachsen. Mit Selene hatte sie viel über Kleider gesprochen und von ihr auch neue erhalten, aber seit deren Tod war Kleidung für sie nicht mehr wichtig gewesen. Eine Tatsache, die ihr zum ersten Mal bewusst wurde und ihr nun eine gewisse Enttäuschung bereitete.

Ihr Ich war gewachsen, aber sie konnte ihm noch keine äußere Form geben.

Sie nahm den Weg über den Sattel von Bethfage, der sich weiter hinauf zum Ölberg schlängelte. Seit ihre Eltern fort waren, war sie diese Straße nur selten gegangen. Oben auf dem Ölberg schlug sie den mittleren, steilen Weg ein, hinunter ins Wadi Kidron. Aber sie wollte nicht direkt durch die Stadt gehen; also bog sie unten am Garten Gethsemani südwärts ab zum Gihon, ging im Tal zwischen Gräbern der Vorfahren weiter, wo sich rechts oben die alte Stadt Davids erhob und auf der anderen Seite das Dorf Silwan am Abhang klebte, und beim Schiloahteich hinüber zum Gehinnomtal. Weil dieses Tal jedoch scheußlich nach Abfallgrube stank, entschied sie sich für den kürzeren Weg. Sie stieg den Stufenweg hinauf, der oben am Palast des Hohepriesters herauskam, ließ das Viertel der Essener links liegen und ging von dort an der Mauer entlang, bog um die Ecke herum und schritt zum oberen Herodespalast mit seinen drei Türmen neben dem Jaffa-Tor. Hier musste sich die obere Garnison befinden.

Posterius war da.

Als er kam und das verhüllte Mädchen in schwarzem Gewand sah, wurde sein Schritt langsamer. Er legte die Stirn in Falten:

„Ja, bitte, was willst du?"

Als Posterius auf sie zukam, war Mirjam wie erstarrt. Schon den ganzen Weg über hatte sie gespürt, wie aufgeregt sie war. Ihr Herz hatte gepocht, je näher sie der Garnison kam. Darüber hatte sie sich geärgert, denn sie fühlte darin das Gebaren des kleinen Mädchens von früher aufleben. Sie wollte aber doch herausgehen aus ihrem alten Kleid, sie verstand sich als eine erwachsene Frau! So hielt sie jetzt inne, bemühte sich, ruhig zu atmen, diese Frau auch wirklich zu sein. Da war nun Posterius, ein Mann, der sie anschaute. Ein Mann, der sie mochte und den sie mochte. Sein Blick öffnete in ihr ein Gefühl, das sie bisher noch nicht erlebt hatte. Sie spürte, wie sie hellwach und zugleich wie verschlossen war. Aber dann bemerkte sie, dass der Römer sie offensichtlich nicht wiedererkannte.

Einem inneren Gespür folgend, führte Mirjam langsam ihre Hand zum Schleier und ließ ihn sacht herabgleiten. Als öffne sie einen verschlossenen Garten. Ihr langes schwarzes Haar fiel herab über ihre Schultern. Posterius schaute sie mit großen Augen an wie zwei Wochen zuvor in der Mansio.

„Oohh …"

Unbändig freute sich Mirjam, unbändig, als sie spürte und sah, dass sie wiedererkannt wurde. Er hatte sie nicht vergessen! Sie hätte springen können vor Freude, dass sie hierhergekommen war und dass sie den Mut gehabt hatte, ihren Schleier abzunehmen.

Posterius streckte ihr die Hand entgegen:

„Das ist großartig, dass du gekommen bist. Das ist ganz wunderbar! Komm, ahm, ich zeige dir, wo ich wohne."

Das war eine andere Welt, in die sie nun eintrat, als ihre Wüste, und doch schien sie Mirjam nicht ganz neu zu sein. Hatte nicht Selene oft und oft von solchen Häusern und Gärten erzählt? Nun liefen diese Männer um sie herum, Soldaten, Offiziere mit ihren Waffen, Sklaven und Diener, sie sah Räume aus Stein und andere aus Holz, hörte fremde Sprachen und Geräusche, erlebte Säulen, Springbrunnen und Kostbarkeiten aller Art. Nach diesem Rundgang gelangten sie in einen kleinen Garten mit kunstvoll geschnittenem Buschwerk und fremdartigen Blumen und setzten sich auf eine Steinbank, die mit Polstern ausgelegt war. Beeindruckender jedoch als die Welt um sie herum war die Welt, die in ihr aufbrach.

Zum ersten Mal seit dem Tod ihrer Eltern und dem Weggang Selenes hatte sie das Gefühl, dass sie für jemanden wichtig war. Bei Selene war das anders gewesen, die war eine Frau wie sie selbst; aber hier war es ein junger Mann, der sie mochte! Sie bemühte sich, erwachsen zu reden. Er sollte in ihr nicht die kleine Ziegen- und Schafhirtin wiederfinden. Nein, mit ihr, der neuen Mirjam, konnte man über alles sprechen. Auch in Griechisch und etwas sogar in Latein. Sie suchte ihn mit dem, was sie wusste von Tieren und Pflanzen, von der Wüste und von Parfums und Perlen zu beeindrucken. Tatsächlich, davon verstand er fast gar nichts. Und dazwischen zitierte sie den Herrn Dioskurides. Über seine komischen Bildworte mussten sie beide lachen. Und als sie ihm auch noch Form und Maße von Säulen und Kapitellen erklären konnte, da kam Posterius aus dem Staunen nicht mehr heraus.

„Woher weißt du das alles?"

Aber lieber noch hörte sie ihm zu.

Er erzählte von einer Welt, die ihr viel aufregender erschien als ihre. Von neuem wurde sie sich bewusst, dass es noch vieles außerhalb ihrer Weiden gab, ihres Dorfes, wo sie tagaus, tagein nur das Gleiche erlebte. Sie hing an seinen Lippen, spürte seine sachte Hand, wie er seine Finger in ihre verschränkte und fest umschloss, sie genoss es, wenn er sie anschaute. Posterius nahm sie in neue Weiten mit, er verschaffte ihr Zugang in die große Welt der Politik, der fernen Länder und ihrer Mächtigen, in Paläste und auf Schiffe. Selene und Posterius, die beiden lebten in anderen Welten als sie in ihrer Wüste, ihrem Dorf. Aber bei Posterius war da etwas Prickelndes. Es muss wohl daran liegen, dachte sie, dass er ein Mann ist und mich auf ganz andere Weise mag als Selene.

Und ganz sacht spürte sie, wie ihr Körper Teil ihrer Zuneigung zu werden begann.

Sie war bereit, zu vertrauen und sich zu öffnen.

Posterius erzählte auch, was er in Jerusalem als Soldat zu tun habe, und Mirjam erzählte von ihrem Haus in Betanien, von den Ziegen und Schafen und von der Wüste. Von Selene und Kleopatra wollte sie erst später sprechen. Sie erzählte, dass ihre Eltern schon lange tot waren und wie sie dadurch einsam geworden sei. Dann fragte sie Posterius nach seinen Eltern.

„Oh, ich kenne sie nicht. Meine Mutter, ich weiß nicht, ich glaube, sie ist auch schon tot. Irgendeine Sklavin hat mich aufgezogen."

Mirjam fühlte Mitleid mit Posterius. Ihm ging es ja wie ihr. Sie legte ihren Kopf an seine Schulter.

„Und dein Vater?"

„Mein Vater? Ach, ich kenne ihn eigentlich nicht. Er ist wohl ein großer Geschäftsmann. Aber wo er ist und wer er ist, weiß ich nicht. Er hat mich zum Militär gebracht. Aber wenn man dort nicht von einem Senator oder Konsul abstammt, dann schieben sie dich nur herum. Ich heiße eigentlich Octavus Posterius, „der achte", nach sieben anderen noch ein achter hinten dran. Wer kennt den schon, den achten? Das sagt wohl alles."

Mirjam umfasste seine Hände und drückte sie lange. Dann wagte sie, seine Wangen zu streicheln. Das war schön. Nach einer Pause fügte Posterius leise hinzu:

„Ich bin nicht so gern hier. Aber was soll ich machen?"

Es mochten Stunden vergangen sein. Ein kühler Wind war aufgekommen. Da wandte sich Posterius ihr zu, legte seinen Kopf an ihre Stirn und sagte:

„Weißt du, wir haben hier bald ein großes Fest in der Garnison, ja, ein sehr großes. Der Statthalter Coponius muss gehen, und der neue, Marcus Ambibulus, wird eingeführt. Offiziere, hohe Herrschaften, würdevolle Gäste werden kommen. Auch aus Arabien. Alle bringen ihre Frauen mit. Meine Kameraden haben Freundinnen, aber ich, also, ich habe keine. Deswegen, ich … ahm, ich möchte …"

Mirjam gefiel seine scheue Unsicherheit. Sie lächelte ihn an:
„Was möchtest du?"

„Also ich möchte, dass du kommst."

In Mirjam waren lähmender Schrecken und springende Freude in einem. Sie wollte ihm um den Hals fallen, doch sie fragte ihn lediglich, ob er das wirklich wolle und wann das sei.

„Also am Vorabend des Sabbats in zwei Wochen!"

Ein Fest hier bei den Römern!

Und Posterius hatte sie eingeladen.

Als sie aus der Garnison hinausgingen, kamen sie an einer Mauer vorbei, Soldaten warfen dort mit Speeren auf einen Schild. Es galt, seine Mitte zu treffen, wo ein kleines Loch war; wenn der Speer da hindurch schoss, ertönte ein Gong. Der Gong war lange nicht erklungen. Mirjam schaute interessiert hinüber, wie ein Speer nach dem anderen vom Eisen abprallte. Sie fragte Posterius:

„Darf ich auch einmal werfen?"

Und ehe der sagen konnte: nein, das geht nicht!, nahm sie einen Stein, holte kurz aus, ein gerader Wurf – der Gong ertönte!

Verdutzt hielten die Soldaten inne und wandten sich langsam und ungläubig um. Mirjam merkte, wie ein starkes Gefühl in ihr aufstieg, als die Blicke der Männer auf sie gerichtet waren. Ein Gefühl, besser zu sein. Besser als geübte Soldaten.

Sie erlaubte sich ein feines Schmunzeln.

IX

Der ältere Herr, der sich am frühen Morgen bequem im langgestreckten Wasserbecken aalte und seinen Dienern Anweisungen gab, hatte die beste Zeit seines Lebens bereits hinter sich. Der nicht geringe Umfang seines Bauches erschien über der Wasseroberfläche wie der Rücken eines Nilpferdes. Sein Stiernacken ruhte auf einem weichen Polster. Die Glatze schimmerte von Wasserperlen, welche die beringten Finger immer wieder wegwischten. Um ihn herum standen im klaren Wasser einige Sklaven mit Schreibtafeln und Stiften, in einer Tasche über dem Rücken trugen sie Papyrusrollen. Es waren die Verwalter für die verschiedenen Geschäftsbereiche in nahen und fernen Regionen. Über dieser merkwürdigen Versammlung wölbte sich der tiefblaue Himmel Süditaliens und kündigte einen heißen Tag an. Was wie ausgefallenes Theater erscheinen konnte, entpuppte sich jedoch als gewöhnliche Dienstbesprechung. In der Kühle des Wassers morgens um sechs Uhr ließ sich Geschäftliches weitaus besser bereden als später am heißen Tag.

Aber diese Versammlung war keineswegs seine erste Amtshandlung an diesem Morgen. Eine Stunde zuvor waren schon um die 50 Klienten gekommen und hatten sich ihren Obolus für den Tag abgeholt; dazu die Erlaubnis, am Nachmittag zur Cena kommen zu dürfen. Wenn er heute durch die Stadt ging, zu Geschäften in die Bank oder zu Gesprächen beim Advokaten oder ins Theater, dann würden sie ihn umgeben – 50 Klienten, eine unübersehbare Schar. Das war seiner Bedeutung angemessen. Niemand hatte mehr in Herculaneum.

„Ist eine Nachricht aus Britannia eingetroffen?", fragte Caius Posterius Magnus und wischte sich eine Wasserperle von der Nase.

„Kyr" – dieses Wort hatte ein Sklave eingeführt, der in dem Augenblick husten musste, als er die Anrede „Kyrie" aussprechen wollte, aber nicht weiter als bis „Kyr" kam, und dabei das Ganze auch noch wie „Kör" aussprach; der Herr hatte dröhnend gelacht und es fortan akzeptiert – „Kyr, der Bote, der vorgestern in Puteoli landete, mit dem Schiff zurück aus Britannia, meldete, ein König im Norden der Insel würde sehr gern Teppiche haben, gute Teppiche, auch solche aus Seide; es sei da oben im Winter sehr kalt. Auch im Bett. Dazu auch Wein, Olivenöl, Glaswaren."

„Was sagt unser Mann in Marakanda oder wie heißt der Ort jetzt, wo die Straße nach China beginnt?"

„Samarkand, Kyr", erwiderte der für diesen Geschäftsbereich zuständige Sklave.

„Also, hat unser Kontor in Samarkand gute Kontakte mit Händlern aus China für Seidenteppiche?"

„Wir haben sie, Kyr, aber es dauert eine Weile, bis sie hier ankommen. Und sie kosten einiges, Zoll, Räuber, Sie wissen ja."

„Also bringt mir Seidenteppiche für Britannia. Überhaupt Seide und allen möglichen Luxus und Plunder. Und sperrt eure Ohren auf, was die Chinesen noch so alles haben, das wir hier gut verkaufen können. Und warme Decken für die britannischen Betten natürlich auch. Aufpassen! Noch etwas."

Caius Posterius Magnus drehte und wendete seinen fetten Hals in Erwartung der kommenden Massage. Dabei konnte er den Gipfel des Vesuv sehen, der sich halblinks hinter den rötlich gefleckten Dachziegeln seiner Villa erhob. War Herculaneum selbst schon wunderschön, so übertraf diese Villa alle Verse der Dichter. Sie glich einer atemberaubenden Hymne an die Götter. Der Konsul Lucius Calpurnius Piso Caesoninus hatte sie erbaut, der Vater von Julius Caesars vierter Frau, der Calpurnia. Berühmte Leute priesen sich glücklich, hier längere Zeit als Gast bewirtet worden zu sein, darunter der epikureische Philosoph Philemos von Gadara aus Syrien oder Judäa; er hatte im privaten Teil der weiträumigen Villa seine Bibliothek eingerichtet und ließ sich von den Musen dieses göttlichen Ortes inspirieren. Der große Vergil war sein Schüler. Die Villa mit ihren von Säulenhallen umstandenen Höfen und Peristylen, mit Brunnen, Wasserbecken und Skulpturen glich in der Tat einer mythischen

Ideallandschaft, die zudem in drei übereinanderliegenden Ebenen einen Panorama-Blick auf das Meer eröffnete.

„Neulich hat mir Senator Marcus Pupius Montanus einen Bericht zukommen lassen, den der Senat von seinen Geheimagenten aus dem Osten des Reiches erhalten hat. Der Kaiser Shi Huang-soundso und mehr noch sein Nachfolger Wudi von der neuen Han-Dynastie hätten Kämpfe gegen ein Reitervolk geführt, das hieß K'schiong'nu oder so ähnlich. Und dadurch seien jetzt neue Wege eröffnet worden, etwas sicherer als die alten, quer durch Zentralasien für den neuen Ost-West-Handel. Die werden sehr, sehr wichtig werden für Roma, hört ihr? Unser Kontor in Samarkand soll Kontakte mit der Stadt am anderen Ende der Seidenstraße aufnehmen, in Anxi, so heißt das Nest wohl. Da müssen wir ein neues Kontor aufmachen."

„Kyr, darf ich etwas hinzufügen?", fragte der Fachagent.

Der Herr hob den beringten Finger aus dem Wasser.

„Das Kontor in Samarkand, möchte ich anmerken, soll dabei drei Straßen erkunden. Es gibt eine Sommerroute nördlich des Tian Shan, des Himmelsgebirges, wie die Menschen es dort nennen; und zwei für den Winter südlich des Gebirges. Allerdings müssen diese südlichen Routen die äußerst gefährliche Wüste Takla Makan entweder nördlich oder südlich umgehen. Und die Passstraßen über die Gebirge führen sehr hoch hinauf. Sehr hoch. Höher als die Alpen."

Caius Posterius Magnus nickte, was so viel hieß wie: Aktennotiz!

„Noch etwas", fügte Caius hinzu, hob die Füße aus dem Wasser und spielte „Fliegenfangen". „Dieser Han-Kaiser soll gute Pferde haben. Mein Freund Strabon hat mich das wissen lassen; er arbeitet an einer 17-bändigen Geographica, die ich ihm bezahle. Er sagte mir, da gebe es ein Volk in dem Land Ferghana, die züchten diese Rasse. Ferghana liegt nur 200 Meilen nordöstlich von unserem Kontor entfernt. Man nennt ihre Pferde sogar ‚Himmelpferde', weil sie so schnell und ausdauernd laufen. Mit ihnen hat Herr Han die …", er schnaufte hörbar, „… K'schiong'nu besiegen können – obwohl die ein Reitervolk sind! Ich möchte diese Pferde haben. 100 Stück. Zur Zucht."

„Sie werden besorgt, Kyr."

„Kaiser Han exportiert nicht nur Seide, sondern auch Lackarbeiten. Lack hier und Lack dort. Wir werden dafür einen Markt aufbauen." Er blubberte ins Wasser. „Wir werden Affen lackieren." Es blubberte heftiger. „Einen Markt für Luxusgüter aus China. ‚Luxus und Lackaffen von Kaiser Han' – lässt sich gut verkaufen." Er prustete erneut ins Wasser, was auf eine ausgelassene Stimmung hindeutete. „Es kommt nämlich nicht darauf an, ihr Pfeifen, was man verkauft, sondern unter welchem Namen man es auf das spezielle Segment des Marktes bringt." Er spritzte das Wasser in hohen Fontänen aus geschürzten Lippen. „Entlang dieser neuen Straße wird es bald bedeutende Städte geben. Das ist immer so. Wie lang ist diese Straße eigentlich, also der Weg von Marakanda nach Anxi?"

„Von Samarkand, excuso, Marakanda nach Anxi? Ich glaube, der Weg ist, äh, der Weg ist sehr lang, Kyr."

„Drei Peitschenhiebe! Fauler Affe! Das müssen 1000 römische Meilen sein, und dann noch mal so viel bis in die Hauptstadt von Herrn Han. Nachprüfen! Und wie viele Wochen unsere Karawane dafür braucht. Für die hohen Pässe nehmt Mulis, die haben feste Hufe und tragen doppelt so viel wie Pferde. Und was der Transport kostet. Ebenso der Handel mit den 100 Pferden. Auf die freue ich mich."

Die Sklaven machten sich Notizen auf ihre Tafeln.

„Wo zum Geier bleibt mein Saft? Lucius Papirius, wie viele Schiffe haben wir laufen?"

Eine Sklavin eilte mit köstlichem, kühlem Saft herbei, dem ein Löffelchen süßen und starken Weines beigemischt war.

„Es sind derer 22, Kyr."

„Roma braucht wieder mal Getreide. Viel mehr als letztes Jahr. Die Stadt wächst. Vielleicht bricht wieder eine Hungersnot aus, in ganz Italien. Berechne, ob wir mit 10 neuen Schiffen allein für den Transport von Getreide aus Ägypten nach Italien Gewinn machen können. Auch aus Mauretanien, dort bauen sie jetzt auch Getreide an. Frag bei unserer Bank in Pompeji nach, was er uns gibt, dieser Halsabschneider von einem Bankier Lucius Caecilius Iucundus. Er hat sich silbernes Tafelbesteck gekauft, 108-teilig. Ha, meines ist kostbarer! Nachforschen, ob wir dann neue Getreidespeicher bauen müssen. Ist der alte in Alexandria am oberen Hafen repariert? Wenn das klappt, auch gleich schwarze kräftige Sklaven und schöne Sklavinnen mitbringen. Der Markt handelt sie wieder höher. Dazu Glas, Papyrus, Wein aus Kreta und Gewürze, Perlen, Edelsteine aus Indien."

Caius Posterius Magnus leerte den Becher und rülpste.

„Lucius, wie viele Sesterzen haben die drei Schiffe erbracht, die mit Narde, Elfenbein und Stoffen aus Indien letzte Woche in Puteoli andockten?"

„Die Ladung ergab 5 Millionen Sesterzen, werter Herr."

„Recht so, ein Rekord. Ladet die Zollbeamten zu einem Mahl ein, wie sie es mögen. Mit allen Zutaten eines Kaisers. Lucius, ich habe noch eine andere Idee in meinem alten Schädel. Darauf würdet ihr nicht kommen, ihr Jungbäuche."

Er spritzte mit seinen Beinen das Wasser auf die Sklaven.

„Meine Freunde im Senat haben mir den Wink gegeben, dass der Caesar drauf und dran sei, den Handel mit Indien zu aktivieren, und dass er dazu den Seeweg nach der Pfefferküste im Süden, bei Muziris, absichern will. Wir müssen hinter dem Heer mitschwimmen. Unbedingt! Ich denke, wir sollten da unten ein neues Kontor eröffnen. Allerdings sitzen in Quana, an der Südküste von Felix Arabia, schon viel zu viele Händler. Außerdem hat der Herr Saba aus dem Lande Saba seine Stadt ziemlich befestigt. Der hat Geld gemacht, der Wichser, mit den Gewürzen, vor allem mit Weihrauch. Also gehen wir nicht nach Quana. Aber vielleicht gegenüber, da heißt eine Hafenstadt Aromata. Das gefällt mir. Und östlich davon liegt Emporion, sagte mir Strabon. Von Emporion bis zur Insel Sokotra seien es nur etwa 300 Meilen übers Wasser. Also, in Aromata müssen wir eine Niederlassung aufmachen. Von dort sind es dann mit dem Schiff noch etwa 1700 römische Meilen nach Indien."

Lucius Papirius hatte alles notiert.

„Wisst ihr, warum wir das machen? Warum fragt das keiner, ihr Hohlköpfe? Ein findiger Kopf hat nämlich neue Segel erfunden und sie ‚Lateinsegel' genannt. Ganz recht. Damit braucht man nicht mehr wie die Griechen nahe unter Land dahin schaukeln, sondern lässt sich von den wechselnden Monsunwinden treiben und saust übers offene Meer. Begreift ihr diese Entdeckung? Wir müssen einige Schiffe dafür umrüsten. Klar, Lucius?

Denn da in Südindien gibt es alles, was der Markt hier in Massen kauft: Edelsteine, feines Holz, tolle Kleider, Gewürze jeder Art und Menge, exquisite Parfums, Getreide, Elfenbein, sogar Schildpatt. Wer weiß, was Schildpatt ist?"

Man hörte das Gluckern des Wassers und das Platschen des Meeres an der Mole. Der Vesuv schickte eine weiße Wolke ins Blau des Himmels über Herculaneum.

„Ich weiß es", klang von hinten eine Frauenstimme.

„Wer ist das? Calatoria? Woher weißt du das?"

„Ich komme aus Indien. Schildpatt wird von der Karettschildkröte genommen, die schwimmt bei uns im Meer. Sie wird drei Fuß groß. Von ihrem Schild lassen sich die vornehmen Römerinnen ihre Betten verzieren."

„Calatoria, wie lange bist du schon bei mir?"

„Ich weiß nicht, Kyr; vielleicht 30 Jahre?"

„Calatoria, komm nach der Massage zu mir."

Es wurden noch die kleineren Geschäfte besprochen, die in Italien, in Kleinasien. Und warum das neue Kontor in Massilien noch keinen Gewinn abwarf. Und ob der Purpurhandel in Tyrus die hoch gesteckten Ziele erreicht habe und wann das Kontor vergrößert werden müsse. Dann waren die Geschäftsführer entlassen. Es nahte die Stunde der Sklavinnen. Sie hatten den Dicken zu massieren und zu erfreuen. Beides taten sie ausgiebig, sozusagen das eine durch das andere.

Auf einmal wurde Caius Posterius Magnus sich bewusst – und dies war das erste Mal in seinem langen Leben, in dem er nie etwas hatte entbehren müssen –, dass die Mädchen und die Schönheiten ihrer Körper ihn nicht mehr so erregten wie früher. Du bist alt geworden, Caius, sagte er bei sich. Niemand merkte, wie er den Kopf fallen ließ. Er wälzte sich aus dem Becken, hüllte sich in ein wollenes Tuch, legte sich auf ein Sofa mit Schildpatt an den Seiten, knabberte an Datteln und Feigen und nippte etwas am Glas. Dabei glitt sein Blick langsam über das Wasserbecken und verweilte auf dem künstlichen Wasserfall mitten im gekachelten Becken. Dort rann das Wasser von drei Felsen herunter und verschwand. Es rann herunter und verschwand. Löste sich einfach auf und war nicht mehr da. Verschwunden, als wäre es nie gewesen.

Er hatte das noch nie gesehen. Noch nie bedacht.

Zwei schwarze Sklavinnen aus dem Lande Kusch waren damit beschäftigt, ihn trocken zu reiben und mit parfümiertem Öl gefühlvoll zu massieren. Die alte Sklavin Calatoria erschien.

„Du bist schon 30 Jahre bei mir?"

Er winkte den jungen Schönheiten, sie sollten gehen.

„Dann kennst du mich schon sehr gut."

Calatoria lächelte:

„Der Kyrie ist ein guter Mann."

„Calatoria, ich möchte, dass du ehrlich bist. Du hast nichts zu befürchten. Ich werde auch ehrlich sein. Einmal wenigstens."

Er machte eine Pause und schloss die Augen. Seine Ohren vernahmen das leise Geräusch des Wassers, wie es den Stein hinunter rann. Als er weitersprach, sah er alt und ernst aus.

„Ich möchte einmal vertrauen."

Calatoria trat an seine Seite. Sie war eine schon ältere Frau, die in ihrer Jugend von Südindien als Sklavin nach Italien gebracht worden war. Nach nur wenigen Jahren hatte Caius Posterius Magnus sie gekauft. Es war ihr nie schlecht ergangen, es ging ihr hier besser als in Pandya, wo sie herkam, und sie hatte sich an dieses Land gewöhnt. Aber ihre Eltern und Geschwister lebten nur in altgewordener Erinnerung. Sie hatte nie wieder ihre Heimaterde gerochen, die Speisen ihrer Kindheit gegessen, nie wieder mit ihren Freunden gelacht, nie ihre Kinder auf die Arme nehmen können.

Als der große Geschäftsmann sich ihr zuwandte, sah er müde aus.

„Calatoria, wie viele Frauen habe ich gehabt?"

„Kyr, wie können Sie mich so etwas fragen?"

„Calatoria, wie viele?"

„Mein Herr, wenn ich die richtigen Frauen zähle, dann waren es, also – es waren wohl sieben."

„Und wie viele Kinder, Calatoria?"

„Mein Herr, warum fragen Sie mich das? Das tut mir ja weh."

Und sie dachte an die Kinder, die sie nicht haben durfte und so gerne gehabt hätte; mit ihrem Lachen würden sie jetzt um ihre Beine spielen und mit ihrer Zuneigung hätten sie ihr Alter erfüllt. Nach einer Pause fuhr sie fort:

„Also Kinder, ja, es waren acht Kinder. Aber die Mädchen sind alle früh … weggegangen, also mein Herr hat sie weggegeben an große Herren; sie sind gut verheiratet und haben schon Kinder. Von den Jungen sind zwei früh in der Kindheit gestorben, einer kam bei einem Streit ums Leben."

„Sind das alle?"

„Nein, Kyr, einer muss noch leben, glaube ich."

„Wie heißt er? Wo ist er jetzt?"

„Kyr, Sie haben ihn damals Octavus genannt. Weil er das achte Kind war. Danach hatten Sie keines mehr. Wo er jetzt ist? Bitte entschuldigen Sie, ich weiß nicht alles. Das letzte, was ich hörte, war, dass er mit dem Heer nach Judäa gehen sollte."

Judäa – kam nicht Philodemos aus dieser Gegend? War Coponius dort nicht gerade als Präfekt abgesetzt worden? Und dieser Ambibulus sein Nachfolger? Aber sonst kannte er niemanden in Judäa. Er strich sich über die Glatze. In Tyrus am Meer besaß er das Purpurgeschäft mit einem Kontor, das vielleicht vergrößert werden musste. Gab es da nicht ein Tarichea, ein Tarichea an einem See? Hatte nicht Cassius, einer der Mörder Caesars – diese schrecklichste Stunde seiner Jugend, die er erlebt hatte – in Tarichea viel Sklaven genommen? Inzwischen sei es eine aufstrebende Stadt, mit viel Handel von überall her, und das Wasser des Sees sollte angenehm sein, erinnerte er sich. Vielleicht war es gar nicht unpassend, in Tarichea ein Haus zu kaufen. Ein bisschen den Handel zu beobachten und zur Stelle zu sein, wenn ein großes Geschäft winkte. Es bräuchte kein großes Haus werden, etwas zum Absteigen. Einige Pferde dabei.

Nein, nicht wegen des Handels wollte er nach Judäa. Nicht wegen der Geschäfte. Nein, deswegen nicht.

„Calatoria, du sagst Folgendes dem Papirius: Er soll in zwei Wochen einen Segler bereithalten. Ich werde dieses Jahr nicht zur Dionysos-Feier bei Marcus Nonius Balbus gehen, trotz seiner schönen Tochter, ich schenke ihm eine Statue oder einen Springbrunnen. Ich fahre nach Tyrus. Mehr braucht Papirius nicht zu wissen. Ach, noch etwas: Er soll meinen neuen Wagen aufs Schiff laden."

Warum fahre ich also dahin? Wegen eines neuen Hauses an einem See? Oder nicht vielmehr deswegen, weil ich den Achten suche, meinen letzten noch lebenden Sohn? Aber ich könnte hier meine Freunde beim Militär fragen, die würden mir schnell und genau mitteilen, wo er stationiert ist. Oder bin ich sentimental geworden im Alter? Will ich den letzten Sohn noch einmal sehen, bevor ich ins Totenreich wandere? Will ich mich vielleicht entschuldigen bei ihm, weil ich ein Nichtsnutz von einem Vater gewesen bin? Die Rückkehr des verlorenen Vaters zu seinem Sohn ...

Also, ich mache mich auf den Weg und suche meinen Sohn. Was werde ich sagen? Ihr Götter helft mir! Vielleicht: Ich habe etwas falsch gemacht, mein Sohn. Ich bin kein optimaler Vater gewesen. Können wir es noch einmal versuchen? Mir läge daran.

Calatoria schaute immer noch mit ihren schwarzen Augen zu ihm herunter. Caius Posterius gewann das Gefühl, sie habe all seine Gedanken mitgelesen. Nun gut denn, ich wollte ehrlich sein.

„Ich will ihn finden, Calatoria. Ich, ich muss etwas regeln."

Calatoria blickte ihn groß und ernst an. Sie verneigte sich tief vor ihrem Herrn und sagte leise, aber klar:

„Mein Herr, darf ich Ihnen etwas sagen, etwas, was aus meinem Herzen kommt?"

„Calatoria, du darfst alles sagen."

„Mein Herr hat viele Erfolge im Leben gehabt. Große und schöne. Aber eine Fackel leuchtet nur, wenn sie sich selbst verzehrt. Nicht andere verbrennt. Man kann Opfer nicht meiden, um die eigene Sicherheit zu retten. Das Leben, das wirkliche Leben, wie ich es als Frau erlebe, ist schlicht, ohne große Theatralik, wie Wasser, das einen Felsen hinunter rinnt, wie die Mutter, die ihrem Säugling die Brust reicht, wie der Sämann, dem der Schweiß den Rücken herabläuft. Manchmal muss man die eigenen Schiffe untergehen lassen, um in eine neue Welt einzutreten. Ich habe meine Heimat untergehen lassen – und eine neue Welt gefunden. War das ein Misserfolg? Misserfolge können zum Wohle des Nächsten werden, auch zum eigenen Wohl. Mein Herr entschuldige meine dummen Gedanken."

„Rede weiter, Calatoria."

„Ich bitte meinen Gott jeden Morgen, er möge mich lehren, das Unmögliche zu wagen; denn hinter dem Unmöglichen wartet seine Gegenwart und Zukunft. Ja, die Zukunft ist ein Geheimnis. Unser Weg verliert sich in der Weite der Wüste. Aber ich will ihn gehen und mich hingeben, weil mein Gott dort wartet, weil hinter jedem Horizont tausend Augen warten, die von Tränen überlaufen."

Sie verneigte sich tief und murmelte etwas, was Caius Posterius Magnus nicht verstand. Aber er achtete weniger auf sie als auf eine Stimme, die er plötzlich in sich vernahm. Er verstand deren Worte noch nicht. Er merkte nur, dass es eine gute Stimme war. Eine, auf die er lange gewartet hatte. Ohne zu wissen, dass es sie gab.

„Calatoria, ich danke dir."

Sie verneigte sich abermals und sagte:

„Ich werde Lucius Papirius benachrichtigen. Und, mein Herr, Sie sind in ihrer Seele ein guter Mensch. Ein ganz guter! Ich werde für Sie und ihren Sohn zu meinem Gott beten."

X

Mit zusammengekniffenen Augen schaute der Römer über die in der Sonne gleißenden Dächer der Stadt. Seine Augen glitten hinauf zu den Höhen des felsigen Bergzuges im Westen, der durch ein anmutiges Tal, welches im oberen Bereich in steile Wände überging, in zwei Teile getrennt war. Im linken, dem südlichen, saß Ezechias mit seinen Räubern in schwer zugänglichen Höhlen; er kontrollierte die Handelsstraße, die sich durch das Tal des Arbel hindurch schlängelte. Ihm und seiner Bande das Handwerk zu legen, war ein Teil seiner Aufgabe. Oder genauer gesagt: Er hatte hier darüber zu wachen, dass die Geschichte nicht ausuferte. Denn unter gewissen Umständen konnte man Räuber recht gut politisch einsetzen, gebrauchen zum Nutzen des Caesars bzw. seines Statthalters. Oder auch zum eigenen Nutzen. Aber in den letzten Wochen hatte dieses Gesindel einige Male die ungeschriebenen Regeln überschritten.

Er musste handeln.

Caesennius verließ das flache Dach seines Hauses und stieg hinunter in die kühleren Geschäftsräume. Er besaß hier in der

Straße einen Geldverleih, eine passende Tarnung für sein eigentliches Geschäft; weiter unten am See dazu eine Villa, nördlich von den Fischhallen mit ihrem entsetzlichen Gestank und den Schwärmen von Fliegen. Drei Mann beschäftigte er; sie waren seine Agenten und unterstanden ihm. Und wem unterstand er? Auf seinem Gesicht erschien jenes fatalistische Lächeln, das ihn überkam, wenn er an seinen Dienst dachte. Für diese Arbeit ausgewählt und gesandt hatte ihn die Präfektur der Prätorianer, die höchste Stelle im Reich. Aber hier vor Ort unterstand er dem Statthalter, genauer: dessen Chef für die Geheimpolizei. Seine Aufgabe lautete: die Stimmung unter der Bevölkerung beobachten; politische und wirtschaftliche Entwicklungen, die für den Kaiser von Bedeutung waren, vorausschauen und rechtzeitig melden; kritische Elemente observieren und ohne Aufsehen und Spuren liquidieren; vor allem die extrem-religiösen Flügel unter den Juden genauestens im Blick haben, unterwandern und gefährliche Zusammenballungen sofort nach oben melden.

In Wirklichkeit aber unterstand er weder den Prätorianern noch dem Statthalter. Er unterstand nur sich selbst. Denn im Ernstfall würden sich die einen wie die anderen von ihm, dem kleinen Geheimagenten, distanzieren und ihn allein lassen. Haben wir nie angeordnet! Ist dessen persönliche Angelegenheit, würden sie sagen. Sogar ins Gefängnis würden sie ihn stecken, wenn sich ihr Problem dadurch erledigen ließe. Er war sozusagen der Drecklappen für die hohen Herrschaften, damit die ihren Allerwertesten sauber halten konnten. Mit grimmiger Miene schätzte Caesennius seine Position realistisch ein. Und womit konnte er sich selbst schützen? Einzig, indem er die Schwachstellen der Großen auskundschaftete und diese vorsichtig ins Spiel brachte, falls er seinen Hals retten musste. Die persönlichen Schwachstellen von Coponius und dessen dunkle Geschäfte kannte er, aber jetzt kam ein neuer, dieser Ambibulus. Er musste etwas über ihn in Erfahrung bringen. Dessen Peinlichkeiten retteten im Notfall sein Leben. Also, Ohren auf und Informationen sammeln.

Dazu passte sein Geldverleih ausgezeichnet. Viel Volk kam hier vorbei, aus Galiläa, aus dem Ausland – letzte Woche stolperten Leute aus dem Land Xiongnu in seinen Laden; von solch einem Land hatte er noch nie gehört. Die vier Männer sahen wild aus, viel Bart ums breite Gesicht, Schlitzaugen, merkwürdige Hüte mit einer Spitze oben drauf, und fremdartige Pferde mit kurzen Beinen. Er spendierte ihnen den Ortsschnaps, Ginno, und fleischreiches Essen. Mit Hilfe zweier Dolmetscher erfuhr er einiges über jenes Land, über die Wirtschaft dort, die Regierenden, ihre Kriege, vor allem über die Wegstrecken dorthin und welche Karawansereien es unterwegs gab.

Aber nicht nur über ferne Länder erhielt er Informationen, auch über die in Tarichea ansässigen Geschäftsleute, über Gruppen in Galiläa, über Vorgänge in den Städten wie Sepphoris und Gischala, Gabara, sogar Neuigkeiten aus Ptolemais und Skythopolis und Gadara. Die Leute vom Land dagegen waren meistens Juden, sie kamen nicht zu ihm, um Geld zu tauschen oder zu leihen. Das war ein Loch in seinem System, die Dörfer musste er gesondert auskundschaften. Denn in den Dörfern saßen nicht nur die braven Juden, sondern auch die potentiellen Rebellen. Auch hier in Tarichea, im jüdischen Viertel Magdala, gab es einige Hartköpfe. Doch vor Ort hatte er alles im Blick.

„Wie läuft das Geschäft?", fragte er Drusus, den Vorsteher im Laden. Er hatte ihn aus der Dekapolis, aus der großen Stadt Gerasa jenseits des Jordans, geholt, aus der Ferne, keinen Juden, damit der Mann hier keine stille Hausmacht aufbauen konnte. Misstrauen, dachte Caesennius, Misstrauen ist mein oberstes Geschäftsprinzip. Das einzige! Niemandem trauen. Auch sein Leben sah so aus: niemandem vertraute er. Keinem Mann, keiner Frau. Jeder kann dich übers Ohr hauen, niemand wird für dich eintreten.

„Nichts Besonderes heute. Ein paar kleine Wechselgeschäfte, zwei Schecks, keine Leihe."

„Etwas über den Ezechias und seine Bande erfahren?"

„Die Karawane, die gestern von Gaza am Itabyrion vorbei in unsere Karawanserei kam, berichtete, sie hätten nur wenig zahlen müssen. Die Herrschaften aus den Höhlen seien sehr anständig gewesen."

„Ezechias weiß genau, wann ich ungeduldig werde, dieser Schuft. Wie steht es im Hippodrom mit den Vorbereitungen für das erste Rennen? Kommt der Nabatäerfürst mit seinen Gesprenkelten?"

„Das Rennen soll um mehrere Monate aufgeschoben werden. Sie müssen die Zuschauertribünen in den Kurven erneuern. Auch die Startboxen sind unsachgemäß gebaut worden."

Drusus sortierte die Silberdrachmen aus dem Tagesgeld und stapelte sie spielerisch auf den Tisch.

„Noch etwas, mein Herr, das könnte wichtig werden: Ich habe Gerüchte gehört, der König Antipas sei mit seiner Metropole Sepphoris nicht mehr zufrieden und trage sich mit dem Gedanken, eine neue Hauptstadt für seine Provinz zu bauen. Er möchte etwas Größeres, Beeindruckenderes vorzeigen können. Dabei sei auch der Name ‚See Genezareth' gefallen, südlich von Tarichea, als möglicher neuer Ort."

„Interessant. Dranbleiben."

Caesennius wog die Silberdrachmen auf der Geldwaage, sie hatten das korrekte Gewicht. Im Schacht unter dem Haus verwahrte er, fest ummauert, ein ganzes Talent Münzen, Reserve für größere Geschäfte. Was ihm gar nicht gefiel: In seiner Straße hatte vor einigen Wochen ein liberaler Jude einen zweiten Geldverleih aufgemacht. Und in der Nachbarstraße hatten Kaufleute aus Ägypten Häuser gepachtet und sogar eine Bank eröffnet. Er konnte das nicht verhindern, nun war er darüber wütend. Bisher kamen nämlich alle in seinen Laden, jetzt gingen ihm wichtige Informationen verloren.

„Drusus, in zwei Wochen etwa findet in Jerusalem die Einführung von Ambibulus statt. Wir müssen den Mann kennen lernen. Ich werde zu diesem Fest nicht hingehen, werde meine Augen hier offen halten. Aber du, nimm dir den Aulus mit; ihr zwei werdet dort sein, unauffällig, Augen und Ohren auf. Sammelt mir Wissenswertes über unsern neuen Landesherrn. Was ihm gefällt, was ihm nicht gefällt; was er kann, was er nicht kann. Ihr wisst schon."

Drusus grinste: „Das übliche Spiel also: ein paar Schmeicheleinheiten vorbereiten."

„Drusus, sei nicht vorlaut. Wir stehen im Dienst des Kaisers. Im Reich wird nicht geschmeichelt." Caesennius verzog keine Miene.

„Selbstverständlich nicht, mein Herr."

„Ich werde dir eine Depesche mitgeben, nein zwei: eine für

den scheidenden Coponius, mich bedanken für seine zuvorkommende Beachtung meiner Arbeit, für seine schnellen Reaktionen auf meine Hinweise, für seine kluge Führung der Untergebenen, für den Frieden, den er mit geringen Kosten bewahrt hat, und das übliche Blablabla. Für den neuen Herrn …"

Caesennius überlegte: Ich muss ihn ehrenvoll behandeln, mich unterwürfig, pflichtbewusst zeigen, er muss mich als wichtig einstufen, ich muss ihm Gelegenheit geben, sich gleich ein paar Punkte zu verdienen – ein Glück, dass es die Räuber gibt! – und ein bisschen Geheimnis dazwischen streuen.

„Für den neuen ein zweites Schreiben, dass ich es für meine Pflicht erachte, in der gegenwärtigen leicht kritischen Situation Galiläas auf die Ehre zu verzichten, an seiner Amtseinführung teilzunehmen, um stattdessen mit aller Aufmerksamkeit die Räuber im Blick zu behalten und gewisse religiöse Elemente in Magdala, die gefährlich werden könnten. Außerdem geschähen da zurzeit interessante Dinge in Sepphoris. Ich werde ihn bitten, nicht zu lange zu zögern, eine militärische Einheit herzusenden, damit diesem räuberischen Gesindel der Mut vergehe und die Karawanen ihren Zoll lieber dem Kaiser als dem Räuber Ezechias bezahlen."

Er hielt inne, grinste fast unmerklich und fragte Drusus: „Ist das so in Ordnung?"

„Das hätte keiner besser formulieren können, mein Herr."

„Dann schreibe es!"

XI

Von der Begegnung mit Octavus Posterius war in Mirjams Seele ein Gefühl seligen Glückes erhalten geblieben, das von Tag zu Tag schöner wurde; dazu ein anderes von Stärke. In ihr war ein Wissen um eigene Fähigkeiten erwacht. Und eine sanfte Form von Stolz.

In Betanien schien davon niemand etwas zu bemerken. Alle waren mit sich und ihren Arbeiten beschäftigt. Seit dem Besuch bei Octavus nahm Mirjam den Ort und seine Bewohner nicht mehr richtig wahr, fast fühlte sie sich fremd in Betanien. In ihrem Gefühl wohnte sie schon in der Stadt da oben, nahe bei der Garnison. Sie erledigte schweigsam die Dienste, die ihr im Haus und in der Nachbarschaft übertragen worden waren, nachdem sie keine Herde mehr hütete. Bei all dem konnte jeder, hätte er genau hingeschaut, um ihre Augen, ihren Mund ein ständiges Lächeln bemerken, denn in ihren Gedanken saß sie immer noch auf der Bank neben Posterius. Aber es schaute keiner hin; jedenfalls nicht mit seinem Herzen. Die Männer und Frauen des Dorfes merkten nur, dass diese Mirjam ganz anders war als sie. Ob sie mal eine Dame würde? Jedenfalls fiel bei ihr ein feines Benehmen auf, wie es kein anderes Mädchen des Dorfes auch nur annähernd besaß. Aber niemand sprach mit ihr.

Wie sehr die letzten Ereignisse sie beschäftigt und bereits verändert hatten, merkte Mirjam nicht nur daran, dass sie ihr Dorf nicht mehr als ihr Zuhause empfand, sondern mehr noch an ihrer Beziehung zu ihren Geschwistern: Marta und Lazarus verloren sich an den Rand ihres Lebens. Ja sogar die Wüste und Selene rückten in den Hintergrund ihrer Gedanken. All ihre Empfindungen waren gefangen genommen von Octavus und der so ganz andersartigen gegenwärtigen Welt, in die er sie eintreten ließ, angefüllt von dieser neuen Lebendigkeit, die sie in sich aufbrechen spürte.

Je näher der Tag des Festes kam, desto mehr fieberte sie dem Ereignis entgegen. In ihren Gedanken lebte sie bereits in einer Umgebung, von der ihre große Schwester und der Bruder nicht einmal eine Ahnung hatten. Sie wollte nicht in der Enge des Dorfes bleiben. Eine neue Steingrenze war zu überspringen. Aber nicht nur ein neues Zuhause suchte sie, sie wollte zu Octavus! Er hatte aus ihr eine andere gemacht. Immer noch spürte sie seine Finger verschränkt in ihren, und das Gefühl einer Einheit lief durch ihren ganzen Körper. Er konnte ihr noch viel mehr geben. So dachte sie.

Vielleicht kann auch ich ihm etwas geben, überlegte sie. War das jetzt Liebe in ihr? Ja, sie war verliebt in Octavus. Würden da jetzt auch gewisse Dinge kommen, von denen Selene manchmal geredet, die sie damals aber noch nicht verstanden hatte? Oder jene komischen Sachen aus den griechischen Theaterstücken?

Sie zuckte die Schultern und wiegte sich in den Hüften:

„Kommen wird es, mehr und mehr,
Kommen wirst du, wünsch ich sehr!", sang sie vor sich hin
und ahmte den Gang der Schafe nach. Sie musste lachen.

„War es nicht so bisher gewesen,
Wachte nicht auf mein tiefstes Wesen?"

Sie tänzelte trippelnd mit weit wehenden Armen über den
Boden des Zimmers wie ein hochzeitsbereiter Schmetterling.

„Ja, ich werde es schaffen!"

Und jetzt wirbelte sie ausgelassen durch den Raum, drehte
sich wie der Wind, sprang in die Luft und jubelte:

„Ich schaffe es! Ich schaffe es! Ich kann es!"

Je näher das Fest rückte, desto bedrängender wurde freilich die Frage: Was soll ich da anziehen? Sie hatte ja überhaupt
nichts anzuziehen, gar nichts, womit sie zu solch einem Fest gehen könnte. Auch die anderen Dinge fehlten, mit denen feine
Frauen sich umgaben: Salben, Öle, Parfums, Perücken, Brust-
binden und anderes. Sie besaß zwar Blätter, Pulver, Öle in Vasen, Schalen, Kännchen, die versteckt in einer entfernten Höhle
lagerten, aber den Ambikos alleine zu bedienen, daran wollte sie
gar nicht erst denken. Sie fühlte sich bereits außerstande, auch
nur die richtige Essenz zu holen und ohne Selenes Hilfe zu einer
passenden Schminke zu fertigen. Aber dann blieben ihr nur ihre
Hirtenkleider! Und wie sollte sie ihre Haare binden? Was würde
das überhaupt für ein Fest sein?

Heimlich schaute sie sich überall um, wo sie bunte Tücher
und Kleider, Sandalen und glitzernden Schmuck sah, schaute genau hin, wie die Frauen sich kleideten und salbten und schön frisierten. Das hatte sie ja noch nie selbst alleine für sich gemacht!
Und welche Ringe und Ketten von Selene sollte sie anlegen? Oh
Selene, warum bist du nicht hier? Sie wurde immer unsicherer
und bekam Angst, man würde dieses Ziegenmädchen aus der
Wüste sofort erkennen und auslachen. Sie fürchtete, Posterius
nicht zu gefallen, er würde sich schämen und sie nicht mehr ansehen. Manchmal zweifelte sie, ob sie überhaupt hingehen sollte.

Aber dann war da in ihr wieder dieser Mut, dieses Wollen:
Doch, ich schaff das! Ich kann das.

Wenige Tage vor der Feier, an einem Nachmittag, als sie gerade vom Wasserholen zurückkam, sah sie einen kleinen Jungen

unsicher auf der Hauptstraße von Betanien von Haus zu Haus gehen. Er gehörte nicht hierher. Als sie in ihr Haus ging, lief er einige Schritte auf sie zu, fragte sie, ob sie das Mädchen sei, das den Soldaten Posterius kenne – und ehe sie recht verstand, was er wollte, gab er ihr eine Rolle aus feinem Leder, mit einem bunten Band aus Ziegenhaaren umwickelt. Dann lief er schnell die Straße nach Bethfage hinauf.

Mirjam war überrascht und aufgeregt. In ihrer Kammer hinter dem Vorhang schaute sie sich den Brief an, er war in Griechisch geschrieben, langsam entzifferte sie die Buchstaben und Worte. Sie musste lachen: Posterius hatte zwar Fehler gemacht, aber er hatte ihr geschrieben! Es war der erste Brief ihres Lebens, den sie erhielt. Sie solle am sechsten Tag, las sie mühsam, zur neunten Stunde oben bei der Garnison sein, dann die Straße vom Hippikos-Turm vierzig Schritte hinuntergehen in Richtung auf die Talstraße, und dort würde sie zur Rechten eine Tür mit einem Löwengriff finden. Dort sollte sie läuten. Sie solle so kommen, wie sie ihn besucht hatte.

Durch Mirjams Kopf flogen die Gedanken: Was sollte das bedeuten? So, wie sie ihn besucht hatte? Aber das ging doch nicht!

Am sechsten Tag zog sie gegen Mittag wieder das schwarze Kleid an und legte auch den Schleier über. Die Kette und einige Ringe verstaute sie in einem Beutel, zusammen mit den besseren Sandalen und einem kleinen Geschenk für Posterius. Sie verließ Betanien barfuß in der Richtung zur Wüste hin. Jemand im Dorf würde sie schon sehen und es den Geschwistern sagen.

Der längere Umweg gab ihrem Gewissen Zeit zum Fragen: Was machst du da nur? Darfst du so etwas überhaupt tun? Bist du noch bei Verstand? Ja, in der Tat, sie war unsicher. Es war ja weniger der Verstand, der sie lenkte, als ihr Gefühl. Und ihre Füße! Sie gingen wie von selbst den Weg, den sie schon einmal gegangen waren.

Als sie endlich den Decumanus hinunter schritt, pochte ihr das Herz bis zum Hals. Soldaten gingen an ihr vorbei, vornehme Herren mit fremdartigen Gesichtern, wie sie noch nie welche gesehen hatte, jüdische Ratsherren. Auch Sklaven hasteten vorbei und schleppten dabei Säcke. Auf das verhüllte Mädchen achtete niemand.

Da, da war der Knauf mit dem Löwenkopf!

Sie hob und senkte ihn. Hinter dem festen Tor erklang eine Glocke. Gleich darauf öffnete sich die Tür. Eine schöne Frau, eine Griechin vielleicht, elegant gekleidet, mit hoch frisierten Haaren und gut geschminkt, schaute sie fragend an. Mirjam hatte einen Kloß im Hals, brachte kein Wort heraus. Sie hielt nur stumm den Brief auf dem ledernen Blatt hin – die Frau warf einen kurzen Blick darauf, schaute sie erstaunt an, dann lachte sie und winkte:

„Komm herein! Du also bist das Hirtenmädchen, von dem Posterius Tag und Nacht träumt."

Was? Wie? Nein! Mirjam schüttelte den Kopf.

„Doch, doch, Kleines, du hast ihm den Kopf verdreht. Komm mal her, lass dich anschauen, damit wir den Grund für seine Verwirrtheit kennen lernen."

Sie standen in einem prächtigen Innenhof mit polierten Bodenplatten, von farbigen Steinen durchmustert, die Wege umsäumt von Gebüschen. Eroten dienten als Springbrunnen. Es gab auch hier Steinbänke mit Polstern, dazu feine Säulen, Mosaikböden mit Tieren und Pflanzen, Statuen nackter Frauen und Männer. Eine kleine weiße Katze kam näher zu ihr, miaute und strich ihr um die Beine. Mirjam war überwältigt von dem, was sie sah. Sie nahm ihren Schleier ab, ihr schwarzes Haar fiel lang herunter.

Während sie sich staunend umsah, waren zwei andere Frauen hinzugetreten, schön wie die erste. Alle drei schauten sie jetzt unverwandt an und gingen dabei mit einem seltsamen Blick um sie herum. Mirjam wurde unsicher.

„Leg mal deinen Mantel ab, Mädchen!"

Mirjam ließ den schwarzen Umhang fallen und stand barfuß in ihrem Leinenhemdchen da. Die Frauen schüttelten den Kopf:

„Maria von Betanien, du bist wirklich schön!"

In Mirjams Kopf wirbelte alles durcheinander. Zum ersten Mal hörte sie ihren Namen in der griechischen Weise. Und mit dem Zusatz „von Betanien". Aber was sollte das heißen, sie sei schön? Und warum schauten sie alle so merkwürdig an? Wer waren diese Frauen? Und was sollte das alles? Wo bist du, Posterius?

Die Frau, die ihr die Tür geöffnet hatte, sagte:

„Ich heiße Lydia."

„Ich heiße Laïs", sagte die andere.

„Und ich bin Phryne", sagte die dritte.

„Wir sollen uns ein wenig um dich kümmern." Laïs trat einen Schritt näher zu Mirjam und strich leicht über ihre Haare, ihre Schulter, ihre Wangen. „Damit du heute Abend eine schöne Feier erlebst. Lydia hat recht: Du bist schön, Maria. Unglaublich schön!"

„Wie kann ein Hirtenmädchen aus der Wüste nur eine so wunderbare Haut haben?"

Phryne guckte sich die Augen aus. Lydia jauchzte:

„Diese wohlgeformten, langen Beine! Junge, feste Brüste wie pralle Blütenknospen!"

„Schaut euch die Taille an, so schmal! Und die geschmeidigen, runden Hüften! Ha, ich werde neidisch!"

Laïs stöhnte selig. Was dann kam, konnte Mirjam ihr Leben lang nicht vergessen. Die Frauen erheiterten sich mehr und mehr, lachten und kicherten so herrlich und frei, dass Mirjam sich richtig wohl zu fühlen begann. Und dann musste sie baden, in warmem Wasser! Das hatte sie noch nie erlebt. Es duftete nach Balsam und Moschus. Und schwarze Dienerinnen kamen, rieben sie ab mit Schwämmen, trockneten sie in wollenen Tüchern und salbten sie mit duftenden Ölen – die Gerüche kamen ihr bekannt vor. Eine nahm ihre Füße vor, eine andere ihre Hände, ein dritte ihr Gesicht …

Lydia, Laïs und Phryne schienen die Badezeremonie in vollen Zügen zu genießen, hatten ständig neue Ideen und kicherten um die Wette. Mirjam konnte ihre Aussprache nur selten verstehen, aber sie merkte, worum es ging, und lachte mit, so gut sie verstand. Sie fühlte sich sehr wohl bei diesen Frauen.

Sie hatte sich bisher nicht sonderlich für ihren Körper interessiert, aber hier drehte sich anscheinend alles nur um den Körper.

Und sie begann, sich schön zu fühlen.

Dann wurde sie geschminkt, das Gesicht, die Augen, Finger und Füße. Und geschmückt. Als die schwarzen Frauen Ringe und Ketten ausbreiteten, erinnerte sich Mirjam an die eigenen, die sie mitgebracht hatte. Sie holte sie aus ihrem Beutel und zeigte sie Lydia. Deren Augen wurden ganz groß; sie rief Laïs und Phryne herbei:

„Schaut euch an, was das Hirtenkind für Armreifen hat! Wo hast du denn die her? Und diese Kette! Oohhh … Und die goldenen Ohrringe mit Perlen! Ich werd' verrückt!"

„Na ja, vielleicht von einer Prinzessin.", sagte Mirjam kleinlaut.

„Richtig, von einer Prinzessin. Natürlich. Oder von einer Königin? Die wohnen ja in der Wüste bei Ziegen."

Irgendwie war das Thema damit erledigt. Sie bekam Ohrringe, ihre eigene Kette um den Hals, Armreifen an die Füße und Armringe an die Hände und wunderbar duftende Öle, mit denen ihr Körper gesalbt wurde. Alle Parfums erkannte sie am Duft der Gräser und Salben, die sie mit Selene studiert hatte. Die drei Frauen staunten, was sie alles wusste. Schließlich holte man Kleider für sie, probierte dieses und jenes. Eines mit einem Gürtel um die Hüfte? Mit einer Brustbinde? Gewiss, die ließ ihren Busen noch herrlicher hervortreten. Ein Kleid aus Flachs? Nein, besser aus Seide von der Insel Kos, dort fertigten sie die duftigsten Gewänder – und sie hatte so viel Schönes zu zeigen. Dazu ein tarentinischer Schleierüberwurf? Richtig, zeigen und verbergen zugleich. Und dann ihre Haare: nicht flach, sondern hochgesteckt frisiert mit duftendem Öl, mit farbigen Schleifen und Perlen.

Mirjam wusste nicht mehr, wer sie war.

„Sag, Kleines, du kennst dich aus in den Düften der Gräser?"

Mirjam nickte:

„Natürlich, mit Kräutern bin ich groß geworden. Wozu fragt ihr?"

„Fein, wir werden ein Spiel organisieren. Du sollst es gewinnen!"

Lydia war um sie besorgt wie eine ältere Schwester, wie eine Freundin. Mirjam musste viel an Selene denken, die würde sich hier richtig bewegen können. Mit ihrer Krone! Und jetzt waren gleich drei solcher Frauen um sie herum, die sich in allem auskannten und die aus ihr eine auffallende Dame machten.

„Pass auf, du musst nachher auch Wein trinken."

„Ich habe schon mal Wein getrunken", erwiderte Mirjam. Es schien ihr wichtig, nicht als Anfängerin zu erscheinen.

„Vergiss es! Der Wein, der heute Abend gereicht wird, ist zweifellos von anderer Art. Hier, probier mal. Trink immer nur eine Zungenspitze. Und was sie dir zu essen anbieten, nimm es ruhig, aber nur ganz wenig. Wir passen auf. Sag mal, kannst du auch tanzen?"

Mirjam lachte.

„Nein. Ich habe zwar mit den Ziegen springen gelernt! Das kann ich gut, aber tanzen – ich weiß nicht."

Lydia zog vorwurfsvoll ihre Stirn in Falten und sagte mit tiefer Stimme: „So so, schöne Frau, Sie können nicht tanzen?"

Sie klatschte in die Hände, junge Musikerinnen kamen in den Saal, die einen mit Flöten, andere mit der Zither und Tamburinen … und dann lernte Mirjam tanzen! Sie lernte wirklich tanzen. Einmal mehr ging es um den Körper. Lydia klärte sie auf:

„Wenn die Mädchen dir ziemlich nackt vorkommen, das ist unsere Sitte aus Griechenland. Es können heute Abend auch Knaben nackt auftreten. Die Römer lieben das inzwischen auch. Bleib einfach natürlich, wir schützen dich, wenn notwendig."

Und Mirjam tanzte. Sie brauchte es nicht zu lernen, sie verschmolz so schmiegsam mit der weichen Musik der Flöten, bewegte sich derart harmonisch zum Rhythmus der Tamburine, bog ihren blendend jungen Körper so anmutig zum Zupfen der Lauten, dass die drei Frauen in Begeisterung ausbrachen.

„Mädchen, wo hast du das bloß gelernt?"

„Ich sagte ja, von meinen Ziegen", erwiderte Mirjam – und lachte. Es machte ihr unsäglichen Spaß, so unbeschwert und gelöst zu sein.

„Es wird ein Abend voller Überraschungen werden", sagte Lydia zu Laïs und Phryne.

Sie ahnte nicht, wie Recht sie haben sollte.

Das weite Festareal im Bereich der Garnison hatte sich mit hundert Gästen gefüllt, einige Soldaten und Beamte hatten ihre Frauen mitgebracht, die meisten aber ihre Hetären. Hochrangige Offiziere aus Roma und Kaufleute aus Ägypten und der Kyrenaica, aus Syrien und Arabien lagen auf den Polstern inmitten von Palmen und Springbrunnen und Rosenstauden, lehnten an Statuen oder schlenderten diskutierend an einem künstlichen Bach entlang. Flötenspielerinnen aus Indien unterhielten die Menge, ließen ihre langen Finger spielen, ein zahmer Panther wurde von einem Schwarzen an stabiler Kette geführt, für ein Krokodil waren es vier Sklaven, die vor allem seinen Schwanz im Zaum hielten. Griechische Knaben, einer lockiger als der andere und kaum bekleidet, dienten als Weinschenken. Alles umrahmte ein Chor und das Orchester.

Octavus Posterius war gekommen und hatte seine Mirjam angeschaut, als wäre sie das achte Weltwunder, leuchtender als der 280 Ellen hohe Leuchtturm von Alexandria. Er glühte vor Stolz, und sie glühte zum ersten Mal von Liebe. Ja, sie liebte diesen jungen Mann, er hatte sie weggeholt von der Herde, von der Wüste, aus ihrer Einsamkeit, er hatte ihr Herz geöffnet und ihre Seele aufgerichtet. Ihm verdankte sie, dass sie sich so frei und glücklich fühlte. Jeder Augenblick trug für Mirjam den Wert einer Ewigkeit in sich.

Die Leute grüßten zu ihr herüber, die Frauen lächelten fein, bewunderten ihre Haare, die Männer prosteten ihr mit leichter Verneigung zu, manche wollten sie betasten. Doch Octavus hielt seinen Schatz in sicherer Distanz. Zwei Männer, so schien es Mirjam, waren von besonderem Rang. Um sie herum standen fein gekleidete Offiziere, besondere Wachen hielten sich im Hintergrund. Octavus ging nicht in ihre Nähe, aber sowohl der eine als auch der andere Mann schaute von seinem Polster ungeniert zu ihr herüber, als würde er das Mädchen nicht nur bewundern, sondern auch taxieren. Von allen Seiten wurde sie zum Trinken eingeladen – die Regeln von Lydia und Laïs und Phryne hatten ihren Sinn, Mirjam merkte es schnell.

In die Feier eingestreut waren Ballspiele zu Flötenklängen, Kunststücke von Akrobaten mit Fackeln, ein Gaukler mit einem Papagei führte allerlei ulkige Verrenkungen seiner Glieder vor, die sein Hund ihm nachmachte, so dass alle sich vor Lachen bogen. Schließlich zeigten Schmiede noch wuchtige Wettkämpfe.

Irgendwann kündigte Lydia das neue Spiel an: „Erraten, welches Kraut das ist." Etwa zwanzig Gäste machten mit, mehr Frauen als Männer, auch Mirjam nahm daran teil. Mit verbundenen Augen sollte jede Teilnehmerin an einem Kraut riechen und es benennen. Schon in der ersten Runde fiel eine fettleibige Fuchtel von Römerin aus dem Rennen; sie hatte ihre Sklavin zum Riechen geschickt – und die tippte bei Basilikum daneben. „Das hat sie mit Absicht getan, um sich an ihrer Alten öffentlich zu rächen", flüsterte Phryne. „Die wird sie morgen früh töten". Am Ende waren nur noch Mirjam und eine Bohnenstange von einer Offiziersfrau übrig. Aber die hohe Dame scheiterte, so heftig sie auch ihre lange Nase in das Kraut bohrte. Mirjam schmunzelte, das war nicht schwer für sie, und sie dankte im Stillen ihrem Vater:

„Das ist Wolfsmilch aus der Gegend von Jericho."

Sie gewann das Spiel und erhielt ein Ledersäckchen, randvoll mit Silbermünzen. Ihre drei neuen Freundinnen schauten herüber und kniffen ein Auge zu: Prima. Durch dieses Spiel war Mirjam in der Versammlung noch auffälliger worden. Aller Augen suchten immer wieder die Rundungen ihrer Gestalt, die Grazie ihrer Bewegungen.

Es war schon nach Mitternacht, die Stimmung wurde immer fröhlicher, ja ausgelassener, und jeder begann, sich zu erlauben, wozu er Lust hatte. Der Wein floss in Strömen, die Hetären legten sich zu den Männern, jeder wollte „sein Fohlen einreiten", die Witze wurden derber, das Orchester spielte lauter und heftiger, der Panther hatte sich mit dem Krokodil angelegt, zwei Schmiede prügelten sich, bis Blut floss – da erklang plötzlich ein tiefer Gong. Ein Tanz wurde angekündigt – und ihr Name wurde ausgerufen:

„Mirjam aus Betanien!"

Octavus nahm sie, die zitterte und nicht verstand, an der Hand und führte die Widerstrebende in die Mitte der freien Fläche. Dann zog er sich zurück und ließ sie dort alleine stehen. Alle Augen bohrten sich geradezu in das Mädchen hinein. Da stieg in Mirjam furchtbare Angst auf! Sie war wie gelähmt. Das hatte ihr doch niemand gesagt! Voller Furcht lief sie zurück, hinüber zu Lydia:

„Nein, ich will nicht, ich kann das nicht."

Sie zitterte am ganzen Leib, Tränen kamen. Aber schon erklangen die Flöten, die Tamburine. Die Männer lachten oder grölten und klatschten rhythmisch in die Hände.

„Mirjam, du bist kein kleines Mädchen mehr, du bist eine Frau, die tanzen kann", sagte Lydia ruhig und nüchtern zu ihr. „Vergiss all das um dich herum. Schau nicht auf die Männer! Höre nicht ihr Grölen und Lachen. Sei nur du selbst, fühl dich selbst. Lass deine Seele deinen Körper bewegen. Von innen her. du kannst das. Wir achten hier auf dich!"

Phryne trat herzu und nahm Mirjam zu sich. Sie stellte das junge Mädchen mit dem Gesicht zu ihrem Gesicht, mit dessen Leib zu ihrem Leib, dass sie einander fühlten, und hielt ihre Arme um ihren Rücken. Dabei atmete sie ganz ruhig, ruhig und langsam und gab diese Ruhe weiter an Mirjam. Dann hob sie die rechte Hand, und während die Musik verstummte, das Gejohle der Stimmen zwischen Polstern und Säulen verebbte und aller Augen auf die beiden Frauen gerichtet waren, drehte sie Mirjam langsam herum, ganz langsam; dabei hielt sie ihre Hände vor die Augen des Mädchens.

Dann beugte sie sich an ihr Ohr und fragte leise:

„Bist du bereit?"

Und Mirjam nickte.

Der Tanz war unbeschreiblich. Mirjam war in sich und außer sich, sie flog, sie schwebte, genoss ihren Körper, den Schmerz der Dehnungen, ließ ihre Seele sich weiten, bis der Verstand nichts mehr zu sagen hatte. Es war ihr, als springe das Hirtenmädchen sich frei von Gräsern und Büschen und erobere die Bühne der großen Stadt Roma. Das Publikum waren nicht mehr stumme Schafe und Ziegen, sondern aufmerksame Gesichter von hohen Männern und Frauen der weiten Welt. Tanzte sie nicht schon vor Italien? Aber nicht mehr sie tanzte zur Musik, sondern das Orchester wurde von ihren Bewegungen mitgerissen.

Mirjam spielte mit ihrem Körper und spielte mit den Zuschauern. Alle gerieten mit ihr und durch sie in Ekstase. Lydia, Laïs und Phryne standen am Rand und sagten kein Wort. Sie schüttelten nur still den Kopf: Was verbarg sich in dieser jungen Frau noch?

Der Tanz war der Höhepunkt des Abends, der Nacht.

Als er vorüber war, brach ein Orkan los, ein Klatschen und Johlen, die Männer sprangen auf, warfen Rosen, es flogen nicht Münzen, nein, Säckchen aus Leder oder Samt mit reichem Inhalt bedeckten die Tanzfläche mehr und mehr. Nur zwei Herren im Hintergrund verzogen fast keine Miene.

Mirjam ging ruhig, ohne eine Regung zu zeigen, zurück zu den drei Frauen.

„Danke", sagte sie nur.

Da kam Posterius herübergelaufen. Ach wie gut, dass er hier war! Aber Posterius war aufgeregt und außer Atem:

„Der Statthalter will die kleine Jüdin sehen. Er will dich sehen!"

„Welcher Statthalter?"

„Da, der oberste kaiserliche Beamte hier in Judäa! Er sitzt dort drüben, Marcus Ambibulus. Und neben ihm der alte, Coponius!"

Das also war der Statthalter! Der Vertreter des Kaisers, Chef der Besatzungsmacht. Eigentlich ihr Feind, und doch ihr oberster Herr. Sie hatte vor ihm getanzt, und jetzt wollte er sie sprechen?

Mirjam merkte, wie ihr Kopf kühl die Leitung übernahm. Eben noch hatte sie absolut nichts gedacht, geschweige denn kalkuliert, war nur Körper gewesen, von Seele durchströmt, jetzt aber kehrte die Kraft des Kopfes zurück. Jene Kraft, die sie bei ihrem erfolgreichen Steinwurf so sicher gespürt und die Selene sie gelehrt hatte.

Denken jetzt, nicht werfen.

Sie richtete sich innerlich auf.

Octavus Posterius führte sie hinüber. Seine Hand war feucht geworden, er wollte offensichtlich perfekter Soldat sein, aber Mirjam merkte, wie er seine natürliche Gelöstheit verlor, wie er ängstlich und unsicher wurde. Sie selber konnte ruhig bleiben, bis – ja bis sie auf einmal das Gesicht des scheidenden Statthalters Coponius sah: Sie kannte den Mann! Und wie aus einem Traum stieg in ihr jene Szene empor, da der römische Hauptmann das Haus von „Simon dem Aussätzigen" konfiszieren wollte … Er war es! Aber er konnte sie unmöglich erkennen. Sie musste nur ruhig und normal bleiben.

Innerlich begann Mirjam zu lächeln: Wenn du wüsstest, hoher Herr, dass ein alter Aussätziger, vor dem du davongelaufen bist, jetzt als junges Mädchen vor dir tanzt, das du zu dir hin bittest!

Auf einmal fiel ihr die Flöte ein. Und sie hörte die Melodie.

Marcus Ambibulus schaute kurz Posterius an, schickte ihn sogleich mit lässiger Handbewegung weg und wandte sich Mirjam zu. Es war, als wolle er sie mit den Augen kaufen. Der Mann war unangenehm. Hatte ihr Bruder Lazarus nicht erzählt, der neue Statthalter werde als erste Amtshandlung die Absetzung des Hohepriesters fordern? Er verfügte einfach über Menschen.

„Wie heißt du, kleine Jüdin? Wem gehörst du?"

Bevor Mirjam antworten konnte, sie sei frei und gehöre niemandem, spürte sie, dass Lydia hinter ihr stand und hörte die Worte:

„Sie gehört dem Soldaten Octavus, Exzellenz. Sie ist seine Frau."

„Ahh, gut gut", sagte der Statthalter. „Das ist sehr brav, was sie getanzt hat. Recht ordentlich. Es hat mir gefallen. Ich möchte sie wieder sehen. Und übrigens, Exzellenz Coponius", er beugte sich zu dem Kollegen an seiner Seite, „würde sie auch gern sehen, nicht wahr?"

„Ja natürlich! Und zwar in Roma!", erwiderte dieser. Beide gackerten wie über einen gelungenen Witz.

Lydia nahm Mirjam zur Seite und ging mit ihr zurück in den Vorraum. Sie bemerkten nicht, wie zwei Herren im Hintergrund sich angestrengt bemüht hatten, das Gespräch zu belauschen.

„Du warst schön", sagte Lydia dort zu ihr, „Du warst gut! Jetzt kennen dich alle. Jetzt bist du kostbar. Sehr kostbar! Und deswegen bist du auch in Gefahr. Geh zu Octavus, und dann verschwindet, ihr zwei! Dass euch keiner findet! Lass die Leder- und Samtbeutel so lange bei mir. Wir werden zählen, wie viel drin ist. Vielleicht ist das etwas, was du noch nicht kannst, so viel Geld zählen."

„Was heißt, ich gehöre Octavus? Ich sei seine Frau?", fragte Mirjam neugierig bebend.

„Nun, ihr seid soeben vor seiner Exzellenz, dem Statthalter des Kaisers, vermählt worden. Ihr seid Mann und Frau, ein Paar. Glückwunsch! Wir sollten an die Hochzeitsfeier denken. Wo sollen wir feiern? Wen sollen wir einladen?"

Lydia, Phryne und Laïs lachten fröhlich, tanzten um Octavus und Mirjam herum und klatschten in die Hände. Mirjam konnte alles nicht fassen, sie suchte Octavus Hände, seine Finger, streichelte sein Gesicht, küsste seine Lippen. Und er suchte ihre Augen, strich zärtlich über ihre Brüste, nahm sie in die Arme.

„Geht in den Garten, ihr zwei!"

Die Luft der Nacht war warm und mild, Grillen zirpten, und Mirjam war glücklich. Sie war stolz auf sich. Sie hatte bewiesen, dass sie in dieser Welt der Großen auftreten und Menschen, hochrangige Leute, führen konnte wie ihre Ziegen und Schafe. Nicht mit Steinen, sondern mit ihrem Körper, mit sich selbst. Und jetzt hatte sie noch Octavus als Geschenk dazu bekommen. Das war mehr, als sie sich hätte träumen lassen. So dachte sie.

„Und das alles, weil du mich angenommen hast, weil du so lieb zu mir gewesen bist, so freundlich. Und jetzt gehöre ich dir! Hier, das wollte ich dir schenken."

Sie reichte ihm drei Wollfäden, die sie von ihrer Mutter aufbewahrt hatte, einen gelben, einen blauen und natürlich den koschenilleroten; in die drei hatte sie eine blaue Perle von Selene eingeflochten. Und Octavus schenkte ihr ein Messerchen aus Elfenbein, das seine Initialen OP enthielt. Sie empfanden diese Geschenke wie unendliche Kostbarkeiten. Mirjam erwähnte, die Perle stamme von der Tochter der Kleopatra, mit der sie viele Jahre zusammengelebt habe. Aber das interessierte Octavus überhaupt nicht.

Er nahm ihren Kopf in seine Hände, legte seinen Mund auf ihre Lippen, und Mirjam überließ sich ihm. Niemals hätte es diese Stunde gegeben, wäre Octavus nicht auf sie zugekommen in jener Nacht. Als sie nicht weiterwusste, wurde sie gefunden. Als die Nacht sie umgab, war er ihr Licht. Was immer jetzt in den nächsten Stunden passieren würde, es würde sie untrennbar mit ihm verbinden. Sie wollte ihm gehören, wirklich und ganz, und er sollte das spüren. Wie von selbst schmiegten sich ihre Körper aneinander, ihre Seelen. Ihr ganzes Leben. Und der Nachtwind strich warm und sanft über die bebenden Körper.

Als sie am nächsten Morgen noch verschlafen in den Salon trat, waren die Frauen schon versammelt.

„Alles zusammen sind es 1.223 Denare", sagte Lydia!

„Willst du dir jetzt eine Villa bauen, am Meer in Caesarea?"

„Du hast mehr verdient als der arme Posterius in fünf Jahren erstreiten kann", lachte Phryne, „mit nur einem Tanz! Wohin wird das noch führen?"

„Ich werde meinen Geschwistern die Hälfte abgeben, sie brauchen das Geld."

„Oh oh", Laïs schüttelte den Kopf, „sei vorsichtig, Kleines, die werden das kaum verstehen."

Gegen Mittag ließ sie ihre schönen lein-seidenen Gewänder bei den Frauen, wusch sich alle Öle und Schminke ab, legte die Kettchen und Ringe und Perlen in ein Kästchen und zog ihre Hirtenkleider wieder an. Sie nahm nur ein Säckchen Denare mit. Verhüllt vom alten Schleier, ging sie im schwarzen Gewand den Weg zurück nach Betanien. Dort schenkte ihr niemand Beachtung. Verglichen mit ihrem inneren Gefühl fand Mirjam das seltsam, denn sie war doch eine ganz andere, die jetzt über die Straße in ihr Haus ging.

Das war nicht mehr ihr Haus. Das war nicht mehr ihr Dorf.

Marta und Lazarus waren nicht zu sehen. Mirjam schaute sich um, was liegengeblieben war, putzte, kaufte ein, holte Wasser und Holz, machte Essen, erzählte ihren Schafen und Ziegen, dass sie jetzt verheiratet sei. Gegen Abend kamen Marta und Lazarus zurück, sie waren sehr müde, aßen schweigend und gingen gleich schlafen. Auch gut, dachte Mirjam. Ich kann wohl wirklich niemandem erzählen, wer ich geworden bin. Sie ging die nächsten Tage immer wieder hinauf zum Haus am Decumanus, traf Octavus und war mit ihm zusammen, scherzte mit den drei Frauen und genoss dieses neue Leben mit köstlichen Speisen und süßen Getränken.

Doch irgendwie war das alles wie ein Traum, es blieb da etwas in der Schwebe. Es ist unwirklich, dachte sie, als sie wieder einmal im Hof der Frauen auf den Polstern und Kissen ausruhte; es ist unwirklich, wie ich lebe. So schön sich auch alles ineinander fügte und so intensiv sie die Stunden mit Octavus und den starken Gefühlen für ihn aufsog und in sich selbst genoss, die Wirklichkeit erschien ihr auf einmal dünn und zerbrechlich, flüchtig wie ein Nebel.

In Mirjam stieg die Angst hoch, es lauere etwas Schlimmes hinter all dem Glück.

XII

Als sie am vierten Tag auf Posterius' Kommen horchte, kam er nicht. Sie wartete eine Stunde, zwei Stunden. Die Frauen sagten, sie hätten auch nichts gehört. Mirjam wurde nervös. Nach vier Stunden wachsender Unruhe hörte sie das ersehnte Pochen am Tor. Doch nicht Posterius trat ein, sondern ein Soldat des untersten Ranges. Er hatte Narben im Gesicht, von der Nase fehlte ein Stück. Der Mann besaß keine Manieren. Zuerst trat er auf wie ein General, dann wollte er etwas trinken, schließlich begann er Geschichten zu erzählen.

Mirjam und die Frauen warteten. Dann kam es:

Ja, also, er sei Taxo, ein Freund von Posterius. Und Posterius sei heute nicht da. Und genau genommen sei er weg. Und ihm habe er aufgetragen, dass er, Taxo, sich um Mirjam kümmern solle. Er grinste.

„Was heißt, er ist weg", fiel ihm Lydia ruhig ins Wort.

„Nun ja, er ist also weg", krähte Taxo. „Er selber wollte ja nicht, natürlich nicht, hahaha, wegen der Kleinen hier, hähähä, aber nun, ööh, ist er weg."

Laïs brüllte ihn an:

„Was heißt, er ist weg?!"

Taxo wich erschrocken einen Schritt zurück.

„Tja, also, er wird bald kommen, jaa sicher. Hm, sagen wir mal: möglicherweise! Aber jetzt ist er erst mal …"

Taxo strich sich mit seiner Pranke um die Nase.

„Also der Oberst hier, der hat ihn abkommandiert nach Caesarea, ja, nach Caesarea am Meer. Und Posterius sagte, ich solle mich um die Kleine hier kümmern."

Mirjam erstarrte. Posterius war weg. Ihr neues Leben war weg! Das konnte doch nicht wahr sein. Das durfte nicht sein!

„Er wird wiederkommen, nicht wahr?", fragte sie mit zitternder Stimme. „Lydia, warum hat er mir nichts gesagt? Phryne, Laïs, was bedeutet Caesarea?"

„Caesarea, dort hat der Statthalter eine Residenz. Da ist auch ein Hafen. Kleines, du solltest jetzt ruhig bleiben, Posterius wird bald kommen, er …, verdammt, er muss bald wiederkommen!"

Mirjam schwanden die Sinne: Ein Hafen! Der Statthalter! Abkommandiert! Wohin? Für wie lange? Er hätte ihr doch einen Brief schreiben können?

„Sollte ich nicht schnell nach Caesarea eilen?", fragte sie. „Wie komme ich am schnellsten dorthin? Vielleicht wartet Octavus ja darauf, dass ich komme."

„Also", meinte Taxo schnell, als er diese Frage hörte, „also im Grunde genommen ist er wohl gar nicht mehr in Caesarea, sondern auf einem Schiff, vielleicht gerade jetzt. Aber ich werde mich schon um dich kümmern, kleine Hirtin, sei unbesorgt."

Er grinste wieder.

Mirjam erstarrte vollends.

Da war es wieder: weggenommen! Aus der Seele gerissen. Allein gelassen. Verlust von allem, was ihr Leben ausmachte. Sie verlor ihre Liebe, jede Zärtlichkeit, ihre Zukunft. Sie verlor sich selbst. Welch grausames Schicksal schlug so erbarmungslos auf sie ein? Immer wieder. Zerriss ihr das Herz. Sie konnte nicht weinen, fühlte keinen Schmerz, empfand überhaupt nichts. Die Zeit drehte sich wie rasend zurück, erst um neun Jahre, dann um vier, als hätte die Starre des Todes sie erneut gelähmt. Die Eltern weggenommen, Selene weggenommen, jetzt Octavus.

Die Frauen kamen zu ihr, weinten an ihrer Stelle, hielten Mirjam in ihren Armen und trösteten sie, weniger mit Worten als mit Gesten und Berührungen.

Es folgten schlimme Tage für Mirjam.

Sie verkroch sich in die dunkelste Ecke des Hauses, sprach mit niemandem und wollte nicht angesprochen werden. Sie aß und trank nichts. Träumte von einem Weg bis ans Ende der Welt, durch Wüsten, über Berge, wo Octavus auf sie wartete, sie wieder in die Arme nähme. Sie würde jeden Weg gehen, ihn zu finden, aber allein. Niemandem wollte sie mehr vertrauen. Den Frauen? Auch ihnen nicht. Allein bleiben, das wäre besser. Die Menschen enttäuschen doch nur.

Aber vielleicht war ja alles nur ein Scherz? Vielleicht war Octavus gar nicht weg, sondern irgendwo in Jerusalem? Und er würde gleich kommen. Hörte sie nicht schon seine Schritte, sein Klopfen? Sie verlor die Kontrolle über ihr Denken, über ihren Körper. Sie fand schweren Wein, trank, soff. Das vertrieb den Irrsinn im Kopf, ließ sie versinken in vermeintlichem Frieden. Doch die Wirklichkeit schlich grausam zurück, umkrallte sie mit dunkelsten Gedanken. Mirjam begann, sich selber abzulehnen. Sie wollte sterben. Alle Welt war gegen sie. Ihr Äußeres verschlampte, die Haare hingen strähnig herunter, ihr Körper begann zu stinken.

In einer Nacht schlich sie nach draußen, taumelte durch die Gassen, ob sie ihn finden würde. Widerlicher Gestank umgab sie. Ihre Kleider glichen Löchern. So fand sie Taxo. Er täuschte hoffnungsfrohe Neuigkeiten vor, heuchelte Mitleid und goss schweren Wein in ihre Sehnsucht, bis sie willenlos war. Dann schleppte er sie in seine Kreise. Und die Zecher fielen über Mirjam her, ließen ihre Lust an ihr aus, bis sie erwachte, zu sich kam, schrie und um sich schlug. Sie entkam, lief halbnackt davon unter dem erbarmungslosen Gelächter der Männer. Schlief in Löchern, halben Höhlen und dort, wo die Kloake ins Gehinnomtal floss.

Von all dem fühlte sie nichts, wollte nichts mehr fühlen, nicht wach sein, nur noch weg von all dem, von sich selbst, von ihrem Leben. Diesmal klagte sie nicht einmal Gott an. Wie viel kann man mir denn noch wegnehmen, dachte sie einmal, bevor ihr wieder die Sinne schwanden. Da war nur noch Ekel. Ekel in ihr und Ekel um sie herum. Ekel war das Leben. Wozu noch leben?

Als sie nach drei Tagen wieder am Decumanus auftauchte, ein Gespenst ihrer selbst, sagte Lydia:

„Wir müssen etwas tun. So geht das nicht weiter."

Als Mirjam vor ihnen stand, wankend, ihrer selbst nicht mächtig und Zoten hervor gurgelte, gab Laïs ihr eine Ohrfeige und Phryne goss einen Eimer Wasser über sie aus. Dann nahm Lydia sie in die Arme und hielt sie fest. Ganz lange. Phryne und Laïs sagten kein Wort, sie standen nur da und schauten Mirjam erschüttert an, mit Tränen in den Augen.

Und dann, dann fing Mirjam an zu weinen, wie sie lange nicht mehr geweint hatte. Als würde sie aus einem schweren Traum aufwachen. Sie fiel den Frauen in die Arme und schluchzte, heulte ihre ganze Verlorenheit aus sich heraus.

Und die Frauen hielten sie fest.

Als Mirjam wieder zu sich kam, lag sie in einem großen weißen Bett. Durch das Fenster fiel helles Licht herein. Sie fühlte, dass sie gewaschen war, die Sauberkeit tat gut. Aber ihre Seele war schmutzig, schwach und dunkel. Auf ihrem Bauch lag die kleine weiße Katze und schnurrte, als wolle sie Mirjam heilen. Mirjam lächelte und streichelte das Kätzchen.

„Na Miisu, du magst mich noch? Willst du mich heilen? Du, das ist eine lange, schwere Aufgabe. Lass das lieber sein." Die vergangenen Tage grinsten wie Dämonen durch dunkle Erinnerungen. Da waren nur Scherben und Ekel.

„Miisu, ich habe meinen Körper verloren. Meine Seele ebenfalls. Alles." Aber Miisu schnurrte weiter, als hätte sie mit dem Heilen schon begonnen.

Die drei Frauen saßen im Salon, als Mirjam eintrat. Sie trug wieder ihr altes Hirtengewand und das Bündel in der Hand. Der Schleier lag um ihre Schultern. Sie sah blass aus.

„Ich bitte euch um Verzeihung", sagte sie leise. „Ich bin ein schlechter Mensch. Ich bin es nicht wert, in eurem Haus zu bleiben. Danke für alles, was ihr mir getan habt."

Sie verneigte sich und ging zur Hoftür.

„Wir möchten dir auch etwas sagen. Bitte, nimm Platz."

Mirjam blieb zögernd stehen; dann kam sie langsam zurück. Es kostete sie regelrecht Kraft.

„Wir alle drei glauben", begann Lydia, „Du bist ein guter Mensch, ein sehr guter. Ja, tief in dir drin bist du eine wunderbare Frau."

Sie kam nicht weiter, so bewegt war sie. Phryne fuhr fort:

„Keine von uns dreien hätte sich in deiner Situation besser benommen. Keine, nicht wahr? So was Ähnliches ist uns auch schon passiert. Wir sind deine Freundinnen, und wir möchten es bleiben. Ja, nimm uns bitte an. Und wir bitten dich, Maria, bei uns zu bleiben. Wir haben uns etwas für dich überlegt und möchten es dir vorschlagen. Du sollst entscheiden."

Mirjam nahm Platz auf einem ledernen Sitzpolster, das wie ein Kamelrücken geformt war. Sie setzte sich nur auf den Rand.

„Wir denken", fuhr Laïs fort, „dass es für dich nicht gut ist, wenn du hier in Jerusalem bleibst. Du hast hier Erfahrungen gemacht, die, nun ja, die dich dem Tod näher gebracht haben als dem Leben. Du hast uns ja noch nie erzählt, was alles mit deinen Eltern geschehen ist. Aber jetzt merken wir, dass du schon öfter im Leben etwas verloren hast. Jemand ganz Wichtigen. Und dass du Octavus festhalten wolltest, ja musstest. Wir wollten auch nicht fragen …"

Mirjam atmete tief, machte eine lange Pause und schaute wie in weite Ferne. Ihre Kindheit stieg vor ihr auf; damals war sie beschützt, umhütet – und jetzt? Vielleicht war sie noch gar nicht erwachsen, war noch ein Kind. Aber ein Kind kann nicht so viel verlieren, wie ich verloren habe. Sie senkte den Kopf und weinte. Dann fing sie an, ihre Geschichte, ihr Leben zu erzählen, wie sie es seit Selene nicht einmal Octavus so ausführlich erzählt hatte. Alles, alle Einzelheiten, von zu Hause, von Papa und Mama, von den Geschwistern, dem Dorf. Und wie dann der Aussatz kam und die Priester und alles Schreckliche danach. Sie erzählte auch von ihrer Zeit mit den Schafen und Ziegen in der Wüste – von der Wüste auch nur erzählen zu können, gab ihr ein Gefühl des Friedens –, auch von den Leuten im Dorf, von denen sie sich immer mehr entfernte, wie genauso von ihren Geschwistern. Und wie sie schließlich von Posterius gefunden wurde.

Die Frauen hörten schweigend zu.

„Ich könnte noch mehr erzählen, von der Charmion, die eigentlich Selene war. Aber das würde jetzt zu viel werden, ich erzähle es euch später einmal."

„Mirjam von Betanien, ich habe Achtung vor dir", sagte Phryne.

„Ich auch", Laïs hielt die Hände vor ihr Gesicht.

Lydia nickte mit geschlossenen Augen. Die Dienerin brachte Tee und Gebäck herein. Mirjam hatte sich ein wenig gefangen.

„Ihr wollt mich behalten? Ich habe euch doch schrecklich in der Öffentlichkeit blamiert!"

„Uns blamiert? Mach dir keine Sorgen um uns!" Laïs lächelte vielsagend. „Uns kann keiner blamieren. Aber du solltest Jerusalem verlassen, du solltest woanders neu anfangen, ohne Erinnerungen an Octavus, an deine Eltern, an dieses Haus, an …"

Sie machte eine Pause und sah zu den anderen.

„An Taxo, mein wüstes Herumirren in der Stadt", fiel ihr Mirjam ins Wort. Sie schaute zur Seite.

„Ich verachte mich!"

„Weißt du, in den letzten Tagen warst du durch all diese Umstände sicher vor den Mächtigen. Aber jetzt … Wir haben da oben im Norden", fuhr Lydia fort, „am Meer von Galiläa in Tarichea ein paar Freunde. Geschäftsleute, sagen wir mal. Der eine hat ein prächtiges Haus am See. Wir wollten dir anbieten, in den nächsten Tagen dorthin zu fahren, wir kommen gerne mit, und dann schauen wir uns zusammen alles an, ob du dort bleiben kannst und willst. Landschaftlich ist die Gegend auf jeden Fall einzigartig."

Sie erzählten ihr noch, was mit dem armen Octavus passiert war, dass der Oberst von Jerusalem ihn plötzlich nach Achaia oder Roma abkommandiert hatte. Jedenfalls musste er Hals über Kopf von seiner Einheit weg nach Caesarea. Er konnte nichts dagegen tun. Ob Marcus Ambibulus dahinter steckte? Gut möglich oder sogar wahrscheinlich, aber das hätten sie noch nicht in Erfahrung bringen können. Taxo hätte alles nur ausgenützt. Natürlich habe Octavus ihm keinen Auftrag gegeben. Aber es wäre besser für Mirjam, nicht in der Reichweite des Statthalters zu bleiben. Gegen den gebe es keine Macht.

„Der Mann kennt keine Grenzen! Du solltest dich vor ihm in Acht nehmen. Der Chef der kaiserlichen Garde in Roma hat ihn geschickt, und der ist ein Teufel, ohne Tabus, grausam. Marcus Ambibulus soll hier hart durchgreifen."

Mirjam dachte nach. Octavus. Das Liebste, was sie für ein paar Tage besaß, ihr Mann, ihr Ehemann – weggenommen, gestorben. Sie wollte nicht an ihn zurückdenken, lieber nicht, die Erinnerung quälte zu grausam. Wie viel Tode kann ein Mensch eigentlich ertragen? Die Liebe soll stärker sein als der Tod? Oh nein, umgekehrt: Der Tod ist stärker als die Liebe! Liebe gab es nicht mehr in ihr. Nur noch Leere. Der Tod, der alles aus der Hand reißt, hat mir nicht nur den einzigen Menschen weggenommen, der mich liebte, er hat mir sogar den Wunsch genommen, zu lieben und geliebt zu werden.

Nie mehr!

Sie schaute die Frauen an und nickte.

„Ja, das wäre vielleicht das Beste. Aber vorher will ich noch Abschied nehmen von Marta und Lazarus und Betanien."

„Soll ich mitkommen?", fragte Lydia. „Du weißt vielleicht nicht, dass du in den letzten Tagen in Jerusalem bekannter geworden bist als dir lieb sein wird. Viele Leute haben dich gesehen, Männer haben dich benutzt, über dich gelacht. Schließlich haben die Wächter dich gefunden, na ja, und so weiter."

„Wo haben sie mich gefunden?"

„Ach Mirjam, musst du das wissen?" Lydia blickte zu Phryne und Laïs. „Da unten beim Tor der Essener, wo die Kloake von Jerusalem ins Gehinnomtal läuft. Du sahst nicht gut aus, als du wieder hier ankamst. Nicht nur Jerusalem, auch deine Geschwister oder ganz Betanien werden wohl davon gehört haben."

Mirjam schaute seitwärts auf den Mosaikboden; die kleinen Steine kamen ihr nicht mehr kunstvoll geformt, sondern wie zerschnitten und zersplittert vor.

„Nein, danke, das muss ich allein schaffen."

Als sie durch die Hauptstraße von Betanien ging, flogen ihr zunächst böse Blicke zu. Dann waren es spitze Worte, schließlich Steine. Schon recht, dachte sie, und eilte ins Haus. Marta saß am Tisch, hatte das Gesicht auf die Arme gelegt und schluchzte. Sie blickte nicht auf. Lazarus stand taumelnd da, als hätte er getrunken, stützte beide Arme auf den Tisch, durchbohrte sie mit Blicken.

„Du Hure! Du Abschaum der Juden! Du Verlorene unserer Eltern, unseres Hauses! Schande über dich! Schande! Du hast uns den guten Ruf geraubt, die Eltern geschändet. Wie kannst du es noch wagen, in dieses Haus zu kommen!"

Er schwankte, seine unruhigen Augen durchbohrten Mirjam, als wäre er nicht bei Sinnen. Dann schrie er schnaufend weiter:

„Du gehörst nicht mehr zu uns. Scher dich davon! Hau ab!"

Und jetzt überschlug sich seine Stimme:

„Sei verflucht!!"

Marta schrie laut auf. Lazarus wischte sich den Schaum vom Mund, seine Blicke irrten durch den kahlen Raum.

In Mirjams Seele blieb es überraschend ruhig. Sie konnte ihren Geschwistern kein Wort verübeln. Sie wussten ja nichts.

„Ich entschuldige mich. Ich danke euch, dass ihr mich so lange ausgehalten habt. Ihr habt manches nicht gesehen, nicht verstanden. Ich werde jetzt gehen. Ich möchte euch etwas geben. Es ist nicht von mir. Es ist von unseren guten Eltern für euch."

Sie ging in ihre Kammer, holte die Säckchen mit der Krone, den Armreifen und dem Geld. Dann trat sie zurück an den Tisch und legte ein Lederbeutelchen voll mit Münzen auf das Holz. Marta schluchzte wieder laut auf, Lazarus aber griff das Beutelchen und schmiss es wie irre nach der jüngeren Schwester.

Da nahm Mirjam ihre Bündel und ging wortlos hinaus.

Es war schon Abend. Wieder versank die Sonne hinter dem Ölberg wie vor wenigen Wochen, als die Nacht sie zu Posterius geführt hatte. Aber diesmal ging die junge Frau auf den Untergang des Lichtes zu. Geradewegs und festen Schrittes.

XIII

Die Frauen kannten den befehlshabenden Hauptmann, der ihnen freundlicherweise den Reisewagen zur Verfügung gestellt hatte. Für sein Entgegenkommen erhielt er das zauberhafte Vergnügen, an jedem der drei Tage mit einer von ihnen eine Stunde auf seinem Wagen, wie er das nannte, „Stellungskrieg" und „Attacke" zu üben.

Mirjam lag auf Polstern, und diese ruhten auf Getreidesäcken, was die Schüttelei auf ein erträgliches Maß milderte. Die Frauen hatten Hausrat eingekauft und ihr mitgegeben. Sie sind lieb, dachte Mirjam. Ich weiß gar nicht, wie sie Geld verdienen, und noch weniger, wie ich ohne sie ausgekommen wäre. Jedenfalls sind sie besser als ich. Solche Freundinnen braucht der Mensch, mehr als alles andere.

Während der Wagen im Jordantal von einer hügeligen Welle zur nächsten schaukelte, hatte Mirjam Zeit, über die vergangenen Wochen nachzudenken. Sie hätte nicht mehr in Jerusalem weiterleben können, das wurde ihr immer klarer. Wie hatte das mit Taxo nur passieren können! Es widerte sie an, wie sie sich in den vergangenen Tagen hatte gehen lassen, äußerlich und innerlich besudelt mit Schmutz. Ich bin eine Hure. Ich habe Posterius verraten.

Aber Posterius gab es nicht mehr.

Jerusalem war nicht länger der Ort ihres Sieges, Jerusalem war die Stätte ihrer Verluste. Was kann man im Leben wirklich gewinnen? Dauerhaft an sich binden? Ich werde nie mehr heiraten. Ich hätte nur Angst zu verlieren. Auch keinen Freund will ich haben. Der wird dir genommen. Jemanden lieben nährt nur die Angst, ihn zu verlieren. Nicht noch einmal das Drama Posterius oder den Verlust der Freundin oder das Abgeschnittenwerden von Eltern, von Familie, von Heimat. Nie mehr! Warum sein Herz für Liebe öffnen, wenn man den Menschen doch nicht festhalten kann? Besser die Seele verschließen. Besser das Lachen des Lebens verbannen und sich im Inneren verkriechen wie in einer Höhle.

Nur das Dunkel enttäuscht nicht.

Es stimmte wohl, was Laïs angedeutet hatte: Sie suche seit dem Tod ihrer Eltern in allem den Vater, die Mutter. In jeder Beziehung, bei jedem Menschen. Sogar bei den Tieren. Sie suche überall die Zuwendung, die sie bei ihnen zu kurz erhalten hatte. Ja, ihre Eltern waren gut gewesen, doch sie hatte ihre Nähe länger genießen und daran reifen wollen. Von Selene wussten die drei Frauen noch nichts, aber auch Selene konnte ihr jetzt nicht helfen. Selene war tot, wie alle anderen. Will ich das alles vergessen oder will ich es behalten, fragte sie sich. Wenn ich es in der Erinnerung bewahre, hilft es mir dann aufzupassen, wen oder was ich wirklich suche? Aber ich will nicht mehr suchen. Ich will neu anfangen, ohne Vergangenheit, ohne Erinnerungen. Sie machen mich nur kaputt. In Tarichea werde ich neu beginnen. Habe ich damals nach dem Tod der Eltern nicht auch neu angefangen? Aber da stand Selene vor mir – ich habe nur neu anfangen können durch sie, die sanft und sorgend mich geführt hat, ohne dass ich es merkte. Wer führt mich jetzt? Ich will keinen mehr.

Es wird niemanden mehr geben.

„Worüber denkst du nach?", fragte Lydia.

„Ich denke über mich nach. Wer ich eigentlich bin. Ich weiß es nicht. Wenn ich an die letzten Tage denke, die ihr besser kennt als ich selbst, dann habe ich Angst vor dem, was in mir schlummert, wie ein Vulkan, wozu ich fähig bin, wohin ich fallen kann. Tatsächlich, ich kann tanzen."

„Und das halbe römische Reich um deinen Finger wickeln", lachte Laïs.

„Ja, stimmt." Mirjam stützte sich auf den Ellenbogen. „Aber ist das nicht schlimm, was ich kommandieren kann? Diese Gegensätze? Ich bin Lamm und Wolf zugleich! Und dann bin ich wie außer mir, nicht mehr ich selbst. Wie schafft man es, sich immer in der Gewalt zu haben? Wie schafft ihr es, immer das zu tun, was richtig und gut ist?"

Die Frauen schwiegen. Schließlich fragte Mirjam:

„Glaubt ihr, dass es Dämonen gibt? Ich glaube es eigentlich nicht. Volksgerede. Aber wenn ich an diese letzten Tage denke, da hat etwas, hat jemand anderes über mich geherrscht. Ich weiß nicht."

„Na na", bremste Phryne, „ich meine, das war alles irgendwie normal. Wer so etwas durchmacht wie du, heute gefeiert und morgen getreten, der reagiert auch extrem. Das kann man doch verstehen."

„Als ich von Betanien wegging, hat mein Bruder mich verflucht. Ob Verfluchen Dämonen hervorbringt?"

„Maria, bitte, fang nicht mit Religion an! Diese Leute können nicht mehr vernünftig denken! Nur noch Mächte hier, Mächte dort, Satanas hier, Satanas dort. Wenn du diesem Teufelszeug erst mal die Tür aufmachst, also ich meine, wenn du über solche Sachen nachzudenken beginnst, dann kommen immer mehr davon in deinen Kopf. Derlei Gedanken wirst du nie mehr los. dein Bruder, weißt du, ich kann mir den gut vorstellen in seiner Situation. Armer Kerl, er wusste ja nichts. Er hat einfach überreagiert. Ist doch normal."

„In mir sitzen Raubkatzen."

„Wer sitzt in dir? Raubkatzen? Was soll denn das nun wieder?", erregte sich Laïs und warf eine Erbse auf Mirjam.

„Ich meine diese Fähigkeit in mir, andere um den Finger zu wickeln. Dann bin ich wie im Rausch. Ich kann Räume mit Licht füllen, Menschen in Erregung versetzen, in einen Rausch des Glücks stürzen. Ich kann wilde Hunde vertreiben …"

Aber nicht ohne Flöte!, erinnerte eine Stimme in ihr. Die Flöte, ja. Aber sie wollte jetzt nicht daran denken. Wenn es da überhaupt etwas zu denken oder zu verstehen gab. Einbildung.

„Aber ich kann meine dunklen Gedanken nicht vertreiben. Es ist doch eine Art von Macht, Gefühle des Rausches bei jemandem auslösen zu können, nicht wahr? Und warum habe ich keine Macht über mich selbst? Warum wirft mich ein Verlust so sehr aus der Bahn? Warum muss ich unter dem Verlust meiner Eltern, meiner Geschwister, meiner Freundin, meines Mannes … "

Sie hielt wieder inne. Dann fuhr sie mit leiser Stimme fort:

„Ja, meines Mannes. Ich wollte für ihn alles sein. Warum gehört das Leiden dazu? Warum bleibt am Ende allein das Leiden übrig?"

Sie drehte den Kopf zur Seite. Phryne tröstete sie:

„Du bist nicht am Ende. Du wirst wieder Lichter anzünden, in dir selber, in anderen. Die Dunkelheit wird weggehen, glaub nur daran."

„Für mich gibt es nur hell oder dunkel, Extreme", führte Mirjam ihre Gedanken weiter. „Und wenn es hell ist, dann kommen die Geister des Todes, die Dämonen zu mir und besetzen mich. Werden es immer die gleichen Dämonen sein oder kommen noch neue hinzu?"

Sie atmete tief, es schüttelte sie.

„Ich glaube, ich werde in meinem ganzen Leben niemals etwas wirklich Großes vollbringen. Ich bin lediglich dazu bestimmt, ein paar Menschen eine Handvoll Glück zu schenken. Wie ein Zauber auf sie zu wirken, ohne dass sie mich als Menschen wahrnehmen, ohne dass sie mich wirklich kennen. Von lieben ganz zu schweigen."

„Hey", warf Laïs laut dazwischen, „nun hör aber auf! Hör auf mit dieser Verzweiflung, diesem Selbsthass! Das passt nicht zu dir!"

„Oh doch! Ich glaube, ich werde mich irgendwann selbst zerstören, als Preis dafür, dass ich ab und zu glückliche Momente erlebe, die nur aus dem Gefühl heraus entstehen, anderen ein klein wenig schenken zu können. Und jedes Mal werde ich für dieses Glück mit Verlust bezahlen. Mit immer mehr Verlust. Wenn das so kommen sollte, dann möchte ich mich diesem Gefühl gegenüber verschließen. Es hat schon genug unheilbare Verletzungen verursacht."

Lydia versuchte, sich in Mirjam hineinzuversetzen.

„Aber vielleicht sind diese Verletzungen nur Teil eines Ganzen, eines ganz anderen! Von etwas Schönerem, was du jetzt noch nicht siehst. Im Leben kommt und geht alles, es gibt kein Leben ohne dunkle Zeiten, das ist wahr. Aber das Dunkle gibt es nur, weil es das Licht gibt. Und das Licht ist größer. Es muss größer sein."

Mirjam fiel Selene ein, was sie von Nullum gesagt hatte und von Dem-Ohne-Ende. Vom Teilen, vom Geringer werden und immer Größer werden. Aber damals ging es ihr noch gut.

„Ich möchte nur wissen", sagte sie wie aus weiter Ferne, „wann ich den Dämonen in mir Einhalt gebieten kann. Zum Beispiel dem Alkohol! Ich habe früher nie getrunken, und auf einmal musste ich trinken, Unmengen. Schrecklich! Es waren doch Unmengen, oder?"

„Keine Sorge, wir hatten noch genügend Vorrat. Aber du hast wieder aufgehört!"

„Ah, danke noch für die Ohrfeige und den Wasserguss. Die haben die Dämonen ausgetrieben, drei Stück auf einmal."

Sie mussten alle lachen.

„Die Methode werd' ich mir merken. Was wäre ich ohne euch?"

Sie schaute ihre Freundinnen an:

„Sagt mal, ich habe euch noch nie richtig gefragt, wer ihr eigentlich seid? Was ihr so macht? Vielleicht ist das unangemessen?"

Lydia, sie war eine auffallende Schönheit, die aller Blicke auf sich zog, lachte, schaute in die Landschaft, die sich nach rechts und links zu weiten begann und wo im Nordwesten schon der Itabyrion zu sehen war. Die Wüste wich zurück, und es wurde immer grüner an Bäumen und Büschen.

„Ach Mirjam, du bist wirklich gut. Wir? Wir stehen sozusagen im Dienst des Kaisers, des Sohnes Gottes, wie die Speichellecker mit vielen Verbeugungen gerne sagen. Jeder Pimpf möchte heute Sohn Gottes sein und sich bedienen lassen. Also wir stehen im Dienst seiner Majestät."

Die beiden anderen kicherten:

„Ja, stimmt", meinte die etwas mollige, immer gut gelaunte und sorgfältig geschminkte Phryne, „wir sorgen dafür, dass seine Offiziere und Hauptmänner sich entspannen, bei guter Laune sind und wieder kräftig kämpfen können."

„Und dass die lieben Ehefrauen sich nicht um alles kümmern müssen", lachte die kesse Laïs, die ihre auffallende Figur gern luftig herausstellte. Sie betonte das „alles".

„Ja, und vor allem, dass seine Majestät von ausländischen wohlhabenden Kaufleuten genügend Geld einnimmt. Wir zahlen ja auch Steuern, und dies nicht schlecht", ergänzte Lydia. „Weißt du jetzt, was wir machen, wer wir sind?"

Mirjam lächelte beschämt: „Entschuldigt, dass ich das gefragt habe." Das also sind die Frauen, dachte sie still, von denen alle griechischen Dichter schwärmen, die Hetären. Und sie haben mich als ihre Freundin angenommen? Nach einer Pause fügte sie hinzu:

„Ihr sollt wissen: Ich habe Respekt vor euch. Ihr habt mir viel gegeben in diesen Tagen, irgendwie habt ihr mich gerettet. Ihr seid wirklich gute Menschen. Und schön seid ihr auch!"

Sie hatten das Südende des großen Sees von Galiläa erreicht. In der Tat, staunte Mirjam, eine wunderbare Landschaft. Verglichen mit ihrer Wüste war das hier ein regelrechtes Paradies! Links die sanft ansteigenden Hügel mit Wäldern, Pflanzungen und Wiesen voller Blumen, ganz anders als Steine und Sand und ein paar Gräser. Und rechts der funkelnde See, überall kleine Buchten. Dorf reihte sich an Dorf. Hier verschenkten je ihre Gunst Frühling, Sommer und Herbst zugleich. Und dann die Früchte! Überall wuchsen sie von selber, an Büschen, von Bäumen, von vielen Bäumen. Vorne sah Mirjam Dampf aufsteigen; Lydia erklärte, das seien die heißen Quellen von Amathus.

„Schon vor undenklichen Zeiten kamen die Pharaonen hierher. Heute reisen aus dem ganzen Reich die Wohlhabenden in ihren Kutschen an und lassen im heißen Wasser ihre Gicht behandeln. Es geht das Gerücht um, Herodes Antipas sei mit seinem Palast in Sepphoris nicht mehr zufrieden. Würde mich nicht wundern, wenn er seine neue Residenz hier bauen würde. Sepphoris kann im Winter bei Schneestürmen tatsächlich arg kalt werden. Und hier hat er mit den heißen Quellen eine sichere Einnahmequelle. Und durch die reichen Lüstlinge eine zweite dazu."

„Wisst ihr eigentlich, dass Herodes zum Geburtstag ein Fest veranstalten und dabei seine Pläne verkünden will?" Laïs schien bereits die Vorfreude auf das Fest zu genießen. „Unser Hauptmann hat mir das geflüstert", erklärte sie mit schelmischem Lachen. „Sicher müssen wir dann herkommen. Aber Herodes hat Probleme. Irgendetwas haben seine Architekten nach euren Gesetzen falsch geplant."

„Es sind nicht meine Gesetze!" Mirjam sagte es bestimmt.

„Entschuldigung! Ich dachte halt … na ja. Und obwohl er da ein Riesending hinsetzen will mit Stadion, Forum, Akropolis, kriegt er keine Bewohner in die Stadt. Einen Teil will er auf einem alten Friedhof bauen lassen. Womit wir wieder bei Dämonen wären."

Lydia warf Laïs einen tadelnden Blick zu.

„Am Ende wird er alles mögliche Gesindel aus ganz Galiläa und Samaria dorthin verfrachten. Na, das wird ein Städtchen werden. Dabei braucht er im Gegenteil gute Beamte aus den höheren Schichten für seine Verwaltung. Alle Archive kommen ja hierher. Es wird die nächste römisch-hellenistisch geprägte Stadt in Galiläa werden."

„Mal sehen, wie das Ganze ausgehen wird", wiegelte Phryne ab, „das kann sich noch Jahre hinziehen, bis die anfangen."

Links vor sich konnten sie jetzt schon die hohe Rückseite des Arbel sehen, auf deren Nordseite die Räuber ihre Nester eingerichtet hatten, um die große Handelsstraße unten zu kontrollieren.

„Dort, am Ausgang des Tales, Mirjam, direkt am See, dort liegt deine Stadt. Mach sie dir zu eigen!"

XIV

Als sie den rückwärtigen Hang des Arbel schon deutlich einsehen konnten und um eine Biegung gefahren waren, gab es einen Halt. Die Kohorte verabschiedete sich, um ins Lager zu marschieren. Der Hauptmann kam angeritten und bedankte sich höflich für die graziöse Begleitung durch die Damen. Diese verneigten sich tief genug, dass er sofort seine Bereitschaft erklärte, den Wagen wieder zur Verfügung zu stellen. Sehr gerne, versteht sich.

Tarichea offenbarte sich als das Gegenteil von Wüste. Mirjam kam aus dem Staunen nicht heraus. Statt einer abweisenden Mauer empfing sie ein Stadttor und leitete sie auf eine breite und gerade Straße. Sie war mit ebenen Basaltsteinen ausgelegt, seitliche Wasserrinnen schwemmten den Schmutz aus der Stadt, und Bürgersteige hoben das Selbstgefühl der Fußgänger. Die Hauptstraße lenkte den Blick auf einen Tempel in der Ferne. Aber das Auge erhielt keine Zeit, in die Ferne zu schweifen.

Kaum war der Wagen durch das Tor gerollt, überraschten zweistöckige Häuser die Ankommenden, luden Säulenreihen zur Bewunderung ein, aufgelockert von Statuen oder Monumenten. Seitenstraßen bogen rechtwinklig ab, gaben den Blick frei in Gassen, wo Frauen und Männer ihre Waren anpriesen. Die Frauen trugen hier nur selten Schleier. Gelegentlich säumten vornehme Häuser die Straße, die sogar über den Bürgersteig gebaut waren. Fuhrwerke, Reiter kamen ihnen entgegen. Und immer wieder öffneten sich Durchblicke auf Brunnen und Plätze, Gärten, Nymphäen und Altarmonumente. Das war ja eine quicklebendige, kulturreiche Geschäftsstadt, dieses Tarichea.

„Weißt du", fügte Laïs an, als sie bemerkte, wie sich Mirjam bemühte, alles aufzunehmen, „es gibt hier noch mehr zu sehen. Sie haben auch Thermen, es gibt einen Fleischmarkt, aber noch berühmter ist der Fischmarkt unten am See. An einem Hippodrom wird noch gebaut, meine ich."

„Was noch fehlt, ist ein Theater oder ein Odeion. Noch besser wäre natürlich, wenn jemand auch ein Gymnasion stiftete", fügte Lydia hinzu. „Die Stadt hat sich gut herausgemacht."

„Schau dort", fing Laïs wieder an, „das ist eine ganze Straße, ich glaube sogar ein ganzes Viertel, wo nur Färber arbeiten!"

„Da gehe ich morgen gleich hin", freute sich Mirjam. Und als der Wagen auf dem quadratisch angelegten Straßensystem zum See abbog, entdeckte sie, dass es hier auch prächtige Villen gab. Und Teestuben und Bars. Die Leute schienen ein sonniges Gemüt zu haben.

Na gut, dachte sie, dann fange ich hier neu an.

Aber während die Sonne Menschen und Häuser und sogar dreckige Pfützen in glitzerndes Licht tauchte, spürte sie in sich ein Loch, das in bodenlosen Abgrund reichte. Da war es wieder,

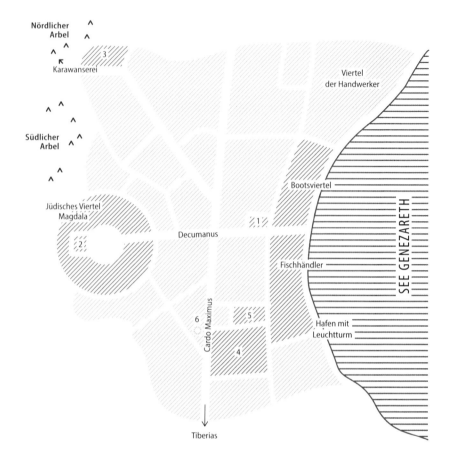

1. Haus des Caesennius
2. Neue, zweite Synagoge von Magdala (jetzt wohl gefunden)
3. Villa der Mirjam
4. Gymnasion in Tarichea
5. Erste Synagoge, später zum Nymphäum umgebaut
6. Alter Turm am Cardo maximus, Grundmauern noch heute
   vorhanden.

* „5" meint auf der Karte die erste Synagoge von Magdala, die wegen Was-
  sereinbruchs aufgegeben werden musste. Die ersten Archäologen, Franzis-
  kaner, interpretierten sie Anfang der 1970er noch als Synagoge, doch bald
  wurde klar, dass es sich hier um ein Nymphäum handeln müsse. Im Roman
  habe ich Mirjam eine neue Synagoge bauen lassen (2) – kurioserweise haben
  Archäologen jüngst eine zweite Synagoge für Magdala festgestellt, ein für
  jüdische Städte ungewöhnlicher Fall. Aber im Roman war diese schon längst
  logisch gefordert.

dieses Gefühl von etwas Gesichtslosem, das auf sie in ungreifbarem Nebel lauerte. Als würde sie auf einem Seil zwischen Hell und Dunkel balancieren – auf welche Seite würde sie endgültig hinunterstürzen? Sie bekam Angst, dass sie hart werden würde, kalt und berechnend auf diesem Seil, das ihre Seele durchschnitt, wo niemand sie festhielt – während alle Welt nur das Lächeln, die Anmut und Grazie eines Engels sah.

Aber dieser Engel war der Hölle näher als dem Himmel.

Sie waren bei der Villa der Geschäftsfreunde der Frauen angelangt. Sklaven eilten herbei, luden die Getreidesäcke samt dem gespendeten Hausrat vom Wagen und schleppten alles in einen kleinen Raum. In gemütlicher Ruhe bezogen die vier Frauen ihre Gastzimmer, machten sich frisch und sahen sich ein wenig um, im Haus, am Ufer, in der Stadt. Der Abend war mild.

Mirjam staunte von neuem:

„Das ist ja unglaublich schön hier! Und die Luft! Wie ein samtenes Streicheln. Und die schicken Läden hier! Habt ihr gutes Wasser?"

„Wir haben zu viel gutes Wasser", sagte einer der vier Männer, die um die Frauen herumstanden. „Verzeihung, mein Name ist Caesennius. Cae wie Caesar, ennius wie perennis. Hier gibt es viele Quellen und also immer wieder Wassereinbrüche. Wenn Sie hier bauen, Maria, nehmen Sie sich einen guten Architekten."

„Die Stadt hier ist ganz anders angelegt als unsere Städte in Judäa. Woher kommt das?", fragte Mirjam den Herrn Caesennius und wunderte sich, woher der ihren Namen wusste. Mit leichtem Unterton fügte sie an: „Übrigens, niemand lebt ewig!"

Caesennius wandte ihr verdutzt den Kopf zu. Woher verstand diese Jüdin Latein? Doch schnell hatte er sich wieder gefangen und dozierte mit dem Brustton der Überlegenheit:

„Diese weltberühmte Stadt heißt Tarichea, ihr Juden nennt sie Migdal Nunaiya, Turm der Fische. Aber wie sie jetzt aussieht, wurde sie von uns Römern wie eine römische Stadt gebaut. Soweit uns das noch möglich war. Denn im Grunde sind hier mehrere Dörfer wild zusammengewachsen, ein Dorf der Fischer, eins der Färber, eins der Taubenhändler und noch ein paar. Nachdem das Fischdorf sich einen Turm gebaut hatte, fühlten sich die anderen zurückgesetzt und bauten sich auch einen Turm. Die Juden, die geblieben sind, nennen die Stadt nun ‚Magdala‘, Stadt der Türme. Wir Römer haben schließlich unser Können eingesetzt und dem Wirrwarr ein geordnetes Gesicht gegeben. Deshalb findet man sich in Tarichea gut zurecht, anders als in euren Städten. Dort vorne, am Laden, ist die Hauptstraße, der Cardo Maximus, er läuft in allen römischen Städten von Norden nach Süden. Von ihm weichen rechtwinklig andere Straßen ab, wir nennen sie Decumanus, sie verlaufen immer in Ost-West-Richtung.“

„Und was heißt Decumanus?“, unterbrach Mirjam den Redefluss von Herrn „Perennis“. Dabei schaute sie Caesennius prüfend aus den Augenwinkeln an: Gutaussehender Mann, Ende der Dreißiger, gebildete Sprechweise, ziemlich selbstbewusstes, etwas pomadiges Auftreten, benimmt sich gepflegt, denkt deutlich mehr als er sagt – was ist sein wirkliches Metier?

„Das hat etwas, wie Sie vielleicht schon wissen, mit ‚zehn‘ zu tun. Der Haupteingang in einem römischen Militärlager – Sie werden ihren Freund, den Hauptmann, in seinem Lager gewiss einmal besuchen – liegt immer an der Stelle, die am weitesten vom Feind entfernt ist. Und an diesem Eingang lagert nach alter Tradition die zehnte Kohorte. Deshalb nennen wir diese Straße auch ‚Decumanus maximus‘. Die anderen haben dann ihre je eigenen Nummern.“

„Das heißt, ihre Städte sind wie Militärlager angelegt, und ihre Wohnviertel kann man Inseln vergleichen, es sind alles gleich große quadratische Blöcke?“

„Schnell kapiert, junge Frau. Und da findet man sich leicht zurecht, selbst in einer so großen Stadt wie dieser. Sie reicht bis drüben zu den Bergen hin.“

„Die Straße hier ist also der Cardo Maximus; sie ist sehr breit!“

„Genau 30 Ellen“, erklärte Caesennius stolz. „Für unsere Soldaten, die in Sechserreihen marschieren, für die Kampfmaschinen dazu, da brauchen wir Platz. Wir haben die Basaltsteine genommen, die es hier in Unmengen gibt. Unsere Straßenbaumeister sind die besten der Welt, wie Sie bemerkt haben werden. Wir haben nur Probleme mit dem Wasser überall. Übrigens, dort in dem Viertel am Abhang, dort finden Sie ihre Synagoge, Mirjam …“

„Es ist nicht meine", sagte Mirjam kühl und fügte spitz hinzu: „Wahrscheinlich ist sie inzwischen zu klein!"

„Richtig, die Herrschaften suchen nach einem Gönner, der ihnen eine größere baut. Wissen Sie, die Frommen hier, ihr Volk, Verzeihung, die Juden, die nach der Torah leben, die Gott ihnen oder einem gewissen Mose angeblich geoffenbart hat, sie sind hier in Tarichea in der Minderzahl. Zum Glück. Sie haben nichts zu sagen."

Ihm fiel sein jüdischer Geschäftskonkurrent ein. Er stöhnte.

„Man muss jedoch aufpassen, leider. Sie haben sich widerwillig in ihr Viertel zurückgezogen, hauptsächlich ins Färberviertel. Dort weben und färben sie Vorhänge für den Tempel ihres Gottes. Sie nennen diese Stadt nicht mit ihrem offiziellen römischen Namen Tarichea, sondern trotzig nur Magdala. In ihrem Magdala stöhnen sie unentwegt über Sünden, die sie in Tarichea überall zu sehen glauben. Ich weiß nicht, was sie damit meinen. Wer bestimmt eigentlich, was Sünde ist? Und wozu? Wissen Sie das?"

Er grinste und schaute Mirjam herausfordernd an, als wollte er ihr die Überlegenheit seines römischen Verstandes zeigen. Mirjam merkte, wie die Gedanken dieses Mannes durch ihre nüchterne Vernunft bestachen, das fand sie gut; aber es gab da auch etwas Hinterhältiges, das sie zur Vorsicht mahnte. Sie schwieg.

„Das hier ist eine griechisch-römische Stadt", nahm Caesennius den Faden wieder auf, als berenne er Mirjam wie eine Festung von verschiedenen Seiten, „hier gibt es vor allem Kaufleute, die kommen aus der ganzen Welt extra nach Tarichea, sogar aus China sah ich neulich einige. Dazu Geldverleiher, Industrien für Boote und Fische, eine Unmenge Geschäfte; sogar Tauben für die Opfer im Tempel werden hier gezüchtet. In Jerusalem werden sie als ,reine Tiere' verkauft, hier werden sie von Sündern gezüchtet."

Caesennius lachte verächtlich: „Was so ein Gott sich doch alles gefallen lassen muss!"

Wieder schaute er zu Mirjam hinüber. Diesmal nahmen Mirjams Augen das Duell an. Sie dachte zwar ungefähr das gleiche, aber das brauchte er nicht zu wissen. Er sollte nur nicht meinen, er allein könne scharf denken. Sie hatte einiges bei Selene gelernt, so ließ sie ihre Schlagfertigkeit aufblitzen:

„Ach wissen Sie, Herr Caesennius, der ‚Sohn Gottes‘, Ihr Octavianus Augustus in Roma, der muss sich auch einiges gefallen lassen."

Gut pariert, dachte Lydia. Phryne stupste Mirjam in die Seite: „Vorsicht", raunte sie.

Caesennius kniff die Augen zusammen. Er versuchte es noch einmal, diese hübsche Jüdin herauszulocken:

„Wenn Sie hierbleiben wollen, Maria, dann müssen Sie Geschäftsfrau werden!"

Lydia befürchtete, das Spiel könnte außer Kontrolle geraten, und warf neutralisierend dazwischen:

„Ganz recht, reich wird man nur durch Kaufen und Verkaufen. Ich denke, wir nutzen den morgigen Tag, um uns ein wenig umzusehen und etwas zu kaufen. Die Stadt ist wirklich schön. Ich bin gern hier. Wir ziehen uns jetzt zurück. Danke für die Aufnahme."

Was er wohl von mir erfahren hat, überlegte Mirjam. Aber damit muss ich nun leben, dass man mich kennt – nur ich selber, ich kenne mich nicht! Und bin dabei, Octavus zu vergessen.

Am nächsten Tag schlenderten die vier Frauen ohne Schleier, begleitet von zwei Sklaven aus Caesennius' Haus, durch die Stadt. Mirjam hatte das Gefühl, sie könne sich hier viel freier bewegen als in Jerusalem. Ein himmlisch schöner Morgen verscheuchte auch in ihr für eine gewisse Zeit das Dunkle. Warmer Wind wehte vom See herüber, dazu der Duft der Gräser und Fruchtbäume, vermischt mit dem Geruch von Wüste und Öl und Gewürzen – und von Fisch! Fisch und nochmals Fisch. Dazu Myriaden von Fliegen. Oh je, wie konnte man diese ekligen Plagegeister aushalten?

Zuerst gingen sie zum Ufer. In der Tat, Boote über Boote. Dazu Verkaufsstände mit Fischen, gepökelten und frischen, mit Salz und ohne, in verschiedene Blätter gewickelt, verpackt in Körbe oder luftdicht abgeschlossene Tongefäße – und einige zum Kosten. Da drüben waren wohl die Lagerhäuser, und da der Turm, der der Stadt ihren aramäischen Namen gab: Migdal Nunaiya.

„Den Raum drinnen können sie recht kühl halten", erklärte Lydia, „wie sie das machen, ist ihr Geheimnis. Aber von hier werden die Fische in die ganze Welt exportiert, bis nach Roma."

Weiter nach Norden zu hatte sich die Bootsindustrie mit speziellen Gebäuden angesiedelt. Ein Klopfen und Hämmern und Schreien, Holzstämme aus Obergaliläa und feine Hölzer vom Hermon, sogar vom Taurus wurden hier verarbeitet. Mirjam schaute sich eines der besseren Boote interessiert an. Es hatte einen Aufbau am Heck, wo ein Mensch sich hinlegen konnte.

„So etwas gab es in meiner Wüste nicht", schüttelte sie lachend den Kopf. „Manchmal schaukelten Kaufleute halbschlafend auf ihren Kamelen daher. Da bekamen sie keine nassen Füße."

Sie beobachteten eine Zeitlang das Treiben der Bauleute, der Zimmerleute und Schreiner. Wie hart sie arbeiten mussten, aber wie geschickt sie auch waren! Einer schien der Vorarbeiter zu sein, er war äußerst kräftig gebaut und groß von Gestalt, über dem linken Auge trug er eine schwarze Kappe. In seinem Lederwams stapfte er überall herum und gab mit seinem Stock deutliche und laute Anweisungen. Er war eine Autorität, zweifellos. Aber die Arbeiter schienen ihn nicht besonders zu mögen, Mirjam merkte es an der Art, wie sie sich benahmen, wenn er ihnen den Rücken zukehrte. Aber der Mann hatte alles im Griff. Noch.

„Kommt, wir gehen in die Stadt zurück", drängte Phryne, „der Fischgestank sitzt sonst in unseren Kleidern, und in Jerusalem laufen uns die Kunden weg."

Was überall auffiel: Hier wurde gearbeitet, vor dem Haus oder hinter der Mauer, im Hof oder in Räumen, es hämmerte und ratterte, klapperte und pfiff. Die ganze Stadt schien beschäftigt. Und zugleich vermittelten alle Leute einen lustigen und frohen Eindruck. Von überallher sang und trällerte es in ihre Ohren.

Sie kamen in das Viertel der Färber. War das eine Schönheit an Farben und Stoffen! Die Farben erinnerten Mirjam an ihre sorgenfreie Kindheit, an die Mutter und die Gespräche mit ihr. Aber auch an Selene und wie sie bei ihr gelernt hatte, woraus die Farben gewonnen wurden. Es geht nicht ohne Erinnerung, dachte Mirjam, sie kommt von überallher in mich zurück. Vielleicht lebt sie auch in mir selber und ich kann sie nicht rauswerfen aus meiner Höhle. Es war ihr, als wollten die Farben und Stoffe sie streicheln und trösten.

Lydia holte sie in die Wirklichkeit zurück: „Dieser Purpur ist eigentlich nur für Könige, er kommt von der Purpurschnecke, aber hierzulande ist jeder ein König, der Geld hat."

Laïs besprach sich mit Phryne und Lydia, dass sie einige schöne Stoffe brauchten. Schnell hatten die Händler gemerkt, dass ein Geschäft winkte. Nun hob ein Geschrei an, ein Gedränge und Geschiebe, als ginge es um den Hauptgewinn im Circus. Einer übertönte den anderen, jeder schob seinen Arm mit prächtigen Stoffen dichter unter die Nasen der Frauen. Es wurde ungemütlich, aber auch lustig. Mirjam fiel jener Tag ein, da die fremden Händler mit Dromedaren und Eseln zu Vater gekommen waren und wo am Ende alle getanzt hatten. Aber hier griffen die zwei Sklaven des Caesennius ein und schoben die Händler grob zurück. Schließlich hatten die Frauen ihre Wahl getroffen: ein paar schwere rote Stoffe, kostbares Leinen aus Damaskus und einige bläuliche, feine Stoffe.

„Das ist Byssus, aus dem Meer. Aber alexandrinischer Byssus, das ist dieser hier, der kommt von einer Pflanze aus dem Nildelta. Der ist etwas Besonderes."

„Und wozu braucht man das?", fragte Mirjam ahnungslos.

„Oh, junge Frau, das soll so viel verhüllen, dass man noch mehr sehen möchte", lachte Phryne.

Da beugte sich Lydia zu ihrer jungen Freundin:

„Zeige deine Schönheiten nie vor den Leuten." Flüsternd fügte sie hinzu: „Du bist zu wertvoll!"

Dann begann der Handel um den Preis, ein regelrechtes Theaterstück! Hin und zurück wechselten die Stoffe, weitergehen, zurückkehren, Geschichten von hungernden Kinderscharen und stillenden Großmüttern malten die Armut der Ärmsten in erschütternden Bildern – und am Ende lachten alle: Es war ein guter Preis geworden! Die Sklaven winkten einem Träger, der schon im Hintergrund gewartet hatte, der brachte alles nach Hause.

Während sie weiter durch die Stadt schlenderten, kamen sie durch ein Viertel, da wurde gekocht und gebacken, Fleisch vom Lamm, in undefinierbaren Soßen, Fleischspieße sogar vom Schwein brutzelten über dem Feuer, lockten den Passanten auf

feinen Tellern, garniert mit kräftig riechenden Kräutern und süßen Früchten. Speisen aller Art umnebelten mit ihren Gerüchen
die Nasen und drängten gegen allen Verstand, dass man probieren müsse, was man gar nicht essen wollte. Mirjam war richtig
neugierig, besonders auf einige Gewürze, die sie nicht kannte.
Sie leisteten sich Appetithäppchen auf Brotfladen von fast jedem
Händler.

„Wenn wir hier unsere Ferien machen, sobald es in Jerusalem zu kalt ist, kommen wir stets mit zusätzlichen Hüften nach
Hause", knurrte Lydia. „Aber so etwas muss man sich mal erlauben, es schmeckt einfach zu gut."

„Dort hinten, zwei Straßen weiter, gibt es Weinhändler. Vor-
zügliche Weine! Ich glaube, sie bauen den Wein drüben auf dem
Hochland hinter dem See an, Gaulanitis heißt die Gegend."

In einem anderen Viertel hatten die Geldwechsler ihre Läden.
Dort standen ganz andere Gestalten von Männern vor der Tür
als jene, die Stoffe verkauften oder Fische.

„Das ist das Viertel der Banken. Mirjam, hier kannst du Geld
tauschen und Geld leihen, wenn du etwas brauchst. Auch große
Mengen. Du kannst auch per Scheck bezahlen. Aber die Kerle
sind gerissen. Sei sehr auf der Hut", warnte Laïs. „Manche sind
regelrechte Räuber und verlangen horrende Zinsen. Sie hauen
dich übers Ohr, wenn du keine Ahnung hast, und erledigen dich
gnadenlos."

Die Männer lehnten lässig an ihren Türpfosten, kauten auf
einem Gewürzstängel und schauten ohne eine Miene zu verziehen zu den Frauen herüber.

„Ich glaube, es sind neue Wucherer dazugekommen. Als Frau
und alleine kannst du überhaupt nicht zu ihnen gehen." Phryne
brachte das kämpferisch hervor. „Die reden gar nicht mit dir. Da
geht es nur ums Geld!"

„Und ihr? Könnt ihr mit ihnen reden?", fragte Mirjam.

„Uns kennen sie inzwischen."

Laïs lachte einen der Geldverleiher unverhohlen an:

„Nicht wahr, die Herren wissen, dass wir bei Caesennius
wohnen, da seid ihr vorsichtig geworden!"

Immer wieder Caesennius. Was für eine Funktion hat dieser
Mann, überlegte Mirjam. Sie kamen an einem Platz vorbei, in

dessen Mitte ein entzückender Springbrunnen plätscherte. Er reichte den Blick weiter an einen Torbogen, hinter dem eine so enge Gasse sichtbar wurde, dass man dort nicht nebeneinander gehen konnte.

„Da hinten hat jemand einen ganz exquisiten Laden, er verkauft Gold und Edelsteine." Laïs seufzte:

„Ja, es ist bestes Gold. Kommt irgendwo aus Nordafrika. Und ist edel, sehr edel verarbeitet. Ich könnte mir stundenlang die Augen ausgucken, so phantastischen Schmuck hat der Kerl."

„Wirklich, Maria, bevor du in den Laden gehen kannst, musst du noch einige Male tanzen", bestätigte Lydia.

Mirjam gefiel sehr, was sie sah und erlebte. Dies hier war wirklich eine andere Welt als ihr Betanien, anders auch als Jerusalem. Sie empfand diesen Ort wie befreiend. Ohne die Last der letzten Tage.

Ein Viertel hatte es ihr besonders angetan: Dort stellten sie Gläser her, wunderschöne Gläser in ausgesuchten Formen. Und gleich in den anschließenden Gassen gab es Öle, Öle jeder Art und Preisklasse. Und vor allem: Ein Duft war betörender als der andere. Mirjam fühlte sich an der Seite von Selene. Eine der Frauen, die solche Parfums verkaufte, war tief verschleiert, sie schien älter zu sein. Mirjam tippte auf ein Fläschchen, die Frau nahm es, öffnete es und reichte es Mirjam. Sie hob es an die Nase ... oohh!

„Das ist ja Zibetparfum!"

Lydia, Phryne und Laïs bekamen große Augen.

„Woher weißt denn du das? Das kennen nur wenige!"

„Und was kostet es?" Mirjam war sehr gespannt auf den Preis, doch sie konnte die leise Sprache der Frau nicht verstehen.

„Sie kommt nicht von hier", erklärte Lydia, „ich glaube, irgendwoher aus Arabien oder Indien oder noch weiter her."

„Und was kostet das nun?" Mirjam war richtig aufgeregt.

„Oh lala, Mirjam, du hast wirklich einen guten Geschmack", lachte Laïs, die sich zur Frau herabgebeugt und sie noch einmal gefragt hatte, „sie will 100 Denare!"

„Ich nehme es."

Jetzt war es um die Fassung der drei geschehen. Sie stießen tatsächlich einen Schrei aus, schlugen sich die Hände vor den Mund und guckten Mirjam an, als wäre sie ein Geist.

„Ich möchte es euch schenken."

Sie dachte an ihren Vater. Der hatte sie immer beschenkt, mit einer Feige, einer Dattel. Und in diesem Moment fühlte sie sich zum ersten Mal seit vielen Wochen wieder wohl. Als würde in ihr etwas Echtes, Wahres aufbrechen; sie konnte es nicht beschreiben.

„Mirjam, das geht nicht, das kannst du doch nicht."

„Sagt bitte nicht, ich hätte kein Geld! Ich habe es bloß nicht bei mir. Also, ich kaufe das", sagte sie und nickte der Alten zu. „Sagt ihr, ich werde das Geld morgen bringen. 60 Denare."

Als sie am späten Nachmittag zu Caesennius' Haus zurückgekehrt waren, spürten sie das viele Laufen in den Beinen. Sie gönnten sich ein Bad im Schwimmbecken des Hauses, das mit dem See verbunden war, räkelten sich auf flauschigen Kissen und ließen sich von Sklavinnen massieren – himmlisch, dachte Mirjam.

„Einen wichtigen Ort haben wir dir heute nicht mehr zeigen können, und der ist vielleicht der wichtigste von Tarichea, zumindest der abenteuerlichste", bemerkte Lydia und sog wohlig den letzten Sonnenstrahl des Tages auf.

„Und? Das wäre? Lasst mich raten … das Hippodrom!", erklärte Mirjam überzeugt.

„Ach ja, natürlich das Hippodrom. Da musst du mal in spezieller Begleitung hingehen, wenn dort was los ist. Das ist vielleicht eine verrückte Welt, diese Wagenrennen, die Pferde und all die irren Männer dazu! Nein, ich dachte an etwas Anderes: an die Karawanserei! Sie liegt dort oben, wo die Karawanenstraße aus dem Taubental herabkommt und nach Norden abbiegt. Da passiert eigentlich das Wichtigste in dieser Stadt. Da kommt die halbe Welt zusammen. Da kannst du alle Sprachen der Welt hören und Tiere sehen, die wir gar nicht kennen. Auch Elefanten. Und bestaunen, was es überall auf der Welt so gibt, Elfenbein, Seide, Bernstein, Narde, Pfeffer, ach, ich darf gar nicht daran denken." Lydia seufzte.

„Wisst ihr was", warf Mirjam fröhlich dazwischen, „diesen Ort möchte ich mir allein ansehen. Ich glaube, dort werde ich mich zu Hause fühlen, das klingt nach meiner alten Wüste."

Ihre drei Freundinnen blieben noch zwei Tage in Tarichea. Dann, bevor die Kohorte gegen die Räuber vorging, nahmen sie eine Gelegenheit wahr und fuhren mit einem Wagen wieder zurück nach Jerusalem. Zum Abschied standen sie alle beisammen.

„Und, was wirst du jetzt tun?" fragte Laïs, „hier bei Caesennius ist es sehr angenehm für dich, nicht wahr?"

„Ich werde nicht bei ihm wohnen bleiben", antwortete Mirjam zwar leise, aber entschieden.

„Nanu?" Laïs und Phryne schauten sie erstaunt an. „Hier muss einem doch alles gefallen! Von früh bis spät ist für dich gesorgt, mit Sklaven, gutem Essen, herrlichem See."

„Genau das meine ich". Mirjam spielte mit ihren langen schwarzen Haaren. „Genau das meine ich."

„Wisst ihr", lächelte Lydia, „unsere kleine Mirjam scheint mir klüger zu sein als wir es in ihrem Alter waren."

Sie schaute anerkennend zu ihrer jungen Freundin und fügte an:

„Aber eines, Mirjam, müssen wir dir nachdrücklich ans Herz legen, auch wenn du es jetzt noch nicht einsiehst. Es muss für dich merkwürdig, sogar abwegig klingen: Du brauchst hier einen Mann! Ohne Mann kannst du keine Geschäfte aufbauen, ohne Mann bist du frei für alle Männer. Du musst jemandem gehören, der seine Hand über dich hält – oder auch auf dich legt."

„Und deswegen dachte ich an Caesennius", warf Laïs ein.

„Ich verstehe das", antwortete Mirjam, „aber meine Gefühle machen bei Caesennius …" Sie seufzte. „Ja, er ist nett, er hat euch, er hat mir geholfen, aber ich will ihm nicht ‚gehören', wie ihr das nennt. Er soll seine Hand nicht auf mich legen."

„Und was willst du jetzt tun?"

„Ich weiß es noch nicht." Sie schaute über den funkelnden See, der vom Abendwind aufgefrischt wurde, und roch die weite Wüste hinter den goldbraunen Bergen auf der anderen Seite, wo die Dunkelheit ihr Tuch auszubreiten begann.

„Einen passenden Mann finden! Ihr seid schon komisch."

Sie blickte nachdenklich hinüber zur Villa.

„Aber ihr habt Recht, ich muss mir wohl einen suchen. Verrückt ist das, verrückt! Das wird kein Spaß werden. Wie ich es dieses Mal anstelle, weiß ich nicht. Der Himmel helfe mir dabei."

Sie lächelte traurig und wollte nicht an Octavus denken:

„Und ihm!"

Die drei Frauen lachten laut auf. Auf einmal wandte sich Lydia zu Mirjam, schaute sie ernst an, nahm sie etwas zur Seite und legte ihren Arm um ihre Schulter:

„Noch etwas, Mirjam. Dein Gefühl ist richtig: Hüte dich vor Caesennius!"

XV

Er durfte sich nicht anlehnen. Hinsetzen war erst recht verboten. Das Ansehen des Römischen Reiches würde geschädigt, hatte der Hauptmann betont. Er solle sich zusammenreißen. Aber die Müdigkeit in ihm hatte den Eifer für Roma ausgelöscht. Er war so müde. Mehr noch drinnen als in den Gliedern. Er fühlte sich leer. Alle Kräfte und Hoffnungen waren geschwunden. Wozu noch leben? Es gab kein Ziel. Die Mächtigen konnten mit ihm machen, was sie wollten.

Vor vier Wochen, aus heiterem Himmel – im wahrsten Sinne des Wortes! – war plötzlich sein Offizier gekommen. Seine Sachen solle er packen, er sei zu einer anderen Einheit überstellt. Der Abmarsch erfolge sofort. Keine Zeit, Mirjam zu schreiben, geschweige denn zu ihr zu gehen. Augenblicke später marschierte die Abteilung schon Richtung Mittelmeer. Weiteres erfuhr er nicht. Schließlich, nach drei Tagen, kamen sie in Caesarea Maritima an. Völlig erschöpft. Weit weg von Mirjam. Wenn sie ihn jetzt aufs Schiff verfrachteten, dann hatte er sie verloren. Für immer. Auf dem Weg hatte er versucht, nachzudenken und zu verstehen, was hier vor sich ging. Er war weder ein so guter Soldat, dass er, gerade er, woanders dringend gebraucht würde, noch war er ein so schlechter, dass man ihn hätte aussortieren müssen. Warum also ihn? Hatte das überhaupt mit seinem Militärdienst zu tun? Wollte man ihn woanders hin haben oder wollte man ihn vielmehr von Jerusalem weghaben? Und wer steckte dahinter?

Oh Mirjam!

Er sah sie weinen, fühlte ihr Zittern und Beben, hörte sie unaufhörlich, mehr als den Tritt seiner genagelten Stiefel. Er fühlte sich machtlos, ohnmächtig. Nichts konnte er tun. Denn hier in der Truppe kannte er niemanden, keiner kümmerte sich um ihn, keinen interessierte, was mit ihm los war, der so schweigend, mit beinahe herabfallendem Kopf, vor sich hin schlurfte. Er hatte nie einen Freund gehabt, jetzt nicht mal einen Kameraden. Er musste weitergehen, obgleich er dies am allerwenigsten wollte.

Vielleicht doch ein bisschen anlehnen? Er schaute sich um, niemand schien in der Nähe zu sein. Ein wenig Anlehnung, ein wenig getragen werden, wenn es auch nur der steinerne Schaft einer hohen Säule war. Die Steine haben noch mehr Mitgefühl mit dir als Roma, dachte er.

In Caesarea hatten sie etwas Zeit gehabt zum Schlafen. Dann ein neuer Befehl: Alle Mann an Bord! Todesartiger Schrecken durchfuhr ihn in jenem Augenblick. Also doch. Also doch! Weg von diesem Land. Weg von Mirjam. Für immer. Seine Gefühle weigerten sich, etwas zu empfinden. Er war tot. Tote können also die Beine bewegen. Aber ich will nicht! Er blieb sitzen, so lange es ging. Er war der Letzte. Marsch zum Schiff! Er trottete hinüber, alles in ihm sträubte sich, zog ihn zurück. Gerade als sein Fuß auf das Brett treten musste, schob sich eine Hand vor ihn. Ob er Octavus Posterius sei? Ja – was soll schon noch kommen, dachte er. Dann sagte die Hand: Du nicht! Und er wurde aussortiert. Sollte sich hinter den kleinen Dicken stellen, dessen Hand ihn aussortiert hatte. Hinter hohe Kisten. Woher wusste der überhaupt seinen Namen? Da musste doch etwas von oben kommen, wenn immer wieder nur er aussortiert wurde. Das Brett wurde zurückgezogen, die Leinen gelöst, das Schiff legte sich ächzend unter den Wind. Nun nahm auch der Dicke Fahrt auf und meinte zu ihm, er solle in seinem Kielwasser bleiben.

Das tat gut, diese Säule. Sie nahm Last von ihm. Wenn sie Mirjams Rücken wäre, dann könnte er sich umdrehen und würde ihr Gesicht in Händen halten. Und sie würde ihn anlachen, mit diesem unglaublich schönen Lachen. Und ihre Arme um ihn legen. Und dann käme sein Selbstwertgefühl zurück. Und er könnte seinen Kopf an ihren Hals legen …

Sicher war es Mirjam, an die er sich anlehnte.

Der Dicke brachte ihn in eine Kaserne. Er bekam einen Verschlag. Es könnte auch eine Zelle, ein Gefängnis sein, dachte Octavus. Dort hockte er, ohne Zeit. Ein Oberst brachte ihm etwas zu essen, zu trinken. Immerhin, sie haben dich nicht vergessen. Aber warum kommt der Chef persönlich? Wer bin ich denn? Doch die meiste Zeit schlief er. Er musste lange geschlafen haben. Als er aufwachte, entdeckte er die nächste Essensportion neben seinem Lager. Und dann kam wieder der Oberst: Aufstehen, marschfertig machen. Er hatte keinen Mut, zu fragen, wohin. Erst recht keinen Mut zu fragen, was hier vor sich gehe, warum er von seiner Einheit in Jerusalem abgezogen worden war. Die Frage wäre so überflüssig gewesen wie die Antwort egal war: Er hätte nichts nachprüfen können. Die Mächtigen können dir alles sagen und alles verschweigen, und immer ist es die Wahrheit. Keine, die den Menschen achtet. Schon gar nicht einen wie dich, der ein Nichts ist, eine Null.

„Du heißt Marcus Cissonius, so steht es in den Akten.“

„Waas? Ich verstehe nicht. Warum? Das ist das doch ein germanischer oder ein keltischer Name!“

„Eben. Vergiss das nicht. Niemals, hörst du?!“ Der Oberst entfernte sich. Was sollte das jetzt? Warum bekomme ich einen neuen Namen?

Gleich darauf schleppten die Beine ihn vorwärts. Dieses Mal nach Norden, wie er aus den Ständen der Sonne ersehen konnte. Am zweiten Tag machten sie Rast auf einem Berg. Sein Nebenmann wusste, das sei der Itabyrion. Dort oben haben wir eine Garnison, fügte er stolz hinzu. Als ob mich das interessiert, dachte Octavus. Die Kraxelei hinauf war nicht ganz ohne. Durch Gebüsch und leichten Wald, über Felsen. Am Abend des nächsten Tages eine Rast am See, wieder in einer ihrer Garnisonen. Das Wasser ist schön, dachte Octavus. So schön wie Mirjams Haut. Er streichelte das Wasser, ließ sich streicheln. Spürte es zwischen seinen Beinen, am ganzen Körper. Wo sie jetzt sein mag? Was sie wohl unternimmt, ihn zu finden? Aber wer hatte hier seine Hand im Spiel? Gegen wen ging der Kampf? Und Mirjam, die kleine Jüdin, hatte keine Chance.

Er hörte Schritte, Stimmen – weg von der Säule! Aufrecht stand er. Den Blick geradeaus. Aber es waren nur ein paar Legionäre, die nicht auf ihn achteten. Sie unterhielten sich, lachten, gingen durch das große, dreischiffige Tor, das auf mächtigen Säulen ruhte. Kaum dass sie ihn grüßten; und entfernten sich wieder. Geradeaus? Was hieß das für ihn schon. Geradeaus, das waren krumme Linien, mal hierhin, mal dorthin. Als sollten Verfolger abgeschüttelt werden. Als sollte er versteckt werden.

Versteckt werden?

Rast in Damaskus. Die Stadt war ihm egal. Und wenn sie ihn nach Indien brächten. Er wäre Mirjam immer gleich nah und gleich fern. Weglaufen, das kam ihm erst gar nicht in den Sinn. Ihr Ziel wurde genannt: Palmyra. Ablösung der dortigen Stadtwache und Kontrolle des Handelsweges, der Karawanen, die von Babylon oder Samarkand oder sonst woher kamen. Und weil er am wenigsten Widerstand zeigte, wurde ihm schnell die langweilige Wache am Toreingang der Stadt zugeteilt. Die Macht des römischen Reiches würde jeder an seinem aufrechten Stehen erkennen. Ja, Herr Hauptmann. So stand er hier nun. Schon seit Tagen. Oder waren es Wochen? Zeit spielt keine Rolle, wenn das Herz blutet. Manchmal weinte er, wenn keiner in der Nähe war und das Ansehen des Reiches seine Tränen ertrug. Er weinte von tief herauf.

Er weinte ganze Nächte hindurch.

Mirjam, du kleine Jüdin … Mirjam, du kleine Jüdin? Hatte er diese Worte nicht schon einmal gehört? Wer hatte so geredet? Und dann, dann auf einmal sah er alles ganz klar: Ambibulus! Coponius! Mirjam hatte es ihm in der Nacht noch erzählt: Ich möchte sie gern sehen, die kleine Jüdin, hätte Ambibulus geflötet, und Coponius in Roma. Sie waren es also! Sie waren der Feind. Octavus stand nun ganz aufrecht. Sie hatten alles inszeniert, sie wollten die kleine Jüdin. Er hatte weichen müssen, damit Mirjam ohne Besitzer war. Frei für jeden, der Hand auf sie legen wollte. Octavus stampfte auf, brüllte aus gereckter Kehle wie ein Löwe, schmetterte sein Schwert gegen den Schaft der Säule. Frei für ihre Spiele, ob mit Tieren oder mit Menschen. Und wenn ein Statthalter sie „nahm", konnte das Ganze auch noch so aussehen, als nähme er sie in Schutz.

Jetzt musste Octavus sich anlehnen, schlug sich an den Kopf: Warum hatte er das nicht schon früher kapiert?

Eine Karawane mit 30 Maultieren näherte sich. Der Anführer auf einem Kamel. Octavus stand auf, trat vor, schüttelte die Gedanken beiseite, grüßte freundlich. Woher sie kämen, wohin sie gingen. Wie es ihrer Familie ginge. Was sie brächten. Die Leute dankten freundlich, es ginge ihrer Familie gut. Sie lächelten ihm zu. Ein kleiner Schwatz entstand. Sie schienen so natürlich normal zu sein, wie er es gar nicht mehr kannte. Octavus ließ sie ziehen. Er notierte nach vorgeschriebener Form. Und dann die Gedanken …

Mirjam, im Besitz des Statthalters! War sie schon in seinem Besitz oder war sie noch frei? Aber wenn er, Octavus, erst einmal beiseite geräumt worden war – warum hatten sie ihn nicht getötet, ins Meer geworfen? Oder war er bewusst aussortiert worden? Dann bestand für den Statthalter keine große Eile, er würde sie schon bekommen. Wie konnte er Mirjam warnen? Überhaupt nicht. Der Statthalter besaß alle Macht für alles.

Und er, Octavus, hatte keine Mirjam mehr.

Nur drei Wollfäden mit einer Perle.

XVI

Zwei Tage war sie nun schon allein in Tarichea, in „ihrer Stadt", wie die Frauen gesagt hatten. Richtig, sie fühlte sich hier wohl. Die Menschen bewegten sich lockerer, schienen fröhlicher zu sein als in Jerusalem. Und obwohl sie von den gegensätzlichsten Orten der Welt kamen, gingen sie friedlich miteinander um. Alle hatten ihre Tempel, ihre Geschäfte, ihre Viertel, jedes mit einem Turm. In diesem kunterbunten Durcheinander schien nichts klar geregelt zu sein. Das wiederum machte Spaß, jeder musste sein Spiel selbst organisieren. Und vor allem: Hier erinnerte Mirjam nichts an die Tage ihres Abgrunds, ihrer Schande. Ekel und Scham blieben auf dem Grund ihrer Erinnerungen liegen. Octavus – ein unwirklicher Traum. Neu anfangen. Vergessen!

In der ersten Nacht ohne die Frauen im Haus des Caesennius hatte sie nicht gut geschlafen; vielleicht war es die Angst, jemand könnte plötzlich in ihrer Kammer auftauchen. Am nächsten Tag, gestern, hatte sie das Anwesen und seine Umgebung erforscht. Es lag direkt am See. Als sie in die Küche kam, trat hinter einem Vorhang aus Perlenschnüren die Negerin hervor, die sie an den vergangenen Tagen zu den Mahlzeiten gesehen hatte. Sie war vielleicht Ende zwanzig. Beide schauten sich überrascht an.

„Ich heiße Mirjam, ich wohne hier für ein paar Tage."

„Ich heiße …" Aber Mirjam konnte den Namen überhaupt nicht verstehen. Und als sie versuchte, ihn zu wiederholen, platzte aus der schwarzen Köchin lautes Lachen hervor. Als auch mehrmaliges Vorsprechen und Nachsprechen keinen Erfolg brachte und beide nur noch mehr lachen mussten, schlug Mirjam vor:

„Ich werde dich Muzifungi nennen, darf ich das?"

Die neubenannte Köchin lachte ihr breites und offenes Lachen und schien auf den neuen Namen stolz zu sein. Sie erklärte Mirjam, dass sie aus Afrika stamme, von weit hinten im Süden; als Sklavin sei sie hierhergebracht worden. Ja, es ginge ihr ganz gut, Caesennius sei mit ihrer Küche zufrieden, die Gäste auch. Manchmal müsse sie sich abends nach dem Essen, wenn der Wein herumgereicht werde, zu besonderen Gästen legen, aber ansonsten lasse er sie in Ruhe. Das Haus in Ordnung zu halten, sei nicht schwer. Mirjam merkte, dass Muzifungi nicht sonderlich begeistert war vom Herrn des Hauses. Sie fragte, wo Caesennius jetzt sei.

„Er ist für ein paar Tage nach Jerusalem gereist. Mehr weiß ich nicht. Seine drei Männer sind aber hier."

„Und was ist seine Aufgabe in Tarichea?"

„Das weiß niemand genau. Er besitzt einen Geldverleih, aber in Wirklichkeit hat er, glaube ich, etwas mit Polizei zu tun. Jedenfalls will niemand mit ihm Streit bekommen. Auch der Stadtpräfekt geht höflich mit ihm um. Irgendwie scheinen sich ihm alle zu unterwerfen. Aber niemand mag ihn."

Mirjam entschied sich, auch die drei Männer im Auge zu behalten. Sie sprach noch eine Weile mit Muzifungi über die Stadt, wie es hier so zugehe und fragte sie schließlich, ob es einen Ort gebe, wo sie ihre Wertsachen verstecken könne. Muzifungi grinste breit, winkte ihr wortlos zu und nahm sie mit. In ihrer Kammer zeigte sie ihr einige Bambusstäbe und Seile an der Steinmauer; sie sahen wie Schmuck aus, es steckten auch Blumen darin. Aber die Seile waren zu einem ausgeklügelten Mechanismus zusammengebunden, der, wenn er richtig bedient wurde,

einen großen Stein in der Wand freigab, den man dann heraus-
lösen konnte.

„Solch ein Versteck zu bauen, habe ich in meinem Dorf gelernt. Hier brauche ich es nicht. Ich besitze nur 50 Denare, 5
davon lasse ich offen auf dem Brett dort liegen. Ich hoffe, damit
sind die Diebe zufrieden und suchen nicht weiter. Du kannst
deine Sachen da hinein legen, der Raum ist wohl groß genug."

Als Mirjam ihre drei Lederbeutel mit fast 1200 Denaren, 300
Golddenaren, mit Armbändern, Spangen, Ringen und Papyrus-
Blättern, dazu der Krone von Selene und dem Siegel der Kleopatra brachte und Muzifungi die verschnürten Säcke in die Hand
nahm, stieß diese überrascht hervor:

„Ooh! Sind die aber schwer! Hast du so viel Geld?"

„Ich habe in Jerusalem getanzt", sagte Mirjam wahrheitsgemäß.
Muzifungi kicherte.

„Vielleicht tanzen wir mal zusammen? Ich sehe gut aus."

„Wer weiß?", erwiderte Mirjam. „Ich muss mich erst einmal
hier in den Vierteln umsehen. Irgendwo möchte ich mir ein kleines Häuschen kaufen, unauffällig, und dann muss ich überlegen,
wie ich dort wohne, wen und was ich alles noch brauche. Und
wie ich Geld verdienen kann."

„Du wirst eine Sklavin brauchen, eine wie mich, die für alles
im Haus sorgt."

„Und wo finde ich die?", wollte Mirjam wissen. Muzifungi hatte zunächst auf den Sklavenmarkt in der Nähe des Cardo
hingewiesen, dann aber mit erregter Stimme erzählt, es gäbe da
einen Mann in Tarichea, Nekoda, der habe seine Sklavin, eine
junge Frau aus Philadelphia, extra verstümmelt, an den Füßen,
und mit der gehe er herum und lasse sie betteln, während er im
Schatten eines Baumes sitze. Und wenn Leute Mitleid mit ihr
haben und ihr Geld geben, dann käme der Alte und nehme es
ihr wieder weg.

Das Gespräch hatte in Mirjam sofort das Gefühl entstehen
lassen, sie hätte zu dieser verstümmelten Frau eine persönliche
Beziehung. Und ihr kämpferischer Sinn für Gerechtigkeit entschloss sich, der jungen Sklavin irgendwie zu helfen.

Den gestrigen Nachmittag hatte sie dann in einer Bambus-
matte, die zwischen zwei Säulen aufgehängt war, am Seeufer

verbracht. Ein wunderschöner Ort, gefüllt mit der milden Luft von der Weite des Sees und der Wüste dahinter. Der Wind stand günstig, so dass der Fischgestank sie nicht behelligte. Mirjam nutzte die Muße, ungestört nachzudenken. Wen bräuchte sie für ihr neues Heim? Sicher eine Sklavin, wie Muzifungi gesagt hatte. Ob es ihr gelänge, die Frau aus Philadelphia dem Alten abzuluchsen? Sodann unbedingt jemanden, der in Tarichea jeden Stein und jede Ecke kannte und die Leute ebenfalls. Denn sie war hier eine Fremde, und wenn sie nicht aufpasste, hatte sie alles verloren, bevor sie ihr neues Leben anfing. Aber wo diese Person suchen? Und noch jemanden würde sie brauchen: einen starken, treuen Mann, der sie alle bewachen würde.

Drei Personen also, zu klein dürfte das Häuschen nicht werden. Nun gut, dachte Mirjam, dann habe ich mein Programm für die nächsten Tage fertig. Zuerst das Häuschen, nicht hier am See, lieber weiter oben zur Karawanserei zu. Da werde ich morgen gleich hingehen.

Am Abend waren die drei Männer von Caesennius zum Ufer gekommen. Mirjam versteckte sich schnell, sie wollte nicht mit ihnen zusammenkommen. Die Männer nahmen nackt ein Bad im See. Das brachte Mirjam auf einen Gedanken. Sie schlich zu Muzifungi in die Küche, ob sie auch einmal baden gehe im See.

„Natürlich tue ich das, aber ganz früh am Tag, wenn alle Männer noch schlafen. Willst du mitkommen?"

Und so war sie heute früh, noch bevor die Sonne hinter den Bergen der anderen Seite golden emporstieg, im sanften Wasser des Sees baden gewesen. Zwar konnte sie nicht schwimmen, aber sie genoss das wunderbar weiche Wasser, dessen Wellen sie sacht umspülten. Plötzlich stand Octavus vor ihren Augen. Wenn er jetzt hier wäre … Wo er wohl ist? Nein, nicht! Ich will nicht an ihn denken, an all das in Jerusalem. Nein! Sie stieg schnell aus dem Wasser.

Jetzt am Vormittag schlenderte sie durch Tarichea. Sie hatte sich in graues Tuch gekleidet, auffallen war nicht angesagt. Deshalb blieb sie nur selten stehen, suchte aber alles mit den Augen zu erfassen. Sie merkte, wie viel sie in der Wüste gelernt hatte. An der Hauptstraße entdeckte sie den Alten mit seiner verkrüppelten Sklavin. Tatsächlich, er saß im Schatten eines Baumes, während das Mädchen um Geld bettelte. Mirjam versteckte sich hinter einer Säule. Der linke Fuß des Mädchens war nach innen verdreht, sie humpelte und ging schief, außerdem hatte der Alte sie in Lumpen gesteckt. Aber als Mirjam sich ihre Augen, die Nase, den Mund ansah, fand sie, dass das Mädchen feine Züge hatte und wahrscheinlich auch eine gute Figur. Du bist ein gemeiner Alter, dachte sie still, und du weißt noch nicht, dass ich dein Mädchen haben will.

Sie durchquerte das Viertel der Färber, wo die frommen Juden ihre Häuser und Geschäfte hatten, das sie Migdal Sebayah nannten. Anschließend das der Weber. Dann gelangte sie, unübersehbar, in das Viertel der Taubenhändler: weißes Geflatter und Federn überall. Allmählich wurden die Häuser baufälliger. Die Menschen in diesen Gassen schienen ärmer zu sein. Vielleicht finde ich hier eine Hütte, überlegte Mirjam, eine Behausung, die zu mir und zu uns passt. Es kam ihr komisch vor, dass sie sich ein Haus kaufte. Sie musste an Vater denken.

Schon bei den letzten Häusern hörte und roch sie die Karawanserei. Jetzt lehnte sie sich an die Steinmauer, die das große Gelände umgab. Überall standen Esel, Maultiere, Dromedare, fremdartige Tiere, sogar zwei Elefanten konnte sie weiter oben entdecken. Die Waren jeder Karawane lagen trocken auf Steinen aufgestapelt und wurden bewacht. Dort, wo der Boden fester war, hatten die Karawanenführer frisches Heu zusammengetragen und ihre Zelte aufgeschlagen. Gleich dabei gab es Wasserstellen für die Tiere und für die Menschen; das Wasser kam reichlich vom Berg herunter, der sich über Tarichea erhob. Rund um die Wasserstellen war der Boden arg schmutzig, schlammig und verkotet. Nach den Zelten zu urteilen, waren gerade fünf Karawanen auf dem Gelände, jede hatte sich ihren Platz ausgesucht.

Mirjam sog den Duft der Tiere ein und war überglücklich, als sie auch einige Ziegen und Schafe entdeckte. Sie lief zu ihnen und schlang ihre Arme um deren Hals. Am liebsten würde sie hier bei den Tieren arbeiten. Aber was gab es für eine junge Frau hier zu tun, das die Männer nicht selber taten?

Sie blieb eine ganze Weile bei der Karawanserei, wechselte ein paar Worte mit den Wächtern der Tiere, woher sie kämen, was sie transportierten, ging danach weiter an der Mauer entlang um das Gelände herum und stieg den steinübersäten Abhang, quer durch Gestrüpp und über Felsen, gegen den Berg hinauf. Wie gut es tat, wieder Sand und Steine und Gräser unter den Füßen zu haben.

Sie merkte, wie die Dächer und der Rauch zu ihren Füßen allmählich ihre Stadt zu werden begannen.

Als sie am Nachmittag den Rückweg antrat, schaute sie sich nach Häusern um. Eines zog ihre Aufmerksamkeit auf sich: Es war aus Steinen gebaut, ausgedehnt, sie zählte fünf Räume, doch zum größten Teil war es arg zerfallen und voller Unrat. An einer Stelle hing das Dach noch halbwegs über zwei Räumen. Sie schaute zu, wo Wasser vorbeifloss, ob es sauber war. Das Haus lag an der obersten Straße von Tarichea. Nur wenige, meist ärmere Familien wohnten in der Nähe. Sie bemerkte einen alten Mann, der mit seinem Stock zwischen Steinen stocherte und schon geraume Zeit hinter ihr hergekommen war. Sie sei wohl fremd hier, ob sie das Haus kaufen wolle, rief er. Vielleicht, antwortete Mirjam. Sie brauche ihm nur 100 Denare geben und schon gehöre es ihr, grinste der Alte aus zahnlosem Mund. Welche Bezeichnung das Haus habe, wollte Mirjam wissen. Der Alte murmelte etwas von Arbel und zwölf.

„Weißt du, Alterchen, dann gehen wir beide zum Stadtpräfekten und machen die Sache dort schriftlich." Aber da hatte der Alte es nicht mehr eilig, Geld zu bekommen und verdrückte sich.

„Dachte ich mir", murmelte Mirjam und machte sich auf den Weg zur Präfektur. Das war schon nützlich, was Selene ihr alles beigebracht hatte. Als sie die Hauptstraße entlangging, sah sie wieder das Mädchen aus Philadelphia und unter dem Baum seinen Besitzer. Sie ging geradewegs auf die Bettlerin zu und blieb vor ihr stehen. Die junge Frau blickte Mirjam erstaunt an.

„Hier, das ist für dich, nicht für Nekoda."

Und sie drückte ihr einen Denar in die Hand. Das Mädchen war erschrocken und stammelte:

„Aber das ist ja viel! Ich muss ihm den geben!"

„Nein. Ich werde morgen wiederkommen. Hab Mut!"

Auf der Präfektur hatte sie Glück, eine Gruppe von gestikulierenden, erregt schwatzenden Männern verließ soeben grollend den Raum. Der Stadtpräfekt und sein Schreiber lehnten sich genüsslich zurück, verschränkten die Arme hinter dem Kopf und schienen die Arbeit wie Sieger beendet zu haben. Als sie mit hochgezogenen Augenbrauen endlich geruhten, das Mädchen zu bemerken, warfen sie nur einen kurzen Blick auf Mirjam, dann sagte der Schreiber, ohne sie dabei anzusehen:

„Das hier ist die Stadtpräfektur, nicht deine Kinderstube."

„Ich möchte ein Haus kaufen", kam es kurz zurück.

Die zwei Beamten rappelten sich von ihren Stühlen hoch, beugten sich halb über den Tisch und glotzten Mirjam an, als wäre sie ein Fisch in der Wüste. Innerlich musste Mirjam lachen. Nun gut, wenn ihr es so haben wollt:

„Arbelstraße zwölf, zerfallenes Haus, wem gehört das?"

Der Stadtpräfekt hatte sich als erster wieder gefangen. Er räusperte sich, setzte eine ernste Miene auf und fing an:

„Junge Frau, also, es geht hier um Geld. Können Sie überhaupt schon zählen?"

„Bis zehn?", hängte sich der Schreiber übereifrig dran.

„Wem gehört das Haus?"

„Es gehört der Stadt. Aber, wie schon gesagt …"

„In welcher Sprache soll ich den Vertrag aufsetzen? In Aramäisch oder Griechisch? Oder Lateinisch?"

Lateinisch kann ich noch nicht, überlegte Mirjam. Aber das werden sie gar nicht wollen. Nach einer kurzen Stille plumpsten die beiden Herren auf ihre Stühle. Mirjam kam in Fahrt, das Spiel machte ihr Spaß. Es war nicht umsonst, dass sie vom ägyptischen Hof gelernt hatte, worauf bei Geldgeschäften zu achten war.

„Dann wäre da noch der Preis. Was kostet die Pacht monatlich?"

„Äh", begann der Schreiber und schaute zum Präfekten.

„Äh, fünf Denare jeden Monat."

„Junge Frau", der Stadtpräfekt schien zum Gegenangriff übergehen zu wollen, „Sie sind doch die Mirjam. Ohne ihren Herrn Caesennius können Sie nicht einfach einen Pachtvertrag schließen."

Aha, mein guter Perennis. Also auch hier hat er mich schon bekannt gemacht. Nun, dann wollen wir mal klarstellen:

„Erstens ist Caesennius nicht mein Herr, und zweitens will ich das Haus nicht pachten, sondern kaufen. Ich meine, die Ruine. Mehr ist das ja nicht."

Den beiden stand der Mund offen. Mirjam fuhr ungerührt fort:

„Also 75 Silberdenare, wenn ich kaufe? Gut, dann kaufe ich."

„Ja, aber …"

„Hier sind 3 Golddenare. Fünf silberne gebe ich dazu. Weil Sie, Herr Stadtpräfekt, so liebenswürdig waren und meine Sache mit hervorragender Sachkenntnis geregelt haben."

Mirjam hatte die Golddenare bereits abgezählt in einem Leinensäckchen am Gürtel getragen und ließ sie jetzt auf den Tisch rollen. Das wirkte noch einmal.

„Aber – woher haben Sie denn das viele Geld?", würgte der Schreiber hervor. „Dafür muss ich ja zwei Monate arbeiten!"

„Und ich zehn Minuten", meinte Mirjam kühl. Doch eine innere Stimme mahnte: Vorsicht! Geh nicht zu weit! Bleib bescheiden und einfach. Wenn du überziehst, liegst du selber am Boden. So ergänzte sie mit normaler Stimme:

„Ich habe noch etwas Erspartes, um das Haus auch wieder aufzubauen und herzurichten. Ich möchte ja darin wohnen."

Etwas später verließ sie mit dem unterzeichneten Dokument in Griechisch die Stadtpräfektur. Die Kopie blieb dort im Archiv. Und jetzt besitze ich ein Haus – sie lachte laut auf. Na ja, eine Ruine. Vielleicht weiß Muzifungi, wo ich gute Arbeiter herbekomme, damit ich alles reparieren und einrichten und bald einziehen kann. Zusammen mit der Frau aus Philadelphia?

Am nächsten Tag zog sie los wie ein Jäger. Sie wusste, was sie fangen wollte, aber sie wusste nicht wie. Dieses Mal traf sie den gemeinen Alten beim Nymphäum. Die verkrüppelte Frau bemühte sich, von den Passanten, die dort im Wasser ihre Füße erfrischten, Geld zu erbetteln. Der Alte saß gegenüber im Schatten eines Turmes und lugte um dessen Mauer.

Mirjam sondierte das Terrain. Sie nahm sich Zeit. Sie wusste von ihren Tagen mit den Tieren, dass man geduldig sein musste. Warten können, bis der richtige Moment kam. Sie hatte sich auf die andere Seite des Turmes gestellt und beobachtete aus einer Hausnische die Leute, die auf der Straße vorbeigingen, Soldaten,

Kaufleute, junge Verliebte, manche Männer mit Lasten auf der Schulter, andere schoben Karren, Frauen zogen Kinder hinter sich her.

Die Sklavin hatte schon bemerkt, dass Mirjam an der Seite des Turmes stand, aber sie verhielt sich ganz wie üblich. Recht so, dachte Mirjam. Von Zeit zu Zeit schaute sie hinter dem Turm herum, ob der Alte noch da wäre. Er war es. Natürlich. Aber es geschah nichts, was der Jägerin gepasst hätte.

Um die Mittagszeit verließ sie ihren Posten und schlenderte in das Viertel, wo man kleine Fleischspieße und Ziegenkäse essen konnte. Sie trank Wasser aus ihrem Schlauch und kehrte dann wieder auf ihren Beobachtungsposten zurück.

Und dann sah sie die beiden ...

Zwei von Caesennius' Männern unterhielten sich am Rande der breiten Straße mit einem Legionär. Die beiden Männer von Caesennius, der Legionär – was kann ich mit denen anstellen? Sie schaute hinüber in den Schatten des Turmes, da saß der Alte und zählte sein Geld. Sie blickte zu den Männern, wieder zum Alten. Und wie ihr Blick hin und her wanderte, sah sie ein paar größere Steine auf der Straße liegen. Da wusste sie, was sie spielen würde. Es war ein gemeines Spiel. Ein sehr gemeines! Aber – es musste gespielt werden. Ich will nicht wieder andere mit mir spielen lassen.

Jetzt spiele ich.

Sie vergewisserte sich, dass Caesennius' Männer, die mit dem Rücken zu ihr standen, noch mit dem Soldaten palaverten, ging um den Turm herum direkt auf den Alten zu, der noch im Schatten hockte, und sprach ihn laut an:

„Hey du, Alter, willst du mir deine Sklavin verkaufen?"

Der Alte schreckte in die Höhe, vielleicht wegen des plötzlichen Angebotes, vielleicht wegen Mirjams lauter Stimme. Mehrere Leute schauten jetzt zu ihnen herüber; Mirjam merkte das an den Augen des Alten, die rechts und links an ihrem Kopf vorbei nervös umherschauten. Mirjam drehte sich nicht um, ich muss jetzt blind spielen.

„Hey Alter, ich habe dich was gefragt."

Auch das sprach sie laut genug, dass viele es hören mussten. Noch nervöser als zuvor schaute der Alte an ihr vorbei quer die

Straße hinunter. Aha, jetzt sieht er die Leute von Caesennius und den Soldaten. Etwa 60 Fuß Entfernung. Das ist gut, das ist sehr gut! Jetzt kann ich weitermachen. Sie packte den Alten am Tuch und zog ihn sanft auf die Straße hinaus. Ich muss ihn bis zu den Steinen hinbekommen, noch drei Schritte. Dabei sprach sie wieder mit ihm, aber jetzt nicht mehr so laut.

Der Alte fand allmählich seine Sprache wieder.

„Also, ja, ich würde sie schon verkaufen. Sie ist ja krank, sie kann kaum mehr dienen. Ich muss inzwischen ihr helfen. Also …"

„Also dann ist sie nicht teuer."

„Oh, so war das nicht gemeint. Sie macht ja mein ganzes Haus, ohne sie könnte ich nicht leben. Sie ist teuer. Sehr teuer!"

„Hast du sie nicht krank gemacht, Alter?" Mirjam zog den Mann wieder einen Schritt weiter auf die Straße. Inzwischen sprachen sie ruhig miteinander, kaum jemand achtete noch auf sie.

„Hast du ihr nicht den Fuß gebrochen, damit du mit ihr Geld verdienen kannst, du schlimmer Mensch?"

Sie zog den Ängstlichen, der lieber im Schatten sitzen geblieben wäre, noch einen Schritt weiter auf die Straße hinaus.

„Und jetzt holst du aus ihr Geld heraus, nutzt ihre Verstümmelung, um dich zu bereichern? Wenn das Caesennius erfährt!"

Sie spürte an ihrem linken Fuß den Stein. Der Alte war noch ängstlicher geworden. Er fand, dass er sich schleunigst verteidigen müsse, und zeterte mit halblauter Stimme:

„Wie kommst du eigentlich dazu, mir so etwas vorzuwerfen? Ich bin ein ehrbarer Bürger von Tarichea, ich zahle meine Steuern, ich verwalte mein Hab und Gut wie andere auch! Wenn du sie kaufen willst, bitte, 200 Denare. Nein, 300!"

Mirjam hörte nicht, was er sagte, sie schaute nur, wohin seine Augen blickten. Anscheinend beachteten Caesennius' Leute sie immer noch nicht. Jetzt musste sie handeln. Vorsichtig wendete Mirjam den Kopf, den Stein an ihrem Fuß, sah aus den Augenwinkeln, dass die drei Männer tatsächlich nicht zu ihnen schauten, hob blitzschnell den Stein und warf ihn so gefühlvoll in deren Richtung, dass er vor ihren Füßen ausrollen musste. Und genauso blitzschnell packte sie jetzt die Arme des überraschten Alten, drückte sie nach hinten und rief:

„Lass das sein, Alter!"

Jetzt schaute sie sich um. Tatsächlich, der Stein war dorthin gekullert, wohin er sollte. Der Rest sollte ein Kinderspiel sein.

„Meine Herren, lassen Sie ihn bitte. Ich kümmere mich um den alten Mann, er ist etwas verwirrt. Er hat das nicht so gemeint. Nicht wahr, Alter, entschuldige dich bei den Herren. So, das ist in Ordnung. Jetzt gehen wir mal in dein Haus."

Die zwei Männer und der Legionär waren tatsächlich drei, vier Schritte erregt auf sie zugekommen, doch als sie die beruhigende Stimme des Mädchens vernahmen und den völlig verunsicherten Alten sahen, merkten sie, dass kein Aufstand gegen Roma stattfand. Mirjam dagegen spielte ihr Spiel zu Ende. Sie flüsterte:

„Wenn du jetzt auch nur ein Wort sagst, dann hole ich die Männer von Caesennius. Du kennst sie. Du kannst ihnen ruhig sagen, ich hätte geworfen. Das glaubt dir niemand. Und jetzt noch einmal, deine Sklavin. Ich will sie haben. 20 Denare!"

Der Alte kochte vor Wut.

„Ich werde dich, ich werde dich umbringen!"

„Das kannst du vor dem Stadtpräfekten wiederholen. Wir gehen jetzt dorthin und du unterschreibst. Und wehe!"

Auf der Präfektur staunten die Herren nicht schlecht, als schon wieder Mirjam eintrat. Noch mehr wunderten sie sich, als sie den Stadtstreicher Nekoda in ihrem Schlepptau erblickten. Die Sklavin war an der Tür stehen geblieben.

„Der Mann hat soeben eine Unvorsichtigkeit begangen. Um sie wieder gut zu machen, verkauft er mir seine Sklavin für 20 Denare."

Der Stadtstreicher biss die Lippen zusammen und nickte.

„Was? Für 20 Denare die verstümmelte junge Frau? Nekoda, die musst du ihr schenken und noch etwas dazu geben!"

Wenige Augenblicke später ging Mirjam zu ihrem neuen Haus, langsam, mit der humpelnden Sklavin an ihrer Seite. Sie erkundigte sich nach ihrem Namen.

„Ich heiße Salma; und ich komme aus Philadelphia."

Sie hatte eine schöne Stimme.

„Wie wird man eigentlich Sklavin?", wollte Mirjam wissen.

„Ganz schnell", erwiderte Salma.

XVII

Es hatte sich alles gut angelassen: Die Schiffsreise war ohne Probleme verlaufen, der neue zweirädrige Wagen lief weich in der Spur, das Geld lag sicher verstaut in eisernen Truhen, die Ankunft in seinem Kontor in Tyrus gestaltete sein Verwalter zu einem festlichen Empfang. Alles verlief bestens.

Bis heute die Nachricht eintraf.

Als erstes hatte er nach seiner Ankunft verkündet, dass er wieder den anderen Namen annehmen werde, Favinus Alexander, unter dem er schon öfter als Geschäftsmann aufgetreten war. Dazu das Siegel. Für seine spezielle Mission dünkte es ihn geschickter, nicht unter seinem wirklichen Namen aufzutreten, dann würde er kaum die Wahrheit über seinen Sohn hören. Favinus alias Caius entspannte sich also, ruhte auf der blumenbestandenen Dachterrasse über den Geschäftsräumen aus, besprach dieses und jenes, wollte aber vor allem die Männer beobachten: Wen könnte er auswählen, seinen Sohn zu suchen? Er entschied sich für Catullus.

Hatte er den Falschen ausgewählt? Oder waren die Götter gegen ihn? Wollten sie ihn bestrafen?

Er hatte Catullus in seine Mission eingeweiht: den Octavus finden. Octavus Posterius. Er dürfe aber nicht verlauten lassen, dass sein Vater ihn suche. Catullus solle so tun, als sei Octavus ein alter Freund aus früheren Zeiten in Italien, er sei gerade hier und wolle ihn gern wieder einmal sehen. Er solle in Caesarea mit dem Suchen und Fragen beginnen. Aber vorsichtig.

Hätte er doch besser selber zum Kommandanten gehen und nachfragen sollen: Wo ist mein Sohn? Nein, das passte nicht, das konnte er nicht tun. Er hätte sich lächerlich gemacht. Außerdem hatte er Angst. Er musste sich das eingestehen. Er hatte zwar vor Senatoren und Konsuln gestanden, er war in die Vorzimmer des Kaisers in Roma gelangt, das alles bereitete ihm keine feuchten Hände. Er hatte sogar mit Königinnen gesprochen, ohne dass sein Herz schneller geschlagen hätte – aber noch nie mit seinem Sohn. Er wollte ihn erst betrachten, aus der Ferne, sich ihm langsam nähern. Er war ja für ihn ein Fremder. Und der Sohn für ihn.

147

Nach vier Tagen traf Catullus wieder ein und erzählte:

Also, in Caesarea habe er sich umgehört, wo er Soldaten treffen könnte, die etwas von Octavus wüssten. Er sei durch mehrere Wirtshäuser gezogen, habe eine Runde nach der anderen spendiert, Witze erzählt und wie es in Roma jetzt aussähe. Und wenn sie ihm zuhörten und Interesse zeigten, habe er schon mal den Namen Octavus Posterius fallen lassen. Aber niemand habe darauf reagiert. Erst in der fünften Kneipe, da habe ihm plötzlich jemand den Kopf zugewandt und gesagt:

„Octavus Posterius? Der aus Jerusalem? Den haben sie doch abgezogen von dort. Irgendeine komische Geschichte." Nein, Genaueres wisse er nicht, habe der Mann hinzugefügt. Ja, bestimmt, er sei hier gewesen, auf ein Schiff gegangen. Vor ein paar Tagen oder vor einer Woche, vielleicht auch schon vor zwei Wochen. Er habe ziemlich schwermütig ausgesehen, dieser Octavus.

Doch just in dem Moment sei ein Oberst eingetreten und habe wohl noch den Namen gehört. Er habe sofort auffallend aufmerksam hin und her geschaut und dann gefragt, wer da etwas von Octavus wissen wolle. Er, Catullus, habe sich gemeldet. Was er wissen wolle, habe der Oberst mit versteinerter Miene gefragt. Er habe seine Geschichte erzählt, die von alten Freunden aus Italien aus gemeinsamer Zeit am Gymnasion und dass er ihn mal besuchen wolle und dass er nun gerade hier sei. Er meine, er habe das ganz gut an den Mann gebracht. Der Oberst habe ihn aber noch genauer gemustert und ihn schließlich aufgefordert, mit ihm vor die Tür hinauszugehen.

Da habe er ihn noch einmal gefragt, wie gut er Octavus kenne, ob er auch mit seiner Familie Kontakt habe. Er, Catullus, habe sich rausgeredet, das sei alles lange her, mit der Familie habe er schon lange keinen Kontakt mehr, und so fort. Der Oberst habe aber nicht aufgehört, ihn intensiv zu mustern. Er habe wissen wollen, wo er hier in Caesarea wohne, ob er schon in Jerusalem gewesen sei, wen er hier noch kenne. Ihm sei langsam mulmig ums Gerippe geworden. Auf einmal habe der Oberst gesagt: Octavus ist vermutlich tot. Er ist vom Schiff gefallen. Auf seine erschrockene Gegenfrage, wie denn das habe passieren können, habe der Oberst nur geantwortet, er sei von Caesarea mit einem Schiff nach Alexandria losgesegelt und in der Nacht darauf wahrscheinlich über Bord gestürzt. Seinen Leichnam habe man nicht gefunden.

Leichnam nicht gefunden, wiederholte Caius. Nicht einmal den Toten werde ich berühren können. Aber ist er wirklich tot? Was der Oberst da erzählt hat, klingt merkwürdig. Vom Schiff gefallen, Leiche nicht gefunden. In Herculaneum müsste darüber eine Nachricht eintreffen. Aber zumindest war er hier gewesen, in Caesarea, und vorher in Jerusalem. Was für eine „komische Geschichte" könnte das gewesen sein, die der Soldat in zwei Worten angedeutet hat? Ob man in Jerusalem darüber etwas erfahren könnte? „Schwermütig" habe er ausgesehen, was bedeutet nun das wieder? Ist er deswegen über Bord gefallen? Und: Warum war er schwermütig?

Aber wie auch immer, alles war umsonst. Den Sohn gab es nicht mehr. Er war ein Vater ohne Kinder. Ein alter Mann mit riesigem Vermögen – aber ohne Sohn. Mit ihm würde alles verschwinden.

Oh ihr Götter!

Catullus fügte noch an, er habe darauf verzichtet, weitere Nachforschungen anzustellen. Die Auskunft des Obersten gestattete keinen Zweifel. Er habe auch vermieden, dessen Namen zu erfragen. Ebenso wenig konnte er sich erkundigen, ob Octavus Posterius persönliche Sachen zurückgelassen habe, der Oberst wäre misstrauisch geworden. Er habe ihn sowieso gleich weggeschickt.

Caius nickte müde.

Er spürte in sich ein Gefühl hochsteigen, dass ihm bislang unbekannt war: Er freute sich nicht auf morgen! Er freute sich nicht auf das nächste Geschäft, nicht auf den nächsten Handel. Die Zukunft lag grau in grau vor ihm. Es gab sie nicht mehr. Ob etwas gelingen würde oder nicht gelingen würde, es interessierte ihn nicht. Ist das jetzt Schwermut? Warum ist keine Freude mehr in mir?

Und dann wurde ihm klar, dass er sich auf seinen Sohn gefreut hatte. Er hatte ihn in die Arme nehmen, sich entschuldigen, ihn beschenken wollen. Er hatte sich das nicht eingestanden seit jenem Tag, da Calatoria ihm von Octavus berichtet hatte. Aber jetzt wusste er es: Der Sohn war seine Zukunft, seine Freude, sein tiefstes Selbst. Er wollte so viel in Ordnung bringen, bei ihm um Verzeihung bitten, ihn umarmen und küssen und ausstatten mit allem, was er wünschte.

In dem Augenblick, wo er sich auf den Weg gemacht hatte, heim zu seinem Sohn, war der ihm genommen worden. Tot. Er würde nicht einmal den Leichnam sehen, sein lebloses Gesicht schauen können.

„Kann ich gehen?", fragte Catullus.

„Komm morgen früh zu mir, dann werde ich sagen, was ich machen werde und ob ich dich brauche."

In der Nacht lag Caius wach. Er dachte an so vieles. Sein ganzes Leben zog an ihm vorbei. Und die Summe von allem? Ich bin ein leerer Mensch. Das Wichtigste habe ich immer nach hinten geschoben. Auf morgen. Den Menschen achten, den einzelnen, meine Kinder, meine Frauen – sieben sind es gewesen? Welche habe ich geliebt? Keine. Ich habe immer die genommen, die mir passte. Ich konnte mir alles erlauben, nichts und niemand versperrte mir den Weg. Nur ich selber. Ich habe alle besiegt – und gegen mich selbst verloren. Was hat Calatoria gesagt, ich sei tief drinnen ein guter Mensch? Ach, Calatoria, was hast du damit gemeint?

Octavus, der einzige, der noch gelebt hatte.

Auf einmal meldete sich in ihm eine andere Stimme, eine kämpferische: Solange ich seinen Leichnam nicht in Händen halte, will ich nicht glauben, dass er tot ist. Ich will nicht! Caius presste die Hände gegen das Bett. Das ist gegen meine Prinzipien! Der Handel ist noch offen. Der Vertrag noch nicht unterzeichnet. Noch nicht! Ich habe noch nicht verloren. Nein, noch nicht!

Caius Posterius Magnus spürte, wie Wut in ihm hochkam, starke Wut, mächtig wie ein Rammbock. Er war bereit zu kämpfen, bereit, sich dem Gegner entgegen zu werfen, auch wenn er den Feind noch nicht kannte, auch wenn seine Chance eigentlich so klein wie Null war. Er würde nach Jerusalem fahren, dort Nachforschungen anstellen. Und nach Caesarea. Er würde das Schiff kommen lassen, auf dem der Unfall geschehen war, und die Matrosen und Offiziere befragen. Und notfalls nach Alexandria und Roma gehen. Er würde ihn finden! Und wenn er das Meer ausschöpfen müsste!

Den Leichnam, wenigstens den will ich in Händen halten.

Den Toten um Vergebung bitten.

Am nächsten Morgen informierte er Catullus, dass er mitkommen müsse. Dazu noch jemand, Aspicius wäre wohl geeignet. Ein paar Pferde, Maultiere für die Lasten, sein neuer Wagen. Eine Geldtruhe ebenfalls, zwei Talente würden reichen. Er wolle zunächst nach Tarichea, von dort nach Jerusalem. Welchen Weg würde man nach Tarichea nehmen?

„Ich denke, an der Küste entlang bis zum Hafen Ptolemais, das sind keine 30 Meilen, dann nach Osten bis Kana, das sind nur 20 Meilen, von dort noch einmal 15 Meilen bis nach Tarichea am See.“

„Wir haben Zeit. Ich will nachdenken. Ab nach Tarichea!“

XVIII

Mirjam genoss die ersten Tage in ihrem Haus. Ihr Körper lebte auf mit der Arbeit, ihr Geist sprühte Ideen unter dem Druck ständig neuer Anforderungen. Und sie hatte eine neue Freundin. Salma war wohl fünf Jahre älter als sie, und trotz ihrer Behinderung eilte und sprang sie umher, als könne sie Mirjam nicht genug danken für ihre Freiheit. Denn bei Mirjam fühlte sie sich wie in Freiheit. Sie arbeitete so viel, dass Mirjam sie immer wieder zügelte und zur Ruhe mahnte.

Die Arbeiten, die Freundin, das neue Haus – Octavus Posterius überschattete nicht mehr ihr Denken, ihre Gefühle.

Die Frauen schafften zuerst den Dreck aus den Räumen beiseite, liehen sich für schwere Arbeiten Sklaven, säuberten Boden und Wände der frei gewordenen Kammern mit Wasser und Besen und brachten den Herd des Hauses in Ordnung. Mirjam eilte mehrmals in die Viertel der Färber und Tuchhändler und ließ durch Sklaven alles herbeischaffen, was sie zur ersten Ausstattung des Hauses brauchten, Teppiche für den Boden und die kahlen Wände, Tische, Stühle und Polster. Danke, Selene, für die Golddenare! Salma hatte die Beutel aus Caesennius Haus geholt; sie wusste auch, wo es gute Handwerker gab oder wen man danach fragen konnte.

Nach wenigen Wochen glänzte das Haus in einer Sauberkeit, die man nicht für möglich gehalten hätte. Die Böden waren neu ausgelegt, die Wände frisch verputzt, an vielen Stellen ausgebessert und hochgezogen bis zur Decke. Schließlich schützte sie ein neues Dach vor gelegentlichem Regen und den kühlen Winden der Nacht. Mirjam leistete sich sogar ein großes Bad, wie sie es bei Lydia und den Frauen gesehen hatte, sie ließ es mit bunten Kacheln auslegen. Das Wasser kam aus einem Brunnen, den sie nahe beim Haus entdeckt hatte. Er war verschüttet und verfallen, aber mit Hilfe einiger Handwerker wurde er wieder sauber und nutzbar gemacht. Sie kaufte kurzerhand das Gelände bis zum Brunnen und leitete das Wasser in ihr Haus.

Doch wenn sie ausruhte, kam ihr Jerusalem in den Sinn. Jerusalem und Octavus. Wie sie bei den Frauen mit ihm auf Polstern gelegen hatte, wie sie dort voller Freude und Zuversicht gewesen war, sich sicher fühlte an seiner Seite. Dann kroch die dunkle Traurigkeit wieder in ihr hoch, die sie lähmte. Sie versuchte, sich gegen sie dadurch zu schützen, dass sie diese Vergangenheit wie einen Traum behandelte, wie ein bloßes Gefühl von Glück, das nie Wirklichkeit gewesen war. Sie wusste, dass sie sich betrog, aber auch dies Wissen schob sie beiseite, denn der Betrug half ihr, die schwere Erinnerung überhaupt zu ertragen.

Salma hatte schnell gemerkt, dass Mirjam etwas in sich verarbeitete; sie half, die Anfälle solcher Dämonen zu überwinden. Salma wirkte wie ein Blumenstrauß voller Frohsinn.

„Salma, ich brauche noch jemanden für unsere Villa!"

„Lass mich raten … einen Koch?"

„Nein", lachte Mirjam, „wir sind mit unseren bescheidenen Künsten zufrieden. Ich brauche jemanden, der sich in Tarichea auskennt. Auskennt wie in seinem eigenen Beutel. Du kennst schon einige Leute. Ich kenne niemanden. Ich kenne nicht die Regeln der Stadt, wie hier alles abläuft, auf wen ich aufpassen muss, was ich darf, was ich nicht darf. Bisher weiß ich nur, dass ich auf Caesennius Acht geben muss, dass er und seine drei Männer gefährlich sind. Das reicht nicht. Ich brauche jemanden, der die Stadt durch und durch kennt."

Sonst geht es mir wie in Jerusalem, dachte sie.

„Sonst werden wir reingelegt, ich weiß." Salma lachte. „Wir sind sicher schon Stadtgespräch, die zwei verrückten Frauen da oben an der Karawanserei. Bald werden die Neugierigen auftauchen. Aber wen sollen wir nehmen? Wo sollen wir suchen?"

„Es müsste ein Mann sein – aber keiner, der uns nur reinlegt oder ausraubt oder den ganzen Tag faulenzt."

„So einen gibt es nicht."

Salma seufzte.

„Also keinen Mann. Frauen auch nicht. Wen dann?"

„Wer die Stadt am besten kennt? Hm, das sind die Einbrecher und Betrüger von Tarichea. Aber die sitzen im Gefängnis."

„Salma, du bist ein Schatz!", rief Mirjam. „Das ist es! Im Gefängnis, da sind die Leute, die wir brauchen, die Tarichea am besten kennen. Wir müssen ins Gefängnis!"

„Mirjam, im Gefängnis sitzen Bösewichte! Diese Männer rauben uns ganz bestimmt aus oder bringen uns um."

„Warte", warf Mirjam dazwischen, „Nicht Männer, sondern …"

„Sondern was?"

Salma runzelte die Stirn und schaute Mirjam fragend an.

„Sondern – einen Jungen!"

In Salmas Gesicht spiegelten sich Überraschung und verhaltene Zustimmung. Sie überlegte eine Weile, sah Mirjam mit einer Art pfiffigem Lächeln an und nickte dann vielsagend:

„Ich verstehe, was du meinst. Ich glaube, ich kenne sogar einen."

„Was ist das für ein Junge?"

„Oh, er ist der Schrecken von Tarichea! Es gibt keine Tür, die vor ihm sicher ist. Keine Ware, die er nicht mitnehmen könnte. Er ist der beste Ein- und Ausbrecher der Stadt. Er klaut alles, kennt jeden Winkel, kennt alle Leute und ihre Schwächen."

„Hat er auch Menschen verletzt, verwundet?"

„Ich wüsste nicht, er hat niemandem körperliches Leid zugefügt."

„Genau solch einen brauchen wir."

„Mirjam, wie willst du es denn anstellen, dass er dich und mich nicht beklaut? Dass wir am Ende arm sind wie Mäuse? Tarichea wird über uns lachen. Wie willst du es anstellen, dass er dir gehorcht? Ein Junge, der sich Mädchen unterordnet? Das gibt es nicht."

„Wenn ich Glück habe", Mirjam tippte mit ihrem Finger im Takt auf ihre Knie, „wird er mir aufs Wort gehorchen. Mehr als jedem Stock in Tarichea. Mehr als jedem Tyrannen im Reich."

Salma blickte ratlos drein, aber Mirjam fuhr fort:

„Ich muss nur … Komm, wir gehen zum Gefängnis."

Der Gefängniswärter wollte gerade seinen Mittagsschlaf antreten, da meldete der Diener, zwei junge Frauen seien da und wollten ihn sprechen. Zwei junge Frauen? Das müsse ein Irrtum sein, wies er seinen Diener zurecht. Aber Mirjam war schon eingetreten und erzählte dem fülligen Mann, was sie suchte, wen sie brauchte.

„Junge Frau, Sie machen mir die größte Freude", schnaufte er, „die mir jemand in meinem mühseligen Leben überhaupt machen kann. Dieser Bursche ist der unangenehmste Insasse, den ich je gehabt habe. Man weiß nie, was er im nächsten Moment anstellen wird. Nehmen Sie ihn mit, nehmen sie ihn! Gerne, sofort! Nur …"

„Nur was?", fragte Mirjam.

„Sie werden ihn nicht bändigen. Sie werden ihn morgen, spätestens übermorgen zu mir zurückbringen. Falls er so lange an ihrer Kette bleibt, denn er kommt durch jede Tür hindurch, macht jedes Schloss auf und – weg ist er."

Der Gefängniswärter schüttelte vielsagend den Kopf:

„Deswegen kann ich ihn nur herausgeben, wenn Sie mir alle Schäden bezahlen, die dieser Mistkerl verursachen wird. Und auch die Häscher, die ihn wieder einfangen müssen, diesen Hundesohn."

„Wie alt ist der Junge?", erkundigte sich Mirjam.

„Er ist ungefähr zehn Jahre alt, schon völlig verdorben."

„Wer ist sein Vater, wo kommt er her?" wollte Salma wissen.

„Die Familie kommt wohl aus Beit Sahur bei Betlehem, aber seit zehn Jahren hat der Vater Alphäus das Amt des Synagogenvorstehers in Chorazin übernommen, da hinter dem See oben auf dem Berg. Ein frommer Vater, ein ganz frommer Mann. Und dann so ein missratener Sohn. Welche Strafe Gottes!"

Wer straft hier wen, dachte Mirjam. Sie schaute zu Salma.

„Ich zahle. Bringen sie ihn her. Wie heißt der Junge?"

„Er heißt Levi – auch das noch!" ächzte der Gefängniswärter.

Vielleicht deswegen, führte Mirjam ihre Gedanken fort.

Als der Wärter kam, zog er hinter sich eine schwere Kette, und an deren Ende torkelte Levi. Er ließ sich nur widerwillig in den Raum ziehen. Aber kaum stand er dort, huschten seine Augen zwischen Tür und Fenster hin und her. Mirjam bemerkte es, schmunzelte und dachte: Gut so, mein Junge. Das gefällt mir. Aber dein Problem sind nicht Fenster und Türen, dein Problem bin jetzt ich. Und ab jetzt bin ich höllisch wachsam. Ich habe ganze Herden von Widerborstigen geleitet. Mal sehen, ob ich dich auch führen kann.

„Was will denn die hier?", stieß Levi hervor. „Frauen haben hier nichts zu suchen. Clavis, schmeiß sie raus, die blöden Ziegen!"

Ganz Tarichea nannte den Gefängniswärter „Clavis", weil er an seinem Lederriemen um den prallen Bauch ein Dutzend schwerer Schlüssel trug. Jetzt brummte er:

„Diese blöde Ziege ist deine neue Herrin, sie kauft dich frei. Jetzt wird sie dich an der Kette halten und ich bin erlöst von dir!"

„Sie? Mich an der Kette? Neiiin!" Levi schrie es heraus und tobte herum. „Nie soll eine Frau, ein Mädchen, mich an der Kette halten. Clavis, behalte mich hier, ich mache auch keinen Ärger."

Mirjam trat einen Schritt vor und sah Levi ruhig, fast liebevoll an. Dabei behielt sie jede seiner Bewegungen genau im Auge.

„Levi, ich glaube, wir können ein gutes Paar werden. Du kannst einiges, was ich nicht kann, und ich kann einiges, was du nicht kannst. Ich möchte, dass du mit mir kommst und mein …"

Weiter kam sie nicht, denn Levi spuckte Mirjam mitten ins Gesicht. Die aber hatte den Angriff kommen sehen und fing die Spucke mit ihrer Linken blitzschnell auf, dann ließ sie die Hand wieder ruhig sinken. Das alles ging so geschwind, dass weder Clavis noch Salma richtig mitbekam, was geschehen war.

Mirjam fuhr auch ungerührt fort:

„Also mit mir kommst und mein Diener wirst. Es wird dir nicht schlecht gehen, und Salma und ich, wir brauchen deine Hilfe."

Levi war einen Moment sprachlos. So hatte noch niemand reagiert, und so schnell war auch noch niemand gewesen. Und so ruhig hatte auch noch niemand zu ihm gesprochen. Aber der Geist des Widerspruchs saß noch kräftig in ihm.

„Nein!", schrie er von neuem. „Mit zwei Weibern gehe ich nicht mit. Niemals. Clavis, bitte, sperre mich wieder ein. Der ganze See wird über mich lachen, wenn ich ein zahmer Diener von zwei Ziegen werde. Bitte, Clavis, bitte!"

Du hast also Ehre im Bauch, dachte Mirjam. Auch das ist fein. Du gefällst mir immer mehr. Mit dieser Ehre werde ich jetzt kämpfen.

„Levi, ich habe einen Vorschlag."

Mirjam schaute zu Salma und nickte in Richtung Clavis.

„Ich gebe dir eine faire Chance. Wir beide machen einen Wettkampf. Wer ihn gewinnt, ist Herr über den anderen, und der andere muss sein Diener sein. Gewinnst du, dann bin ich deine Dienerin; gewinne ich, bist du mein Diener. Einverstanden?"

Levi legte den Kopf zur Seite und schaute ungläubig in Mirjams Gesicht. Mit welchem Trick wollte sie ihn reinlegen? Aber er fand keinen. Da meldete sich Clavis mit brummender Stimme:

„Nein, nein, junge Frau, so geht das nicht. Dieser freche Lümmel würde ja zum Herrn und … was mache ich dann?"

Salma war inzwischen hinter den Gefängniswärter getreten, nun kniff sie ihn in den fetten Rücken; dabei raunte sie, er solle still sein. Clavis murmelte also, das sei ja wohl der unfairste und dümmste Handel, den er je erlebt habe. Da hellte sich Levis Gesicht auf:

„Klar mache ich mit dir einen Wettkampf. Was du willst. Du wirst verlieren und meine Dienerin werden. Ha, das ist ein toller Tag. Hei, Clavis, ich werde ein Herr!"

„Was für ein Wettkampf soll denn das werden, junge Frau?" Clavis hatte seine Verantwortung wiedergefunden. Er entschied, er müsse hier eingreifen, so etwas könne man nicht zulassen. „Wollen Sie mit Schwertern aufeinander losgehen?"

„Kannst du laufen, Levi?", fragte Mirjam.

Levis Gesicht schaute ungläubig, sein Grinsen wurde breiter.

„Laufen? Einfach laufen? Soll das der Wettkampf sein? Haha, habe ihn schon gewonnen, Clavis! Die dumme Ziege weiß nicht, wie ich hier in Tarichea schon gelaufen bin!"

Mirjam fand, es war ihr bisher gut gelungen, Levi einzuwickeln. Sie legte dem Gefängniswärter zwei Denare auf den Tisch. Es werde alles gut ausgehen. Widerwillig überließ er ihr den Jungen.

„Passen Sie gut auf, der kommt von allen Ketten los!"

„Ich will die Kette nicht", sagte Mirjam. „Ich habe hier meinen Strick mitgebracht, mit dem habe ich blöde Ziegen geführt. Und sie sind nicht davongelaufen." Nun grinste Mirjam überdeutlich. Dann wickelte sie den Strick so kunstvoll und dicht um Levis Handgelenke, dass der Junge sprachlos zuschaute, wie er gefesselt wurde. Das andere Ende wickelte Mirjam um ihren Leib.

„Gehn wir, Levi. Danke, Herr Clavis!"

Als sie bei ihrem Haus ankamen, erblickten sie dort bereits eine Ansammlung von Neugierigen. Der Gefängniswärter hatte es sich nicht nehmen lassen, dem seltsamen Paar mit der hinkenden Sklavin hinterher zu watscheln und nach links und rechts die Neuigkeit von einem Lauf zwischen einem Mädchen und einem Dieb zu verbreiten. Halb Tarichea kam nun laut schnatternd hinterhergelaufen.

„Bist du sicher, dass du es schaffen wirst?" Salma schaute sie etwas ängstlich an, aber Mirjam lächelte. Sie konzentrierte sich schon.

„Ich muss es schaffen! Aber ich weiß nicht, wie er läuft."

Sie holte tief Luft: „Ich werde um mein Leben laufen."

Dann erklärte sie Levi die Spielregel:

„Siehst du da oben den Baum bei der Felswand? Es ist ein Maulbeerfeigenbaum. Er steht etwa ein Stadion weit von uns entfernt. Bis zu dem rennen wir hin und wieder zurück. Wer dann als erster diese Steinlinie überquert, hat gewonnen."

Sie schickte einen jungen Mann mit einem weißen Tuch hinauf; das solle er schwenken, sobald ein Läufer korrekt um den Baum herumgelaufen war.

„Und jetzt – jetzt können wir uns schon fertig machen. Brauchst du noch etwas, Levi?"

157

„Ich bin schon lange bereit." Er spuckte großkotzig aus. „Du hast schon verloren, lahme Ziege!"

Mirjam ging ins Haus hinein, legte ihr Gewand ab und zog ihr altes Hirtenkleid an, es reichte inzwischen nur noch bis zum Knie. Sie knotete es mit einem Strick eng um die Taille. Dann legte sie die besonderen Sandalen an die Füße, die auf Stein weniger rutschten, und band sie mit breiten Schnüren bis unters Knie hinauf fest. Draußen schien die Sonne, es war früher Nachmittag und recht warm; sie trank einen Schluck frischen Wassers, band ihre langen, schwarzen Haare mit einem blauen Stirnband zusammen und goss sich den Rest des Wassers über den Kopf. Das blaue Band stammte noch von Selene.

Salma war hereingekommen.

„Du hast einen Plan?"

„Ja, ich habe einen Plan. Ich hoffe, dass der Junge mich und den Berg unterschätzt." Sie atmete tief.

„Aber ich habe auch Angst, ich gebe es zu. Ich kenne ihn ja nicht. Ich bin zwar viel in solchen Bergen gelaufen, aber wie gut ist er? Ich muss es schaffen. Läuft er barfuß?"

„Ja."

„Das wird er merken. Du gibst das Zeichen zum Start. Hier, nimm meinen alten Hirtenstab."

Als sie nach draußen trat, johlte die Menge auf. Die einen grölten überlaut, die anderen klatschten, wieder andere schüttelten den Kopf. Von der Karawanserei waren Männer gekommen und an die Mauer getreten; sie schauten neugierig herunter, was da wohl los sei. Als sie gewahr wurden, dass hier ein Wettkampf beginnen würde, schrien auch sie und begannen sogar, Wetten abzuschließen: ein Mädchen gegen einen Jungen – na ist doch klar!

Mirjam konzentrierte sich, lockerte ihre Beine, hüpfte, tänzelte, lief ein paar Schritte, um Gespür für die Sandalen zu bekommen. Die Leute lachten darüber und machten ihre Sprüche. Auf einmal sah sie die wilden Hunde vor sich, sah das blutige Lamm – und hörte die Flöte, tief in sich drinnen.

Dann kann ich ruhig laufen.

Sie stellte sich an die Linie.

Gleich nachdem Salma mit dem Stab an einen Felsen geschlagen hatte, sauste Levi los wie der Blitz. Du bist dumm,

Junge, dachte Mirjam, das ist zu schnell. Die Leute aber brüllten und sprangen hoch. Mirjam achtete nur darauf, dass Levi nicht zu weit vorauslief. Gleichmäßig laufen, dachte sie, schön gleichmäßig. Behalt ihn im Auge, lass den Abstand nicht größer werden, aber pass auf die Steine auf, erkenne die Dornen. Nach der Hälfte der Strecke bergauf fiel Levi hin, kam aber schnell wieder hoch. Mirjam sah jedoch, dass er blutete. Ruhig behielt sie ihren Rhythmus bei. Zu ihrer Rechten verlief nun die Mauer der Karawanserei, die Männer krakeelten derbe Zoten und warfen Steine. Aber Mirjam störte das nicht. Auch sie musste nun kräftiger atmen, die Beine wurden schwerer, denn jetzt ging es richtig nach oben. Levi kroch zeitweise auf allen Vieren. 50 Ellen vom Baum entfernt hörte sie ihn heftig keuchen. Sie sparte etwas Kraft, verringerte aber den Abstand zu dem Jungen immer weiter.

Jetzt umrundete Levi den Maulbeerfeigenbaum. Kurz hielt er sich an ihm fest. Der Mann schwenkte das Tuch. Als er an ihr vorbei hinunter lief, schaute er sie nicht an und sagte auch nicht „blöde Ziege". Also bist du ziemlich erschöpft, dachte sie. Dann werde ich mal zulegen. Sie beschleunigte ihre Schritte, umsprang den Baum und setzte nun ihrerseits an zum Lauf bergab.

Levi hatte nun doch einen gehörigen Vorsprung herausgeholt. Mirjam begann zu kämpfen, schnell zu laufen. Jetzt muss ich springen, viel springen, sehen, abschätzen, springen, schon den nächsten Stein im Auge, und den nächsten und den nächsten. Jetzt nicht wegrutschen. Die Sandalen erwiesen einen vortrefflichen Dienst. Auf halber Strecke, wieder an der Karawanserei, war sie mit ihren großen, gleichmäßigen Sprüngen an Levi herangekommen. Er lief nur noch wenige Schritte vor ihr, versuchte, flinker zu rennen. Er musste sie schon spüren. Die Felsen wichen zurück, das Gelände wurde flacher, durchsetzt von dornigem Gebüsch, übersät von kleineren Steinen. Levi rannte keuchend, hechelnd, unregelmäßig und jetzt auch unvorsichtig, wie Mirjam sah. Seine Füße bluteten.

Und dann passierte es: Der Junge stolperte und fiel der Länge nach hin. Er schrie und blieb liegen. Mirjam überlegte, soll ich ihm helfen? Ist das ein Trick? Wie lautet die Spielregel? Sie entschied, weiter zu laufen. Auch sie war am Ende ihrer Kräfte, aber sie überquerte die Linie. Die Leute, vor allem die Frauen und Mädchen, jubelten mit erhobenen Armen.

XIX

Levi lag noch an der Stelle seiner Niederlage. Mirjam lief zu ihm zurück und hockte sich, heftig atmend, neben ihn auf die Erde. Der Junge schluchzte, das Gesicht in den Armen vergraben. Sie erkannte mit einem Blick, dass die blutenden Wunden bald heilen würden. Schlimmer war die Verletzung seiner Seele. Nicht er, sondern sein Ehrgefühl hatte verloren. Und alle hatten es gesehen. Jetzt wusste er nicht mehr, wer er war. Da musste und wollte sie ihm helfen. Aber in diesem Moment durfte sie ihn weder ansprechen noch anrühren.

Sie bat einen kräftigen Mann, den Jungen in ihr Haus zu tragen. Dort legte sie ein altes Tuch auf ein Polster und bettete Levi darauf. Er weinte noch immer, die Augen verborgen unter Armen und Händen. Niemand sollte ihn sehen, ihn, der seine Ehre verloren hatte. Salma kümmerte sich einfühlend um ihn.

Gegen Abend hatte Levi sich beruhigt. Er ließ sogar zu, dass Salma seine Wunden wusch. Mirjam trat an sein Lager:

„Könntest du schon in die Stadt hinunter gehen und uns etwas zu essen kaufen?"

Unter den Armen und Händen bewegte sich nichts.

„Wir bräuchten Brot, Früchte und Wein."

Immer noch Stille.

„Aber vielleicht ist das zu schwer für dich."

„Du sollst ruhig sein!" Levi fuhr heftig vom Polster in die Höhe. „Gib mir Geld." Dann schaute er Mirjam an, zum ersten Mal nach der Niederlage, und sagte frech. „Und wenn ich jetzt weglaufe?"

„Du wirst nicht weglaufen, das weiß ich. Die ganze Stadt hat zugesehen, wem du jetzt gehörst. Und wenn du zwei Frauen wegläufst, hast du alle Ehre verloren. Hier, nimm die zwölf Oboloi, das sollte reichen. Aber du wirst schwer zu tragen haben."

„Du sollst ruhig sein", grollte Levi und trabte hinkend los.

Nach einer Stunde schleppten zwei Sklaven Unmengen von Wein und Früchten und Brot herbei, samt allerhand Gewürzen und Mehl und Salz. Mirjam schmunzelte. Hinter den Sklaven humpelte Levi am Stock hinterher und dirigierte sie.

„Wozu braucht ihr so viel Wein?", wollte er wissen.

„Salma und ich möchten mit dir feiern, dass du jetzt unser Freund bist. Schau, das hier ist deine Kammer."

Beim Abendessen taute Levi langsam auf. Und da offenbarte er noch etwas, was er konnte. Mitten in eine Stille ihres Plauderns hinein tönte es plötzlich aus seinem Mund:

„Kein Gift ist schlimmer als Schlangengift, kein Zorn schlimmer als Frauenzorn."

Salma und Mirjam verschlug es die Sprache.

„Wo hast du denn das her?"

„Das hat Vater immer gesagt, wenn er Mutter wieder mal nachgab. Das steht irgendwo im Buch Jesus Sirach. Hat Gott gesagt, hat Vater gesagt. Du sollst wissen, Mirjam, ich bin nur hingefallen, damit du gewinnen kannst, damit dein Frauenzorn nicht noch Schlimmeres anrichtet."

Hier musste nun auch Levi mit den Frauen lachen. Und so besiegelte das Buch Jesus Sirach ihre junge Freundschaft.

Als sie am nächsten Morgen zu dritt Brot und Früchte aßen, kam Mirjam auf ihre nächste Aufgabe zu sprechen.

„Wir müssen langsam überlegen, wie wir Geld verdienen können. Und zweitens: Wir brauchen noch jemanden für unser Haus."

Dann erklärte sie, dass ihre „Familie" und das Haus doch dringend einen starken Mann bräuchten. Sie könnten ja nicht jedes Mal, wenn schwere Arbeiten zu leisten wären, einen Sklaven ausleihen. Und es wäre ebenso ratsam, gegen Überfälle unliebsamer Zeitgenossen ein Schwergewicht aufstellen zu können. Levi räumte ein, dass sein Spezialgebiet nicht gerade das Ringen und Schlagen sei.

„Aber wo finden wir den?"

Nach einem Augenblick ratlosen Schweigens schienen alle drei gleichzeitig auf denselben Gedanken gekommen zu sein. Levi war der schnellste, der ihn aussprach:

„Unten bei den Booten, der große Germane mit dem halben Auge und dem Lederrock!"

„Woher kennst du denn diesen Mann?", wollte Salma wissen.

„Im Gefängnis kennt man jeden, hört man jeden, sieht man jeden", belehrte sie Levi im Brustton des Besserwissers.

Bald darauf ging er mit Mirjam hinunter zu den Bootswerften. Bei jedem Schritt biss er die Zähne zusammen, doch ließ er keinen Ton hören. Aber so sehr sie auch suchten, den Mann im Lederwams mit der Augenklappe sahen sie nicht. Dafür bemerkten sie eine gewisse Unruhe unter den Arbeitern. Als sie an einem zerfallenen Schuppen vorbeigingen, hörten sie von drinnen halblautes Fluchen. Es war ihr Mann. Er saß hingekauert an einem Stapel Bretter und murmelte in einer fremden Sprache. Er hielt sich die linke Schulter und blutete an Kopf und Beinen.

„Was ist passiert?", fragte Mirjam.

Es stellte sich heraus, dass die Arbeiter gegen den strengen Aufseher gemeutert hatten. Sieben Mann hatten sich gleichzeitig auf ihn gestürzt, da half ihm auch sein Eichenstock nicht mehr. Er war ins Stolpern geraten und hingefallen. Die Männer hatten ihn blutig geschlagen und davongejagt. Nun hockte er hier und war auf sich und die Welt wütend.

„Wartet, Ihr Gesindel! Wenn ich wieder bei Kräften bin, dann schmeiße ich euch alle zusammen in den See, Ihr feigen Teufel Ihr!"

„Wie wäre es, wenn du bei uns arbeiten und unser Haus unter deinen Schutz nehmen würdest?", fragte Mirjam.

Es folgte ein längeres Palaver, in dessen Verlauf sie erfuhr, dass der Mann um die 50 Jahre alt war, ein Treverer, dessen Vater bei der berühmten Trevirischen Kavallerie gedient hatte. Wegen seiner Körpergröße und Kraft hätten die Römer ihn „Quercus" genannt. Er sei schließlich in den Dienst des großen Sulpicius Quirinius gekommen und habe unter seinem Kommando gegen die Homonadenser so gut gekämpft, dass er dafür das Römische Bürgerrecht erhalten habe. Danach sei er Centurio geworden und habe unter Quirinius die Volkszählung in Apamea am Orontes durchgeführt. Aber im Kampf gegen die Ituräer im Libanon sei er schwer am Auge verwundet worden, als eine Schleudermaschine zerbarst und Holzsplitter sein Gesicht trafen. Er arbeite jetzt im Dienst eines Hauptmanns in Jerusalem und hatte gehofft, von diesem den Bootsbetrieb hier kaufen zu können. Aber dieses Gesindel von Faulenzern ... er wollte sich erheben, kam aber über ein furchterregendes Schreien nicht hinaus.

„Das ist wohl das Ende meiner Laufbahn", stöhnte er und schickte in seiner Muttersprache einige handfeste Flüche hinterher. „Was soll ich bei euch tun? Nur ein Haus bewachen? Das muss ich mir erst überlegen. Haus bewachen! Dass ich so tief fallen würde."

„Gott stürzt den Thron der Stolzen und setzt an ihre Stelle die Niedrigen", ließ sich Levi vernehmen.

„Was ist denn das für ein Wicht?", polterte Quercus los.

„Der hatte einen frommen Vater, und nun fallen ihm ständig Sprüche aus heiligen Büchern ein. Leider erwischt er nicht immer die passenden", bemühte sich Mirjam den drohenden Streit abzuwenden und wandte sich sorgend Quercus zu. Aus herumliegenden Hölzern banden sie Stöcke zusammen, auf denen sich Quercus schließlich stützen und in Mirjams Haus schleppen konnte. Nach drei Tagen hatten die Frauen den jungen und den alten Mann so weit gepflegt, dass die beiden sich wieder ohne Stöcke bewegen konnten. Nur gelegentlich erinnerten sie durch Humpeln, Stöhnen und Ächzen daran, wie schwer sie gelitten hatten.

„Männer können alles besser", raunte Mirjam Salma zu, „vor allem Jammern."

Am nächsten Morgen regnete es. Das war für diese Jahreszeit selten. Besonders die Gärtner der Ebene Ginnosar im Norden der Stadt begrüßten das Nass des Himmels als Segen Gottes. Quercus fühlte sich inzwischen recht wohl im Haus, er wurde auch gut bedient. Seine Entscheidung hatte er noch nicht verkündet. Mirjam ließ ihm Zeit, aber ungeduldig wurde sie doch. Levi und Quercus konnten zudem heftig aneinandergeraten, und dann mussten sie oder Salma schnell eingreifen, bevor Töpfe und Pfannen durch den Raum flogen.

Gegen Mittag, als der Regen aufhörte, verließ Mirjam das Haus und überprüfte den Brunnen, weil das Wasser im Bad trübe geworden war. Sie wollte auch weiter oben nachschauen, ob der Regen noch mehr Schaden angerichtet hatte. Als sie in die Nähe der Karawanserei kam, wurde der Boden immer schwerer, er war vom Regen durchtränkt. Trotz ihrer Schuhe mit hohen

Schäften konnte sie nicht vermeiden, dass Schmutzklumpen ihre Kleidung befleckten.

Von der Karawanserei tönte Lärm herüber. Er klang nach Streit. Pferde wieherten dazwischen, aber einige Menschen schienen auch zu lachen. Mirjam wurde neugierig. Sie stapfte durch die aufgeweichte Erde näher heran und stieg auf die Mauer. Da sah sie, wie grobschlächtige Männer einen dicken, glatzköpfigen Mann traten und mit Schmutz bewarfen. Der Kopf des Mannes ebenso wie sein Gesicht waren über und über verschmiert. Der Dicke hatte wohl mal einen weißen Mantel getragen, aber davon war kaum mehr etwas zu ahnen. Die Karawanenleute hatten offensichtlich ihren Spaß daran, den Fremden zu demütigen. Dem gelang es überhaupt nicht, auf die Beine zu kommen. Im tiefen Schlamm rutschte er gleich wieder aus und lag kopfüber, kopfunter von neuem im Dreck. Die Männer nutzten seine Hilflosigkeit, traten ihn derbe und machten ihre Witze.

Mirjam überlegte nicht, ob sie als junge Frau zwischen prügelnden Männern und Schlamm überhaupt etwas ausrichten könnte. Es war ihr Gefühl für Gerechtigkeit, das sie von der Mauer springen und auf die Gruppe zulaufen ließ. Sie passte nur auf, dass sie nicht selber im morastigen Erdreich versank.

„Ihr da! Hört auf! Lasst den Mann. Ihr seid gemein."

Die Männer wandten sich nun ihr zu und begannen, Mirjam aufs Korn zu nehmen.

„Ist das nicht unsere kleine Läuferin? Na, dann wollen wir mal sehen, wie schnell sie wirklich laufen kann."

„Ihr sollt den Mann lassen, er ist mein Gast. Er steht unter meinem Schutz. Ihr wisst, was das bedeutet in der Wüste."

„Du kennst die Wüste?"

„So gut wie ihr. Oder besser. Also, der Mann genießt mein Gastrecht. Jetzt lasst ihn."

Es war ihr gelungen, sicher und bestimmt zu erscheinen, dabei aber nicht aggressiv, wodurch sie die anderen nur gereizt hätte. Die Männer wussten nun nicht, wie sie sich weiter verhalten sollten. Diesen Moment nutzte der Dicke, drehte sich im Dreck, bis er aufstehen konnte, und kam, eine wandelnde Schlammlawine, auf Mirjam zu. Er sah erbärmlich aus, oder auch zum Lachen, empfand Mirjam. Und zugleich wirkte er irgendwie würdevoll. Ein seltsamer Mann. Mirjam schüttelte den Kopf.

„Komm mit in mein Haus. Was hast du hier in der Karawanserei gesucht?", begann Mirjam ein Gespräch, als wäre der Fremde ihr vertrauter Gast. Vom Haus kamen Levi und Quercus gehumpelt.

„Hee, was ist da los?"

Als die Karawanenleute den Quercus kommen sahen, ging ihnen auf, dass ihr Spiel verloren war. Sie zogen sich zurück.

„Was ist denn das für einer? Ist das ein Mensch?", fragte Levi, als er den schlammüberzogenen Mann sah. Dann grinste er: „Mein Sohn, wenn der Verstand deines Vaters abnimmt, dann sieh es ihm nach … Jesus Sirach."

„Halt die Klappe, du missratener Sohn", schimpfte Mirjam.

„Er hat Recht", meldete sich der Fremde und versuchte, seine Glatze zu reinigen. „Der Junge hat völlig Recht. Es war mein Fehler. Ich war nicht bei Verstand, als ich in die Karawanserei ging. Ohne meine Diener. Das musste schief gehen. Ich wurde für meine unbedachte Neugier bestraft. Ich, nicht die Männer dort, ich habe einen Fehler begangen. Aber nun ist alles gut. Ich bin euer Gast? Wunderbar! Wo ist das Haus?" Er marschierte los.

Mirjam verschlug es die Sprache, den anderen beiden auch. Sie eilten dem Dicken hinterher, der allen voran geradewegs auf ihr Haus zusteuerte. Salma kam ihm hinkend entgegen.

„Junge Frau, wo ist hier das Bad?"

XX

Als erster schien Quercus die Situation begriffen zu haben. Ohne sich mit Mirjam zu verständigen, eilte er dem Dicken hinterher. Das ist mir zu eifrig, ärgerte sich Mirjam. Sie sah, wie Quercus mit dem Dicken einige Worte wechselte und mit der Hand in Richtung Bad und freies Gelände neben dem Haus zeigte. Auf Salma achteten die beiden überhaupt nicht. Das sah so aus, als biete Quercus der Schlammlawine seine Dienste an. Mirjam wurde sauer: Das kann ja heiter werden! Ich habe diesen Quercus für mich und für unser Haus geholt und jetzt dient er sich dem Dickwanst an, den ich gerettet habe. Und wir stehen hier wie die Sklaven, als hätten wir nur zu nicken.

In der Tat, so ging es weiter.

Der Dicke war im Bad verschwunden und trällerte, als sei die Welt sein Auditorium. Und Mirjam konnte sich nicht waschen. Als nächstes kam ein Befehl aus dem Bad: Man solle ihm frische Kleider besorgen. Quercus gab den Befehl an Levi weiter, er müsse in die Stadt laufen und etwas Passendes für den ehrenwerten Gast kaufen.

„Und wer bezahlt das?"

In Mirjam kroch langsam die Wut hoch.

„So ein paar Kleider werden uns doch nicht arm machen."

Levi zeigte Mirjam verstohlen einen Ring.

„Ist der kostbar?", fragte er.

„Ja, der ist kostbar; wo hast du ihn her?"

„Na ja, der lag da hinten im Dreck", stotterte Levi.

„Gib ihn her!"

Der Mann musste reich sein, mindestens dem Ritterstand angehören, wenn er einen solchen Ring in die Karawanserei mitnahm. Aber wie würde die Geschichte ausgehen? Mirjam fühlte sich in die Defensive gedrängt, sie hatte im eigenen Haus nichts mehr zu sagen, der Glatzkopf bestimmte nach Lust und Laune. Und Quercus, der Schuft, dienerte sich dem Fremden an. Oh neunschwänziges Elend!

Es kam noch schlimmer: Der Glatzkopf bekam seine neuen Kleider, kam aus dem Bad, glänzte wie ein Honigkuchen, duftete wie ein Parfumladen – es waren Mirjams Parfums! – und tänzelte in den Raum wie ein Schauspieler. Quercus servierte den Wein. Natürlich Quercus! Er genoss die neue Lage.

In Mirjam kochte es.

„Bitte, meine schöne Gastgeberin", übernahm der Dicke die Konversation, „nehmen Sie doch Platz. Ich möchte mit Ihnen und euch allen feiern. Sie haben mir einen mutigen Dienst erwiesen, meine Edle, das werde ich Ihnen nicht vergessen. Stoßen wir erst einmal an, und dann das Weitere. Ich hoffe, es ist ein guter Tropfen."

In diesem Moment kam Mirjam die befreiende Einsicht: Du darfst dich nicht weiter an die Wand drängen lassen! Du musst das Sagen zurückgewinnen. Auch wenn die Herde momentan in die völlig falsche Richtung läuft, wütend zu sein hilft gar nicht. Besiege deine Gefühle. Denk an die Steine. Übernimm das Kommando.

Also, mein lieber Gast, ich stehe wieder vor der Herde. Ich übernehme das Kommando!

„Ehrenwerter Herr, Sie haben sich uns zwar noch nicht vorgestellt, aber wir freuen uns, dass wir Ihnen unsere Gastfreundschaft anbieten dürfen. Der Tropfen ist gewiss nicht so edel, wie Sie ihn in Ihrer Heimat trinken, aber für uns ist er das Beste, was wir gerade haben. Salma, Levi, Quercus – auf das Wohl unseres edlen Gastes!"

Sie hoben die Gläser.

„Mein Name ist übrigens Mirjam."

Es entging ihr nicht, dass der Herr Gast ihren Sinneswandel bemerkt hatte. Über sein Gesicht huschte ein feines Lächeln.

„Ich bewundere ihre Gastfreundschaft, verehrte Frau Mirjam. Ihre Bereitschaft, mich aufzunehmen, zeugt von einer, sagen wir: von einem sicheren Gefühl für die Situation. Übrigens, mein Name: Ich bin Favinus Alexander aus Herculaneum. Ich bin Geschäftsmann und sehe mich gerade in Tarichea um, dessen Ruhm bis nach Roma gedrungen ist. Es soll hier guten Fisch und exzellente Fischsoße geben."

„Es gibt hier noch mehr gute Sachen. Zum Beispiel findet man gelegentlich im Schlamm goldene Ringe mit Edelsteinen."

Sie reichte Favinus den goldenen Ring. Der lächelte gequält, schaute das gute Stück gar nicht an, sondern fuhr fort:

„Ich möchte Sie noch um eine Gunst bitten, Frau Mirjam. Ich bin mit nur einem kleinen Tross unterwegs. Momentan bewachen meine zwei Diener die Zelte oberhalb der Karawanserei. Nun ja, Sie haben selber gesehen, wie wenig sicher ein Mann wie ich unter diesen Gesellen ist. Übrigens: Nach ihrer Sprache, ihren Ausdrücken zu urteilen vermute ich, dass es Räuber vom Ezechias gewesen sind. Ich habe gehört, die Zenturie aus Jerusalem hätte sie vernichten sollen, aber offensichtlich hat der Hauptmann taktisch versagt. Die Räuber, die überlebt haben, kommen langsam aus ihren Verstecken zurück. Mir scheint, sie nehmen die Karawanserei unter Kontrolle. Ich möchte Sie deshalb um den Gefallen bitten, dass ich meine Zelte in Ihrem Garten aufschlagen darf. Nur für die Diener natürlich. Für mich ist sicher noch ein Polster frei in Ihren Räumen."

„Ich finde das eine gute Idee", warf Quercus anbiedernd ein.

Aber dieses Mal war Mirjam auf die leichten Unverschämtheiten vorbereitet, auf die von Favinus und auf die von Quercus. Sie wollte die Manieren vom ägyptischen Hof dagegen setzen.

„Mein lieber Quercus, es kommt nicht darauf an, ob du das eine gute Idee findest. Du hast hier das Haus zu bewachen. Ich habe mir schon gedacht, dass Herr Favinus mich um diese Gunst bitten wird. Und wie könnte ich sie ihm abschlagen? Er ist ja hilflos in dieser Umgebung, wie wir gesehen haben. Bitte schön, Herr Favinus, bringen Sie Ihre Zelte und Tiere und Diener in mein Haus, ich werde Ihnen Ihr Zimmer zeigen."

Levi hatte schon geraume Zeit unruhig auf seinem Hocker gesessen, nun hielt er es nicht länger aus:

„Eine tüchtige Frau pflegt ihren Mann, so vollendet er seine Jahre in Frieden."

Dieses Mal blieb sogar Quercus still.

Als Mirjam aber zu Favinus hinüberschaute, meinte sie, in seinen Zügen plötzlich etwas Graues und Altes zu entdecken. Hast du ein Problem mit deiner Frau? Mit Frieden im Alter? Sie dachte an Octavus; die Erinnerung ließ auch ihr Gesicht für einen Moment grau werden. War sie denn eine tüchtige Frau gewesen? Es verlangte sie, Salma anzuschauen, als wollte sie ihr etwas mitteilen, was Worte nicht sagen konnten. Aber Salma schien bereits zu begreifen, schien all das zu begreifen, was sie gar nicht wissen konnte.

Die nächsten Stunden waren mit Geschäftigkeit ausgefüllt. Die zwei großen Zelte von Favinus wurden aufgerichtet, sie waren innen verschwenderisch ausgestattet; ihr eigenes Haus erschien Mirjam dagegen mager und kahl. Die Maultiere wurden versorgt, die vier Pferde – Berber, erkannte Mirjam – erhielten Heu und Wasser, die großen Packen mit Waren wurden in den Zelten verstaut. Und Favinus Alexander bezog sein Zimmer wie ein Fürst. Zwischendurch eilten Levi und sogar Quercus immer wieder in die Stadt und besorgten dieses und jenes und noch etwas. Und Mirjam zahlte.

Am meisten Aufregung aber verursachte der neue Wagen von Favinus: Als Quercus und Levi den entdeckten, kamen sie aus dem Staunen nicht mehr heraus. Mirjam warf einen kurzen Blick darauf und dachte: Mein lieber Mann, du musst aber sehr viel Geld haben!

Mirjam fragte Favinus nach seinen Geschäften und was er ausgerechnet hier in Tarichea zu tun beabsichtige. Das gab dem Mann aus Herculaneum eine großartige Bühne, zu erzählen. Die halbe Welt zog an ihnen vorbei, Pferde aus China hörten sie galoppieren und die Betten in Britannien knarren, Weizen aus Alexandria schaukelte über das Meer nach Roma, und Konsuln und Königinnen verbeugten sich vor Favinus. Man muss halt erzählen können, dachte Mirjam. Sie warf dazwischen:

„Haben Sie auch eine Frau? Kinder? Söhne?"

Favinus blickte überrascht auf.

Aber er sagte kein Wort. Kein einziges.

Natürlich fiel Mirjam auf, dass Favinus' Erzählkunst an dieser Stelle ein Loch hatte. Ein auffälliges. Und zwar ein großes. Sie schaute Favinus direkt an, aber er wich ihrem Blick aus. Nun gut, dachte sie, jeder hat seine Probleme. Warum soll es ihm besser ergehen als mir? Schade, dass Levi jetzt keinen Spruch bereit hat. Sie schaute zu ihrem jungen Freund hinüber. Der lächelte verschmitzt, dann schaute auch er zur Decke:

„Liebe deckt alle Vergehen zu."

Da passierte etwas Merkwürdiges: Völlig unerwartet erhob sich Favinus, verließ schweigend den Raum und ging schnellen Schrittes in sein Zimmer. Nur Quercus merkte nicht, was sich gerade abspielte. Salma jedoch erhob sich und humpelte, mit weit offenen Augen, langsam und behutsam hinter Favinus her.

Quercus polterte wieder los:

„Sag mal, du Sprücheklopfer, hast du nicht einen Spruch auch fürs Saufen? Wir wollen uns betrinken und mit Frauen vergnügen."

Levi schaute Quercus einen Augenblick in die Augen. Und Mirjam dachte, dieser ehemalige Dieb ist eigentlich weiser als der ehemalige Centurio. Dann sagte der frühere Schrecken von Tarichea:

„Auch beim Wein spiele nicht den starken Mann! Schon viele hat der Rebsaft zu Fall gebracht."

Aber Quercus spielte den starken Mann. In seiner vermeintlichen Stärke bemerkte er jedoch nicht, was sich heimlich ums Haus herum abspielte. Levi jedoch bemerkte die zwei Gestalten.

XXI

Am anderen Vormittag rief Mirjam den Jungen zu sich und teilte ihm mit, sie müsse aus dem Haus von Caesennius, wo sie in den ersten Tagen in Tarichea gewohnt habe, noch einige Sachen holen, die dort von Muzifungi aufbewahrt wurden. Ob er sie nicht begleiten könne. Während sie durch das Viertel der Färber gingen, wollte Levi wissen, wer Muzifungi sei, der Namen sei im Gefängnis nicht geläufig. Mirjam lachte, nein, der Name sei auch noch ganz neu. Aber der von Caesennius, der sei schon recht alt. Ob er etwas von Caesennius wisse. Levi schaute sie daraufhin an wie ein kleiner Bruder seine große, unaufgeklärte Schwester ansieht.

„Nun ja", fügte Mirjam unsicher hinzu, „er hat wohl was mit Polizei zu tun?"

„Polizei?" Levi zog die Augenbrauen hoch. „Nein, nicht Polizei. Caesennius ist der Chef des Geheimdienstes hier in Tarichea. Er liefert Nachrichten an den Statthalter und nach Roma. Und zugleich ist er der lange Arm des Statthalters in Galiläa."

Er trippelte ein paar Schritte schweigend neben ihr her. Das Bein war wieder geheilt. Wiederholt blickte er sich um.

„Was hast du?", fragte Mirjam.

„Ich sollte dir dann besser noch etwas sagen. Gestern Abend und heute früh sind zwei Männer um unser Haus herumgeschlichen, als wollten sie uns beobachten. Hast du sie bemerkt?"

„Nein!" Mirjam blieb stehen. „Was wollten die beobachten?"

„Ich habe ein merkwürdiges Gefühl." Levi wandte den Kopf erneut zur Seite. „Ich habe die beiden nämlich soeben wieder gesehen, wie sie da drüben hinuntergelaufen sind. Da vorne guckt der eine noch um die Ecke, siehst du ihn? Irgendetwas ist hier im Gange."

Aber so genau sie auch spähten, sie konnten niemanden mehr entdecken. Die Stadt summte vom üblichen Treiben vieler Menschen. Hier und dort grüßten einige Frauen aus der Menge und winkten Mirjam zu. Vom Cardo bogen sie links in den Decumanus ein, der hinunter zu Caesennius' Haus am See führte. Levi ging rechts neben ihr, er blickte sich ständig um. Es war ein sonniger Morgen. Er fragte Mirjam, ob es nicht ratsam sei, wenn er vorausgehe und Haus und Garten sorgfältig in Augenschein nehme. Vielleicht sei Caesennius im Haus oder diese Männer, und dann wäre es klüger, ihnen nicht zu begegnen. Mirjam nickte, ja, das sei eine gute Idee.

Aber es war keine gute Idee.

Levi ging also voraus. Mirjam blieb stehen, schaute sich ein Geschäft mit Holzwaren an. Dabei beachtete sie nicht, wie ein Transportwagen langsam die Straße herauf rollte. Von zwei Pferden gezogen. Mit zwei Kutschern auf dem Bock. Und hinten drauf ein merkwürdiger Käfig. Levi hatte den Wagen, als dieser an ihm vorüber ratterte, zwar gesehen. Er hatte auch bemerkt, dass in dem Käfig zwei gefesselte Männer standen. Aber er hatte nicht bedacht, was seine Augen sahen. Er konzentrierte sich ganz auf das Haus von Caesennius und ob er die beiden Männer dort entdecken würde, die noch vorhin um ihr Haus geschlichen waren.

Gut 100 Ellen war er von Mirjam entfernt. Er drehte sich um und winkte ihr noch zu: Ist alles in Ordnung? Alles in Ordnung, winkte sie zurück.

Doch als er nur 20 Schritte weiter gegangen war, hörte er hinter sich einen gellenden Schrei!

Mirjam hatte das Geräusch der Räder ebenfalls gehört. Sie drehte sich um und erblickte verwundert gefesselte Männer im Käfig. Da wurde sie plötzlich rechts und links von kräftigen Armen gepackt, ein Sack wurde ihr über Kopf und Körper gestülpt, sie konnte gerade noch schreien. Im Nu war sie hart und eng gefesselt, in den Käfig gestoßen – und schon rollte der Karren die Straße hinauf.

Voller Entsetzen sah Levi, was da geschah. Einen Moment stand er wie gelähmt. Dann aber schrie er, rannte los und brüllte: Festhalten! Diebe! Mörder! Festhalten! Aber ein Junge, der so schrie, wurde in Tarichea nicht ernst genommen. Zudem erkannten einige in ihm denjenigen, der schön öfter in Tarichea

171

gerannt war. Davongelaufen als Dieb. Sie sahen keinen Anlass, ihn und sein Schreien jetzt ernst zu nehmen. Und was sie sonst gesehen hatten, war nichts Besonderes: Da wurden halt wieder welche zum Sklavenmarkt gefahren. Das war ja normal, wozu die Aufregung.

Levi aber rannte wie der Leibhaftige. Ich muss zum Haus! Quercus, Favinus, ihr müsst helfen. Weg, Leute, weg! Aus dem Weg! Haltet sie fest! Sie haben sie geraubt! Helft ihr, da unten der Wagen! Ja, der da aus der Stadt rollt. Levi sprang über Körbe und Tücher, ließ Früchte und Gewürze fliegen, raste durch Räume und Werkstätten, flitzte durch enge Gassen, nutzte Abkürzungen, die nur er kannte. Schnell, lauf schneller! Er stieß Tische um, rannte Menschen über den Haufen, brachte Körbe zum Umfallen, Hunde sausten hinter ihm her, Blumentöpfe, Stöcke flogen. Er rannte wie um sein Leben.

Um ihr Leben! Die pure Angst trieb ihn, was sie mit Mirjam anstellen würden.

Mirjam stand im ratternden Wagen. Sie fasste noch nicht, was passiert war. Unter dem mehligen Sack gelang es ihr kaum, zu atmen. Und die Fesselung mit den Stricken ließ nicht zu, dass sie sich festhalten konnte; immer wieder wurde sie gegen die Eisengitter geschleudert. Sehen gelang nur undeutlich. Sie schrie, aber was nutzte das bei dem Lärm. Wo war sie hier? Was sollte das? Was stellte man mit ihr an? Hatte Levi noch gesehen, was passiert war? Aber was konnte er tun? Wohin ging die Fahrt?

Als Levi oben am Haus ankam, war er völlig außer Atem. Er stürzte hin, hielt sich die Gurgel und würgte heraus:

„Sie haben sie! Sie bringen sie weg!"

„Was ist los?", fragte Salma. „Wen haben sie? Wo ist Mirjam?"

Quercus kam herbei und schaute interessiert auf Levi herab.

„Na, du Wicht, willst du schon wieder laufen?"

„Sie haben Mirjam geraubt. Sie bringen sie zum Sklavenmarkt! Schnell, wir müssen hin und sie retten."

Salma entfuhr ein kreischender Schrei, sie hielt sich die Hände vors Gesicht. Quercus jedoch grinste und meinte, das sei mal eine interessante Abwechslung. Er ging ins Haus und informierte Favinus:

„Sie haben die edle Dame geraubt, sagt der Junge. Sie soll wohl als Sklavin verkauft werden. Sollen wir da was machen?"

Favinus kam mit einem wollenen Tuch umhängt aus dem Bad. Er strich sich ruhig über die nasse Glatze.

„Wer hat das gesehen? Der Junge?"

Levi kam zu ihm, immer noch außer Atem.

„Wer hat sie geraubt? Waren das die Räuber oder wer?"

„Nein, das waren keine Räuber. Das waren die Leute von Caesennius. Sie haben schon gestern unser Haus beobachtet. Und Caesennius ist Geheimagent, er ist der Arm vom Statthalter. Und vielleicht soll sie an den verkauft werden. Bitte, wir müssen sie retten!"

So so, der Herr Statthalter. Hatte der nicht etwas mit dem Verschwinden oder gar dem Tod seines Sohnes zu tun? Schließlich war er der Oberbefehlshaber. Wenn sein Sohn von Jerusalem abkommandiert worden war, diese „komische Geschichte", wie der Soldat gesagt hatte, dann hatte der Statthalter womöglich seine Finger im Spiel. Und jetzt diese Frau. Gestern hatte sie ihm geholfen, uneigennützig. Sie schien zwar naiv, doch ganz patent. Seine Erfahrung sagte Favinus, den Herrn Statthalter nicht unbesehen als Freund zu behandeln. Und wenn Caesennius tatsächlich sein Geheimagent war und ihr Haus hatte ausspionieren lassen, dann galt das auch ihm.

Fein, nehmen wir den Kampf an, entschied Favinus. Aus reiner Freude am Spiel. Wollen doch mal sehen, ob ich nicht jemandem sein Geschäft verderben kann.

„Catullus, Aspicius!"

Die beiden waren sofort zur Stelle.

„Meine Kleider. Die besten! Macht den Wagen fertig. Mit vier Pferden! Ich will großen Auftritt. Wo ist der Sklavenmarkt?"

„Beim Eingang der Stadt." Levi zeigte in die Richtung.

„Schnell, bitte Herr Favinus, schnell!" Salma konnte vor Tränen kaum reden. „Sonst sehen wir sie nie wieder."

„Junge Frau, wir werden schnell und überlegt handeln."

Favinus schien in seinem Element.

„Quercus, suchen Sie sich ein Pferd. Junge, du kommst zu mir auf den Wagen. Catullus, Aspicius, ihr bleibt hier. Haltet eure Schwerter bereit oder etwas Passendes, und: Augen auf!"

Dann verschwand er in seinem Zimmer, kam aber gleich zurück:

„Levi, normalerweise ist ein Sklavenmarkt in der Stadt. Ich glaube aber nicht, dass man Frau Mirjam dort anbieten wird. Gibt es noch eine andere Stelle?"

Levi schaute erschrocken auf.

„Eigentlich nicht. Aber sie sind in diese Richtung gefahren!"

„Wir werden sie finden, Junge. Keine Sorge!" Damit verschwand er zum zweiten Mal in seinem Zimmer.

Der Transportkarren hatte die mit Basaltsteinen gepflasterte Straße von Tarichea verlassen und rollte inzwischen über den Sand der Handelsstraße. Hier war sie schon einmal entlang gerollt, in die andere Richtung. Damals lag sie auf weichen Polstern, jetzt war sie gefesselt, hustete andauernd wegen des Sackes über dem Kopf, stieß mit den Männern oder mit dem Eisengitter zusammen. Was war da eigentlich passiert? Man konnte doch nicht so einfach einen Menschen rauben und wegschaffen?!

„Wir sind am Sklavenmarkt vorbei", rief einer der Männer. „Jetzt fahren wir in Richtung Hippodrom."

Mirjams Hoffnung sank ins Bodenlose. Sie fühlte sich so hilflos, so ohnmächtig. Einige Zeit später hielt der Wagen an. Sie hörte das Reden und Rufen mehrerer Stimmen. Dann wurde ihre Wagentür aufgeschlossen, man holte die beiden Männer heraus. Schließlich wurde auch sie gepackt. Zwei Kerle führten sie unter ihrem Sack, bis sie auf ein Podest aus Stein treten musste. Hier nahm man ihr den Sack ab, zog ihr das Kleid aus, so dass sie nur in ihrem kurzen Hemd dastand. Ihre Füße wurden in Fesseln geschlossen, die Arme rechts und links an einem Balken halbhoch festgebunden. Mit dem Rücken lehnte sie an einem senkrechten Stamm.

„Bitte, das ist ein Versehen!", sagte sie zu einem vorübergehenden Mann, aber der drehte sich kaum um und ging weiter. Rechts und links von ihr waren die beiden Männer aus dem Käfig angebunden.

„Spar deine Kräfte", sagte der eine. „Das läuft hier ganz normal ab. Aber irgendetwas ist faul an der Geschichte."

Jetzt, als sie gefesselt dastand, feilgeboten den Gaffern, kam Mirjam ihr Elend ins Bewusstsein. Sie war ohne Hilfe, es gab keinen Ausweg, sie konnte niemanden bitten. Sie sollte tatsächlich verkauft werden. Aus Scham, wie sie halbnackt zur Schau feilgeboten wurde, hatte sie nur zu Boden geblickt, jetzt hob sie ihre Augen, um zu sehen, was passieren würde. Halb rechts vor ihr baute sich ein Mann auf, der wohl den Verkauf leiten sollte. Weiter rechts hinten unter den Leuten, die sich einen Sklaven kaufen wollten oder sollten, entdeckte sie zwei Männer, die ihr bekannt vorkamen. Als sie genauer blicken konnte, erkannte sie die Männer von Caesennius. Wollten die hier einen Sklaven kaufen? Oder gar sie? Dann wäre es ja Caesennius, der sie kaufen würde. Aber das gab doch keinen Sinn!

Der Handel begann. Es war eine Versteigerung. Die beiden Männer waren zuerst dran. Für 300 Denare wurde der zu ihrer Linken gekauft. Der andere ging für 250 weg. Jetzt war Mirjam allein vorne am Balken mit ausgebreiteten Armen. Der Versteigerer begann, sie anzupreisen, was für einen tollen Körper sie habe, sehr schönes Gesicht, pralle Brüste, schnelle Beine, sie könne ausgezeichnet kochen, log er, sei noch sehr jung und entwicklungsfähig – also, er würde bei 150 Denaren beginnen.

Die Menge rückte näher heran. Mirjam hatte ihre Scham überwunden, die kalte Wut kam in ihr hoch, die Bereitschaft zum Kampf. Aber sie konnte nicht kämpfen.

Oder konnte sie schreien?

„Das ist alles falsch! Ich bin geraubt worden, ich gehöre zu …"

Der Versteigerer war sofort bei ihr und steckte ihr einen Knebel in den Mund. Dann machte er ruhig weiter:

„150, wer bietet? Wer bietet mehr?"

Von rechts kam der Ruf: 200! Mirjam schaute angestrengt hinüber und entdeckte an den Blicken der Umstehenden, dass einer der Männer von Caesennius geboten haben musste.

„Sehr schön. 200 sind geboten. 200 … Zweihundert zum ersten …"

„250!"

Der Ruf kam von links. Es war eine jugendliche Männerstimme. Mirjam versuchte, den Rufer zu entdecken. Aber er war hinter anderen Köpfen verborgen. Der Versteigerer schien überrascht zu sein, schaute nervös nach links, und dann suchend nach rechts.

„Also dort, wer war das? Ja, also 250 dort drüben. Wer bietet mehr? Ein wunderschönes Mädchen, mit der machen Sie Geld."

„300", kam es von Caesennius' Männern.

„Das ist ein Wort. Also 300, 300 zum ersten, dreihundert zum …"

„350", rief die jugendliche Stimme von links. Ein Gemurmel ging durch die Menge, alle schauten hinüber. Die beiden von Caesennius wurden unwirsch, man sah es deutlich. Die Sympathie der Leute aber schwenkte zu dem fremden Jugendlichen.

„Junger Mann, können Sie eigentlich so viel zahlen? Wir befinden uns hier nicht im Theater."

Links reckte sich ein Arm hoch, der schwenkte einen schwarzen Beutel, den unten und oben ein weißer Rand zierte. Die Leute um den Mann herum lachten, man hörte Rufe des Staunens. Einer von Caesennius' Männern verließ nun seinen Posten und wollte hinüber zu diesem Fremden, aber die Menschen um den herum ließen ihn nicht weiter heran. Er zuckte hilflos die Schultern, kehrte um und gab dem Versteigerer ein Zeichen: Weiter machen.

„Also wir stehen bei 350. Ein guter Preis für dieses außerordentlich schöne Mädchen. Sie ist schon in Jerusalem …"

Er biss sich auf die Lippen und verstummte. Aber Mirjam hatte das Wort gehört. Da dämmerte ihr, worum es ging: Der Statthalter! Er wollte sie haben. Seine Leute hatten ihr Haus umschlichen.

„Eine so schöne Frau könnte in Jerusalem auftreten", verbesserte sich der Versteigerer. „Also, der Preis ist noch korrekt, wer …"

„400", kam es von Caesennius' Männern. Aber mit einer Stimme, als wollten sie sagen, jetzt ist Schluss.

„Sehr vernünftig, meine Herren. 400, das ist ein guter Preis. 400 zum ersten, 400 zum zweiten und …"

„450!" Die jugendliche Stimme übertönte alles. Durch die Menge ging Unruhe. Die Männer von Caesennius, Mirjam erkannte es deutlich, wurden wütend. Wer verdarb da ihr Spiel? Die Sache war doch entschieden. Woher kam der Kerl eigentlich? Wer war das? Mirjam sah, wie die beiden sich miteinander besprachen und dann dem Versteigerer erneut ein Zeichen gaben.

„Also, das ist schon eine ganz außerordentliche Versteigerung, die wir hier erleben, aber es ist auch eine außerordentliche Frau. Wer würde die nicht liebend gern haben wollen. Wir stehen bei 450! Wer bietet mehr? 450 zum ersten …"

„600!" Caesennius Leute setzten damit einen Schlusspunkt, wie man es an ihrer Stimme hören konnte.

„Wenn ich so viel Geld hätte, würde ich es gerne für diese einzigartig schöne Frau ausgeben. Also, wir sind bei 600. 600 zum ersten, 600 zum zweiten, und 600 zum …"

„650!" Es war die Stimme von links. Das Raunen in der Menge wurde lauter. Mirjam meinte, erste Unmutsäußerungen zu vernehmen. Ja natürlich, die meisten der Gaffer waren ja bestellt. Nur dieser junge Mann da drüben, er war der einzige, der für sie eintrat, der mit ihr kämpfte gegen die Räuber vom Statthalter. Wer war das? Halte durch, junger Mann, halte durch! Schwing deine Beutel!

„Junger Mann, erlauben Sie mir, dass ich noch einmal frage, ob Sie überhaupt so viel Geld besitzen. Das ist ja nun eine recht große Summe, zwei Jahresgehälter …"

Da streckten sich links zwei Arme in die Höhe und schwenkten zwei rundvolle Beutel, gleichermaßen weiß verziert. Auf der anderen Seite schüttelte man die Köpfe. Aber um den jungen Mann herum lachten sie. Es schienen Männer zu sein, die nicht bestellt waren. Der Versteigerer atmete tief, schüttelte den Kopf und blickte erneut zu den zwei Männern rechts hinüber. Dann fing er wieder an, aber in einem Tonfall, als sei er das Spiel leid.

„Meine Herrschaften, wir erleben hier etwas Außergewöhnliches. Bitte schön, ich erinnere: Die Versteigerung ist eine öffentliche Angelegenheit. Wer hier das Recht bricht, kommt vor den Richter. Wir stehen bei 650. Das Geld muss hier auf den Tisch gelegt werden. Wer bietet mehr?"

Es wurde ruhig in der Versammlung. Nur die Männer von Caesennius beredeten sich, gestikulierten. Offensichtlich waren sie auf diesen Wertzuwachs in keiner Weise vorbereitet.

„Wir bieten 800 Denare!"

Jetzt ist es um mich geschehen, dachte Mirjam kraftlos. Das wird niemand mehr überbieten. Sie sackte in sich zusammen und weinte. Sie bemerkte noch, wie aller Blicke zur anderen

Seite wanderten, ob der junge Mann auch jetzt noch mithalten würde.

Es herrschte atemlose Stille.

Da ertönte, erst leise, dann deutlich vernehmbar, von ferne eine Trompete. Kein klares Signal wie bei den Legionären, wenn der Cornicen mit seinem Horn die Anweisungen des Centurio an die Schlachtreihen weitergab. Etwas konfus und schrill durcheinander, aber eine Trompete. Aller Blicke wandten sich um und schauten in Richtung Stadt, was dies bedeutete.

Und dann sahen sie ein Schauspiel, als erlebten sie den Einzug des siegreichen Feldherrn in Roma:

Ein Wagen sauste heran. Ein Kampfwagen, wie er im Circus Maximus gefahren wurde, mit vergoldeten Rädern, vergoldetem Geländer, mit vier Rappen, prächtig im Geschirr, die in einem Mordstempo dahergestürmt kamen. Und dahinter noch ein einzelner Reiter mit dem Helm eines Centurio. Aber der Wagen zog alle in seinen Bann. So einen hatte man in Tarichea noch nicht gesehen. Und der Lenker erst! Es war ein recht umfangreicher Mann, mit goldenem Helm, einem kostbaren Wams um die breite Brust und einem Stab in der Hand, wie die Feldherrn ihn trugen. Er führte die vier Pferde sicher an den Leinen. Seine golddurchwirkte Toga strahlte in der Sonne, als wäre er Zeus persönlich. Und neben ihm stand ein Junge und blies in die Trompete, mehr schlecht als recht.

Die Wirkung war enorm!

Als Mirjam den Aufzug ihrer Gladiatoren sah, kamen ihr Tränen der Freude. Sie war gerettet! Levi hatte es geschafft! Sie waren rechtzeitig gekommen. Rechtzeitig? Hätte nicht der junge Mann zur Linken mitgehalten, hätte die Zeit nicht ausgereicht. Sie würde gleich hinlaufen und ihm danken.

Favinus Alexander genoss den Auftritt. Er fuhr fast ungebremst durch die Menge hindurch, hängte einen rasanten linken Bogen dran und brachte die Pferde direkt vor dem Versteigerer zum Stehen. Die Leute drängten nun dichter heran, beäugten das fantastische Gefährt, betasteten seine Teile, staunten über die Kleidung des Mannes. Der kleine Trompeter war schon abgestiegen und zu Mirjam gelaufen. Er umarmte sie. Favinus blieb kühler Geschäftsmann:

„Mein Herr, wie ich sehe, läuft hier eine Versteigerung. Wo stehen Sie bitte?"

„Oh, werter Herr, äh ja, das ist eine Versteigerung, aber …"

„Ich habe gefragt, wo Sie stehen? Es geht doch um die junge Frau da vorne. Ich möchte mithalten. Was ist der augenblickliche Preis?"

„Nun ja, mein Herr, wir sind schon sehr hoch, und eigentlich wollten diese Herren da hinten …"

„Das interessiert mich nicht, was die wollten. Mich interessiert, was ich will. Und ich will dieses Mädchen kaufen. Also?"

„Tja, wir stehen bei – wir stehen bei 800 Denaren."

„Was, nur 800 Denare für diese Frau? Das ist ja eine Schande für Tarichea. Die Frau wäre eine Ehre für den Kaiser. Ich biete 1500 Denare, hier auf den Tisch. Wer geht mit?"

Die Leute riefen nun, schrien, debattierten miteinander, schauten sich Mirjam genauer an, schauten am Ende aber hinüber zu den Männern von Caesennius. Die standen da mit versteinerter Miene.

„Herr Versteigerer, es ist Ihre Pflicht, mein Gebot auszurufen!"

Der atmete ein zweites Mal; dann sagte er mit tonloser Stimme: „Wir haben 1500. 1500 zum ersten, zum zweiten, zum dritten! Mein Herr, Sie haben eine Sklavin erworben. Das Geld bitte."

Sklavin!? Mirjam meinte, nicht richtig gehört zu haben. Eine Sklavin? Sie eine Sklavin? Nein, Irrtum, sie war jetzt wieder frei! Zurückgeholt in die Freiheit. Das Leben wird jetzt dort weitergehen, wo es heute früh aufgehört hatte. Sie konnte jetzt zu Muzifungi gehen und ihre restlichen Sachen holen.

Quercus kam, grinste und band sie los. Er gab ihr das Gewand zurück. Mirjam konnte kein Wort sagen, sie befand sich in völligem Durcheinander der Gedanken, der Gefühle.

Sklavin? Nein, ein Scherz!

Sie konnte doch nicht Sklavin sein! Warum sagte er das? Für Caesennius' Leute? Ihr fiel ein, was Salma auf die Frage geantwortet hatte, wie man Sklavin würde: Ganz schnell. Ganz schnell?

„Der Junge geht zu Quercus aufs Pferd, Mirjam, Sie kommen bitte zu mir auf den Wagen. Wir fahren zurück."

Die Leute in Tarichea staunten nicht schlecht, als der herrliche Wagen mit den rassigen Pferden ein zweites Mal über ihre Hauptstraße fuhr, aber dieses Mal mit der jungen Frau neben dem Mann in Gold. Aber warum hatte der Dicke seine weiße Toga ihr umgehängt? Die mit den Goldfäden und Purpurstreifen. Sollte das etwas heißen? Erste Rufe waren zu hören: Hoch lebe Mirjam von Tarichea! Mirjam von Tarichea! Andere rissen Zweige von Bäumen und warfen sie auf den Wagen. Die Rückfahrt begann, Triumphzug einer Sklavin zu werden. Aber das wusste niemand. Favinus geriet in den Hintergrund. Er schien es lächelnd hinzunehmen. Kinder liefen neben dem Wagen her, winkten Mirjam zu und ließen sie hochleben.

Die aber hielt den Kopf gesenkt, kaum, dass sie das Geschrei hörte. Sie versuchte zu fassen, was geschehen war, was das bedeutete. Sie konnte doch nicht Sklavin sein! Warum sagte Favinus nicht: Steig herunter, du bist frei!?

Als sie oben am Haus ankamen, wo Salma mit den beiden Dienern die Gruppe gespannt erwartete, hieß Favinus alle zusammenkommen. Er hob seinen Stab. Jeder schaute auf ihn voller Erwartung.

Es wurde eine kurze Rede.

„Gestern hat diese Frau mich aus einer unangenehmen Situation gerettet. Heute habe ich sie vor dem Elend gerettet."

Er blickte zu Mirjam, die wie versteinert dastand. Die Toga um ihren Leib wehte wie eine weiße Fahne.

„Frau Mirjam, es ist mir eine Ehre, Sie als Sklavin zu haben."
Salma entfuhr ein Schrei. Levi sackte fast zu Boden.
„Ich habe meine Hand auf Sie gelegt, Mirjam."
Quercus zog Grimassen.
„Sie gehören mir."

XXII

Mirjam taumelte. Ihr schwanden die Sinne. Die Menschen, das Haus, alles schwamm vor ihren Augen. Sie hörte und sah nichts mehr. Salma merkte die bedrohliche Verfassung ihrer jungen Herrin und eilte humpelnd herzu.

„Mirjam! Mirjam, lehn dich an mich. Komm, ich bring dich ins Haus. Leg dich erst mal hin. Wir schaffen das schon."

Der kleine Levi hatte sich wieder gefangen. Aus seinen Augen blitzte blanke Wut gegen Favinus:

„Du bist gemein. Gemein!"

Quercus wischte ihm eine übers Gesicht:

„Halt die Klappe. Wir bringen jetzt klare Verhältnisse in dieses komische Frauenhaus. Herr Favinus, ich stehe zu Diensten!"

Aber Levi war noch nicht am Ende mit seinem Zorn:

„Du bist gemein, gemein! Du weißt genau, dass sie nie Sklavin war. Dass sie nur geraubt wurde. Von Caesennius. Und der wollte sie weiterverkaufen. Das weißt du ganz genau!"

Als Quercus ihm wieder eine wischen wollte, trat Levi ihm blitzschnell ans verwundete Bein. Die germanische Eiche schrie grässlich auf, krümmte sich vor Schmerz und suchte humpelnd nach einem Stock oder Stein.

„Ruhe hier!" Favinus ging mit erhobener Stimme dazwischen. Er blickte jedoch nachdenklich zu Levi hinüber. Für einen Augenblick trat Schweigen ein. Dann fuhr er fort, als sei alles in Ordnung:

„Ich gehe jetzt auf die Präfektur. Wie heißt der Präfekt?"

„Sextus Atelleius Comicus."

„Auch gut. Ich muss einiges mit ihm regeln. Quercus, du kommst mit. Levi, sage den Frauen, dass wir, jetzt ist die sechste Stunde, etwa in vier Stunden die Cena halten. Sie mögen ein gutes Essen vorbereiten. Ich habe einiges mit ihnen, mit euch zu besprechen."

Mirjam lag auf ihrem Sofa, die Augen geschlossen. Tränen flossen herunter. Salma hatte sich bäuchlings neben sie gelegt, ihre rechte Wange eng an die Mirjams geschmiegt. So lagen sie beide eine Weile still da. Der Schmerz, die Unruhe ebbten nur langsam ab.

„Jetzt sind wir beide Sklavinnen. Du und ich auch."

Levi kam herein:

„Favinus will in vier Stunden essen. Er ist hinunter in die Stadt, auf die Präfektur. Dieser gemeine … dieser hundsgemeine Kerl! Er hat uns alles weggenommen."

Salma setzte sich halb auf und stützte ihr Gesicht auf die Hand:

„Vielleicht hat er uns gar nichts weggenommen."

Levi schaute sie verdutzt an.

„Überleg mal, Levi. Wir sind tatsächlich ein Frauenhaus. Mirjam hat hier nur wenig rechtliche Möglichkeiten. Jeder kann sie rauben. Ich bin auch Sklavin. Caesennius wird einen zweiten Versuch machen. Du bist noch zu jung, und Quercus …"

„Der ist ein Schwein! Ein mieses Stück ohne Hirn im Schädel!"

„Nun ja, Quercus ist nicht die Hilfe, die wir gesucht haben. Dann aber haben wir keinen Schutz. Gar keinen."

Sie machte eine Pause, dann schaute sie zu Mirjam hinunter.

„Vielleicht hat Favinus das alles klar gesehen."

Mirjam öffnete die nassen Augen und blickte zu Salma empor:

„Aber er geht jetzt hinunter und lässt eintragen, dass ich seine Sklavin bin. Das steht dann im Archiv!"

„Mirjam, wir wissen nicht, was er eintragen lässt. Denke daran, wir wissen es nicht."

Sie hielt einen Moment inne.

„Erlaube mir, bitte, zu sagen, dass ich Favinus weder für dumm noch für schlecht halte. Er ist Geschäftsmann, ein großer, er kennt sich aus mit Recht und Besitz. Aber irgendetwas trägt auch er mit sich herum, irgendeine traurige Sache. Ich sehe das in seinem Gesicht, in seinen Schritten. Lass uns noch kein Urteil fällen. Nicht jetzt. Wir können im Moment sowieso nichts machen. Ich bin jedenfalls deine Sklavin. Ich bleibe es gerne. Wirklich."

Mirjam legte den Kopf zurück. Vor wenigen Wochen kam sie hier an, bereit, neu anzufangen, alles schien gut zu gehen, und jetzt dieser Rückschlag. Alles war wieder zunichtegemacht.

„Salma, ich komme aus der Wüste. Ich bin frei! Eine freie Jüdin. Niemand kann mich zu seiner Sklavin machen. Erst recht nicht ein römischer Kaufmann. Niemand!"

Ihre Stimme war immer lauter geworden. Am Ende hatte sie fast geschrien. Aber Salma antwortete ganz ruhig:

„Irgendwie sind wir alle Sklaven. Jeder ist ein Sklave. Auch Favinus ist ein Sklave. Er kennt nur noch nicht seinen Herrn."

Dieses Mal blickte Mirjam erstaunt auf. Dann sagte sie nachdenklich und leise zu Salma:

„Als ich hier ankam, sagten mir meine drei Frauen aus Jerusalem, ich bräuchte in Tarichea jemanden, dem ich gehörte, der seine Hand auf mich legte. Genau das hat Favinus vorhin gesagt."

„Richtig. Ich habe dem Nekoda gehört, dem Stadtstreicher", fuhr Salma fort. „Er hat mir den Fuß gebrochen. Aber ich habe es überlebt. Ich habe ihm nie wirklich gehört. Ich bin immer ICH geblieben. Und jetzt habe ich dich, Mirjam. Darüber freue ich mich. Wir werden schon weiterleben."

Nach einer Pause fügte sie hinzu:

„Es geht im Leben nicht darum, dass man niemandem gehört. Das gibt es nicht. Man ist immer abhängig. Es geht darum, wem man gehört. Und dass man dabei sich selbst nicht verliert. Wenn man sich einem anderen schenkt, dann gehört man ihm nicht mehr, dann … dann ist man etwas von ihm selber."

Levi wartete noch immer in der Tür. Nun ließ er verlauten:

„Also: Ich bin frei. Aber mein Bauch sagt, dass er von Essen abhängig ist. Macht ihr Essen? Dann sagt mir schnellstens, was ich einkaufen soll."

Mirjam erhob sich. Sie war noch nicht klar im Kopf, aber langsam kehrte ihr Denken zurück. Und da war etwas Wahres, sogar Schönes an Salmas Gedanken. Ja, man war immer abhängig. Das stimmt. Auch sie war immer abhängig gewesen. Von ihren Eltern, von Selene, von ihrer Gesundheit. Und die Schafe von ihr. Ja, man war immer abhängig von irgendetwas. Und das war normal. Es gibt also gute Abhängigkeiten, ganz normale. Und sich jemandem zu schenken, überwindet das Sklaventum, die Abhängigkeit? Sie hatte sich Octavus geschenkt, und er hatte sich ihr geschenkt. Ihre Liebe hatte alle Abhängigkeiten ausgelöscht. Wirklich? Nur für eine Weile. Jetzt waren sie zurückgekehrt. Waren es dieselben Abhängigkeiten? Sie wollte darüber noch mehr nachdenken. Am besten mit Salma.

„Gut, machen wir ein Essen. Ein schönes Essen. Vielleicht sollten wir wirklich feiern, wenn unsere Gedanken stimmen, dass wir jetzt sicherer sind als vorher. Wenn es doch so wäre!"

Sie überlegte, was Selene ihr vor Jahren zum Thema „Essen bereiten" beigebracht hatte.

„Wie wäre es mit, mit … hm: mit Ente und Rüben und dazu eine Pfeffersauce?"

„Waas? Das kannst du kochen?" Levis Augen schauten groß.

„Ich versuche es. Dazu musst du vom Markt kaufen, warte mal … Kaufe eine frische Ente, dazu Salz, Dill", sie zählte an ihren Fingern. „Das beides haben wir wohl noch im Hause. Schau mal nach, Salma. Wie viele sind wir eigentlich? Wir sind hier drei, dazu Favinus und Quercus und die beiden Diener, also sieben. Dann kaufe zwei Enten, Levi, und von allem das Doppelte. Öl haben wir auch. Aber Lauch und Koriander brauche ich, natürlich Rüben, bring auch Möhren. Dazu Pfeffer, Kümmel, Essig … Most brauchen wir auch, und Stärkemehl zum Binden. Und hole den besten Wein, den du findest. Wenn es ihn gibt, einen Falerner."

„Schreib mir das auf, ich vergesse eure Frauensachen."

„Hör zu, mein Freund, das wird dein Essen. Deines! Das sind nicht unsere Frauensachen."

Sobald Mirjam sich beschäftigen und etwas herstellen konnte, das ihre Aufmerksamkeit erforderte, überwand sie das dunkle Loch in ihrem Innern. Sich selbst hatte sie noch nicht wiedergefunden, aber sie erinnerte sich ihrer Fähigkeiten.

Je weiter der Abend voranschritt, desto gelöster wurde er. Levi hatte keinen Falerner-Wein gefunden, dafür den Massiker aus Norditalien, und von dem hatte er gleich ein Fässchen gekauft. Die Ente war nicht schlecht gelungen, jedenfalls schlemmten die Männer, dass es eine Freude war, ihnen zuzuschauen. Favinus verhielt sich freundlich, aber zurückhaltend, als denke er über einiges nach. Quercus dagegen versuchte sich in Witzen, wobei er Peinlichkeiten nicht immer zu vermeiden wusste. Aber jeder vermied die Frage, was Favinus auf der Präfektur erledigt hätte. Und auch Favinus schien auf den Augenblick zu warten, wo alle die Wahrheit annehmen konnten.

Schließlich erhob er sich, wischte letzte Speisereste vom Mund, nahm noch einen Schluck Massiker und ging nun gesenkten Hauptes im Raum auf und ab.

„Folgendes habe ich allen mitzuteilen. Ich habe auf der Präfektur von Tarichea dieses Haus und das gesamte Grundstück auf meinen Namen eintragen lassen. Es gehört jetzt Favinus Alexander. Weiterhin habe ich Frau Mirjam selbst und jeden und alles, was ihr sonst noch gehörte, auf meinen Namen eintragen lassen. Sie, dazu all ihr bisheriges Eigentum, also auch Salma und Levi, gehören jetzt mir."

Er machte eine Pause und schaute auf seine Hände.

„Jedem von euch war ja klar, dass dieses Haus und seine Bewohner, nach römischem Recht und nach den Gewohnheiten dieses Landes, auf vielfache Weise unsicher waren. Ich habe durch meinen Namen alles gesichert. Niemand kann jetzt auch nur einen Stein wegnehmen, geschweige denn einen Menschen. In Voraussicht und aus Erfahrung als Geschäftsmann habe ich eine Option auf das umliegende Gelände hinterlegt. Das kann noch dazugekauft werden."

„Hoch lebe unser Herr Favinus!"

Quercus hatte seinen eigenen Namen bisher noch nicht gehört und erwartete nun, eine herausragende Position zu erhalten. Favinus nickte ihm kurz zu, verzog aber keine Miene.

„So viel zu den Besitzverhältnissen. Nun zu den nächsten Tagen und Wochen. Ich selber werde morgen noch hier sein, am darauffolgenden Tag muss ich weiterfahren, werden wir weiterfahren. Ich werde nach Jerusalem fahren, denke ich."

Er drehte sich um, ging zur Seite und schaute zur Decke empor. Dann kam er zurück:

„Von Jerusalem weiter nach Caesarea oder Alexandria, ich weiß es noch nicht. Was das Haus hier angeht, so habe ich folgende Pläne. Das Haus ist ja noch nicht fertig, da fehlt noch einiges. Es muss unbedingt schöner werden. Der Ort ist gar nicht so schlecht gewählt, wir haben den See, die Karawanserei, eine lebendige Stadt. Aber das Haus muss eine Villa werden, mit schönen Gärten und Brunnen und Statuen, eine sehr schöne Villa."

Die ganze Zeit über war in Mirjam ein Druck gewachsen; vielleicht war es auch Wut. Wut aus der Ohnmacht, aus dem Gefühl heraus, dass über sie bestimmt wurde. Einfach so. Da kommt irgendein reicher Kaufmann daher und steckt sich alles in die Tasche. Und sie dazu. Und jeden hier im Raum. Und fragt niemanden. Einfach so. Auf niemanden und nichts nimmt er Rücksicht.

Oh nein, nicht mit ihr!

Sie erhob sich grimmigen Blickes vom Liegesofa, ging vier Schritte auf Favinus zu, pflanzte sich mit gespreizten Beinen vor ihm auf und stemmte die Fäuste in die Hüften.

Dann begann sie:

„So. Soll schöner werden. Gehört jetzt Ihnen. Haben Sie das immer so im Leben gemacht? Kommen daher und kaufen, nehmen sich, was Ihnen gefällt? Egal ob Steine oder Häuser, Grundstücke oder Menschen. Einfach so kaufen. Natürlich, ich habe ja Geld, ich habe ja Macht, also nehme ich mir, was ich will. Mache es, wie es mir gefällt. Haben Sie das immer schon so gemacht? Was ist mit ihrer Frau? Haben Sie die auch gekauft und wieder verkauft? Natürlich, Sie hatten sicher eine Menge. Mit ihren Söhnen und Töchtern, auch gekauft und verkauft? Und die Häuser und Grundstücke – interessieren Sie die Menschen, die daran ihr Herz gehängt haben? Deren Lebensraum das ist? Ihre Erinnerung? Oder haben Sie kein Herz? Sie wissen gar nicht, was ein Mensch ist, nicht wahr? Ja, Sie haben uns gerettet, mich, das ist richtig. Danke. Aber als Ihr Eigentum. Sie haben uns eingekauft wie eine Sache, mit der Sie nun machen können, was Ihnen beliebt. Und wir, wir haben zu gehorchen. Schöner werden soll das Haus, der Garten … Ha, was wissen Sie von Schönheit?"

Bohrenden Blickes ging sie um Favinus herum.

Frühere Gespräche mit Selene tauchten in ihrer Erinnerung auf, Gespräche über die Schönheit, was die Griechen darüber gedacht und geschrieben hatten. Die Einzelheiten wusste sie nicht mehr genau, aber das war jetzt unerheblich.

„Haben Sie nur einmal im Leben nachgedacht, wirklich nachgedacht, was Schönheit ist? Oder haben Sie Schönes immer nur gekauft und verkauft? Das Schöne, wissen Sie, das ist etwas, was das Innere anzieht und erfüllt. Das ist Harmonie von Seele und Körper, die Einheit der äußeren Form und des seelisch Guten. Haben Sie ein Innen? Eine Seele? Kennen Sie Ihre Seele? Schönheit, das ist Bewegung in Gleichmaß und Ruhe. Wissen Sie, dass Schönheit und Sehnsucht zusammengehören? Schön ist, wonach man sich sehnt. Wonach sehnen Sie sich? Nach noch mehr Geschäften, vermute ich. Kennen Sie die vier Sprüche auf den Mauern des Tempels zu Delphi? Das Richtigste ist das Schönste!, steht da. Und weiter: Beachte die Grenze!, Hasse die Hybris!, und viertens: Nichts im Übermaß! Vielleicht haben Sie die Sprüche kopiert, sogar in Ihr Haus geritzt. In Gold natürlich! Aber nicht in ihre Seele gemeißelt, damit Ihr Inneres davon genährt werde oder danach lebe. Schönheit, das ist Ordnung, Übereinstimmung, sagten schon die Philosophen in Hellas. Bei Ihnen aber kann nichts übereinstimmen, weil es nur eines gibt: das Geld. Die Macht. Schönheit eines Hauses – ach, was wissen Sie von Schönheit, von Formen, von Proportionen und Maßen. Die Schönheit der Tempel, der Schiffe, der Gebäude und Gärten beruht auf dem Gleichmaß der Proportionen, wenn das Teil dem Gesamten entspricht. Die Griechen nennen das Analogia …"

Ihre Brust hob und senkte sich in Erregung. Ganz nahe stellte sie sich vor Favinus und blickte ihm fest ins feiste Gesicht. Dann sprach sie leise weiter, leise und jedes Wort betonend:

„Und was für die Architektur gilt, das gilt auch für das Leben. Für den Menschen: Ein Tag muss dem ganzen Leben entsprechen. Das ganze Leben jedem einzelnen Tag. Die Tat dieser Stunde dem Sinn hinter allem. Jeder Wunsch dem Ziel des Gesamten. Aber was wissen Sie schon davon. Kaufen und verkaufen, das ist Ihre Philosophie, Ihre Vorstellung von Schönheit."

Sie ging zur Wand und legte den Kopf an die kalten Steine. Ihre Augen füllten sich mit Tränen. Was war das nur für eine Welt, auf die sie da gestoßen war? Sie sah das Schäfchen vor sich, das sie gerettet hatte, das sie doch retten musste! Es war ja ihr Schäfchen! Ihr anvertraut! Aber die Welt dieses Mannes kannte kein Anvertrauen, nur Kaufen und Verkaufen. Ihm lag nichts am Herzen.

Es gab nichts, wofür er sein Blut geben würde.

Favinus hatte unbewegt zugehört. Äußerlich schien er ruhig zu sein. Aber innerlich brandete es in ihm. Sie hatte ja so recht, so recht, diese junge Frau. Sie war ihm so überlegen, so viel reifer. Woher wusste sie das alles? Sie war doch nur eine Ziegen- und Schafhirtin, wie Quercus ihm gesagt hatte. Woher kannte sie griechische Philosophen? Woher wusste sie etwas von Schiffen und Tempeln? Und dann ihr ganzer Charakter. Da war Stärke in ihr, Selbstbewusstsein. Da waren Kampf und Ruhe, Mut und Liebe in einem. Sie wusste wohl gar nicht, dass sie selbst schön war. Ebenmaß der Proportionen. Ebenmaß von Innen und Außen, von Geist und Leib und Seele.

Favinus begann, sie zu bewundern.

Als er nun weitersprach, bemühte er sich um eine ganz normale Stimme; sie sollte nicht merken, dass er von ihr gefangen war.

„Es gibt da noch etwas, was ich geregelt habe. Quercus, du warst Centurio, du hast Leute befehligt. Dir übertrage ich die Pflicht, dieses Haus und all seine Angelegenheiten nach außen zu vertreten und zu schützen. Du unterstehst meinem Verwalter Catullus. Catullus, du vertrittst mich gegenüber Quercus. Wo es um weiterreichende Pläne und um größeres Geld geht, ist das Kontor in Tyrus zuständig. Die Hälfte des Geldes, das ich mitgebracht habe, lasse ich hier. Für größere Summen ab 300.000 Sesterzen werde ich in Tyrus Richtlinien hinterlegen. Catullus setzt sie um. Quercus hält sich daran."

Der ehemalige Centurio stellte steif den Kopf in die Höhe. Favinus aber ging zum Tisch und füllte sich Massiker in den Bronzebecher nach. Salma kam und bot Wasser zum Mischen an.

„Es gibt da noch etwas, das Wichtigste nämlich. Auch dafür liegt ein Schriftstück in der Präfektur und ein zweites in Tyrus. Die Ordnung nach innen und für alle Angelegenheiten des Hauses und der Menschen in ihm übertrage ich an Frau Mirjam. Mirjam, Sie sollen die Villa bauen. Nach den Gesetzen der Schönheit. Ihnen steht alles zur Verfügung. Sie tätigen die notwendigen Geschäfte. An Geld wird es nicht mangeln. Aber das ist ja nicht das Wichtigste, wie ich soeben gelernt habe. Quercus hat sich in keiner Weise in die Innenangelegenheiten dieses Hauses einzumischen. Die Bauten, die Einkäufe, die Ausstattung – Sie haben freie Hand für alles, Mirjam. Sie mit Salma und Levi. In dieser Hinsicht ist Quercus Ihnen untergeordnet. Gibt es Streitpunkte, hat Catullus zu entscheiden."

Er vermied es, Mirjam anzuschauen.

Mirjam hatte sich langsam von der Wand umgedreht. Ihre Augen waren noch nass. Jetzt richtete sie ihren Blick ungläubig auf Favinus. Sie wusste nicht, ob sie richtig gehört hatte, ob sie sich freuen sollte oder ob das ein neues Spiel seiner Macht war. Sie hatte freie Hand? War zuständig für den gesamten Innenbereich? Sie konnte hier machen, was sie wollte? Sie sollte bauen, eine Villa?!

Favinus merkte die Wirkung seiner Worte. Er freute sich. Er freute sich so sehr, dass er die Lippen aufeinanderpressen musste und mit der Hand über die Augen fuhr. Und als er sich still fragte, warum da Freude in ihm aufkam, wurde ihm bewusst: Er freute sich, weil er einem anderen Menschen Freude machen konnte. So wie er in Herculaneum heimlich half und Freude bereitete, so tat er es nun hier.

Früher, erinnerte er sich, habe ich mich gefreut, wenn ich für mich wieder etwas dazugewonnen hatte. Jetzt freue ich mich, weil ich weggebe. Merkwürdig.

Er ging ein paar Schritte auf Salma zu.

„Salma, was ist mit Ihrem Fuß? Ist der gebrochen oder verdreht und verkrüppelt? Das verstößt, würde unsere gelehrte Mirjam sagen, gegen die Gesetze der Schönheit, der harmonischen Proportionen. Ich habe zwei Ärzte, einen in Antiochia am Orontes, einen in Alexandria. Sie sind die besten Ärzte, die es im Reich gibt. Wenn Sie wünschen, Salma, werde ich sie herschicken. Die beiden wissen sicher eine Lösung. Sie besprechen sich mit Ihnen und dann entscheiden Sie, Salma. Catullus, das alles geht über unser Kontor in Tyrus."

Salma schüttelte den Kopf, faltete die Hände vor der Brust:

„Nein, Herr, das geht doch nicht. Das kann ich nicht annehmen. Ich bin doch nur eine kleine Sklavin!"

„Salma, wie unsere Philosophin gerade gesagt hat: Der Teil muss dem Ganzen entsprechen. Sie sind schön, Salma. Also!"

Levi hatte die ganze Zeit dabeigestanden und nur zugehört. Jetzt legte er den Kopf auf die Seite und sagte:

„Ich verstehe dich nicht, Kyrie. Ich verstehe dich ganz und gar nicht. Irgendetwas stimmt nicht mit dir."

Favinus dreht sich um, schaute ganz ernst Levi an, dann Salma und schließlich Mirjam. Dann sagte er langsam, aber nicht laut:

„Ich ziehe mich jetzt zurück. Denkt über alles nach. Hier, Quercus, dein Schriftstück. Das Schriftstück für Mirjam schreibe ich auf meinem Zimmer. Dann bekommt sie mein Siegel."

XXIII

Etwa zur gleichen Zeit eilte Lydia durch den grünenden Innenhof ihres Hauses in Jerusalem. So schnell sie in ihren Schuhen nur trippeln konnte. Ihr Sklave hatte soeben eine Botschaft gebracht. Es war eine heikle Mission gewesen, zu der sie ihn nach Caesarea am Meer losgeschickt hatte: Er sollte in Erfahrung bringen, was mit Octavus Posterius passiert war. Nun war er zurück, nach acht Tagen intensiven Suchens.

Und seine Nachricht lautete: Octavus ist tot.

Lydia trat in den Salon. Phryne saß schon auf dem Sofa, Laïs kam wie der Wind herbei. Außer Atem stieß Lydia hervor:

„Er ist tot! Octavus ist tot!"

Den beiden Frauen entfuhr ein Schrei. Sie hielten die Hände vors Gesicht und schauten mit großen Augen auf Lydia.

„Er sei wirklich nach Caesarea abkommandiert worden, hat mein Sklave erfahren; aber er hat nicht gehört, wer den Befehl dazu erteilt hat. Auch den Grund dafür habe er nicht herausfinden können. In Caesarea sei seine Einheit auf ein Schiff verlegt worden, das nach Alexandria segeln sollte. Aber, so habe man nach ein paar Tagen in Caesarea geredet oder gehört, Octavus sei vom Schiff gefallen und ertrunken. Ertrunken und weg. Den Leichnam habe man nicht gefunden."

Die Frauen sahen einander an. Jede dachte das gleiche: Mirjam.

„Das ist furchtbar", sagte Laïs leise.

„Ich glaube das nicht." Phryne schüttelte den Kopf. „Ich glaube das nicht. Das ist mir zu komisch. Ein Legionär fällt doch nicht einfach vom Schiff! Und dann findet man seine Leiche nicht. Das stinkt nach irgendeiner Schurkerei!"

„Mir kommt das auch seltsam vor", meinte Lydia. „Aber wir können nichts tun. Er ist tot." Und nach einer Pause fügte sie an:

„Mein Sklave hat dann noch etwas herausgefunden. In Caesarea sei ein Mann aufgetaucht und habe nach Octavus gefragt. Niemand kannte den Fremden. Ein Oberst habe sich mit ihm unterhalten. Aber mehr konnte mein Diener nicht erfahren. Keine Namen. Es ist furchtbar. Wie wird Mirjam das verkraften?"

Laïs und Phryne schauten sich an:

„Wir müssen Mirjam benachrichtigen. Soll eine von uns hinfahren? Oder schicken wir einen Brief?"

Lydia atmete tief und sagte dann langsam:

„Es kann keine von uns nach Tarichea reisen. Denkt an Caesennius. Ich traue ihm nicht. Er ist der lange Arm des Ambibulus. Auch Caesennius wird erfahren haben, dass Octavus tot ist. Wisst ihr, was das bedeutet? Bedeutet für Mirjam?"

Dieses Mal erschraken sie alle drei. Phryne sprach es als erste aus:

„Sie ist in Gefahr!"

„Richtig. Wir müssen sie schnellstens benachrichtigen. Ich schicke meinen Sklaven hinauf. Er muss ihr einen Brief bringen, dass Octavus tot ist. Umgekommen oder umgebracht. Und dass sie selbst in großer Gefahr ist."

„Aber was soll sie denn machen?"

„Ich befürchte, sie kann gar nichts machen. Gar nichts. Er wird sie überall finden und fangen."

Lydia setzte sich hin und ließ sich eine Wachstafel bringen. Darauf teilte sie Mirjam in griechischer Sprache mit, dass Octavus Posterius tot sei.

„Der Bote muss sofort loslaufen. Schnell!"

Alle drei waren so besorgt, als ginge es um sie selbst.

„Aber er kommt vermutlich zu spät."

XXIV

Aufgeregt schritt Caesennius im Wohnraum seiner Villa auf und ab. Seine genagelten Schuhe knallten auf dem Steinboden. Oh, war er sauer! Wütend auf seine beiden Männer! Sie hatten ihm nicht nur das Geschäft vermasselt, sie hatten zusätzlich auch ihn selber in Gefahr gebracht! Der Statthalter würde das gar nicht lustig finden, dass er das Mädchen nicht bekommt. Ein Praefectus bekommt, was er will. Dabei hatte er, Caesennius, alles so gut eingefädelt.

„Habt ihr denn nichts im Kopf? Könnt ihr nicht mal eine Versteigerung durchziehen? Die Sache konnte doch gar nicht schiefgehen! Euch selbst sollte man versteigern."

„Mein Herr", antwortete Drusus, „wir haben ihre Anordnungen ganz genau befolgt, so wie Sie es gesagt hatten."

„Nichts habt ihr befolgt, gar nichts. Wo ist denn das Mädchen?"

„Herr, die Sache mit dem jungen Mann konnte niemand voraussehen, der hat unsere Pläne, also Ihre Pläne durchkreuzt."

„So einen Mann muss man ausschalten! Das war gar kein Mann, habt ihr gesagt, das war ein Jugendlicher. Wo ist der Kerl? Warum habt ihr ihn nicht mitgebracht? Ich bringe ihn um!"

Caesennius geriet noch mehr in Rage. Wer wagte es, ihn wie einen Anfänger aussehen zu lassen. Alle Welt würde über ihn lachen. Und der Statthalter erst! Wie sollte er das erklären? Ein Junge – ein Junge hat Beutel geschwenkt und ich habe das Mädchen nicht bekommen. Oh verdammt und zugenäht!

„Waren das Räuber vom Arbel, vom Ezechias?"

„Nein, nein, die sehen anders aus."

Caesennius überlegte: Kann ich mit dem Herrn Favinus vielleicht einen Handel machen? Ihm freundlich eingestehen, dass er das Spiel gewonnen hat. Vielleicht legt er gar nicht so viel Wert auf das Mädchen. Was ist eigentlich Besonderes an der jungen Frau, dass er für die so viel Geld investiert? Das war doch weit über dem Limit?

„Wer ist dieser Alexander, dieser Kaufmann?"

Aulus schaute Drusus an.

„Mein Herr, dieser Favinus Alexander ist ein reicher Kaufmann, seinen Hauptsitz hat er in Kampanien, in Herculaneum. Hier besitzt er ein Kontor in Tyrus. Warum er nach Tarichea gekommen ist, was er mit dem Mädchen will, das alles ließ sich noch nicht in Erfahrung bringen."

Wahrscheinlich ist mit Geld nicht viel zu machen, sah Caesennius ein. Gegen einen reichen Kaufmann komme ich nicht an. Aber was zum Teufel hat der an dem Mädchen gefressen? Der kann sich doch ganz andere Frauen leisten, so viele er will. Warum gibt er für diese Jüdin eine solche Menge Geld aus? Vielleicht wissen die Hetären aus Jerusalem mehr zu dieser geheimnisvollen jungen Frau, überlegte er. Die haben sie ja kennen gelernt und hergebracht nach Tarichea. Ich muss die drei im Blick behalten. Aber zum Jupiter: Warum kommt ein Kaufmann von Kampanien in dieses gottverlassene Nest am See? Ins Land der Juden?

„Aulus, Drusus, haltet euch bereit. Auch Firmus soll mitkommen. Ihr drei kommt morgen mit mir. Wir statten dem Herrn Favinus Alexander einen eindrucksvollen Besuch ab. Wollen doch mal sehen, was der uns verbirgt."

XXV

Mirjam konnte in dieser Nacht nicht schlafen. Zwar war sie wieder ruhiger, sah sich aber beileibe nicht imstande, einzuordnen, was da alles passiert war. Sie hatte noch kein Gefühl für die neue Situation. Eine Villa sollte sie bauen? Bekam das Siegel von Favinus? Dazu Geld und Befugnisse? Er würde weiterreisen und sie hier allein lassen, mit Salma, Levi, Quercus – und sie sollte für alles zuständig sein? Favinus hatte den Quercus zwar über alle gestellt, so hörte sich das an und so verstand vor allem er selber es; aber in Wirklichkeit hatte die Eiche nicht viel zu sagen. War nur eingebunden. Zu sagen hatte allein sie. Warum nur? Was sollte das Ganze?

Sie streckte ihre Hand zu Salma hinüber, die neben ihr lag.

„Salma!"

Die war noch genauso wach.

„Ja, wie ist dir? Kannst du auch nicht schlafen?"

„Salma, verstehst du das alles? Was hat Favinus vor? Was macht er mit uns? Ich komme da nicht mit."

„Mir ist eines aufgefallen", antwortete Salma leise und drehte sich zu Mirjam herum. „Als er uns mitteilte, was er in der Präfektur schriftlich hinterlegt hatte, über dich und mich und Levi und Quercus, da hat er nicht das Wort ‚Sklavin' gebraucht. Er hat es nicht gebraucht, verstehst du! Er hat dich nicht so genannt. Er hat von dir mit Respekt geredet. Das fiel mir auf."

„Ja, er hat nur gesagt, dass wir jetzt alle ihm gehören. Das Haus und alles. Du hast Recht, von Sklavin hat er nicht geredet. Aber er hat mich doch als Sklavin erworben?"

„Ich weiß auch nicht. Jedenfalls hat er nun dich als Herrin dieses Hauses eingesetzt. Du sollst hier etwas Schönes bauen."

„Das habe ich noch nie gemacht."

Beide lachten. Dann fügte Salma an:

„Mirjam, eines noch. Er mag dich! – Schlaf gut."

Am nächsten Tag, es war früher Nachmittag, gab es eine Überraschung. Ein Sklave kam gelaufen und meldete, Caesennius und seine drei Assistenten seien auf dem Weg zu diesem Haus. Zum Herrn Alexander. Mirjam durchfuhr ein Schrecken:

„Was will der, Herr Favinus? Will der den Handel rückgängig machen und mich doch noch erwerben?"

„Nein, nein, keine Sorge, Frau Mirjam. Der kommt meinetwegen. Ihm ist ein Malheur passiert, jetzt muss er sehen, wie er das wieder gut machen kann. Also, ihr Frauen macht ein leichtes Essen … hm, nein, macht ein scharfes, ein sehr scharfes!"

Es kam genauso, wie Favinus vermutet hatte. Mirjam musste anerkennen, dass der Glatzkopf ein hervorragender Geschäftsmann war, er erfasste die Situation im Voraus. Das Gespräch mit Caesennius tastete sich anfangs von einer Schmeichelei zur nächsten, als gingen sie umeinander herum und beäugten sich wie Ringkämpfer. Schließlich kamen sie beim gestrigen Handel an.

Caesennius führte den ersten Streich:

„Herr Favinus, ihre Fähigkeiten als Geschäftsmann in allen Ehren, aber haben Sie da nicht ein bisschen viel auf den Tisch gelegt für das Mädchen? Eine Ziegenhirtin! Ich bitte Sie, die riecht ja noch."

Favinus schürzte die Lippen. Caesennius deutete dies als Zeichen, dass der Kaufmann das nicht gewusst hatte. Er legte nach:

„Gut, Sie brauchen mir nicht zu antworten. Aber 1500, das macht einen schon nachdenklich, worum es Ihnen dabei wirklich ging."

Das war nun direkt genug. Favinus beschloss, anzugreifen:

„Lieber Herr Caesennius, wenn ich mich recht erinnere, hatten Sie in dem Moment, da ich bei der Versteigerung eintraf, gerade 800 auf den Tisch gelegt. Mit Verlaub, meine 1500 waren für mich ein weitaus unbedeutenderer Betrag als für Sie ihre 800. Ist es nicht so? Was also fanden Sie an der stinkenden Ziegenhirtin so aufregend, so wertvoll, dass Sie dafür 800 auf den Tisch legten? Oder, mit Verlaub, war das gar nicht Ihr Geld?"

Caesennius biss sich auf die Lippen. Ablenken, dachte er.

„Ach ja, das liebe Geld; davon wird kein Mensch glücklich."

Er lachte unsicher, bemüht, aus der Ecke herauszukommen.

„Was haben Sie nun vor? Wollen Sie sich hier niederlassen und in die Fischindustrie einsteigen? Sie werden kaum Teppiche für den Tempel in Jerusalem weben."

„Vielleicht tue ich das eine, ja, und das andere auch. Ein guter Geschäftsmann legt sich nie fest, er hält immer Optionen in der Hinterhand. Nette Idee übrigens, warum nicht Vorhänge für den Tempel? Oder sogar für Roma? Sie wissen schon, Senatoren, der Kaiser, der Gardepräfekt … jeder braucht heute seine speziellen Vorhänge. Undurchsichtige. Vielleicht braucht auch unser Statthalter in Jerusalem, der Herr Ambibulus, Vorhänge? Wäre doch naheliegend, finden Sie nicht auch?"

Caesennius überlegte fieberhaft: Er nennt den Gardepräfekten zuletzt, nach dem Kaiser! Weiß er, wer ich bin? Warum spricht er auch vom Statthalter und Vorhängen für ihn? Weiß er etwas von dessen heimlichen Ambitionen auf Mirjam? Ich kann ihn nicht festnageln. Aalglatt, der Kerl.

„Ja, die Prätorianergarde, sie hat viel Macht an sich gezogen. Das verlangt einen starken Kaiser, einen, der nicht zu oft in seiner Villa auf Capri ist, oben über dem Meer."

Das Gespräch plätscherte nun gehaltlos dahin, bis Favinus plötzlich auf Quercus hinwies und sagte:

„Sind sie nicht toll, die Beinschienen unseres Centurio? Er war ein Held mit zwei Augen, ein großer Mann unter Quirinius. Jetzt habe ich ihn für mein Haus angestellt; dafür reicht ein Auge. Er hat übrigens das Römische Bürgerrecht, Herr Caesennius. Er wird über mein ganzes Anwesen wachen, über alles und jeden, der mir gehört. Zusätzlich habe ich ihm die Außenvertretung übertragen, solange ich auf Reisen bin."

Quercus stand auf und deutete eine Verneigung an, die vom Protokoll nicht erforderlich war. Seine Beinschienen hatte er allein deswegen angelegt, damit das dicke Bein darunter verborgen blieb, das unschön angeschwollen war. Aber auch mit Schwellung war er noch eine imposante Erscheinung.

„Und dieser Junge da – ich vermute, Sie kennen ihn – soll seine Augen und Ohren überall in der Stadt haben und mir Bericht erstatten, wenn ich zurückkomme. Ich bin sicher, er macht das ausgezeichnet. Nichts wird ihm entgehen."

Levi blieb sitzen, doch seine Augen liefen herum. Man konnte meinen, er hecke einen Plan aus. Caesennius dagegen verstand, was Favinus ihm gerade mitgeteilt hatte.

In dem Moment rief Mirjam aus der Küche, das Essen sei fertig, es könne aufgetragen werden.

Sie und Salma hatten es tatsächlich scharf gewürzt. Irgendwelches Zeugs aus Indien war ihnen in die Hände gefallen und sie hatte es in die Suppe geschüttet. Caesennius und seine Assistenten kamen aus dem Husten und Luftholen nicht mehr heraus, wischten sich die Tränen aus den Augen und griffen ständig nach Wasser. Favinus genoss seinen Einfall und lächelte unverhohlen: „Meine Herren, Sie brauchen keine Reuetränen zu zeigen."

Da kam Mirjam ein Gedanke, ein großartiger Gedanke. Und ohne lange zu überlegen, sprach sie ihn aus:

„Mein Herr Favinus, ich bitte um Entschuldigung. Das Essen ist mir nicht perfekt gelungen. Es ist mein Fehler. Ich bin nämlich keine gute Köchin, wie gestern gesagt wurde. Darf ich die Bitte aussprechen, dass Muzi … also, dass die Köchin unseres ehrenwerten Gastes in diesem Haus die Küche übernimmt?"

Favinus sah verwundert zu Mirjam, aber schon nach einem Augenblick huschte ein feines Schmunzeln über sein Gesicht. Ernst und geschäftsmäßig wandte er sich sofort dem Gast zu:

„Herr Caesennius, wie viel wollen Sie für die Köchin haben? Ich biete Ihnen 500 Denare. Auf die Hand."

Die Überrumpelung war geglückt. Caesennius, der sowieso aus dem Husten und Luftschnappen nicht herauskam, konnte nur noch hilflos mit der Hand winken. Aber er ärgerte sich. Maßlos! Er war nicht mehr Herr der Situation. Alle Konzentration war ihm wegen dieses scharfen Zeugs abhandengekommen, er konnte nicht in Ruhe nachdenken. 500 für seine schwarze Sklavin? Ja warum eigentlich nicht, er hatte sie schon lange genug.

„Ja, Herr Favinus, wenn Sie die mögen …" Husten. „Kein Problem. Drusus, geh' sofort hinunter und hole das Mädchen herauf. Ich denke, äh," wieder Husten, „600 ist ein angemessener Preis."

Favinus ließ sich nicht aus der Ruhe bringen. Er wollte nur wissen, was Mirjam mit all dem im Schilde geführt hatte. Er schaute zu ihr. Sie nickte nur leicht und fügte an:

„Ach, könnte bitte auch Quercus mitgehen und meine Sachen holen, die Getreidesäcke und den Hausrat, die noch bei Herrn Caesennius im Hause liegen. Ich bin sehr dankbar, dass ich dort Aufnahme gefunden habe. Die Köchin weiß, wo alles liegt."

Mirjam zog sich in die Küche zurück. Sie wollte mit Caesennius nicht zusammentreffen. Favinus brauchte ohnehin keine Assistenz, er beherrschte die Situation völlig, es machte ihm augenscheinlich Spaß, alle Versuche der anderen, ihn auszuhorchen, ins Leere laufen zu lassen. Levi sprach derweil mit den Dienern von Caesennius.

Nach über einer Stunde kamen Quercus und Drusus zurück, hinter ihnen zwei Sklaven, die volle Säcke und diverse Beutel schleppten. Sogar Quercus trug noch einiges. Und hinter ihnen erschien, scheu und unsicher in ein farbiges Tuch gehüllt, das ihr Gesicht fast verhüllte, Muzifungi. Sie hatte augenscheinlich noch gar nicht erfahren, was über sie verfügt worden war. Jetzt aber, als sie dies Haus und Mirjam und Salma entdeckte, ließ sie Tuch und Beutel fallen und brach in Lachen und Tränen aus, in Tränen und Lachen – und dann lagen sich die drei jungen Frauen in den Armen, um den Hals, und tanzten und tanzten, so gut das mit Salmas Fuß ging. Favinus begriff, dass hier etwas geschah, was in seinem Leben gefehlt hatte. Ganz gefehlt. Tief in ihm drinnen begann eine sachte Freude zu wachsen.

Mirjam bemerkte es.

Ihr fiel zudem auf, dass Levi fehlte. Was in aller Welt stellte der Bengel nur wieder an?

Favinus ließ Wein holen, als wollte er die entspannte Atmosphäre für eine kleine Feier nutzen. Gerade als die Gäste gehen wollten, entdeckte Mirjam Levi. Er lehnte hinten an der Wand, sah aber deutlich verschwitzt aus. Na, mein Lieber, was war da los? Aber sie widmete ihre Aufmerksamkeit den Gästen, die höflich verabschiedet wurden. Draußen war es schon dunkel.

Favinus steuerte auf sie zu:

„Das war ein gelungener Streich, genau in diesem Moment die Köchin zu holen. Ich wusste nichts von ihr."

Alle legten sich wieder auf die Sofas, auch die Frauen durften jetzt dabei sein, und tranken Massiker. Muzifungi wurde gefeiert. Sie freute sich so sehr, nun zu Mirjam und Salma zu gehören, dass sie aufsprang und einen Tanz aus ihrer Heimat vorführte, für den sie den Takt auf einem Topf schlug. Oh, kann die ihren Hintern wiegen!, dachte Mirjam. Der Tanz war so anregend, dass auch die anderen sich erhoben, zu singen begannen und mit ihr tanzten. Der große Quercus tanzte, weil niemand mehr frei war, mit dem kleinen Levi.

Mirjam klatschte ihnen zu.

Da näherte sich Salma singend, mehr hinkend als tanzend, dem Sofa von Favinus und reichte dem Dicken ihre Hand – und der Glatzkopf ließ sich bitten. Er stand auf und kam. Und offenbarte eine Geschmeidigkeit im Tanzen, eine Leichtigkeit und Grazie in der Bewegung, die ihm niemand bei seiner Fülle zugetraut hätte. Er tönte mit tiefer Stimme und trug die hellen der Frauen. Wie eine Gazelle tippte er leicht über den Steinboden – und lächelte Mirjam zu.

Es freute ihn einmal mehr, bei diesen fröhlichen Menschen sein zu dürfen. Das war ein Geschenk, ein unerwartetes. Er näherte sich Mirjam, wiegte seinen Bauch und Kopf und fragte:

„Woher, Mirjam, haben Sie dies Wissen über Gebäude und Gärten und Philosophen? Das ist ganz ungewöhnlich für eine Frau Ihres Alters, Ihrer Herkunft."

„Mein Herr, ich habe einige Bücher gelesen in der Wüste, während die Schafe weideten. Und eine Freundin gehabt, die mich vieles gelehrt hat."

„Es ist wohl Ihr Geheimnis, wer das war?"

„Ja, das ist mein Geheimnis. Vielleicht erzähle ich später davon."

Sie drehten sich, bewegten sich, wogten mit ihren Körpern, sangen und schlugen abwechselnd den Takt auf dem Topf. Die Lichter der Öllämpchen an den weißen Wänden tanzten mit ihnen. Quercus entdeckte, wie er neben anderen Talenten auch das des Tanzens besaß. Levi aber war weniger dem Quercus zugewandt, sondern freute sich über Muzifungi und piekte sie in die lockende, runde Rückseite, sobald sie vorbeiwippte. Salma schien ihren kranken Fuß vergessen zu haben und war nur noch Frohsinn.

Favinus und Mirjam näherten sich ein weiteres Mal.

„Und Sie, mein Herr, was hat Sie hierher geführt? Wohin wollen Sie morgen wirklich abreisen?"

„Ich glaube, Frau Mirjam, das ist mein Geheimnis. Vielleicht werde ich es Ihnen später erzählen. Ja, das werde ich. Und Ihre Hilfe in Anspruch nehmen. Sie sind eine gescheite Frau."

XXVI

Am nächsten Morgen hatten Catullus und Aspicius den Reisewagen vorbereitet, die Pferde angeschirrt und alle nötigen Waren den Maultieren aufgezurrt. Auch das Zelt war verladen. Sie waren bereit zur Abreise. Da kam Levi gelaufen und fragte Favinus:

„Kann ich mit dir mitfahren? Bis zu dem Platz, wo die Versteigerung stattgefunden hat?"

„Ja, das kannst du. Aber was willst du dort? Da ist alles leer."

„Die Leute von Caesennius haben mir gestern Abend erzählt, wie die Versteigerung sicher zu ihren Gunsten ausgegangen wäre, wenn da nicht ein Junge zwei volle Geldbeutel geschwungen hätte."

„Aha. Und diese Beutel willst du nun suchen. Na schön, das lohnt sich. Aber zurück musst du alleine laufen."

Als der Reisewagen mit der Karosse im Schlepptau losfuhr, drehte Favinus sich Mirjam zu, wobei er leicht seinen Kopf zu ihr hinneigte. Er schaute sie irgendwie anders an, persönlicher als in den Tagen zuvor. Und Mirjam merkte, wie zum ersten Mal eine leichte Sympathie zu diesem merkwürdigen Mann in ihr aufstieg. Sie schüttelte sich, sie wollte das Gefühl nicht stärker werden lassen.

An der Stelle der Versteigerung zügelte Favinus die Pferde, und Levi stieg aus dem Wagen.

„Wir sehen uns wieder, mein Junge. Ich mag dich. Du musst nicht nur gut, sondern sehr gut sein. Dann passen wir zusammen."

Als Levi schon zehn Schritte gegangen war, rief er ihm nach:

„Ach bitte, Levi, achte auf Mirjam, ja?"

Und der Wagen rollte nach Süden.

Mirjam stand derweil noch vor ihrem Haus. Salma kam hinzu, auch Muzifungi und Quercus gesellten sich zu ihr. Das war jetzt ihr Haus. Ein neues Gefühl kam über sie, aber es war noch unklar. Was würde jetzt wohl kommen?

Es kam etwas völlig Überraschendes. Etwas, wofür es keine Worte gab. Etwas, das ihr Leben fortan bestimmen sollte.

Nach über einer Stunde kam Levi die Straße herauf. Muzifungi arbeitete gerade vor dem Haus und grub die Erde im Garten um. Sie sah aus der Ferne, dass Levi einen schwarzen Beutel in seiner Hand schleppte und dazu noch etwas über dem Rücken trug. Sie rief Mirjam. Die kam heraus, und auch sie erkannte, was der Junge herbeischleppte. Inzwischen war Levi näher gekommen. Da sah Mirjam deutlich: Den Beutel verzierte ein weißer Rand. Oben und unten ein weißer Rand. Sie kannte den Beutel! Sie brauchte gar nicht darauf zu warten, wie der andere wohl aussähe, den Levi über der Schulter trug: Auch der würde schwarz sein und einen weißen Rand als Verzierung haben. Oben und unten.

Sie stand wie angewurzelt.

Levi kam zu ihnen, keuchte erleichtert und sagte:

„Da hast du deinen Retter. Ein schlaues Kerlchen, dein Junge."

„Wieso? Was meinst du?"

„Na, schau mal rein!"

Mirjam bückte sich, öffnete den ersten Beutel – und sah Steine. Runde, farbige Kieselsteine. Nichts als Steine.

„Levi! Was soll das? Da muss doch Geld drin gewesen sein! Vierhundert Denare, und noch mal …"

„Wer hat die Beutel geprüft? Hast du gesehen, dass jemand das Geld darin gezählt hat? Der Junge verdient meine Anerkennung. Er hat sie reingelegt. Alle. Gefällt mir, das Schlitzohr. Im zweiten sind auch nur Steine, brauchst gar nicht nachzusehen. Sehen schön aus."

Muzifungi blickte fragend drein:

„Bitte, was bedeutet das: Steine, Geld, Schlitzohr?"

Aber im Moment hatte keiner Zeit für Erklärungen.

„Wo lagen die Beutel?" Salma nahm einen in die Hand.

„Ich habe sie abseits im Gebüsch gefunden. Fast versteckt. Sie waren beide noch zugezogen. Glaubt nicht, ich hätte mir die Denare in den Gürtel gesteckt!"

Mirjam stand immer noch fassungslos vor den Beuteln. Sie nahm die Steine zwischen die Finger. Sie waren wirklich schön, glatt und farbig. Gab es solche Steine hier am Arbel? Aber es war nicht zu bezweifeln: Die Beutel mit ihren weißen Verzierungen oben und unten, sie sah sie klar vor Augen, die hatten nur diese

Steine enthalten!? Aber wer war dann dieser junge Mann? Was hatte er da gewagt?

„Ach, dass ich's nicht vergesse", ließ sich Levi vernehmen, „noch etwas. Hier, das war auch in einem der Beutel. Ich habe sie unter meinem Hemd getragen, damit ich sie nicht verliere."

Er holte etwas hervor und reichte es Mirjam.

Es war eine kleine Flöte.

„Diese Flöte – sie war ... sie war auch in dem Beutel?"

„Ja, sie guckte oben heraus. Fand ich seltsam. Hast du sie bei der Versteigerung nicht gesehen?"

Tonlos antwortete Mirjam:

„Nein, ich habe sie nicht gesehen."

Und nach einem Moment des Schweigens, der allen geheimnisvoll, Schauder erregend, vorkam, fuhr sie fort:

„Aber ich habe sie gehört."

Salma nahm vorsichtig die Flöte in die Hand und führte sie an ihre Lippen. Dann spielte sie einen Ton. Nur einen Ton. Er klang weit, klar und strahlend, rein und wunderschön.

Mirjam machte die Augen zu und wusste:

Es ist sie, die Flöte von damals in der Wüste.

Es ist das zweite Mal, dass sie mich gerettet hat.

Nein, nicht sie ... Der, der sie spielte!

Hatte der junge Mann, der auf der linken Seite, damit etwas zu tun? Der dagegen gehalten hatte mit seinen Beuteln voll farbigen Steinen? So lange, bis Favinus, die anderen kamen? Sie konnte die Frage nicht beantworten. Aber von diesem Tag an wohnte in ihr ein Vertrauen, das sie nie mehr verließ.

Noch ein anderer hatte seine Hand auf sie gelegt.

XXVII

Er war nun schon drei Wochen in Palmyra. Oder waren es vier? Immer der gleiche Posten. Die anderen bekamen abwechslungsreiche Aufgaben zugeteilt oder waren schon woanders hin geschickt worden. Nur er stand immer noch an der Säule. Sie lachten wieder mal über ihn. Aber dieses Mal litt er nicht darunter. Dieses Mal war es ihm sogar recht. Sein Platz an der Steinsäule war ihm vertraut geworden, etwas von ihrer Festigkeit in ihn übergegangen.

Mirjam, wo bist du jetzt?

In den Stunden und Tagen an seiner Säule hatte er alle Möglichkeiten durchdacht, wo sie sein könnte. Dass sie in Jerusalem geblieben war, bei den Frauen. Oder dass sie ihm nachgeeilt war nach Caesarea. Oder dass sie zurückgekehrt war nach Bethanien, in die Wüste, zu ihren Schafen und Ziegen. Was würde sie tun? Er versuchte, zu denken, wie sie reagiert haben würde. Am Ende schälten sich zwei Städte heraus, wo sie sein könnte: Alexandria oder Athen.

Sie hatte doch oft von Ägypten gesprochen, von einer Prinzessin. Sie wollte ihm von ihr und von Kleopatra – meinte sie tatsächlich die große Kleopatra? – noch viel mehr erzählen. Alexandria wäre ein guter Ort für sie. Oder aber, überlegte er, die drei Frauen haben sie in ihre eigene Heimat geschickt, nach Athen oder Korinth. Dort würde sie in deren Familien sichere Aufnahme gefunden haben.

Er pochte mit der Faust an die Säule: Warum hat mich ein Oberst so persönlich am Leben gehalten? Warum hat er mich versteckt, ernährt, unter anderem Namen woanders hingeschickt? Sollte das etwa nicht bekannt werden? Sollte nicht bekannt werden, dass ich gar nicht auf dem Schiff bin? Sollte nicht bekannt werden, dass ich noch lebe? Denn jetzt lebt ja nicht Octavus, jetzt lebt ein anderer, irgendwo in der Welt. Aber Octavus Posterius …

Ja, so ist es!

Octavus Posterius sollte tot sein.

Sie haben mich als tot gemeldet.

Und der Oberst? Dann hat der mich gerettet? Dann wollte der das Spiel des Präfekten nicht mitmachen? Oberst, was hat dich dazu getrieben? Oberst, dein Leben ist in Gefahr! Sie werden dich umbringen, wenn sie das erfahren.

Und Mirjam wird erfahren, dass ich tot bin.

Und sie wird weinen.

Und ich kann nichts machen. Kann ihr nicht helfen.

Ich müsste einen Brief an sie schreiben. Aber wo ist sie? Wie kann ich einen Brief befördern lassen, wenn ich das Ziel nicht weiß? Von einem „Marcus Cissonius" geschrieben, den weder sie noch sonst jemand kennt?

Während Octavus so nachdachte, Tag für Tag, Woche für Woche, während er jedem Gedanken nachlief, als sei der vielleicht die Rettung, bemerkte er deutlich, dass etwas mit ihm geschehen war. Denn so hatte er früher nie reagieren können. Früher, da war er eher zusammengebrochen, hatte resigniert, den Dingen ihren Lauf gelassen, sich nicht gegen Unheil und Unglück gestemmt, die regelmäßig über ihn hereinbrachen. Jetzt aber, jetzt kämpfte er! Er war über sich selbst überrascht. Er kämpfte! Er wollte etwas erreichen. Er ließ sich nicht mehr hängen, wurde nicht mehr apathisch, verfiel nicht in Trauer und Schwermut. Er wollte etwas. Er wollte Mirjam. Woher kam dieser Umschwung? Welche Kraft war da in ihm aufgebrochen? Woher kam die auf einmal?

Dann ging es ihm auf:

Er liebte diese kleine Jüdin. Er liebte sie mehr als sich selber. Und diese Liebe musste es sein, die ihm Kraft gab. Er würde sie suchen. Sein Leben lang. Und er würde sie finden. Ganz sicher. Und wenn er über Gebirge und Meere gehen müsste, durch Wüsten und Wälder, er würde gehen. Bis ans Ende der Welt würde er gehen. Er würde sie finden.

Mirjam!

Gut, Octavus. Dann denke jetzt ganz ruhig, ganz genau.

Du darfst auf keinen Fall deinen richtigen Namen verwenden. Damit bringst du den Oberst in Gefahr. In Lebensgefahr. Den Cissonius andrerseits kennt Mirjam nicht. Also? Also musst du für sie einen Namen, nein, etwas finden, was sie kennt, woran sie erkennt, dass du das bist. Etwas, was nur sie kennt. Und woran sie sicher erkennt, dass ich das bin, Octavus Posterius.

Und zweitens: Wo finde ich sie? Sie kann überall sein zwischen Alexandria und Athen. In Jerusalem ist sie sicher nicht. Wo und wie finde ich sie? Ich müsste nach ihr fragen lassen, vielleicht so: Hallo, Sie da, wissen Sie, wo Mirjam ist? Mirjam von Bethanien? Hm. Ich müsste die Frauen in Jerusalem fragen, die wissen am ehesten, wo sie ist. Aber die dürften auch schon gehört haben, dass ich tot bin. Und vielleicht sind auch sie in Gefahr, weil sie Mirjam kannten. Und noch kennen! Wenn der Statthalter hinter all dem steckt, und das muss so sein, dann sind auch die drei Frauen nicht mehr sicher. Vielleicht erpresst er sie? Hat sie ins Gefängnis gesteckt und foltert sie, um herauszubekommen, wo sie ist? Nein, ich muss noch vorsichtiger sein.

Aber das Schwierigste ist ja: Wer kann mein Bote werden? Ich kann nicht selber gehen, keinen Soldaten schicken. Keinen Sklaven. Ich habe kein Geld. Wen soll ich senden?

Er wusste keine Lösung.

Eines Abends nach Dienstende ging er zurück ins Lager seiner Centurie und zog sich um. Lockere Ausgehkleidung. Er meldete sich beim Lagerkommandant ab und schlenderte hinüber in die Karawanserei. Er hatte eine Einladung erhalten. Gegen Mittag war die dritte Karawane an diesem Tage eingetroffen, eine aus Babylon; zwischen ihm und deren Führer entstand eine Art Freundschaft. Sie hatten sich länger miteinander unterhalten, Nachrichten ausgetauscht, wie das so üblich ist, über die Familie, über die Wegstrecke gesprochen, über die Hohen und Niedrigen auf beiden Seiten. Allmählich war das Gespräch persönlicher geworden, sie teilten sich ihre privaten Ansichten mit und merkten, dass sie ungefähr gleich dachten. Octavus hatte es mit der Kontrolle der Säcke und Waren locker angehen lassen, nachdem er überlegt hatte, ob das alles nur ein Trick sei, um ihn abzulenken. Aber er kam zu dem Schluss, dass der Anführer, Abu Sbeih war sein Name, ehrlich war. Dann wollte auch er ehrlich sein und dessen Offenheit nicht missbrauchen.

Am Ende ihres Palavers lud Abu Sbeih ihn ein:

„Komm doch heute Abend in unser Lager. Du bist mein Gast. Nimm teil an unserer Gemeinschaft. Du würdest mir eine große Ehre erweisen."

Nun ging er zum Araber. Ein wenig mulmig war ihm schon, als er durch die weiträumige Karawanserei den Weg suchte, vorüber an fremden Gestalten und Gesichtern, die ihn misstrauisch beäugten. Sie sahen sofort, dass er ein römischer Legionär war.

Der Abend verlief normal. Als Gast wurde er natürlich geehrt, bekam das Beste und das Meiste, auch vom guten Wein. Man lachte und prostete ihm zu. Die Gespräche der anderen verstand er nur selten, aber er fühlte sich nicht bedroht unter den Männern. Abu Sbeih blieb an seiner Seite, mit ihm konnte er sich unterhalten.

Und auf einmal schoss es durch seinen Kopf: Der könnte mein Bote sein! Dem würde ich vertrauen.

Als er nach Mitternacht das Zelt verließ, begleitete ihn Abu Sbeih durch das Lager. Plötzlich sagte er zu Octavus:

„Mein Freund, erlaube mir, dass ich etwas sage. Du trägst eine Sorge mit dir. Ich fühle das. Wenn du mir die Ehre erweist, dein Freund zu sein, möchte ich sie mit dir tragen."

Octavus blieb überrascht stehen.

„Mein arabischer Freund, du hast Recht. Ich trage eine Sorge."

Er dachte einen Moment an Mirjam. Dann sagte er langsam:

„Ich vertraue dir. Ich bitte dich, dass du sie mir tragen hilfst."

„Sag, was ist es?"

Octavus schaute auf den dunklen Boden.

„Ich bin eigentlich tot. Ich muss den Namen Marcus Cissonius tragen, damit keiner weiß, dass ich noch lebe. Ich habe eine Frau in Jerusalem. Mein Herz liebt sie. Über alles. Auch sie muss denken, dass ich tot bin. Die Mächtigen …, na, du weißt schon. Ich möchte ihr eine Botschaft zukommen lassen, dass ich lebe. Aber das ist gefährlich. Gefährlich für mehrere Menschen, Frauen und Männer. Ich möchte dich bitten, mein arabischer Freund, diese Frau zu suchen und ihr meine Botschaft zu bringen."

„Mein Freund", antwortete Abu Sbeih, „ich werde das tun. Es ist eine Ehre für mich, deine Liebe zu dieser Frau zu tragen."

Er lächelte Octavus zu:

„Sage mir, was muss ich machen? Worauf habe ich zu achten?"

Octavus weihte ihn in das gefährliche Unternehmen ein. Auf keinen Fall dürfe er einen Namen nennen. Er werde ihm deshalb auch nicht seinen wirklichen Namen sagen. Zur Sicherheit. Nur den Namen der Frau, die er finden solle. Sie heiße Mirjam. Mirjam von Bethanien. Aber wo sie jetzt lebe, wo sie sich jetzt aufhalte, das herauszufinden sei fast unmöglich für ihn. Irgendwo zwischen Alexandria und Athen, fügte er bekümmert hinzu.

„Nun, da haben wir doch schon viele Länder ausgeklammert, wo ich nicht zu suchen brauche."

Sie lachten beide. Octavus erzählte ihm noch von Jerusalem, von den drei Frauen am Decumanus hinter dem Löwenkopf.

Das sei die einzige Adresse, die er angeben könne. Aber auch diese Frauen seien womöglich in Gefahr oder schon im Gefängnis. Und diese Mirjam, die sei noch jung, 16 Jahre jung. Und sie sei sehr, sehr schön. Er dürfe die Botschaft nur ihr, wirklich nur ihr sagen. Niemand anderem!

„Genauso werde ich es tun. Und was ist die Botschaft?"

„Gib mir etwas Zeit. Ich muss sie mir noch überlegen. Morgen ab der dritten Stunde stehe ich wieder an meiner Säule. Du kennst den Ort. Ich bitte dich, mein Freund, komm dorthin. Dann gebe ich dir die Botschaft."

Es war genau zur dritten Stunde, als Abu Sbeih kam. Hinter sich zog er sein Kamel. Er war schon in Reisekleidung. Sie begrüßten sich:

„Der Friede des Ewigen tröste dich, mein Freund."

„Die Weisheit des Allmächtigen führe dich, mein Freund. Wohin geht dein Weg?"

„Nach Petra. Hast du die Botschaft?"

„Ja, hier ist sie. Ich habe sie eingewickelt in Ziegenfell. Das wird sie sofort erkennen. Darin steht, dass ich lebe und wie ich jetzt heiße. Aber es hat keinen Zweck, zu sagen, wo ich bin. Das kann morgen alles schon wieder anders sein. Aber: Ich lebe. Ich denke an sie. Jede Stunde. Mit jedem Herzschlag. Ich will sie finden."

„Und woran erkennt Mirjam von Bethanien, dass die Botschaft von dir ist? Woran erkenne ich sie, wenn ich doch schweigen muss?"

„Ich nenne dir mehr als einen Namen. Ich gebe ihr ein Zeichen. Ein Zeichen, das nur sie kennt. Niemand sonst auf der Erde kennt es. Wenn du sie gefunden hast und sicher sein willst, ob sie es ist, dann frage sie, ob sie von ihrem Freund, ihrem Mann ein Geschenk erhalten hat. Sie trägt es wohl um ihren wunderschönen Hals, ein Messerchen aus Elfenbein. Darauf müssen die Buchstaben stehen: OP. Dann frage sie, ob auch sie damals ein Geschenk ihrem Mann gegeben habe. Wenn sie die richtige Frau ist, wird sie sagen: ja, drei Fäden und eine Perle. Frage sie nach der Farbe der Fäden. Und wenn sie richtig antwortet, dann – dann gib ihr diese Rolle."

„Und wie ist die Farbe der Fäden?"

Octavus griff unter sein Hemd und holte die kleine Kette hervor. An ihr hatte er die drei unscheinbaren, farbigen Fäden befestigt.

„Sie ist gelb, blau und rot – und die Perle ist blau."

„Mein Freund, ich werde es tun. Ich werde sie finden. Ich werde dein Herz beruhigen. Vielleicht lässt Gott mich jedoch Jahre suchen. Viele Jahre. Aber ich werde sie finden."

„Unser Gott, der sich aller erbarmt, sei auf deinen Wegen."

Octavus verneigte sich tief. Er hatte sein Geschick in die Hand dieses Mannes gelegt. Hatte er den Richtigen gefunden?

Abu Sbeih hatte sich schon an die Spitze seiner kleinen Karawane aus 20 Maultieren begeben. In diesem Moment drehte er sich auf seinem Kamel um und nickte Octavus zu.

XXVIII

Am ersten Tag nach Favinus' Abreise erhob sich Mirjam früh von ihrem Lager, schlüpfte in das Alltagsgewand und trat in die Morgenfrische hinaus. Sie reckte und streckte sich, hob die Arme zum Blau des Himmels empor, als wolle sie sich daran hinaufziehen. Ihr kam der gestrige Tag in Erinnerung, Levi, der die Beutel brachte, und die Flöte. Diese Flöte …

Als sie nach links schaute, entdeckte sie Muzifungi. Die afrikanische Sklavin kniete hockend auf einem Teppich aus Stroh und Grasbüscheln, hielt ihre Arme vor sich ausgestreckt, mit den Handflächen nach oben, und schien mehr nach innen als nach außen zu schauen. Sie wiegte ihren Oberkörper und sang leise vor sich hin. Was tut sie da, fragte sich Mirjam?

Sie ließ ihren Blick schweifen über die Türme und Dächer von Tarichea, die halbrechts zum Hafen hinunter vor ihr erwachten und den ersten Rauch als Morgengabe zum Firmament schickten. Weiter wanderte der Blick über das Gewoge der Steine und Dächer hinab zum See, der sich im Blau des Himmels wusch und dessen Weite an die Wüste im Osten weitergab. Der See, dachte Mirjam, ist vielleicht nur 200 Fuß tief, und doch kenne ich seinen Grund nicht. Und zugleich brauche ich die unermessliche Weite hinter ihm, weiter als der Horizont. Ob es ähnlich mit mir selber ist, dass ich den Grund nicht sehe, auf dem ich stehe? Und den Himmel, den ich sehe, nicht verstehe? Ach, dass meine Seele so tief wäre wie dieser See – und sich der Himmel spiegelte in ihr, ohne dass ich es merke.

Sie schaute wieder nach links. Muzifungi kniete noch immer an ihrer Stelle. Zögernd bewegte sich Mirjam zu ihr hin und hockte sich still an ihre Seite. Die Augen der Köchin waren tatsächlich geschlossen, aber über dem Gesicht der schwarzen Frau lag ein feiner Schleier von Freude. Muzifungi schien sie bemerkt zu haben, denn sie wechselte die Sprache. Nun konnte Mirjam einige Worte verstehen:

„Ich werfe meine Freude wie Vögel an den Himmel, die Nacht ist verflattert, ich freue mich am Licht … Deine Sonne hat den Tau weggetrunken vom Gras, von unseren Herzen … Ich fühle meinen Körper und danke, die Sonne brennt meine Haut, ich danke, die Wogen des Wassers wallen gegen das Ufer, ich danke … Ich freue mich an der Schöpfung und dass du dahinter bist und daneben und davor und darüber und darinnen – und in mir, in uns … Ich freue mich, Herr, ich freue mich und freue mich! … Ein neuer Tag, der glitzert und knistert, tanzt und jubiliert von deiner Liebe."

Sie schwieg. Mirjam hatte schweigend zugehört. Wie kann man so beten? Sie wartete noch einen Moment.

„Muzi, was war das? War das ein Gebet?"

Muzifungi wendete ihr Gesicht Mirjam zu, und dann lachte sie, lachte, wie nur eine Afrikanerin lachen kann.

„So bete ich jeden Morgen. Eine Frau lehrte es mich, ihr Stamm kam von einem Land im Westen, am Meer. Es macht mich glücklich, beten zu können."

„Und wer ist dein Gott? Kennst du ihn?"

Sie dachte an ihre guten Eltern. An ihrer Seite hatte sie als kleines Kind Gott kennengelernt. In den Gebeten und Feiern der Eltern. Aber es war der Gott ihrer Eltern geblieben. Und mit ihnen gestorben. Er hatte keine Zeit gehabt, ihr Gott zu werden.

„Nein, ich kenne ihn nicht. Aber irgendwie lerne ich ihn kennen, wenn ich bete und singe. Und dabei bekommen die Dinge um mich herum ein anderes Gesicht. Auch die Dinge in mir.

Manchmal, so scheint mir, singen sie mit mir zusammen. Dann sehe ich alles anders. Und manchmal verstehe ich auch etwas."

Wiederum tauchte in Mirjam ihre Kindheit auf, wie auch sie damals in der Wüste gesprungen war von Stein zu Stein und gesungen hatte, mit den Gräsern und den Wolken und den Schäfchen. Wie auch in sie etwas Friedvolles eingezogen war, etwas, das sie über den Verlust der Eltern getröstet hatte.

„Was verstehst du?"

„Das kann man schwer in Worte fassen. Es ist so ein inneres Verstehen von allem und jedem, irgendwie von der ganzen Welt und von den Menschen, wie sie leben und wie sie sterben."

„Auch wie sie sterben? Dann habe ich noch nie gebetet."

Mirjam horchte in sich hinein, ob da etwas wäre wie ein Gebet, ob sich ein Ton oder eine Stimme meldete. Aber sie hörte nichts.

„Muzi, ich habe meinen Gott verloren."

Die Schwarze schaute auf ihre hellen Handflächen mit den Linien. Dann sprach sie, mit der afrikanischen Melodie in der Stimme:

„Eeeh, das habe ich auch einmal gedacht. Öfters habe ich das gedacht. Aber es hat nie gestimmt. Es stimmt auch bei dir nicht. Ich habe gesehen, wie dein Gott dir ein Geschenk gemacht hat. Du musst seine Geschenke bemerken, dann lernst du ihn kennen. Er ist da. Und er hat dich nicht verloren. Das ist viel wichtiger, dass er uns nicht verloren hat, wichtiger als mein Gefühl, dass ich ihn verloren habe. Alles verbindet uns mit ihm."

„Als meine Eltern starben, da habe ich ihn verloren", fuhr Mirjam leise fort. „Ich habe ihn von mir gestoßen. Ich wollte von ihm nie mehr etwas wissen. Von ihm und seinen Priestern."

„Aahhh, die Priester!", lachte Muzifungi. „Na ja, die sind aber nicht Gott. Du wirst den Vorsteher der Synagoge von Magdala kennen lernen, du wirst über ihn lachen oder dich ärgern. Aber er ist nicht Gott. Und der Kaiser in Rom ist nicht Gott. Und seine Statuen in den Städten sind es auch nicht. Und unser Medizinmann war es nicht, und die Beutelchen an den Türen unserer Hütten waren es nicht ... Gott ist ein Geheimnis. Ja, ein Geheimnis. Und er muss ein Geheimnis sein, wo wir mehr Fragen haben als Antworten, viel mehr. Sonst ist er nur wie du und ich."

Mirjam atmete tief aus. Das letzte Mal hatte sie mit Selene über Gott gesprochen, über Den-ohne-Ende. Über Nullum. Aber das war so lange her, dass die Erinnerung daran dürr geworden war wie vertrocknete Rosen. Sie müsste sie in lebendiges Wasser legen.

„Ich möchte mit dir und den anderen über Gott sprechen. Ich habe schon zu lange nicht mehr über Gott gesprochen. Zu lange. Ich möchte viel über ihn nachdenken und euch hören."

Sie schaute über den See. Die Weite des Wassers und noch mehr die Weite der Wüste dahinter, die sich mit dem Grau des Morgennebels ankleidete, taten ihr immer wieder gut.

„Aber vorher müssen wir über etwas anderes nachdenken. Gehen wir ins Haus. Mal sehen, was unsere Männer angestellt haben."

Den Vormittag nutzten die fünf Bewohner, sich über die ehemalige Ruine und die Umgebung genauer kundig zu machen. Sie überlegten, was Favinus sich wohl unter „schöne Villa mit Gärten" vorgestellt habe, wie viele Räume sie umfassen sollte, und überhaupt: zu welchem Zweck das Ganze gebaut werden sollte? Und welcher Baumeister könnte solch einen schönen Bau erstellen? In dieser Frage wusste Quercus am besten Bescheid und schlug vor, gute Architekten in Sepphoris zu suchen, der Provinzhauptstadt Galiläas.

„Aber zuerst", erinnerte Mirjam, „müssten wir uns selber klar werden, was wir hier bauen wollen, für uns und für Favinus."

„Aber der hat alles in deine Hand gelegt! Du kannst bauen, was du willst, das ist doch toll", freute sich Salma.

„Sagen Sie mal, junge Frau", ließ sich Quercus erneut vernehmen und legte dieses Mal die Stirn in Falten, „haben Sie überhaupt schon einmal mehr gebaut als einen Stall für Ziegen oder Schafe?"

„Du wirst staunen, Quercus: ich habe noch nicht einmal einen Stall für Ziegen oder Schafe gebaut", antwortete Mirjam trocken. „Und noch weniger eine Villa für ehemalige Centurionen. Aber ich habe von …, von einer hohen Dame gehört und gelernt, wie Paläste aussehen. Ich muss nicht bauen. Das macht der Baumeister. Ich muss nur Ideen haben und Vorschläge unterbreiten. Und dabei könnt ihr mir helfen."

„Ich möchte eine schöne Küche haben." Muzifungi lachte ihr spitzbübisches Lachen. „Mit Küchenherd und Backofen. Und einen caccabus aus Bronze und eine fretale und eine olla."

„Langsam, langsam, junge Frau. Wir wollen hier doch kein Wirtshaus aufmachen", bremste Mirjam.

„Hey, das ist eine Idee! Wir machen hier ein Wirtshaus auf. Da oben haben wir die Karawanserei, und da kommen die Leute sicher gerne her und essen und trinken gut." Levi war ganz aufgeregt und sah schon ein Dutzend Leute Schlange stehen nach saftigem Essen und würzigem Wein.

„Also, du Muzifungi, stellst alles zusammen, was für eine gute Küche gebraucht wird. Für wie viele Leute? Na ja, vielleicht machen wir doch eine Wirtschaft auf. Aber dann eine für die Karawanserei oben und auf der anderen Seite eine elegante für feine Leute aus der Stadt. Dazu brauchst du auch Personal. Und du, Salma, überlegst, was wir für unsere Baderäume gerne hätten."

„Ein Warmwasserbad!"

„Und ein eigenes für Favinus und seinen Bauch", ergänzte Levi.

„Und du, mein Junge, dir übertrage ich die Aufgabe, Verstecke für unsere Wertsachen zu finden. Wir haben viel Geld zu lagern. Und wie wir Türen, Fenster verriegeln, wo wir Mauern bauen müssten usw. Und welche Bank die beste für uns hier am Ort ist – aber dazu nimm bitte Quercus mit, hörst du? Du hast uns übrigens lange keinen Spruch mehr von deinem Jesus Sirach mitgeteilt, mein Freund."

Levi kniff ein Auge zu. Quercus dagegen war seit geraumer Zeit immer nervöser geworden. Nun meldete er sich:

„Wir brauchen Sklaven. Viele Dienste sind jeden Tag zu erledigen. Das ist nicht meine Aufgabe. Für die Sklaven braucht man ein eigenes Haus. Dazu Wagen, Pferde, Maultiere und dafür wieder Diener und noch mehr Grundstücke. Das mit der Bank werde ich regeln."

„Bitte mit Levi zusammen!"

Mirjam wollte ihre Herde im Griff behalten; auch die Böcke sollten von Anfang an merken, dass nur eine die Leitende war. Jedoch entdeckte sie auch etwas Schönes: Die vorgegebenen

Ziele formten bei allen von ihnen einen Gemeinschaftsgeist, der sie zusammenband, ohne freilich die Eigenheiten und Eigenarten der drei Frauen und zwei Männer auszulöschen. Im Gegenteil, sie kamen so noch stärker zum Vorschein. Mirjam merkte das und war darauf bedacht, dass die Eigenwilligkeiten nicht in zerstörenden Streit umschlugen. Aber ein bisschen Streit schien ganz hilfreich zu sein.

Sie selber dachte intensiv an Selene und überlegte, was diese ihr alles von ägyptischen und römischen Häusern und Palästen berichtet hatte. Da gab es ja nicht nur Backöfen und Warmwasserbäder, sondern auch Kaltbäder und raffinierte Brunnen, numidischen Marmor und korinthische Kapitäle, Mosaike aus Glassteinen mit Darstellungen von Tieren, Gladiatoren, Frauen. Dazu farbige Wände, Vasen aus ägyptischem Glas und Geschirr aus Bergkristall, kostbarer als vergoldete Gefäße; seltene Tische und Klinen aus Zypressenholz nicht zu vergessen. Was hatte ihr Selene von jener einzigartigen vasa murrina erzählt, die ihre Mutter einmal gekauft hatte? Sie sei so teuer gewesen wie 70 Sklaven? Verrückte Frau!

Aber das Wichtigste war die Raumaufteilung: Wo die Bibliothek einrichten? Wo sollten die Öfen stehen, wo die Wohnräume, die Vorratsräume? Wo müssen die Speiseräume angelegt werden? Wo und wie soll Licht einfallen? Ich möchte auf jeden Fall frische Luft haben und nicht ersticken am Ruß der Öllampen und dem Rauch des Feuers. Soll es ein Atrium geben, mit Brunnen und Statuen? Sollen Gärten angelegt werden? Welche Büsche und Hecken?

Oh, ihr schwirrte der Kopf. Das war alles ein bisschen viel auf einmal. 300.000 Sesterzen hatte sie zur Verfügung, ohne fragen zu müssen? Das waren ja 75.000 Denare, über 12 Talente! Wie gut, dass sie rechnen geübt hatte. Und mehrere Sprachen beherrschte! Aber das übrige Geld für den gesamten Bau war noch nicht hier. Wann würde Favinus wieder auftauchen? Fragen über Fragen.

Weil alle so beschäftigt waren, verschoben sie die Cena auf Einbruch der Dunkelheit. Muzifungi, Salma – das waren Glücksfälle, sagte sich Mirjam, wie man sie nur einmal im Leben zugespielt erhält. Aber auch Levi war ein treuer Junge, und er hatte seine unersetzbaren Fähigkeiten. Eigentlich passte er ausgezeichnet zu ihnen. Und mit Quercus würde sie schon zurechtkommen. Ich sollte ihn etwas mehr ehren und öfter um Rat fragen, dachte sie bei sich, dann lässt er sich besser führen. Vielleicht bringe ich ihm sogar Manieren bei.

Muzifungi hatte es tatsächlich zwischen all ihren Arbeiten geschafft, auch noch Fisch zu grillen, reichlich Fisch vom Markt, denselben mit alexandrinischer Sauce zu verfeinern und dazu schmackhafte Erbsen mit Lauch, Koriander, Kümmel, Pfeffer, Dill, Basilikum und Wein zu bereiten. Alle mussten raten, welche Gewürze und Zutaten in den Speisen enthalten waren. Mirjam schmeckte Liebstöckel heraus, Salma entdeckte entsteinte Damaszenerpflaumen. Levi fragte, ob auch Honig drin sei, die Sauce schmecke nämlich wunderbar süß-sauer. Und Quercus fand heraus, dass mit Wein gespart worden sei. Der wurde nun umso großzügiger zum Essen verteilt.

Alle waren in fröhlicher Stimmung. Es herrschte Frieden im Haus. Die heitere Atmosphäre nutzte Quercus, um aus seinen Jahren als Soldat zu erzählen, wie er hier und dort, am besten aber unter Quirinius gekämpft habe. Durch die Zugabe von Wein wurden seine Heldentaten immer gewaltiger, bis es Levi schließlich reichte:

„Hast du den Marcus Antonius bei Actium geschlagen oder war das der Kaiser Augustus?"

„Oh, das war eine gewaltige Schlacht. Also das war nämlich so: Augustus hatte dem Antonius den Krieg erklärt. Der hatte zwar 100 Elefanten mit Kriegstürmen aufgeboten, aber …"

„Bitte, Quercus, es war eine Seeschlacht."

„… doch der Kaiser ließ seine Reiterei, 100.000 der besten Pferde der Welt, wie der Blitz auf Antonius losstürmen …"

Die Frauen machten sich vor Lachen beinahe ins Hemd, als sie sich das Geplantsche vorstellten und ihren Quercus mitten drin. Schließlich hakte Mirjam mit sachlich-freundlicher Stimme ein:

„Also, mein lieber Feldherr Quercus, eigentlich wollte ich ja eher dich um Rat fragen, aber erlaube mir bitte, dich noch einmal zu belehren: Augustus hat nicht dem Antonius den Krieg erklärt, die Römer wollten keinen Bürgerkrieg, sondern der ägyptischen Königin. Augustus wollte dann Antonius überfallen, aber der hatte davon Wind bekommen und den Golf mit seinen Schiffen abgeriegelt. Kleopatras Flotte bestand aus, ich weiß nicht, 500 Kriegsschiffen, einige zu acht und zehn Ruderreihen, manche waren kostbar geschmückt. Octavian hatte nur einfache, aber wendige Schiffe. Dem Admiral des Augustus gelang es, mit seinem durchexerzierten Schiffsverband in die Verteidigungslinie von Antonius eine Bresche zu schlagen. Und da haben die Schiffe von Kleopatra plötzlich die Flucht ergriffen, die Königin vorneweg. Ohne ihren übereilten Rückzug wäre Augustus auch mit 100.000 Pferden untergegangen. Man soll nie nur aus Emotionen heraus und übereilt handeln. Antonius und Kleopatra haben den Kopf verloren."

Trotz seiner weinseligen Stimmung oder gerade wegen dieser war Quercus maßlos beeindruckt. Dass jemand ihm auf militärischem Gebiet einen Vortrag halten konnte, und zwar präzise und exzellent, das war ihm noch nicht passiert. Die junge Frau stieg an diesem Abend in seiner Bewunderung, und zwar ohne Abstrich. Er stand auf, hob seinen Becher und prostete ihr mit gewölbter Brust zu:

„Mirrrjamm, Sie haben die Qualitäät zu einem Feldherrrrn! Es ist mir eine Ehrre, von Ihnen belehrt zu werden."

Das war das größte Lob, das er seit Jahren ausgesprochen hatte. Salma dagegen schüttelte den Kopf:

„Bitte, Mirjam, jetzt sage uns endlich, woher du das alles weißt. Das hast du doch nicht bei deinen Schafen in der Wüste gelernt?"

„Ich hatte damals eine Freundin, eine gute Frau. Sie war …, sie lebte ganz in der Nähe von Kleopatra, sozusagen an ihrer Seite. Immer. Sie ist damals nicht getötet worden. Von ihr habe ich solche Dinge erfahren. Bei ihr habe ich auch Sprachen gelernt und Rechnen und wie Paläste aussehen."

„Aber wo hast du sie getroffen?"

„Sie wohnte in einer Hütte in unserem Dorf. Etwas abseits. Mein Vater hat sie dorthin geholt, als sie sich verstecken musste. Ich war noch Kind, als ich sie kennen lernte."

Alle schauten sie an, als wäre nun sie selber die hohe Frau.

„Mit ihr habe ich auch zum ersten Mal über Gott nachgedacht. Das war, nachdem mein Vater und meine Mutter an Aussatz gestorben waren. Ich war damals sehr allein. Meine große Schwester und mein großer Bruder hatten viel zu arbeiten. Und da hat sie mich in ihre Hütte geholt und mir vieles beigebracht. Auch von Gott hat sie gesprochen, dass er mir die Eltern nicht weggenommen hätte, sondern sie nur größer machen wollte. Aber ich habe nicht beten gelernt. Ich habe von Gott nichts wissen wollen. Salma, wie ist das bei dir? Hast du auch einen Gott? Betest du auch wie Muzifungi?"

Aller Blicke wandten sich der jungen Frau aus Philadelphia zu, der man den Fuß verstümmelt hatte. Sie lag auf ihrem Liegesofa und malte mit ihrem Zeigefinger Unsichtbares in die Wolldecke.

„Wenn ich zu beten beginne, dann sage ich zuerst immer: Friede sei mit dir! Friede sei mit dir, du Stein, du Gras, du Fliege, du Mann, du Frau. Ich sage es einfach so in mir. Ich habe es auch jeden Morgen zu Nekoda gesagt, nicht laut, sondern in mir drin. Ich gebe meinen Frieden dem anderen. Ich weiß tief in mir drinnen, dass es gut ist, zu geben. Dass es gut ist, mitzufühlen, geduldig zu sein. Manchmal kann ich nur mitleiden. Ich will nicht Recht haben, ich will nicht urteilen. Diese Tugenden, sagt man so?, diese Tugenden sind so etwas wie Regeln für das Leben, damit alle miteinander leben können. Meine Mutter hat mir das beigebracht."

„Wie heißt deine Mutter?", wollte Levi wissen.

„Sie hieß Rania. Sie war sehr schön. Jetzt ist sie in einer anderen Welt. Ich denke gerne an ihre Wärme und Liebe, auch an die von meinem Vater. Mein Vater hat uns Kinder gelehrt, dass wir teilen. Teilen wurde für uns etwas Selbstverständliches, was zum Leben gehörte wie die Luft, wie das Wasser. So wie die Luft sich jedem zum Atmen gibt und das Wasser jedem zum Trinken, auch den Bösen. Meine Eltern haben mir beigebracht, dass Ehrlichkeit, Bescheidenheit, auch Vergebung wichtiger sind als Gewinn und Ehre. Wenn ich vielleicht einmal Mutter werde …"

Sie strich sich über die Augen.

„… dann möchte ich meinen Kindern diese Wahrheit weitergeben. Denen etwas geben, die weniger haben als wir, die weniger Glück haben im Leben als andere. Ich meine, ich habe viel Glück in meinem Leben. Dass ich euch kennen gelernt habe, dass ich mit euch zusammenleben darf. Und dem Quercus, so denke ich, müssen wir unsere Augen leihen, weil er doch nur eines hat. Oder anderen zu essen geben, wenn die weniger haben als wir. Ja, wir sind jetzt Sklaven, aber wir sind reiche Sklaven. Sehr reich. Solche Gedanken, solche Erfahrungen machen mich glücklich, sogar stolz. Ich danke meinem Gott, wenn ich mich ihm zuwende, dass ich geben kann."

„Wohin wendest du dich, wenn du betest?", wollte Muzi wissen.

„Nun ja, ich schaue hinüber nach meiner Heimat. Da drüben hin. Gott ist gewiss überall, keiner hat ihn eingesperrt in sein eigenes Land, in sein eigenes Denken oder in eigene Tempel. Ich stelle mir vor, dass auch der Himmel zu eng ist für Gott. Und wenn schon ich kleine Frau gerne gebe und wenn es mir Freude macht, nicht für mich etwas festzuhalten, auch nicht meine Gesundheit, dann, so scheint mir, wird auch Gott gerne geben. Weggeben. Und wer gibt, der ist nicht mehr eingesperrt. Gott ist überall, weil er allen gibt."

„Salma, Gott gibt nicht nur. Er nimmt auch weg."

Mirjam sagte es ganz leise. Dabei schaute sie nur vor sich hin.

„Er hat mir die Eltern weggenommen. Er nimmt so viele Eltern weg. Er nimmt Kinder weg, Freunde. Er hat mir … hat mir meinen Mann weggenommen."

Es schüttelte sie und sie weinte leise. Draußen sangen die Grillen ihre Nachtgesänge. Quercus musste die Nase hochziehen.

„Warum gibt es das Leiden? Warum, wenn Gott doch immer nur gibt? Gutes gibt. Oder gibt er auch Böses? Schweres? Straft er uns vielleicht mit diesen nutzlosen Dingen?"

„Eeeeh", lachte Muzifungi in ihrer unnachahmlichen Art; ihr „eeeh" klang wie ein sachter Gesang. „Nein, er straft doch nicht. Strafe führt nicht zu Liebe. Strafe führt zu Hass, zu Ablehnung, zu Krieg, aber nicht zu Einsicht. Nein. Ich versuche mir das so zu erklären: Ich gebe manchmal, und manchmal nehme ich wieder. Ich gebe die Suppe aufs Feuer, und dann nehme ich sie von dort wieder weg. Man gibt Kinder in die Welt – und dann nimmt die Welt die Kinder den Eltern weg. Und die Kinder werden Eltern und geben wieder Kinder in die Welt und das Leben nimmt sie ihnen wieder weg. Ich habe einmal gedacht, dass die ganze Welt aus Hingeben und Wegnehmen besteht. Aber ob etwas Hingeben oder Wegnehmen ist, das hängt vom Betrachter ab, von mir. Das ganze Leben ist ein Nehmen und Geben. Und ohne Geben und Nehmen gibt es kein Leben. Aber das ist doch kein Strafen, sondern – das ist einfach so."

Levi schaute zögernd in die Runde, dann sagte er:

„Er ist es, der gab, Er ist es, der nahm. Der Name des Herrn sei gepriesen."

„Und was soll das jetzt? Ist der nicht zynisch, dein Jesus Sirach? Geben, Nehmen, und dabei immer Gott preisen!? Egal was kommt? Das ist doch verrückt."

Mirjam begehrte auf. Sie fühlte sich nicht eigentlich verstanden. Levi antwortete kleinlaut:

„Verstehen tue ich das auch nicht. Das war, glaub ich, Hiob. Aber so hat mein Vater geredet. Und er hat gesagt: Es ist wichtiger, dass alles von Gott kommt, das Empfangen und genauso das Verlieren, das sei wichtiger, als dass man Gott nur dann dankt, wenn man was von ihm bekommt. Dann würde man damit bald aufhören."

„Ich glaube, ich verstehe deinen Vater."

Salma hatte den Kopf gehoben. Ihr langes schwarzes Haar fiel weit herunter und rahmte ihr schönes Gesicht ein.

„Ich verstehe das so, dass es besser ist, bei Gott zu bleiben, nur bei ihm, besser als sein Leben von Geben und von Nehmen abhängig zu machen. Das Geben und Nehmen, das gehört zum Menschen, zur Natur. Das Leiden gehört zum Menschen, er leidet, weil er Schönes festhalten will. Leiden gehört zur Natur. Alles stirbt auf dieser Erde. Die Blätter, die Pflanzen, die Tiere, wir Menschen. Wir wissen das ja. Solange das bei anderen passiert, stört uns das wenig. Passiert es plötzlich in meiner Nähe, dann werden wir unsicher, und passiert es bei mir selbst, dass ich Sklavin werde oder dass mir der Fuß verstümmelt wird oder mein Bruder schwer krank ist, dann verzweifeln wir am Leben oder hadern mit Gott. Warum eigentlich? Jeden Augenblick geschieht irgendwo ein Unglück, eine Ungerechtigkeit. Jeden Augenblick müssen Menschen leiden, sterben, werden umgebracht – dann müssten wir jeden Augenblick verzweifeln oder

Gott anklagen. Tun wir das nur deswegen nicht, weil wir davon nichts wissen? Oder nichts wissen wollen? Vielleicht liegt das Problem weniger darin, dass es Leid gibt, sondern eher darin, dass wir nicht damit rechnen, nicht vorbereitet sind, wenn es mich trifft."

„Also, ich will auch mal etwas sagen."

Nach den tiefsinnigen Worten von Salma, die sich wie ein Schleier auf die Seelen gelegt hatten, wirkte die Männerstimme des Centurio wie das Zerreißen von Wolken, wie ein Zurückkehren in die normale Welt.

„So. Ich habe viele Kriege erlebt. Ich habe Soldaten umgebracht, neben mir sanken Legionäre dahin, mit einem Speer in der Brust, anderen fehlte der Arm. Ich habe viel Blut gesehen, gespürt, im Gesicht gehabt. Ich bin über Leichen gestolpert. Ich selber war oft nahe daran, dass ich umgehauen worden wäre. Warum das nicht geschah, weiß ich nicht. Ich staune, dass ich noch lebe. Nun ja, das mit der Schleudermaschine und mit meinem Auge – aber ich lebe noch. Wie Salma. Aber ich weiß, ich werde sterben. So oder so. Vielleicht trifft mich ein vergifteter Pfeil oder ich falle vom Pferd auf einen Stein oder meine Eingeweide wollen nicht mehr. Irgendwann, irgendwie werde ich ans Ende kommen. Das weiß ich. Ja, vorbereitet, Frau Salma. Ich sollte vorbereitet sein. Aber wie ist man eigentlich vorbereitet, ihr Frauen? Und worauf soll man vorbereitet sein?"

„Ein Krug Wein ist nur dann vorbereitet, wegzugeben, wenn er genug Wein in sich selber hat", sagte Mirjam. „Ich kann mein Leben nur weggeben, wenn ich … wenn ich genug Leben in mir habe … Nein, nein: wenn ich Ewigkeit in mir habe! Nur dann kann ich die Zeit weggeben und bleibe doch bestehen."

Sie wünschte, Selene wäre hier und könnte die Gedanken von Dem-ohne-Ende wiederholen und von Nullum.

„Leiden, das heißt ja eigentlich, dass etwas zu Ende geht", nahm Muzifungi die Gedanken auf. „Und zwar etwas Schönes, was ich mag und was ich irgendwie brauche. Ich brauche euch, und wenn ich jetzt weg müsste, wenn ich euch nicht mehr hätte, würde ich leiden. Man leidet also nur dann, wenn man zu einer Sache eine liebe Beziehung hat. Aber alles geht zu Ende, alles hat einen Rand, könnte man sagen. Seht doch mal, dieser Tisch hier hat einen Rand, da kommt er zu Ende. Das ist ja nicht schlecht. Und unsere Sofas haben einen Rand, das ist auch gut so. Und meine Kessel und die Pfannen haben einen Rand, kommen zu einem Ende. Alles hat einen Rand. Und ohne Rand … hehehe, stellt euch das mal vor! Hehehe …"

„Alles hat einen Rand, alles hat ein Ende." Levi rutschte ärgerlich hin und her. „Von was für einem Rand redet ihr eigentlich? Bei uns im Gefängnis war auch mal einer, der hat ständig geredet, was niemand verstanden hat. Er sagte, er sei ein Epikureer, schließlich haben wir ihn verhauen."

Die drei Frauen schauten ihn belustigt an. Der Ärger des Jungen war ja irgendwie berechtigt. Das gab Levi Mut, noch einen Spruch seines Vaters zum Besten zu geben:

„Ist der Mensch am Ende angelangt, steht er noch am Anfang."

„Levi, du bist gut. Ein wahrer Philosoph." Salma verneigte sich vor ihm. „Ende und Anfang, Anfang und Ende, vielleicht können wir Menschen sie nie auseinanderhalten."

Mirjam war zufrieden mit dem Gespräch, und zugleich war sie unzufrieden. Da war zwar wieder jene Welt aufgetaucht, die sie damals gespürt hatte, als sie die wilden Hunde vertrieb und die Flöte ihr dabei half … diese Flöte. Damals war die Ahnung von einer ganz anderen Welt in sie eingebrochen. Aber diese Welt war wieder untergegangen, sie hatte sie wieder verloren. Bei den Fragen nach Gott herrschten eher Wirrnis und Nebel in ihr als Klarheit und Verstehen. Das Gespräch jetzt, ja es war gut. Schön, dass sie so miteinander reden konnten. Eigentlich freute sie sich schon auf das nächste.

„Ich denke, wir gehen jetzt schlafen. Der Tag war schön, sehr schön. Wir haben viel geschafft. Und das Gespräch soeben war für mich hilfreich. Ich habe es gebraucht. Ich möchte euch öfter so zuhören. Ich danke euch, aber jetzt sind wir am Ende …"

In diesem Moment hörten sie lautes Klopfen. Es kam von der Tür.

Keiner war darauf vorbereitet.

Einen Moment saßen sie wie versteinert. Quercus hatte sich als erster gefangen und sagte:

„Das ist meine Aufgabe. Geht ihr in eure Kammern."

Eine unwirkliche Ahnung beschlich jeden: Was würde jetzt kommen? Oder brachte ein Bote nur den neuen Wein vom Markt, den es am Nachmittag noch nicht gegeben hatte?

„Mirjam, da ist ein Bote. Komm doch mal her. Nein, warte, ich bringe den Mann herein, der fällt sonst gleich tot um."

Herein geleitete Quercus, fast trug er ihn, einen schmal gebauten Mann, der restlos erschöpft aussah. Fast hing er in den Armen des Centurio. Er war wohl ein Sklave, vielleicht ein Schnellläufer? Er trug eine Rolle in der Hand. Mirjam machte ein Sofa frei und bat den Mann, sich darauf zu legen. Salma brachte Wasser, Muzi holte etwas Wein dazu. Levi fand noch Reste vom Fisch und der Sauce.

Sie legten eine Decke über den Mann und ließen ihm Zeit, zur Ruhe zu kommen. Zeit auch für sie selber, sich vorzubereiten auf das, was jetzt kommen würde.

„Ich suche Frau Mirjam. Mirjam von …"

„Ich bin Mirjam von Bethanien." Sie konnte ganz ruhig sprechen. Aber Salma trat langsam und still an ihre Seite.

„Ich komme aus Jerusalem. Ich bin gelaufen. Ich sollte schnell eine Botschaft bringen. Von drei Frauen. Kennst du die Namen?"

Mirjam versuchte, hart zu bleiben, ungerührt, keine Gefühle kommen zu lassen. Was sollte er auch schon für eine Botschaft bringen? Dass eine der Frauen gestorben war?

Oder etwas von …

„Sie heißen Lydia, Phryne und Laïs."

„Ja, dann bist du die Frau, der ich diese Rolle geben soll."

Es brauchte einen Augenblick, bis Mirjam in der Lage war, ihre Hand auszustrecken und die Rolle zu nehmen. Salma legte ihre Hand um ihre Hüfte, Muzifungi kam nun auch hinzu. Levi und Quercus kümmerten sich derweil um den Schnellläufer, der kaum noch imstande war, den Kopf hochzuhalten.

Dann las sie die Zeilen …

Er war tot.

Salma und Muzifungi fingen sie auf, legten sie auf ihr Sofa und setzten sich neben sie. Die Schwarze holte Wasser mit etwas Wein.

„Was steht da?", wollte Quercus wissen.

„Kannst du Griechisch lesen?"

„So ein paar Worte. Gib mal her."

Nach einer Weile, während Mirjam noch immer mit geschlossenen Augen dalag, räusperte sich Quercus, führte den Brief ein drittes Mal eng am sehenden Auge vorbei und buchstabierte langsam:

„Also, da ist jemand tot … Das war ja gerade unser Thema … Ein gewisser Octavus Postumus, oder so ähnlich. Er ist vom Schiff gefallen und ersoffen … Von einem römischen Kriegsschiff? Nee, da fällt niemand einfach runter und ersäuft … Da steht noch: Seine Leiche habe man nicht gefunden. Verdammt, was war das für ein Centurio? Und dann, … dass Frau Mirjam sich in Acht nehmen soll, sie sei in großer Gefahr … Hier in diesem Haus ist niemand in Gefahr! Levi, du und ich, wir passen auf, nicht wahr?"

Er führte den Brief ein weiteres Mal am Auge vorbei.

„Und was soll das bedeuten: Jemand wolle sie haben? Oder lese ich das falsch? Wer will unsere Mirjam haben?"

„Du hast richtig gelesen, Quercus. Der Statthalter wollte mich haben. Ich habe vor ihm in Jerusalem getanzt. Und deswegen wohl hat Caesennius seine Leute geschickt, damit ich als Sklavin zu Ambibulus gebracht würde. Aber diese Gefahr ist erst mal vorbei."

Die ersten Zeilen des Briefes kamen ihr in den Sinn. Die über Octavus. Sie hatte an ihren Mann und die wenigen Tage mit ihm nicht mehr denken wollen. Sie hatte alles getan, die Erinnerung an diese Seligkeit auszulöschen. Es hätte zu sehr geschmerzt. Jetzt ging es nicht mehr. Er war also tot. Nicht nur in ihrer Erinnerung, sondern auch in Wirklichkeit. Vielleicht war das ja besser so.

„Octavus war mein … mein Mann. Wir haben uns in einer Nacht in der Wüste Juda kennen gelernt, als ich es mit meiner Herde nicht mehr nach Hause schaffte. Er ist der freundlichste Mann, den es gibt. Ein einfacher Soldat. Ich glaube, er war so einsam wie ich. Er hat seinen Arm um mich gelegt. Dann hat er mich in die Garnison eingeladen, und bei dem großen Fest habe ich getanzt. Vor vielen Leuten. Der Statthalter war auch dabei. Die drei Frauen haben mir geholfen. Aber nach vier Tagen kam

Octavus nicht wieder zu mir zurück. Er war verschwunden. Dann ist mit mir Schlimmes passiert."

Sie ließ Bilder und Gefühle an sich vorbeigleiten. Zum Verdrängen fehlte ihr die Kraft. Nach einer Weile fuhr sie fort, mit fast steinernem Gesicht:

„Wir hörten, er sei nach Caesarea abkommandiert worden. Mehr haben wir nicht herausgefunden. Die Frauen meinten, es wäre besser, ich bliebe nicht in Jerusalem. So bin ich hierher gekommen."

„Hört, ihr Frauen: Das ist mein Gebiet. Ich bin Centurio gewesen. Diese Geschichte, also, Mirjam: Es passieren komische Sachen in der Welt. Und die hier ist komisch!"

„Danke Quercus. Aber Tote sind tot. Und es ist für mich grausamer, jeden Tag die Hoffnung des Wiedersehens zu nähren, woraus nur Wunden des Schmerzes wachsen, als die Hoffnung heute zu Grabe zu tragen und die Wunde zu schließen. Endgültig. Ich glaube …"

Sie richtete sich auf ihrem Ellenbogen auf.

„… mein Anfang hat das Ende erreicht."

Salma und Muzifungi schauten sie mit offenen Augen an.

„Ich bin vom Rand runtergefallen."

XXIX

Während der nächsten zwei Tage lag Stille über dem Haus. Geruch von Schwermut zog durch die Räume, legte sich wie dunkles Gewebe über die Gesichter der Menschen, drang in ihre Seelen ein. Quercus und Levi ertrugen die düstere Stimmung nur widerwillig, immer wieder wagten sie einige Worte. Doch hüteten sie sich feinfühlig vor lauten Streitereien. Man konnte sogar bemerken, wie sie in dieser Zeit der Trauer sich ein klein wenig näher kamen. Salma und Muzifungi dagegen nahmen ganz Rücksicht auf Mirjam, blieben still in ihrer Nähe, teilten die Verschlossenheit ihrer Seele. Manchmal streichelten sie ihre Herrin oder lehnten ihren Kopf an Mirjams Schulter.

„Meines Vaters feste Schulter", sagte Mirjam einmal. „Ich vermisse solch eine Stütze. Sie war so beruhigend, so entlastend.

Jetzt fühle ich mich ungeschützt. Als würde mir keiner tragen helfen."

„Du musst nicht alles alleine tragen, Mirjam", erwiderte Salma.

„Nein, musst du nicht", fügte Muzifungi hinzu. „Lass dich vor allem nicht in das schwarze Loch fallen, das vor dir gähnt und dich verschlingen will. Diese Löcher sind grässlich, sage ich dir. Ich kenne sie. Krabbel wieder heraus, wir helfen dir. Und dann lass uns überlegen, wie es weitergeht."

„Ich merke erst jetzt, dass ich ihn immer noch erwartet habe. Dass ich ganz tief drinnen immer noch gewartet habe, er könnte kommen. Die Straße herauf. Von der Karawanserei herunter. Oder mit einem Boot über den See. Ich habe ihn noch nicht weggehen lassen. Ich liebe ihn immer noch. Was ist das bloß für eine Kraft, diese Liebe! Kann die Liebe den, den sie liebt, niemals weggehen lassen? Hält sie ihn immer lebendig?"

„Mirjam, behalte diese Kraft. Vielleicht holt sie ihn ja doch zurück, deinen Mann. Du hast ja gehört, was Quercus gesagt hat. Und ich sage: Das Ende kann auch der Anfang sein."

„Nein, daran klammere ich mich nicht. Ich weiß nicht, woran ich mich klammere. Doch – da ist Hoffnung in mir. Das ist widersinnig. Worauf hoffe ich eigentlich? Er ist ja tot!"

Es war am Nachmittag des dritten Tages nach jener Nachricht vom Tod des Octavus Posterius, als Levi laut durchs Haus tönte:

„Herr Jammer kommt!"

„Wer, bitte schön, ist Herr Jammer?", brummte Quercus.

„Herr Jammer ist der Synagogenvorsteher."

„Und der heißt Jammer?", fragte Mirjam ungläubig.

„Im Gefängnis heißt er so."

„Und warum habt ihr ihn ‚Herr Jammer' genannt?"

„Das wirst du gleich merken. Spätestens das zweite Wort, das er sagt, lautet ‚Jammer'. Und dann jede Minute einmal: ‚oh Jammer'! Wir haben nur noch gezählt, wie oft er ‚Jammer' sagte."

„Und warum redet er so oft von Jammer?", wollte Mirjam wissen.

„Er sieht die ganze Welt als ein einziges Tal des Jammers. Wegen der vielen Sünden, die überall begangen werden. Und wegen

223

der Bosheiten aller Menschen. Und überhaupt – alles sei voller Jammer. Und deswegen komme der Messias nicht."

In der Türöffnung erschien die Gestalt des Synagogenvorstehers. Er trug ein langes, weißes Gewand, seinen Kopf krönte ein runder Turban, der wie ein Kranz gewickelt war. Unter diesem fiel die feine Nase auf, die umso mehr hervorstach, als das Gesicht von einem dunklen Bart wie einem Gebirge umwölkt war.

„Segen sei auf diesem Hause. Aber, oh Jammer, wo wird Segen heute noch gewünscht", und er steuerte auf Quercus zu.

„Seien Sie gegrüßt, ehrenwerter Mann, Haupt dieses Hauses."

„Ich bin nicht das Haupt dieses Hauses. Das ist die junge Frau dort", erwiderte Quercus und legte reichlich Falten über die Stirn, „jedenfalls für alles, was im Haus geschieht."

Der Synagogenvorsteher schaute verunsichert von Quercus zu Mirjam und von Mirjam wieder zu Quercus. Dabei nahm er auch die anderen Frauen wahr, entdeckte jedoch Levi, kniff die Augen zusammen, hob beide Arme gen Himmel und heulte los:

„Oh Jammer, der Schrecken von Magdala! Hier in diesem Hause. Nehmen Sie sich in Acht, liebe Leute, nehmen Sie sich in Acht! Dieser Junge hat alle Teufel im Leib, die es rund um den See gibt. Welch ein Jammer, dass der nicht im Gefängnis festgehalten wurde."

„Er hat überhaupt keinen Teufel im Leib!", sagte Mirjam nervös. Sie spürte in sich wachsende Ablehnung gegen den Besucher, die aber weniger von ihm herrührte, sondern eher aus ihr selber aufstieg.

„Ich bin Mirjam. Und wie heißen Sie?"

„Mein Name ist Jehuda. Gelobt sei, der gütig Gnaden erweist. Aber, oh Jammer, wer nimmt die Gnaden des Ewigen noch dankbar an? Und Sie, verehrte Mirjam, tragen einen wundervollen Namen, der mit der Geschichte unseres erwählten Volkes aufs höchste verwoben ist, den der Schwester des Mose und des Aaron ..."

„Mein Bruder heißt Lazarus. Dann habe ich noch eine Schwester, die heißt Martha. Und mein Name kommt wohl aus dem Ägyptischen und bedeutet so viel wie ,die Geliebte Gottes', oder? Mit Mose hatte ich noch nichts zu tun."

„Oh doch, Sie haben vieles mit Mose gemeinsam. Ich sehe es, ich spüre es. Noch ist es nicht da, aber schon bricht es hervor wie die Blätter aus der Knospe. Sie sind dazu bestimmt, den Ewigen zu entzücken, zu stärken …"

In Mirjam brodelte es. Machte sich der Mann über sie lustig? Die einen verteufelte er, die anderen erhob er zum Himmel. Oder war da etwas in ihr selbst, was sie daran hinderte, ihn ernst zu nehmen? Warum war der Mann eigentlich hergekommen?

„Hören Sie, Herr Jehuda. Es ist ein Jammer, aber es ist eine Tatsache, dass ich den Ewigen seit ein paar Jahren verloren habe. Er ist mir abhandengekommen. Verstehen Sie? Er ist weg. Verschwunden. Und ich bin keine Knospe, ich bin keine Blüte, und nach Entzücken ist mir beileibe nicht zumute. Also, reden wir doch, bitte schön, normal miteinander. Warum sind Sie hergekommen?"

Da schaute der Synagogenvorsteher sie auf einmal mit einem seltsamen Blick an. Mit einem Blick, der irgendwie liebevoll zu sein schien, als würde er sie mögen. Als er dann sprach, leise und bedächtig, lag in seiner Stimme ein feierlicher Klang:

„Unsere Meister lehren: Wer an einem Ort ist, wo Scharen von Dämonen und Räubern hausen, sage ein Gebet. Ein kurzes. Was ist ein kurzes Gebet? Rabbi Eliezer sagt: Tue deinen Willen im Himmel droben und gib Ruhe denen, die dich fürchten, auf der Erde unten. Und dann tue das Gute. Gelobt seist Du, Herr, der Du Gebete erhörst."

„Der hat jetzt seit einer Minute nicht ‚Jammer' gesagt". Levi konnte sich den Kommentar nicht verkneifen.

„Levi! Halt die Klappe. Warum also sind Sie hier?"

„Nach dem Gottesdienst am letzten Schabbat sagten mir einige, hier oben sei eine neue Familie eingezogen, vielleicht seien es Juden. Da war es mir eine angenehme Pflicht, heraufzukommen und den Segen des Ewigen und seiner heiligen Engel auf dieses Haus zu legen. Aber oh Jam…", er blähte die Backen und hüstelte brav „… oh ja, hier finde ich nicht nur Juden, wie ich sehe. Dieser starke Mann ist wohl aus Germanien gebürtig. Und die liebreizenden Frauen …"

„Dies hier ist Salma, sie kommt aus Philadelphia; und diese ist Muzifungi, sie kommt von weit hinten aus Afrika. Und Herr

Quercus, der über alles zu wachen hat, stammt aus Treverum. Sie sehen, Herr Jehuda, das sind alles keine Juden. Nur Levi und ich, wir …"

„Ich weiß, ich weiß. Ich hatte gehofft, wir bekämen etwas Zuwachs für unsere Sammlung. Anfangs war dies ein rein jüdischer Ort, er hieß Magdala. Aber dann kamen immer mehr Ausländer, Heiden von überall her, aus der ganzen Welt! Und reden ihre Sprachen. Unser geheiligter Lebensraum wird durch ihre Götzenbilder und Statuen verunreinigt, er wird immer enger. Wir haben uns zurückgezogen in unser eigenes Viertel und nennen die ganze Stadt nur nach ihm, nach Magdala. Den heidnischen Namen nehmen wir nicht auf unsere Lippen. Deswegen wäre es schön, wenn Sie, Mirjam von Magdala, zu uns kämen und unsere kleine Gemeinde verstärkten."

„Hören Sie, guter Mann. Ich persönlich bin weit weg von Ihrer Gemeinde. Meine Engel, das sind diese beiden Frauen hier. Und mein Mose ist dieser trevirische Centurio. Und der einzige Jude im Haus, dieser Levi, ist nach ihren Worten ein Teufel. Und meine Synagoge, ob es Ihnen behagt oder nicht, ist dieses Haus. Aber wir müssen es neu bauen. Wir sollen es sehr schön bauen, sagte der Herr des Hauses. Er kommt aus Kampanien und ist ein großer Kaufmann. Auch er ist ein Heide, er ist unterwegs und macht Geschäfte mit Heiden. Verstehen Sie? Es liegen viele Sorgen und Arbeiten vor uns. Ich habe weder Interesse noch Zeit für ihre Gemeinde."

„Ahhh", das Gesicht des Synagogenvorstehers hatte sich aufgehellt, „Sie wollen bauen! Das ist ja großartig. Wir brauchen nämlich eine neue Synagoge. Welch ein Jammer, dass wir die alte aufgeben müssen, Sie haben sie sicher schon gesehen, unten am Cardo, aber da läuft so viel Wasser hinein und sie ist auch zu klein geworden, viel zu klein, und drum herum wohnen nur noch Heiden, also das Gemäuer würden wir gern verkaufen. Wenn Sie die haben möchten? Und wenn Sie dann helfen könnten, uns eine neue zu bauen …"

„Herr Jehuudaaa! Sie wollten herkommen, sagten Sie soeben, um unser Haus zu segnen. Nicht um Geschäfte zu machen. Oder gehört das zusammen? Haben Sie unser Haus inzwischen gesegnet oder wird das jetzt schnell geschehen?"

„Ja ja, ich gehe ja gleich. Aber eines möchte ich noch sagen, etwas Geheimnisvolles zu ihren großen Namen, Mirjam, der Sie so eng mit Mose verbindet. Der Rabbi Amram hat nämlich gesagt, dass der Rabbi Nachman gesagt habe, dass wir lehren sollten, dass Mirjam Prophetin war, als sie die Schwester Aarons war, und dass sie gesagt habe, dass meine Mutter einen Sohn gebären werde, der Israel erlösen wird. Und als Mose dann geboren war, erfüllte sich das ganze Haus mit Licht und Glanz. Und da stand ihr Vater auf und küsste sie aufs Haupt und sagte zu ihr: Meine Tochter, deine Prophezeiung hat sich erfüllt … Sehen Sie Mirjam, Sie sind eine Prophetin. Und durch Sie kommt Licht in unsere Stadt und erfüllt sie ganz und gar und wird Ihren Namen durch alle Zeiten bis in die Ewigkeiten erhalten."

Mirjam blieb ungerührt.

„Fein, das war ein schöner Segen. Sind Sie jetzt durch? Ich habe auch einen Segen, aber der hört sich anders an: Ihre Mose-Mirjam hat irgendwann mal ein Lied gesungen und Rosse und Wagen ins Meer geworfen – das werde ich nicht singen und auch nicht tun. Und Ihre Mirjam, erinnere ich mich, hat irgendwas gegen Mose gesagt, wahrscheinlich hatte sie Recht, diese Frau, aber Gott, Ihr Ewiger, hat sie daraufhin mit Aussatz gestraft und sie wurde weiß. Schlimm, denn Muzifungi, einer meiner Engel, hat gesagt, dass Gott nicht straft, und das gefällt mir besser. Und Ihre Mirjam – hieß die Mutter nicht Jochebed? In Ägypten geboren? Meine hieß Rahel, in Israel geboren – wurde aus dem Lager verbannt für sieben Tage oder so, aber der heidnische Herr dieses Hauses hat mich nicht verbannt. Und gestorben ist sie auch schon, Ihre Mirjam, irgendwo in der Wüste Zin."

Der Synagogenvorsteher legte den Kopf auf die Seite. Und als fühlte er sich überhaupt nicht angegriffen, sagte er vergnügt:

„Rabbi Jose hat gesagt, dass drei gute Fürsorger Israel beistanden: Mose, Aaron und Mirjam. Und ihretwegen wurden drei Gaben gegeben: der Brunnen, die Wolke, das Manna. Der Brunnen aber Mirjam zuliebe. Denn als Mirjam starb, entfernte sich der Brunnen, und nach ihrem Tod gab es kein Wasser mehr für die Sammlung des Heiligen. Und er, der Heilige, gelobt sei er, hat Mirjam auch ‚Hirtin‘ genannt, denn es heißt: Drei Hirten schaffe weg ich in einem Monat …"

„Hören Sie, Herr Vorsteher, ich war Hirtin. Ich habe 70 Schafe und Ziegen geführt. Jahrelang. Und niemals ein Tier verloren. Aber Ihr Ewiger hat meine Eltern verloren, oder, wie sagten Sie gerade?, weggeschafft. Meine Eltern … Und noch jemanden. Und noch jemanden … Das muss er mir erst mal erklären, Ihr Ewiger."

Sie atmete tief. Dann wurde sie etwas ruhiger:

„Aber das mit dem Brunnen war ein passendes Stichwort: Wir müssen uns nämlich um unseren Brunnen kümmern. Und dazu brauchen wir Arbeiter. Man kann nämlich nicht die Hände in den Schoß legen und warten, bis Engel arbeiten. Ich werde mich freuen, ich hoffe es, wenn ich Sie später, in ein paar Monaten, wiedersehen kann. Und nun: Einen guten Tag."

Salma ergänzte, wobei sie nicht zu Mirjam schaute:

„Ja, sehen und bewirten. Wir würden uns freuen, ganz gewiss, jeder von uns würde sich sehr freuen, Herr Jehuda."

Als der Synagogenvorsteher gegangen war, standen alle gleichermaßen betreten wie erleichtert im Raum. Levi fand, die Gelegenheit sei endlich gekommen, einen Vers aus Jesus Sirach zum Besten zu geben; aber bevor er den Mund auftun konnte, sagte Muzifungi mit ihrer warmen Stimme ganz normal und sehr bestimmt:

„Eeeh, auf dir muss ein Segen liegen, Mirjam!"

Die drehte sich um, hob ihren Zeigefinger zur Stirn und meinte:

„Ihr habt sie wohl nicht mehr alle!"

XXX

Die nächsten Tage vergingen mit Hausarbeiten: mit Räumen und Säubern im Haus, ums Haus herum mit Umgraben, Steine wegschaffen für den geplanten Garten und für Wege, den Brunnen säubern und ausbessern. Immer genauer formulierten sie ihre Vorstellungen, malten auf Papyrusbögen, wie das Haus aussehen sollte, draußen und drinnen, an welchen Stellen Licht und Sonne einfallen, wo Fenster und Türen eingebaut sein müssten, wie man frische Luft zuführen und wieder wegleiten könnte, damit die Bewohner nicht in Ruß und Qualm erstickten. Auch über die Lage der Räume hatten sie ihre Vorstellung entwickelt, wo die Latrine angelegt werden sollte und wo das Bad. Nein, zwei Bäder: ein Warmbad für die Frauen, ein kaltes für die Männer. Bezüglich der Unterkünfte für Sklaven spielten sie verschiedene Möglichkeiten durch und ebenso für die Werk- und Abstellräume. Nicht zu vergessen die Ställe für Pferde und Wagen.

Da stellte Quercus eine überraschende Frage:

„Mirjam, können Sie überhaupt reiten?"

„Reiten? Oh, ich habe mich mal auf einen Ziegenbock geschwungen und an seinem Fell festgekrallt, aber ich weiß nicht, wer von uns beiden mehr gelacht hat. Pferde gab es bei uns nicht."

„Nun gut, dann müssen Sie halt reiten lernen."

„Ich? Reiten auf einem Pferd?"

„Hören Sie, das ist für Frauen zwar unüblich, und Sie werden noch mehr Aufsehen erregen. Aber Herr Favinus geht sicher davon aus, dass Sie reiten können, wenn er zurückkommt. Bei uns in Germanien haben wir Frauen, die können reiten. Auch kämpfen. Was für ein Pferd möchten Sie denn haben?"

„Was für ein Pferd? Ich habe keine Ahnung – kann man da eines wählen? Ich möchte, hm, ich möchte ein widerspenstiges haben. Eines, dass ich zähmen muss und das sich nur von mir reiten lässt!"

„Ein widerspenstiges!? Na höre sich das einer an, Levi. Verstehst du das? Also gut, gehen wir einen bockigen Gaul suchen."

„Quercus, der Gaul muss auch schön sein!"

Es folgten lustige Tage. Quercus hatte eine Araberstute gekauft, für viel Geld, ein fast zierliches Pferd, noch nicht an Halfter und Strick gewöhnt. Scheu und ablehnend gegen jeden, der sich ihm näherte. Aber es war von ausnehmender Schönheit, von einer Grazie und Eleganz, dass man nur noch zuschauen wollte, wenn es lief und den Kopf hochwarf und sich drehte. Und ebenso gern wollte man Mirjam zuschauen, wenn sie sich dem Pferd näherte, stundenlang die Stute ruhig fixierte, bis diese wusste, dass sie es mit ihr zu tun hatte und Vertrauen gewann. Dann kam der Tag, wo sie sich von Mirjam zäumen und sich schließlich auch von ihr reiten ließ. Aber sie duldete nur Mirjam.

Zwischendrin erhielten sie Besuch. Zuerst vom Stadtpräfekten. Der stolzierte durch alle Räume, äußerte ein ums andere Mal sein Wohlwollen, schritt um das Haus herum, eher ratlos als verständig, und schaute sich alles genau an. In diesen Dingen war Qercus Fachmann, wusste, wie man mit solchen Herrschaften umzugehen hatte, was sie gern hören wollten, wie viel Schmeicheleinheiten erwartet wurden. Damit nahm er den Frauen viel Last ab. Und umgekehrt ließen sich die Männer der Stadt von ihm etwas sagen. Immerhin war er Centurio unter Quirinius gewesen, und jetzt diente er als Verwalter des großen Favinus; ein solcher Mann erforderte Respekt.

An einem anderen Tag erschien Caesennius mit Drusus. Es fiel auch Salma und Muzifungi bald auf, dass dieser, während er nach allem und jedem fragte, eigentlich nichts richtig anschaute. Was suchte der eigentlich? Warum war er gekommen? Wieder meisterte Quercus die unangenehme Situation und zeigte dem Besucher alles und jedes, was der augenscheinlich gar nicht sehen wollte. Dabei legte er mit seinem einen Auge erneut solche Würde an den Tag, dass Caesennius keinen Anlass fand, über Sichtbares zu frotzeln oder über Unsichtbares zu nörgeln.

Mirjam blieb nicht verborgen, dass Levi sich für die Zeit des Besuches von Caesennius unsichtbar gemacht hatte. Warum war der Bengel plötzlich verschwunden?

Als Caesennius das Grundstück verlassen wollte, machte Drusus ihn auf ein weißes Pferd aufmerksam, das hinten am Gatter stand. Der Agent blieb wie angewurzelt stehen, dann bewegte er sich langsam auf den Zaun zu. Schließlich fragte er ungläubig:

„Ist das Euer Pferd, Herr Quercus?"

„Nun, wir haben es gekauft, und jetzt gehört es zum Haus", erwiderte der vorsichtig.

„Den Araber kann niemand reiten, sage ich Ihnen. Ich habe es schon probiert, er wirft jeden ab. Ein schönes, aber unnahbares Pferd. Nur zum Angucken."

„Ich gehe davon aus, dass Sie Recht haben, Herr Caesennius."

Am Abend rief Mirjam ihre Mannschaft zusammen und legte den Freunden ihre Überlegungen vor. Mit der Vorplanung ihres neuen Hauses seien sie so weit vorangekommen, dass sie jetzt einen Architekten suchen könnten. Sie wolle den Vorschlag von Quercus umsetzen und einen guten Baumeister in Sepphoris finden. Also stehe in den nächsten Tagen ein Ausflug in die Provinzhauptstadt auf dem Programm. Dorthin würde sie mit Quercus gehen bzw. reiten. Ferner erweise sich eine zweite Reise als notwendig, nämlich nach Tyrus ins Kontor von Favinus Alexander. Dort sei einiges wegen des Geldes und der Siegel und mancher Schriftstücke zu klären. Ob Levi schon Ideen für ein sicheres Versteck für viel Geld habe? Gut, das wäre dann auch geregelt. Von Sepphoris würde sie mit Quercus gleich weiterreiten bis nach Tyrus. Insgesamt wären sie acht bis zehn Tage unterwegs, wenn alles gut ginge.

Und drittens hätte sie noch eine private Reise zu tätigen: In einer Höhle in der Wüste bei Bethanien am Ölberg lagerten Säcke mit persönlichem Inhalt, den sie von ihrer damaligen Freundin erhalten hatte. Einiges davon wollte sie jetzt hierherholen. Dorthin würde sie am besten mit Levi reiten (sie dachte an die enge Öffnung zur Höhle), wenn sie von der anderen Reise zurückgekommen sei. Aber für Bethanien bräuchten sie zwei bis drei Maultiere, die sie selbst und die Lasten tragen könnten.

„Ich kann schon auf einem Maultier reiten", rief Levi und war in Erwartung der großen Reise ganz aufgeregt.

„Fein, dann lerne es noch besser und überlege, was wir alles für die sieben Nächte und sechs Tage brauchen. Du musst mich schließlich beschützen."

Quercus avancierte in der nächsten Zeit zum Reitlehrer, was ihn kein Stöhnen kostete, denn seine Schülerin offenbarte sich als Naturtalent. Anfangs saß Mirjam ohne Sattel auf der Araberstute, dann fragte sie, ob man nicht auch ein Kissen oder eine Decke benutzen könnte. Quercus kratzte sich am Kopf, schaute auf seinen Sitz, wie er ihn von zu Hause kannte und wie die Römer ihn übernommen hatten: auf Kissen oder Decken ein flacher Sattel aus gewölbtem Leder, mit je zwei unterschiedlichen Hörnern vorne und hinten, die Halt gaben. Als Salma sich die Erfindung anschaute, fragte sie, wie etwa sie auf solch ein Pferd aufsteigen könnte. Muzifungi schlug vor, eine Leiter neben das Pferd zu stellen. Levi aber glänzte mit der Idee, eine Leiter vom

Sattel herunterhängen zu lassen, oder nur eine Stufe – und damit war der Steigbügel im römischen Reich erfunden.

Mirjam gewann Tag für Tag mehr das Zutrauen ihrer Stute, und sie gewöhnten sich aneinander. Allerdings, eine störende Angewohnheit besaß das eigenwillige Biest doch: Es knabberte gern an dem Strick, an dem es geführt wurde. Na warte, dachte Mirjam, und überlegte, welches Kraut dagegen helfen könnte. Doch nun hatte sie den Namen für ihr Pferd gefunden: Alrescha, der Strick.

Der Ritt nach Sepphoris führte sie und Quercus, der alle Utensilien in ledernen Taschen mit sich führte, zunächst durch das langgestreckte, windungsreiche Tal des Arbel hinauf bis in die Ebene Sebulon, die sich zum Meer hin erstreckte. Weiter nördlich im Gebirge ahnten sie die Stadt Gabara, eilten vorbei am Städtchen Kana, das wie ein Hut den Hügel rechts von ihnen bedeckte. Am Militärposten auf dem nächsten Hügel bogen sie nach links ab und durchquerten die fruchtbare, von Schlangen wimmelnde Ebene bis zum aufragenden Sepphoris, wo der König residierte. Wie sein Vater übte auch er sich im Bauen, aber den Ruhm des Alten konnte er nicht erreichen. Am Nachmittag kamen sie dort an und suchten ein angenehmes Quartier. Ihre Aufgaben hatten sie so abgesprochen, dass Mirjam das Gespräch mit dem Architekten führen, die gefundene Entscheidung dann von Quercus vorgetragen werden sollte.

Am nächsten Morgen wanderten sie schon früh durch die Stadt, wo in der Tat viel gebaut wurde. Ihnen fielen die zahlreichen Glaswarenhändler auf, die in ihren Läden farbige Gläser feilboten. Mirjam und Quercus hielten jedoch die Augen offen, um zu sehen, was wo von wem wie gebaut wurde oder schon errichtet worden war. Durch kurze Gespräche mit diesem und jenem gewannen sie weitere, wichtige Informationen über Namen und Preise und Qualitäten. Schließlich fanden sie sich gut genug vorbereitet, jemanden anzusprechen und nach einem trefflichen Baumeister zu fragen. Sie schlenderten gerade durch das kleine Amphitheater, das sich noch im Bau befand. Unter einem Sonnendach sahen sie, über Zeichnungen gebeugt, einen älteren Mann stehen. Der könnte wohl Erfahrung besitzen. Quercus sprach ihn an:

„Guter Mann, Sie können uns womöglich einen Rat geben."

Der Mann hob ruhig den Kopf und schaute sie offen an. Er hat gütige Augen, dachte Mirjam, die überraschen mich bei einem, der mit Steinen und Holz arbeitet. Was ist das für ein Mensch?

„Ich bin Josef. Womit kann ich euch helfen?"

„Ich bin Quercus aus Tarichea, ehemaliger Centurio, wie man am Auge sieht; dies ist Mirjam von Magdala. Wir sollen, also wir möchten, naja eigentlich sollen wir …"

„Unser Herr, ein großer Kaufmann aus Kampanien, möchte, dass wir eine prächtige Villa bauen", nahm Mirjam ihrem Centurio das Gefecht mit den Worten ab. „Eine schöne Villa in Tarichea. Und dazu suchen wir einen guten, einen sehr guten Baumeister, der auf neue Ideen eingeht. Können Sie uns jemanden empfehlen?"

Während sie sprach, fiel ihr Blick auf einen jungen Mann im Hintergrund, der ihnen den Rücken zukehrte; er meißelte hohe Kanten in einen mächtigen Quaderstein. Mirjam sah das Muskelspiel seines wohlgestalteten Körpers. Aber der Mann blickte sich nicht um.

„So, so, einen trefflichen Baumeister für Tarichea. Wir haben hier einen, der wurde extra aus Kampanien geholt. Aber, wenn Sie das verstehen, den muss schon ein König einladen. Er hat zwei Assistenten bei sich, und einer von den beiden gefällt mir, der hat Ahnung. Aber er steht im Schatten der beiden anderen, die lieber viele Worte führen als Arbeiter anleiten. In jeder Säule möchten sie sich selbst verewigen. Der, den ich gut finde, heißt Solon Campanus."

„Und wo finden wir den Herrn Solon?"

Mirjam schaute wieder zu dem jungen Mann im Hintergrund. Er hatte seine langen schwarzen Haare wie den Schweif eines Pferdes gebunden; sie fielen auf seinen verschwitzten Rücken hinunter. Meister Josef zwinkerte Mirjam zu:

„Nein, der ist es nicht. Den Solon Campanus finden Sie unten bei der Bühne des Theaters, zwischen den Arbeitern, gewiss mit Rollen unterm Arm."

Er beugte sich zu Mirjam und fügte leise hinzu:

„Er sieht gut aus!"

Mirjam errötete, ärgerte sich über sich selber und sagte: „Wir danken euch, Herr Josef."

Den Solon Campanus zu finden, erwies sich in der Tat als einfach. Nach Klärung einiger Fragen von beiden Seiten zeigte er sich bereit, sie am Abend in ihrer Herberge aufzusuchen. Dort kamen sie bald zu einem Einvernehmen. Er wollte sie in Tarichea treffen und sich alles anschauen. In der Nacht träumte Mirjam von einem gütigen, weisen Alten mit einer starken Schulter und von einem jungen Mann ohne Gesicht, dessen lange schwarze Haare wie ein Zopf auf den nackten, kräftigen Rücken reichten. Dabei sah sie im Traum, wie über die linke Schulter des jungen Mannes eine Narbe lief.

Ihr Besuch in Tyrus erstaunte sie beide. Waren sie dort erwartet worden? Auffallend höflich wurden sie empfangen, und alles schien zu ihrer Verfügung bereitgestellt worden zu sein. Die eisenbeschlagenen Truhen mit 300.000 Sesterzen würden geschickt werden, sobald sie darum bäten. Die notwendigen Siegel und Schriftstücke händigte man ihnen im Kontor entgegenkommend aus. Das Haus war ein schöner Bau, einfach, aber stilvoll, mit nur einigen, aber echten Malereien und teuren Holzarbeiten. Das also ist sein Geschmack, überlegte Mirjam: wenig, aber fein und aufeinander abgestimmt. Echte Sachen. Kein protzender Luxus, sondern erlesene Kultur, zurückhaltend und überlegt ausgewählt. Viel edles Holz. Die Dachterrasse mit den Büschen und Bäumchen gefiel ihr besonders.

Der Frühling deutete sich an, als sie zur dritten Reise aufbrach, wieder auf Alrescha, während Levi ein Maultier ritt. Zwei weitere führten sie an Stricken mit sich. Mitten in der Nacht brachen sie auf, schlichen lautlos durch das schlafende Tarichea, ersparten sich damit neugierige Fragen. Mirjam hatte sich wie ein Mann gekleidet und ihre langen Haare unter einem kleinen Turban versteckt. Ihre weiße Stute fiel deswegen mehr auf als sie selbst. Sie waren wohl Boten, vermuteten die Leute, die Pferd und Maultiere ihrem Herrn brachten.

Ihren ersten Halt legten sie in Skythopolis ein, der großen griechisch-römisch geprägten Stadt, die zur Dekapolis gehörte. Mirjam schaute sich Gebäude und Villen an, prüfte in der Herberge, was ihr gefiel und was unpassend war, um alle Erfahrungen zu eigenen Vorstellungen zu entwickeln. Am nächsten Tag erreichten sie Alexandrium, und am dritten Tag langte Mirjam, an Jericho vorbei, auf heimischem Gebiet an. Wie vertraut ihr hier jede Pflanze vorkam, jede Höhle und Schlucht und jeder Buckel! Übermächtige Erinnerungen kehrten lebendig zurück, die ihre Seele durcheinanderwirbelten, mit Schönem und Schwerem. Dort stand der Baum, unter dem sie ihre ersten griechischen Dichter gelesen hatte. Da hinter den Hügeln war die Stelle, wo sie sich entschieden hatte, zur Mansio der Römer zu gehen in jener Nacht …

Nein, nein. Vorbei, vorbei! Nicht einer Sache nachträumen, die nur Schmerz bringt.

Sie hatte überlegt, dass es ratsam wäre, in dieser Gegend möglichst niemandem zu begegnen. Also mied sie alle Wege, was ihr dank der Kenntnis des Geländes leicht gelang. Auf keinen Fall dürfte sie in die Nähe von Bethanien kommen oder Hirten begegnen, die etwas melden könnten. Aber in der Wüste wird man gesehen ohne selbst zu sehen, das ließ sich nicht vermeiden. Versorgt mit Wasser und Brot und Früchten, nächtigten sie in einer der Höhlen, die sie von früher kannte, und entschloss sich, am nächsten Tag bei Licht die Mulde zu finden und zu inspizieren, ob dort etwas auffiele. Levi war recht gespannt, wusste er doch nicht, worum es eigentlich ging. Seine flinken Augen verschafften Mirjam willkommene Hilfe, alles und jedes rechtzeitig zu entdecken. Einmal mussten sie einen Umweg einschlagen, weil Levi eine größere Herde samt Hirten erspäht hatte. Deren Hunde hatten ihren Geruch zum Glück nicht aufgenommen. Alrescha fühlte sich in dem Gelände wie zu Hause, sie spürte jedes Loch.

Nach einigem Suchen war die Mulde mit der Höhle gefunden, dort schien alles unberührt, war nur ein wenig mehr zugewachsen. Sie bat Levi, hinunter zu krabbeln und den wilden Rosenbusch zu prüfen – tatsächlich, er ließ sich verrücken. Und dahinter konnte Levi den Stein fühlen, der sich nur mit Kraft bewegen ließ.

In der nächsten Nacht zogen sie los. Dieses Mal leuchtete kein Mond, und keine silbrig schimmernden Wolken wiesen den Weg. Mirjam sah fast nichts, sie fühlte sich unwohl, aber auf ihre

Stute konnte sie sich verlassen. Sie ließ ihr die Führung. Und in traumwandlerischer Sicherheit fand der Araber die Mulde. Mirjam hatte überlegt, welche Sachen sie mitnehmen und welche sie hierlassen sollte. Dabei erinnerte sie sich, dass sie noch gar nicht in alle Säcke hineingeschaut hatte. Es würde also einige Zeit in Anspruch nehmen, bis sie wusste, woraus ihr Eigentum tatsächlich bestand und was sie nach Tarichea bringen würde. Die Tiere führte sie in eine benachbarte Mulde und band sie an Gestrüpp fest.

Levi war schrecklich aufgeregt. Er kroch in die Höhle, sah sich beim Schein einer kleinen Fackel um und meldete, alles schaue gut verpackt aus. Dann reichte er einen Beutel nach dem anderen durch die enge Öffnung hinaus, bis sechs große Lederbeutel, dazu drei aus Leinen und vier kleinere Säckchen vor Mirjam auf der Erde lagen, und noch der Ambikos, den Levi vorsichtig durch das Loch reichte. Mirjam zündete nun auch draußen eine Fackel an, um sehen zu können, was alles aus den Säcken zum Vorschein käme. Levi flüsterte, da sei noch ein anderer Haufen, unter einem großen Tuch verpackt. Oh je, Mirjam erinnerte sich, dass sie ja auch den Inhalt der großen Amphoren und Tragesäcke in kleine Beutel umgepackt und ebenfalls hier in der Höhle verstaut hatte. Zu den 13 Säcken sortierte sie weitere 19 kleinere und größere Beutel hinzu, die alle jene Kräuter und Salben, Öle und Gifte enthielten, in deren Kunst Selene sie sorgsam eingeführt hatte. Auch das Buch des Bolos von Mendes war dabei, in das Kleopatra ihre eigenen Beobachtungen dazugeschrieben hatte. Und die Bücher der Dichter, die Selene ihr gebracht hatte. Auch schöne Becher und kostbare Vasen kamen zum Vorschein, ebenso Ringe und anderes Geschmeide. Ob Kleopatra die getragen hatte?

Es dauerte einige Stunden, bis alles sortiert auf dem Boden lag. Als sie einen schweren Sack öffneten, kullerten ihnen Hunderte von Goldmünzen entgegen. In einem anderen fanden sie zwölf schwere Goldbarren, groß wie ein Kinderarm. Aber Geld brauchte sie wirklich nicht, diese Dinge konnten hier bleiben. Einige größere Vasen wollte sie ebenfalls zurücklassen. Für den Ambikos dagegen mit seinen feinen Glasröhren und dem zerbrechlichen Aufbau hatte sie eigens einen Holzkasten mitgebracht, in den das kostbare Gerät vorsichtig und von Lappen umhüllt eingefügt wurde. Wichtig waren natürlich die Aufzeichnungen von Selene, auf der diese notiert hatte, was für Kräuter und Substanzen dies und jenes waren und wozu man sie gebrauchen konnte. Und den Schmuck nahm sie mit, für Salma und Muzifungi als Geschenk.

Sie waren gerade dabei, alle Beutel und Säcke aus der Mulde heraus zu tragen, als sie Geräusche hörten. Jemand kam. Kam schnell näher in der Dunkelheit. Und dann kläfften sie, die beiden Hunde, sprangen an ihr hoch, jaulten vor Freude, konnten gar nicht genug mit ihren Zungen Mirjams Gesicht lecken und ihrem Glück Ausdruck verleihen, dass sie ihre Herrin wiedergefunden hatten. Es waren Setschheb und Hekenu. Als Levi seinen Schrecken überwunden hatte, fragte er:

„Woher wussten die, dass du hier bist?"

„Die Hunde haben das gespürt, gerochen. Ich weiß nicht wie, aber sie merken über weite Entfernungen, wenn jemand da ist, dem sie sehr verbunden sind."

In der Mulde nebenan waren die Maultiere unruhig geworden, Alrescha sogar sehr unruhig. Mirjam ging hin, beruhigte sie und führte langsam und vorsichtig die Hunde näher:

„So ihr zwei, ihr werdet jetzt alle zusammen Freunde. Hörst du Setschheb? Und du auch, Hekenu. Alrescha, lass dich beschnuppern, die beiden sind Freunde."

Alrescha schnaufte und wich einen Schritt zurück, aber die Hunde waren vorsichtig und lieb – und in der Tat: Alle konnten sich schnell annehmen. Aber deutlich spürte Mirjam, dass die Hunde älter geworden waren.

„Und was machen wir mit ihnen? Schickst du sie wieder zurück?"

„Levi, die kann keiner zurückschicken. Die kommen mit uns mit. Eigentlich gar nicht so schlecht für unsere Villa."

Es dauerte einige Zeit, alle Säcke und Beutel sicher auf dem Rücken der Maultiere zu befestigen. Für den Ambikos hatte sich Mirjam ein Tragegestell gebastelt, so dass sie das einzigartige Gerät auf ihrem Rücken vorsichtig transportieren konnte. Levi trug Goldbarren und Golddenare wie auch die Vasen wieder in die Höhle, dann verschloss er sorgfältig das Versteck. Mirjam selber richtete die Mulde so her, dass kein Hinweis auf den nächtlichen Besuch zu sehen war.

Als die aufgehende Sonne die Berge weckte, bewegte sich die kleine Gruppe, um zwei Hunde größer geworden, zurück in die Höhle der letzten Nacht. Nach ein paar Stunden Erholung setzte sich der Zug wieder in Bewegung, hinunter nach Jericho.

Ein Gefühl sagte Mirjam, es könnte ratsamer sein, den Weg zurück nicht durch die gleichen Dörfer und Städte zu nehmen wie auf dem Herweg. So durchquerten sie den Jordan und zogen auf der anderen Seite nach Norden, wo das Gelände auch ebener war. Immer wieder dachte sie, wenn die Leute wüssten, welche Schätze da an ihnen vorüberziehen, dann würden sie uns nach jeder Wegbiegung überfallen. Aber außer spöttischen Blicken von einigen und netten Grüßen von anderen passierte nichts weiter.

Sie kamen an diesem Tag ein weites Stück nach Norden. In der Nähe des Jabbok-Flusses nächtigten sie bei einem freundlichen Gutsbesitzer, der ihnen seinen schönen Garten mit Brunnen zum Ruhen angeboten hatte. Am sechsten Tag ihrer Reise erhoben sie sich mit dem ersten Tageslicht und eilten, so schnell die Tiere es vermochten, in Richtung der Stadt Pella, die sie aber im Osten liegen ließen. Bevor sie den Fluss Jarmuk erreichten, entschied sich Mirjam, auf der anderen Seite des Jordan weiterzuziehen, wo man jetzt auf ebener und gerader Straße, wie sie sich erinnerte, bequem vorankam.

Als sie Alrescha in die Furt des Jordan führte, kam ihr eine Karawane entgegen. Mirjam zählte 20 Maultiere; an ihrer Spitze ritt ein junger Araber auf einem Kamel. Als er sein Dromedar an Alrescha vorbeilenkte, merkte Mirjam, wie er intensiv zum Reiter des auffallenden weißen Pferdes hinüberschaute, der etwas auf seinem Rücken trug. Aber sie hatte ihr Gesicht in ein Tuch verhüllt, so dass er nur ihre Augen sehen konnte. Mehr nicht.

Gegen Abend erreichte Mirjam das Südende des Sees Genezareth. Nach nur kurzer Ruhe zog sie mit Levi und den Hunden und Maultieren nachts weiter, an den heißen Quellen vorbei; sie erinnerte sich ein weiteres Mal. Zur vierten Nachtwache stolperte die kleine Schar müde durch die schlafende Stadt. Zu ihrer Überraschung sah Mirjam schon von fern, dass vor ihrem Haus eine Fackel brannte.

Muzifungi und Salma empfingen sie wachend an der Tür.

„Wie habt ihr gewusst, dass wir kommen?"

„Du musstest heute Nacht kommen."

„Wieso das?"

„Was du sagst, das hältst du ein."

„Und was habe ich gesagt?"

„Sechs Tage und sieben Nächte."

XXXI

Etwa vier Wochen waren vergangen, seit er damals Tarichea verlassen hatte. Aber keine Spur von seinem Sohn. In Jerusalem
hatte er dem Statthalter einen Anstandsbesuch erweisen wollen, aber der war nicht im Quartier. Der diensthabende Hauptmann zeigte sich entgegenkommend, Favinus hatte ihm auch 2
Golddenare in die Hand gedrückt. Aber zum Tod des Soldaten,
leider, könne er ihm gar nichts mitteilen. Man wisse vom tragi-
schen Unfall des Legionärs nur deswegen, weil ein entgegen-
kommendes Kriegsschiff eine diesbezügliche Mitteilung per
Zeichen erhalten und mitgebracht hätte. Und das Schiff, auf
dem dieser Octavus gefahren sei, müsse schon seit geraumer
Zeit in Alexandria eingetroffen sein. Der Kapitän werde gewiss
einen Bericht senden.

Was Favinus auffiel, waren die fast gleichlautenden Worte, die
dieser Hauptmann gebrauchte; gleichlautend mit jenen, die ihm
sein Sklave aus Caesarea mitgebracht hatte. Als seien alle Betei-
ligten mit einem festen Text versehen worden, den jeder nun gehorsam aufsagte. Und warum dieser Octavus plötzlich zu einer
anderen Einheit versetzt worden sei? Tja, so etwas komme beim
Militär immer wieder vor. Und warum sei er bedrückt gewesen?
Davon habe er nichts gehört, aber das sei für Soldaten kein au-
ßergewöhnlicher Gemütszustand. Als Favinus auch noch wissen wollte, wo denn die Abteilung dieses Octavus in Jerusalem
untergebracht gewesen sei, zögerte der Offizier etwas, winkte
einen Legionär herbei, wechselte mit ihm einige Sätze und antwortete, eigentlich sei er hier in der oberen Garnison stationiert
gewesen, aber des Öfteren sei er auf Posten ins umliegende Land

geschickt worden. Ab diesem Punkt ihres Gespräches begann nun der Hauptmann sich zu erkundigen, warum Favinus so detailliert nach gerade diesem Soldaten frage. Favinus antwortete, dass dieser Mann der Sohn eines guten Freundes in Kampanien gewesen sei, und dem wolle er so genau wie möglich Bericht erstatten. Das verstehe er, hatte der Hauptmann geantwortet – und beendete das Gespräch so höflich, wie er es geführt hatte.

Als Favinus die Garnison verließ, merkte er nicht, dass der Hauptmann den Legionär ein zweites Mal herbeirief, ihm einige Anweisungen gab, wobei er mit dem Finger auf den Mann wies, der bedachten Schrittes auf das Tor der Garnison zuging – vorbei an Soldaten, die mit Speeren auf einen Schild an der Mauer warfen.

Favinus war klar geworden, dass er mit derlei Kontakten nichts herausfinden, nur immer die gleichen Sätze hören würde. Er müsste näher an die Quelle, an den Kapitän heran. So hatte er sich auf den Weg nach Alexandria begeben, zu Land, dicht unter der Küste. Er war dem wahnwitzigen Gedanken gefolgt, dort habe jemand vielleicht die angeschwemmte Leiche gefunden. Aber wen er auch fragte, man blickte ihn überrascht oder auch belustigt an: angeschwemmte Leiche? Von einem römischen Legionär? Nein, wirklich nicht.

Einen Trost gab ihm diese Reise dennoch: Er würde sich nie den Vorwurf machen müssen, auch nur eine Möglichkeit, seinen Sohn zu finden, ausgelassen zu haben. Tag für Tag glitten seine Augen über die Wellen des Meeres, prüften jeden Wellenkamm, der etwas dunkler erschien als die anderen, betrachteten hoffend jedes Stück Treibholz, ob es vielleicht der Leichnam wäre. Seine Gespräche mit Fischern, sein sehnsüchtiges Fragen, ob deren geübte Augen vielleicht etwas entdeckt hätten, brachten ihm sogar Erniedrigungen ein: Mancher wettergebräunte Mann schaute ihn mitleidig an, ob er noch bei Verstand sei.

Ja, er war auf dieser Reise schlichter geworden, einfacher. Es ging nicht mehr um große Geschäfte wie sein ganzes Leben lang, nicht um Millionen von Sesterzen, die seinen Ruhm im römischen Reich begründet hatten. Er trat nicht mehr sicher auf wie einer, der alles in der Hand hatte. Er suchte wie ein Blinder.

Und dann war da jetzt auch noch dieses Mädchen.

Sie ging ihm nicht aus dem Kopf, diese junge Frau. In ihr hatte er etwas Natürliches, etwas Ehrliches entdeckt, etwas Gerades, was es in seinem ganzen Leben bisher nicht gegeben hatte. Doch, bei Calatoria hatte er auch diese Klarheit gespürt. Leute dieser Art, sofern sie es überhaupt geschafft hatten, bis zu ihm vorzudringen, galten in seinen Augen als naiv. Als dumm. Er konnte sie leicht reinlegen. Sie gaben ihm stets das Gefühl, der Überlegene zu sein, der Tüchtige, der versierte Kaufmann, der alles bekam, was er wollte. Nie wäre er auf die Idee gekommen, dass solch ein Mensch etwas besitzen könnte, weder eine Sache, die er nicht schon längst besaß, noch eine Fähigkeit, die er nicht effektiver beherrschte.

Nicht so diese junge Frau!

Sie war anders. Ihre Natürlichkeit bestand nicht in Ahnungslosigkeit, fürwahr nicht. Sie besaß ein Wissen, das er selbst bei Erwachsenen allzu oft vermisst hatte. Und sie vermochte andere zu leiten. Eine seltene Gabe. Sie war eine Autorität. Sie konnte organisieren, er spürte das. Außerdem war sie schön, ausnehmend schön. Und stolz. Nein, nicht stolz im üblichen Sinn, sie war selbstbewusst, selbstbewusst jedoch wie ein Mensch, dem es gar nicht um seinen Ruhm ging. Der nichts darauf gab, ein großer Name zu werden.

Was aber würde aus ihr werden, wenn sie noch mehr mit der Realität der Menschen konfrontiert und in ihre Machtspiele hineingezogen würde? Könnte sie auch dann diese Geradheit bewahren, die sie jetzt so anziehend machte? Vielleicht musste er ihr helfen.

Er wollte sie wiedersehen.

So hing er seinen Gedanken nach, während die Pferde die Kutsche die Küstenstraße entlang nach Süden zogen. Bis er dann wieder aufsprang, weil er etwas Dunkles auf dem Meer gesichtet hatte, das seine Aufmerksamkeit auf den lenkten, den er suchte.

Seit zwei Tagen war er nun in Alexandria. Er hielt sich nicht in seinem Kontor auf, sondern hatte ein Gästehaus in der gleichen Straße gemietet, im Stadtviertel Brucheion. Er wollte sein Inkognito wahren. Meistens lag er auf der Dachterrasse, die auch hier mit Büschen und Bäumchen bepflanzt war und zusätzlich ein Wasserbecken mit Meerwasser bot. Die Geschäfte, zu denen die Diener aus seinem Kontor heimlich herüberkamen, erledigte er mit halber Aufmerksamkeit: Der Getreidespeicher am oberen Hafen? Ja, wurde gerade repariert. Sind neue notwendig? Ja, eine gute Ernte wird in Aussicht gestellt. Gibt es neue Anbaugebiete? Gewiss, weiter im Westen.

„Dann schickt geeignete Männer los in die Kyrenaica und weiter bis nach Mauretanien, um als erste vor Ort zu sein und das frische Getreide aufzukaufen, zu noch billigen Preisen."

Aber er war nicht bei der Sache. Er rief den Catullus.

„Höre! Ich bin hierhergekommen, weil ich den Kapitän des Schiffes suche, auf dem mein Sohn mitgefahren ist und von dem er über Bord gefallen sein soll. Nimm dir einen von unseren Leuten, der sich in Alexandria auskennt, vor allem am Hafen, und dann macht euch auf die Suche nach diesem Kapitän. Sein Schiff muss hier schon vor etlichen Tagen angekommen sein. Ich muss ihn finden. Ihn oder seine Spur. Aber seid vorsichtig!"

„Kyr, darf ich etwas sagen?"

„Rede!"

„Unsere Diener sagten mir heute Vormittag, sie hätten den Eindruck, wir würden beobachtet. Es schlichen da Leute um unser Haus, die sich nicht wie übliche Bürger benehmen."

Ich werde beobachtet? Schon wieder? Also ist mir jemand gefolgt. Dann wollen wir doch mal sehen, wie gut ihr kämpfen könnt. Unterschätzt den alten Sack nicht! Favinus spürte, wie die Lebensgeister zurückkehrten, jene uralte Lust zu gewinnen, das Markenzeichen des Caius Posterius Magnus während seines ganzen Lebens. Jene Aufmerksamkeit und Wachheit, die in den letzten Wochen einer traurigen Müdigkeit gewichen war, die ihm alles egal erscheinen ließ. Sogar der Gedanke war gewachsen, es ginge mit ihm zu Ende und er würde alles verlieren. Nun spürte er, wie die alte Kraft und der scharfe Geist wieder durch seine Glieder strömten.

Caius Posterius Magnus war bereit zum Kampf.

Das Gästehaus lag wie sein Kontor an der Kanopischen Straße, die sich von den Friedhöfen im Westen zum jüdischen Viertel nach Osten hin quer durch die Stadt mit ihren 300.000 Einwohnern zog. Nicht weit weg standen riesige Warenhäuser, die Schiffswerften konnte er zu Fuß erreichen. Ebenso die berühmte Bibliothek, in der es einmal 700.000 Rollen gegeben hatte, vor dem großen Brand zu Caesars Zeiten. Der Philemos von Gadara und Vergil hatten von dieser Bibliothek als dem Ort mit dem gewaltigsten Schatz an Wissen geschwärmt. Aber Bücher interessierten ihn nur, wenn er damit beeindrucken konnte.

Sie beobachten mich also, überlegte er, während er auf der Dachterrasse auf und ab ging. Das kann nur den Grund haben, dass sie meinen, ich könnte etwas herausfinden, was ich nicht finden soll. Aber wenn meine Anwesenheit ihnen Angst einjagt, dass ich die Wahrheit herausfände, dann bin ich für sie eine Gefahr, ob sie nun wissen, wer ich bin, oder nicht. Dann aber werden sie auch mich umbringen, wie sie meinen Sohn umgebracht haben.

Gut, ich kenne jetzt das Spiel. Herr Hauptmann, Herr Statthalter oder wer immer: Ich spiele mit. Jetzt solltet ihr aufpassen.

„Catullus, höre. Wir spielen mit hohem Einsatz. Es kann gefährlich werden. Aber wir sind noch im Vorteil. Wen nimmst du mit?"

„Ich würde Alexas nehmen. Er stammt aus Dendera am mittleren Nil, wo die Reliefstatue von Kleopatra und ihrem Sohn Caesarion am Hathor-Tempel steht. Er war in Heliopolis am Hof, spricht alle Sprachen und Dialekte dieser Gegend und kennt sich mit den Schiffen und dem Hafen hier aus."

„Nimm ihn. Lasst nicht sofort die ganze Stadt merken, wen ihr sucht. Geht zuerst über den Markt, am Gericht vorbei, zu den Handelsplätzen, aber noch nicht zu den Werften."

Caius gab genaue Anweisungen. Catullus entfernte sich.

Er rief den Aspicius.

„Höre. Du suchst dir einen von unseren Leuten, einen vertrauensvollen, der sich in Alexandria bestens auskennt. Und ihr zwei geht unauffällig hinter Catullus und Alexas hinterher. Sehr unauffällig, denn ihr sollt beobachten, ob die beiden von anderen beschattet werden. Nehmt euch noch drei Sklaven mit, damit mir einer sofort Nachricht bringt, wenn ihr etwas Derartiges herausfindet."

Es kam so, wie Caius Posterius Magnus es vermutet hatte: Kaum schlenderten Catullus und Alexas die belebte Kanopische Straße hinauf zum Hügel Paneion, bemerkte er, der von der Dachterrasse, durch Büsche und Bäumchen verdeckt, alles beobachtete, wie sich zwei Männer in Bewegung setzten, hinter seinen beiden her. Wenige Augenblicke später hängten sich Aspicius und Theudion, ein ebenso treuer wie gewitzter Sklave aus Krokodilopolis, den beiden Fremden unauffällig an die Fersen. Um die Mittagszeit bemerkten sie, dass noch ein dritter Mann hinter Catullus und Alexas her war. Sie meldeten es Caius. Der grinste:

„Ich habe euch am Haken, meine Herren."

Catullus und Alexas legten eine falsche Fährte. Sie mieden sowohl Kneipen als auch den Hafen mit seinen vielen Schiffen. Aber wenn sie um Waren feilschten, stellten sie sich einander gegenüber so auf, dass jeder hinter den Rücken des anderen schauen konnte – und bald kannten sie ihre drei Gestalten. Als die Nacht hereinbrach, beendeten sie das Versteckspiel und kehrten ins Gästehaus zurück. Sie besprachen ihr Vorgehen für den nächsten Tag mit Caius.

„Wir könnten die drei erdolchen."

„Ja, das könnten wir. Aber das wäre ein zu starkes Signal für die Gegenseite. Wir würden sie damit nur reizen. Das wäre unklug. Nein, wir bringen nur einen um."

Wieder gab Caius gerissen ausgetüftelte Anweisungen. Seine sieben Leute rieben sich die Hände.

„Haben die drei Verfolger schon bemerkt, dass sie selber auch verfolgt werden, Aspicius?"

„Sie haben sich nie umgeschaut, Kyr."

„Dann ist die Gegenseite dümmer als ich dachte. Aber ich verlasse mich nicht darauf. Vielleicht legen sie uns eine Falle. Wir müssen behutsam vorangehen. Ich brauche den Kapitän."

Am nächsten Morgen musste jeder Schritt exakt nach Plan sitzen. Catullus und Alexas schlenderten also zunächst wieder über den weiten Handelsplatz mit seinen zahllosen Ständen und Warenhalden, die quadratisch angelegt waren, hinter ihnen die zwei Verfolger plus der dritte Mann. Und hinter diesen Aspicius und Theudion mit den drei Sklaven. Catullus und Alexas schauten sich ruhig und ausgiebig die Waren an, als hätten sie den ganzen Tag nichts anders vor. Dann auf einmal beschleunigten sie ihren Schritt, hasteten vorbei am berühmten Museum und der imposanten Bibliothek zur Agora hinüber, und hier nun bogen sie laut Plan nach links ab, überraschend, in Richtung Kaisaraion und städtischem Hafen.

Die Beschatter liefen hastig zusammen, und einen Augenblick später eilte ihr dritter Mann den Weg zurück. Genau auf sie zu. Er war allein, sie waren fünf. Pech für den Boten. Der erreichte gerade die ersten Stapel von Getreidesäcken, da packten sie den Verdutzten, zogen ihn ins Dunkle. Er kam nicht dazu, einen Schrei auszustoßen. Sie verstopften die Wunde und legten den Toten wie einen schlafenden Wächter oben auf die prallen Säcke.

Jetzt galt es, die übrigen zwei abzulenken. An der Ecke verkaufte ein Mann langstielige Palmwedel. Theudion nahm ihm einen ganzen Arm voll ab und legte sich und einem ihrer Sklaven die langen Palmzweige über die Schultern. Die zwei anderen Sklaven schnappten sich ein Traggestell, auf dem fünf hohe Tonkrüge in Hohlräume eingelassen waren. Aspicius im Hintergrund bezahlte den erzwungenen Kauf. Die Sklaven mit dem Traggestell eilten voran, im Laufschritt, wie sich das für Sklaven geziemte, den beiden Verfolgern nach. Diese hatten bereits Mühe, Catullus und Alexas nicht aus den Augen zu verlieren. Die eilenden Sklaven schrien ständig und laut: Platz da! Platz da! Hinter ihnen her rannten Theudion und der Sklave mit ihren weit ausschwingenden Palmwedeln auf der Schulter. Im Hintergrund verfolgte Aspicius den Ablauf des Planes.

Natürlich hatten die beiden Verfolger von Catullus und Alexas alles andere im Sinn, als schreienden Sklaven Platz zu machen – und schon gab es die gewünschte Rempelei, das Traggestell geriet in Schieflage, die Krüge sausten auf die Erde und zerschellten in tausend Scherben. Die beiden Männer blieben erschrocken stehen, sahen sich die Bescherung an, aber nur kurz, und wollten gleich weiterlaufen, hinter Catullus her. Doch nun stürzten sich brüllend die beiden Sklaven auf sie. Es wurde ein munterer Faust- und Ringkampf, es krachte, klatschte und stöhnte. Inzwischen waren Theudion und der Sklave mit den Palmwedeln angelangt, drängten sich um die prügelnde Vierergruppe herum, die von Besuchern des Marktes genauso begeistert wie sachkundig angefeuert wurde, und versperrte hinter dieser durch kräftiges Gewedel die Straße, sodass die Verbindung zu den davoneilenden Catullus und Alexas unterbrochen war.

„Sie sind danach ziellos durch die Straßen und Wohnviertel geirrt. Einmal auch in Richtung Hafen, dann wieder umgekehrt zum großen Markt. Ihre Schritte wurden immer langsamer", berichteten sie am Abend dem Caius und den anderen.

„Und wohin sind sie schließlich gegangen?"

„Kyr, Sie haben Recht gehabt. Sie gingen zu den Königspalästen am Meer und dort in das Gebäude der Militärverwaltung."

Die Diener lachten und malten sich aus, was dort passiert sein musste, als alle feststellten, dass der Bote gar nicht eingetroffen und die Beschattung kläglich misslungen war.

„Wir haben gewonnen, Kyr!", rief ein Sklave.

„Irrtum. Wir haben überhaupt nicht gewonnen. Oder habt ihr mir schon den Kapitän gebracht? Catullus, Alexas, habt ihr wenigstens sein Schiff ausfindig machen können?"

Die beiden berichteten, dass sie das Schiff jetzt kannten, es würde erst übermorgen wieder in See stechen. Aber der Kapitän sei nicht an Bord gewesen. Er würde wohl, wie ein Matrose andeutete, von einer Kneipe zur anderen torkeln.

„Dann müssen wir ihn morgen in den Kneipen suchen", stellte Theudion mit fröhlichem Vorgeschmack fest.

Aber Caius Posterius Magnus schüttelte den Kopf. Da stimmt etwas nicht an der Geschichte, dachte er. Warum will die Gegenseite eigentlich nicht, dass ich den Kapitän finde und spreche? Müsste sie nicht umgekehrt den Kapitän geradewegs zu mir bringen und sagen, da hast du ihn, hör dir an, was er zu sagen hat: Mann über Bord! Gleich in der ersten Nacht! Warum wollen sie verhindern, dass der Kapitän und ich zusammenkommen? Das kann doch nur bedeuten, dass der Kapitän genau das nicht sagen würde, sondern: kein Mann über Bord! Aber, bei allen Göttern und Dämonen, was dann wird hier gespielt? Dann müsste mein Sohn ja an Bord geblieben und hier an Land gegangen sein! Irgendwo hier in der Stadt wäre er dann seit ein, zwei Wochen … Aber wenn er hier an Land gegangen ist, warum, beim Jupiter, sagen sie mir, er sei tot, wenn sie doch wissen, dass er nicht über Bord gefallen ist? Was haben sie mit ihm angestellt? Und wozu diese Narretei?

„Nein. Heute Nacht. Jetzt."

Caius Posterius Magnus war sich absolut sicher, die Gegenseite würde ohne Zweifel ihn hinter der Keilerei vermuten. Dann aber waren die anderen im Zugzwang, denn sie mussten damit rechnen, dass er jetzt den Kapitän aufspüren könnte. Also würden sie schnell reagieren. Und also musste er noch schneller handeln. Oder wollten sie ihn in eine Kneipe nur deswegen locken, damit sie dort leichter auch ihn verschwinden lassen könnten?

„In welche Kneipen geht so ein Kapitän?"

Die Sklaven nannten im Handumdrehen zwei Dutzend billiger Kneipen, sogenannte „Sitztavernen", weil es dort nicht einmal Liegesofas gab, nur Sitzstühle von der billigsten Sorte mit allerlei Ungeziefer im Polster.

Aber wenn der Kapitän, setzte Caius sein Nachdenken fort, mir nicht sagen darf, dass gar kein Mann ertrunken ist, und wenn ich ihn heute Nacht finde, dann ist der Kapitän in Gefahr. Seine Gedanken arbeiteten fieberhaft: Und wenn er wirklich nur Lockvogel ist? Wenn ich ihn sowieso tot finde, weil sie eigentlich mich wollen? Ich muss aber wissen, was auf dem Schiff tatsächlich passiert ist. Hm…, ich brauche „Plan beta". Er schloss für einen Moment die Augen.

„Catullus, Alexas, könnt ihr schwimmen?"

Zu seiner Überraschung nickten beide und gaben vor, sich längere Zeit über Wasser halten zu können. Das würde hoffentlich reichen. Er nahm sie beiseite und weihte sie in „Plan beta"ein. Den anderen teilte er folgende Taktik mit:

„Hört genau zu. Heute Nacht wird die Gegenseite den Kapitän ermorden wollen. Mich auch. Aber sie werden nicht mehr so schlampig arbeiten wie heute Mittag. Deswegen folgende drei Regeln …"

Caius hatte an alles gedacht. Einer fragte:

„Und woran erkennen wir den Kapitän?"

„Tja, ich würde sagen: Die Gegenseite kennt ihn."

Er stellte fünf Gruppen zu je drei Männern zusammen. Sie teilten sich die Straßen und Kneipen untereinander auf.

„Und nicht gleich losschlagen. Nur finden, hört ihr! Wenn ihr einen Verdacht habt, mir melden!"

Sie zogen los, in die schäbigen Viertel im Westteil der Stadt zur Nekropole hin. Waren die dunklen Gassen an sich schon angsteinflößend, so war es das Innere dieser Kneipen noch mehr. Vor ihren Eingängen brannten Fackeln, damit jeder die Tür fand. Darüber hingen sinnige Sprüche, etwa: Ein Aufenthalt ohne Reue! Oder: Speisezimmer mit drei Ruhebetten und allem Komfort! Oder: Wer hier voll Sorgen einkehrt, geht erleichtert nach Hause. Oder es hing ein Würfelbrett an der Außenwand, mit Speisekarte: „Im Angebot: Hühnchen, Fisch, Schinken, Brot". Natürlich fehlte auch nicht die üppige Wirtin, die durch ihre körperliche Präsenz die potentiellen Gäste hereinlockte. Gelegentlich, je nach Figur, tanzte die Dame zu klapperndem Rhythmus schon vor der Tür.

Drinnen aber empfingen den Gast blakende und rußende Öllampen, Kerzen leuchteten spärlich über verdreckte Tische, fettiger Bratengeruch hing in der Luft, Ausdünstungen aus Töpfen, Pfannen, Schüsseln und Kloaken brachten Empfindliche dazu, schnell wieder nach draußen zu eilen. Natürlich lockten auch Hinterzimmer für Glücksspiel und billige Liebe.

Die fünf Suchgruppen wussten, in Alexandria gab es keine Sperrstunde, wie sie in Roma immer wieder eingeführt werden sollte. Die Gastwirte liebten ihre Kneipen, sie hielten sie offen, denn sie waren effektivere Klatschbörsen als der Frisör. Und den Wein konnte man ab dem dritten Becher verdünnen oder verstärken, der Zecher merkte nichts mehr. Gastwirte hielt jedermann für betrügerisch und böswillig. All das beherzigten Caius' Leute, jetzt aber hielten sie ihre Augen nach einer bestimmten Person offen. Nein, nach einer Gruppe kräftiger Schläger, die ihrerseits nur einen Mann im Auge hatten.

Theudion und seine zwei Männer fanden sie.

Es war schon zwei Uhr morgens. Sie hatten sich angewöhnt, die Kneipe torkelnd, halblaut singend zu betreten, dabei aber sorgfältig um sich zu sehen. Und da fiel dem gewitzten Sohn aus der Stadt der Krokodile auf, dass in dieser Kneipe fünf kräftige Männer mit relativ ordentlichem Haarschnitt relativ schweigend auf zwei Sitzbänken saßen, nur einen relativ leeren Becher vor sich auf relativ sauberem Tisch, während an der verschmutzten Theke ein Mann mit Bart saß und kaum noch den Kopf über dem Becher halten konnte. Die übrigen drei Gäste im dunklen, miefigen Raum ließen sich schnell von diesen unterscheiden. Theudion gab seinen Leuten das vereinbarte Zeichen, sie redeten in Bohaïrisch, einem koptischem Dialekt miteinander, verlangten Wein – und fanden heraus, dass sie kein Geld mehr hatten. Schimpfend verließen sie die Taverne wieder, ohne den Mann an der Theke zu beachten.

Theudion informierte Caius. Man versammelte sich an der Kneipe. Ob jemand die Taverne kenne, fragte Caius. Ein Sklave bejahte, er sei hier schon oft gewesen. Ob die Taverne einen Hinterausgang habe, wollte Caius wissen. Der Sklave nickte.

„Gut, dann geht ihr beide nach hinten und schaut nach, ob da jemand ist. Aber Vorsicht! Lasst euch auf keinen Fall entdecken. Sie haben sicher eine Wache aufgestellt."

Nach einer Weile kamen die beiden zurück. In der Tat, da seien noch fünf Männer. Aber sie hatten keine Wache aufgestellt.

„Dann sind sie dumm. Also wir gehen jetzt nicht vorne hinein. Wir greifen hinten an. Damit überraschen wir die draußen und noch mehr die drinnen. Drinnen werden sie aufspringen und zur Hintertür rennen, in dem Augenblick kommen wir von der Straße herein. Die übrigen Gäste, zwei Männer und eine Frau?, verdrücken sich hoffentlich an die Wände. Sollte kein Problem werden. Hinten greifen wir mit zehn Mann an, ich komme mit den restlichen fünf von vorne herein. Habt ihr eure Dolche? Gut, wir wollen den Kapitän haben, lebend! Klar? Ich kümmere mich um ihn. Aber nur um ihn. Aspicius, du und ihr zwei müsst mich decken."

Alle hatten Dolche und Kurzschwerter mitgebracht. Sie fühlten sich gut bewaffnet. Er lauschte mit seinen Leuten vorne an der Tür, bis sie von hinter dem Haus fürchterlichen Lärm, den metallenen Klang von Eisen und Schreie und Stöhnen hörten; sie warteten noch einen Augenblick, bis auch von drinnen Poltern und Schreie zu hören waren, stürmten nun selber hinein, stürzten sich auf die Männer, die verdutzt innehielten, erschlugen einen, der im Türrahmen stecken geblieben war, sogleich mit dem Kurzschwert, wie Caius noch mitbekam. Denn er wandte sich bereits der Theke zu, hockte sich neben den alten Mann, der den Kopf neben den Becher hatte sinken lassen. Er sprach ihn an, er rief ihn an, zog seinen Kopf hoch – und sah, dass der Kapitän schon tot war. In dem Augenblick fühlte er einen kräftigen Stoß im Rücken, gleich darauf einen Schlag auf den Kopf. Dann wurde ihm schwarz vor Augen.

Als er wieder zu sich kam, spürte er kaltes Wasser im Gesicht. Seine Männer standen mit sorgendem Blick um ihn herum.

„Wir haben gewonnen, Herr", sagte Theudion erregt.

Hinten hätten sie gleich zwei Männer erschlagen können, einen dritten verwundet. Leider sei auch einer ihrer Männer tot. Die beiden anderen hätten sich ergeben. Und drinnen, ergänzte Aspicius, hätten sie sofort einen erschlagen, der sich in der Tür mit seinem Kompagnon gegenseitig behinderte, andere seien verwundet, aber auch von ihren Leuten seien zwei verwundet. Und der Kapitän sei auch tot. Den Wirt hätte er, leider, erst erstechen können, nachdem dieser sich schon auf Caius gestürzt hatte. Ob der Kyr verwundet sei?

„Ich danke meinem Brustpanzer mit Rückenschutz. An den Wirt habe ich nicht gedacht; der war ihr heimlicher Trumpf. Als der merkte, dass er seinen Dolch an meinem Eisen zerbrochen hatte, nahm er wohl seine Pfanne und hieb die auf meinen alten Schädel. Nun ja, im Moment kann ich noch sehen, riechen, denken. Was sind das hier für Männer, sind das römische Soldaten?"

„Kyr, das ist angeworbenes Gesindel. Sollen wir sie erschlagen?"

Caius schüttelte den Kopf. Er nahm sich jeden der fremden Männer persönlich vor. Sie wussten, dass sie ihr Leben verspielt hatten. Ja, ein römischer Hauptmann habe sie angeworben und wollte sie für diese Aktion heute Nacht noch bezahlen. Ob der Tote an der Theke der Kapitän sei? Ja, das war der Kapitän, der Wirt sollte ihn vergiften. Ob sie frei sein wollten und davonlaufen? Sie schauten ihn mit großen Augen an und nickten. Ob sie auch in seinen Dienst treten würden? Sie nickten heftiger. Und die Verwundeten auch? Die zeigten ebenfalls dankbare Zustimmung. Aber sie würden erst in Ketten gehalten, bis sie Vertrauen erworben hätten. Das sei ja klar, antwortete einer. Die übrigen Gäste hatten längst das Weite gesucht.

Mit seiner Taktik hatte Caius der Gegenseite keine Zeugen gelassen. Man schaffte die Toten einschließlich des Wirtes hinters Haus und legte sie dort ab. Dann bewegte sich die Schar der Gesunden, welche die Verwundeten stützten, halbwegs unauffällig durch die Stadt zurück zum Gästehaus. Die Erbeuteten waren an einen Strick gefesselt und schlurften in kurzen Schritten in der Mitte des Zuges. Die Stimmung war viel gedrückter als vor einigen Stunden. Zu Hause angekommen, wagte Aspicius unsicher die Frage:

„Haben wir jetzt gewonnen oder verloren, Kyr?"

„Aspicius, dein Herr hat zwei Gehirne im Kopf. Nur deswegen hat er seinen Schädel immer noch auf den Schultern."

Er befahl, Wein auszuteilen. Dazu Gebratenes, Früchte und Brot.

„Wir werden noch warten."

„Bitte, worauf warten wir, Kyr?"

Caius blickte mit zusammengekniffenen Augen in die Runde:

„Es muss noch eine Botschaft kommen."

Sie saßen schweigend. Worauf sie warteten, wusste keiner. In einem unteren Raum versah der Arzt von Caius, den man geholt hatte, seine Arbeit. Er hieß Galenus. Caius nahm ihn beiseite und führte mit ihm ein leises Gespräch. Der Arzt schien mehrfach zuzustimmen, wie die Verwundeten bemerkten. Alle Augenblicke kam einer von ihnen, frisch verbunden, in den oberen Raum gehumpelt.

Ihre traurige Unruhe und das Warten auf etwas, das sie nicht kannten, dauerte nicht lange. Am Tor klopfte es. Ein wenig später traten Catullus und Alexas in die Tür. Zur Verblüffung aller sahen sie tropfnass aus und es bildeten sich Wasserlachen um ihre Füße. Sie nickten sofort zu Caius Posterius Magnus hinüber …

Als der das Zeichen sah, sprang er auf, jubelte, schrie und tanzte. Alle im Raum überfiel Schrecken, sie starrten wie gelähmt auf den tanzenden Alten mitten im Raum. War nun doch etwas mit dem Schädel nicht in Ordnung? Sie hatten nichts mitbekommen, weder von dem Zeichen soeben noch vom „Plan beta". Caius aber tanzte mit seinem Becher zu jedem der Diener und Sklaven und stieß ausgelassen mit ihm an. Und dabei rief und sang er immer neu:

„Er lebt! Er lebt! Er lebt!"

Catullus und Alexas nahmen einen kräftigen Schluck, dann begannen sie zu erzählen. Ja, der Kyr hätte Recht gehabt. Das

Schiff des Kapitäns wurde bewacht, aber nur von drei Soldaten am Landungssteg: Die spielten dort Karten. Offensichtlich rechnete niemand damit, dass jemand von Caius' Leuten am Schiff auftauchen würde. „Man dachte, wir würden alle zusammen den Kapitän in Kneipen suchen." Sie seien heimlich ins Wasser gestiegen und ohne Plätschern zum Schiff geschwommen. An einer Strickleiter hätten sie hinaufklettern können. Schließlich hätten sie den wachhabenden Offizier gefunden. Der habe auf einer Matte gelegen, geschnarcht, neben sich einen leeren Becher. Der Rest sei dann einfach gewesen: der gute Mann sei furchtbar erschrocken, als sie ihm die Hand auf den Mund gepresst und am Boden festgehalten hätten. Aber er sei ruhig geblieben. Sie hätten sich dann friedlich mit ihm verständigen können. Als sie ihm das mitgebrachte Weinfässchen zeigten, dazu einen Golddenar und dann noch einen, sei er zutraulicher geworden.

Und schließlich habe er geredet. Ja, es stimme, was der Kyr immer schon vermutet habe: Es sei auf der Schiffsreise von Caesarea nach Alexandrien niemand von Bord gefallen. Alle im Raum brachen nun ihrerseits in Jubel aus.

„Keiner der Soldaten wird vermisst. Keiner!"

„Und?", rief Caius dazwischen. „Und? Habt ihr auch …"

„Ja, Herr. Wir haben unseren Advokaten, wie sie klugerweise befahlen, mitgenommen. Der hat zwar aufgeregt gestrampelt, mit dem Kopf mehr unter Wasser als drüber, aber er hat es geschafft. Wir sind mit ihm und dem Offizier in die Kajüte des Kapitäns unter Deck und haben alles schriftlich, samt seiner Unterschrift und der des Advokaten. Hier ist das Pergament. Schön trocken und leserlich."

„Ich kann es nicht glauben … Mein Sohn lebt!"

Caius sprach ganz ruhig. Was der Hauptmann in der Jerusalemer Garnison ihn hatte wissen lassen, man hätte diese Nachricht vom Ertrinken des Soldaten Octavus Posterius durch ein Kriegsschiff erfahren, das auf offener See vom Unglücksschiff diese Nachricht übermittelt bekommen habe, das war blanke Lüge – aber wozu? Das Unglücksschiff hatte niemals eine Nachricht übermittelt, weil es kein Unglück gegeben hatte. Und der Hauptmann, oder sollte er besser sagen: der Statthalter, der wusste das.

„Wir fahren zurück nach Tyrus. Catullus, Alexas, seht zu, dass wir das Schiff mieten, auf dem nicht mein Sohn, sondern der Kapitän vermisst wird. Und der ist tatsächlich tot."

„Aber, Kyr, das Schiff ist schon vermietet!"

„Zahlt den Mann aus, ich kaufe das Schiff. Ich will es haben. Und diesen Offizier dazu. Und der soll zusehen, dass er einen Teil der alten Mannschaft zusammenbekommt. Und einen neuen Kapitän. Die Erbeuteten nehmen wir mit. Alle. Meldet unauffällig dem Kontor, Caius Posterius Magnus ist nie hier gewesen. Und dann segeln wir los, so schnell es nur geht. Beeilt euch! An die Arbeit!"

Und wie zu sich selber sagte er:

„Halte durch, mein Sohn. Halte durch!"

XXXII

„Wisst ihr was?"

„Nein. Hast du einen reichen Mann gefunden?"

„Noch nicht. Aber ich habe in den letzten Monaten immer wieder das Gefühl bekommen, dass ich den in Jerusalem nicht finden werde. Meine Zeit hier ist vorüber. Ich glaube, sehr schnell sogar."

Lydia lag auf den Polstern eines erhöhten Sofas, um sie herum standen ihre zwei schwarzen Sklavinnen und verfeinerten ihr Füße und Hände. Ihr gegenüber saßen vor Spiegeln Phryne und Laïs und ließen sich von schwarzen Sklaven die Schultern, den Nacken und den Rücken massieren. Phryne drehte sich überrascht herum:

„Was? Ich habe auch so einen Gedanken gehabt!"

„Ihr wollt mich allein lassen, ihr untreues Pack!"

Laïs spielte die Verletzte. Aber die beiden kannten sie viel zu gut, um nicht zu wissen, dass sie nur neugierig war.

„Weißt du, Laïs, die Sache mit Mirjam und ihrem Octavus, die ist nicht gut gelaufen. Und zwar nicht nur für Mirjam und den Octavus, auch für uns entwickelt sich die Geschichte nachteilig. Sehr nachteilig! Die Kleine war zu gut. Was hat sie uns für eine Botschaft durch unseren Schnellläufer mitgegeben? Jemand hätte seine Hand auf sie gelegt? Die Gefahr sei vorüber, sie sei in Sicherheit? Das glaube ich nicht. Der Löwe lässt seine Beute nicht einfach aus den Pranken."

„Ich denke ähnlich." Phryne schickte den Sklaven weg und drehte sich um. „Der Statthalter lässt doch nicht den Octavus umbringen und verzichtet anschließend auf das Mädchen. Nein, so spielen die Herrschaften nicht. Vergesst nicht, da ist unser Caesennius. Der kann sich eine dicke Gunst beim Ambibulus erwerben, wenn er ihm die Kleine bringt. Das ist für ihn doch ein Leichtes. Und Caesennius …"

„Und Caesennius weiß von uns, wolltest du sagen?"

„Laïs, wir haben sie zu ihm nach Tarichea gebracht. Und dann gehen unsere Namen an Ambibulus, aber nicht als Empfehlung für eine heiße Nacht."

Laïs überlegte kurz, dann erwiderte sie:

„Aber was ist daran Schlimmes? Dass wir Mirjam zu Caesennius gebracht haben, das kann uns niemand zum Vorwurf machen! Wir haben sie bei ihm abgeliefert, und damit endet unser Kontakt mit ihr."

„Du denkst zu einfach, Laïs." Lydia schüttelte den Kopf. „Caesennius und Ambibulus werden uns als Geisel einsetzen. Sie werden uns zwingen, sie herbei zu schaffen. Was die beiden bis jetzt nicht selber geschafft haben, das sollen nun wir erreichen. Und Mirjam stände dann unter dem Druck, zu Ambibulus zu gehen und ihm zu Willen zu sein, um uns zu retten."

„Das ist schlimm!" Phryne stand auf und hockte sich auf die Kline ihrer Freundin. „Meinst du, Caesennius hätte schon den Befehl bekommen, Mirjam herbei zu schaffen? Und wenn er aus irgendwelchen Gründen versagt, sind wir dran? Das klingt logisch. Mirjam schreibt ja, dass jemand anders seine Hand auf sie gelegt hat. Dann hat Caesennius erst einmal keinen Zugriff auf sie. Deswegen müssen nun wir die Kleine herbeischaffen. Verdammt!"

„Ich habe heute die ganze Nacht, als die drei Kaufleute aus Beersheba bei mir waren, nur an Mirjam gedacht. Dabei ging mir auf, dass wir ganz schön in der Patsche sitzen."

Lydia stellte sich vor den Spiegel und betrachtete kritisch ihre Figur: Die Brüste begannen zu hängen, um den Bauch legte sich ein gewisser Ring, Falten überall verlangten immer mehr Schminke. Die vierzig näherten sich mit Riesenschritten. Gladiatoren hatten es besser als jede von ihnen, die traten mit Panzern auf.

„Wenn wir unser Leben retten wollen, sollten wir bis spätestens nächsten Herbst uns woanders neu einrichten.“

„Früher. Du hast Recht. Wenn Ambibulus uns erst einmal in seinen Klauen hält, sitzen wir fest. Dann steckt er uns in sein Gefängnis. Bis wir tun, was er will. Übrigens, sein Vorgänger, dieser Coponius, wurde vom Kaiser zurückgepfiffen, des Amtes enthoben. Vielleicht passt Ambibulus deswegen besser auf. Aber …“

„Aber darauf können wir uns nicht verlassen. Und außerdem haben wir noch Kunden! Ich bin für Wochen ausgebucht.“

„Dann lasst uns überlegen, wie wir handeln müssen.“

Es war immer wieder von Vorteil, dass sie einen Hauptmann kannten, dem sie leicht eine Freude bereiten konnten. Es ginge darum, dass er mit einem Dutzend guter Soldaten ihre Villa schütze. Sie würden das fürstlich bezahlen. Der Hauptmann strich sich ums Kinn, durfte schon mal einen Blick auf die weiß schimmernde Rundung von Laïs werfen, und dann dauerte es nicht mehr lange, bis ihm etwas einfiel. Beim Kommandanten erhielt er die Erlaubnis, eine Art „Häuserkampf“ zu üben, auf dem Grundstück am Decumanus. Das war damit für Besucher gesperrt. Die Soldaten würden bei jedem, der ans Tor klopfte, erst die Frauen fragen, ob sie ihn hereinlassen dürften. Diese hatten nun genügend Zeit, überlegt und sorgfältig ihren Aufbruch zu organisieren.

Laïs bekam Lust, nach Alexandria zu gehen. Phryne fand Antiochia am Orontes, wo der kaiserliche Legat residierte, eine günstige Stadt mit viel Männern und Verkehr.

„Und wo gehst du hin, Lydia?“

„Ich werde meine Fühler nach Ephesus ausstrecken. Dort habe ich einige Freunde. Was meinst du, Phryne, wollen wir nicht zusammen reisen und in Tarichea unsere Mirjam besuchen? Vielleicht erfahren wir von ihr mehr.“

XXXIII

Der Herbst senkte sich bereits über den See, als Mirjam endlich
die 32 Säcke und Beutel hervorholte, die sie mit Levi aus der
Höhle geborgen hatte. Salma und Muzifungi, sogar dem abge-
brühten Centurio, der schon viel geplündert hatte, bereitete das
Auspacken der Becher und Kräuter, der Vasen und Stoffe und
Salben einen Spaß, dass ihre Augen weit wurden wie die von er-
wartungsvollen Kindern. Besonders der Ambikos erschien allen
als neues Weltwunder. Ehrfürchtig standen sie um die nie gese-
hene Konstruktion aus Glas und Eisen. Und dies Buch hier vom
Bolos von Mendes, das sei wirklich schon so alt? Und enthalte
Geheimnisse, die keiner kenne? Und die Schrift auf den letzten
Seiten, das sei tatsächlich die Handschrift der großen Kleopatra?
Und sie, Mirjam, könne die Worte lesen? Andächtig, als wäre
Kleopatra selbst unter ihnen anwesend, schauten sie auf das
Buch in Mirjams Hand. Was für ein Schatz lag da in ihrer Mitte!
Und als Salma und Muzifungi die Ringe und Perlen der großen
Königin, ihre Ketten und Parfums fanden und Mirjam sie ihnen
um Hand und Nacken band, da kannte ihr Jubel keine Grenzen:
Sie fielen ihrer Herrin um den Hals, küssten sie und konnten ihr
nicht genug danken.

Mirjam aber dachte an ihren Vater.

Das war nun der Moment, wo sie etwas von jenem Geheimnis aufdecken musste, wie sie zu Schmuckstücken der letzten
Königin aus dem langen Geschlecht der großen Pharaonen hatte kommen können. Und so berichtete sie von Charmion, die
eigentlich Selene war, ihrem langen, dunkelblauen Gewand und
der Haube auf dem Kopf, die ihre Krone war, von ihrer Hütte
und dem blinden Sklaven, der ihr Sohn war, wie sie fünf Jahre
lang bei ihr viel, viel lernen konnte, über Sprachen und Kräuter,
Schmuck und Architektur, über Parfums und Dichtung. Und
wie Selene dann starb.

„Jetzt wisst ihr es."

Quercus nickte, von einer Selene hätte auch Quirinius erzählt.

Und dann holte Mirjam – die anderen standen wie gelähmt,
unfähig zu einer Bewegung – die Krone der Selene hervor, prä-

sentierte sie auf ihrer Hand und setzte sie der Salma auf den Kopf. Und dann Muzifungi. Natürlich musste auch Levi probieren, ob sie ihm nicht noch besser stünde. Nur Quercus weigerte sich, dafür salutierte er stramm vor seinen neuen Königinnen. Aber am besten, das sagten alle, passte sie Mirjam. Die aber hüllte die Krone vorsichtig wieder in Tücher und verbarg sie im Beutel.

Dass sie auch das goldene Rollsiegel und dazugehörige Schriftstücke der Kleopatra besaß, wollte Mirjam jetzt nicht sagen.

Die beiden Hunde hatten sich schnell an den neuen Platz gewöhnt, sie wurden nach allen Regeln der Hundekunst verwöhnt. Gestreichelt zu werden erkoren sie zu ihrer Lieblingsgewohnheit. Tagsüber schliefen Setschheb und Hekenu, am Morgen in der Sonne, ab Mittag im Schatten der Büsche. Aber nachts waren sie die besten Hüter des Hauses, die man sich nur wünschen konnte.

An einem der Tage war Folgendes passiert:

Mirjam hatte sich gerade auf eine Steinbank gesetzt, die mit Polstern ausgelegt war, um sich Ruhe zu gönnen, da bemerkte sie, wie Alrescha an einer Stelle ihres Geheges mit dem rechten Vorderhuf scharrte, immer wieder an derselben Stelle. Als wolle sie dort ein Loch graben. Schließlich fand Mirjam das Verhalten ihres Pferdes doch zu seltsam, stand auf und wollte sich gerade anschauen, was es da zu graben gäbe, als Levi aus dem Haus gelaufen kam. Ziemlich schnell sogar. Er rief und winkte Mirjam zu, er werde sich schon um die Stute kümmern, sie möge nur wieder Platz nehmen und sich ausruhen. Aber Mirjam hatte inzwischen auch ein Glitzern und Blinken wahrgenommen, wenn die Stute den Sand kräftig zurückwirbelte; und in der Stimme von Levi schien nicht nur Hilfsbereitschaft zu klingen. Irgendetwas stimmte hier nicht. Also ging sie aufmerksam und langsam näher zu Alrescha hin. Die wendete kurz den Kopf zu ihr herüber und scharrte ein weiteres Mal. Und wieder blinkte etwas. Im Nu war Mirjam zur Stelle und hob – einen Silberdenar auf. Als sie in den Sand schaute, entdeckte sie, dass Alrescha schon mehrere ausgebuddelt hatte. Ein Schatz in ihrem Garten? Als sie sich fragend zu Levi umwandte, sah sie, wie der gesenkten Hauptes zurück zum Haus schlurfte. Und da verstand sie die Zusammenhänge.

„Levi, komm mal her."

Es folgte ein schwieriges Bekenntnis, begleitet von Tränen und zornigen Flüchen und wieder Tränen. Nach allen bekannten und weniger bekannten Regeln der Richter und ihren Gerechtigkeiten war die Eigentumsfrage gar nicht so einfach zu lösen. Denn wem gehörten die 1500 Denare heute in Wirklichkeit? Caesennius oder nicht doch Favinus? Und wem gehörte Mirjam in Wahrheit? Und wer hatte was gedurft und was hatte wer überhaupt nicht gedurft? Das Geld einfach Caesennius zu geben, der Mirjam doch geraubt hatte, erschien beiden in jedem Fall als die ungerechteste Lösung aller Ungerechtigkeiten. Nachdem sie lange genug geredet, alles Für und Wider dreimal durchgesprochen hatten, ohne sich dabei ganz laut anzuschreien, und sich dann noch einmal lange schweigend angeschaut hatten, stand auf einmal die Lösung zwischen ihnen:

„Was meinst du, Levi, sollen wir das Geld nicht dem Herrn Jammer geben, und der verkauft uns dafür seine kaputte Synagoge und wir bauen daraus ein Nymphäum für Tarichea?"

Die Tränenflut aus Levis Augen versiegte, das kleine Gesicht, genauso schmutzig verschmiert wie lieb vertrauend, begann zu strahlen, und dann umarmte der geschickteste aller Gauner seine Herrin.

„Levi, du bist wirklich ein verteufelt guter Dieb!"

Das war das höchste Lob, das man ihm überhaupt aussprechen konnte. Und seit diesem Ereignis waren sie noch bessere Freunde geworden als sie zuvor schon gewesen waren.

Ein paar Tage später platzte die nächste Überraschung ins Haus.

Gegen Abend kam ein Bote von der Karawanserei heruntergerannt, da seien zwei Frauen oben und wollten zu Mirjam. Na, das gab ein Lachen und Juchzen! Quercus war hinaufgegangen, um die Damen zu holen, aber als er diese Schönheiten erblickte, da erwachte in ihm jedwede Männlichkeit: Sie reckte seine ohnehin beeindruckende Statur um eine weitere Handbreit in die Höhee und mit der vollendeten Würde eines Großverwalters, so meinte er jedenfalls, geleitete er die schönsten aller Frauen, wie er nicht oft genug wiederholen konnte, herunter zum Haus. Den ganzen Abend über berief er sich auf seinen Kriegsschaden:

Mit seinem einen Auge dürfe er sie doppelt so lange ansehen wie jeder andere.

Sie hatten viel zu erzählen.

Schließlich kamen sie auf den gefährlichen Punkt zu sprechen: auf den Statthalter und Caesennius, dessen langen Arm. „Seinetwegen haben wir den oberen Weg genommen, um nicht in der Stadt von seinen Leuten entdeckt zu werden." Mirjam erzählte, wie die Sklaven von Caesennius sie versteigern sollten, für den Statthalter natürlich. Und das wäre auch geglückt, wenn da nicht ein junger Mann gewesen wäre … Aber dennoch sei sie jetzt Sklavin, wie auch Salma und Muzifungi. Dieser Kaufmann jedoch sei merkwürdig: Er habe sie dazu bestimmt, eine großartige Villa zu bauen.

Nachdem Lydia und Phryne mit Mirjam bis spät in die Nacht hinein alles unter sich beredet hatten, entschieden sie, dass jeder im Haus von der Gefahr wissen müsse. Salma und Muzifungi, Quercus und Levi bedankten sich bei Lydia und Phryne, dass sie ihretwegen hastig aus Jerusalem weggezogen waren. Das Spiel war leicht zu durchschauen: Mirjam sollte ihrem neuen Herrn weglaufen und behaupten, dass der sie als Sklavin schwer misshandeln würde, und schon konnte der Statthalter seine erbarmende Hand, wie er verkünden würde, über die kleine Jüdin breiten. Favinus hätte auf der Stelle die schlechteren Karten gehabt.

Wenn deshalb ihr neuer Herr, zog Lydia die Schlussfolgerung, dieser Kaufmann Alexander, nicht wirklich erstklassige Beziehungen bis ganz nach oben besäße, dann sollte sie sich bei ihm nicht sicher fühlen. Und deswegen würde sie dringend empfehlen: Mirjam müsse sich etwa vier oder besser acht starke Sklaven zulegen, die sie wirklich beschützten. Quercus wüsste sicher, wo er solche kaufen könne. Der glühte vor Selbstbewusstsein, als ihm diese Aufgabe von den bezaubernden Damen zugedacht wurde.

Lydia und Phryne waren noch einen Tag geblieben. Sie feierten mit den fünf Bewohnern des alten Hauses, bestaunten die Pläne für die neue Villa, genossen die friedvolle Stimmung miteinander, aber aus dem Haus gingen sie vorsorglich nicht heraus. „Besuch mich mal in Ephesus", scherzte Lydia in der letzten

Nacht. „Ephesus? Da war Kleopatra mit Antonius gewesen, als der dort sein Hauptquartier hatte. Aber bald darauf waren die beiden am Ende ihrer Träume." Ob das ein Orakelspruch für ihre Zukunft sei? Lydia runzelte die Stirn. Nein, gar nicht, es sei ihr nur so in den Sinn gekommen. Im Leben gehe halt alles irgendwann zu Ende, manchmal überraschend schnell.

Phryne sah verträumt zur Decke: „Wenn eine von uns deine Chance hätte, Mirjam, dann würden wir diesen reichen Kaufmann heiraten. Und zwar überraschend schnell." Mirjam lachte leicht und schüttelte nur den Kopf. „Ach, noch etwas", hatte Lydia hinzugefügt. „Unser Bote hat damals in Caesarea etwas von einem fremden Mann erfahren, der auch nach Octavus gesucht und darüber mit einem Oberst gesprochen haben soll. Mehr wissen wir nicht. Aber wir wollten es dir sagen."

Mirjam bedankte sich.

Anderntags waren Lydia und Phryne weitergezogen, was Quercus in eine längere Depression gestürzt hatte, die zu besiegen ihm der Wein half – und die verständnisvollen Worte Levis aus heiligen Büchern. Sein außerordentliches Gedächtnis sprudelte sie unentwegt hervor, etwa: „Begehre nicht in deinem Herzen die schöne Frau, lass dich nicht fangen durch ihre Wimpern … wer ihr folgt, ist wie ein Ochse, den man zum Schlachten führt." Worauf Quercus gewöhnlich aufheulte, den Becher erneut leerte und klagend die Welt und Levi beschwor, warum Weisheit so schwerfalle, während Torheit so angenehm sei. Mirjam konnte derlei Leidensausbrüche inzwischen ungerührt ertragen. Sie vertraute darauf, dass Quercus auch mit seinem einen Auge wieder schöne Frauen entdecken würde.

Das Jammern des Centurio beschwor jedoch die eigenen Zeiten herauf, wo sie hergeben musste, was ihr lieb gewesen war. Hergeben, und immer wieder hergeben. So wenig hatte sie festhalten können, dass sie das Gefühl hatte, sich selber nicht zu besitzen. Jetzt schon wieder musste sie loslassen und verzichten auf die Freundschaft mit den drei Frauen. Sie hatte Angst, ihr Leben würde nur mehr aus Hergeben und Loslassen bestehen.

Quercus hatte sich bereit erklärt, geeignete Sklaven zu kaufen. „Aber nicht in Tarichea, hier gibt es keine guten. Entweder ich hole sie drüben in Gerasa oder in der Hafenstadt Ptolemais."

Mirjam überlegte, besprach sich mit Salma und Muzi und bat dann Quercus, die Schwarze mitzunehmen und auf ihr Urteil, bitteschön, zu hören. Muzifungi musste dazu extra lernen, auf einem Maultier zu reiten. Levi, der mit ihnen reiten wollte, erhielt stattdessen die ehrenvolle Aufgabe, über das Haus zu wachen und mögliche Gefahren von außen rechtzeitig zu erspähen.

Bereits zwei Wochen später standen dann ihre persönlichen Beschützer vor ihr, kräftige Männer aus Germanien. Quercus hatte acht gekauft, damit sie sich abwechseln und Tag und Nacht aufpassen konnten. Mirjam erklärte ihnen ihre Aufgabe, ohne gleich die Hintergründe zu nennen. Alle waren schon als Gladiatoren in der Arena aufgetreten, hatten ihre Kämpfe jedoch siegreich beenden können, weshalb sie noch lebten. Der Sklavenhändler wusste um ihren Wert und schraubte den Preis in die Höhe, aber Muzifungi hatte entschieden: entweder, oder!

Quercus wurmten die 6000 Denare, aber jetzt sorgte er für passende Bewaffnung. Es gefiel ihm ungemein, sich wieder als Centurio betätigen zu können. Er übte sogar mit den Männern, wie das bei den Römern Gewohnheit war, die Szenarien möglicher Überfälle und exerzierte die passende Verteidigung. Mirjam musste sich an die Bewachung erst gewöhnen. Anfangs brach sie in Lachen aus, wenn jeder ihrer Schritte von muskulösen Männern mit Schwertern begleitet wurde, die dabei ganz ernst blieben. Sogar des Nachts wachten sie vor ihrer Tür. Komisch, dachte sie einmal, in der Wüste hat mich niemand beschützt. Sie überlegte manchmal, ob sie diese persönlichen Bewacher mochte oder nicht mochte, aber sie hatte dafür kein Gefühl. Nur hin und wieder merkte sie, wie dies und das im Verhalten der Gladiatoren ihr nicht gefiel. Gar nicht. Aber was sollte sie machen? Ich bin überfordert, dachte sie, ich kann das nicht.

Es war um die Zeit, da der Herbst seine Vorboten schickte, als sie den nächsten Besuch erhielten.

Solon Campanus hatte sich angemeldet und war eine Woche lang ihr Gast geblieben. Für den Bau der prächtigen Villa war eine Menge in die Wege zu leiten. Er hatte in Sepphoris seinen Abschied eingereicht und stand ganz zu ihrer Verfügung.

Tagelang saßen sie über den Plänen, Solon sammelte Stichwörter, Ideen, begann seinerseits mit Planzeichnungen und

Berechnungen, legte Aufstellungen über passende Steine für Fundamente, andere für Mauern und korinthische Säulen an, andere über verschiedene Holzsorten und schließlich solche über die Kosten. Er bewunderte ganz offen, was Mirjam und die anderen an überlegter Vorarbeit alles schon geleistet hatten, er staunte über ihre Kenntnisse und Wünsche. Mirjam wollte ihn überzeugen, den Hauptraum, das Tablinum, wo Feuer, Fackeln und Kerzen brennen würden, mit einem Tonnengewölbe zu versehen, in das besondere Öffnungen für die verqualmte Luft eingebaut sein müssten. Aber Solon brachte überzeugende Gründe bei, nicht einen großen Raum mit Tonnengewölbe zu errichten, sondern jeden kleinen Raum mit einer runden Decke und Abzügen auszustatten; über diesen ließe sich ein zweites Geschoss leichter errichten. In der Mitte des Eingangskomplexes dagegen, so würde er empfehlen, sollte ein schönes Atrium Luft, Licht und Raum geben, mit einem Wasserbassin in der Mitte, das die Regengüsse vom Dach aufnähme. Um dieses Atrium herum könnte es einen überdachten Gang geben, hinter dem dann die einzelnen Räume angeordnet wären. Ja natürlich, auch luxuriöse Latrinen.

Mirjam hatte darauf bestanden, ihren persönlichen Raum als Bibliothek zu gestalten, mit Regalen und Fächern für Schriftrollen und Bücher und einem schönen Schreibtisch. Salma, Muzi, Quercus und Levi brachten ihre Wünsche ebenfalls vor. In den Ecken dieses ersten Komplexes sollten Treppen hinaufführen zum Obergeschoss. Vom Tablinum träte man durch eine schön gestaltete große Flügeltüre in den geschlossenen Garten, den Säulen umrahmen würden. An zwei Seiten sollten hinter den Säulen überdachte Gänge entstehen, an den anderen beiden aber weitere geschlossene Zimmer, einschließlich eines geräumigen und zum Garten offenen Sommer-Triclinium für festliche Empfänge. Ihrer Planung für Fenster und Türen stimmte Solon ohne Einwände zu.

Und einen Dachgarten wünschten sie ebenfalls? Er lächelte: das ergäbe eine auffallende Villa, mit Säulen, Atrium, Tablinum, Peristylium und Dachgarten.

„Ich schätze, das wird einen Grundriss von mehr oder weniger 100 mal 60 Ellen geben. Gewaltig!"

Solon hatte bereits erfahren, dass das Erdreich in Tarichea von vielen Wasseradern durchzogen war, so galt dem Wasser seine besondere Aufmerksamkeit. Ob man nicht einen unterirdischen Brunnen anlegen könnte, fragte Mirjam, der alles Wasser sammelte und ihnen ständigen Wasservorrat in das Haus brächte? Auch für die zwei Badanlagen. Solon schmunzelte, er werde das bedenken und berechnen. Mit einer neuen Konstruktion von verschiedenen Rädern oder Scheiben, die der berühmte Heron von Alexandria erfunden habe, ließe sich das Wasser nämlich auch in die Küche hochleiten und sogar bis auf die Dachterrasse, falls die Damen dort ein Bad zu nehmen gedächten. Die lächelten verzückt.

Daraufhin hatte sich Levi gemeldet, dabei Mirjam zugezwinkert und gefragt, wenn man schon eine Brunnenanlage im Keller vorsehe, könnte man dann noch weitere Kellerräume anlegen? „Wir brauchen da einen Geheimraum." Soso, hatte Solon erwidert, ob sie auch noch Geheimgänge wünschten? Warum nicht?, hatte Salma eingeworfen, sie lägen hier am Hang, und vielleicht müssten sie einmal fliehen. Aber sicher bräuchten sie noch Gebäude für die Sklaven, für die Gladiatoren, für Vorräte, für Alrescha und die Maultiere und Wagen und solche zum Arbeiten und Abstellen großer Gerätschaften.

Solon hatte genickt. Da blieben noch viele Einzelheiten zu bedenken, etwa wo Mosaike an Wänden und wo auf den Böden eingelegt, wo Nischen für Statuen geschaffen werden sollten, und wie der Garten zu gestalten sei. Ebenso sei die Qualität der Säulen zu bedenken. „Und eine praktische Küche!", hatte Muzifungi mit erhobenem Zeigefinger erinnert. Er freue sich jedenfalls auf seine Arbeit, hatte Solon mit ehrlichem Lachen nach mehreren Tagen die Gespräche beendet. Die Bautruppe würde er aus fleißigen, ihm bekannten Männern zusammenstellen. Wenn Mirjam nichts dagegen hätte und Quercus auch nicht, dann könnte er am Ende der Winterzeit beginnen. Mirjams Vorschlag, er könne sich doch in Tarichea eine Wohnung nehmen und für die Zeit des Bauens in ihrer Stadt bleiben, fand er praktisch und mietete, direkt am Cardo Maximus, eine Villa mit Innenhof und Wasserbassin, gleich neben der alten Synagoge.

„Dann können Sie diese nebenbei in ein neues Nymphäum umbauen", überraschte sie den jungen Architekten.

Aber bevor dieser an jenem Tag das Haus verließ, passierte genau das, wovor Mirjam Angst hatte. Als sie schon in der Tür standen, hatte sie ihn nämlich gefragt, ob der gute alte Baumeister, der ihnen damals in Sepphoris seinen Namen genannt hatte, ob der immer noch im Amphitheater arbeite.

„Der euch meinen Namen genannt hat? Oh, Ihr meint den Josef. Hm, nein, den gibt es nicht mehr."

Auf ihren erschrockenen Blick hin hatte er mitgeteilt, dass bald nach ihrem Besuch ein Unfall passiert war: Die Konstruktion eines Bogens über einem Eingang zur Arena sei, nun ja, schlecht berechnet oder falsch gebaut worden. Dieser Josef habe gerade darunter gestanden. Er sei noch an der Stelle gestorben.

„Schade um ihn, er war ein fähiger Arbeiter. Er stammte, glaube ich, aus einem Dorf südlich von Jerusalem, ich habe den Namen vergessen. Dort gibt es, so erzählt man hier, exzellente Baumeister. Schon der alte Herodes hatte sie alle angeworben. So fand dieser Josef gute Arbeit in der Hauptstadt Galiläas."

Levi erklärte, dass der Ort Bethlehem heiße, seine Familie stamme nämlich aus dem Nachbarort. In Bethlehem bestünde eine lange Tradition von ausgezeichneten Baumeistern.

Vor Mirjam leuchteten die Augen des alten Mannes auf, der sie angeschaut hatte, als verstehe er sie durch und durch. Es tut so gut, wenn dich jemand ganz und gar kennt. Ich bin noch keine starke Frau, dachte sie, ich brauche solche Augen. Ich hatte mich darauf gefreut, ihn zu besuchen. Jetzt ist es zu spät.

Da fiel ihr der junge Mann im Hintergrund ein, der mit den Haaren wie ein Pferdeschweif. Sie fragte Solon nach ihm.

„Ein junger Mann mit Haaren auf dem Rücken zusammengebunden? Fällt mir im Moment nicht ein."

Er sei noch zur Beerdigung vom Josef gegangen, fügte er hinzu, in ein Dorf Nazareth, eine gute Stunde weit von Sepphoris entfernt. Ja, doch, dort habe er diesen jungen Mann gesehen. Er habe neben der Frau des Toten gestanden. Verwundert habe ihn, dass für sein Empfinden recht wenig Leute aus dem Dorf bei der Bestattung des Toten mitgegangen seien. Es habe ihn auch überrascht, dass die Frau dieses Josef auffallend jünger gewesen sei als der Verstorbene, vielleicht Anfang 30. Sie habe ruhig gewirkt.

Der junge Mann mit den langen Haaren, ja, der könnte ihr Sohn gewesen sein.

Mirjam spürte in sich den leisen Wunsch, diese Frau einmal zu besuchen, sie kennen zu lernen, mit ihr zu sprechen. Vielleicht kann sie mir Ratschläge geben, wie ich besser lerne, mit Verlusten umzugehen.

XXXIV

Nicht lange nach den Beratungen mit Solon Campanus, dem sympathischen Architekten, machte Mirjam sich mit Levi auf den Weg zum jüdischen Viertel Magdala in Tarichea. Sie wollte dem Synagogenvorsteher das Angebot unterbreiten, ihm seine unbrauchbar gewordene Synagoge tatsächlich abzukaufen. Allerdings würde dieses Geld, wenn sie ihre jüdischen Sitten richtig verstand, unrein sein.

Zunächst durchquerten sie das Viertel der Taubenhändler, die gerade neue Sendungen für den Tempel in Jerusalem zum Transport bereitstellten. Anschließend das Viertel der Weber. Mirjam liebte ihre Werkstätten, sie ließen sie jedes Mal etwas Mütterliches fühlen.

Schließlich überquerten sie eine enge Straße und betraten das Viertel der Färber, Migdal Sebayah, wohin sich viele Juden zurückgezogen hatten. Merkwürdig, Mirjam spürte sofort eine andere Atmosphäre in den schmalen Gassen mit zweistöckigen Häusern. Es sah zwar alles lustig bunt aus, Stoffbahnen hingen aus Fenstern, trockneten auf Stäben quer über die Straße, flatterten aus den Häusern herunter, sie glühten in allen Farben der Schöpfung. Es war, als würden Frohsinn und Heiterkeit aus ihnen springen, durch die Luft tanzen und die Welt mit Schönheit betupfen. Doch Männer mit grauem Bart, die ihre Köpfe durch die Stoffe stießen, schoben die Farbtupfer beiseite, als würden sie sie nicht bemerken, richteten dagegen prüfend ihre Augen auf die Fremden, besonders auf sie, die Frau, die nicht hierhergehörte. Weiblein tuschelten in Türen und verbreiteten den Geruch von Argwohn und Unwohlsein.

Mirjam seufzte, sie verstand das nicht. Sollte das etwas mit

Gott oder mit Sünde zu tun haben? Warum freuten sie sich nicht einfach? Ein fremdartiger Gott, dache sie. Ich muss Salma und Muzi fragen. Oder wird mich Jehuda gleich belehren?

Sie hatten sich gerade bis zu seinem Haus durchgefragt, da kam er auch schon hervorgestürzt und begrüßte sie herzlich mit offenen Armen. Auch wenn das „Oh Jammer" natürlich nicht fehlte, so spürte Mirjam doch, dass sein Verhalten ehrlich war. Ihre Blockade löste sich. Nachdem Jehuda gehört hatte, was die Besucherin ihm bringen wollte, strahlte sein Gesicht noch mehr:

„Gepriesen seist du, Herr, der du unsre Gebete erhört hast, der du uns das Haus wieder aufbaust, wir danken dir für alles Gute, für die Gnade, die du uns seit jeher erwiesen hast, für deinen Frieden über Magdala, über unseren Häusern und Familien, lebendig sei deine Liebe auch über dieser gutwilligen Fremden, verleihe ihr ausreichenden Lohn, da sie deinen Willen erfüllt, damit wir uns wieder versammeln können und du Schmerz und Kummer von uns wegnehmen kannst, der du unsere Sünden vergibst und unsere Missetaten auswischst, der du die Hochmütigen erniedrigst und die Niedrigen erhöhst, du Fels unseres Heiles, Herr der Heere, der du reich bist an Vergebung, reich ist dein Erbarmen, denn mit großer Liebe liebst du uns, ja, Herr unser Gott, mit übergroßer Schonung verschonst du uns, lehrst uns Weisungen und Gebote, Satzungen und Regeln, Schild und Heiland unserer Söhne, du unser Vater, unser König und Erlöser, und gib in das Herz dieser Fremden, der Mirjam von Magdala, deine Erleuchtung, damit wir wieder deinen Namen anrufen und dich loben können in deinem Haus …"

Mirjam empfand, dass Jehuda dies alles echt meinte, wirklich darin lebte. Doch zugleich drang keines seiner Gebetsworte in ihr eigenes Herz. Als sei da etwas wie mit Steinen verschlossen. Doch wurde sie wenigstens nicht unhöflich. Sogar Levi blieb ruhig.

Da sie an diesem Abend den Schabbat empfangen würden, erklärte Jehuda, für das Fest der Erinnerung an Schöpfung und Vollendung, an die Heilstaten der Liebe Gottes für sein Volk, sei einiges rechtzeitig vorzubereiten, auch das Feuer im Herd müsse schon brennen; 39 Arten von Arbeit seien verboten, und wer den Schabbat entweihe, der werde mit Steinigung bestraft, und deshalb …

Und dann geschah etwas, was sie überraschte: Jehuda rief seine Frau, und weil heute der Eingang zum Schabbat sei, erklärte er Mirjam, lobe er jetzt seine Frau als seinen größten Reichtum, denn im Innenbereich des Hauses, das sie heute besonders geschmückt habe, sei sie die Königin, die Priesterin, denn sie bestimme, welcher Geist darin herrsche, sie sei frei von allen Geboten, die zu festgesetzten Zeiten zu erfüllen seien, aber außerhalb des Hauses sei sie wenig sichtbar, weil dort der Mann das Sagen habe, und …

Mirjam hatte ihr Erstaunen überwunden und nutzte den Umschwung von Frau zu Mann und meinte, dann sei jetzt wohl die Gelegenheit, über die alte und die neue Synagoge zu reden. Zunächst jammerte Jehuda gehörig über den Verlust des alten Gemäuers, das seit Babylon für die Gemeinden in der Zerstreuung der Ort ihrer Sammlung geworden sei. Aber in ihrer alten Synagoge am Cardo habe man sich nicht mehr versammeln können, weil die Füße immer im Wasser gestanden hätten – Mirjam unterdrückte ein Lachen –, und außerdem sei der Raum zu klein geworden.

Was denn alles zu einer richtigen, schönen Synagoge gebraucht werde, schob sie zwischen den Schwall seiner Worte? Oh, welch ein Jammer, hatte Jehuda gerade wieder anfangen wollen, aber dieses Mal war Mirjam auf der Hut:

„Jehuda, im Haus drinnen ist die Frau die Königin, wie ich gerade gehört habe. Es geht jetzt um den Innenraum der Synagoge, die ich bauen soll. Also gebe ich den Ton an. Was brauchen Sie da?"

Und auf einmal konnte der Synagogenvorsteher ganz normal und sachlich reden: Man benötige für die schlichte Synagoge den Bibelrollenschrein, den Leuchter und zwei Pulte, eines für den Vorbeter und eines für die Bibellesung.

Und wie viele Leute sollten in den Raum passen? Nun ja, 100 Männer, das wäre wohl gut. „Also nehmen wir 200, falls eines Tages auch die Königinnen dazu kommen dürfen", hatte sie geantwortet. Er grinste sie so unverschämt an, dass Mirjam nicht herausbekam, ob das spöttisch oder hoffend gemeint war. Es kam noch etwas: Das werde ja ihr Gemeindehaus sein, der Mittelpunkt ihres Gemeindelebens. Sie bräuchten also auch noch Nebenräume für Unterricht und Studium, mit Tauchbad und mit Räumen, in denen Wanderer verpflegt und untergebracht werden könnten. Und wieder grinste er so breit und herzlich, dass Mirjam dieses Mal der Überzeugung zuneigte, dieser Jehuda sei ein verflixt gewitzter Bursche. Deshalb fand sie, nun sei wieder sie dran:

„Herr Jehuda", hatte sie betont langsam angefangen, „Herr Jehuda, dieses Geld für ihre Synagoge ist irgendwie unrein, wie Sie zu sagen pflegen. Ja, das ist es. Ich glaube, da klebt Blut dran."

Das Gesicht des Synagogenvorstehers erstarrte zu Basalt, wurde grau und grauer, die Hände standen ihm weg vom Leib, er war zu Tode erschrocken. Mirjam fuhr ungerührt fort:

„Die einzige Lösung scheint mir die zu sein, ich baue die Synagoge. Ich, die fromme Fremde. Mirjam von Magdala. Eine Sünderin in Ihren Augen. Und wenn die Synagoge steht und Ihnen zusagt, müssen Sie nur Weihrauch, allerdings viel Weihrauch, und Myrrhe und Ysop verbrauchen. Die verkaufe ich Ihnen dann zu ermäßigtem Preis."

Es gab noch einiges zu bereden, so zum Beispiel die Verträge: Ohne Vertrag würde sich kein Denar von der Stelle bewegen. Mirjam blieb hart. Vertrag für den Neubau, Vertrag für den Kauf der alten Synagoge. Ja, vor dem Stadtpräfekten. Nein, schwören reiche nicht. Alles Jammern half Jehuda nichts, Mirjam wusste, wo Fallen lauerten. Am Ende gingen sie sehr fröhlich und heiter auseinander, seine Frau und die fünf Kinder winkten ihr und dem Jungen sogar zu.

Als sie die Straße hinauf zu ihrem Haus gingen, meinte Levi:

„Ich glaube, ohne Jammern ist der Jehuda unglücklich."

Mirjam dachte nach. Dann schüttelte sie den Kopf:

„Nein, Levi, das glaube ich nicht."

Und nach einer Pause fügte sie hinzu:

„Wenn er Gott nicht genug loben kann, dann ist er unglücklich."

XXXV

Bei ihrem Haus angekommen, gewahrte sie verwundert einen zweirädrigen Reisewagen: Wer war denn da gekommen?

Es war der Arzt von Favinus, der aus Antiochia am Orontes, Aulus Tetteius Mystes. Man begrüßte sich, von der Seite der Frauen mit einer gewissen Scheu, und erzählte zunächst Neuigkeiten aus der weiten Welt. Die bedeutsamste, die Tetteius mitbrachte, war die Nachricht von der Niederlage der römischen Legionen unter ihrem Feldherrn Varus in Germanien. „Drei Legionen hat der Kaiser verloren. Drei Legionen! Und der Varus ist tot. Aber am schlimmsten für Roma: die Feldzeichen! Dieser Arminius hat unsere Feldzeichen erbeutet." Das würde den Augustus näher ans Grab bringen. Er sei jetzt ohnehin schon um die 70 Jahre alt, und die Ärzte müssten ihn immer häufiger behandeln, habe er gehört. Im Blick auf Salma fügte er an, sein Kollege aus Alexandria würde am Abend kommen. Oder am nächsten Tag. So hätten sie es verabredet.

Er schaute wieder zu Salma hinüber, deren verkrüppelten Fuß er sogleich bemerkt hatte. Er lächelte ihr freundlich zu:

„Junge Frau, darf ich mir einmal ansehen, was Ihnen Beschwer bereitet?"

Es tat Salma gut, dass er äußerst behutsam ihr linkes Bein in die Hand nahm und auf ein Polster legte. Den Knöchel betrachtete er zunächst, ohne ihn zu berühren. Salma drehte das Bein. Aulus Tetteius ließ sachte zwei Finger über die geschwollenen Stellen am verdrehten Gelenk gleiten. Er drückte dann etwas auf die Knochen und fragte Salma, wo sie Schmerzen fühlte.

„Mein Kollege Galenus aus Alexandria wird die Knochen eines linken Beines mitbringen, vielleicht sogar von einer Frau. Dann können wir sehen, was an ihrem Bein zerbrochen worden ist. Vielleicht kann man das wieder gerade richten. Aber", er hüstelte und führte die Hand über die Lippen, „wir werden auch Kräuter und Säfte brauchen, um die Schmerzen gering zu halten."

Mirjam hatte in den Wochen davor des Öfteren in ihren Pergamenten gelesen, was Selene über Kräuter und Säfte zur Linderung von Schmerzen aufgeschrieben hatte. Tatsächlich gab es da einige, und sie fand auch die Fläschchen und Phiolen mit den bezeichneten Tinkturen. Aber in deren Anwendung besaß sie keine Erfahrung. Jetzt zeigte sie die Schriften und Gefäße dem Arzt. Aulus Tetteius bekam immer größere Augen: Das sei ja ungeheuer, was Mirjam für Schätze besitze. Einige der Namen kenne er, andere seien ihm neu, stammten wohl aus fernen Ländern. Und dass sie auch die Öle und Kräuter dazu habe, das sei einmalig. Er werde mit seinem Kollegen beraten, welches dieser Öle oder Getränke Salma am besten helfen würde. Man müsste die Medizin zuvor ausprobieren, an Ratten vielleicht, und danach müsste ein Sklave den Saft probieren.

Salma erzitterte; sie sei, flüsterte sie, nicht mehr ganz sicher, ob sie ein gesundes Bein brauche. Sie habe sich an das Humpeln mit dem verdrehten Fuß doch gut gewöhnt, und nun den Fuß noch einmal brechen!? Allein das Krachen der Knochen, oohh…

Tags darauf traf Galenus aus Alexandria ein, ein schon älterer Herr, und brachte die Knochen mit, linkes Bein einer Frau samt Fuß. Die Ärzte erklärten Salma anhand dieses Knochengerüstes, welche Stelle bei ihr vermutlich verdreht und gebrochen worden war. Sie nahmen ihren Fuß erneut in die Hand, wendeten ihn vorsichtig in die eine Richtung, bis Salma vor Schmerz wimmerte, dann in die andere. Sie befühlten die Knochen und verglichen den Befund immer wieder mit dem Skelett.

Am Abend besprachen sie, ob unter den Kräutern und Ölen von Mirjam etwas dabei sei, das den Schmerz für Salma lindern würde, sei es als Tinktur oder als Getränk. Sie entschieden sich für Hanf und Schlafmohn, dazu ein Tropfen einer Flüssigkeit aus Selenes Schätzen. Den heißen Dampf sollte Salma einatmen. Sie probierten ihn zunächst an einer Ratte aus, die tatsächlich einschlief und nichts zu spüren schien, als man ihr den Schwanz abschnitt. Daraufhin erhob sich einer der Gladiatoren, Tribocus, und bot sich für den nächsten Versuch an. Er habe als Gladiator schon große Schmerzen erfahren, es sei ihm eine Ehre, jetzt für die junge Frau seinen Körper anzubieten. Galenus hatte geantwortet, solchen Mannesmut habe er nicht oft erlebt, doch gebe es da ein kleines Problem: Der Körper von Tribocus sei, wie jeder sehe, dreimal so kräftig wie der von Salma, und sicher vertrage der Gladiator eine derart starke Dosis dieses Saftes oder Dampfes, dass Salma davon gleich zweimal in den Hades befördert würde.

Da trat Mirjam vor:

„Ich probiere es."

Salma schrie auf, Muzi schlug die Hände vors Gesicht, Levi rief:

„Nein, du nicht!, ich mache das."

Am Ende war jeder im Raum bereit, den Dampf einzuatmen.

„Gut", sagte Mirjam, „dann entscheiden die Ärzte."

Die kamen zu dem Schluss, dass, wie jeder sehe, Mirjam der Statur der Salma am nächsten komme …

„Na, hab' ich's nicht gesagt!"

Mirjam hoffte, dass niemand merke, wie Angst in ihr hochkroch.

„Her mit dem Zeugs!"

Alle blickten wie starr.

„Meint nur nicht, dass ich jetzt abtreten werde! Habe ich nicht vor." Sie setzte sich vor die Schüssel über dem Feuer. „Wehe, ihr brecht mir mein Bein!"

Die Ärzte beteuerten, sie hätten das nicht im Sinn, sie würden ihr nur in die Ohren pieken, das würde man später nicht sehen.

Sie war eingeschlafen, hatte Farben gesehen, schöne Musik gehört, sich selig gefühlt – und nichts gemerkt, wie sie nach dem Aufwachen den anderen mitteilte. Das gab der Salma den Mut zurück, und sie erklärte, nun sei sie bereit, sich den Fuß brechen zu lassen, wenn die Ärzte eine Chance sähen, dass das Bein hinterher nicht schlimmer wäre als vorher.

Tetteius und Galenus zogen sich zurück und sprachen lange miteinander. Sie holten Stöcke und Hölzer aus dem Werkraum, übten mit ihnen. Immer wieder. Sie nahmen das Skelett, wickelten um die Knochen der Bruchstelle Tücher und nahmen es in ihre Hände, bewegten und drehten es so, wie sie sich vorstellten, die zerbrochenen Knochen wieder in die richtige Lage bringen zu können.

„Da sind auch die Sehnen und andere Bänder zu berücksichtigen", flüsterte Galenus. „Und wir brauchen feine Bretter und Binden, um das Bein hinterher in Ruhelage einzuwickeln", ergänzte Tetteius.

Derweil boten sich die Gladiatoren an, Salma fest zu halten, wenn der Schmerz zu groß würde.

„Wir machen das ganz zart und liebevoll", sagte Tribocus leise.

Er meinte das ehrlich, aber als Salma seine Pranken erblickte, kamen ihr Zweifel. Quercus tröstete Salma auf seine Weise:

„Weißt du, wenn es bei mir früher krachte im Kampf, neben mir, dann war es immer vorbei. Also, wenn du es krachen hörst …"

Die freundliche Weisheit des Centurio hätte beinahe gereicht, dass Salma auch ohne Dämpfe ohnmächtig geworden wäre. Mirjam eilte und brachte etwas Wasser und Wein, sie tranken alle gemeinsam aus demselben Pokal. Es war eine irgendwie komische Szene, fand ein jeder. Aber keiner sagte es laut.

Schließlich kamen die Ärzte …

Als Salma die Augen aufmachte und etwas reden konnte, während der Schmerz ihr noch anzusehen war, stammelte sie als erstes:

„Wie ging es?"

Quercus brachte es in aller Liebenswürdigkeit auf den Punkt:

„Es hat gekracht und dann war es gut!"

Galenus schob den Centurio zur Seite. Sie habe sich ganz großartig verhalten, der Dampf habe offensichtlich gut gewirkt, und er und Tetteius hätten das Gefühl, sie hätten die beiden Knochen sauber aneinander bekommen. Auch die Bänder seien heil geblieben. Sie werde nun unter Schmerzen leiden, und wenn diese zu stark würden, solle sie den Dampf wieder einatmen, jeden Tag etwas weniger. Und nicht aufstehen. Die Gladiatoren könnten sie ja tragen, auf einem Gestell, oder mit den Armen abstützen.

„Wir machen das", meldete sich Tribocus sofort. „Salma, wir tragen Sie, wohin Sie wollen, das macht uns doch Spaß."

Keiner hatte gemerkt, dass die Hunde hereingekommen waren. Auf einmal erschien Setschhebs Schnauze zwischen den Knien der Ärzte und gleich darauf die von Hekenu – und dann leckten die beiden Hundeschnauzen Salmas Fuß. Sie schienen sich am meisten zu freuen, dass sie ihre Herrin gefunden hatten und zeigten ihr, wie lieb sie ihnen geworden war.

Die Ärzte legten nun einige der Blätter aus dem Topf zusammen mit anderen Heilkräutern um den gerichteten Knöchel und wickelten den Fuß vorsichtig in die Binden; und Bein und Binden zusammen zwischen zwei Holzlatten.

„Nun siehst du wenigstens richtig krank aus", stellte Levi fachmännisch fest, „jetzt erfüllen wir dir jeden Wunsch."

Aber Salma war schon wieder eingeschlafen.

In der Stadt hatten die Leute mitbekommen, dass zwei berühmte Ärzte oben im Haus der Mirjam seien. So kamen sie scheu herauf und baten um Heilung und Hilfe. Tetteius und Galenus gingen bereitwillig auf die Bitten ein, aber es kamen immer mehr Leute. Am Abend mussten die Gladiatoren einschreiten und die Leute zurückweisen.

Mirjam war in diesen Tagen vielfach unterwegs mit Muzifungi, die bestimmten Kräuter zu suchen, die für den betäubenden Dampf gebraucht wurden. Und in der Ebene Ginnosar wuchs tatsächlich so ziemlich alles, was es auf der Erde gab. Und was sie dort nicht fanden, entdeckten sie am felsigen Berghang des Arbel oder oben auf seinen Wiesen mit dem herrlichen Ausblick.

Als die beiden Ärzte sich schließlich zum Abschied rüsteten, überprüften sie Salma noch einmal. Es fühle sich gut an, war ihr Urteil. Es würde aber ein halbes Jahr dauern, bis sie den Fuß wieder aufsetzen und mit ihm gehen könne, sagten sie voraus. Aber sie solle jeden Tag das Bein mit den Brettern bewegen, damit die Muskeln nicht einschliefen.

Oder, Tetteius grinste:

„Lass dich von zwei Gladiatoren stützen und geh' zwischen ihnen auf dem gesunden Bein, jeden Tag. Humpele brav so lange, bis die Löwenbezwinger erschöpft um Gnade bitten."

XXXVI

Während der Wagen von Galenus den Weg hinunter nach Tarichea rollte, zogen die vier Pferde den von Aulus Tetteius die Karawanenstraße hinauf zum Tal des Arbel. Vorbei an der Karawanserei. Während sie dem guten Arzt aus Antiochia dankbar nachwinkten, erschien in der Ferne an seiner Seite plötzlich ein kleiner Punkt. Es war ein Reiter. Er kam aus der anderen Richtung, von der Ebene her. Im Galopp fegte er den Weg herunter, den Tetteius gerade hinaufgefahren war, wurde immer größer, hielt direkt auf sie zu und brachte das verschwitzte Pferd vor ihnen zum Stehen.

„Ich suche Mirjam von Tarichea."

„Die bin ich", sagte Mirjam argwöhnisch.

„Ich habe einen Brief für Sie. Aus dem Kontor in Tyrus, von Favinus Alexander."

„Von Favinus Alexander?"

„So ist es. Hier, nehmen Sie den Brief. Wenn Sie eine Antwort schreiben möchten, dann bitte schnell. Ich werde gleich zurückreiten. Kann mein Hengst hier versorgt werden?"

Einer der Gladiatoren kümmerte sich um den weißen Hengst. Der brauche besser ein neues Pferd, wenn er gleich zurückreiten will, stellte er fest. Mirjam entrollte das Pergament. Und während die anderen um sie herumstanden, begann sie laut zu lesen:

„Data Idibus Octobris. Aus dem Haus in Herculaneum. Favinus Alexander an Frau Mirjam. Heil und Friede mit Ihnen, Frau Mirjam, und mit allen im Haus. Meine Reise nach Jerusalem und weiter nach Alexandria hatte zwei Gesichter. Auf der einen Seite habe ich nicht gefunden, was ich suchte. Auf der anderen habe ich entdeckt, dass jemand nicht tot ist. Ebenso, dass man mich umbringen will. Ich habe den Spieß umdrehen können. Dabei habe ich herausgefunden, dass auf der obersten Ebene unserer Provinzverwaltungen in Palästina und Ägypten etwas nicht stimmt. Das hatte zur Folge, dass nun ich selbst zum Feind wurde. Ich musste Alexandria schnell verlassen, habe meine Angelegenheiten in Tyrus geregelt und bin sofort nach Italien gesegelt. Das ist der Grund, warum ich nicht nach Tarichea kommen konnte. Hier in Kampanien bemühe ich mich, Licht in die Vorgänge zu bringen. Ich habe in Tyrus gehört, dass Sie, Mirjam, einen guten Architekten genommen haben, Solon Campanus. Das haben Sie richtig gemacht. Ebenso gefällt mir der Plan der Villa. Achten Sie darauf, dass bei Regen das Gelände um das Haus keine Schlammgrube wird. Inzwischen müssen meine Ärzte bei Ihnen gewesen sein. Ich wünsche Salma Genesung. Frau Mirjam, Sie haben auffallende Gaben. Deshalb muss ich Sie auf Gefahren hinweisen: Ich muss damit rechnen, dass man Sie ein zweites Mal rauben oder mein Haus und Gelände verwüsten wird. Ich muss Sie daher bitten, kaufen Sie eine starke Mannschaft guter Soldaten, die das Grundstück bewacht. Die Kosten übernimmt das Kontor in Tyrus. Dort weiß man über alles Bescheid. Ein zweites: Sie müssen sofort nach Italien kommen. Ich möchte nicht, dass Sie in Tarichea in Lebensgefahr geraten. Quercus wird das Kommando übernehmen und alles sichern. Also, stellen Sie Ihre Pläne um und kommen Sie mit dem nächsten Schiff von Tyrus zu mir nach Herculaneum. Leben Sie wohl. Favinus Alexander."

Mirjam hatte den Brief ganz bewusst laut vorgelesen, dass alle zusammen ihn hören konnten; das schafft Vertrauen und Eintracht, hatte sie gedacht. Jetzt war sie sprachlos. Das war zu viel auf einmal. Was hatte da Favinus alles mitgeteilt? Der erste, der anscheinend verstanden hatte, war einer der Gladiatoren:

„Hört, hört Jungs, wir bekommen Arbeit!"

„Centurio", meinte ein anderer, „wir brauchen mehr Leute und bessere Waffen. Das wird einen Spaß geben. Ha!"

Und er fegte mit seinem Schwert einen Bogen durch die Luft.

Mirjam gefiel die Reaktion nicht, aber Quercus meinte leichthin:

„Mirjam, Sie können ruhig nach Italien reisen. Ich kümmere mich hier um alles. Seien Sie ohne Sorge."

Nur Levi schien nicht erfreut zu sein:

„Mirjam, sie wollen dich wieder rauben? Und alles hier verbrennen? Wer ist das? Das darf doch nicht passieren!"

Muzifungi und Salma dagegen schauten ratlos und verwirrt zu Mirjam hinüber. Die hielt immer noch das Pergament in der Hand, schüttelte den Kopf, ging zur Seite und begann, den Brief ein zweites Mal zu lesen, still für sich, während die anderen, vor allem die acht Gladiatoren, bereits Pläne schmiedeten.

Als sie geendet hatte, suchte sie ihre Gedanken zu ordnen. Sie merkte, wie ihre Gefühle durcheinander geraten waren. Gegen das, was Favinus von ihr wünschte, sperrte sich etwas in ihr. Und ein anderes Gefühl mahnte sie, auf die Gladiatoren zu achten. Sie mochte sie in letzter Zeit immer weniger; sie verhielten sich zu selbstständig. Aber jetzt brauchte sie vor allem Zeit, um Favinus' Brief nüchtern zu bedenken und mit ihren Freunden zu besprechen. Feinde, die ihnen Schaden zufügen wollten? Sie konnte doch nicht einfach alles stehen und liegen lassen, sich auf ein Schiff setzen und davonfahren!

„Hört her! Zwei Sachen: Ich werde nicht gleich eine Antwort schreiben und dem Boten mitgeben. Zweitens: Wir werden diesen Brief in Ruhe miteinander bedenken und gemeinsam überlegen, was aus unserer Sicht die bessere Lösung ist. Und die werden wir umsetzen. Gehen wir erst einmal ins Haus. Der Bote braucht ein neues Pferd. Quercus, sieh zu, dass er eines bekommt. Wir behalten seinen Hengst bei uns. Der arme braucht Erholung."

Das war gestern gewesen.

Jetzt saßen sie alle mit den Gladiatoren, die eigentlich als Sklaven Haus und Gelände bewachen sollten, im großen Raum zusammen. Seit der Cena redeten alle Männer in gelöster Heiterkeit miteinander, spielten Lösungen durch, wer welche Aufgaben übernehmen müsste, wenn Mirjam nicht mehr da sei, welche Überfälle passieren könnten, wer überhaupt wofür zuständig sei, und diskutierten weitere Aspekte der neuen Situation. Am lautesten tönten die Gladiatoren. Mirjam saß die ganze Zeit abseits, schwieg und beobachtete ihre Leute. Vor allem diese acht „Bewacher". Sie sah sich wieder in der Wüste, saß auf einem Felsen und beobachtete ihre Herde. Und was sah sie jetzt? Sie sah, dass ihre Herde aus Hammeln und Böcken bestand. Aus dummen Hammeln und eigensinnigen Böcken. Die Herde war in Unordnung.

Ähnlich wie Mirjam schwiegen auch Salma und Muzifungi. Einer der Gladiatoren fragte gerade, was der Herr Favinus damit wohl gemeint habe, dass man ihn umbringen wolle. Ein anderer ergänzte:

„Und dass auf der Verwaltungsebene krumme Dinge …"

„Auf der höchsten", korrigierte Levi.

Ein dritter Gladiator prahlte in stolzem Tonfall:

„Kannst du dir vorstellen, Tribocus, dass jemand dieses Haus überfallen und anzünden kann, solange wir hier sind? Der müsste verdammt gut sein. Ha, wir werden sie in Fallen locken, wie der Arminius die Römer. Wir haben schon ganz andere Wichte erledigt."

Muzifungi schaute zu Mirjam herüber, die nickte leicht. Da richtete sich die Schwarze auf, trat ein paar Schritte vor und schaute den Gladiator fragend an:

„Hee, du und ihr, wer hält jetzt eigentlich draußen Wache?"

Den Gladiatoren blieb der Mund offen stehen, sie blickten verdutzt in die Runde, ihr überhebliches Getue verstummte, und einer nach dem anderen drehte sich hilflos zum Nachbarn um. Quercus erhob sich und schickte Tribocus und einen zweiten Mann hinaus:

„Wache halten!"

Aber Mirjam schüttelte gebieterisch den Kopf. Quercus stand ein zweites Mal auf, schickte noch zwei hinterher. Mirjam war immer noch nicht zufrieden. Sie schaute auf die vier, die geblieben waren:

„Ihr geht jetzt in euren Raum. Die Nacht hat begonnen. Ruht aus und haltet euch bereit. Überlegt, wie ihr das Haus gegen Feuer, gegen Speere, in Sümpfen oder Wüsten, gegen viele Angreifer oder gegen nur einen verteidigt. Einen, der euch überlistet."

Als die vier, missliebig brummend, hinaus geschlendert waren und Mirjam mit ihren Freundinnen unter sich war, bekannte sie:

„Ich habe Fehler gemacht. Ich war dumm. Ich habe gedacht, wenn ich freundlich bin, dann sind auch die anderen freundlich. So war das meistens bei meinen Tieren. Wenn ich zu ihnen halte, dann halten sie auch zu mir. Aber das stimmt nicht bei Menschen."

Sie ging im Raum auf und ab.

„Wir müssen die Gladiatoren anders behandeln. Das war mein Fehler. Sie gehören nicht zu uns. Das ist zwar gegen meine Natur, aber ich merke, dass ich lernen muss, anders zu denken. Ich habe sie schon länger, vor allem gestern und heute, beobachtet. Die stehen nicht auf unserer Seite. Ich darf ihnen nicht vertrauen. Überlegt einmal, auf welche Weise könnte Caesennius, nehmen wir mal ihn, unser Haus ganz leicht erstürmen und mich und uns alle rauben?"

Salma und Muzi, Levi und sogar Quercus schauten erschrocken drein, runzelten die Stirn und schüttelten heftig den Kopf:

„Aber Mirjam, das geht doch nicht. Acht Gladiatoren! Die kann auch ein Caesennius nicht einfach erschlagen!"

„Ganz recht. Das weiß Caesennius auch. Und deswegen wird er – na? Wird er die Gladiatoren kaufen. Er wird sie bestechen. Und schon haben wir den Drachen mitten im Haus. Ganz einfach."

Alle schwiegen bestürzt. Quercus hatte sein Auge zusammengekniffen. Nun nickte er langsam mit seinem alten Schädel.

„Verräter. Das hat immer funktioniert."

Mirjam blieb vor Levi stehen:

„Levi, ich brauche dich. Kannst du unbemerkt in den Raum schleichen, wo die vier jetzt auf den Sofas liegen und erzählen? Belausche sie. Versuche zu hören, was sie reden und besprechen. Quercus, du gehst raus und holst die vier draußen zusammen, auf der gegenüberliegenden Seite des Hauses. Dort redet miteinander. Lass sie reden. Bekomme heraus, wo sie wirklich stehen. Gib dich nicht zu erkennen! Levi, du musst deine Sache alleine schaffen."

„Ich habe da etwas", meldete sich Muzifungi leise.

„Was hast du?", fragte Mirjam ahnungslos.

„Wir haben in unserem Stamm gejagt, wilde Tiere im Urwald. Da haben unsere Männer, wenn sie bestimmte kleinere Tiere fangen wollten, Blasrohre benutzt mit kleinen vergifteten Pfeilen. Sie mussten nahe an das Tier heran, und dann hat es gewirkt."

Sie machte eine Pause, lächelte unsicher und fuhr fort:

„Ich habe so ein Blasrohr und auch noch ein paar Pfeile."

„Und das Gift auch?"

„Ja, auch das Gift. Aber ich habe lange nicht mehr geblasen. Ich weiß nicht, ob ich noch gut treffen kann."

„Oh, das möchte ich sehen!", rief Levi. Und auch Quercus äußerte berufliches Interesse. Aber Mirjam entschied:

„Nein, ihr beide geht sofort an eure Arbeit. Wir dürfen keine Zeit verlieren. Levi, ich bin in Sorge um dich."

„Herrin, ich schleiche nicht zum ersten Mal in einen Schlafraum. Meine Sorge ist, die quasseln eine Sprache, die ich nicht verstehe."

Während Muzifungi Levis Gesicht und Hände mit Asche einschmierte, gab Mirjam dem Quercus noch ein paar Instruktionen. Dann verschwanden der kleine und der große Mann.

„Muzi, hole das Rohr. Und die Pfeile mit dem Gift. Ich habe das Gefühl, in dieser Nacht werden wir nicht schlafen."

Muzifungi brachte das Blasrohr, in ein Tuch gewickelt, dabei die Pfeile, klein wie eine Frauenhand, dünn wie Gras, fest wie Eisen.

„Hier, das Gift."

Salma sah besorgt aus:

„Jetzt kämpfen wir Frauen gegen unsere eigenen Bewacher. Und ich liege hier mit meinem Fuß und kann nicht helfen."

Mirjam teilte ihr eine Aufgabe zu:

„Salma, du liegst dort halb im Dunkel, man sieht dich nicht gleich, das ist gut so. Du beobachtest den Raum und warnst uns, wenn das nötig werden sollte."

Muzi übte sich nun im Blasen. Allmählich flogen die kleinen Pfeile in das Tuch, das Mirjam hochhielt. Schließlich konnte Muzi sogar auf sieben Schritte Entfernung ganz genau die Mitte treffen. Sie drei setzten sich so in das Zimmer, dass jede von ihnen den Raum im Rücken der anderen überblicken konnte. Draußen schien alles ruhig zu sein. Gelegentlich erklangen laute Worte von der Seite, wo sich Quercus mit den vier Wächtern aufhalten musste. Auf der anderen Seite blieb es still. Mirjams Ohren suchten Dunkel und Stille zu durchdringen. Salma erzählte derweil von früheren Zeiten, wie sie als Kind aufgewachsen war, was sie bei Vater und Mutter gelernt hatte, wie sie eine kleine Ziege schlachteten, wenn ein großes Fest kam, und wie sie das Blut rühren durfte. Aber das mochte sie nicht.

Mirjam hatte das Feuer im Herd entfacht, ein paar Fleischstücke gebraten, dazu Soße und Gemüse angerichtet. So locker und leicht sie hier auch saßen, so gespannt waren sie zugleich.

Es war um Mitternacht, als Levi in den Raum zurück torkelte. Er schüttelte sich, ließ sich auf ein Sofa fallen. Mirjam gab ihm Wasser zu trinken. Muzi wusch ihm die dunkle Tarnfarbe ab.

„Du hast recht gehabt, Herrin. Sie haben gelästert über dich und Salma, den Krüppel, und die schwarze Sklavin. Sie wollten nicht für kleine Mädchen arbeiten. Dann haben sie überlegt, wie sie mit Caesennius Kontakt aufnehmen können, was er ihnen bezahlen sollte, dass er sie frei lassen und dazu noch Geld geben müsste, dann würden sie für ihn arbeiten. Sie gehören nicht mehr zu uns. Sie sind gegen uns. Alle vier."

„Dann sehen wir schon klarer", stellte Mirjam aufatmend fest. Auch bei den anderen schien der Mut zurückzukehren.

„Also: Wir müssen sie überwinden, fesseln und weg mit ihnen. Das ist unser Ziel. Aber wie schaffen wir das? Wir sind ja wirklich kleine Mädchen."

„Quercus! Er könnte kommen", fiel Levi ein.

„Quercus, Junge! Der gegen vier Gladiatoren? Er wurde schon einmal verprügelt, von Bauarbeitern. Nein, das schafft er nicht mehr. Wir selber müssen das schaffen. Aber wie? Wir können ja nicht zu den vier Schurken gehen und sagen: Bitte schön, ihr Lieben, würdet ihr uns eure Hände reichen, wir wollen euch fesseln."

Salma hatte von ihrem Sofa aufmerksam zugehört; jetzt flüsterte sie herüber, aber mit fast heiterer Stimme:

„Meine Kräuter! Die Dämpfe!"

Im ersten Moment hatten die anderen verständnislos auf sie geblickt, aber dann kapierten sie recht schnell.

„Natürlich! Die Dämpfe, und dann schlafen sie ein. Aber, hm, wir können sie ja nicht einfach vor die Schüssel setzen und sagen: bitte, würdet ihr das mal tief einatmen."

„So nicht", fuhr Salma leise fort, „aber wir können den Kräutersud in deine schöne Suppe gießen, Mirjam! Wir können den Männern eine Nachtmahlzeit servieren. Hunger haben die immer."

Muzifungi schüttelte den Kopf:

„Eeeh, die werden die Falle riechen. Wir müssen sie ablenken, dass sie gar nicht an die Kräuter denken."

Sie machte eine Pause. Levi schlich zu den Türen und horchte. Nein, niemand belauschte sie. Salma stöhnte verzweifelt:

„Und wie lenkt man Gladiatoren ab?"

Da grinste Muzifungi ihr afrikanisch breites Lachen, erhob sich, wackelte mit den Hüften und sagte singend:

„Vergesst nicht: Wir sind kleine Mädchen!"

Und sie zog ihr Gewand zur Seite, dass ihr großer Busen sichtbar wurde. Dabei wackelte und wedelte sie mit ihren Hinterbacken, dass die anderen beeindruckt schmunzelten.

280

„Levi, das ist jetzt nichts für dich. Ich brauche dich für etwas anderes, was nur du tun kannst", übernahm Mirjam das Kommando.

Sie überlegte.

„Levi, du musst vier Seile holen, nein, acht. Und sobald die Männer nicht mehr richtig klar im Kopf sind, binde ihnen die Füße zusammen. Schaffst du das? Und später, wenn sie umfallen, auch die Hände. Muzi, lege dein Blasrohr bereit, und einen Pfeil, aber einen ‚lebendigen', für alle Fälle."

Sie trat in die Mitte des Zimmers und sagte kämpferisch:

„Kleine Mädchen! Na wartet, ihr Herren Gladiatoren."

Levi brachte die acht Stricke und versteckte sie hinter einem Sofa an der Wand. Mirjam verstärkte die Kräutermischung von Salma um das Vierfache und goss sie in die dunkle Fleischsoße, in der saftige Stücke Schweinelende schwammen. Sie gab noch einige indische Gewürze und Pflaumen dazu, damit die Kräuter nicht gleich zu riechen waren. Starker Wein stand bereit und die Gewänder hingen locker.

Der Kampf konnte beginnen, die Löwen mochten kommen.

Levi klopfte bei den vier Männern: Es gäbe da noch ein Nachtmahl, weil sie heute so angestrengt mit dem Kopf gearbeitet hätten. Gutes Fleisch und Wein. Nein, die anderen vier kämen erst hinterher dran, jemand müsse ja auf Wache stehen.

Als die vier hereinkamen, sahen sie Salma auf dem Sofa liegen, auf den rechten Arm gestützt, ihr Gewand war wie zufällig zurückgerutscht und ließ eine schöne Brust sehen. Sie sog den Dampf ihres Kräutersuds ein, wie sie das jeden Abend tat – die Männer fanden daran nichts Verdächtiges. Muzi stand am Herd, den Gürtel um ihre Taille hatte sie so gebunden, dass ihr Gewand sich für eine heiße Innenansicht öffnete. Mirjam ging zu ihr, ob die Soße gut gelungen sei? Und genügend Fleisch drin sei für ihre starken Bewacher? Ja, Levi solle den besseren Wein holen. Dann hob Mirjam den großen Topf mit der duftenden Fleischsoße hinüber auf den Tisch. Auch ihr Gewand war nur locker um den Körper gelegt, und als sie an einem der Männer vorbeiging, griff der nach ihrem Hinterteil und genoss dessen feste Rundung. Mirjam schlug ihm auf die Finger:

„Erst die Arbeit, dann das Vergnügen, meine Herren."

Die wussten bereits nicht mehr, was ihnen prächtiger mundete: was sie schluckten oder was sie guckten. Diese langen Beine! Bis zur Hüfte öffnete sich das Gewand. Muzi kam mit der Karaffe voll Wein, und während sie diesen in die Becher goss, beugte sie sich vornüber, dass die Männer sogar den Wein vergaßen: Welche Herrlichkeit vor ihren Augen! Mirjam hatte sich eine andere List ausgedacht:

„Soll ich dir dein großes Fleischstück zerschneiden?"

Sie trat hinter den Gladiator, beugte sich nach vorn, sodass sein Kopf zwischen ihren Brüsten zu liegen kam, und schnitt ihm ein großes Stück Fleisch durch. Dem Mann verging Hören und Sehen.

„Hey, Mädchen, komm her und schneide meines auch!"

Sie tat es. Und als sie sah, wie einer der Gladiatoren bereits Soße verschüttete, ging sie zu ihm und setzte sich neben ihn:

„Na Alterchen, zittrig? Komm, ich füttere dich wie Mama."

Und während sie ihm die starke Soße in den Mund löffelte, durfte der zur Ablenkung seinen Blick in atemberaubende Tiefen versenken. Aus den Augenwinkeln registrierte Mirjam, wie Muzi nicht weniger wirksame Einfälle anwandte: Während auch sie dem einen Gladiator beim Schneiden der Fleischstücke half, drückte sie ihr himmlisches Hinterteil, nur von dünner Tunika verhüllt, dem Nachbarn unter die Nase. Es wirkte enorm. Die Herren Gladiatoren merkten wirklich nicht, wie kleine Mädchen sie in Sümpfe lockten.

Salma rief vom Sofa:

„Jungs, esst, vielleicht müsst ihr bald kämpfen und bekommt so etwas Leckeres lange nicht mehr!"

Einer entdeckte nun auch Salmas Schönheiten, erhob sich und schlingerte auf sie zu:

„Schöne Frau, du siehst bezaubernd aus …"

Und dann fiel er vor ihr nieder. Vom Tisch rief ein anderer:

„Du, friss ihr Moos nicht auf! Lass uns auch was übrig."

Aber der Gladiator war nicht aus Entzücken vor Salma in die Knie gegangen, wie Mirjam sah. Sie gab Levi ein Zeichen. Unauffällig schlenderte der mit dem Seil hinüber und knotete es um die Füße des Eingeschlafenen. Salma tat derweil so, als würde sie den Liebhaber heftig an sich drücken. Am Tisch fiel ein zweiter Kopf in die Tunke. Mirjam eilte herbei:

„Komm Süßer, mach nicht schlapp, wir haben noch gar nicht angefangen. Das Schönste kommt doch noch!"

Auch sie drückte das Gesicht des Gladiators fest an sich. Levi rutschte zu Boden und fesselte auch diesen Riesen. Nun sank bei Muzifungi der Recke rücklings auf das Sofa; Muzi nutzte die Lage gnadenlos aus und setzte sich mit ihrem Prachtstück auf dessen Gesicht. Levi hatte keine Probleme, die Füße sicher zu verknoten.

Der letzte am Tisch schien jetzt etwas mitzubekommen, er schaute wirr in die Runde, wollte gerade sein Kurzschwert an der Seite fassen, als ihn Muzifungis Rückseite in die Zange nahm. Und die drückte den Gladiator tief in das Liegesofa, dass dem Mann buchstäblich Sehen und Hören verging. Keine Luft, kein Entkommen.

Alle vier waren gefesselt, an Füßen und Händen, wie Levi das fix erledigt hatte. Jetzt zogen sie die vier schlafenden Gladiatoren zur Seite und legten sie der Reihe nach an der Wand auf den Boden.

Da standen sie nun nach gewonnenem Kampf, die Löwen lagen erledigt in der Arena. Gewonnen hatten die kleinen Mädchen. Sie wollten sich gerade umarmen, da schrie Salma von hinten:

„Aufpassen!!"

Von draußen war einer der Gladiatoren hereingekommen, hatte verblüfft durch den Raum geschaut, schließlich registriert, dass seine vier Kollegen gefesselt auf dem Boden lagen; er griff sofort nach seinem Schwert und stürzte sich auf Mirjam, packte sie, zog sie zurück und stand nun mit dem Schwert da, bereit, die Frau zu töten.

„So, so, ihr meint wohl, ihr könntet Gladiatoren so einfach umlegen. Nein, Kleine, da hast du dich verrechnet."

Mirjam hatte bemerkt, dass der Mann nicht nach seinen Kollegen draußen gerufen hatte. Sie schaute herum. Muzi hatte sich geistesgegenwärtig in die Nähe der Kline geflüchtet, wo ihr Blasrohr lag. Du musst jetzt treffen, Muzi! Sie gab ihr mit den Augen ein Zeichen. Und ich muss den Mann ablenken …

„Schauen sie, wir Frauen können doch nicht vier Gladiatoren umlegen! Sie selber wollten sich fesseln lassen, die haben noch Spiele vor, so bestimmte, haben sie uns gesagt."

Der fünfte Mann war tatsächlich für einen Augenblick durcheinander. Er ging zwei Schritte vor, behielt Mirjam dabei fest im Griff seiner linken Hand, in der rechten das Schwert. Dann schaute er auf seine Männer hinunter … Ich muss ihn so stellen, dass Muzi seinen Hals treffen kann, dachte Mirjam.

„Die schlafen ja. Was für Spiele?“

„Na solche“, rief Salma von der anderen Seite und entblößte ihre Brüste. Der Gladiator bekam große Augen, ging mit Mirjam an der Hand auf Salma zu und blieb seitwärts vor Muzi stehen. Die Schwarze im Dunkel des Raumes bemerkte er nicht. Muzi hatte bereits das Blasrohr in der Hand, tunkte den kleinen Pfeil in das Fläschchen. Wie im Urwald sah sie das Tier vor sich. Dann flog der Pfeil, der kleine, bohrte sich genau in den Hals. Ein kleiner Schmerz nur. Der Gladiator löste seine Linke von Mirjam, er wollte sich an die Stelle mit dem piekenden Schmerz fassen, aber Mirjams Hand lag bereits dort:

„Entschuldigung, meine Fingernägel sind so spitz. Ich dachte, du magst das, mein starker Mann.“

Der starke Mann stand immer noch da. Das Schwert in der Hand, Mirjam nicht mehr ganz fest im Griff. Er sagte nichts. Er sagte überhaupt nichts mehr. Alles war still im Raum.

Dann fiel er der Länge nach hin.

„Uuihh“, entfuhr es Mirjam.

„Ooh, ich habe getroffen. Wie früher!“

„Ihr seid gut, ihr Frauen, ganz gut!“ entfuhr es Levi so laut, dass Mirjam ihn tadelte.

„Wir wissen noch nicht, was draußen los ist.“

Salma litt unter den Schmerzen im Fuß, war völlig erschöpft und sank auf ihr Sofa zurück.

„Ich brauche die Fleischsoße!“

Muzi brachte Salma die gute Soße, sie solle aber, bitte, nur wenig davon genießen. Der getötete Gladiator wurde neben die anderen geschleift, die immer noch schliefen. Mirjam überprüfte die Knoten um ihre Hände und Füße, nahm ihnen alle Waffen ab. Dann schickte sie Levi hinaus zu Quercus, er solle dem ein Zeichen geben, dass er hereinkomme, aber unauffällig und nur er.

Als der Centurio hereinkam, kratzte er sich gerade am Kopf.

Dann sah er die fünf an der Wand liegen – und bekam seine Hand vom Kopf nicht mehr herunter. Erschrocken fragte er:

„Frau Mirjam, was ist passiert?"

Sie erklärten ihm alles der Reihe nach, von ihrem Verdacht angefangen bis zum sicheren Schuss von Muzifungi. Acht Gladiatoren hatten sie gehabt, fünf waren Verräter, schloss Mirjam den Bericht. Welche Meinung er von den verbliebenen drei habe?

Tribocus sei sicher auf ihrer Seite. Die zwei anderen auch, das sei ihm klar geworden, weil sie sich im Gespräch immer deutlicher gegen den gestellt hatten, der ins Haus zurückgegangen war. Der allein stünde gegen sie. Nun gut, sagte Mirjam, dann haben wir noch drei Bewacher. Quercus schüttelte den Kopf:

„Herrin, das reicht nicht."

„Herr Centurio, lieber drei zuverlässige als acht treulose."

„Hm, das stimmt nun auch wieder. Aber was machen wir mit diesen Verrätern? Verkaufen wir sie wieder?"

„Richtig. Aber nicht auf dem Sklavenmarkt von Tarichea. Bringe sie gleich in der Frühe nach Ptolemais oder noch besser nach Tyrus, verkaufe sie dort als Sklaven, dann sind sie weg von hier und in ein paar Jahren am Ende."

„Und wie erklären wir die neue Situation den anderen drei?"

„Quercus, das werden jetzt wir beide tun."

Dank Mirjams ruhiger Art und ihrer Fähigkeit, Dinge sachlich zu erklären, und mit der Autorität von Quercus im Hintergrund waren die drei bald im Bilde. Sie waren bestürzt über die Vorfälle, nickten am Ende aber zustimmend. Tribocus sprach für sie:

„Frau Mirjam, Herr Quercus, wir stehen zu Ihnen. Sie können sich auf uns verlassen. Wir werden unser Leben für Sie einsetzen."

„Ich hoffe, ihr braucht das nicht."

Es wurde beschlossen, die vier Verräter noch vor Tagesgrauen gefesselt nach Tyrus zu schaffen. Quercus und Clarus, einer der treuen Gladiatoren, würden sie hinbringen. Am Vormittag, so meinte Mirjam, müsse sie etwas Schlaf nachholen. Und dann den Antwortbrief an Favinus schreiben. Levi sollte auf einem Maultier den anderen nachreiten und Quercus den Brief übergeben.

Als Levi am Nachmittag sein Maultier bestieg, trug er einen Brief folgenden Inhalts unter dem Hemd:

„Kalendis Decembris. Im Haus in Tarichea. Mirjam an Favinus Alexander. Friede und Heil. Ihren Brief haben wir erhalten. Wir sind in Sorge um ihr Wohlergehen. Ihre Nachrichten lassen uns vorsichtig sein. Schon bevor ich ihren Brief erhielt, hatten wir, dank eines Hinweises von Freundinnen, acht Sklaven gekauft, frühere Gladiatoren, die uns schützen sollten. Leider waren darunter Verräter. Heute Morgen haben wir einen von ihnen getötet, vier andere überwältigt und nach Tyrus geschickt, dass sie dort als Sklaven verkauft werden. Quercus bringt sie hin. Herr Favinus, ich vertraue lieber meinem Verstand als einer Centurie unsicherer Leute. Wir alle werden aufpassen. Der Gladiator Tribocus und zwei andere schützen uns jetzt. Herr Favinus, Sie haben geschrieben, dass ich sofort ein Schiff nach Italien nehmen soll. Ich werde das nicht tun. Verstehen Sie, Salma ist von ihren Ärzten der Fuß gerichtet worden. Tetteius und Galenus meinten, es sei gut gegangen. Aber Salma brauche ein halbes Jahr, um zu gesunden. In dieser Zeit werde ich nicht vom Haus weggehen. Der Neubau der Villa wird ebenfalls so lange warten. Solon Campanus kann, sobald der Winter vorbei ist, mit dem Umbau der alten Synagoge in ein Nymphäum beginnen und zugleich im jüdischen Viertel Magdala den Juden eine neue Synagoge bauen. Das ist meine Meinung: Wenn die Stadt uns schätzt, dann schützt sie uns auch. Ein Letztes: Es wäre eine Hilfe, wenn wir ihren Feind kennten. Leben Sie wohl. Wir alle grüßen Sie. Mirjam von Tarichea."

XXXVII

„Data Idibus Decembris. Alexandria. Publius Ostorius Scapula, Kaiserlicher Präfekt von Ägypten, an Marcus Ambibulus, Praefectus Civitatis, seinen Kollegen und Freund in Palästina. Friede und Heil. Deine Anfrage nach dem Soldaten O. P. habe ich erhalten. Die Angelegenheit ist in zweifacher Weise merkwürdig. Erstens habe ich in Erfahrung gebracht, dass auf besagter Schiffsreise von Caesarea nach Alexandria niemand über Bord gefallen ist. Der benannte Soldat müsste also am Leben sein. Doch ist er in Alexandria weder aufgetaucht noch weiß jemand von ihm. Das Zweite: Der von dir bezeichnete Kaufmann F. A. war hier und hat den Kapitän des Schiffes gesucht. Dabei sind einige Männer, die ich angeworben hatte, getötet worden, auch der Kapitän. F. A. ist mit demselben Schiff, auf dem der Soldat O. P. nach Alexandria gekommen ist – ist er das wirklich? – nach Tyrus zurück gesegelt. Mit einem Teil der alten Mannschaft. Ich würde davon ausgehen, dass F. A. weiß, dass dieser Soldat lebt, aber verschwunden ist. Er wird ihn suchen. Übrigens könnte der Name F. A. ein Deckname sein, wie ich erfahren habe. Der Vater des besagten Soldaten ist Caius Posterius Magnus, ein überaus reicher und einflussreicher Kaufmann aus Herculaneum. Er bringt gerade mehrere Schiffe voller Weizen nach Roma, wo wieder eine Hungersnot ausgebrochen ist. Doch hat C. P. M., falls sein Sohn nicht mehr auftaucht, keine Nachkommen, wurde mir mitgeteilt. Auch keine rechtmäßige Frau. Nach den vom Kaiser Augustus gerade erlassenen neuen Ehegesetzen sollte man einen guten Advokaten einschalten, denn der Reichtum dieses Mannes ist, wie gesagt, unermesslich. So viel, verehrter Marcus, was ich dir auf deine Anfrage mitteilen kann. Weitaus mehr bewegt uns alle der Verlust in Germanien: die Legionen VII, VIII und XIX, drei Alae und sechs Kohorten, dazu die Feldzeichen. Varus hat sich ins Schwert gestürzt. Der Kaiser hat alle Germanen aus Roma ausgewiesen und überall Wachen aufstellen lassen. Er gelobt den Göttern, Feste abzuhalten, wenn sie die Gefahr abwenden. Meine Amtsgewalt ist extra verlängert worden, damit Stabilität bewahrt wird. Ich möchte dich bitten, neue Truppen auszuheben, sogar aus Sklaven, wie auch ich es tue, um dem Kaiser zu helfen. Wie ich hörte, könnte dein Verantwortungsbereich bald erweitert werden. Lebe wohl."

Ambibulus legte das Pergament beiseite. Die Sache war unerwartet kompliziert geworden. Er blickte nicht mehr durch. Wo war dieser Soldat? Und wer war dieser Favinus Alexander in Wirklichkeit?

„Caesennius, du hast versagt. Das Mädchen, Fehlanzeige. Der Soldat, er lebt. Total versagt!"

Caesennius verzog keine Miene.

287

„Die Mitteilung aus Alexandria veranlasst mich, anders zu disponieren. So sehr ich hungrig bin nach der kleinen Jüdin und ihren Beinen, so sehr muss ich überlegt handeln. Ich will nicht abtreten wie Coponius. Es ist der Kaufmann, der mir gefährlich werden kann."

Caesennius behielt seine steinerne Miene bei, als er mitteilte:

„Exzellenz, diese Mirjam hat begonnen, eine Villa in Tarichea zu bauen, mit dem Geld des Kaufmanns. Sie hat vor, den Juden von Magdala eine neue Synagoge zu bauen und gleichzeitig deren alte in ein Nymphäum umzubauen. Das gibt Rückhalt bei den Leuten."

„Du hast nicht verstanden: Der Kaufmann hat Vorrang! Die Kleine läuft mir nicht weg. Sie ist keine Gefahr. Aber der Mann könnte mir in die Quere kommen. Besser, ich komme ihm in die Quere."

Warum rede ich so viel? Ich sollte diesem Caesennius nicht alles auf die Nase binden. Solch ein Mann steht auf niemandes Seite, nur auf seiner eigenen. Nichts ist ihm wert. Treueschwüre oder Verrat, alles gleich. Nur das eigene Wohlergehen hat er im Sinn.

„Caesennius, du kannst gehen."

Was sind eigentlich die Tatsachen? Tatsache ist, dass dieser Octavus Posterius verschwunden ist. Tatsache ist, dass in den Akten steht, dass er tot ist. So ist Herculaneum informiert worden. Offiziell ist dieser Octavus also tot. Schön. Und das könnte durchaus stimmen, niemand weiß ja, wo er ist. Tatsache ist drittens, dass sein Vater nach ihm suchen lässt; also werde ich das besser auch tun. Viertens, würde er doch leben, dann bin ich tot. Dieser reiche Kaufmann wird alle Götter einspannen, um genau das herauszufinden. Also, fünfte Tatsache: Dieser Kaufmann ist für mich gefährlich. Der Angelpunkt der ganzen Geschichte ist und bleibt das Verschwinden des Legionärs. Wenn er nicht über Bord geworfen wurde, wie ich das gewünscht hatte, wenn er nicht in Alexandria ist, dann – ist er in Caesarea vielleicht gar nicht an Bord gegangen, wie mein Kollege angedeutet hat? Ich muss Nachforschungen anstellen.

Ambibulus rief seinen Adjutanten.

„Finde heraus, wer für den Hafenbereich in Caesarea zuständig war an jenem Tag, an dem dieser Octavus Posterius – du weißt …"

„Ich weiß, mein Herr."

„An dem der also an Bord des Schiffes nach Alexandria ging. Ich möchte herausfinden, ob er tatsächlich an Bord gegangen ist."

„Ich werde Nachforschungen anstellen, Herr."

„Und dann schreibe einen Brief, an meinen Freund in Roma, der jetzt Konsul geworden ist, Publius Cornelius Dolabella. Er möge ein Auge auf den Kaufmann Caius Posterius Magnus in Herculaneum werfen. Es könnte sein, dass der dem Kaiser Ärger bereitet. Ärger sei in dieser schwierigen Zeit keine gute Medizin für Augustus. Vielleicht brauche dieser Kaufmann selber eine Medizin, eine, die ihn friedlich macht, für lange Zeit … So ähnlich. Formuliere das und lege mir den Brief vor. Ach ja, schreibe auch, dass ich ihm mit dem nächsten Schiff eine schöne Säule vom Palast der Kleopatra schicken werde …"

Er muss ja nicht wissen, dass ich gerade zwanzig solcher Säulen habe nachfertigen lassen.

XXXVIII

„Du bist Marcus Cissonius?"

„Ja, Herr Präfekt."

„Ich habe dir zwei Dinge mitzuteilen: Erstens: Du bist befördert worden, zum Beneficiarius consularis. Dein Offizier ist Lucius Mammius Clitus. Zweitens: Du gehst als sein Adjutant mit ihm nach Pannonien. Er wird eine Vexilla führen. Ihr sollt an der Grenze von Pannonien, am Flusse Danubius, ein Lager errichten. In drei Tagen ist Abmarsch. Eure Einheit wird unterwegs vervollständigt."

„Jawohl, Herr Kommandant."

In diesen drei Tagen wurde Octavus klar, dass er jetzt wirklich gestorben war. Sein arabischer Freund könnte ihn nicht mehr finden. Nie mehr. Noch weniger würde Mirjam ihn finden. Sie würde nie erfahren, dass er, Octavus, noch lebte, dass er, ihr Mann, jede Stunde an sie dachte – und bis an sein Lebensende auf sie warten würde.

XXXIX

Caius Posterius Magnus trat aus seiner römischen Villa auf die Terrasse hinaus, die sich entlang der Kuppe erstreckte. Wie gerne genoss er von hier den herrlichen Blick über die sieben Hügel im Südosten, genoss das gezähmte Säuseln, das vom Lärm, diesem Deckel über den Dächern, bis zu ihm zaghaft empordrang. Hier konnte man nachts sogar schlafen. Welche Wohltat! Und hier konnte man noch weit sehen, die Berge von Alba und jene von Tusculum in der Ferne, und ebenso den früchtetragenden Hain der Anna Perenna dort unten zwischen Tiber und Via Flaminia. Man sah zwar die Wagen, doch das Geratter der Räder schaffte es nicht den Hügel hinauf. Wegen dieser Aussicht, noch nahe der Stadt, doch sicher vor ihrem stickigen Treiben geschützt, hatte er diese Villa auf dem Clivus Cinnae gekauft, auf der nördlichen Schulter des Ianiculum. Und weil sie ihre Schönheit nicht protzend herausstellte, kam er nicht ins Gerede der eitlen Herrschaften mit ihrem Streit aus Neid um die schönste Villa.

Heute war ein besonderer Morgen. Deswegen erschienen nicht nur 50 Klienten und bettelten um die Zusage zur Cena, heute drängelten sich 100 vor dem Portal. Er brauchte sie. Er brauchte viele. Denn die ganze Stadt sollte sehen, wie er seinen Weg zum Caesar Augustus Octavianus ging. Vor allem die Herren Senatoren und Konsuln, die Entscheidungen fällten; sie sollten seine Prozession nicht übersehen können, sondern ins Nachdenken geraten. Zwanzig Sklaven würden nämlich noch fünf schwere Truhen tragen. Er schmunzelte, als er sich vorstellte, wie sie ins Grübeln gerieten, was die dickbäuchigen Kisten wohl enthielten.

Er stieg auf die Sänfte, getragen von acht kräftigen Sklaven, und hieß den Zug sich in Bewegung setzen. Während er über den Schultern hinter Vorhängen schläfrig schaukelte, schob sich die imposante Kolonne, nachdem sie endlich die Pons Cestus und Fabricius überquert hatte, ins Getümmel der Straßen. Zweihundert Ellenbogen kämpften sich durch das Gedränge der übrigen zehntausend, über riesige Plattfüße die einen, an schaukelnden Balken entlang die anderen. Vorbei am Marcellus-Theater, unerbittlich die Richtung auf die Foren und das Kapitol erkämpfend. Andere Kolonnen kamen entgegen, dazwischen schleppte ein Riesenkerl Unmengen von Töpfen für ein ausgedehntes Picknick, ein schmächtiger Sklave balancierte ängstlich Pfannen, deren Feuer er durch Fächeln in Gang zu halten hatte. Tannenstamm und Pinienstamm begegneten sich und suchten einander zu kitzeln. Rechts entkamen einige mit Mühe dem Schlag einer Stange, während sie links mit Schlamm bespritzt wurden. Jaulend nahm einer den Nagel eines Militärstiefels im Zeh mit. Links blieb nun die Bibliothek in ihrem Rücken, die Augustus im Porticus Octaviae am Südrand des Marsfeldes errichtet hatte, die jüngste der drei Bibliotheken Romas. Der nicht zu übersehende und noch weniger zu überhörende Tross der Hundert, mit der Sänfte über den Köpfen, schob sich weiter durch den Bogen zwischen Caesar- und Castortempel hindurch, ohne den Vestatempel zur Rechten oder links den Amtssitz des Pontifex Maximus zu beachten. Jetzt flanierte man über den Teil der Via Sacra, den Handwerker besetzt hielten, die Luxusartikel herstellten und auf Käufer warteten, wo aber auch Obst-, Blumen- und Honighändler ihre Waren feilboten. Die Straße stieg nun leicht an und erreichte eine Gasse, die steil zum Palatin hinaufführte.

„Rechts abbiegen!", befahl Caius Posterius Magnus.

Hier beim Jupitertempel lag das älteste Roma. Jetzt begleiteten die Gruppe zweistöckige Wohnhäuser, ohne Zwischenraum aneinandergebaut, die der Straße nur Haustore oder kleine Fenster zuwandten. Atrien und Peristyle öffneten sich nach innen. Gerade vor ihnen erstrahlte in weißem Marmor der Tempel des Apollo Palatinus.

Sie waren am Ziel.

Caius Posterius Magnus hieß die Träger anhalten und stieg von der Sänfte. Er verbeugte sich vor dem eher bescheidenen Haus zu seiner Rechten, das dennoch eines Gottes würdig war, da seine Giebel sich der Straße zuwandten, ein Vorrecht der Tempel. Eichenkranz und Lorbeerkranz rechts und links des Haustores erinnerten an die Ehrung, welche der Senat drei Jahre nach dem Sieg von Actium für den 36-jährigen Octavian beschlossen hatte. Seine Milde, Gerechtigkeit und Frömmigkeit sollten darin auf ewig gepriesen werden.

Und dann stand er vor Octavianus Augustus.

Der mächtigste Mann der Welt sah alt aus. Der Glanz war aus seinen Augen gewichen, das Gesicht von Falten durchzogen. Ein wenig gebückt sogar stand er vor Caius Posterius Magnus. Sie setzten sich.

„Caius, du kommst zu ungünstiger Zeit. Du siehst nicht den sieggewohnten Feldherrn vor dir. Ich bin geschlagen. Ach, der mächtigste Mann der Welt, er ist nicht allmächtig. Wäre ich doch nur jünger, wie damals bei Antonius, ich würde die Feldadler sofort zurückerobern. Varus hat Fehler gemacht, er wog sich in Sicherheit, hat sich zur Änderung seiner Marschroute überreden lassen, er hat auf unangenehme Warnungen nicht gehört. Was für Fehler!"

Augustus verbarg das Gesicht in der Hand und schluchzte:

„Varus, gib mir meine Legionen wieder!"

Caius war tief betroffen. Der Kaiser redete so offen zu ihm, als hätte er niemanden mehr, bei dem er seine Not abladen könnte.

„Wie soll ich dieses Reich denn führen, wenn meine Heerführer und Verwalter solche Fehler begehen? Weißt du, was der dalmatische Anführer Bato, nachdem er sich ergeben hatte, dem Tiberius geantwortet hat, als der ihn fragte, warum sie einen Aufstand begonnen hätten? Er hat gesagt: ‚Weil ihr uns nicht Hirten, sondern Wölfe zu Hütern geschickt habt.'"

Er schluchzte wieder und schüttelte den Kopf:

„Oh Roma, wohin bist du gekommen!"

Caius atmete tief durch. Dann sagte er leise:

„Imperator, Roma wird auch diese Krise überstehen. Sie werden Lösungen finden. Sie haben Roma schon oftmals gerettet, haben Ordnung gebracht, haben Streit geschlichtet, Ängste beruhigt. Sie haben sich immer der Wirklichkeit gestellt. Es ist nicht nur ein Titel, den man Ihnen gab, Sie sind Vater des Vaterlandes!"

„Caius, das ist nett von dir. Aber ich brauche nicht Worte. Was hilft ein guter Kopf in diesem Haus, wenn die Füße im Reich in Sümpfe laufen. Und der Kopf ist schon alt geworden."

„Imperator, es gibt auch im Reich gute Köpfe, es gibt Verstand und Klugheit, es gibt sogar Herzen, die sich aufopfern."

Augustus sah ihn eine Weile an. Ganz langsam zog wieder ein Lächeln in sein Gesicht, das sich entspannte. Er richtete sich auf:

„Caius, du bist auch nicht mehr der Jüngste. Pass nur auf! Wie alt bist du jetzt?"

„Ich bin jetzt 70 Jahre alt."

„Vier Jahre jünger als ich. Welche Sorgen treiben dich zu mir?"

„Imperator, ich komme nicht zuerst mit Worten und Sorgen. Ich wusste, dass Sie Taten brauchen. Ich weiß, dass Roma Sie tätig sehen möchte, weil die Stadt hungert. Sie sind der Vater vieler Kinder. Ich habe Ihnen etwas mitgebracht."

Caius klatschte in die Hände, gleich schleppten seine Diener die fünf Truhen herein.

„Oh la la, Caius. Hast du noch Schätze der Kleopatra gefunden?"

„Imperator, Gold macht nicht satt. Sesterzen stillen keinen Hunger. Ich habe Ihnen etwas für die hungernde Stadt mitgebracht, das ich Ihnen schenken möchte. Jede Truhe – öffnet sie! – steht für ein Schiff, ein großes Schiff voller gutem Getreide aus Nordafrika, gerade für Sie im Hafen angekommen."

Die Diener hatten die schweren Truhen geöffnet – jede quoll über von goldgelben Weizenkörnern.

„Jedes Schiff bringt Ihnen 1000 Säcke Getreide."

Augustus trat vor, streckte die Hände aus und grub sie in den Weizen, hob die vollen Hände hoch und ließ den goldenen Regen niederströmen. Er freute sich, er war erleichtert und lachte:

„Caius, das ist nicht nur etwas für den Magen, das dient auch dem Frieden der Stadt. Dem Erdkreis."

Er wandte den Blick von den Körnern. Und während ein Auge noch lachte, schien er das andere zusammenzukneifen.

„Caius, du bist doch einer der größten Kaufleute. Meinst du nicht, du könntest mir noch drei weitere Schiffe Weizen bringen?"

„Imperator …"

„Bitte, nenne mich Octavianus."

Caius verneigte sich tief. Dann fuhr er fort:

„Octavianus, ich werde Ihnen nicht nur drei, sondern noch einmal fünf Schiffe voller Getreide bringen. Sie selber sollen die Nahrung dem Volke verteilen. Es ist wichtig, dass Sie das tun. Wichtiger als alles andere. Wichtiger auch als ich alter Kaufmann."

Octavianus umarmte ihn. Dann schaute er ihn von unten herauf an und fragte freundlich spitz:

„War das hier ein Geschäft oder ein Geschenk?"

„Octavianus, wenn ich jetzt dies Haus verlassen würde, dann wäre ich heiter. Ich wäre glücklich. Ich wüsste, ich habe etwas sehr Sinnvolles getan. Etwas für das Imperium, für die Menschen, für den Frieden in der Stadt und im Land."

Er hielt einen Moment inne.

„Es ist ein Geschenk."

„Caius, dann möchte auch ich dir ein Geschenk machen. Sage mir, was dich bedrückt, damit ich finde, was ich für dich tun kann."

Sie waren vorhin aufgestanden, jetzt setzten sie sich wieder. Diener brachten Getränke. Caius sprach:

„Ja, ich bin alt geworden. Ich habe Frauen gehabt, ich habe Kinder gehabt. Heute habe ich niemanden mehr. Ich bin allein. Der Letzte, den ich hatte, den suche ich jetzt. Ich möchte – ich möchte mich bei ihm entschuldigen. Ich war kein guter Vater."

Er machte eine Pause. Augustus saß ruhig da, er schaute ernst, verzog keine Miene. Als betrachte er sein eigenes Leben.

„Ich habe die offizielle Nachricht der Militär-Kommandantur erhalten, dass mein Sohn tot ist. Octavus Posterius ist tot. Aber meine Nachforschungen lassen mich sicher sein, dass er lebt. Ich weiß nur nicht, wo er ist. Impera… Octavianus, der Statthalter von Palästina will mich beseitigen. Er hat Angst, dass ich meinen Sohn finde und sein Spiel entlarve. Aber, nicht das ist meine Sorge."

Augustus schwieg noch immer.

„Ich habe in Palästina, in Tarichea am See, den die Leute dort das ‚Auge Gottes' nennen, eine junge jüdische Frau kennengelernt. Ich habe schon viele Frauen gehabt, ich kenne dieses Geschlecht. Aber diese junge Frau, Octavianus, die hat mein Herz gefangen. Nein, nicht gefangen. Sie hat es in ihre Hand genommen. Ich habe durch sie erst entdeckt, dass ich ein Herz habe. Sie ist etwas so Klares, etwas so Einfaches, so Vernünftiges und Schönes, mehr innen noch als außen … Vielleicht musste ich erst alt werden, damit ich für solche Schönheit überhaupt einen Sinn entwickeln konnte. Sie hat mich tatsächlich gelehrt, was Schönheit ist."

Caius lachte nachdenklich.

„Octavianus, ich möchte diese Frau heiraten!"

„Mein lieber Caius, ich gratuliere! Aber wie soll ich dir dabei helfen? Du hast dir selber ein schönes Geschenk gemacht, wie ich höre, was kann ich da noch hinzufügen?"

„Ich möchte Sie, Octavianus, zu meiner Hochzeit nach Herculaneum einladen. Ich möchte, dass Sie diese Frau kennen lernen."

„Weißt du, Caius, heiraten, das ist heutzutage so wichtig wie Weizen und Brot. Ich brauche Kinder! Das Reich braucht Soldaten. Bitte, Caius, heirate! Zeuge Kinder mit deinen alten Lenden! Aber warum lädst du mich ein?"

„Octavianus, diese Frau ist schon einmal geraubt worden. Man wird sie wieder rauben wollen. Ich muss annehmen, der Statthalter steckt dahinter. Ich möchte diese junge Frau schützen. Sie soll sicher sein auch dann, wenn ich nicht mehr bin. Wenn der Kaiser zu unserer Hochzeit kommt, ist allein ihre Gegenwart ein Schutz für diese Frau, für ihr ganzes Leben."

„Caius, ich habe dir vorhin bekennen müssen, dass ich nicht allmächtig bin. Meine Gewalt ist sehr beschränkt. Meinen Vorgänger haben sie erstochen …"

„Ich war dabei. Als junger Mann bei meinem Oheim. Ich habe es miterlebt. Am schrecklichsten waren diese niedrigen Geister, die im Körper herumstocherten. 60 Dolche. Tiere wären menschlicher gewesen. Und die Herren Senatoren haben ruhig entsetzt dagesessen."

„Dann kennst du meine Situation."

Er hielt einen Moment inne und überlegte.

„Eine Frage, Caius: Wenn sie deine Frau wird und du keinen Sohn hast, offiziell nicht, und auch niemanden sonst, dann erbt diese Frau nach deinem Tod alleine dein Handelsimperium?"

„Ja, sie wird alles erben."

„Caius, sorge dafür, dass die besten Advokaten Romas diese Angelegenheit regeln. Ich denke an die Wölfe. Hat diese Frau ein so gutes Herz, wie du es mir heute bewiesen hast?"

„Octavianus, ich habe erst bei ihr gelernt, was ein Herz ist. Und sie hat Verstand und Vernunft dazu. Sie setzt ihr Leben ein."

Der Kaiser schaute ihn lange an. Dann sagte er nachdenklich: „Ich habe gerätselt, welches Geschenk ich dir machen könnte, Caius Posterius Magnus. Aber jetzt, ja, jetzt weiß ich es. Wie heißt deine junge Frau?"

„Sie heißt Maria. Maria von Magdala."

„Maria muss also ihren Besitz, wenn die Wölfe dich erwischen, selbstständig verwalten, nicht wahr? Gut, ich werde zu deiner Hochzeit nach Herculaneum kommen. Ich wollte sowieso für einige Zeit nach Capri zur Erholung. Gib mir rechtzeitig Bescheid. Und mein Geschenk für deine Frau Maria wird sein …"

Er lächelte verschmitzt.

„Du hast mich überrascht, jetzt möchte ich dich überraschen."

XL

„Mirjam! Mirjam! Wann hast du eigentlich Geburtstag?"

Es war Salma, die laut vom Haus her gerufen hatte. Mirjam stand gerade bei Alrescha, die sie jeden Abend ein paar Runden ritt. Sheratan lief in einem getrennten Gatter. Jetzt bürstete sie Alrescha. Als sie sich umdrehte, sah sie Salma in kurzer Tunika den Weg mit den Steinplatten vom Haus heraufkommen. Salma ging frei! Man sah ihre schönen Beine, wie sie ebenmäßig schritten. Ein wenig unsicher noch, aber Salma ging! Ging ohne verdrehten Fuß. Und sie lachte. Und wie sie lachte!

„Salma, du bist geheilt!"

Bis gestern hatte Salma nicht gewagt, ohne Stützen und Stöcke zu gehen. Heute Abend, ein halbes Jahr nach der Operation, probierte sie es zum ersten Mal. Und sie wollte als erste Mirjam überraschen. Jetzt lagen sich beide Frauen in den Armen.

„Weißt du, Mirjam, das Leben ist so schön! Was wäre gewesen, wenn der gemeine Nekoda meinen Fuß nicht verkrüppelt hätte? Wenn ich nicht in unserem Dorf als Sklavin verschleppt worden wäre? Ich hätte dich und Muzi und dies alles nie kennengelernt. Ich hätte nie erfahren, was es bedeutet, geheilt zu werden. Wieder gehen zu können."

„Ich bin auch dankbar. Unendlich dankbar. Ich weiß bis heute nicht, warum ich damals, als ich in Tarichea angekommen war und als Muzi mir sagte, ich bräuchte eine Sklavin und mir dann von dir erzählte, warum ich plötzlich immer an dich dachte. Warum ich nur dich haben wollte. Ich weiß es nicht."

„Es gibt hinter allem eine Führung, Mirjam. Nichts passiert rein nur so. Es ist Gott, der alles lenkt. Ich bin fest davon überzeugt. Man muss nur seine Sprache lernen, wie er zu uns spricht, wie er uns beschenkt. Er tut es. Jeden Tag."

„Und man darf wohl nicht verzweifeln, wenn Dinge plötzlich anders laufen, als man das noch vor einer Stunde erwartet hat."

„Mirjam, ich bin so dankbar. So dankbar! Ich möchte für euch, für uns alle ein Fest bereiten und mit euch feiern. Es ist ja wie eine neue Geburt, wenn ich wieder normal gehen kann. Was meinst du, sollen wir nicht alle unseren Geburtstag feiern?"

Muzi kam vom Haus herauf. Sie sah, stockte, staunte – und begriff, was geschehen war. Und kam nun tanzend, sich wiegend und klatschend, zu den beiden Frauen. Und sang. Natürlich sang sie. Und ihr Gehen und Singen und Klatschen und dies herrliche, freie Lachen, all das drückte Dank aus. Dann fassten sie sich um die Schultern und hüpften und tanzten im Kreis. Und während sie sangen und jauchzten und lachten, kam, es war unvermeidlich, auch Levi in die Tür, und Quercus guckte mit einer Hacke in der Hand um die Ecke. Erst reckten die Männer ungläubig ihre Häupter, dann kamen selbst sie tanzend den Weg herauf. Und schließlich hopsten alle fünf im Kreis. Einzig Alrescha bewahrte den Verstand und schüttelte den Kopf.

Mirjam äußerte besorgt:

„Salma, sei vorsichtig. Nicht zu viel auf einmal."

„Ich bin so froh! Ich könnte durch Tarichea laufen und danken."

Muzi übernahm das Kommando:

„Ich mache uns ein schönes Essen heute Abend. Los, Levi und Quercus, kommt her, ich sage euch, was ihr noch kaufen müsst."

Mirjam holte die schönsten Tischtücher hervor, das feinste Geschirr, die kostbarsten Gläser. Quercus besorgte den besten Wein. Levi fegte durchs Haus und stellte Blumen auf, holte alle Lampen, die er fand, goss sie randvoll mit Öl und hing sie auf. Mirjam informierte Tribocus, dass Salma heute Abend das Fest ihrer Heilung feiern wolle. Und als sie sich zu Tisch legten, holte Mirjam die Krone von Selene und setzte sie Salma aufs Haupt.

Als sie nach dem Essen sich auf den Sofas ausstreckten und den vorzüglichen Wein genossen, sagte Salma:

„Wisst ihr, es ist eigenartig mit dem Dank. Ich bin voller Dankbarkeit. Aber ich möchte jemandem danken, der über allem ist. Natürlich euch, gewiss. Aber das würde nicht reichen. Wenn es Gott nicht gäbe, dann müsste man ihn erfinden, einfach wegen des Dankens. Zum Danken braucht man Gott."

„Aber du hast auch gelitten, hast geweint."

„Ja, das habe ich. Ich habe viel gelitten, ich habe manchmal nicht mehr leben wollen. Aber jetzt, jetzt ist das alles vorbei. Jetzt ist mein Glück so groß, dass ich das Leiden und Weinen vergessen kann. Heute erscheint es mir wie eine Vorstufe zum Lachen und Danken."

Quercus setzte den Becher ab:

„Aber wir haben auch den Herrn Favinus gehabt und seine beiden Ärzte. Das war eine Ausnahme. Die meisten Menschen haben solch ein Glück niemals im ganzen Leben."

„Richtig", ergänzte Mirjam, „und jetzt zu dieser Stunde gibt es viele Menschen in Tarichea und Galiläa, die immer noch leiden und weinen, aber niemand kommt, ihnen zu helfen. Die sind nicht glücklich. Die haben keine Lust zu danken."

„Nä, nä, die Leute sind erst dann unglücklich, wenn sie wissen, was sie haben könnten und es dann nicht haben." Muzifungi sprach sehr bestimmt. „Deine Kleopatra, Mirjam, die wäre in unserem Stall hier richtig unglücklich, weil sie ihren Palast gewohnt war, ihr Gold und ihre Bäder mit Eselsmilch und Sklavinnen und alles, was sie wollte. Da wäre sie bei uns unglücklich.

Als Kind habe ich in unserer runden Hütte noch viel einfacher gelebt als wir in dieser schönen Ruine, aber ich war glücklich. Ich vermisste nichts. Es gab nicht mehr. Je mehr der Mensch erst mal kennt und erträumen kann, desto schwieriger wird es für ihn, glücklich zu sein. Er denkt immer an das, was er haben könnte und was er nicht hat."

„Ja, Muzi, aber da ist noch etwas."

Salma legte sich auf die andere Seite.

„Als mein Fuß verkrüppelt war, da träumte ich davon, einmal so gehen zu können wie andere, so schöne Beine zu haben wie, na ja, wie Mirjam. Aber ich war auch schon damals glücklich. Warum? Ich glaube, weil ich jeden Morgen meinem Gott gedankt habe. Gedankt für all das, was ich hatte. Auch für den krummen Fuß. Und später dafür, dass ihr meine Freunde wart. Ich glaube, zum Glück des Menschen gehört zwar, dass er das Notwendige zum Leben hat, aber mehr noch als Brot und Wasser, als ein Bett und wenig Schmerzen braucht er Freunde. Gute Freunde. Wenigstens einen Menschen, dem er ganz vertrauen kann. Sich anvertrauen. Wenn er den gefunden hat, dann ist er glücklich. Viel glücklicher als über Gold und Paläste."

Sie machte eine Pause und sagte lächelnd:

„Wenn ich einmal sterbe, dann möchte ich, dass eine von euch meine Hand hält. Dann wäre ich glücklich."

Mirjam fühlte in sich wieder diese stille Freude darüber, dass sie untereinander solche Gespräche führen konnten. In Ruhe und Offenheit. Da war sie wieder, diese ganz andere Welt, die sie nicht festhalten konnte, aber die es doch gab. Aber warum …

„Wir danken für die glückliche Geburt, aber wir danken nicht für einen glücklichen Tod. Gibt es einen glücklichen Tod?"

„Wenn wir danken", nahm Salma Mirjams Frage auf und schaute auf die Öllämpchen auf dem Tisch, „dann sagen wir irgendwie, dass uns klar ist, dass dies und das nicht da sein müsste. Dass wir zum Beispiel keine Öllämpchen haben könnten, keine Blumen, keinen Levi und keinen Quercus, kein Haus, keine Luft. Ein Mensch, der dankt, der hat sich bewusst gemacht, wie vieles er hat, was er auch nicht haben könnte. Wie vieles nicht selbstverständlich ist. Ich meine, wer dankt, ist glücklich."

„Kann man auch glücklich sein über einen Sterbenden?"

Für einen Moment schwiegen alle ratlos auf Mirjams Frage.

„Weißt du, wenn das ein böser Mensch war, unter dem ich und viele andere gelitten haben, ja, dann ist man wohl glücklich und dankbar, dass es den nicht mehr gibt. Man leidet bei einem Sterbenden erst dann, wenn man den geliebt hat. Lieben heißt, da ist eine starke, glückliche Beziehung zwischen dir und mir. Wir zwei gehören zusammen, sind eins. Wenn dieser Mensch stirbt, dann leide ich. Dann bin ich unglücklich. Aber dieses Leiden, ist es nicht so etwas wie die Rückseite der Liebe? Ist das nicht das Wesen der Liebe, dass sie immer leiden wird, weil sie liebt? Lieben heißt doch, mich selbst in eine Beziehung hineingeben. Wer nicht leidet, liebt nicht."

Nach einer Pause fügte sie leise hinzu:

„Leiden aus Liebe – das ist etwas ganz Tiefes. Vollkommenes."

Levi hatte große Augen bekommen:

„Salma, woher weißt du das alles?"

„Ach, ich hatte viel Zeit zum Nachdenken, wenn ich für Nekoda auf der Straße stand und bettelte. Da habe ich mir die Menschen angeschaut und über sie nachgedacht. Über das Leben."

„Wer liebt, der wird also leiden?" fragte Mirjam.

„Ja, ich meine, das gehört zusammen. Aber dieses Leiden aus Liebe, das ist zugleich etwas Schönes, das kann einen glücklich machen, dankbar. Dankbar, dass man diesen Menschen, der da gestorben ist, gekannt hat, mit ihm verbunden war. Dieser Mensch hat einen ganz reich gemacht. Man kann weinen und zugleich dankbar sein."

„Wer ein Mensch wirklich war, erfährt man erst, wenn er gestorben ist, hat Selene mir aufgeschrieben."

„Aber was ist, wenn viele auf einmal sterben? Wenn um dich herum nur noch Tote liegen?" Quercus erinnerte sich an seine Schlachten. Aber damals hatte er keine Zeit zum Nachdenken.

„Ich habe mich auch schon einmal gefragt", begann Muzifungi, „was wohl mit uns Menschen wäre, wenn hier am schönen See Sodom und Gomorrha geschehen würde. Wenn die Erde aufbräche, den See verschlänge und Feuer, Asche, Qualm das ganze Tal ausfüllten und Menschen und Tiere und Pflanzen, alles erstürbe. Wenn wir die letzten auf der ganzen Erde wären und wüssten, in drei Tagen sind auch wir tot. Was ist dann mit glücklich sein und danken?"

„Das klingt so, als würde zum richtigen Glücklichsein auch Zukunft gehören, dass es immer weiter geht mit dem Schönen. Und wenn es keine Zukunft gibt, dann versinkt der Mensch in Unglück."

„Vielleicht ist das ja ein Hinweis", überlegte Muzi, „dass zum Menschen das ‚Immer' gehört. Weil sein Lebensziel ist, glücklich zu sein, erreicht er es nur, wenn dieses Glück nie aufhört. Vielleicht ist da etwas in uns Menschen, das nach einem ‚immer' verlangt, nach einem Himmel, wie wir sagen, der nie aufhört."

„Und wo ist der Himmel?", fragte Mirjam. „Wo beginnt er?"

„Der Himmel?", lächelte Salma, „der Himmel ist wie Luft. Er beginnt nicht erst über den Bergen. Er ist in jeder Luft, die du atmest. Der Himmel beginnt an der Spitze jedes Grashalmes, er schwebt über dem See, er steht vor deinen Augen, deinem Mund."

„Das ist schön", lachte Levi. „Dann atmen wir jetzt alle zusammen ganz tief den Himmel ein."

„Ja, er ist schon in uns. Und deswegen, Muzi, wenn wir in drei Tagen alle zusammen sterben müssten – wir wissen, dass wir sterben; wann und wie wir sterben, ist nicht so wichtig –, dann wäre ich glücklich, weil ich euch kennengelernt habe, eure Liebe, euer Vertrauen, weil ich in eure Augen schauen durfte. Und weil ich den Himmel schon in mir habe. Ein kleines Stück davon."

Es wurde einen Moment still im Raum. Nur die Öllämpchen schauten mit ihrem Licht in die Dunkelheit. Dann sagte Mirjam:

„Ist das nicht seltsam? Vor ein paar Stunden war ich glücklich, weil ich Salma mit gesundem Bein auf mich zukommen sah … Und jetzt bin ich glücklich, noch viel glücklicher, weil wir alle zusammen dieses Gespräch führen. Ist das nicht eigenartig?"

„Aber ich möchte doch wissen", unterbrach Salma die Stille, „wann du Geburtstag hast, Mirjam. Und ihr anderen auch."

„Mein Geburtstag?", überlegte Mirjam. „Meine Mutter Rahel hat mir gesagt, das sei im jüdischen Monat Aw gewesen, im römischen Monat Julius. Und genau an Vollmond. Ein Jahr später hätte man für Augustus ein Jupiter-Denkmal auf der Insel

Philä im Nil errichtet. Und mein Vater hat gesagt, im Monat Aw habe es noch nie ein großes jüdisches Fest gegeben. Meine Geburt, das sei das erste große jüdische Fest in diesem Monat. Das war nett von ihm. Ich war sehr stolz."

„Aber wir haben gerade den Monat Aw!", rief Levi.

„Vollmond war vor achtzehn Tagen!", ergänzte Muzi verwundert.

Quercus stand auf, hob seinen Becher und sagte würdevoll:

„Ich habe hier das Sagen, jedenfalls in den äußeren Angelegenheiten. Das ist jetzt eine äußere Angelegenheit, entscheide ich. Deswegen: Frau Mirjam, wir feiern heute Ihren Geburtstag. Sie sind heute – Levi, hilf mal – Sie sind heute genau 18 Jahre alt geworden."

Alle hoben den Becher und wollten gerade fröhlich anstoßen, da winkte Mirjam.

„Einen Augenblick. Salma, wann hast du Geburtstag?"

„Das weiß ich überhaupt nicht. Ich bin wohl auch im Sommer geboren. Ich meine, Titius war damals Statthalter von Syrien."

Quercus fuchtelte aufgeregt mit dem Becher:

„Das war vier Jahre früher, vier Jahre vor Mirjams Geburt."

„Salma, dann erkläre ich hiermit feierlich – ich habe ja drinnen im Haus das Sagen: Salma, wir feiern heute deinen 22. Geburtstag! Und du, Muzifungi?"

„Bei uns gab es so etwas nicht. Aber ich feiere heute gerne mit euch meinen, na sagen wir: meinen 29. Geburtstag. Eeeh…"

„Wunderbar!"

„Levi und Quercus, dann feiern wir eure Geburtstage gleich mit. Levi, du bist jetzt zwölf Jahre, und du Quercus, du bist 59 Jahre. Einverstanden?"

Es wurde ein sehr fröhlicher Abend. Quercus achtete besonders auf Salma, dass sie nicht zu viel auf dem neugeborenen Bein ginge, und lieh ihr eifrig seinen starken Arm. Und noch später am Abend trug er sie auf beiden Armen. Salma genoss das. Quercus auch.

Die Nacht war schon vorangeschritten, als die drei Sklaven hereingebeten wurden und ihre Mahlzeit samt Wein erhielten. Als dann für alle das Gehen immer wackliger wurde, rief Mirjam:

„So, jetzt noch etwas. Mir ist die Idee gekommen, dass wir in zwei Tagen, das sind dann zwanzig Tage nach Vollmond, die Synagoge von Herrn Jammer einweihen können. Am Abend beginnt der Schabbat. Und wenn dann alle Juden von Magdala sich nicht mehr bewegen dürfen, dann gehen wir hinunter und weihen das Nymphäum ein. Und feiern mit allen Bürgern von Tarichea. Na, was meint ihr?“

XLI

„Solon, meine Anerkennung! Die Synagoge hat den Beifall aller Juden von Magdala gefunden. Und dieses Nymphäum den Beifall sämtlicher Bürger. Es ist das schönste Gebäude von Tarichea, sagt jedermann. Sie sind ein Meister.“

Die letzten Teilnehmer des Festes der Einweihung schlenderten in der Dunkelheit soeben zurück in ihre Wohnungen. Lauthals grölten sie ihre Begeisterung über „unser“ Nymphäum heraus und prosteten jedem größeren Stein am Wege zu. Dazwischen erklang immer wieder ein „Hoch“ auf „Mirjam von Tarichea“, diese großartige Frau, die ihnen das Schmuckstück geschenkt hatte. Jetzt waren nur noch die fünf Freunde und der Baumeister Solon Campanus beisammen. Mirjam stand mitten im kleinen Nymphäum, unter dem überhöhten Dach mit dem Raum für Oberlichter, umgeben von dessen sieben Säulen und den schmalen Wasserkanälen. Zwei Ecksäulen hatte Solon herzförmig anlegen lassen.

„Ich habe mir als Vorbild das kleine Nymphäum in der Villa von Cicero in Formia genommen. Das besitzt ebenfalls einen quadratischen Grundriss und hat ungefähr die gleichen Maße. Aber Ciceros Nymphäum hat nur vier Säulen, wir haben sieben. Zusätzlich konnte ich manches aus der Vorform der Synagoge übernehmen. Ich freue mich, Frau Mirjam, wenn es Ihnen gefällt.“

„Auch der Jehuda war ganz begeistert über ihren Bau. Sie haben alles so genau angelegt, wie er das gewünscht hatte. Ich glaube, er und seine Frommen haben jeden Stein erst gereinigt, bevor ihre Arbeiter ihn in seine Position setzen durften.“

„Das ist richtig, Mirjam", lachte Solon. „Meine Bauarbeiter hatten das Gefühl, sie würden alles nur verunreinigen. In der Ecke stand ein Rabbi und hat jede ihrer Handlungen beobachtet und überwacht. Damit alles korrekt nach dem Gesetz geschähe. Nun ja, jede Kultur und Religion hat so ihre Eigenarten. Wir haben am Ende eine schöne Synagoge fertiggestellt. Meine Bauarbeiter verdienen Anerkennung. Übrigens haben Sie jetzt zwei Namen, Mirjam! Jehuda und seine Frommen nennen sie nur ‚Mirjam von Magdala‘, und die Leute, die zu unserer Feier hierhergekommen sind, nennen Sie nur ‚Maria von Tarichea‘. Wie nennen Sie sich denn selber?"

Mirjam setzte sich auf die Stufen am Eingang.

„Ach, das ist mir egal."

Sie stützte den Kopf in die Hände. Dann zog sie das weite Tuch hoch und verbarg darin ihren Kopf. Auf einmal hörte Salma, wie Mirjam schluchzte.

„Mirjam, was ist los?!"

Salma setzte sich neben sie, schlang ihren Arm um Mirjams Schulter. Die aber weinte noch heftiger. Muzifungi trat still herzu und setzte sich auf die andere Seite. Quercus und Levi blieben unsicher an ihrem Platz, während Solon höflich einen Schritt zurücktrat. Alle erfasste Ratlosigkeit. Es war ein so wunderbarer Tag gewesen, mit so viel Anerkennung und Lob, sie waren geehrt worden vom Stadtpräfekten, vom Präfekt des Hippodroms, von den Präfekten der verschiedenen Stadtviertel und Gewerbe, von den Bankpräfekten, von allen Bürgern. Was war jetzt mit Mirjam los?

„Vielleicht heiße ich bald gar nicht mehr Mirjam. Vielleicht bin ich bald gar nicht mehr hier. Bin jemand ganz Anderes. Ich weiß nicht, wer ich bin. Wer ich sein werde."

„Du wirst nicht mehr Mirjam heißen? Was soll denn das?"

Aber Mirjam schluchzte noch heftiger.

„Ich werde euch alle verlieren."

Salma und Muzi sahen sich fragend über Mirjams Kopf hinweg an. In der Tat, Mirjam war seit dem Nachmittag immer stiller geworden, hatte sich zurückgezogen, wenig geredet, immer weniger. Wenn sie lächelte, sah es aus, als seien ihre Gedanken woanders. Aber sie hatten gedacht, Mirjam sei nur müde, überarbeitet von den letzten Tagen. Wie sie alle.

„Mirjam, was ist passiert?"

Nach einem Augenblick holte diese ihren Kopf aus dem Tuch hervor, schaute mit glasigen Augen auf die herzförmige Säule zur Linken und sagte tonlos:

„Favinus Alexander will mich heiraten."

Quercus zog hörbar die Luft ein, leise raunte er Solon zu:

„Jedes andere Mädchen aus Tarichea, aus dem ganzen Reich wäre vor Freude in die Luft gesprungen, wenn sie solch ein Angebot bekommen hätte. Aber unsere Dame, nein, sie heult."

„Quercus, sie ist etwas Besonderes. Einen solchen Menschen gibt es nicht oft. Und genau deswegen will Favinus sie heiraten."

Mirjam wischte sich die Tränen aus den Augen. Wieder hergeben. Niemanden festhalten können. Sie dachte an ihre früheren Gespräche zu diesem Thema. Gewiss, dieses Mal sollte ihr jemand gegeben werden, aber zugleich würde sie ihre Freunde verlieren. Und das empfand sie als viel schlimmer.

„Ich will euch nicht verlieren. Ich bin glücklich hier. Ich brauche nichts mehr, gar nichts. Was soll ich denn an der Seite dieses Menschen machen? Soll ich Geschäfte leiten? Feste geben in Herculaneum, Reden halten in Italien? Mit blöden Leuten Lügen austauschen? Will er Kinder haben von mir? Ich will das alles nicht. Ich bin glücklich. Hier und mit euch!"

Sie begann wieder zu schluchzen. Salma und Muzifungi hielten ihre Arme fest um sie geschlossen, schenkten ihr Nähe, aber sagten kein Wort. Das war nicht der Augenblick, wo tröstende Worte helfen würden. Und außerdem waren sie selber nicht in der Lage, zu erfassen, was der Wunsch von Favinus beinhaltete, was er wirklich bedeutete und alles nach sich ziehen würde.

Nach einer Weile hatte Mirjam sich beruhigt. Sie stand auf und sagte zu Solon:

„Herr Solon, entschuldigen Sie bitte. Das musste jetzt heraus. Ich habe den ganzen Nachmittag fürchterliche Gefühle in mir gelitten und zurückgehalten, jetzt wollten sie endlich raus. Ich verstehe das alles noch nicht. Ich brauche Zeit. Wir sehen uns bald, Solon. Kommen Sie übermorgen. Vielen Dank noch einmal. Kommt, wir gehen nach Hause. Es ist so gut, dass ihr da seid. Ihr alle!"

Die erfuhren nun, dass sie den Brief erhalten hatte, während die Bürger von Tarichea in fröhlichem Festzug von der Synagoge hinunter zum Nymphäum zogen. Die Gassen waren geschmückt, die Leute jubelten, winkten, suchten Mirjam zu berühren, steckten ihr Blumen und Geschenke zu. Niemandem fiel auf, dass ein Fremder ihr einen Brief überreichte. Erst später fand sie überhaupt Zeit, ihn zu lesen – und seitdem war ihr Inneres wie gelähmt. Sie konnte kaum mehr denken, kaum reden. Zum Lächeln musste sie sich zwingen. Es blieb etwas Fremdes. Sie fühlte sich in einer anderen Welt. Der Jubel drang nicht in sie ein, denn drinnen hatte Not sie gepackt.

„Ich kann noch nicht schlafen. Lasst uns sprechen. Jede von euch soll etwas sagen, egal was, ich muss erst meine Gedanken finden und ordnen, bevor ich ruhig werden kann."

Zu Hause wollten Salma, Muzi und auch die Männer ebenfalls den Brief lesen. Er umfasste nur wenige Zeilen. Salma hatte sich als erste gefangen und sagte:

„Das ist echt. Er will dich nicht benutzen. Er mag dich wirklich."

„Ja, er mag dich. Das hab' ich früher schon bemerkt. Ich glaube, er bewundert dich sogar."

„Ach Quatsch!"

Drüben am Tisch hustete Quercus; er hatte den Brief mit Levi zusammen studiert, nun räusperte er sich ein zweites Mal:

„Frau Mirjam, in Sachen mit der Liebe bin ich nicht erfahren. Ich war nie verheiratet. Über Frauen habe ich schon geredet, aber zu mehr hatte ich keinen Mut. Nein, lieber gegen hundert Homonadenser als mit einer Frau. Ja, so ungefähr. Also davon weiß ich wenig. Aber ich weiß einiges von Männern, von hohen Herrschaften. Ich bin ihnen begegnet. Ich kenne sie. So einen wie Favinus trifft man selten. Oder gar nicht. Er ist ein großer Kaufmann. Er kann scharf denken und schnell entscheiden. Er kann auch sehr hart sein. Er kann viel verlieren, wenn er damit noch mehr gewinnen kann. Er kann zerstören, um Größeres zu bauen. Und er denkt immer schon drei Ecken voraus, wenn die anderen noch nicht einmal den Punkt verstehen, wo sie stehen. Ja, so ist er. Ich wette, er würde sein Handelsimperium verkaufen, um Sie zu gewinnen, Mirjam. Ja, so ungefähr. Geschäfte machen ist ja ähnlich wie einen Krieg führen. Da will man gewinnen. Und dazu muss man verlieren. Den rechten Flügel verlieren und die ganze Schlacht gewinnen. Aber der Herr Favinus wird gewinnen. Er hat Verstand. Und er hat ein gutes Herz. Ich glaube, das weiß er noch nicht. Aber Sie haben geschafft, Frau Mirjam, dass er darüber nachdenkt. Ja, so ungefähr. Und irgendetwas ist mit ihm, was er uns noch nicht gesagt hat. Das wollte ich Ihnen sagen. Ich glaube nicht, dass Sie uns verlieren werden. Nein, das sehe ich nicht so. Ja, so denke ich."

Es war die längste Rede, die Quercus in seinem Leben je gehalten hatte. Elend und leer fühlte er sich nach den zahllosen Worten. Mirjam stand wortlos auf, ging auf ihn zu und umarmte ihn. Und während ihre Arme noch um seine Schultern lagen, fragte sie:

„Nicht wahr, das hat er verdient?"

Und dann erhielt Quercus den so gefürchteten Kuss von einer jungen, schönen Frau. Levi wartete schon lange auf eine Pause:

„Die Augen des Herrn sind auf die gerichtet, die ihn lieben."

Muzi nickte, dann begann sie ihre Rede:

„Eeeeh, ich möchte auch etwas sagen. Vor ein paar Tagen haben wir über Glück gesprochen und über Dankbarsein. Das war ein schönes Gespräch. Wir haben gesagt, dass wir nicht deswegen glücklich sind, weil wir viel haben, sondern weil wir uns haben. Weil wir Freunde sind und füreinander da sind. Und Salma hat gesagt, dass die Liebe immer leidet, weil sie liebt. Das ist ein Geheimnis. Ich meine, das ist das schönste Geheimnis der Welt. Und du hast einmal gesagt, Mirjam, dass du deinen Gott verloren hast. Und wir haben gesagt, das geht nicht, weil Gott dich nicht verloren hat. So etwas tut Gott nicht. Jetzt hat Levi gesagt, dass Gott seine Augen auf den richtet, der ihn liebt. Und ich sage, wer liebt, der zieht Gottes Auge auf sich. Ich glaube, du kannst Favinus lieben. Und du trägst diese Liebe schon lange mit dir. Bei uns weit hinten in Afrika haben wir in unserem Stamm eine Geschichte erzählt, wenn die Alten ein Orakel vom Gott Mwar in den Bergen holten. Sie erzählten, wie eine Frau ihr Leben lang Gott gesucht hat, sie wanderte von Dorf zu Dorf und suchte ihn. Und am Ende, bevor sie starb, sagten ihre Freunde: Aber du trägst ihn doch in deinem Bündel auf dem

Rücken mit dir! Octavus ist das Bündel auf deinem Rücken, das du heimlich trägst, das Schäfchen, das du vor Hunden gerettet hast. Ich sehe, Mirjam, wie du Gott schon mit dir trägst. Weil du viel Liebe in dir hast. Du kannst ruhig zu Favinus gehen. Aber …"

Und dann lachte sie ihr schönes Lachen:

„… eeeh, wir kommen mit!"

„Ja, ihr müsst mit mir kommen. Richtig. Aber wer kümmert sich hier um den Bau? Es gibt da viele Fragen. Meine erste Frage ist: Wer ist eigentlich Favinus? Ich kenne ihn nicht. Und ihr kennt ihn auch nicht, wie Quercus richtig sagte. Wie soll ich ihn heiraten?"

Salma winkte mit der Hand, als wollte sie sagen: So nicht.

„Mirjam, meine Mutter hat mir einmal gesagt, als sie meinen Vater heiratete, da hätte sie gedacht, sie kenne ihn. Aber nach einigen Jahren habe sie gemerkt, dass sie ihn noch gar nicht kannte. Und sie habe viele Jahre gebraucht, um ihn verstehen zu lernen. Übers Feuer hängt man kaltes Wasser, kochen tut es erst später. Die Liebe wächst mit dem Leben. Du sollst etwas über Favinus wissen, richtig. Aber du wirst immer zu wenig von einem Menschen wissen. Wichtiger ist, dass du von dir weißt, wie du mit schwierigen Situationen umgehst, wie du sie meisterst. Und dass du erfährst, wie er mit schwierigen Situationen umgeht. Und dann müsst ihr herausfinden, ob ihr das beide zusammen schafft. Also streitet euch vorher, bis zum Äußersten – und findet heraus, ob ihr daran gemeinsam wachsen könnt."

„Salma, er ist so viel älter! Ich bin so jung. Ich bin seine Sklavin. Er heiratet seine Sklavin, verstehst du? Vielleicht stirbt er bald – an wen werde ich dann verkauft? Sicher hat er noch andere Frauen und von denen Kinder. Ich fühle mich noch nicht in der Lage, eine Ehe zu beginnen. Schon wieder eine. Vergesst bitte nicht: Da ist noch Octavus in mir. In mir lebt er noch, auch wenn er tot ist. Das ist ja erst ein Jahr her, dass ich mit ihm verheiratet war. Und wir fingen erst an, uns kennen zu lernen. Und nun ein anderer Mann?"

Vom Tisch her erklang das Schnarchen von Quercus. Levi gähnte und hatte keine Kraft mehr, die Hand vor den Mund zu halten.

„Gut, wir sind alle müde. Redlich müde. Ich danke euch für eure Worte. Ich bin schon etwas ruhiger. Ich glaube, ich kann jetzt schlafen. Morgen werden wir weiterreden."

Sie redeten den ganzen nächsten Tag. Jeder steuerte etwas bei. Und allmählich kam doch eine gewisse Klarheit in das, was sie wussten, und auch in das, was sie nicht wussten. Mirjam war jetzt wieder die, die mehr zuhörte. Sie selbst fand, dass sie weder Freude noch Trauer in sich verspürte. Favinus zu heiraten, das schien ihr einfach wie eine neue, eine weitere Aufgabe neben anderen. Eine, die sie sich nicht ausgesucht hatte. Aber was hatte sie in ihrem Leben schon selbst ausgesucht? Ihr kamen die Tage in den Sinn, vor einem Jahr erst, als Octavus sie eingeladen hatte. Auch diese Einladung hatte sie sich nicht ausgesucht. Wie war sie damals unvorbereitet gewesen! Aber sie hatte den Schritt gewagt, hatte eine Grenze überschritten. Sie hatte die Liebe kennengelernt und wieder verloren. Vielleicht sollte sie auch jetzt eine Grenze überschreiten – und was verlieren? Octavus, was rätst du mir? Ich will nur tun, was du mir sagst.

Am nächsten Vormittag kam, wie verabredet, Solon Campanus. Er war eine angenehme Erscheinung, höflich, stets freundlich, hilfsbereit und aufmerksam. Ein Mann mit Kultur und Wissen.

Salma raunte Muzi zu:

„Er mag sie."

„Sie wären ein schönes Paar."

Solon hatte Mirjam ein Geschenk mitgebracht, eine grüngläserne Vase mit eingelassener Silberdekoration aus Sepphoris. Mirjam bedankte sich artig, aber sie brach nicht in Begeisterungsstürme aus. Solon merkte es oder merkte es nicht, jedenfalls nahm er höflich den Faden mit dem Nymphäum wieder auf, mit dessen sieben Säulen und dem Vorbild von Ciceros Nymphäum in Formia. Ein Jahr nach Caius Julius Caesar war auch dieser große Mann Roms bestialisch ermordet worden. Aber ihm seien in der Architektur Durchbrüche gelungen, die in ihrer Genialität nicht wahrgenommen seien, nicht umgesetzt. So habe er für sein Nymphäum ursprünglich vorgehabt, den rechtwinklig-geraden Stil aufzugeben.

„Er wollte ein Oktogon schaffen. Stellen Sie sich das vor, Mirjam! Das wäre die Sensation geworden. Jetzt müssen wir wohl Generationen warten, bis ein ähnlich großer Geist wie Cicero diese Idee wieder vorbringt und ein genialer Architekt sie umsetzt. Wäre ich doch schon zu seiner Zeit Architekt gewesen, für das Oktogon hätte ich alles verlassen."

„Was ist ein Oktogon?", fragte Mirjam.

„Das ist ein Bau nicht quadratisch mit vier Seiten, sondern mit acht. Dafür wäre ich sofort nach Italien gefahren."

„Hängt Oktogon mit Octavus zusammen?"

„Richtig, beides spricht von acht."

Sagst du mir das, Octavus? Rufst du mich nach Italien? Octavus, ich möchte, dass du mich erwartest in Italien, dass du mich begrüßt, wie du mich in der Garnison begrüßt hast.

Nach der Cena setzten sie sich zusammen. Mirjam begann:

„Ich möchte euch mitteilen, welche Gedanken mir gekommen sind, und ihr sollt mir sagen, was ihr darüber denkt. Ich möchte nichts ohne eure Zustimmung entscheiden."

Salma fiel ihr ins Wort:

„Solon, dürfen wir Sie bitten, in zwei Stunden wieder zu kommen, wir möchten diese Dinge unter uns besprechen."

Solon erhob sich sofort, verließ mit Verneigung den Raum und ging. Mirjam war Salma dankbar. Ihr wurde klar, dass ihre Vertrauensseligkeit eine Schwäche war.

„Danke, Salma. Also, ich möchte nur mit euch zusammen entscheiden. Meine Überlegungen sind bis zu folgendem Punkt gediehen: Ich werde auf den Vorschlag oder die Bitte oder den Befehl von Favinus eingehen. Ich bin seine Sklavin. Er kann sowieso mit mir machen, was er will. Sein Brief klingt aber so, als sei es sein persönlicher Wunsch, mich zu heiraten. Wir werden sehen. Wenn ich nach Italien fahre, werden wir auseinandergerissen. Wir wollen aber zusammenbleiben. Ich weiß nicht, ob das realistisch ist. Wenn ich fahre, möchte ich nicht alleine fahren. Muzi, würde es dir etwas ausmachen, wenn du hier das Kommando im Haus übernimmst?"

„Ich mache das, Mirjam."

„Quercus, würde es dir etwas ausmachen, wenn du weiterhin das Haus nach außen vertrittst?"

„Selbstverständlich, Herrin. Aber du brauchst einen Mann als Begleitung, unbedingt!"

„Ich dachte, ich könnte Tribocus mitnehmen."

Salma schüttelte den Kopf:

„Tribocus könnte das zwar. Aber er sollte nicht als Sklave in Erscheinung treten oder als ehemaliger Gladiator. Das sieht nicht würdevoll genug aus. Er müsste …"

„Ich wollte Quercus fragen, ob er Tribocus instruieren kann, wie er als Centurio auftreten und reden muss. Er müsste eine entsprechende Uniform bekommen, Beinschienen, und natürlich die Heeresordnung wissen, einige Schlachten und Namen auswendig kennen, wie du sie uns geschildert hast, gegen die Hominenser oder wie die Leute hießen."

„Homonadenser. Ja, mache ich. Der Mann ist zuverlässig."

„Levi, ich würde dich gerne mitnehmen. Aber mir scheint, Du bist hier viel notwendiger. Ich möchte dir die Oberaufsicht über alle unsere Kassen und das ganze Geld geben. Du musst dazu aber besser rechnen lernen und jeden Tag besser wissen, was bei Rechnungen und Banken wichtig ist. Schaffst du das?"

Levin schwankte zwischen Trauer und Stolz.

„Herrin, ich mache das. Aber unter einer Bedingung."

„So, eine Bedingung?"

„Ja. Eine: Dass du wieder zurückkommst. Mit oder ohne Favinus. Aber du musst wiederkommen."

Mirjam umarmte ihn.

„Du bist lieb, Levi. Vergiss nicht, ich bin seine Sklavin."

Dann wandte sie sich an Salma:

„Salma, ich möchte dich bitten, mit mir zu kommen. Du musst auf mich aufpassen, mich korrigieren, mich ermahnen, du musst um mich herum sehen, was passiert, was ich nicht sehe."

„Mirjam, das ist ein Abenteuer. Wahrscheinlich ein gefährliches. Denke daran, Favinus selber ist in Gefahr. Und dann bist du es auch. Und ich und Tribocus, wir sind für niemanden ein Problem."

Plötzlich erinnerte sich Mirjam an jenen Moment, als sie die Flöte aus dem Geldsack in der Hand hielt, und wie sie in dem Augenblick wusste, dass noch jemand seine Hand auf sie gelegt hatte.

„Es wird gut werden. Irgendwie."

Und nach einer Pause fügte sie an:

„In zwei Wochen fahren wir."
Da meldete sich Salma noch einmal:
„Ach, Herrin, nimm deine Krone mit."

XLII

Das Schiff schaukelte nur noch leicht, als es in den Hafen von Herculaneum einlief. Es war Herbst geworden. Mirjams erste Seereise ging zu Ende. Von Tyrus aus waren sie aufs Meer hinausgefahren, Salma als ihre persönliche Dienerin an ihrer Seite – wie „Charmion" es für Kleopatra gewesen war, dachte Mirjam. Ganze Tage lang erzählten sie, über die Reling gebeugt, von jenen fünf Jahren, in denen Mirjam so viel von Selene gelernt hatte. Tribocus glänzte derweil in seiner neuen Rolle, in der Uniform eines Primipilus; sie verlieh ihm Respekt bei der Besatzung. Zudem kannte er inzwischen zahlreiche Namen aus der Welt der Politik, ebenso Abläufe von Schlachten und zeigte sich in der militärischen Rangordnung gut bewandert.

In Antiochia hatten sie den Arzt Aulus Tetteius Mystes besucht, er war mit Salmas Fuß und Bein sehr zufrieden. Phryne konnten sie in der kurzen Zeit nicht ausfindig machen. Einen zweiten Landurlaub gönnten sie sich in Athen; Favinus besaß hier ebenfalls ein Kontor. Aber Mirjam schlenderte mit Salma und Tribocus lieber durch die Straßen und genoss, verwundert und staunend, die schillernde Kulturvielfalt dieser Metropole am Meer, bei Tag und bei Nacht. Zu dritt waren sie vor zahllosen Verführungen und Einladungen sicher gewappnet, denn die Gegend am Hafen wimmelte von Prostituierten und Händlern: Die einen wehrte Salma ab, die anderen Tribocus.

Dann kam Italien in Sicht. Wie hatte sie damals bei Selene gelacht, als sie davon sprachen, sie würde einmal nach Italien, nach Roma kommen und dafür Latein brauchen. Und jetzt?

Octavus – wirst du mich begrüßen?

Sie ließen den großen Hafen von Puteoli links liegen, wo Schiffe aus Afrika, Arabien, Indien andockten und ihre Ladungen löschten, und steuerten in der weiten Bucht gleich auf Favinus' eigenen Hafen in Herculaneum zu. Was würde jetzt kommen? Mirjam spürte, wie sie unsicher war, aufgeregt. All das Schöne und Neue um sie herum interessierte sie überhaupt nicht. Nicht einmal der Vesuv.

Auch Favinus stand unruhig am Ufer. Da kam sein Schiff. Da kam die Frau, die er heiraten wollte. Dazu war bis zum kommenden Frühjahr einiges rechtlich zu regeln. Aber viel mehr noch persönlich, zwischen ihnen beiden. Zum ersten Mal in seinem langen Leben wollte er richtig heiraten. Aus Liebe. Aus Verehrung. Es war ein riskantes Spiel, was er dafür inszeniert hatte. Nicht wenige würden sich ausrechnen, was ihnen mit dieser Frau verloren ging. Er hatte genug Neider, Gegner. Sie würden versuchen, ihm zu schaden, wo sie nur konnten. Noch wusste niemand, dass der Kaiser seinen Besuch zugesagt hatte. Aber weitaus mehr als die Gier der Protzhälse bereitete ihm Sorge, ob diese Frau einverstanden war, ob sie ihn annahm, oder ob sie ihm nur zu Willen war. Er konnte nicht verlangen, dass sie ihn liebte. Er hatte sie überfordert, natürlich. Das musste alles zu viel für sie gewesen sein, zu schnell gekommen.

Und außerdem musste er ihr jetzt, gleich jetzt, seinen wirklichen Namen nennen. Sie durfte ihn nicht von anderen erfahren. Er ging davon aus, dass man sich auch auf dem Schiff an seine Anweisungen gehalten hatte wie schon zuvor in Tyrus.

Er ging an Bord.

Da stand sie vor ihm.

Ihr Gesicht schaut nicht abweisend, dachte Caius, aber verschlossen wirkt es. Oder erwartend? Sie lacht nicht, sie öffnet nicht die Arme. Aber jetzt, nickt sie mir tatsächlich zu? Will sie sagen: Nun gut, jetzt bin ich hier. Wir haben viel zu klären …

Mirjam bemerkte, wie der Mann unsicher war. Dazu hast du auch allen Grund, dachte sie. Er schaut erwartungsvoll. Gut, machen wir es dir nicht zu schwer. Sie nickte leicht. Sein Gesicht hellte sich auf, er trat näher, küsste ihre Hand, begrüßte auch Salma und Tribocus. Du hast Manieren, das gefällt mir. Sie erklärte ihm, warum sie diese beiden mitgenommen und wozu sie die anderen zu Hause gelassen hätte. Er nickte, dann bat er Salma und Tribocus, sie allein zu lassen, und ging mit ihr auf den erhöhten hinteren Teil des Schiffes.

Dort nahmen sie Platz.

Irgendwie musste er das Gespräch nun beginnen. Tausend Dinge waren in der Tat zu klären. Wo sollte er anfangen? Seine Unsicherheit ließ ihn lächeln: Was war nur mit ihm? Er schaute auf Mirjam, sah ihren schönen Hals und daran das Messerchen aus Elfenbein, das ihm schon in Tarichea aufgefallen war. Ein einfaches Schmuckstück. Viel zu einfach für diese auffallende Frau.

„Maria, du trägst wieder dein kleines Schmuckstück, das Messerchen aus Elfenbein. Das ist schön. Ich erkenne es wieder. Und die Buchstaben darauf, ja, sie sind die Insignien deines Wesens."

„Wieso?"

„Nun ja, dO, das ist Lateinisch und heißt: ‚ich gebe‘. Zu geben, das ist dein Wesen. du bist ein Mensch, der gibt. Der jedem gibt. Sogar dein Herz gibst du. Du hast auch mir schon viel gegeben."

„Es heißt nicht dO."

„Aber natürlich! Ich kann doch lesen."

„Du liest die Buchstaben falsch herum. Es heißt OP."

„OP? Hm, ja, das ist möglich. Aber was heißt OP?"

„Das ist die Abkürzung für einen Namen."

„Für einen Namen? Dann muss er dir viel bedeuten."

„Ja."

Sie machte eine Pause und schaute aufs Wasser.

„Es war mein Mann."

Sie waren schneller bei dem großen Thema angelangt, das sie mit Favinus besprechen musste, als sie erwartet hatte. Nun gut, dann hat er also erfahren, dass ich schon einmal verheiratet war.

„Du warst schon verheiratet …!?"

Sie hörte aus seinen Worten nicht heraus, ob sie eher einen Ausruf des Erschreckens oder einen des Erstaunens beinhalteten. Oder ob sie eine bange Frage ausdrückten.

„Ja. Ich war schon verheiratet. Aber kein Problem für dich, er ist tot. Er hieß OP, Octavus Posterius."

Während sie den Namen nannte, hatte sie Favinus nicht angesehen. Ihr Blick war an ihm vorbei auf das blaue Meer hinaus geglitten, über seine Wellen hinweg bis hinter jeden Horizont. Als sie Favinus nun wieder anblickte, gewahrte sie einen völlig bleich, regungslos, erschrocken dasitzenden Mann. Er schaute auf sie, mit weit geöffneten Augen, als wäre sie der Todesgott. Dann stotterte er, leise, schüttelte dabei den Kopf:

„Maria, sag, dass … dass das nicht stimmt. Sag es bitte. Sag es!"

„Wieso? Es stimmt. Octavus Posterius, ein römischer Legionär aus Jerusalem, er war mein Mann. Für vier Tage. Dann wurde er mir genommen. Er ist tot. Alles in Ordnung, du kannst mich heiraten."

Favinus sackte vollends in sich zusammen. Schweigend, starr saß er da. Mirjam fand das übertrieben. Warum regte ein toter Mann ihn so sehr auf? Da sagte Favinus, ohne sie dabei anzusehen, den Kopf immer noch wie schuldbewusst auf die Brust gesenkt:

„Octavus Posterius … Ich bin sein Vater."

Was?! Wie?! Mirjam verstand nicht. Machte er Witze? Darüber macht man keine Witze! Aber so wie er dasaß. Nein!! Entsetzen lähmte sie, machte sie unfähig zu einer Bewegung. Unzähliges schoss ihr durch die Erinnerung.

„Nein!!", schrie sie und hielt die Fäuste an ihre Stirn. Und noch einmal, leise und wimmernd:

„Nein. Bitte, nein!"

Tribocus schaute herüber. Salma kam gelaufen.

Mirjam hockte da, vom Weinen geschüttelt. Favinus hatte den Kopf auf die Knie gebeugt. Es sah aus, als weinte auch er. Salma spürte, dass hier Schlimmes passiert war. Aber sie konnte nur warten.

Auf einmal stand der alte Mann auf, das Gesicht nass von Tränen, ging auf Mirjam zu, kniete vor ihr nieder und legte seinen Kopf in ihren Schoß. Die schaute weder auf noch reagierte sie. Da hob Favinus den Kopf und sagte, was Salma nun überhaupt nicht verstand:

„Ich bitte dich um Vergebung. Ich habe es nicht gewusst."

Nach einer Weile stand Caius auf, wischte sich mit seiner Toga das Nass aus dem Gesicht, und während Mirjam immer noch den Kopf vergraben hielt, sagte er:

„Frau Salma, Centurio Tribocus: Ich bin Caius Posterius Magnus, Octavus ist, war mein Sohn."

Weiter kam er nicht. Wieder schüttelten ihn Weinkrämpfe. Und Mirjam schluchzte, wie wäre sie von Sinnen. Tribocus zog die Stirn in Falten. Er konnte das, was sich hier abspielte, nicht verstehen. Salma aber, mit ihrem kühlen Kopf, wurde sich allmählich der Tragödie bewusst, der sie beiwohnte. Und je mehr sie verstand, was hier vor sich ging, desto mehr gewann ihr Verstand die Oberhand.

Als Mirjam wieder einen Gedanken fassen konnte, kam ihr Octavus in den Sinn. Octavus. Es war ihr, als stünde er vor ihr. Aber er verurteilte sie nicht. Das war seltsam. Er lächelte nur lieb. Und was tat sie? Seinen Vater heiraten … Und der Vater nahm die Frau seines Sohnes … War sie nicht die verrufenste Hure, die man sich denken konnte? Verließ sie Octavus zum zweiten Mal? Aber dann sah sie ihn wieder vor sich, und er – er schaute sie lieb an. Als wollte er sagen: Sei ruhig! Du wolltest ein Zeichen? Hier ist es. Alles ist gut.

Mirjam saß noch einige Augenblicke da, den Kopf versenkt zwischen Knien und Händen. Die anderen merkten aber, dass ihr Weinen aufgehört hatte. Da hob sie den Kopf, richtete sich auf, wischte aus ihrem Gesicht die Tränen weg, erhob sich und sagte, zur völligen Verblüffung der Umstehenden, ruhig und bestimmt:

„Caius Posterius Magnus, es ist gut. Alles ist gut."

Sie hielt inne, sichtlich bewegt. Die Spannung zerriss jeden.

„Ich bin bereit, dich zu heiraten."

Den Abend über saßen sie zusammen in der Villa von Caius Posterius Magnus, zusammen mit Salma und Tribocus, die sie dazu gebeten hatten. Es gab viel zu erzählen. Immer wieder schüttelten sie den Kopf, kamen ihnen Tränen über das Unfassbare dieser Lebenswege, die sich in einer Nacht verflochten und gleich darauf trennten, ohne sich trennen zu können, und nun wieder verflochten, ohne eins werden zu können. Allmählich brachten sie Licht auch in das Dunkel um das Verschwinden des Sohnes, des Mannes. Es schien ihnen möglich, sogar sinnvoll, anzunehmen, dass er in Caesarea gar nicht an Bord gegangen war. War da jemand, der ihn gerettet hatte? Lebte Octavus doch noch? Niemand konnte diese Frage beantworten. Nach den Akten war er tot. Nicht das geringste Lebenszeichen gab es von ihm. Der Gedanke war nicht von der Hand zu weisen, dass gewisse Leute ihre Untat nun dadurch zu verschleiern suchen würden, dass sie Caius Posterius Magnus aus dem Wege räumten. Aber da würde es bald eine Frau an seiner Seite geben. Und die wusste womöglich noch mehr. Aber durfte sie nach den neuen römischen Gesetzen überhaupt seine Frau werden? Heiratete Caius seine jüdische Sklavin, würden er und sie vielfach rechtlos dastehen. Er fragte sie:

„Willst du mich bei diesen Problemen immer noch heiraten?"

„Caius, ich werde dich heiraten. Die Gefahren schrecken mich nicht. Ich ahne langsam, woraus mein Leben bestehen wird. Im Moment ist das Wasser noch kalt, aber es wird warm werden."

Sie lächelte und erklärte Caius das Bild. Dann fuhr sie fort:

„Ja, du hast recht: Ich gebe, und weiß nicht, woher ich nehme. Aber eines lerne ich langsam: Da ist noch jemand anders, der seine Hand auf mich gelegt hat. Nicht nur du, Caius. Du hast mich damals gerettet. Ich verstehe jetzt dein Handeln bei der Versteigerung. Ich danke dir. Aber da ist noch jemand. Ich kenne ihn nicht. Aber er ist da. Er hat eine unwahrscheinliche Art, zu retten. Er hat mich damals vor den Hunden gerettet, da lernte ich ihn kennen. Und kenne ihn bis heute nicht. Aber ich merke etwas von ihm. Caius, ich bin ruhig."

Dann nahm sie seine Hand in ihre, lächelte und sagte:

„Komm, lass uns heiraten. Im kommenden Frühjahr."

Caius atmete tief.

„Ich danke dir. Dann lasst uns bitte einiges besprechen. Ich darf dir als erstes sagen, Maria, dass der Kaiser Octavianus Augustus mir zugesagt hat, dass er zu unserer Hochzeit kommen will."

„Der Kaiser? Zu meiner, zu unserer Hochzeit?! Weiß er, dass ich eine Ziegen- und Schafhirtin war? Ich blamiere dich und ihn, Caius."

Salma hob die Hand.

„Wenn ich etwas sagen darf. Ich halte es für wichtig, dass du niemandem sagst, dass du Ziegenhirtin warst, Mirjam. Rede nicht davon. Sie sind dumm. Sie würden dich und mehr noch Caius verachten, ihn lächerlich machen. Es ist einfach nicht wichtig."

„Ich denke genauso", nickte Caius. „Womöglich wird einer sogar wissen, dass du Sklavin warst. Dass ich also meine Sklavin heirate. Ich bin auf alles vorbereitet. Aber, auch das möchte ich dir jetzt sagen: du warst nie Sklavin!"

„Wie bitte?? Du hast es doch laut und deutlich vor allen gesagt. Du hast es eintragen lassen in der Präfektur. Alle wissen es, Caesennius, Salma, Muzifungi, Quercus, Levi und alle anderen!"

„Maria, du vertraust mir? Dann erlaube, dass ich dir ein Geschenk machen werde, am Tage der Hochzeit. Und auch der Kaiser, wie er mir vielsagend andeutete, möchte dir ein Geschenk machen. Ein persönliches. Ich kenne es nicht."

Salma hatte die ganze Zeit gelächelt, als wüsste sie etwas, was noch keiner wusste.

„Wenn wir schon Geheimnisse austauschen, dann möchte ich eines noch dazulegen. Favinus, oh Entschuldigung: Caius. Caius, du weißt davon noch nichts. Mirjam war fünf Jahre lang bis zu ihrem 12. Geburtstag mit der Tochter der großen Kleopatra zusammen. Mit Selene, der späteren Königin von Mauretanien. Sie wurde sozusagen als Prinzessin erzogen. Und Selene hat Mirjam ihre Krone geschenkt."

Caius bekam große Augen, er verneigte sich vor Mirjam.

Salma lächelte nun verführerisch.

„Wir haben sie mitgebracht."

„Ihr seid mir ein paar Frauen! Lasst uns überlegen, wie wir die Hochzeit gestalten. Maria, erst hatte ich einen Ring, wie er traditionell zur Verlobung überreicht wird. Aus Eisen. Der erschien mir unpassend, ich lege dich nicht an die Kette. Meiner ist nun aus mattem Gold. Und außerdem – er ist nicht geschlossen. Als ich ihn bestellte, habe ich eingravieren lassen ,dO'. Damals wusste ich nicht …"

XLIII

Seit dem frühen Morgen kamen die hohen Gäste. Zu Lande in prunkvollen Kutschen, umgeben von beeindruckender Dienerschar, zu Wasser auf pompösen Hausbooten, begleitet von zahlreichen kleineren Kähnen. Jeder wollte, musste etwas vorwei-

318

sen, was der andere nicht hatte. Vier Wochen lang war das Fest vorbereitet worden, die Einladungen zugestellt, Unterkünfte, Latrinen, Zelte aufgestellt, Speisen und Getränke geordert worden. Die Menge der Dinge, an die zu denken war, füllte fünfzig Bogen. Bei 500 geladenen Gästen und einer Woche Feierlichkeiten! Caius hatte die bekanntesten Organisatoren Italiens engagiert, damit ja nichts schief ginge; er wusste, dass seine Neider auf Pannen nur warteten.

In diesen Wochen merkte er zu seiner Überraschung, dass Mirjam neben den ihm bereits bekannten Gaben auch eine auffallende Fähigkeit zum Organisieren besaß. Sie übernahm, sobald sie begriffen hatte, worum es im Ganzen und im Einzelnen ging, den Part der Cheforganisatorin. Sie dachte an alles, ordnete an, befehligte, teilte ein, plante und entschied. Ihr Latein wurde von Mal zu Mal flüssiger. Eines Tages kam einer der bezahlten Hauptorganisatoren zu Caius und meinte, halb belustigt, halb mürrisch, warum er ihn und die anderen überhaupt bestellt hätte. Da sei eine junge Frau, die nähme jeden Tag mehr in die Hand.

„Macht sie es schlecht?"

„Das kann man nicht sagen. Wir lernen sogar bei ihr."

„Dann arbeitet mit ihr zusammen. Sie soll ihre Kräfte sparen."

„Diese Frau, die Organisatorin, dürfen wir fragen, wer sie ist?"

„Oh, ich werde sie heiraten."

Eine Dienerschar von 800 Sklaven, Frauen und Männern, war ausgeliehen worden, musste eingeteilt, angeleitet, beaufsichtigt, geführt werden. Mirjam merkte, dass sie dies am liebsten tat. Und vielleicht auch am besten konnte. Ihr kam der Gedanke, wenn die Dienerschar gut funktionierte, dann ist die ganze Feier gerettet. So widmete sie sich mehr und mehr diesen 800 Menschen. Hatte sie Fragen, ging sie zu Calatoria; die beiden waren sogleich Freundinnen geworden. Calatoria sah auf den ersten Blick, dass diese junge Frau das beste „Geschäft" war, das ihr Herr je abgeschlossen hatte. Sie stellte sich Mirjam in allem zur Verfügung, und Mirjam profitierte von der Erfahrung der alten indischen Magd, die Caius so gut kannte.

Die 800 Sklaven und Sklavinnen schauten erst misstrauisch auf Mirjam, doch schon bald vertrauten sie ihr. Denn die junge Frau kehrte nicht die Herrschaft heraus, sie schrie und schlug nicht, sondern war gerecht, hatte Geduld und fand für jeden die ihm und ihr passende Aufgabe. Sie lehrte sie geduldig die Handgriffe, auf die zu achten war, wie man mit hohen Persönlichkeiten umzugehen hatte und worüber Damen entzückt sein würden. Die Diener bekamen sogar Manieren beigebracht, Höflichkeit wurde richtig geübt, Ordnung ebenfalls. Dagegen sollten die zahllosen Unhöflichkeiten und Überheblichkeiten – daran seien stets die Heuchler zu erkennen, jene Menschen, die den Schein bräuchten, weil sie kein Sein besaßen – sie nicht aus der Fassung bringen: trotzdem freundlich, geduldig sein, „Ja" sagen, Wünsche voraussehen, nichts vergessen und auf keinen Fall ärgerlich und erst recht nicht bösartig werden.

Die 800 hatte sie für die festgesetzten Aufgabenbereiche in 18 Gruppen aufgeteilt. Und diese wiederum in Untergruppen. Jede Gruppe hatte ihren Verantwortlichen. Und dieser kannte die Verantwortlichen der anderen Bereiche, somit waren sie in der Lage, Wünsche, Dringendes schnell und passend weiterzuleiten. Wenn sie mit jemandem Probleme hätten, erklärte Mirjam, sollten sie direkt zu ihr kommen. Oder zu Calatoria gehen. Oder zu Salma. Bei Problemen mit Männern würde ihnen Tribocus zur Seite stehen. Sie lernte Namen ihrer Sklaven, lernte ihre Vorzüge und Nachteile, konnte sie deutlich mahnen und echt loben. Weil sie für alles ein Auge hatte. Nach einer Woche schon war sie bei den Dienern beliebt. Unter ihnen gab es natürlich auch faule Dickköpfe, intrigierende Weiber, wie bei ihrer Herde. Zwei Dutzend Sklaven schickte sie wieder weg.

Bei dieser Tätigkeit wurde ihr bewusst, wie sie in den Jahren der Wüste gelernt hatte, mit Tieren, großen Herden, recht umzugehen. Jetzt musste sie lächeln, da ihr auffiel, wie im Prinzip gleiche Regeln für Menschen galten. Nur waren Menschen deutlich komplizierter als Hammel und Böcke, auch schwerer als Ziegen zu leiten.

Acht Tage vor der Hochzeit, als die 100 Köche schon dabei waren, ihr Können dem Konkurrenten zu zeigen, ging sie zu Caius.

„Ich möchte dich um etwas bitten."

„Ja, selbstverständlich."

„Ich möchte mich ab heute zurückziehen. Ich möchte in die Einsamkeit gehen, auf den Berg da hinten. Ich möchte bei mir selbst sein, wenn der Tag unserer Hochzeit da ist. Meine Arbeiten habe ich alle getan, das klappt. Jetzt bin ich selbst dran."

„Brauchst du Begleitung, Schutz?"

„Ich komme gut zurecht. Abends werde ich wieder im Haus sein. Aber ich werde gleich in mein Zimmer gehen. Ist das recht?"

„Ja, bitte, natürlich."

„Caius, du solltest etwas Ähnliches für dich tun. Es ist viel geschehen in den letzten Tagen, ich meine in dir selbst, in deinem Leben, viel mehr, als deine Kontore in Jahren erwirtschaften. Gib dir Zeit, dein inneres Gesicht zu finden, es zu sehen, zu lieben."

Caius zögerte einen Moment, kratzte sich am Kopf.

„Ich glaube, du hast Recht, ich müsste so etwas tun. Aber wir Männer sind irgendwie anders."

Er schaute sie von der Seite an und fragte verschmitzt:

„Äh – wird das Wasser schon warm?"

Als Mirjam hinausging, um schwarze Basaltblöcke herum, wie sie einige von Tarichea und dem Arbel kannte, wollte sie zuerst die Abhänge des Vesuv hinaufsteigen. Dann merkte sie, dass sie dort nicht den Ort finden würde, den sie instinktiv suchte. Sie wandte sich nach links, ging zwei, drei Stunden, bis sie ein Weingut erreichte. An dessen Seite entdeckte sie Pflanzungen mit Olivenbäumen.

Hier möchte ich bleiben. Mich unter einen Olivenbaum setzen. Wie es ihn in Bethanien gab.

Sie fand sogar einen Felsen, auf den sie sich setzen, wo sie nachdenken konnte. Aus der Erinnerung stieg die kleine Mirjam auf, die damals auf einem Felsen saß, auf ihrem Thron, von dem sie die ganze Welt überschaute. Wie lange war das doch her! Was hatte das Leben mit ihr alles angestellt! Mama, Papa, wenn ihr doch hier wäret und eure kleine Tochter sähet … jetzt kommt die ganze Welt zu eurer Tochter! Sogar der Kaiser. Papa, nicht wahr, du würdest mich auf deiner Schulter tragen … Mama, du würdest mich anschauen und mir übers Gesicht streicheln. Bin ich schon bereit dafür?

Der Felsen, der Olivenbaum, die Erde, all dies verband sie fühlbar mit ihrer Kindheit, mit ihren Wurzeln. Sie spürte ihre Ursprünge, wie durch sie Schlichtheit und Sicherheit in sie einströmten. Sie dachte nicht an Morgen, nicht an Reden, nicht an Konsuln oder den Kaiser, nicht einmal an Caius, der sie heiraten wollte. Sie genoss es, ihre Vergangenheit zu fühlen. Nichts von ihrem Weg und Werden brauchte sie zu verstecken. Ja, so war ich. Bin ich geworden. Nur so werde ich die Zukunft schaffen. Wenn ich mit meiner Herkunft übereinstimme.

In ihr wuchs Dankbarkeit.

Berührung von Glückseligkeit.

Ein Geheimnis hatte seine Hand auf sie gelegt.

Heute Morgen war er nun gekommen, der große Tag. Ihm würde sich ein Feiern über mehrere Tage anschließen. Mit Caius hatte sie vereinbart, weiterhin unsichtbar zu bleiben, solange die Gäste eintrafen. Sie hatte sich den Privatbereich der Villa im Südosten ausgewählt, die dortigen Schlafräume, die Badeanlage, vor allem aber die Bibliothek mit Hunderten von Papyrusrollen. Sie mochte diesen Raum. Salma, Calatoria und Dienerinnen badeten und salbten sie schon seit dem Vortag. Überflüssige Haare wurden mit Bimsstein, Harz und Wachs entfernt, kalte und warme Vollbäder wechselten einander ab, dazwischen genoss sie Salbungen mit Ölen, die nur sie kannte und besaß. Der übliche, verrufene Geruch vom Fett der Schafswolle fehlte bei ihr ganz. Lidschatten, Wimperntusche, Lippenstift, alles hatte Selene sie gelehrt, sparsam anzuwenden. Genauso wie Salben, verfeinert mit Eselsmilch, Honig und Mehl. Hirschmarksalbe für die Zähne nahmen die Römerinnen, sie, die Hirtin aus der Wüste, kannte wirksamere Kräuter und Stängel. Fingernägel und Fußnägel mussten sichtbar sein und sich ins Ganze einfügen.

Besondere Aufmerksamkeit erforderte ihre Frisur. Ihre wunderschönen schwarzen Haare wurden durch Stoff- und Wollbänder festgehalten, hochgesteckt und zu sechs Zöpfen verwunden, wie es die Hochzeit erforderte. In Rom waren zwar gerade blonde und rötliche Haare, flach über den Kopf geknotet, in Mode, Mirjam aber zeigte ihre Haarpracht nach ägyptischer Art, durch scharlachrote Bänder würdevoll hochgesteckt. Die Spiegel im Raum sahen immer öfter ihr zustimmendes Nicken.

Dieses Kunstwerk wurde vollendet durch die Krone der Selene und einen silbrigen Schleier. Aus ihrem Schmuck holte sie die schönsten Ketten, Spangen, Ringe, Ohrringe hervor, die sie von Selene und Kleopatra übernommen hatte. Fibeln aus Silber und Gold hielten die kurze Hochzeitstunika aus Flanell zusammen, die sie über der üblichen weißen Tunika trug, die mit echten Purpurstreifen königlich verziert war. Ein perlenbesetzter Gürtel zierte die schlanke Taille, eine Brustbinde hob ihre Fraulichkeit herrlich hervor. Über alles war locker die Palla gelegt, mit Goldfäden durchwirkt.

Sie war in der Tat eine königliche Erscheinung.

Innerlich aber lachte sie und wünschte sich ihr Hirtenkleid.

„Mirjam, du bist schön, du bist echt! Du brauchst keine Stoffe und Schminken, sie werden umgekehrt durch dich erst bedeutsam."

Von den Parfums hatte sie solche ausgewählt, die die hohen Damen kaum kennen würden; den ganzen Abend wären sie nun beschäftigt, herauszufinden, was dies und das für ein betörender Duft sei. Die Männer bekamen nichts für ihre Augen, hatte Mirjam entschieden. Ihr Gesicht, ihre Gestalt sollten ihre Seele darstellen.

Bis gegen Mittag war den Gästen nur durch gezielte Gerüchte bekannt gemacht worden, dass der göttliche Augustus kommen könnte. Als besondere Boten dem Caius heimlich mitteilten, der Kaiser nähere sich im Schnellruderer von Capri kommend seinem Hafen, war der Höhepunkt des Festes eröffnet. Caius eilte ihm entgegen, begrüßte ihn, dankte für sein Erscheinen. Für Octavianus war der Flügel mit dem Mosaikatrium reserviert worden. In echtem Erstaunen drückte er Caius seine Bewunderung für die Villa aus, für ihre zahlreichen, göttergleichen Statuen:

„Das hier ist Lucius Calpurnius Piso Pontifex? Hervorragend! Und dieser ist der große Nonius Balbus, werde ich ihn sehen? Diese zwei Läufer, aus Bronze, nicht wahr, wo hast du die bloß her? Und diese Wandmalereien, ländliche Sakralidylle. Mit Enten, Hühner sehe ich, da sind Rehe – einzigartig, Caius!"

Seine erste Pflicht war es nun, die Herrschaften und Funktionsträger seines Reiches zu begrüßen. Diese hatten sich in den Räumen zwischen den 25 Säulen auf jeder Seite der Gartenanlage mit den kunstvoll beschnittenen Hecken eingerichtet. In der Mitte des Peristyls plätscherte Wasser im über 200 Fuß langen Becken, von bronzenen Knaben mit Wasser aus Weinkrügen gespeist. Caius hatte versucht, seine 80 Statuen, worunter sich keine Kopie befand, seinen Gästen zuzuordnen, ohne jemanden zu beleidigen.

Im thematischen Bereich „Ägypten und Asien", durch entsprechende Statuen symbolisiert, hatte er P. C. Dolabella, der seine Zeit als Konsul gerade abgesessen hatte, untergebracht. Er war mit großem Gefolge erschienen, ganz gewiss, um durch seine Claqueure jene Aufmerksamkeit zu erheischen, die seine natürliche Person nur selten gewann. Noch bevor Caius mit dem Kaiser bei ihm angelangt war, tönte ihnen seine unangenehme Rhetorik entgegen, stillos unterbrochen vom Klatschen und Schreien der Bezahlten.

„… und habe gerade vom Hafen in Puteoli diese herrliche Säule aus Ägypten abgeholt, ein Geschenk meines Freundes, des Statthalters Ambibulus. Welch galante Aufmerksamkeit des Herrn des Hauses, mir diesen Platz zuzuweisen. Es ist eine Säule vom Palast der Kleopatra, eine Echtheit, die ihresgleichen weit und breit sucht."

„Der Mann ist dumm, absolut dumm, Caius. Seine Rhetorik jedoch in gefährlicher Weise effektiv. Und ich, ich brauche ihn."

„Aus der Ferne kann ich es nicht genau erkennen, aber ich bezweifle, dass die Säule echt ist. Ich werde meine Frau fragen."

„Sie weiß das?"

„Sie kennt Kleopatra."

„Solche Echtheit gibt es nur noch selten im Reich. Da kommen große Herrschaften und präsentieren ihre Frau, die sie heiraten, als sei sie eine Königin, aber in Wirklichkeit ist sie nur eine Sklavin!"

Buhrufe der Claqueure.

„Wen meint er, Caius?"

„Ich glaube, er meint mich und meine Frau."

„Wie?! Deine Frau eine Sklavin? Höre ich recht? Caius, du bringst mich in Bedrängnis! Für mich geht es um hohe Politik!"

„Octavianus, Sie kommen nicht in Bedrängnis. Wir hatten keine Zeit, das zu besprechen. Sie ist nie Sklavin gewesen. Sie werden diesen Ort als Sieger verlassen, persönlich und als Imperator. Hier, ich gebe Ihnen ein Pergament, darauf steht, wer meine Frau ist."

Aber der Kaiser war aufgebracht. Seine Adjutanten eilten näher.

„Ein Pergament hilft nicht gegen dieses Großmaul! Er wird darüber lachen. Wenn deine Frau eine Sklavin ist, bin ich erledigt."

„Octavianus, das Pergament ist ein offizielles Dokument. Lassen Sie es von einem Senator vorlesen. Es trägt Siegel und Unterschrift eines römischen Präfekten. Nicht Sie werden bloßgestellt, sondern dieser Betrüger Dolabella."

„Wenn das nicht stimmt, Caius, muss ich dich auf der Stelle und öffentlich maßregeln. Es tut mir leid, aber so geht die Politik."

„Ich akzeptiere, Imperator."

Dolabella hatte sich inzwischen gesteigert. Seine Gefolgsleute wähnten sich im Triumph, schrien und klatschten. Das bewog Dolabella, die rhetorische Schlussattacke zu reiten:

„… Haben wir nicht genug schöne Frauen in unserem Italien? Hat das Reich nicht allerbeste Frauen zu bieten, aus ehrwürdiger patrizischer Vergangenheit? Muss man in eroberte Provinzen, zu einem unterjochten, armen Volk und von dort eine nackte Sklavin holen? Müssen wir Römer uns das gefallen lassen? Wehrt euch, Römerinnen! Eine Sklavin an eurer Stelle. Eine Sklavin, die zudem Ziegenhirtin war. Sehr treffend hat unser Gastgeber die marmorne Gruppe ‚Pan und Ziege' dort drüben aufgestellt. Rom, du entehrst deinen Kaiser!"

Es reicht, knirschte Caius. Jetzt hast du dich festgelegt, du eingebildeter Intrigant. Warte, ich kriege dich.

„Octavianus, Sie sind dran. Verlassen Sie sich auf das Papier und auf mich. Sie werden den Kampf als Sieger beenden!"

Mirjam hatte in ihrem Raum alles mit angehört. Sie war blass geworden. Lasst euch nicht einschüchtern, Caius! Augustus!

Kaiser Augustus hob den Arm. Sofort trat Schweigen ein. Jeder der 500 Gäste wusste, worum es jetzt ging. Die 800 Sklaven standen bewegungslos, die Köche rührten nicht mehr in den Pfannen. Wie wollte der Kaiser darauf antworten?

„Ehrenwerter Publius Cornelius Dolabella. Ich danke für deine aufrichtigen Worte. Als Konsul hast du dem römischen

Reich in aufopferungsvoller Weise gedient. Keine Arbeit war dir zu mühsam, keine Stunde zu viel, deinem Kaiser, dem Senat und dem römischen Volk zu dienen. Uns, die wir das Reich leiten, fällt neben anderem auch die unangenehme Aufgabe zu, den Finger in Wunden zu legen. Nur wer den Finger in Wunden legt, kann auch heilen. Du hast deinen Finger soeben in Wunden gelegt, dafür gebührt dir Achtung. Nur hast du, so will mir scheinen, nicht bemerkt, dass es deine eigenen Wunden waren, die du uns genannt hast …"

Gemurmel im Rund. Dolabella kniff die Augen zusammen. Mirjam horchte; das war gut, dachte sie.

„Dein Freund Ambibulus in Jerusalem hat dir, so sagst du uns, Informationen zukommen lassen. Von ihm hast du auch diese echte Säule erhalten. Vom Palast der Kleopatra. Lassen wir das im Moment, auf Kleopatra kommen wir noch. Auf die Echtheit ebenfalls. Du hast dich abfällig über Sklaven geäußert. Ich möchte den 800 Sklaven, die hier für uns Dienst tun, danken. Ich danke euch, Sklaven!"

Das Gemurmel wurde lauter. Einige Sklaven nickten freudig.

„Zurzeit bitte ich alle Präfekten im Reich, Soldaten anzuwerben, auch aus den Reihen der Sklaven. Rom braucht sie. Es war eine hochgestellte Persönlichkeit wie du, Publius Cornelius Dolabella, welche durch Unachtsamkeit drei Legionen römischer Soldaten verloren hat. Und die Feldzeichen! Was nun jene Frau angeht, die du abschätzig Sklavin genannt hast und die mein Freund Caius Posterius Magnus heiraten wird, hast du dich genügend abgesichert, dass deine Unterstellung der Wahrheit entspricht?"

Erste Rufe der Entrüstung. Dolabella biss auf seine Lippen.

„Vielleicht stimmt sie ja. Vielleicht auch nicht. Ich habe hier ein Pergament erhalten. Ich kenne es noch nicht. Senator Tiberius Julius Proculus, würden Sie das Dokument bitte vorlesen."

Die Spannung stieg. Der Senator entrollte das Pergament.

„Hiermit wird offiziell für die Akten des Archivs des Römischen Reiches festgehalten: Frau Maria von Tarichea ist nie Sklavin gewesen. Sie wurde geraubt, sie sollte für einen römischen Beamten zur Sklavin gemacht werden. Aber sie wurde davor bewahrt. Zu ihrem Schutz soll die Öffentlichkeit sie jedoch weiterhin als Sklavin eines Herrn betrachten. Aber sie ist eine freie Frau einer Provinz des Kaisers. Gegeben zu Tarichea in Galiläa … Es folgen Siegel, Datum, Unterschrift des römischen Stadtpräfekten und noch eine Unterschrift."

Jubelnde Rufe im Rund:

„Es lebe der Kaiser. Es lebe Caius Posterius Magnus. Es lebe Maria von Tarichea."

„Senator Proculus, würden Sie bitte das Pergament unserem Freund Dolabella reichen. Er möge sich überzeugen. Die Hand seines Kaisers informiert ihn korrekt. So viel zur Sklavin, die immer eine freie Frau einer meiner Provinzen gewesen ist. Nun zu Ägypten. Die älteren unter euch, und ich zähle zu ihnen, erinnern sich der Tage, da Kleopatra mit Caius Julius Caesar in Rom war. Auch wenn sie damals meine militärische Gegnerin war, als Persönlichkeit zolle ich ihr Achtung. Sie war die letzte im ewig langen Geschlecht der Pharaonen. Als Rom noch nicht war, da war schon Ägypten. Kleopatra hatte eine Tochter, Selene, die ich dem König von Mauretanien zur Frau gegeben habe. Diese Selene hat eine junge Frau königlich erzogen und sie in Sitten und Kultur der Ägypter und Griechen, der Römer und des Geistes eingeführt: Maria von Tarichea. Sie ist übrigens auch in der Lage, Echtes von Falschem zu unterscheiden, nicht wahr, Caius?"

Caius bekam feuchte Hände. Und Augen. Er nickte.

„Sie wird dir gleich sagen, Dolabella, ob deine Statue echt ist. Denke ich doch. Und nun, verehrte Gäste, verehrter Freund Caius Posterius Magnus: Es ist mir, dem Pontifex Maximus, eine Ehre, dir deine künftige, königliche Frau zuführen zu dürfen."

Die Rhetorik des Kaisers war gelungen. Jubel ertönte. Rom war nicht gedemütigt, sondern durch die Pharaonen noch erhöht worden. Und jetzt kam eine aus dieser langen Geschichte zu ihnen?

Octavianus Augustus schritt durch die Menge, lächelnd und ernst zugleich. Er war hoch erleichtert, die ausweglos erscheinende Situation gemeistert zu haben. Sehr gut sogar. Aber nun war er gespannt, wenn die Doppeltüren sich öffneten, wen er sehen würde.

Langsam schwangen die schweren Holztüren auf. Vor dem Dunkel ihres Hintergrundes erschien eine Frau. In hellem, langem Kleid, von sachtem Gold und Purpur durchwirkt, stand sie da. Eine anmutige Erscheinung, geziert von einer Krone. Die Gäste im weiten Rund raunten, reckten sich, schoben den Vordermann zur Seite, um nichts zu versäumen. Der Kaiser, noch vor den Stufen stehend, war sichtlich ergriffen. Er verneigte sich leicht. Die junge Frau oben auf den Stufen, jeder konnte es sehen, verneigte sich nun auch, und ebenfalls nur leicht. Jetzt schritt Augustus die Stufen hinauf, reichte ihr seine Hand – und Mirjam ergriff sie, ließ sich hinunterführen und ging an der Seite des mächtigsten Mannes der Welt den langen Weg hinunter, mitten durch die klatschenden, sich verneigenden Gäste zum anderen Ende des Wasserbeckens, wo Caius auf sie wartete.

„Caius Posterius Magnus, es ist mir eine Ehre, dir die königliche Maria von Tarichea als künftige Frau zu übergeben."

Auf einmal sah Mirjam Octavus vor sich. Damals vor Ambibulus und Coponius, jetzt an der Seite des Kaisers. Sie beugte tief ihr Haupt vor Caius. Der aber beugte plötzlich sein linkes Knie vor Mirjam, erfasste ihre Hand und küsste sie. Dann stand er auf, erhob die Hand:

„Verehrte Gäste. Ich bin ein Kaufmann. Ein reicher Kaufmann aus dem Ritterstand. Ich freue mich, dem römischen Reich, seinem Kaiser, dem Senat und Volk von Rom eine Hilfe sein zu können. Ich habe in meinem Leben viele Schätze erworben. Heute habe ich den letzten Schatz erhalten, den größten. Ihr meint, es sei diese Frau? Das stimmt nur zur Hälfte. Ich habe durch diese Frau etwas entdeckt, was ich noch nicht kannte. Dass ich ein Herz habe. Dass jeder Mensch ein Herz hat. Habe ich bisher dem römischen Reich und euch, Kaiser Augustus, mit meinem Kopf, mit meinem Geld gedient, so will ich euch jetzt zusätzlich auch mit meinem Herzen dienen. Ich weiß noch nicht, wie das geht. Ich weiß vor allem nicht, wie das ausgehen wird. Aber diese Frau an meiner Seite wird es mich lehren. Solange es solche Frauen gibt, wird es Rom, dem Imperium, gut gehen. Ich danke dir, Maria."

Wissen diese Gäste überhaupt, was Herz ist, fragte sich Mirjam. Sie flüsterte Caius und Augustus zu, dass sie ebenfalls eine Rede halten wolle, gegen alles Protokoll. Sie hob die Hand:

„Göttlicher Augustus, Exzellenzen, meine Herren Senatoren, Konsuln, Präfekten. Hochverehrte Damen – ja, Sie zuerst! Hochverehrte Herren, und – meine lieben Sklaven!"

Die 800 Sklaven schrien: Hoch lebe Mirjam von Tarichea! Die feinen Herrschaften schauten dabei etwas ängstlich um sich, einige auch anerkennend: Das hat sie geschickt gemacht.

„… Heute wurde viel von Sklaven geredet, unser Freund Dolabella hat das Thema eröffnet. Wenn ich darüber nachdenke, kommt mir die Frage, ob nicht jeder Sklave ein wenig frei, ein jeder Freie ein wenig Sklave ist. Ist nicht jeder Mensch gekettet an seine Abhängigkeiten? Unfrei zu tun, was er wirklich will? Manch einer ist so sehr Sklave, dass er nicht einmal weiß, wer er ist. Wir sollten uns nicht über Sklaven erheben, weil wir ohne Ketten umhergehen und in feinen Betten liegen. Es gibt auch Ketten aus Gold. Weiche Betten, die eine Folterstatt sind. Der Unterschied liegt, wie mein Mann sagte, im Herzen. Wenn du ein Herz hast, dann bist du kein Sklave mehr. Wenn du kein Herz hast, magst du jeden Morgen Goldstücke essen, du bist jemandes Sklave. Ihr Sklaven, ihr werdet nicht frei, indem ihr die Starken schwächt. Ihr Starken, ihr werdet euren Reichtum nicht sicher machen, indem ihr die Armen unterdrückt. Rom wird mit Sicherheit in Schwierigkeiten kommen, wenn es mehr Geld ausgibt, als es durch Arbeit verdient. Ihr Senatoren werdet kein Interesse am Imperium wecken, wenn ihr dem Einzelnen Initiative und Freiheit nehmt. Rom wird nur bleiben, wenn es sein Herz groß macht. Dolabella, Sie haben heute Wichtiges gesagt. Echt ist, was nicht zerstört werden kann. Zerstört wird immer nur der Schein. Das Herz nicht. Das Echte bleibt auch im Untergang frei. Ich trage eine Krone. Sie ist echt. Aber die Krone ist nichts wert, wenn ich kein Herz habe. Heute gebe ich mein Herz diesem Mann. Ich gebe es dem Kaiser, dem römischen Reich. Ich lade euch ein, euer Herz zu entdecken. Und jetzt – jetzt lasst uns ein fröhliches Fest feiern!"

Der Kaiser nickte Mirjam zu. Die 500 geladenen Gäste und die 800 Sklaven jubelten. Caius beugte sich zu Mirjam:

„Die meisten werden nur gehört haben, dass deine Krone echt ist. Jetzt werden sie kommen und dich danach fragen."

Auf ihrem Rundgang um das Gartenperistyl gelangten sie auch zu Dolabella. Sowohl der Kaiser als auch Caius und Mirjam hatten darauf geachtet, Dolabella nicht öffentlich zu demütigen. Deswegen war er geblieben. Aber er hatte noch nicht verwunden, dass seine glänzende Rhetorik überboten worden war.

„Frau Maria, Sie kennen wirklich Kleopatra? Sie sehen gar nicht aus wie eine Frau aus Ägypten?"

Mirjam lächelte, dann erwiderte sie:

„Auch Kleopatra sah nicht aus wie eine Ägypterin. Ihre Mutter war zu vier Achteln eine Griechin, zu drei Achteln Makedonierin und zu einem Achtel Perserin."

Dolabella biss sich auf die Lippen. Inzwischen waren auch Salma und Tribocus herzugekommen. Der Kaiser sprach gerade mit anderen Herrschaften. Einen Versuch, dachte Dolabella, habe ich noch:

„Und Sie können also unterscheiden, was echt und was unecht ist? Diese Säule ist echt! Sie kommt direkt vom Palast der Kleopatra."

Mirjam trat näher an die Säule heran, prüfte die Rillen, die Bearbeitung der Oberfläche, schaute sich die wiederkehrenden Strukturen und Linien an … hm, normierte Serienproduktion.

„Das ist eine Kopie. Aber nicht aus den Kopierwerkstätten drüben in Baiae, dann wäre sie schwer zu unterscheiden. Vermutlich ist sie aus Gips, übermalt, als wäre es Marmor."

„Nein, sie ist echt, vom Hof der Kleopatra!"

„Wollen wir es darauf ankommen lassen? Wenn die Säule echt ist, geht sie durch einen Stoß nicht kaputt."

Dolabella sah sich in der Zwickmühle. Viele Neugierige bildeten inzwischen einen dichten Kreis um ihn. Bockig wiederholte er:

„Sie ist echt!"

„Nun gut. Tribocus, bringen Sie einen Holzstamm. Dolabella, das dort ist eine wunderbare Marmorsäule, ein Fragment. Mein Centurio wird jetzt den Holzstamm gegen die Säule rammen."

Mirjam postierte vier starke Sklaven mit dicken Seilen hinter die Säule, gab Tribocus ein Zeichen, und der rammte den Holzpfahl gegen das kostbare Stück. Es löste sich vom Fundament, kippte nach hinten, wurde aber aufgefangen und wieder hingestellt.

„Siehst du, Dolabella, die ist ganz geblieben. Nun kommt deine Säule dran. Stellen wir sie hier auf den Sims. Fein. Nun, Tribocus, walte deines Amtes wie soeben."

„Die Sklaven müssen mit ihren Seilen hinter der Säule …"

„Das wird nicht nötig sein."

Tribocus traf, die Säule zerbarst. Jeder sah den Gips.

„Dolabella, ich schicke dir eine echte."

Mirjam, Caius, der Kaiser waren völlig rehabilitiert.

Posterius Magnus hatte wirklich alles aufgeboten, was zu einem tagelangen Fest wie diesem dazugehörte: Musiker, Tänzer, Künstler, Akrobaten, Wettkämpfe mit Tieren, Feuerspiele auf dem Wasser und vieles mehr. Mirjam ging von Gruppe zu Gruppe, beachtete die Mahnungen ihrer Hetären, den Wein nur zu nippen, von den köstlichen Speisen nicht mehr als eine Zungenspitze zu kosten. Sie wurde überall eingeladen, musste ihr Wissen zum Besten geben. Und sie schaffte es, stets liebenswürdig und aufmerksam zu bleiben. Keiner fragte nach Ziegen oder Schafen. Aber die Krone wollte so mancher gern einmal in die Hand nehmen – nein, sie sitze fest auf ihrem Kopf, wie das bei Kronen so üblich sei, lachte sie. Die Damen hatten natürlich ihre Fragen nach den Stoffen, den Parfums. Mirjam zwinkerte zurück, wenigstens ein Geheimnis möchte sie heute Abend noch mit ins Bett nehmen. Salma war stets an ihrer Seite, sie war eine charmante Zofe. Tribocus machte einen kundigen Eindruck, niemand brachte ihn in Bedrängnis. Und dann die Sklavenschar: Sie funktionierte tadellos, was ihr von allen Seiten immer neu zugesichert wurde. Sie gab das Lob an die Verantwortlichen weiter.

Es war um Mitternacht. Octavianus Augustus war endlich mit allen Persönlichkeiten im Gespräch gewesen. Nun stand er wieder oben auf der Treppe, vor der hölzernen Flügeltüre. Auf seinen Wink spielte das Orchester einen Trommelwirbel, die Trompeten erklangen. Die 500 Gäste hörten langsam auf zu sprechen, das Lachen erstarb. Sie wendeten sich dem Kaiser zu.

Der blickte zu Mirjam und kniff ein Auge zu:

„Römerinnen und Römer, liebe Sklaven!"

Alle lachten und klatschten. Auch die Sklaven.

„Ich persönlich habe eine wunderbare Feier erlebt. Ich danke den Göttern, dass wir Römer in diesen Zeiten der Not so feiern können. Das ist ein Zeichen unserer Stärke. Die Majestas Imperii, die Erhabenheit, Würde und Größe des Reiches erstrahlte in der Pracht dieses Festes. Dieser Heirat. Eine Heirat blickt voraus, nicht zurück. Rom ist für die Zukunft geschaffen! Caius Posterius Magnus, dir mein vorzüglicher Dank. Als Geschenk überreiche ich dir dieses Medaillon. Das Bildnis des Wohltäters auf Sardonyxcameo. Mein Bildnis, der Stein – welches wertvoller ist, möge die Geschichte entscheiden. Es bleibt mir aber noch etwas zu tun. Ich habe heute Abend eine wunderbare Frau kennen gelernt. Ich werde sie nicht vergessen …"

Beifall brandete auf. Das Orchester spielte eine Fanfare.

„Ich sehe, ich habe etwas allgemein Gültiges festgehalten. Italien teilt meine Überzeugung. Frau Maria aus Tarichea, ich möchte, dass auch Sie nicht vergessen. Mein Geschenk für Sie kann ich jedoch nicht, wie bei ihrem Mann, in Händen halten, es ist – sagen wir: Es ist zu weitreichend, zu fundamental. Und außerdem, es ist nicht nur das Geschenk des Kaisers."

Er hielt inne, schaute in das Rund der Gäste. Deren Augen waren erwartungsvoll auf ihn gerichtet. Fragen wurden gemurmelt. Octavianus genoss seine Rhetorik. Er wandte sich wieder Mirjam zu.

„Nicht nur des Kaisers? Nein, das wäre in der Tat zu wenig. Denn Sie und Ihr Mann sind ein Maßstab für den Glanz und die Unvergänglichkeit des Reiches. Sie haben heute Abend vor aller Welt versprochen, dem römischen Imperium zu Diensten zu sein. Es muss deshalb ein Geschenk sein, das des römischen Reiches würdig ist. Würden Sie mir zustimmen, Herr Senator? Konsul Dolabella?"

Beide nickten, wenn auch unterschiedlich. Die Menge in der Villa am Meer hielt den Atem an. Einer Frau entwich ein Schrei.

Octavianus trat einen Schritt vor:

„Nach unseren Gesetzen soll ein römischer Bürger standesgemäß heiraten. Königin sind Sie schon, Maria, aber noch keine Römerin. Nun denn: Maria von Tarichea, ich, Octavianus Augustus Imperator Maximus, verleihe Ihnen ad personam das Römische Bürgerrecht."

Während der Beifall aufbrauste und wieder Blumen geworfen wurden, wie sie das schon kannte, kam Augustus zu Caius und Mirjam, lächelte und sagte:

„So, jetzt könnt ihr morgen legal heiraten. Ich habe mein Gesetz eingehalten. Wie du es aber schaffen willst, Caius, noch drei Kinder zu zeugen, damit Maria dich beerben darf, das, bitte schön, musst du, müsst ihr beide alleine herausfinden."

XLIV

Zwei Monate nach den Hochzeitsfeierlichkeiten aalte sich Herculaneum im traditionellen Müßiggang. Im weiten Areal der Villa dagegen, gesäubert von den Resten des Festes, bestimmten wieder Geschäfte den Tag und die Nacht. Aus Mauretanien und Ägypten liefen wöchentlich Getreideschiffe ein, insgesamt hatte Caius dem Kaiser 15 Ladungen gespendet. Die in der nächsten Woche einträfen, lautete seine verbindliche Ankündigung, würden wieder an den Markt verkauft. Drei Schiffe aus Arabien und Indien erreichten seinen Hafen und brachten erlesene Luxusgüter, Parfums, Wurzeln, Holz, Schildpatt, Weihrauch, Perlen. Sie würden einige Millionen Sesterzen in seine Banken bringen.

„Weißt du, wie viel Geld du insgesamt besitzt, Caius?"

Sie hatte sich Tag für Tag mehr in die Welt seiner Geschäfte eingearbeitet, prägte sich ein, wo Caius Kontore errichtet hatte, welche Prioritäten diese setzten, wie viel Personal an Land und auf See beschäftigt war, lernte, wie viele Schiffe auf den Meeren schaukelten oder gerade gebaut wurden, was sie kosteten, was sie leisten mussten, bis sie Gewinn einfuhren. Sie begriff, dass Schnelligkeit im Transport Gewinn bedeutete. Ihr ging auf, warum gewisse Güter hohen Umsatz brachten und andere niedrigen, warum der Preis an dem einen Markt bergauf, an dem anderen bergab ging. Es gab unendlich viel zu lernen. In die Welt der Banken allerdings wagte sie sich noch nicht hinein. Doch soviel wurde ihr klar: Caius' Augenmerk galt nicht nur dem, was der Markt heute hergab, sondern weitaus mehr dem, was er morgen brauchen würde. Diese vorausschauende Intelligenz hatte ihn reich gemacht.

„Insgesamt, willst du wissen? Nun ja, wenn ich den Bargeldfluss nehme, dazu die Häuser, die Schiffe, die Banken, die Seedarlehen, das Hauptpersonal, die Waren, Sklaven, meine persönlichen Güter – ich habe einmal 200 Millionen Sesterzen errechnet."

„Das sind, warte einen Augenblick, das sind dann mehr als 8.000 Talente. Nicht schlecht. Und was ist dein Ziel, dein Spaß bei der ganzen Geschichte?"

„Solche Fragen stellst nur du, Maria. Aber du hast ja Recht. Spaß habe ich, wenn wieder ein Schiff in den Hafen läuft. Ich habe schon ein Dutzend verloren. Sie hatten mit der Ladung zusammen einen Wert von 20 Millionen Sesterzen. Wenn ich also Waren hereinbringe, die der Markt gern kauft, dann macht mir das Spaß. Mit jedem Stück, das ich verkaufe, mache ich Gewinn. Du musst immer auf den Gewinn sehen, Maria, sonst kannst du keine Geschenke machen. Dem Kaiser konnte ich seine 15 Schiffsladungen Weizen nur schenken, weil mein Gewinn das hergab. Wenn ich Luxusgüter für die habgierigen Angeber in Rom und drüben in Baiae, Puteoli, Pompeji, Stabiae bringe, dann kassiere ich kräftigen Gewinn. Die würden indische Gewürze, Zitrustische aus Mauretanien, numidische Goldwaren nicht kaufen, wenn sie nicht teuer wären. Sie brauchen den Kitzel, wenn sie raten lassen, was der Zitrustisch wohl gekostet habe. Und dann hauchen sie voller Genugtuung: eine Million Sesterzen! Du hast ihnen bei der Hochzeit den Selbstbetrug vor Augen gehalten."

Er drehte sich um und gab ihr einen Kuss.

„Ich habe mir so eine Art Gewissen zugelegt. Dazu frage ich mich: Was würde im Römischen Reich passieren, wenn es mich und meine Waren nicht gäbe? Würde alles so weiter laufen oder würden Menschen in Not geraten? Wenn ich Schildpatt und Pfeffer, Weihrauch, Perlen, Narde nicht mehr bringe, dann merken die meisten Einwohner Italiens davon nichts. Aber ich bringe auch Weizen, Bohnen, Fisch, also Nahrungsmittel. Lebenswichtiges. Damit verdiene ich am wenigsten. Ich meine, es würde schon etwas fehlen, wenn es mich nicht gäbe. Und Gewinn zu machen ist notwendig. Ich wohne hier ganz hübsch, ich liebe Kunst, die Originale natürlich, rassige Pferde, tolle Wagen. Aber für mich brauche ich immer weniger. Das Geschäft jedoch verlangt ein genügendes Polster, um unvorhergesehene Einbrüche auffangen zu können. Es gibt auch dumme Kaufleute, vorgestern war einer hier. Er bräuchte Geld, wolle neu anfangen. Ich habe gesagt, ich möchte mal seine Geschäftsunterlagen sehen – stell dir vor, er hatte keine! Oder er traute sich nicht, mir die, die er hatte, zu zeigen. Ich setzte ihn gleich vor die Tür. Die Menschen, die ich beschäftige, lernen bei mir, wie man ein exzellenter Kaufmann wird! 22 Kontore und Häuser, das gibt 1000 Personen, die das lernen können."

„Ich finde das gut. Ich hatte nur 70 Ziegen und Schafe zu betreuen. Mit denen Gewinn zu machen, dauerte lange. Papa hat wohl ganz gute Geschäfte gemacht, aber damals habe ich davon nichts verstanden. Wenn ich 1 Denar fürs Hüten bekam, war ich stolz!"

Mirjam lachte und sah das Geldstück in ihrer kleinen Hand.

„Caius, wenn unsere Villa in Tarichea fertig ist, was können wir dort und mit diesem Haus für Geschäfte machen?"

„Hm, gute Frage. Das Haus liegt am See, also Boote, Fisch, Fischsaucen. Bringen in Rom gutes Geld. Es liegt direkt an der Karawanserei, das heißt: Die Waren aus Babylon, Baktrien, China, Persien, Indien, wahrscheinlich sogar aus Arabien kommen bei euch vors Haus. Nicht schlecht. Bevor sie die Hafenstädte am Meer erreichen, halten sie hinter deiner Villa. Man müsste nachrechnen, bei welchem Preis die Karawanenführer ihre Säcke lieber bei uns abladen. Vielleicht noch ein verlockendes Angebot für sie dazu. Ja, das würde mich tatsächlich interessieren."

„Caius, ich habe beiläufig einmal den Ambikos erwähnt, den ich von Selene bekommen habe, mit dem auch mein Vater gearbeitet hat. Und früher sogar Kleopatra. Mit dem man besondere Materialien herstellen kann. Vater hat damit Gewinn gemacht, aber das war alles geheim. Später hat Selene mich unterrichtet, mit dem Gerät zu arbeiten. Das meiste habe ich vergessen. Aber damit könnte man vielleicht auch etwas anstellen, oder?"

„Maria, damit könnte man vermutlich einiges anstellen. Ich muss mir das Ding mal genau ansehen."

Schon gleich nach der Hochzeit hatte Mirjam einen langen Brief für die Freunde zu Hause geschrieben. Es gab ja Zahlloses und Unglaubliches zu berichten. Jede Woche ging ein weiterer Brief nach Tarichea auf die Reise. Dabei merkte Mirjam, wie sie durch das Schreiben aufmerksam die eigene Lage reflektierte, die äußere und die innere. Zudem machte es Spaß, andere an der eigenen Freude Anteil geben zu können. Jetzt war ein Brief aus Tarichea bei ihr eingetroffen. War das lustig, die ungelenken Buchstaben zu entziffern. Solon habe mit dem Bau begonnen, erfuhr sie, es ginge mächtig voran. Caesennius habe sich lange nicht blicken lassen. Levi bewache das Geld, er sitze drauf und gebe kaum etwas heraus. Die Hunde seien gestorben. Alrescha habe Mirjam vergessen und interessiere sich für Sheratan. Soso, dachte Mirjam, und machte sich ihre Gedanken.

Eines Tages überraschte Caius sie und sagte:

„Irgendetwas drängt mich, nach Tyrus, nach Tarichea zu fahren. Salma, Tribocus, stellt euch darauf ein, in zwei, drei Wochen stechen wir in See."

Als Mirjam sich von Calatoria verabschiedete, sagte diese: „Ich werde ihn nicht wiedersehen."

Mirjam schaute sie groß an, Schrecken stand ihr im Gesicht. „Woher weißt du das?"

„Ich habe meine Weihrauchstäbchen befragt."

Mirjam schüttelte ungläubig den Kopf. Aber Calatoria nickte: „Auch mit dir wird etwas geschehen."

XLV

Die Rückfahrt über das Meer nach Tyrus, bei sommerlichem Wetter ohne heftige Wellengänge, gab Mirjam Zeit, einige Fragen an Caius zu stellen, die sie aus Höflichkeit bis jetzt nicht hatte vorbringen wollen. Es schien ihr, dass er dieses Taktgefühl sogar bemerkt hatte und nun mit Dankbarkeit quittierte.

Er hatte ein weißes Tuch über seine Glatze geknotet.

„Nein, natürlich nicht. Du bist nicht meine erste Frau. Auch nicht die vierte wie bei Octavianus. Ich danke dir, dass du so vornehm gewesen bist, danach nicht zu fragen, und auch so vernünftig, das weder zu erwarten noch mir daraus einen Vorwurf zu machen."

Er schwieg einen Augenblick.

„Ich war damals ein junger Mann, der davon träumte, immer mehr zu haben. Damals … Damals empfand ich jede neue Frau, die ich mir nahm, als Zeichen meiner Macht, meines Könnens, meiner Freiheit. Ich konnte alles. Konnte mir alles nehmen."

Er wischte mit der Hand über die Augen.

„Heute sehe ich, welche Schwäche das war. Ich schäme mich. Ja, es stimmt, ich war ein Sklave, wie du gesagt hast."

Hinter der Reling dehnte sich das endlose Meer.

„Früher flogen die Frauen auf mich, heute fliege ich … Nein, auch die Zeit ist vorbei. Es ist nur eine, die ich verehre. Ist das jetzt ein Zeichen von Alter oder von Weisheit?"

Und noch einmal ging die Hand über das Gesicht.

„Du weißt gar nicht, was für ein Schatz du für mich bist."

Mirjam spürte, dass sie ihm helfen musste.

„Weißt du, Caius, jeder macht Fehler. Fehler sind eigentlich nicht schlimm. Ich habe gelernt, dass es sehr sinnvoll ist, Grenzen zu übertreten. Als Kind ebenso wie als Erwachsene. Und wenn ich an gewisse Fromme in Tarichea denke, dann bin ich noch überzeugter: Es ist viel besser, zu sündigen, als aus ängstlicher Korrektheit nie eine Sünde zu begehen. Daraus entstehen Menschen wie verschlossene Weinschläuche: Man kann sie nicht genießen. Ihnen fehlen Freiheit, Schönheit, etwas Schöpferisches. Sie sind Sklaven. Schiefe Striche im Bild, sind sie nicht schöpferisch? Sünden zu begehen, das ist … wie über den Rand der Straße hinausfahren. Manchmal muss man das! Das ist doch normal, oder? Allerdings …"

Sie dachte nach.

„Allerdings sollte man bemerken, dass man den sicheren Weg verlassen hat. Ab und zu eine Korrektur einleiten. Aber wer nie eine Straße verlässt, wer nie sündigt, diese zwanghaft Genauen, ich glaube, die tragen keine Sicherheit in sich selbst, deshalb brauchen sie die Straße, die Gebote. Vielleicht stecken sie nur voller Angst."

„Maria, du bist eine Philosophin. Ich mag deine Gedanken."

Nach einer Pause fügte Caius hinzu:

„Natürlich gab es auch Kinder. Den einen kennst du. Kennst ihn besser als ich. Zwei andere Jungs sind umgekommen. Ich musste erst Calatoria fragen, ich wusste das nicht mehr. Auch von meinen sieben Frauen wusste ich nichts mehr. Calatoria, die treue Seele, sie hat anscheinend mitgezählt. Wunderbare Frau. Dann waren da noch Mädchen. Die habe ich alle, wusste Calatoria, gut verheiratet. Rechtzeitig weggegeben. Ich könnte dir nicht einmal sagen, wo sie geblieben sind. Das waren eben Geschäfte."

„Und zu unserer Hochzeit ist keine gekommen?"

„Es hat sich keine vorgestellt. Ich hätte sie sowieso nicht erkannt. Aber sei unbesorgt, so lange ich lebe, droht von dieser Seite keine Gefahr. Sie haben viel bekommen."

„So lange du lebst? Was soll das heißen?"

„Nun, ganz einfach. Wenn ich tot bin, kommen die Geier. Um den Lebenden kümmern sie sich nicht. Den Toten zerfleddern sie. Aber, wie gesagt, ich habe vorgesorgt. Ich bin Geschäftsmann. Also, wenn ich tot bin – für dich ist gesorgt."

„Ich kann aus einem Beutel leben. Muss ich etwas befürchten?"

„Es ist dein Herz, das fragt, nicht wahr? Ich höre es. Bei den anderen wäre es die Geldtruhe, die knarrt. Meine Gesundheit? Seit einigen Monaten leide ich unter einem ungewohnten Bedürfnis nach Schlaf. Ich möchte zwar sagen: Klar, ich bin gesund! Aber es würde nicht überzeugend klingen. Wohl ein Gefühl von Schwäche."

Mirjam schaute ihn an. Sie spürte auf einmal, dass sie ihn wirklich mochte. Ganz anders als Octavus. Natürlich. Aber eben doch. Was für eine Liebe war das jetzt? Gab es verschiedene Lieben? Sie musste auf ihn achtgeben. Er hatte sich in seinem Leben verausgabt. Nicht auf sich geachtet. Das Innere, sein Herz war klein geblieben. Aber kannte sie es denn? Kannte sie es ausreichend gut? Jedenfalls war sein Herz ihm jetzt wichtig geworden. Wichtiger als alles. Doch nun waren sie hinter ihm her. Nicht nur die Geier. Auch die Wölfe.

„Caius, wenn wir drüben sind, werde ich mich etwas mehr um dich kümmern. Ich werde dir auf die Nerven gehen, vermute ich. Ich werde dir andere Nahrung bereiten, weniger Fleisch, mehr Salate. Auch weniger Alkohol. Dein Bauch verträgt eine Halbierung. Du kannst ruhig Teller nach mir werfen. Stört mich nicht. Aber, du weißt, ich bin kein Geier, bin kein Wolf. Ich …"

Sie schaute ihn an und streichelte über das Tuch auf seinem Kopf.

„Ich mag dich. Es ist anders als bei deinem Sohn. Klar. Du verstehst schon. Aber … ich liebe dich. Caius, das Wasser kocht …"

In dieser Nacht waren sie beisammen.
Es war ihr erstes Mal.
Es war etwas mühsam für ihn.
Beim Schaukeln des Schiffes.

XLVI

Der Empfang in Tarichea war überschwänglich. Zusammen mit
Solons Bauleuten hatten ihre Drei alles mit Blumen und Bändern geschmückt: Die Mauern der neuen Villa, die schon hochgewachsen waren, die Sträucher am Weg, die Büsche und Bäume im Garten, alles flatterte in bunter Lust. Sogar die Pferde
trugen farbige Federn. Höhepunkt der Begrüßung aber war der
Tanz, den Muzifungi, Quercus und Levi gemeinsam aufführten.
Mirjam habe vor dem Statthalter getanzt, nun wollten sie vor
ihr tanzen. Doch von den genau einstudierten fließenden Bewegungen, von Takt und Rhythmus hatte sich wenig in die Vor-
führung gerettet. Ursache dafür waren auch die Arbeiter, die
mit ihren Werkzeugen ein Orchester ersetzen sollten. Schaute
man jedoch auf Quercus, wie ernsthaft er seine alten Knochen
ungelenk in die Gegend stellte, was er in seiner ganzen Laufbahn nicht getan hatte, so war dieser Ausdruck seiner Freude
überwältigend. Muzi ließ ihren vollen Körper sich wiegen und
wenden, leicht und graziös, wie nur eine Afrikanerin das vermochte. Levi, der jüngste im Ballett, sprang und hopste wie ein
Zicklein, wobei er alle Schritte, auch die falschen, genau nahm
wie den Kampf um den Kranz von Olympia. Mirjam und Caius, Salma und Tribocus bogen sich vor Lachen und klatschten
echten Beifall.

Gerade das Unfertige, das Falsche, war das Schöne.

Anschließend ging Caius durch den Garten, besah sich den
Bau, wünschte Verbesserungen. Er streichelte Alrescha und
meinte, Nachkommen von ihr und Sheratan müssten etwas Besonderes werden.

Am Abend gab es ein Fest. Salma sagte auf einmal:

„Heute habe ich Geburtstag."

Oh, sie alle hatten diesen Tag vergessen! Caius wurde in das besondere Datum des Monats Aw eingeweiht. Maria sei jetzt also 19?

„Ja, und Salma ist 23, und Muzi 30. Und Quercus hat 60 erreicht, und ich bin 13 Jahre", rechnete Levi vor.

Caius hob seinen Becher Bier:

„Levi, du machst mit Zahlen Fortschritte, wie ich höre. Und die 1500 für die Synagoge und das Nymphäum, das war eine gute Investition in die Zukunft. Meine Anerkennung."

Er prostete ihm vielsagend zu.

„Ich glaube, ich sollte dich in das Kontor nach Tyrus holen, damit du dort noch mehr über Geld lernst, was es alles kann, wie es arbeitet, wie es mehr oder weniger wird. Hättest du Lust dazu?"

Der Vorschlag, von einem so großen Kaufmann ausgesprochen, beeindruckte Levi derart, dass der frisch gebackene Dreizehnjährige heftig und überzeugend nickte.

Mirjam behielt Caius im Blick. Ihr fiel auf, dass er noch müder, langsamer geworden war. Ob sie nach den Ärzten schicken sollte?

Als sie etliche Tage später erwachte und sich nach Caius umdrehte, sah sie, dass Blut aus seinem Mund geflossen war. Nur etwas. Aber aus dem Darm war reichlich gekommen. Im ersten Moment erstarrte sie vor Schreck, dann fing sie sich. Wieder ein Ende.

Caius hielt die Augen geschlossen.

„Caius, da ist Blut."

Er wendete leicht den Kopf zu ihr, lächelte ein wenig.

„Ja."

„Soll ich die Ärzte holen?"

„Bitte, halte mich so weit am Leben, dass du mit mir nach Antiochia fahren kannst. Bitte, nur das."

Sie ging hinaus, berichtete Muzi und Salma von dem, was passiert war. Sie säuberten ihn, überlegten, welche Kräuter helfen könnten, welche Säfte hilfreich wären. Ein Aderlass passte hier nicht.

„Macht euch nicht zu viel Mühe mit mir. Ich habe noch ein paar Tage. Aber ich muss nach Antiochia. Bitte, Maria, das musst du schaffen. Bring mich dahin und: Bleib bei mir!"

Quercus eilte mit Levi in die Stadt, einen komfortablen Reisewagen samt Vierergespann zu besorgen. Die Frauen probierten verschiedene Kräuter aus, Muzifungi wusste einiges aus ihrer afrikanischen Tradition, Salma aus ihrer von Philadelphia. Caius war gehorsam und schluckte, was ihm an die Lippen gehalten wurde.

Am nächsten Tag hatte er sich leicht erholt. Er blieb im Bett, lächelte und suchte Frohsinn zu verbreiten. Jeder wusste Bescheid.

Als die Frauen zusammen in der Küche saßen, sagte Salma: „Mirjam, auch du siehst irgendwie müde aus."

„Ja, bin ich auch. Wahrscheinlich wegen Caius."

„Äh, äh", meldete sich Muzi. „Du bist auch lustlos seit einigen Wochen. Mal isst du viel, dann schläfst du viel, dann kotzt du."

„Ja, kann stimmen."

Mirjam hatte die Arme auf den Tisch gelegt, die Augen geschlossen. Muzi und Salma schauten sich an.

„Mirjam, du bist schwanger."

Da legte Mirjam den Kopf auf die Arme und weinte leise.

„Hey, das ist doch schön! Wir freuen uns mit dir."

Halb unter Tränen sagte sie:

„Einer kommt, einer geht."

„Wir bleiben, vergiss das nicht!"

„Er wird ihn nicht sehen, seinen Sohn, seine Tochter."

„Aber er wird glücklich sein, wenn du es ihm sagst."

Sie hob den Kopf, versuchte zu lächeln.

„Ich freue mich ja. Aber ich warte noch etwas, bis ich sicher bin. Was will er denn in Antiochia, dass ich mitkommen muss?"

Am nächsten Vormittag bat Caius, Mirjam möge, wenn es ihr recht ist, sich Zeit nehmen für ein längeres Gespräch.

„Es geht darum, was mit meinem Geschäftsimperium geschieht, wenn ich nicht mehr bin. Der Tag steht bevor. Du und ich und die anderen, wir wissen es. Wenn es nach meinen Wünschen ginge, würde ich dir alles vererben. Aber dagegen stehen zwei Gründe. Den einen hat der Kaiser bei seinem Abschied angedeutet: Ein römischer Bürger darf nur dann seine Frau als Erbin einsetzen, wenn sie ihm drei Kinder geboren hat. Zu viele heiraten in Rom inzwischen nur des Geldes wegen, sie wollen auf keinen Luxus verzichten, Kinder würden stören. Nun fehlt es Rom an römischen Männern. Wir beide, wir würden erziehen, aber wir haben keine Kinder."

Er sog tief die Luft ein und schaute hinüber zu den Arbeitern.

„Den anderen Grund sagt mir mein Verstand: Die Maria, die möchte gar nicht Kaufmann werden, wie ich einer gewesen bin. Nicht wahr, ich würde dich kaputt machen, wenn ich dir 22 Kontore, die Häuser in Herculaneum, Rom und alles andere übergäbe?"

„Du hast Recht, Caius. Ich wäre unglücklich."

„Ja, das habe ich gemerkt. Genauso habe ich dich eingeschätzt. Und deswegen habe ich Anderes in die Wege geleitet. Noch in Herculaneum, auf unserer Rückfahrt, als wir in Tyrus Halt machten. Ich möchte dir sagen, was ich vorbereitet habe. Es fehlen nur noch dein Ja und mein Siegel unter die Pergamente."

Caius teilte ihr mit, dass er in jedem seiner Kontore drei bis fünf Verantwortliche zu Freigelassenen erklären werde. Die Pergamente lägen bereit. Diesen gemeinsam werde das Kontor mit allem, was dazu gehöre, Ausgaben und Einkünften, rechtlich übertragen. Sie hatten dafür gearbeitet, sie sollten es jetzt haben. Teilhabe. Wenn sie darüber in Streit gerieten und sich umbrächten, sei das nicht seine Sache. Er habe zwar vorgesorgt und jedem Freigelassenen dessen Arbeitsbereich nach seinen Fähigkeiten, wie er den Mann einschätzte, zugeteilt, dadurch sei der Weiterbestand einigermaßen gesichert. Aber …

„Was sie damit anstellen, liegt nicht in meiner Macht."

„Caius, du gibst alles weg, was du einmal aufgebaut hast."

„In die Unterwelt kann ich nichts mitnehmen. Und mein Name bleibt auf diese Weise ein wenig länger in guter Erinnerung als durch andere Lösungen. Vielleicht. Aber vielleicht spotten sie auch über mich. Doch, da sind noch zwei Punkte."

Und dann eröffnete er ihr, dass er die Kontore in Tyrus und in Alexandria ihr übergeben möchte. Nicht als Erbe, sondern jetzt sofort. Auch hierfür sei alles vorbereitet. Tyrus kenne sie schon, Alexandria sei ihr durch Kleopatra und Selene verbunden. Die Präfekten und Diener seien informiert, er könne die Boten, die er aus Tyrus mitgenommen habe, mit den Pergamenten sofort losschicken. Die Siegel von Tyrus und Alexandria lägen für sie im Regal bereit.

„Maria, wenn ich dir das übergeben darf, bin ich beruhigt. Dann kann ich in Frieden gehen. Was du später damit machst, darin bist du frei. Ich habe mir alles überlegt, und ich meine, du bist in der Lage, diese beiden Kontore zu leiten. Solange du willst."

Mirjam schaute ihn an. Sie umarmte ihn.

„Und der andere Punkt?"

Caius lächelte.

„Jaja, so bist du. Sachlich. Ich mag das. Der andere Punkt hat zwei Teile: Einmal habe ich den übrigen 20 Kontoren angeboten, dass sie in schweren Streitfragen zu dir kommen können und sich deinem Urteil unterwerfen. Das sei billiger als jedes Gericht. Du besitzt Weisheit, du hast ein Herz, du bist gerecht. Wenn du zusagst, geht diese Nachricht sofort an alle Kontore. Sodann: Damit sie dir in rechter Weise als meiner Frau Respekt zollen, wirst du von jedem Kontor die Summe von 1 Million Sesterzen erhalten. Dann könntest du 22mal Senator werden. Das habe ich schon angeordnet. Damit baust du hier die Villa zu Ende und, wenn du willst, kannst du dein eigenes Geschäft aufmachen oder eine Bank, wie du es für sinnvoll hältst."

„Und für Salma und Muzifungi und Qercus und Levi sorgen."

„Ja, natürlich."

„Da ist noch einer, für den ich sorgen muss."

„Noch einer?"

„Ich bin noch nicht sicher, aber es könnte sein, dass du dem Kaiser melden kannst, ein Kind hättest du noch ‚geschafft'…"

„Maria!"

Sie lagen sich in den Armen. Caius konnte seine Rührung nicht verbergen. Er küsste sie über und über.

„Du gibst mir mehr als ich dir gebe."

„Caius, was du mir gibst, kann ich nicht ermessen. In der Welt der Geschäfte bin ich noch nicht zu Hause. Aber wenn du meinst, ich schaffe das, vor allem: Wenn es dir Frieden gibt, dann … gut, ich stimme dir in allen Punkten zu. Schick sie los, die Boten."

„Seit wann weißt du es?"

„Ich weiß noch nichts, Caius. Aber ich fühle mich seit einigen Tagen anders. Und dann haben Salma und Muzi etwas an mir gesehen. Frauen scheinen so etwas zu merken."

„Kannst du mit mir nach Antiochia kommen?"

„Wirst du die Reise schaffen, Caius?"

„Ich übe mich für die letzte Reise. Wenn du dabei bist und auch das, was in dir ist, habe ich keine Angst. Dann gehe ich in Frieden."

XLVII

In den vierrädrigen, überdachten Reisewagen wurden zwei Betten gelegt. Quercus bat, mitkommen zu dürfen. Es werde vielleicht auch seine letzte große Reise werden. Mirjam schaute in die Runde:

„Hat noch jemand eine letzte Reise vor?"

Sie hatte ihren Humor wiedergefunden. Natürlich begleitete Salma ihre Herrin. Muzi und Levi umarmten Caius innig.

„Passt mir auf Mirjam auf, ja?"

In Tyrus wurden sie mit Beifall empfangen. Alle Verantwortlichen und Diener kamen und dankten Caius Posterius Magnus zum Abschied. Er lag auf seinem Bett.

„Wenn ich mich gegenüber jemandem von euch ungerecht verhalten habe, bitte ich um Verzeihung. Ich möchte ohne Last in die Unterwelt gehen. Hier ist die Frau, die ab heute dem Kontor in Tyrus und dem in Alexandria vorstehen wird. Behandelt sie wie mich."

Pallas, der Sekretär für Buchhaltung und Finanzen, fragte:

„Kyr, wie sollen wir die Domina Maria anreden?"

„Was möchtest du, Maria? Sollen sie Kyr zu dir sagen?"

„Pallas, du hast mich Domina genannt. Lassen wir es dabei."

Alle Diener beugten vor der Domina Maria das linke Knie.

Die weitere Reise setzten sie zu Schiff fort. Einige Diener kamen mit, unter ihnen Pallas, Catullus und Aspicius. Sie meldeten sich beim Legat des Kaisers an. In der Zwischenzeit suchte Mirjam den Arzt auf. Ja, meinte Aulus Tetteius, nachdem er mit ihr gesprochen und sie untersucht hatte, das könne wohl sein, dass sie schwanger sei.

„Ich gratuliere, Frau Maria."

Mirjam fragte ihn, ob er vielleicht wüsste, wo sie die Hetäre Phryne finden könne. Er ließ in seiner Dienerschar fragen, und so erhielt Mirjam die Adresse, wo Phryne wohnte. Sie schickte einen Boten und kündigte ihren Besuch für den nächsten Tag an.

Publius Sulpicius Quirinius war noch Legat des Kaisers in Steuersachen, die letzten Wochen von sechs Jahren. Am meisten freute sich Quercus, seinen alten Befehlshaber wieder zu sehen. Und der begrüßte freudig den einäugigen Centurio, den wackeren Kämpen. Quirinius genoss bei allen Untergebenen eine für einen Legaten seltene Beliebtheit – im Gegensatz zu den Kollegen in Rom, die angesehenen Patrizierfamilien entstammten und ihm seine Herkunft aus „anrüchiger Gosse" nie verziehen. Natürlich standen Caius Posterius Magnus und seine Frau, die Domina Maria, in der Mitte des feierlichen Empfanges. Quirinius zeigte herzliche Freundschaft zu Mirjam. Und sie fand ihn sympathisch; er schien ihr einfach und ehrlich zu sein.

„Hinein will ich gehen", hatte Caius entschieden. „Hinaus könnt ihr mich tragen."

Aber es kostete ihn Kraft. Quirinius war, wie Caius vermutete, über die gloriose Hochzeit in Herculaneum informiert worden. Vor allem über jenes einzigartige Geschenk des Kaisers, Maria das römische Bürgerrecht zu verleihen. Er habe gehört, dass Maria zudem eine besondere Beziehung zu Kleopatra vorweisen könne. Ja, so könnte man das nennen, gab sie vorsichtig zurück – es standen zu viele Fremde dabei. Da fiel ihr das Siegel der Königin der Pharaonen ein. Ob dieses Siegel immer noch Bedeutung habe? Oh ja, erklärte Quirinius eifrig, nur sei es bisher nicht gefunden worden. Es sei von unschätzbarem Wert, da Marc Antonius es zu seiner Regierungszeit gültig beglaubigt habe; deswegen besitze es immer noch Rechtskraft. Warum sie frage. Nun, wenn sie schon in die Nähe der großen Königin gestellt werde, dann wolle sie auch über die königlichen Dinge Bescheid wissen, antwortete sie ausweichend.

„Da wir schon bei Ehren sind, Caius: Ich darf dir im Namen des Kaisers den Ehrentitel ‚Amicus Caesaris' verleihen."

„Weißt du, Quirinius, ich springe deswegen nicht mehr in die Luft. Mein Ehrentitel ist meine Frau – und das, was sie trägt."

Sie besprachen die juristischen Angelegenheiten. Quirinius holte seine Fachleute für Recht und Finanzen. Diese bestätigten Caius' Regelungen als gesetzeskonform, nahmen die versiegelten Urkunden in Empfang und beglaubigten jene, die Caius nun Mirjam überreichte.

„Hier, Maria, falls die Herren Caesennius oder Ambibulus dich erneut rauben wollen, diesmal bekommen sie es mit Rom zu tun."

„Ambibulus?", warf Quirinius dazwischen. „Dessen Zeit ist vorbei. Er wird in diesen Wochen abgelöst, sein Nachfolger ist Annius Rufus. Und mein Nachfolger wird Quintus Caecilius Metellus Creticus Silanus sein. Beide kommen zusammen aus Italien, aber ihr Schiff ist noch nicht eingetroffen."

„Quirinius, wir werden die Herrschaften nicht abwarten. Ich bereite mich auf die wahren Götter vor."

Tatsächlich trugen seine Diener ihn auf dem Bett hinaus. Caius hielt die Augen geschlossen, während er nach Mirjams Hand suchte. Leise sagte er zu ihr:

„Gehe mit dem Siegel klug um."

Im Haus wartete der Arzt. Beim Weggang nickte er Mirjam zu:

„Nur noch wenige Tage. Magen und Darm sind schwer geschädigt, vermutlich voller Geschwüre. Das Blut kommt immer häufiger. Meine Kunst hilft nicht mehr. Jetzt sind Sie dran, Mirjam."

Tetteius kam jeden Tag zweimal herüber ins Kontor zu Caius, der zusehends abmagerte. Er aß nicht mehr, trank nur noch Wasser. Nur wenn Mirjam an sein Bett trat, öffnete er die Augen.

Diese nutzte die Zeit, wenn Caius schlief, um Phryne zu besuchen. Es gab viel zu erzählen. Die Trauer über den Weggang von Caius mischte sich unlösbar mit der Freude über das Kind. Phryne war mit ihrem Wechsel nach Antiochia zufrieden:

„Ich habe hier bessere Kundschaft als in Jerusalem. Nur sehne ich mich nach Lydia und Laïs. Aber vielleicht habe ich bald einen Mann. Es wird auch höchste Zeit. Die Schminke reicht vorne und hinten nicht mehr."

Nach drei Tagen Ruhe meinte Caius, sie könnten jetzt segeln.

Da kam Quercus zu Mirjam, er wirkte verlegen. Reden war noch nie seine Stärke gewesen. Schließlich brachte er es heraus: Er bitte sie, ihn zu entlassen. Er wolle versuchen, seine Heimat zu erreichen, bevor auch er geholt werde. Er bedanke sich sehr. Und dann gab er Mirjam einen Kuss; sie dabei auch anzusehen, schaffte er nicht. Mirjam entließ ihn. Er sollte nicht merken, wie unsäglich schwer ihr das fiel. Wieder ging einer. Er war ihr sehr lieb geworden. Ob er den Weg wisse? Nun ja, er wolle über Antiochia in Pisidien nach Byzantium, dann über Thrazien weiter hinauf zum Danubius und mit ihm stromaufwärts und noch weiter, gen Westen zu. Und dann noch weiter. Dort müsste er seinen Stamm finden, bei Augusta Treverorum.

Mirjam winkte ihm nach, bis er auf der Straße verschwand.

Kann ich denn niemanden, nichts festhalten?

Das Schiff nahm Kurs nach Süden. Sie ließen Sidon und Tyrus an der Küste liegen, fuhren vorbei an Ptolemaïs und machten im Hafen von Caesarea fest. Caius bat Mirjam, mit ihm nach Jafó zu fahren. In den alten Hafen habe er vor vielen Jahren Zedern des Libanon gebracht, für Bauten im Tempel. Und dort im Meer sei der Felsen der Andromeda. Die Griechen erzählten, sie sei dort gefangen gehalten worden und habe gewartet, geopfert zu werden. Ihr Geliebter aber sei gekommen und habe sie vor dem Ungeheuer gerettet.

„Jetzt bin ich die Andromeda, Mirjam. Und du bist gekommen und hast mich gerettet. Jetzt kann ich gehen."

Caius dirigierte Mirjam und die Diener, die ihn auf der Bahre trugen, an den schönen Platz über dem Meer. Dort setzten sie sich. Es war Nachmittag, die Sonne bereitete sich auf den Untergang vor. Seine Stimme war schwach, als er sagte:

„Wenn ich früher schwermütig war, bin ich hierher gekommen. Seitdem liebe ich diesen Ort, das Meer, den Himmel darüber."

Er gebot den vier Dienern, zu gehen. Sie knieten vor ihm nieder und küssten ihm die Hand. Mirjam würde sie holen, wenn es so weit war. Salma umarmte ihn sehr lange. Dann ging auch sie. Sich wärmend, saßen sie nebeneinander. Jeder scheute sich, ein Wort zu sprechen. Worte schienen das zu stören, was zwischen ihnen war. Doch auf einmal sagte Caius mit schwacher Stimme:

„Mirjam, glaubst du an Gott? Gibt es ihn, den Einen, oder sind da nur unsere zahllosen Götterlein?"

Sie dachte an ihr eigenes Fragen und Suchen.

„Meine Eltern haben gesagt, es gibt ihn, den Einen. Und nur ihn. Und Salma und Muzi und Levi, sie sagen auch, dass es ihn gibt, den Einen. Ich habe ihn seit dem Tod meiner Eltern verloren. Vielleicht finde ich ihn durch deinen Tod wieder."

Sie schwieg einen Moment.

„Wenn du ihn triffst, Caius, sag ihm, dass ich ihn suche."

„Solange ich lebte, habe ich über die Götter gelacht. Aber in dieser Stunde ist der Eine das Wichtigste. Es ist mir, als hätte die Weite ohne Ende mich an der Hand genommen."

Er schwieg und atmete nur noch leicht.

„Es fallen Worte in mein Schweigen. Licht in meine Blindheit. Leben in mein Vergehen."

Mirjam wusste nichts mehr zu sagen. Sie drückte ihn nur an sich. Das Meer aber sprach zu ihnen mit tausend glitzernden Funken, lachte mit tanzenden Wogen, die den dunklen Felsen lebendig umwarben. Und der Wind wehte frisch und salzig wie neues Leben.

Caius' Kopf glitt an Mirjams Brust.

„Bitte, nimm ihn, meinen Ring. Gib ihn meinem Sohn. Du wirst ihn finden. Sag ihm, dass ich ihn liebe."

Und nach einer Weile:

„Jetzt ist es gut."

Und dann schaute Caius Posterius Magnus auf das Meer hinaus, immer weiter, noch weiter, noch viel weiter, und das Glitzern wurde heller und bunter, und die Erde berührte den Himmel, und der Himmel hob das Meer zu sich hinauf, und das Blau wurde immer heller, immer lichter …

Mirjam blieb lange so sitzen. Das Gesicht des Toten an ihrem Leib. Sie versuchte zu begreifen, wer da an ihr lehnte und wer in ihr lebte. Eingespannt zwischen Tod und Leben. Was geschah hier? Ein Ende wieder – wessen Beginn?

Es war dunkel geworden.

Sie spürte, dass sie fror.

Sie rief Salma, die Diener. Die kamen, verneigten sich und sagten:

„Domina Maria, was befehlen Sie?"

XLVIII

Der tote Caius Posterius Magnus wurde nach Tyrus zurückgebracht. Dort überlegte Mirjam mit allen Verantwortlichen, wo und wie sie ihn beisetzen sollten. Am Ende sprach sich die Mehrheit für Herculaneum aus. Mirjam schloss sich dieser Meinung an.

Während man Caius balsamierte, führte Pallas sie in die Welt ihres Kontors ein. Das war gegen ihr Gefühl, sie wollte sich Zeit gönnen, den Verlust des Mannes zu verstehen, der ihrem Leben eine solche Wendung gegeben hatte. Immer deutlicher wurde ihr, dass ihn insgeheim ein reicheres inneres Leben auszeichnete, als sie es bemerkt hatte. Aber das Kontor gab keine Gnade. Nach zwei Tagen schwirrte ihr der Kopf von Zahlen und Sachen, Personen und Geschäften, von Risiken und Möglichkeiten ihres Handelsreiches. Einerseits mochte sie die Zahlen und Geschäfte nicht; andrerseits, auf Vertrauen allein durfte sie nicht setzen. Ihr wurde klar, dass sie lernen musste, um nicht alles zu verlieren. Kaum würde man ihr so treu ergeben sein wie zuvor Caius.

Der Stadtpräfekt kam zu ihr und teilte mit, Caius Posterius Magnus habe alle Papiere noch zu Lebzeiten korrekt ausgestellt. Er erkenne an, dass sie jetzt Eigentümerin des Handelsbetriebes sei. Wahrscheinlich, dachte Mirjam, ist er nur neugierig auf mich. Er wünsche sich eine vorteilhafte Zusammenarbeit. Der Tod des Caius ginge ihm zu Herzen. Nun ja, dachte Mirjam, solche Herzen kenne ich.

Sie hatte beschlossen, mit dem Sarg auf dem Schiff nach Herculaneum mitzufahren, begleitet von Salma, die nicht von ihrer Seite wich. In Italien standen außer der Beerdigung geschäftliche Entscheidungen an. Während der Fahrt gab der Kapitän einiges über Seeräuber zum Besten, Roms Hauptlieferanten von Sklaven.

„Eltern verkaufen ihre Kinder als Sklaven, einfach so. Auch ein Besucher auf einem Bankett, der nicht willkommen ist, geht bisweilen nicht in sein eigenes Haus zurück, sondern auf ein Schiff." Mirjam und Salma schüttelten sich. „In Delos habe ich mal erlebt, da versteigerten sie an einem Tag zehntausend Sklaven. Darunter waren Architekten, Ärzte, Künstler; nur Philosophen fehlten. Die römische Wirtschaft, vor allem die Landwirtschaft, kann ohne Sklaven nicht existieren. Rom lebt durch Sklaven."

„Ägypten hält keine Sklaven", erinnerte Mirjam.

„Das ist richtig, Domina", stimmte der Kapitän zu. „Sie haben Bedienstete und Konkubinen. Ist das etwas Anderes?"

„Könnten wir jetzt von Seeräubern überfallen und als Sklaven verkauft werden?", wollte sie wissen und dachte an jene Stunde, als sie am Pfahl beinahe Sklavin geworden wäre.

„Überfallen werden, ja", erwiderte der Seemann und kaute auf einem Tau, „aber so leicht kriegen sie uns nicht. Caius hat vorgesorgt. All unsere Schiffe sind dank unserer Sklaven schnell und vorzüglich bewaffnet. Er hat die Sklaven immer gut behandelt, sie bekamen kräftiges Essen, genügend Erholung, er hat ihnen nicht gedroht, sie selten geschlagen. Er pflegte eine Mischung aus Gerechtigkeit und Strenge. Sie kannten die Regeln, und sie wussten, es geht ihnen bei Caius besser als anderswo. Außerdem winkte ihnen die Freiheit, wenn sie ihre Jahre ordentlich arbeiteten. Aber niemand wollte weg. Gute Behandlung, gute Leistung! Ohne Sklaven geht nichts, Domina." Er lachte: „Ich bin ebenfalls einer."

Auch Salma und Muzifungi waren Sklavinnen, sie wollten auf keinen Fall freigelassen werden, wie sie einmal sagten, dann würde es ihnen schlecht ergehen. Es liegt also am Herrn, wie der mit seinen Dienern umgeht. Caius war gut mit ihnen umgegangen.

„Und wann lasse ich Sie frei?", fragte sie den Kapitän.

„Ach, wenn es so weiter geht wie bisher, Domina Maria, kann es auch so bleiben. Ich muss mich um nichts kümmern, ich habe, was ich brauche. Warum mir Verantwortung für ein eigenes Geschäft aufladen? Das Leben genießen kann ich schon jetzt."

Es kam der Tag der Beisetzung. Die Prozession derer, die den Sarg begleiteten, schien nicht zu enden. Trommeln gaben Trauer vor. In Mirjam aber herrschten weder Trauer noch Einsamkeit; all das Beileid und Mitleid, von versteinerten Gesichtern ihr zugenickt, passten nicht zu der Erinnerung, die sie von Caius in sich trug. Umso mehr überraschten sie dankbare Sätze wie: Er hat mir geholfen! Ohne ihn wäre ich nicht mehr am Leben. Er hat meine Schulden übernommen! Viele erfuhren erst jetzt, woher ihnen Hilfe gekommen war. Sie selber hatte diesen Charakterzug des Caius früher kaum bemerkt. Wenn sie jetzt an ihn dachte, fühlte sie nicht Trauer, sondern Dankbarkeit. Die letzten Stunden mit ihm, über dem Meer, im Wind, am Rande der Endlosigkeit – kann die Endlosigkeit eigentlich einen Rand haben, fragte sie sich? – hatten sie sehr froh gemacht. Caius war wirklich ein guter Mensch gewesen, wie Calatoria ihr gesagt hatte.

Und dann galt das auch für Octavus.

„Aber das wusste ich schon vorher."

Am nächsten Tag setzte sie sich mit dem Verantwortlichen für die Villa und die umliegenden Landgüter zusammen. Es war ein älterer Herr, aus dieser Gegend der Bucht unter dem Vesuv gebürtig. Er hieß Lucius Ruma. Es schien ihr ein ehrlicher, inzwischen müde gewordener Mann zu sein. Nach einigen Tagen des Abwägens verschiedener Gesichtspunkte, wobei Mirjam das Urteil von Calatoria besonders beachtete, schälte sich heraus, dass man die Villa aufgeben solle. Wohl musste in Herculaneum ein Kontor bleiben, ein großes und gut besetztes, wegen Italien und Rom, ganz ohne Frage. Eine Bank natürlich auch. Aber die Villa war Caius' Villa gewesen. Und Mirjam hatte nicht vor, aus Israel hierher überzusiedeln.

„Was ist mit der Villa in Rom?"

Nun begann neues Nachdenken. Dieses Mal schienen gute Gründe dafür zu sprechen, das Haus auf dem Ianiculum zu halten. An einem günstigen Ort nahe der Stadt gelegen, doch fern ihrem Chaos, empfahl es sich von selber. Aber es sollte so geführt werden, dass es seine Kosten erwirtschaftete.

„Wie viele Bedienstete hat es?"

„Dort arbeiten zehn Sklaven."

„Catullus, fahre hin und schaue dir alles an. Zehn könnten bei einem leeren Haus zu viele sein. Das führt zu Müßiggang, und der zieht alle Laster nach sich. Sieh zu, dass das Haus, wenn keiner von uns in der Stadt weilt, vermietet wird."

Den Catullus hatte sie, noch auf Rat von Caius, als persönlichen Ratgeber mitgenommen.

„Und diese Perle am Golf von Neapel – ich verkaufe sie. Catullus, übernimm das ebenfalls. Lege im Kaufvertrag fest, dass ich und das Kind, das ich gebären werde, für Lebenszeit und solange diese Villa steht, das Recht haben, in ihr zu wohnen. Jene drei Zimmer möchte ich haben, in denen ich mich auf meine Hochzeit vorbereitet habe."

Sie blickte zum alten Lucius Ruma.

„Lucius, die 50 Bediensteten, was soll ich mit ihnen tun?"

Er schaute sie mit wehmütigen Augen an. Einige der Diener würden bald freigelassen. Sie könne ihnen ein Startgeld aus dem Erlös des Verkaufes der Villa geben. Die anderen sollten wählen, ob sie frei sein oder in das neue Kontor wechseln wollten. Zu ihrer Überraschung meldeten sich fast alle für das zweite Angebot.

„Und du selbst, Lucius? Du bekommst die kleine Stadtwohnung am Decumanus 4; dazu die dreifache Summe. Ich danke dir im Namen von Caius Posterius Magnus."

Der alte Mann stand auf, kam zu ihr und fiel vor ihr nieder. Sie hob ihn auf und umarmte ihn … Er könnte mein Vater sein!

Am Morgen ihrer Abreise kam Calatoria.

„Domina Maria!"

„Sag bitte Maria zu mir oder Mirjam."

„Maria, ich danke. Maria, ich möchte mit dir mitkommen. Ich möchte nicht hier bleiben. Jetzt, wo Caius Posterius Magnus nicht mehr hier ist, bindet mich nichts mehr an das Haus. Ich möchte deine Dienerin sein. Wenn dein Kleines kommt, will ich mich darum kümmern, als wäre es mein eigenes. Ich bitte darum."

„Calatoria, das ist mein Wunsch gewesen. Salma wird glücklich sein. Und Muzifungi auch. Und Levi erst recht, glaub ich."

Vor der Abfahrt überraschte sie den Kapitän:

„Wir fahren nicht nach Tyrus zurück, sondern ich möchte nach Caesarea Mauretania. Und von dort fahren wir nach Alexandria, und von dort zurück nach Tyrus. Halte uns die Seeräuber fern."

Bei der Überfahrt lag sie viel auf der Kline, ruhte und dachte nach. Salma und Calatoria lernten sich kennen, tauschten sich aus, führten Gespräche über ihr Leben, woher es kam, wohin es gehen könnte. Mirjam hatte zwei Männer für Geschäftssachen mitgenommen, einen jungen genauen Mann und einen alten Querdenker.

Während der Verhandlungen in Herculaneum und schon zuvor in Tyrus hatte sich ihrer der Gedanke bemächtigt, ob sie nicht von Alexandria aus ein Kontor in Caesarea Mauretania eröffnen sollte. Dort bot man Gold und Getreide an, auch Sklaven, Zitrustische und einiges mehr. Das sollte ein gewinnbringendes Geschäft werden. Und: Sie wären vielleicht die ersten in der Stadt. In der Tat, als sie gemeinsam das Geschäftsviertel durchforschten und amtliche Erkundigungen einholten, erfuhren sie, dass noch kein großes Geschäftsunternehmen wie ihres vor Ort ansässig war. Mit Hilfe des Stadtpräfekten kauften sie ein großes Grundstück, nicht weit vom Hafen gelegen.

Bevor sie abreisten, wünschte Mirjam den Königspalast zu sehen. Hier also hatte Selene gelebt. Vielleicht würde sie später erfahren, warum sie in Gefahr geraten war und flüchten musste. Wäre das nicht passiert, für Selene ein tragisches Unglück, wäre ihr Leben in den Grenzen des kleinen Dorfes geblieben.

Aber war ihr Leben sicherer als das von Selene?

Von Mauretania segelten sie die Küste zurück Richtung Osten, vorbei an Hippo und Karthago. Als sie die große Syrte überquerten und sich der Kyrenaica näherten, kam plötzlich der Kapitän zu ihr geeilt und teilte mit, der Mann im Ausguck habe steuerbord voraus ein Schiff entdeckt. Er meinte, es sei ein Pirat. Aber irgendetwas an dem Schiff sei auffällig. Er würde vorschlagen, nicht zu fliehen, sondern ihr Schiff in Bereitschaft zu setzen und vorsichtig näher heran zu fahren. Mirjam hielt das für klug, denn der andere hatte sicher auch sie schon gesichtet.

Die Ruderer wurden informiert, die Bogenschützen standen bereit, alle anderen hatten sich bewaffnet. Mirjam sah, wie der Kapitän aufmerksam das fremde Schiff beobachtete. Er besprach sich mit seinem Steuermann. Dann kam er wieder zu ihr:

„Ja, es ist ein Pirat. Aber er verhält sich unüblich. Entweder ist es die Falle mit dem lahmen Fuß, sie wollen uns heranlocken und dann zuschlagen, oder sie haben tatsächlich Probleme mit ihrem Schiff. Wir gehen noch etwas näher heran. Der Pirat hat nur ein kleines Segel gesetzt, ich glaube nicht, dass er schneller ist als wir."

Mirjam dachte an das Kind in ihrem Leib. Würde es in der Sklaverei geboren werden? Oder überhaupt nicht? Wie unsicher das Leben doch ist! Sicherheit? Es gibt sie für niemanden. Sie bekam Angst. Soeben noch, in Herculaneum, war sie die „Domina Maria", und in einer Stunde war sie vielleicht Sklavin. Oder Schlimmeres. Sie rief Salma und Calatoria. Die sagten:

„Wir glauben nicht, dass er uns entern will. Piraten verhalten sich anders. Irgendwas stimmt auf dem Schiff nicht."

Der Kapitän war auf Rufweite herangerudert. Da erschienen drüben gut ein Dutzend Männer hinter der Bordwand, schwangen ihre Bogen und schrien, sie sollten ihr Schiff zur Übergabe bereit machen, andernfalls würden sie es in Brand schießen.

„Domina, so bereitet man keinen Angriff vor. Erlauben Sie, dass wir das Schiff entern?"

„Ja, aber möglichst ohne Verluste."

Der Kapitän rief nun hinüber, dass alle Lebenden an Deck zu treten, die Waffen wegzulegen und die Hände und sich selbst über die Reling zu beugen hätten. Sonst würde er sofort jeden erschießen. Zur Betonung seiner Worte traten seine Bogenschützen vor und legten die Pfeile an die Sehnen. Zusätzlich taten sich fünf Luken auf und schwere Armbrustgeschütze von todbringender Treffsicherheit richteten ihre armdicken Pfeile, die mit brennenden Lappen umwickelt werden konnten, auf das Piratenschiff. Die Männer drüben waren verunsichert. Sie traten zusammen und schienen sich zu beraten. Der Kapitän kniff die Augen zusammen, gab Befehl an seine Bogenschützen, die Pfeile sirrten, schnell und genau, Schreie drüben, Geheul, einige waren getroffen und sanken zu Boden.

„Ich habe gesagt: Hände und Leib über die Reling!"

Die Männer gaben auf. Der Kapitän und einige von der Besatzung kletterten, einander Schutz gebend, an Bord des Piratenschiffes.

„Ja, Domina, es ist ein Piratenschiff", rief er herüber. „Sie haben Sklaven geholt, etwa 100 Männer, Frauen, Kinder. Aber es muss einen Aufstand gegeben haben, viele unter Deck, auch von den Rudersklaven, sind verwundet oder tot, auch einige der Piraten. Und das Schiff ist beschädigt, ein Segel fehlt. Was schlagen Sie vor?"

„Kann man das Schiff soweit instand setzen, dass es bis Alexandria kommt? Mit allen an Bord?"

„Ja, das können wir reparieren. Wir werfen die Toten ins Meer, setzen die Piraten an die fehlenden Plätze der Ruderer …"

„… und kümmern uns um Frauen und Kinder und Männer. Ich möchte sie sehen, drüben, wenn ihr alles sicher gemacht habt."

Dann stand sie vor diesen Leuten. Die schauten die junge Frau mit angsterfüllten Augen an. Die Kinder hielten sich an den Beinen der Mütter fest und weinten herzzerreißend, die Männer drückten die Frauen an sich. Zum ersten Mal empfand Mirjam, dass Leben und Tod in ihre Hand gelegt waren. Ein Wort von ihr konnte alles entscheiden. Für einen Augenblick empfand sie ein Gefühl von Macht. Von grausamer Macht.

„Schaut her. Ich befehlige das Schiff drüben. Ich bin eine Mutter wie ihr; ich trage Leben in mir. Ich werde euer Leben schützen wie meines. Habt keine Angst. Ihr werdet euch jetzt waschen können und dann erhaltet ihr zu trinken und zu essen. Die Kinder zuerst."

Ihr Kapitän hatte die überlebenden Piraten an die Ruderbänke gekettet, alle Toten ins Meer geworfen, die Verwundeten in einen Raum gesperrt. Seine Männer begannen, was am Schiff zerstört war, zu reparieren. Die Sklaven traten an Deck, atmeten frische Luft. Mirjam selbst versorgte sie. Sie waren hilflos wie ihr eigenes Kind! Salma und Calatoria halfen sofort mit.

Ihr Kapitän kam und raunte ihr zu:

„Seien Sie vorsichtig! Sie können nicht jedem vertrauen."

Aber Mirjam konnte nicht vorsichtig sein. Sie wollte nur geben. Geben, was diese armen Menschen jetzt brauchten.

Tage später erreichte sie den Hafen von Alexandria. In ihrem Kontor staunte man nicht schlecht, als die neue Domina gleich ein Schiff mit Sklaven mitbrachte. Von denen hatte sie erfahren, dass sie aus einem kleinen Dorf zwischen Cirta und Leptis Magna kamen. Nach einem Tag der Erholung fragte sie die Männer und Frauen, ob sie in ihren Dienst treten wollten. Sie werde in Caesarea Mauretania ein neues Kontor eröffnen. Dort könnten sie für sie arbeiten, wohnen, leben. Einer fragte, ob sie sich beraten dürften. Mirjam sagte, aber natürlich. Nach kurzer Zeit kamen drei Männer zu ihr.

„Wo sind die Frauen? Ich möchte, dass auch eine Frau dabei ist."

Von den Vieren hörte sie, dass sie ohne die Domina des Todes sicher gewesen wären. Aus Dankbarkeit wollten sie in ihren Dienst treten. Ja, in Mauretanien. Alle Männer und Frauen mit den Kindern.

„Gut. Wir werden sehen, wann wir euch mit unseren Schiffen dorthin bringen. Das sind fast 2.000 Meilen. Das Haus in Caesarea Mauretania muss erst noch gebaut werden. Könnt ihr dabei helfen?"

Alle nickten und versprachen, jedwede Arbeit zu tun.

Im Kontor musste sie sich zunächst die abenteuerliche Geschichte anhören, wie Caius Posterius Magnus seine Gegner mehrmals überlistet hatte. Er sei unglaublich geschickt vorgegangen. Deswegen habe er auch gefunden, was er gesucht hatte. Dieser Soldat aber, der gar nicht ertrunken war, der sei bis heute nicht in Alexandria aufgetaucht.

Mirjam überlegte einen Moment, dann sagte sie:

„Ich kenne ihn. Ich war mit ihm verheiratet. Es ist der Sohn von Caius. Ich suche ihn weiterhin. Ich glaube, er ist am Leben. Caius hat das gesagt, als er in meinen Armen starb."

Betretenes Schweigen im Raum.

„Domina Maria, so genau haben wir das nicht gewusst."

„Caius hat es auch nicht gewusst, als er hier nach ihm suchte. Die Spur von Octavus verliert sich schon in Caesarea Maritima."

Dann schlug die Stunde der Zahlen. Wieder wurden ihr die Geschäftsunterlagen erklärt, welche Güter woher kamen, welche wohin gingen, wie das Geschäft sich entwickelte und wie es in Zukunft aussehen könnte, wo Probleme drohten, wie das Bankgeschäft lief, besonders die Seedarlehen. Sie musste sich zwingen, zuzuhören.

Schließlich entschied sie:

„Aspicius und Theudion, ihr seid meine persönlichen Vertreter in Alexandria. Ihr seid verantwortlich, dass ich über alles informiert werde. Jetzt hat mein Kind Vorrang."

Endlich war sie wieder in Tyrus. Die beiden Männer für Geschäftssachen setzten sich an die Arbeit. Mirjam aber bestieg mit Salma und Calatoria den großen Reisewagen und eilte zurück nach Tarichea. Sie freute sich auf ihr Haus. Wie weit würden sie dort sein? Und Muzifungi und Levi! Tribocus und die zwei anderen Diener und Solon und Alrescha und Jehuda …

Schon vom oberen Tal des Arbel her konnte sie die neue Villa erkennen, die in strahlendem Weiß, umgeben von einer Rautenmauer, die Blicke auf sich zog. Aber zuerst liefen ihr und Salma und Calatoria Muzifungi und Tribocus entgegen. Es gab heftige Umarmungen.

Solon stand derweil im Hintergrund, von seinem Können überzeugt. Das Haus war außen fertig geworden, auch die Gärten zeigten schon die künftige Struktur. Drinnen hatte er den Raum, den Mirjam sich gewünscht hatte, als ersten mit schönster Inneneinrichtung ausgestattet. Mirjam war beeindruckt. Vor allem von der Wandmalerei „Gastmahl mit Hetäre", wo der Jüngling sich noch Mut antrinkt, bevor er den durchsichtigen Schleier der bereit sitzenden Schönen betasten wird. Solon, Solon, wo hast du das her? Und dann das Mosaik am Boden, Venus mit erotischer Ausstrahlung neben Poseidon, wohl eine Anspielung auf den See Genezareth – und auf wen noch? Dann die Holzregale mit Papyrusrollen, ihr Schreibtisch aus duftendem Zypressenholz, das breite Sofa, die Leuchter! Und überall glänzten Buntmarmore aus Griechenland, Kleinasien und Afrika.

„Wenn Sie wünschen, Frau Mirjam, können wir das Bad auf dem Dach morgen einweihen. Es leuchtet in rotem Porphyr aus Ägypten."

Muzi war erleichtert, dass sie nicht mehr alleine zuständig war.

„Herr Jehuda hat schon nach dir gefragt. Er möchte eine Feier wegen deiner Hochzeit veranstalten."

„Wegen der Hochzeit oder wegen der Beerdigung?"

Mirjam gähnte; selbst für Witze war sie nicht mehr aufgelegt.

„Ach wisst ihr, ich bin furchtbar müde. Nur noch einen kleinen Wein, etwas Ziegenkäse und Oliven … Wo ist eigentlich Levi?"

Tribocus senkte den Blick. Dann seufzte er:

„Levi ist verschwunden."

IL

Gestern Abend hatte sie weder Lust noch Kraft, über Levis Verschwinden nachzudenken. Sie war erschrocken, natürlich, sogar persönlich betroffen, aber sie hatte keine Kraft mehr. Und das Kind in ihr sollte keine aufgeregte, ängstliche Mutter erleben, bevor es nicht Glück und Frieden erfahren hatte. Aber heute musste, wollte sie sich nach ihm erkundigen.

„Was ist mit Levi passiert?"

Tribocus erstattete am Vormittag Bericht über Vorfälle und Fragen, die zur Entscheidung anstanden. Die politisch wichtigste Nachricht war, dass König Antipas seine Hauptstadt von Sepphoris herunter an den See verlegen werde. Die Bauarbeiten hätten aber noch nicht begonnen. Unklar sei, wie er die neue Stadt nennen werde. Zu Ehren des Kaisers, gewiss. Aber wer war das? Augustus war hinfällig geworden, man rechnete mit seinem Ableben. Ihm nachfolgen, so hatte der Imperator schon bestimmt, sollte sein Stiefsohn, der von seiner zweiten Frau Livia mitgebrachte Tiberius. So wartete Antipas noch mit der Namensgebung. Aber die neue Stadt würde sicher eine Konkurrenz für Tarichea werden.

Dann kam Tribocus auf die Angelegenheiten der Villa zu sprechen. Vor allem auf das Verschwinden von Levi.

„Ein paar Tage, nachdem wir den Tod des Caius erfahren haben, ist Levi nach Tyrus gegangen. Er berief sich auf die Einladung und Zusage von Caius, dort im Kontor mehr über den Umgang mit Geld lernen zu dürfen. Dort ist er auch etwa vier Wochen geblieben, wie ich hörte. Dann aber nahm er eines Morgens sein Maultier und zog weiter. Wohin er gegangen ist, weiß niemand."

„Wie hat er sich in Tyrus verhalten?"

„Er sei eifrig gewesen, habe gut gelernt und begriffen. Aber ihm fehlte, so meinte ein Sklave, ein gleichaltriger Freund, mit dem er sich hätte unterhalten können."

Mirjam fand das Verschwinden von Levi nicht gefährlich. Im schlimmsten Fall saß der Junge wieder im Gefängnis. Er wusste besser als jeder, worauf er sich einließ. Aber wo war er? Was war passiert? Und warum war da etwas passiert? Er würde kaum einfach weglaufen. Nun ja, vielleicht auch das. Er war in ihrem Haus anhänglich geworden! Sogar beschützend. Hatte sie nicht genügend auf ihn geachtet? War sie schuld, dass er weggelaufen war? Ja, es könnte tatsächlich ihr Versäumnis gewesen sein.

„Muzi, was meinst du, warum ist er weggelaufen?"

„Mirjam, wir sind seine Familie geworden. Er fühlte sich wohl in unserer Mitte. Wir gaben ihm, meine ich, Geborgenheit, Sicherheit. Und seine besonderen Talente brauchte er bei uns nicht vorzuweisen, um anerkannt zu werden. Er konnte sich also neu entwickeln. Aber in Tyrus fiel er zurück in fremde Umgebung, in die Machenschaften fremder Leute, er war abhängig von ihrem Denken und Handeln. Sie boten ihm weder Schutz noch Leitung oder Anerkennung. Da ist er in sein altes Verhalten zurückgefallen."

Sie schwiegen beide einen Moment. Dann sagte Mirjam:

„Und er hat Quercus verloren. Ich glaube, der war für ihn wie ein Vater geworden."

„Und du warst seine Mutter, verstehst du? Er hat die Eltern und die Geschwister verloren."

Wie ich, dachte Mirjam; er hat Vertraute verloren. Auch das Vertrauen?

„Wir werden ihn suchen. Aber er hätte auf sich aufpassen müssen. Ich denke, er weiß, dass wir kommen, ihn zu holen."

In den nächsten Tagen geschah etwas Erstaunliches, etwas Wunderschönes, was sie alle bewegte: Die Einwohner von Tarichea kamen, um Mirjam für den Verlust ihres Mannes ihre Anteilnahme auszudrücken. Und jeder und jede brachte ein Geschenk mit. Dieses stille Mittragen, ohne organisierten Trauerzug, dieses Umarmen ohne Worte, das tat ihr gut. Caesennius erschien nicht.

Dafür kam der Stadtpräfekt. Sein Auftritt vollzog sich zwar etwas förmlich, und selbstverständlich überbrachte er das Mitleid des römischen Reiches und der Stadt Tarichea. Aber sogar er bemühte sich um persönliche Herzlichkeit. Ihre Unterhaltung dehnte sich immer weiter aus, schließlich erzählten sie sich Mirjams ersten Auftritt in der Präfektur von Tarichea. Sie mussten herzlich lachen, als sie sich erinnerten, wie das junge Mädchen, unerfahren und doch selbstbewusst, das Grundstück gekauft hatte. Salma bedankte sich noch einmal, dass sie von Nekoda frei gekommen war.

Der Stadtpräfekt schüttelte immer wieder den Kopf:

„Und nun sitze ich hier mit Ihnen, und die kleine Mirjam, wenn ich so sagen darf, ist eine weltbekannte Dame geworden. Das hätte ich mir niemals träumen lassen. Ich entschuldige mich für meine damalige Unachtsamkeit, Domina Maria. Durch Sie und ihre Geschäfte hat unsere Stadt an Bedeutung gewonnen. Ich wusste natürlich, dass Sie nie Sklavin geworden waren. Caius hat mir das Pergament ja diktiert, und ich habe es versiegelt. Aber, Sie verstehen, Domina Maria, ich durfte das niemandem sagen. Zu ihrem Schutz!"

Dann strich er sich übers Kinn, und Mirjam ahnte, dass jetzt eine Bitte kommen würde.

„Sie haben uns, Maria von Tarichea, das Nymphäum gebaut. Und Sie wissen selbst, wie stolz die Bevölkerung darauf ist. Und die Juden sind stolz auf ihre Synagoge. Wir, äh …"

„Na, kommen Sie schon, Herr Sextus Comicus, das kann doch nicht so schlimm sein."

Der Stadtpräfekt drehte den Kopf und lachte unsicher.

„Also gut. Ich habe da die Vorstellung, unsere Stadt könnte auch ein Gymnasion gebrauchen. Ich meine, nicht so ein richtiges, großes mit zwei Stadien Umfang, aber vielleicht ein kleines, das bei uns in die Stadt passt. Ich hätte da schon eine Vorstellung, wohin wir es bauen könnten."

„Ich habe ihren Wunsch gehört, Sextus. Ich bin nicht grundsätzlich abgeneigt. Ich würde das Anliegen jedoch gern mit Ihnen und den Verantwortlichen der Stadt gemeinsam besprechen im Zusammenhang mit den Geschäften, die ich hier aufbauen möchte. Aber geben Sie mir Zeit, ich bin schwanger, ein Kind von Caius Posterius Magnus. Ihm gilt meine erste Aufmerksamkeit."

„Selbstverständlich", beeilte sich Sextus Atelleius Comicus zu antworten. „Selbstverständlich. Ich bin ja so froh."

„Natürlich sind wir froh. Aber nun habe auch ich einen Wunsch. Unser Levi ist verschwunden. Er war in Caesarea im Kontor. Ertrunken ist er nicht. Von Caesarea ist er weg, und niemand weiß, wo er steckt. Oder sitzt. Falls Sie etwas hören, lassen Sie es uns bitte wissen. Wir werden ihn nicht bestrafen, wir werden ihm helfen. Und auch die Behörde, bei der er sich vielleicht befindet, soll darauf bedacht sein. Also, falls Sie etwas von ihm hören."

„Aber ganz gewiss. Der Junge hat sich ja vorteilhaft entwickelt. Bei Ihnen entwickelt sich alles vorteilhaft, Domina Maria."

„Das kann man nicht wissen. Ich danke für ihren Besuch."

Mirjam war weiblich rund geworden wie nie zuvor. Sie genoss das Gefühl, Mutter zu werden. Und sie war sich dankbar bewusst, nicht die geringste Not leiden zu müssen. Calatoria fügte sich hilfreich in den Ablauf der Arbeiten ein, sie hatte Erfahrung in der Begleitung von Schwangeren und beruhigte Mirjam, bei der Niederkunft würde sie alles in die Hand nehmen. Muzifungi besorgte weiterhin ihre Küche, die jetzt neu nach ihren Wünschen gestaltet war, sogar mit frischem Wasser, das sie in großen Eimern mithilfe eines Seiles, das über drei Rollen lief, leicht aus dem Keller heraufzog. Eimer aus Bronze, Speisewärmer, Schalen und Schüsseln, Kannen und Krüge aus blauem Glas, Trinkgefäße aus Bergkristall, natürlich ihr Caccabus, die fretale, die olla und noch viel mehr machten das Arbeiten in der Küche zur leichten Kunst.

Tribocus hatte zehn Sklaven gekauft, die er und seine zwei Diener beaufsichtigten. Solon betätigte sich auf dem Grundstück, um Gebäude für die Wirtschaft, die Sklaven, Arbeitsräume und Ställe für die Pferde zu bauen. Alrescha würde bald ihr Fohlen bekommen.

Zwischendurch gab es die Feier mit Jehuda in seiner Synagoge. Feier und Gebete, Gesänge und Tanz schlossen so ziemlich alles ein, was es im Leben geben konnte: die Hochzeit, die Beerdigung, die Geburt. Und Mirjam auch. Sie werden bald den nächsten Wunsch an mich herantragen, dachte sie.

Es trafen Berichte ihrer Kontore in Alexandria und Tyros ein, die sie durchlas und kontrollierte. Die Niederlassung in Caesarea Mauretania nahm langsam Gestalt an. In Gedanken ging sie auch schon durch Tarichea und überlegte, welche Geschäfte hier gewinnbringend eröffnet werden könnten. Solche für Parfums und Perlen auf jeden Fall. Für Fische, Fischsoßen und Boote, selbstverständlich. Banken? Eine Bank bräuchte sie unbedingt. Dazu müsste sie aber gute Kaufleute anwerben, die mit Geld umzugehen verstanden. Die Welt der Parfums und Salben lag ihr mehr. Vielleicht konnte Calatoria dabei helfen, wenn sie doch aus Indien kam. Und der Ambikos? Auch mit der Karawanserei musste sie Kontakt aufnehmen.

Während sie oben auf der Terrasse auf dem Sofa lag, nahe am Bassin aus Marmor, das ebenfalls mit Wasser aus dem Keller gespeist wurde – vier kleine Eroten pinkelten das Nass lustig ins Becken –, begann sie, in dieser Welt der Geschäfte heimisch zu werden. Zwischen duftenden Büschen und kleinen Bäumen genoss sie den Himmel. Zu schön glitt ihr Leben dahin. Zu sorglos. Oder näherte sich schon das nächste Unheil? Zu ihrer Verwunderung merkte sie, dass sie davor keine Angst hatte. Zwischen dem Grün funkelte der blaue See, und hinter ihm begann die Wüste, ihre Heimat, wie sie immer noch empfand. All dies gab ihr Sicherheit. Mit Solon führte sie Gespräche über den Bau des Gymnasions; er schlug vor, eine echte Nachbildung ins Auge zu fassen, es jedoch auf genau ein Drittel des klassischen Umfanges zu beschränken. Das gefiel Mirjam.

Als Jehuda davon hörte, rief er wohl ein Dutzend Mal aus: „Oh Jammer, oh Jammer!"

Als die Zeit ihrer Niederkunft kam und Calatoria sich mehr zu freuen schien als Mirjam, erreichte sie endlich eine Nachricht über Levi. Er sei im Gefängnis von Caesarea gelandet. Seit einigen Monaten schon. Mirjam bat Tribocus, zusammen mit Salma dorthin zu reiten und ihn womöglich frei zu bekommen.

Als die beiden zurückkamen, brachten sie Levi nicht mit. Der Junge war in eine Villa eingebrochen, aber das Terrain war ihm fremd gewesen, da wurde er geschnappt. Doch weil er Jude war, hatte er Glück, dass er nicht gleich als Sklave verkauft wurde. Aber es gab Mittel, diese Regel zu umgehen.

Ob sie mit ihm gesprochen hätten, wollte Mirjam wissen. Ja, sie hätten mit ihm gesprochen. Und er habe etwas Merkwürdiges zu berichten gehabt. Im Gefängnis sei er einem Mann begegnet, klein und dicklich sei er gewesen, der habe eines Nachts von einer komischen Sache erzählt: Er hätte einmal einen römischen Legionär aus Jerusalem nicht aufs Schiff gehen lassen dürfen. Er musste ihn aussortieren und in einen Verschlag sperren. Ob er noch wisse, wie der Soldat hieß, hätte Levi ihn gefragt? Ja, irgendetwas mit „Octavus", den Namen habe er sich merken können. Bei Octavus sei Levi hellwach geworden und habe sogleich gefragt, was mit dem Soldaten passiert sei. Das aber wusste der kleine Dicke nicht, er habe ihn nur in diese Kammer sperren müssen. Ach ja, später hätte er noch gehört, dieser Soldat heiße in Wirklichkeit „Marcus" und sei irgendwohin nach Norden versetzt worden. Mehr habe ihn nicht interessiert. Wo der dicke Mann jetzt sei, hätten sie Levi gefragt. Der sei weggekommen, und er wisse von ihm nichts weiter. Von diesem Marcus oder Octavus wisse natürlich erst recht keiner etwas.

Octavus, du lebst!

Du lebst!!

Dann werde ich dich finden.

Seit diesem Tag fühlte Mirjam sich wieder stark. Zuversicht war in sie eingezogen, Zuversicht und Mut. Ihr Leben hatte sein Ziel wiedergefunden. Die Liebe zu diesem ihrem Mann blühte neu auf und ließ sie selbst aufblühen. Als sie an das Kind dachte, das geboren würde, und überlegte, welchen Namen sie ihm geben solle, war schon klar, dass, wenn es ein Junge wäre, was sie sich wünschte, sie ihn nicht Caius nennen wollte. Octavus ging natürlich auch nicht. Aber könnte sie ihn nicht Marcus nennen? Wenigstens diesen kleinen Hinweis auf den Mann, dem sie sich immer noch verbunden wusste. Der Vater Caius würde das ohne Zweifel verstehen, ja sogar begrüßen und sehr wünschen. Sie erwog den Gedanken von nun an in ihrem Herzen, in ihrem Denken, dachte an Umstände und Folgen, aber der Name blieb bei allem lebendig bestehen. Und auch Muzi und Calatoria und Salma stimmten der Wahl zu.

Die Geburt verlief nicht zu anstrengend. In nur zwei Stunden war das Kind geboren. Calatoria ließ sich das Geschenk nicht nehmen, vor Mirjam zu hocken, die stehend ihre Hände auf die Schultern der Amme gestützt hatte, um das Kind aus ihrem Schoß zu empfangen. Stolz präsentierte sie der jungen Mutter einen Jungen.

Der Kleine war der neue Mittelpunkt des Hauses. Alles drehte sich von nun an um ihn. Die Nachricht von der glücklichen

Geburt eines Sohnes lief schnell durch Tarichea – und wieder kamen die Frauen, um Mirjam zu gratulieren. Gott hätte seinen Segen auf sie gelegt. Sie dürfe ganz glücklich sein.

Mittendrin erschien Jehuda. Nach der Torah müsse der Kleine nach acht Tagen beschnitten werden und seinen Namen erhalten. Er würde kommen und zehn Älteste mitbringen, und dann werde er diese schöne Feier in ihrem Hause halten, damit der Wille des Ewigen, gepriesen sei er, erfüllt werde. Der Wille des Ewigen, wie Jehuda sich auszudrücken pflegte, und Beschneidung und zehn Älteste, das war zwar nicht Mirjams erste Sorge; doch erinnerte sie dieser Brauch an ihre Familie, an ihre jüdische Vergangenheit, und irgendwie auch an Gott, den sie suchte. Sollte er nur kommen, der eifrige und korrekte Synagogenvorsteher, sie würden die Feier schön gestalten.

Aber da gab es plötzlich ein Problem.

Als Jehuda mit seinen zehn Ältesten eingetroffen war und nach Begrüßungen und Gebeten und der Beschneidung, die er anstelle des fehlenden Vaters vornahm, den Namen des Kindes erfragte, hörte er, dass das Kind Marcus genannt werden sollte. Da war es um seine fromme Fassung geschehen: Das sei aber kein Name aus der Tradition seines Volkes! Das sei kein Name, der zu Mirjam und ihrer außerordentlichen Vorfahrin passe. Das sei kein Name, der vor Gott Gefallen fände, und so ging es eine ganze Weile. Die zehn Ältesten nickten und gaben ihm Recht.

Mirjam dachte zunächst, sie könne vernünftig erklären, warum sie diesen Namen gewählt hätte. Und schließlich sei sie ja die Mutter. Aber alle Argumente halfen nichts, Jehuda stellte die Tradition über die Mutter: Die Ehre des Allerhöchsten und des erwählten Volkes ständen auf dem Spiel. Marcus ginge auf keinen Fall. Mirjam wurde ungehalten, sie war drauf und dran, die fromme Männerschar wieder nach Hause zu schicken. Salma tippte sie auf die Schulter.

„Was ist? Mir kommt langsam die Galle hoch!"

Salma zog sie zur Seite.

„Mirjam, nimm doch einen zweiten Namen. Du behältst den Marcus, und für Jehuda nimmst du noch einen zweiten."

„Ich habe keine Lust mehr." Sie stampfte auf. „Aber – und welchen Namen soll ich nehmen? Etwa Mose? Oder Aaron?"

„Dein Vater hieß doch Simon, nicht wahr?"

„Schon, aber den Namen mag ich nicht. Simon heißt hier jeder Zweite. Doch warte, mein Vater hatte noch einen anderen Namen, Johannes. Von seinem Großvater. Johannes würde mir gefallen."

„Na gut, biete dem Jehuda an, dass das Kind Johannes heißen soll. Dann ist er zufrieden, und du hast auch den Marcus gerettet. Den finde ich nämlich sehr wichtig."

Und so kam es, dass der Kleine den Namen Johannes Marcus erhielt. Zwei Traditionen von Vätern, die er nicht kannte und die beide verschwunden waren.

L

Die kommenden Monate erlebte Mirjam sich in zwei neuen Rollen. Zuerst und mit ganzer Hingabe war sie Mutter. Sie genoss das Kind, sein Vertrauen und Angewiesen-Sein, sein Saugen und ihr Saubermachen, ihr Spielen und Sprechen mit dem Kleinen. Calatoria nutzte die Gelegenheit, mit dem kleinen Erdling, dem noch alle Sprachen Gottes und der Erde offen standen, in ihrer Heimatsprache zu sprechen; dann schaute der Kleine ihr aufmerksam in die Augen. Das tat er noch mehr und wurde dabei ganz aufgeregt, wenn Tribocus mit seiner tiefen Stimme ihm von den Kämpfen eines Gladiators in der Arena erzählte, dabei seine Ärmchen ergriff und ihm die passenden Hiebe beibrachte. Dann strampelte Marcus vor Vergnügen, manchmal weinte er auch. Muzifungi, die Schwarze, trug ihn im Tuch auf dem Rücken und nahm ihn zu ihren Einkäufen auf den Markt mit. Stundenlang saß er so an ihrer Haut und kam vergnügt oder auch schlafend zurück nach Hause. Salma dagegen lehrte ihn Weisheit. Und sie lehrte ihn beten, vor allem am Abend vor dem Einschlafen, mit ihrer schönen Stimme, die nicht beten konnte, ohne dabei sanft zu singen.

Johannes Marcus war die Ursache, dass Mirjams Gedanken zwar immer wieder zu Octavus hingelenkt wurden, zu der Frage, wie sie ihn ausfindig machen könnte. Zugleich aber, so stellte sie irritiert fest, wurden ihre Gedanken und Gefühle von Octavus zurückgelenkt auf dieses Kind in ihren Armen. Es verband sie mit Octavus, mehr als mit Caius, es drängte Octavus aber auch in den Hintergrund.

Die zweite Rolle wuchs Mirjam durch ihre Geschäfte zu. Von Monat zu Monat fühlte sie sich im Handel mehr zu Hause und wurde sicherer, sogar im Bankgeschäft. Diese Welt des Handels mit ihren Entscheidungen aus Weitsicht begann sie zu faszinieren, sie fand Gefallen daran, Gewinn zu machen. Aber die anderen bemerkten darüber hinaus, wie diese Geschäfte ihre Mirjam heimlich zu beherrschen begannen. Von Woche zu Woche räumte sie weniger Zeit für die abendlichen Gespräche mit ihnen ein, zeigte weniger Interesse daran, mit ihrem Sohn zu spielen.

Das neue Kontor in Caesarea Mauretania lag in ihrem Geschäftseifer ganz vorne. Sie empfand es als ihre erste eigene Entscheidung. Das Kontor befand sich, wie sie von ihren Agenten Aspicius und Theudion hörte, im Bau, Kontakte zu den Stämmen der Garamanten der weiten Sandwüste waren geknüpft. Häute, Elfenbein, Salze, vor allem Löwen und Elefanten für den römischen Circus würden bald in Mauretania abgeladen werden. Vielleicht auch Marmor und Granit? Oder sollte sie zu Ehren der Stadt und des Kaisers dort eine Therme bauen, deren Pracht in farbigem Marmor, mit Heiß- und Kaltbädern, das Ansehen der Stadt und den Glanz Mauretaniens deutlich erhöhen würde? Ihre Idee mit den Zitrustischen zeigte noch keinen Erfolg.

Sie merkte, dass sie stolz zu werden begann, und dass Misserfolge sie wütend machten.

Das Kontor in Herculaneum war tadellos ins Geschäft gekommen. Alexandria lief fast von selbst. Das dortige Kontor bündelte alle Handelskontakte bis ins Land Kusch oder nach Arabia felix und hinüber nach Indien; manche kostbaren Hölzer kamen von noch weiter her. Einen Teil der Güter, vornehmlich die Aromata und Perlen, wollte sie nach Tarichea umleiten. Tyrus konzentrierte sich auf den Handel mit Purpur sowie auf Hölzer aus dem Taurus und aus dem Libanon. Hinzu kamen erlesene Stoffe, welche aus dem syrischen Hinterland, von Damaskus bis Babylon angeliefert wurden. Den Handel mit kostbaren Stoffen und Teppichen wollte sie intensivieren.

Allmählich drang sie in die Raffinessen der Geschäfte ein. Nur gelegentlich tauchte noch die erste Erfahrung vor ihren Augen auf, jene vom Handel des Vaters in Bethanien: Am Ende sollten alle froh sein. Es war einfach ein Kitzel, immer größeren Gewinn zu machen und so einen Namen zu bekommen rund um das Mittelmeer. Nach einem Jahr fühlte sie sich in der Lage, in Tyrus und Alexandria eine Kassenprüfung vorzunehmen.

Für Tarichea hatte sie sich eine eigene Strategie ausgedacht. Sie wollte einerseits vermeiden, in die Stadtviertel Aufruhr hineinzutragen, indem ihr großes Geld die vielen kleinen Handelsbetriebe in den Bankrott trieb. Das würde ihrem guten Ruf schaden. Deshalb war sie auf den Gedanken gekommen, nur die schwächsten und kleinsten von ihnen aufzukaufen. Dies wiederum, so hoffte sie, könnte ihr sogar Freunde schaffen – ehe man merkte, was sie damit vorhatte. Denn allmählich wollte sie diese kleinen Betriebe durch ihr Geld und mithilfe ihrer Fachleute stark aufbauen. Sie wollte stets nur die Hälfte eines Handelszweiges erwerben, das schien ihr ausreichend, um den Markt in Tarichea zu kontrollieren.

Und natürlich müsste sie die Banken in die Hand bekommen.

Bis jetzt gab es vier Banken in der Stadt. Ausgerechnet die von Herrn Caesennius war die kleinste. Nach ihrer Kriegslist war also dort anzusetzen. Es juckte sie längst in den Fingern, Caesennius seinen Betrieb abzuluchsen.

Die Jägerin in ihr war wieder lebendig.

Mitten in die Vorplanungen zum Gymnasion, welche die Stadt in helle Erregung versetzten, während Jehuda wegen dieses Jammers um Jahre alterte, platzte also die Nachricht: Mirjam von Tarichea lade alle kleinen Hausbetriebe und größeren Geschäftsunternehmen zu einer Feier in ihre Villa ein. Anlass sei der Beginn des Baues des Gymnasions und ihr 21. Geburtstag. Mit Salma, Muzi, Calatoria und Tribocus war genau abgesprochen, wie sie vorgehen wollten.

Mirjam erklärte, sie werde sich um Caesennius kümmern.

Es war ein heißer Tag. Rund 200 Männer und einige Frauen – aus dem jüdischen Viertel Magdala erschien niemand – kamen in gespannter Erwartung hinauf in die Villa. Die meisten hatten das prächtige Gebäude von innen noch nicht vollständig gesehen.

Nun gab es Staunen und Anerkennung. Die Männer bewunderten den Seilzug in der geräumigen Küche, mit dem sich der schwere Wasserbehälter verblüffend leicht nach oben bewegen ließ. Die Frauen brachen in Entzücken aus über die Mosaike, die Vasen und Leuchter und vor allem über das Bad auf dem Dach. Mirjams Bibliothek wurde eher scheu betrachtet, von dieser Seite kannte man sie gar nicht. Mirjam nutzte die Gunst und zitierte einige Dichter aus den Texten von Selene. Die zehn Sklaven, sorgfältig vorbereitet wie jene in Herculaneum, erregten durch ihr freundliches Bedienen Bewunderung. Salma, Muzi und Calatoria brillierten mit galanter Unterhaltung, für jeden Gast in der für ihn oder sie passenden Weise. Tribocus war so gut in seine Rolle hineingewachsen, dass er selber nicht mehr wusste, ob er nun Gladiator oder doch Centurio gewesen war.

Mirjam hatte sich locker gekleidet. Ihr koisches Gewand ließ ihr rosa Busenband erahnen, und das dreieckige purpurne Tuch um ihre Hüften fiel auf seine Weise auf. Dazu trug sie eine goldene Halskette und ebensolche Armreifen, an den Füßen Sandalen mit purpurnen Riemen. Besonders auffallend erschien jedoch die unter ihren Brüsten sich kreuzende Kette, eine Besonderheit, die sie aus Herculaneum mitgebracht hatte. Auch Salma und Muzi präsentierten sich als Augenweide, vor allem für die Männer. Denn in der Regel führten diese die Geschäfte, sie also galt es zu „erweichen". Den wenigen Frauen, die gekommen waren, dienten ihre luftigen Schleier als Anregung, wie man sich in Tarichea auch zeigen könnte.

Während die Stimmung immer gelöster wurde, nahmen die Vier planmäßig jene Händler in den Blick, deren Geschäfte sie erwerben wollten. Salma sollte die Besitzer der vom Ruin bedrohten Parfum- und Schmuckläden weich klopfen. Muzi war auf die Fischhändler angesetzt, vom Einkauf über Pökeln bis zum Export, und sollte unter ihnen die Armen angeln, die dem Konkurs zutrieben. Calatoria, die noch kaum jemand kannte, würde einigen Stoffhändlern, denen Bankrott drohte, Hilfe anbieten. Und Tribocus wollte sich die Unzufriedenen in der Boots- und Holzindustrie vornehmen.

Mirjam endlich ließ Caesennius, der mit Drusus und Firmus gekommen war, nicht aus den Augen. Sie kreiste ihn ein. Unter ihrem farbenprächtigen Geschmeide fiel jener einfache Ring wenig auf, den Caius ihr vor seinem Sterben mit der Bitte überlassen hatte, sie möge ihn Octavus bringen.

Caesennius war es nur eine Weile gelungen, Mirjam auszuweichen. Schließlich sah er sich von ihr in einer Ecke gestellt.

„Sie sehen großartig aus, Mirjam von Tarichea. Meine Bewunderung!", eröffnete er widerwillig das Gespräch.

„So hat auch der große Augustus gesprochen, als er mich in Herculaneum meinem Mann zuführte. Dem Kaiser soll es nicht so gut gehen, hörte ich?"

„Nun ja, er ist ein Greis geworden. Tiberius steht schon bereit."

„Tiberius? Oder ist es nicht seine Mutter Livia? Einige munkeln, sie habe die guten Kandidaten, die Augustus zuvor ausgewählt hatte, mit Gift aus dem Wege geräumt, damit der Kaiser ihren Sohn Tiberius nehmen müsse. Ist es denn denkbar, dass solche Untaten in Rom geschehen können?"

„Nein, das ist nur böses Gerede von Eifersüchtigen."

„Wenn Sie so gut Bescheid wissen: Können Sie mir dann erklären, wie auf meiner Hochzeit Konsul Dolabella eine Mitteilung des Statthalters Ambibulus ausposaunen konnte, ich sei Sklavin gewesen? Ich bitte Sie, woher sollte Ambibulus solch eine Bagatelle wissen? Vor allem, da sie auch noch falsch war."

Caesennius Blicke irrten durch den Raum. Er hätte vielleicht doch nicht so viel trinken sollen, oder gar nicht erst herkommen.

„Nun, solche Herrschaften haben ihre Quellen, Frau Mirjam, und die irren manchmal. Ich würde das nicht so ernst nehmen."

„Nicht so ernst? Dolabellas vergifteter Pfeil war so genau gezielt, dass er meinen Mann und mich vernichtet hätte. Das war mit Bedacht so gemeint. Und übrigens, da Sie gerade von Quellen sprechen: Die Quelle in Tarichea für Ambibulus, die sind doch Sie, Herr Caesennius, nicht wahr?"

Der Geheimagent grüßte verzweifelt zu einem Fischhändler hinüber, der ihn gar nicht angeblickt hatte. Er beugte sich zu Firmus und sagte laut und betont:

„Sage Herrn Lucilius da drüben, dass ich sofort kommen werde."

„Sagen Sie Herrn Lucilius, dass sein Freund Caesennius nicht sofort kommen wird."

„Aber Frau Mirjam, Sie können doch nicht einfach …"

„Sehen Sie diesen Ring hier? Ihnen fällt gewiss auf, dass er nicht zu mir passt. Wissen Sie, wem er gehört?"

„Aber wie soll ich so etwas wissen?"

„Nun ja, wenn Sie Ambibulus meldeten, ich sei Sklavin, könnten Sie vielleicht auch den Eigentümer dieses Ringes kennen."

Caesennius wurde noch nervöser. Diese junge Frau war gerissen wie eine Schlange. Worauf wollte sie hinaus?

„Dieser Ring gehörte meinem Mann Caius Posterius Magnus. Sie kennen ihn als Favinus Alexander."

„Oh ja, äh, der ist schön, der Ring. Ja, hm, ich verstehe, Sie tragen ihn als Andenken. Sehr schön."

„Nicht als Andenken. Er hat ihn mir in der Stunde seines Todes gegeben. Wissen Sie, wozu? Damit ich ihn an seinen Sohn Octavus Posterius weitergebe. Sie kennen Octavus Posterius?"

Jetzt fand der große Geheimagent, dass die Sache gefährlich wurde. Was wusste die Frau? Was hatte sie vor? Sie lockte ihn auf alle möglichen Spuren, einmal diese, einmal jene, wo wollte sie hin? Er musste vorsichtig bleiben.

„Nun ja, ich glaube schon, oder eigentlich, nein warten Sie, eigentlich kenne ich ihn nicht. Aber wie wollen Sie ihm diesen Ring geben? Der Legionär Octavus ist doch tot!"

„Das wissen Sie also? Dass Octavus Posterius Legionär war und tot ist. Tot sein soll? Das hat ihnen Ambibulus gesagt, nicht wahr?"

Er war reingefallen. Sie hatte ihn gestellt. Jetzt musste er freundlich werden, er musste irgendwie klein beigeben …

„Tja, man hört so einiges in meinem Beruf. Da kommen zahllose Leute durch meinen Laden und dann, ja dann schnappt man mal dies auf, mal jenes, und schließlich nur Halbrichtiges."

Das habe ich fein hingekriegt, dachte er. Dabei war ihm allerdings nicht bewusst, dass er Mirjam ihr Stichwort geliefert hatte.

„Wie geht es eigentlich mit ihrem Laden?"

„Na, das ist kaum zu verbergen, ich bin kein gerissener Kaufmann. Die anderen drei Banken machen mehr Umsatz als ich."

„Und, wie wollen Sie das ändern?"

„Ich weiß nicht. Meine Fähigkeiten im kaufmännischen Bereich sind, will mir scheinen, nicht so kreativ ausgebildet, wie …"

„Haben Sie schon einmal daran gedacht, Ihre kleine Bank günstig zu verkaufen und sich in einem Metier zu versuchen, wo Sie ihre angeborenen Fähigkeiten besser einbringen können?"

„Nein, daran habe ich noch nicht gedacht. Wer sollte denn meine Bank kaufen wollen? Früher, da kamen alle zu mir. Aber jetzt gehen sie nach nebenan. Ich werde sie auf keinen Fall an einen der drei anderen verkaufen. Das sähe nach Niederlage aus."

„Wie viel wollen Sie denn für den Laden bekommen, der morgen noch weniger wert ist als heute?"

„Oh, Frau Mirjam, Sie bohren in meiner Wunde. Aber Sie haben Recht, die kleine Bank wird nie mehr florieren. Die kann ich nicht einmal gut verkaufen."

„Also, womit kann man Ihnen eine Freude machen?"

„Nun ja, fünf Talente Silber …"

„Sie sind ein Witzbold, Caesennius. Haha. Wie viel Geld haben Sie denn in ihrem Kontor lagern?"

„Das soll ich Ihnen einfach so sagen?"

„Nein, das brauchen Sie nicht. Aber wissen Sie was? Ich gebe Ihnen ein halbes Talent, und Sie können alles mitnehmen, was in ihren Geldkisten lagert. Das wäre doch eine Erleichterung für Sie?"

„Ein halbes Talent? Mm, nein, also, das ist zu wenig."

„Denken Sie dran, Sie können alles mitnehmen. Oder ich gebe Ihnen, sagen wir, drei Viertel Talente – und dann bleibt alles bei mir, was in ihrem Haus noch vorhanden ist."

Caesennius beging den Fehler, sofort mit dem Rechnen anzufangen. Mirjam schmunzelte. Also lag sie richtig mit ihrer Vermutung: Der Mann besaß nicht viel mehr in seinen Kassen als 1500 Denare, ein Viertel Talent. Seine Bank war bankrott.

„Herr Caesennius, ich will offen mit Ihnen reden: Wenn Sie so lange rechnen, dann haben Sie keine fünf Talente in ihrem Tresor liegen. Sonst könnten Sie mein Angebot schneller berechnen. Sie besitzen weniger als ein halbes. Und Sie haben auch kein Geld verliehen, das zurückkäme. Also, ein halbes von Ihnen nehmen Sie mit, ein halbes von mir bekommen Sie dazu – und Sie sind ein unabhängiger Mann, der sich eine neue Zukunft aufbauen kann."

Diese junge und verdammt schöne Frau war kalt berechnend. Sie hatte ihn gezielt in die Ecke getrieben, sie wollte ihn fertig machen. Er konnte doch nicht flehend untergehen wie ein Sklave!

„Sie irren, Frau Mirjam. So schlecht steht meine Bank gar nicht da. Es kommen immer noch viele Leute zu mir und borgen Geld. Das gibt Zinsen. Unter zehn Talenten verkaufe ich nicht."

Mirjam verstand blitzartig, dass sie einen taktischen Fehler begangen hatte. Sie hatte ihn bloß gestellt und seine Ehre verletzt. Jetzt spielte er den Starken und wollte nicht mehr. Aber sie wollte. Auf jeden Fall. Dann musste sie ihre Trumpfkarte spielen.

„Herr Caesennius, ich habe Ihnen den Ring gezeigt, den mein Mann Caius Posterius Magnus mir vor seinem Sterben gegeben hat. Sie erinnern sich, diesen hier. Es war sein letzter Wille, ich solle ihn seinem Sohn Octavus geben."

„Nun hören Sie mal besser zu, Frau Mirjam! Das geht eben nicht. Dieser Sohn, der ist leider tot, wie ich Ihnen schon gesagt habe. So steht es in den Akten. Er ist ertrunken. Verschwunden. Leider."

„Caesennius, jetzt hören Sie gut zu! Octavus Posterius ist nicht ertrunken. Octavus, der Legionär, war gar nicht auf dem Schiff."

Der Agent erstarrte. Er konnte nicht einmal überlegen, ob das eine neue Falle wäre. Mirjam sah sehr ruhig aus.

„Herr Caesennius, ich gebe Ihnen jetzt ein ganzes Talent, und Sie geben mir dafür Ihre Bank mit allem, was darin ist. Verstanden?"

Er war so verwirrt, dass er ihr willenlos folgte. In ihrem Bibliotheksraum stand schon der Stadtpräfekt. Nach wenigen Augenblicken war das Pergament rechtsgültig.

Es war das dreizehnte an diesem Abend.

LI

In den darauffolgenden Wochen herrschte in ihrer Villa Hochbetrieb. Calatoria war vollauf mit Johannes Marcus beschäftigt, der seine Mutter nun selten zu sehen bekam. Denn diese hatte ihre 13 Neuerwerbungen in Tarichea in Gang zu bringen. Völlig geschlagen, hatte Caesennius ihr auch seine drei Sklaven vertraglich überlassen, er hatte keine Einkünfte mehr. 6000 Drachmen, das war zwar nicht wenig, aber bei seinem Lebensstil und in Vorsorge für seine Zukunft ließ sich das Ende des Vorrats absehen. Mirjam wartete nur darauf, wann er ihr seine Villa am See anböte.

Sie hatte die Sklaven von Caesennius, Aulus, Drusus und Firmus, sofort weitergeschickt: Aulus nach Tyrus, Drusus und Firmus nach Alexandria. Im Begleitbrief gab sie strenge Richtlinien für die Männer vor, die gestern noch zum Geheimdienst des Statthalters gehörten. Im Gegenzug sollte das Kontor in Alexandria ihr drei kaufmännisch versierte Männer schicken, dasjenige in Tyrus drei Männer, die mit Geld und Banken Bescheid wussten.

Jeden Tag zogen die sechs neuen Männer durch Tarichea und erforschten die Wirtschaftslage, insbesondere den Zustand der von der Domina Maria erworbenen Betriebe. Keiner dieser Läden hatte Buchhaltung geführt, man lebte von der Hand in den Mund. Kein Wunder, wenn im Mund plötzlich mehr war als auf der Hand. Sie notierten sich, was verkauft wurde, woher es kam, was es kostete, was sich gut verkaufen ließ, was schlecht, und viele andere Kleinigkeiten, die zum Florieren eines Geschäftes Erhebliches beitrugen. Jeden Abend saßen sie mit Mirjam und den anderen drei in ihrer Bibliothek und trugen zusammen, was sie erfahren hatten. So formte sich ein detailliertes Bild von der gesamten Geschäftslage.

Nach zwei Wochen rief Mirjam alle zusammen.

„Ihr habt gut gearbeitet. Meine Anerkennung. Nun werde ich die Erkenntnisse in die Tat umsetzen. Als erstes gedenke ich, die 13 Läden, die wir übernommen haben, neu herzurichten. Sie müssen einladend aussehen. Was nicht schön aussieht, zieht niemanden an. Also, schaut in den nächsten Tagen darauf, was neu und wie es neu gebaut werden soll. Fragt euch, welche Außenmaße der Laden braucht, wie er innen praktisch eingerichtet sein muss, welche Werkstätten nötig sind und was sonst noch sinnvoll ist. Ziel ist: Die Leute sollen sehen, da beginnt etwas Neues.

Wenn es gut aussieht, werden sie das auf die Ware übertragen. Ziel ist zweitens, dass wir mit unseren Preisen die Konkurrenten unterbieten, einige müssen aufgeben. Dann gehen wir auf das Niveau, wo wir die Hälfte der möglichen Kunden für uns gewinnen. Beim Export ist drittens alles gesondert zu berechnen. Für den Export müssen wir ein Zentrallager einrichten, wo alle Waren vorrätig sind und vom Kunden begutachtet werden können. Sucht dafür einen passenden Platz an der Überlandstraße, in der Nähe der Karawanserei. Die Lagerhalle wird groß werden und muss kühl bleiben. Nur gute Qualität in allen Bereichen bringt mehr Geld. Und viertens: Unsere Bedienung soll stets freundlich sein, entgegenkommend, behilflich. Der Käufer soll denken, wir mögen ihn. Für Ärmere etwas Billiges bereithalten. Gute Ware, schnell liefern, das ist unser Prinzip. Wer von euch kümmert sich um die Steuern? Ich will eine problemlose Beziehung zum Präfekten bewahren."

Ihre knappen, klar vorgetragenen Richtlinien beeindruckten die Männer. Hier verstand jemand etwas vom Geschäft. Nach einer weiteren Woche konnte Mirjam die Vorstellungen über die 13 neu zu errichtenden Läden ihrem griechischen „Hausbaumeister", wie sie Solon Campanus inzwischen nannte, vortragen. Der unterbrach sofort die Arbeiten für das Gymnasion und teilte seine Baumannschaft in neue Gruppen ein, um die 13 Läden in Angriff zu nehmen. Zugleich beauftragte Mirjam ihre sechs Männer, die ehemaligen Eigentümer der Geschäfte zu fragen, ob sie im neuen Laden mitarbeiten wollten. Unter neuer Leitung. Sie würden gut bezahlt, müssten aber viel dazulernen und die neuen Regeln einhalten. Nicht alle wollten mitmachen, aber das war Mirjam nur recht.

Wegen des Ambikos hatte sie in Tyros und Alexandria angefragt, ob in ihrer Stadt ein Mann bekannt sei, der mit diesem Gerät umgehen könne. Die Antwort lautete, man werde sich nach einem Experten umsehen.

Bereits im nächsten Frühjahr florierten ihre Läden hervorragend. Sie hatte eine weitere Bank gekauft und besaß die Hälfte vom Fischhandel. Das Geschäft mit Parfums, Salben und Schmuck lag sogar zu drei Viertel in ihren Händen. Auch die Webereien, Färbereien und der Holzhandel erbrachten von

Monat zu Monat mehr Umsatz. Und weil sie eine ansehnliche Steuersumme entrichtete, stand sie auch beim Rat der Stadt in hohem Ansehen. Tarichea bemühte sich nämlich, Mitglied in der Dekapolis zu werden.

Bald nach ihrem Geburtstag war Kaiser Augustus gestorben. Gegen Ende des Jahres erreichte sie die weitere Nachricht, dass der Senat die Vergöttlichung des Octavianus beschlossen und seinen Sterbemonat in „Augustus" umbenannt hatte. Imperator war jetzt Tiberius.

Der Winter war gekommen. Als die vier Frauen in der warmen Küche nach längerer Zeit wieder einmal beisammen saßen und die neue weltpolitische Lage erörterten, welche Auswirkungen sie auf ihre Handelsgeschäfte bewirken könnte, sagte Calatoria, die bis dahin schweigend zugehört hatte:

„Mirjam, du hast dich verändert."

„Ganz gewiss, Calatoria. Ich habe ein Kind, ich habe Geschäfte. Da verändert man sich natürlich. Oder was meinst Du?"

„Ich meine nicht diese äußeren Dinge. Du hast dich in deinem Wesen verändert. Manchmal habe ich Sorge um dich."

Mirjam schwieg. Sie hatte selbst bemerkt, wie sie sich seit ihrer Hochzeit mehr und mehr veränderte. Sie war nicht mehr das junge Mädchen, das vor fünf Jahren selig vom Glück mit Octavus geträumt hatte. Auch nicht mehr die schon leidgeprüfte junge Frau, die hier in Tarichea als Sklavin mit Freundinnen neu anfing. Sie war schon wieder einen Schritt weiter gegangen, war zum zweiten Mal Witwe, hatte große Geschäfte zu leiten, war reich geworden, eine Persönlichkeit, die man beachtete. Ja, ein Kind hatte sie auch, nur kümmerte sich Calatoria um Johannes Marcus mehr als sie, die Mutter. Manchmal litt sie darunter. Aber vor allem: Diese Handelswelt, die war etwas Eigenes. Die Geschäfte zwangen ihr ihre Dynamik auf. Sie fühlte sich dabei sogar wohl. Richtig. Und immer seltener unwohl.

„Habt ihr euch nicht auch verändert? Wir haben doch alles gemeinsam durchgemacht, ihr genauso wie ich. Warum soll nur ich mich verändert haben?"

Salma und Muzi schüttelten gemeinsam den Kopf:

„Mirjam, du warst immer die Führende. Du warst verheiratet, nicht wir. Du hast ein Kind, die Geschäfte laufen auf deinen

Namen. Du bist bekannt im ganzen Reich. Du standest vor dem Kaiser und hast vor dem Statthalter getanzt. Du hast die Gabe, drei Kontore zu leiten und ein viertes aufzubauen. Wir können das nicht. Wir können dir nur helfen. Und deshalb hast du die stärksten Änderungen erfahren. So sehe ich das."

„Ja, ich auch", pflichtete Muzifungi bei.

Mirjam war froh, dass die anderen dieses Thema anschnitten. Zu lange hatten sie nicht mehr über alles gesprochen, wie sie das früher zu tun pflegten. Auf einmal sah sie das Seil; jenes Seil, auf dem sie balancierte, damals, bei ihrer Ankunft in Tarichea. Damals hatte sie gespürt, wie es durch ihre Seele schnitt. Damals hatte sie Angst, sie könnte kalt und berechnend werden – war sie jetzt der Hölle nicht näher gekommen als dem Himmel? Sie spürte zwar noch die alte Welt; aber sie spürte viel mehr jene neue Welt, die sie erfasst hatte. Und diese neue Welt war kalt. In der alten war sie nicht mehr, in der neuen noch nicht ganz zu Hause. Die neue Welt stieß sie ab und zog sie zugleich an, wie mit dämonischer Magie. Sie bemühte sich, ihre Unsicherheiten zu überspielen. Es fehlt jemand, der mich führt, dachte sie. Zurück zu meinen Schafen und Ziegen? Nein, das will ich nicht, das kann ich nicht. Ich will nach vorne. Die Welt der Geschäfte reizt mich. Aber zugleich ist mir, als könne ich nichts aufgeben, als wolle ich alles festhalten, das Alte und das Neue.

Calatoria hatte sie ruhig und lange angeschaut, als wüsste sie, welche Gedanken und Gefühle sie bewegten.

„Mirjam, ich habe an der Seite deines Mannes Caius gelebt. Ich habe ihn über 30 Jahre lang begleitet. Ich kannte ihn, besser als er sich selber. Du besitzt Gaben, die ähnlich groß sind wie seine es waren. Mit einem Unterschied: Er war von Kindesbeinen an in dieser Welt der Geschäfte zu Hause. Deine Wurzeln sind andere. Du bist in eine Welt übergetreten, die im Grunde deiner Seele und dir fremd ist. Und sie wird dir fremd bleiben. Es ist erstaunlich, bewundernswert, wie du in kurzer Zeit darin Stand gefunden hast. Du kannst mit Geld bereits besser umgehen als mit deinem Sohn. Entschuldigung! Aber so ist es, und es tut dir weh, du merkst es selbst. Noch! Aber du siehst keinen Ausweg. Eigentlich brauchst du eine Entscheidung. Was du willst und was du nicht willst."

„Vielleicht brauche ich nur noch ein Jahr, dann laufen die Geschäfte alle von selbst und ich kann mich wieder Marcus widmen.“

Salma schüttelte den Kopf:

„Mirjam, betrüge dich nicht. Die Geschäfte laufen nicht von alleine. Nicht einmal dann, wenn du gute Verwalter hast. Du bist der Kopf darüber, und ohne den Kopf ist auch ein starker Körper tot. Tröste dich nicht mit Morgen. Das ist Selbsttäuschung. Ich sehe aber noch eine andere Gefahr: Du und wir, wir stehen erst am Rande der neuen Welt, in die wir eingetreten sind. Denke an die große Politik, die wir vorhin erörtert haben. Da gibt es Aufstände, Morde und Intrigen, da will fast jeder jeden umbringen und selbst auf den höchsten Thron kommen. Wo er dann meint, keine Rivalen mehr zu haben. Aber das ist dumm! Je höher jemand steigt, desto mehr Neider, Rivalen, Feinde wird er haben. Auch du. Ganz abgesehen von den Problemen der inneren Verwaltung deines Geschäftsimperiums. Bis jetzt ging ja alles noch gut. Aber so geht es kaum weiter.“

Muzifungi hatte genickt. Jetzt fügte sie lächelnd hinzu:

„Weißt du, Mirjam, du bist ein klarer Mensch. So bist du, ja. Du magst keine Unwahrheit, du magst keine Intrigen. Und du magst auch keine Kompromisse, keine Schleichwege. Du willst Ehrlichkeit. Du willst auch niemanden vergiften. Aber bei den Gladiatoren brauchten wir Gift. Und solch ein Mensch wie Caesennius, der bringt dich mit seiner Bösartigkeit dazu, zurück zu schlagen nach seiner Art. Bei deinen vielen Geschäften wirst du immer öfter Kompromisse eingehen müssen. Du wirst mit deinem Verstand andere übervorteilen oder hart zurückschlagen. Vielleicht wirst du auch Leute umbringen. Andere wirst du retten, richtig. Denn du willst eigentlich retten. Denk an das ‚dO‘. du willst nur geben.“

Auf einmal stand vor Mirjams Augen jener alte Mann im Theater von Sepphoris. So einen bräuchte ich jetzt. Seine Ruhe, seine Erfahrung, seinen Ratschlag. Ich brauche jemanden über mir, zu dem ich aufschauen kann. An den ich mich anlehnen darf. Aber dieser alte Mann hatte auch niemanden über sich gehabt, er musste ebenfalls alleine zurechtkommen. Und seine junge Frau? Wollte ich sie nicht besuchen? Warum habe ich das vergessen?

Die muss jetzt ebenfalls alles allein erledigen. Nun ja, sie hat wenigstens einen erwachsenen Sohn. Wahrscheinlich muss der Mensch, muss eine Frau wie ich, immer alleine zurechtkommen.

„Ich glaube, ihr seht das zu schwarz. Es stimmt, ich komme aus einer anderen Welt. Und ich finde mich in der Welt der großen Geschäfte noch nicht blind zurecht wie in meiner Wüste. Aber es geht besser, von Monat zu Monat. Ich werde mich mehr um Marcus kümmern, da hast du Recht, Calatoria. Aber du könntest mir auch sagen, wo ich in deiner Heimat gute Waren finde, die ich hier mit Gewinn verkaufen kann. Caius hat neuartige Schiffe gebaut, deren Segel die Winde übers offene Meer blasen. Die müssen wir einsetzen. Und mit Statthaltern und Konsuln, mit Präfekten und Senatoren, mit denen werde ich hoffentlich fertig. Ohne Gift. So bedeutend bin ich nun auch wieder nicht. Und vergesst nicht: ich bin eine Frau! Auf eine Frau achten sie erst zuletzt. Also an die Arbeit. Ich werde unsere Banken besuchen, ob die Darlehen pünktlich zurückgezahlt werden. Ach, mit der Karawanserei muss ich noch sprechen. Und wir wollten doch eine Wirtschaft für die Leute da aufmachen."

Da beugte sich Calatoria zu ihr und sagte:

„Mirjam, ich bin deine Magd. Ich schätze dich. Ich werde alles tun, was du willst. Aber: Ich habe Angst um dich!"

In dem Moment dachte Mirjam an Levi. Sie hatte ihn verloren. Richtig. Aber vorher, vorher hatte er sie verloren.

LII

Das Wetter war scheußlich. Ein Kälteeinbruch Anfang September. Er ließ es nicht nur heftig regnen, nachts schneite es sogar. Octavus bibberte. Er dachte an die warmen Tage in Palmyra, an jene in Jerusalem. Mit Mirjam. An die Wärme ihres Körpers. Ihres Mundes. Wo sie wohl sein mochte? Hoffentlich fror sie niemals so wie er in diesem erbärmlichen Lager. Er hatte es mit seiner Hilfseinheit ordentlich aufgebaut, Vindobona, aber bei solchem Wetter ähnelte das Lager einem Schweinestall, mit weißen Flocken garniert, die Lagerstraßen glitschigen Schlammkanälen.

Ich müsste mehr Holz besorgen und wenigstens in unserem Holzhaus alles trocken und warm halten, überlegte er. Aber draußen ist alles Holz nass wie ein Schwamm, und zum Holzholen reicht die Zeit nicht mehr. In einer Stunde habe ich mit Lucius Mammius Clitus beim Lagerkommandanten der Legio XV zu erscheinen.

Die Stimmung der Legionäre war frostig wie das Wetter und zugleich gereizt bis zur Weißglut. Genau genommen war ein Aufruhr ausgebrochen, gleich zu Beginn der Amtszeit von Tiberius. Nach Octavianus Augustus konnte es eigentlich nur schlechter werden. Und es wurde schlechter. Der Sold der Legionäre schrumpfte auf jämmerliche 10 As, das ergab nicht einmal 20 Denare pro Monat. Wohingegen die Prätorianer 60 erhielten. Zudem wurde ihre Dienstzeit auf 20 Jahre angehoben, die Prätorianer brauchten nur 16 Jahre zu dienen. Die drei Legionen verlangten Gleichstellung! Keine neuen Züchtigungen! Ganz zu schweigen von der Erpressung von Geld, wenn man seinen normalen Urlaub nehmen wollte. Der Aufruhr hatte sich bis zu den Legionen am Rhein ausgedehnt. Brenzlig für Rom.

Octavus Posterius alias Marcus Cissonius konnte sie verstehen. Die Legionäre leisteten die Drecksarbeit, buchstäblich. Besonders im Winter hier am Fluss Danubius an der Grenze des römischen Reiches. Täglich bedrohten sie Krankheiten, aber das zählte nicht, sie mussten die Markomannen in Schach halten. Deren raffinierter König Maroboduus, in Rom ausgebildet, hatte Tiberius bereits heftigen Widerstand geleistet. Er hauste in den Wäldern drüben auf der anderen Seite des breiten Flusses. Die Legionäre hielten die Grenzen dicht. Und nun wurden sie schlechter gestellt als die Prätorianer, die in Rom ein Schlemmerleben führen konnten.

Er hustete und zitterte wieder. Nicht einmal genügend Wein gab es, sich warm zu trinken. Sein Offizier hatte welchen, ja, und er bekam davon ab, aber die einfachen Soldaten hatten nichts. Jeden Abend ging er durch einige Baracken, wo Männer mit Fieber lagen, und gab ihnen einen Schluck starken Weines. Erfahren durfte das niemand. Sein Vorgesetzter merkte es wohl, aber bis jetzt hatte er noch nichts gesagt. Er hatte wirklich andere Sorgen.

Seine Einheit hatte nämlich bei Nauportus Brücken und Wege bauen sollen. Die Soldaten wurden jedoch von den Hauptleuten derart unterdrückt und ausgenutzt, dass sie sich plötzlich auf diese stürzten und sie zusammenschlugen. Mindestens einen brachten sie um. Dann fingen sie an, in der Gegend zu plündern. Schließlich demütigten sie auch noch den Lagerkommandanten. Als der mit Strenge durchgreifen wollte, eskalierte die Gewalt der Meuterer erst recht. Jetzt stand eine Krisensitzung an. Was konnte, was musste getan werden? Sein Offizier hatte ihm gesagt, dass der Lagerkommandant auf das Urteil von ihm, von Marcus Cissonius, einiges gebe. Er sei wohl der einzige aus dem Stab, gegen den die Legionäre nicht eingenommen seien.

Als sie die Gebäude des Legationsstabes erreichten, traten sie auf festen Stein. Sie schüttelten den Schmutz von den Stiefeln. Der Boden hier war natürlich besser als jener in den Lagerstraßen. Fest, aus gebrannten Ziegeln, die das Zeichen ihrer Hilfseinheit trugen. Das Haus des Lagerkommandanten bestand ebenfalls aus festem Stein. Wärme strahlte ihnen entgegen, als sie eintraten.

Das Gespräch dauerte drei Stunden. Marcus Cissonius schwieg meistens. Nur wenn sein Offizier ihn gut in Stellung gebracht hatte, wurde er aufgefordert, etwas zu sagen. Was er mitteilte, kam aus der Mitte der Soldaten. Er merkte, dass keiner der führenden Militärs wusste, was wirklich unter den Legionären gedacht und gefordert wurde. Man vermutete, es ginge einigen nur um Machtpositionen für sich selbst oder darum, mehr Urlaub zu bekommen oder besseres Essen. Jedes Mal, wenn er zu einem Kommentar aufgefordert wurde, wagte er, in knappen Worten mitzuteilen, worunter die Soldaten wirklich litten. Er gebrauchte sogar das Wort „Gerechtigkeit". Und einmal schloss er seinen Kommentar mutig mit einer Schlussfolgerung: Die Lage sei gefährlich für das Imperium. Meistens herrschte nach seinen Worten einen Moment Stille im Raum. Einmal räusperte sich der Lagerkommandant und teilte den Hauptleuten mit, dass er gehört habe, schon Kaiser Augustus habe die Lage hier an der Grenze Pannoniens als derart brisant eingestuft, dass er gar befürchtete, Maroboduus könnte in zehn Tagen vor Rom stehen, wenn die Legionen am Flusse Danubius nicht die Stellung hielten. Gegen Ende der Anhörungen wollten sie von dem Adjutanten Cissonius wissen, ob es konkrete Forderungen unter den Aufständischen gebe. Ja, sagte er, sie möchten, nein, sie verlangten, dass der Statthalter Quintus Iunius Blaesus seinen Sohn nach Rom schicke, damit der dort die Verkürzung der Dienstzeit und die Anhebung des Solds durchsetze.

Als die Forderungen unter lautem Protest und Kopfschütteln diskutiert worden waren, verkündete der Lagerkommandant einen für Marcus überraschenden Entschluss: Er werde den Sohn des Statthalters, der den gleichen Namen trage wie sein Vater, aber den Rang eines Militärtribuns innehabe, tatsächlich nach Rom schicken. Dort solle er die genannten Forderungen der drei Legionen dem Kaiser Tiberius vortragen. Er werde den Statthalter bitten, dem Entscheid zuzustimmen. Man könnte Glück haben, denn der Statthalter sei der Onkel des Gardepräfekten Seianus. Und: Der Adjutant Marcus Cissonius solle den Militärtribun begleiten und ihn beraten.

„Ist dein Name nicht keltisch, Cissonius?", fragte der Kommandant, als Marcus sich verabschiedete und für das Vertrauen bedankte. Octavus Posterius hatte für solche Fragen eine Antwort bereit.

„Ja, das ist richtig, Kommandant. Die Vorfahren meines Vaters waren Kelten. Aber mein Vater gewann das römische Bürgerrecht. Auch ich bin römischer Bürger."

„Deine Erfahrungen könnten den Kaiser bewegen, auf deine Gedanken zu hören. Ich muss hier oben Ruhe haben, verstehst du? Wenn die Soldaten nicht ruhig sind, können wir den Wall nicht halten. Sage das dem Kaiser. Und …"

Er schaute sich um.

„… lass dir von einem Militärtribun nicht alles vordenken."

LIII

Seit dem Frühjahr erneuerte Mirjam ihre Freundschaft mit Alrescha. Deren Fohlen war bald nach ihrem Sohn Marcus zur Welt gekommen. Bereits eine Stunde nach seiner Geburt stand es unsicher auf seinen langen Beinen. Dank Mirjams gutem Verhältnis zu Alrescha ließ die Stute sie an ihr Fohlen heran, war aber stets dabei, als sei sie besorgt, ob Mirjam mit dem Füllen auch lieb genug umgehe. Mirjam hatte Weideland oben bei der Ebene Ginnosar gekauft, dort gab es reichlich Gras und Auslauf für die beiden. Sheratan erhielt dort ebenfalls ein Gelände, abgetrennt von der Stute mit ihrem Fohlen. Und weil Alrescha nur ihr Fohlen im Sinn hatte und von ihm nicht wegging, ritt Mirjam nun häufig auf Sheratan.

Marcus war ebenfalls auf die Beine gekommen. Mirjam konnte sich gar nicht vorstellen, wie sie ihre Arbeiten ohne Calatoria schaffen sollte. Die alte Inderin wurde für Marcus mehr und mehr die eigentliche Mutter. Manchmal grämte sich Mirjam darüber, verbrachte dann mehr Zeit mit ihrem Sohn, doch dieser zog es vor, von der Magd auf den Armen getragen zu werden. Ihre Geschäfte wollte Mirjam allerdings nicht aufgeben, sie konnte sich ihnen auch nicht mehr nur nebenbei widmen. Manchmal verstand sie, warum sie von dem Handel derart in Bann gezogen war: Geschäftsfrau zu sein machte einfach Spaß. Oder war es bereits eine Sucht, „Gewinn" zu machen, wie Caius ihr damals sein Prinzip erklärt hatte?

Ende des Frühjahrs brachte der Stadtpräfekt, der ihr Freund geworden war, die Nachricht, der Statthalter Annius Rufus werde zum einjährigen Amtsjubiläum von Tiberius und zur Einführung seines Nachfolgers Valerius Gratus in Caesarea Spiele abhalten. Und ihr, Maria von Tarichea, würde eine eigene Einladung zugestellt werden. Der neue Statthalter sei sehr begierig, sie zu sehen.

Als sie das Programm in Händen hielt, entdeckte sie, dass neben zahllosen Veranstaltungen wie Theateraufführungen, Gladiatorenkämpfen und Tierhatzen nicht nur das obligatorische Wagenrennen gestartet werden würde, sondern auch ein Pferderennen. Jeder beliebige Reiter konnte sich melden. Als sie ihre Idee, an dem Wettbewerb teilzunehmen, ihren drei Freundinnen mitteilte, schaute sie in nachdenkliche Gesichter.

„Wir haben uns schon gedacht, dass du da mitmachen willst. Aber ist das wirklich gut für dich, Mirjam?"

„Es reizt mich. Vielleicht schaffe ich nicht einmal das erste Ausscheidungsrennen. Aber ich möchte es probieren."

„Meinst du, dass sie dich als Frau überhaupt zulassen? Das gibt doch wieder Gerede im ganzen Land."

„Ich werde mich als Mann anmelden, habe ich mir gedacht. Und ich brauche einen erfahrenen Berater."

Die alte Calatoria schaute sie durchdringend an:

„Du willst siegen, Mirjam. du wirst verlieren!"

Solon Campanus war sofort Feuer und Flamme. Er kannte auch jemanden in Sepphoris, einen gewissen Sabbas, der früher Wagenrennen und Pferderennen gewonnen hatte. Aber nach einem Sturz wankte er nur noch als Wrack umher. Dafür erzählte er pausenlos, wie gut er einmal gewesen war. Auch Tribocus und einer der Sklaven, Clarus, meinten, sie hätten Ahnung für solche Rennen.

So kam es, dass Mirjam ab dem Frühsommer sich auf ihr erstes Pferderennen vorbereitete. Sie hatte dazu, um unbemerkt zu bleiben, drüben in der Landschaft Gaulanitis, oben auf dem Plateau nahe am See, wo es keine Dörfer gab, ein Gelände gekauft, auf dem sie mit Hilfe von Steinen und Stangen genau die Bahn eines Hippodroms absteckte. Hier ritt sie Sheratan ein. Manchmal war sie eine ganze Woche mit den drei Männern weg von Tarichea. Es war ein schönes Gefühl, wieder in der Wüste zu schlafen. Anfangs vermisste sie die abendlichen Runden mit ihren Freundinnen, ihre so anderen Ansichten, und manchmal sogar Marcus. Doch die Erzählkunst des alten Rennfanatikers Sabbas glich das aus. Sie musste ihn freilich zügeln, aber seine Kenntnisse waren unschätzbar.

„Domina Mirjam, diese Rennen gewinnt nicht das schnellste Pferd, sondern der brutalste Reiter. Sie müssen Ihre Augen überall haben, wer Ihr Pferd stören oder verletzen will. Die müssen Sie besiegen oder ihnen rechtzeitig aus dem Weg gehen. Ihr Hengst ist schnell. Ich meine, Sheratan ist sogar schnell genug für den Sieg. Aber das wird nicht reichen. Wir müssen uns verschiedene Taktiken ausdenken. Vor allem, wie wir Attacken anderer Reiter auf Ihr Pferd abwehren. Damit beginnen wir nach dem Sommer. Dann bleiben uns noch vier Wochen. Das wird reichen. Als ich früher …"

Der Mann war zu bedauern. Solange Mirjam dabei war, kam er nicht dazu, auch nur eine seiner fabelhaften Geschichten zu erzählen. Doch wenn sich die Dame entfernt hatte, hörten Tribocus und Clarus beeindruckt zu. Mitunter war einiges zu hören, was sie wissen mussten. Denn ihnen fiel die Aufgabe zu, das nähere und weitere Umfeld ihrer Reiterin zu kontrollieren und zu beobachten. Sabbas dagegen würde immer beim Hengst bleiben.

Pferderennen lagen in der Gunst des Publikums nicht obenan. Bei Wagenrennen oder Kämpfen der Gladiatoren gab es größere Spannung, weil viel mehr passieren konnte als bei vergleichsweise ruhigen Pferderennen. Damit das Publikum nicht Missfallen äußerte, hofften die Veranstalter inständig, dass reichlich Übergriffe auf Pferde der Konkurrenten oder auf diese selbst stattfänden. Etwa 100 Reiter hatten sich gemeldet. Sie sollten in drei Gruppen gestartet werden, von denen jeweils nur die ersten 12 in die Zwischenrunde kamen. Jedes Rennen ging über sieben Runden, wie bei Wagenrennen. In Caesarea ergab das eine und zweidrittel römische Meilen. Hier maß ein Lauf entlang der Spina 100 Faden, ohne Berechnung der Kurven, die eng oder weit genommen werden konnten. Vor allem dort passierten bei den Wagenrennen die erhofften spektakulären Unfälle.

Sheratan befand sich in ausgezeichneter Form. An Mirjam lag es, ihn vor Angriffen anderer Reiter zu schützen. Damit sie nicht als Frau erkannt wurde – sie startete als Herr Sextus Mureña –, hatte sie wieder ihren Turban angelegt, sich dazu weite Beinkleider genäht und deren Außen- und Innenseiten durch Ziegenleder verstärkt. Einen Sattel wie sie benutzten nur wenige. Der war denn auch das einzige, wodurch sie Aufsehen erregte.

Früh am Morgen versammelten sich die Reiter. Wegen ihrer großen Anzahl mussten sie vor den 12 Boxen der Wagenlenker starten, unterhalb der Loge der Organisatoren und Ehrengäste. Zuerst aber lief die Pompa in ihrer üblichen, manchmal lächerlichen Übertreibung durch die Arena, wobei jedes Götterbild in ihm eigener Weise beklatscht wurde. Bis zu diesem Ereignis hielt sich Mirjam in ihrer Ehrenloge in der Nähe der beiden Statthalter auf. Diese begrüßten sie respektvoll, mit einer Mischung aus überraschtem Entzücken und neugieriger Musterung. Mirjam stellte Kühlheit zur Schau und hielt jedes Gespräch höflich kurz. Gewiss würden die Herren sich nicht die Pferderennen anschauen, vielleicht den Schluss des Finalrennens. Zur Pompa mussten sie jedoch bleiben. Mirjam aber verzog sich sogleich unauffällig zu den Rennställen, wo ihre drei Männer auf Sheratan aufpassten. Sie waren auf Hindernisse vorbereitet.

Mirjam startete in der zweiten Ausscheidungsrunde. Zum Jubel des Publikums bearbeiteten etliche Reiter sogleich die Pferde der anderen mehr als das eigene. Das versprach Stürze. Mirjam hielt sich sofort zurück. So lief Sheratan im letzten Drittel und weiter außen, was sie aber keinen weiten Bogen in der ersten Kurve an der hinteren Wendemarke kostete, da die hintere Reiterschar ziemliche Lücken aufwies. Sie galoppierte durch diese hindurch, machte sogar ein paar Plätze gut. In der zweiten Runde gab es das erste Aus für gleich drei Pferde, die allesamt im vorderen Pulk voranstürmten. In der dritten Runde fiel Mirjam kurzzeitig sogar auf den letzten Platz zurück. Wer auf Sheratan gesetzt hatte, räumte dem Pferd unter Sextus Mureña keine Chance mehr ein. Doch Sabbas sprang, trotz kaputten Beines, jubelnd in die Höhe:

„Sie ist intelligent! Sie ist intelligent!", schrie er. Die Umstehenden waren sicher, der Mann habe nicht nur einen Schaden am Bein.

Ab der vierten Runde ging Mirjam daran, sich in die Mitte des verbliebenen Feldes vorzuschieben. Das verschaffte ihr Gelegenheit, die Machenschaften der Reiter vor ihr zu studieren. Ziel müsse sein, hatte Sabbas strengstens gelehrt, in der letzten Runde nur noch sechs Reiter vor sich zu haben, im schlimmsten Fall dürften es zehn werden. Denn sie müsse damit rechnen, dass andere ebenfalls eine Taktik verfolgten und auf dem letzten Stadium plötzlich herangeflogen kämen. In der Kurve zur letzten Runde stürzten gleich vier Pferde, Mirjam wäre um ein Haar mit hineingezogen worden, aber der Hengst reagierte aufmerksam. Sheratan flog die lange Gerade hinunter. Mirjam wollte dieses Mal den Platz innen erlangen und den Bogen eng nehmen. Sie hatte das mit Sheratan oft geübt: zurücknehmen, herum, und wieder voller Galopp. Als sie jetzt zur vorderen Wendemarke kam, lief Sheratan an zehnter Stelle, abbremsen, herum, anlaufen. Als sie wieder auf der Geraden lief, sah sie vor sich nur noch sechs Pferde. Jetzt durften ruhig noch zwei, drei vorbeigehen, aber sie kontrollierte den Spurt und kam unter den ersten zwölf ins Ziel. Das Zwischenrennen war erreicht.

Sabbas quoll über vor Begeisterung. Das sei sie wunderbar angegangen, das Rennen, rief er, und taktisch klug habe sie den exzellenten zehnten Platz erreicht.

„Warum ist der exzellent?"

„Weil beim Zwischenrennen dich niemand mehr als Konkurrenten einschätzt. Du kannst unbeachtet laufen! Denke daran, das Ziel ist der Sieg im letzten Rennen. Im letzten!"

Er lief zum Hengst, prüfte ihn, ob er mitgenommen war oder noch Reserven hatte. Auch mit ihm war er zufrieden.

„Wir haben zwei Stunden Zeit, dann kommt unser Zwischenlauf. Bis dahin: ausruhen! Tribocus und du, Clarus, ihr geht jetzt unauffällig bei den Reitern umher, aber lasst euch nicht verprügeln, und versucht zu erkennen, welche Tricks sie vorbereiten. Das zweite Rennen ist gemeiner als das erste."

Je zwölf Reiter starteten nun aus den Boxen. Drei Reiter, berichteten Tribocus und Clarus, hätten außen an ihrem Bein spitze Nägel angebracht. Vier andere hätten einen Stock in ihre Tunica gesteckt. Dieses Mal musste Mirjam unter die ersten Vier kommen. Also auf der Schlussgeraden nur zwei Reiter vor sich haben, um Überraschungen von hinten abwehren zu können.

Die ersten gingen dieses Mal nicht gleich scharfes Tempo. Aha, dachte Mirjam, hier herrscht taktisches Denken. Sie ließ sich dennoch zurückfallen und setzte auf Sheratan. Schon in der zweiten Runde begannen vorne die Rempeleien. Wieder lief der Hengst auf dem letzten Platz dem Felde hinterher, aber dieses Mal nicht so weit vom führenden entfernt wie im ersten Rennen. In der vierten Runde wurde das Tempo plötzlich angezogen. Als wolle jemand eine Vorentscheidung erzwingen und alleine ins Ziel kommen. Mirjam ging ein paar Plätze vor, um nicht überrascht zu werden. Neun Pferde liefen vor ihr. Da bemerkte sie, wie ein Reiter seine Nägel am Bauch des neben ihm laufenden Pferdes einsetzte; es sprang mit weit aufgerissenen Augen zur Seite, warf den Reiter ab – und Zehntausend jubelten. Jetzt sah sie einen Stock, aber nicht für das eigene Pferd, sondern um dem Nachbarpferd auf den Kopf zu schlagen. Dieses scheute, Ende auch für diesen Reiter.

Inzwischen waren noch sechs Reiter vor ihr. Sie merkte sich die mit den Nägeln, die vier mit dem Stock. Eingangs der vorletzten Runde liefen vor ihr nur noch vier. Sie war jetzt darauf bedacht, nicht zwischen zwei andere eingekeilt zu werden. Der an erster Stelle liegende Reiter begann auf einmal, sein Pferd unvermittelt dem neben ihm laufenden in den Weg zu führen, schon gab es Verzögerungen und den nächsten Sturz. So war sie jetzt vierte. Aber das war kein sicherer Platz. Mirjam kam eine Idee.

Als die ersten Reiter in die letzte Runde einbogen, ließ Mirjam Sheratan plötzlich laufen. Der schien die Freiheit zu genießen und schoss geradezu vorwärts. Nicht innen, sondern außen ging sie an den verblüfften anderen vorbei und näherte sich als erste der vorderen Wendemarke. Die Reiter innen grinsten, denn sie erwarteten, dass dieser davon stürmende Konkurrent nun nach innen biegen werde. Und da warteten sie mit ihren Instrumenten. Aber genau das hatte Mirjam vorausbedacht – und blieb außen. So lief sie zwar den größeren Bogen, brauchte mehr Zeit, fiel einen Platz zurück, hielt aber Distanz zu Nägeln und Stöcken. Keiner konnte ihrem Hengst mehr schaden. Als sichere dritte überquerte sie die Ziellinie.

Sabbas kniff die Augen zusammen. Er war hingerissen, aber dafür war jetzt keine Zeit. Jetzt wussten alle, dass Sheratan ein schnelles Pferd und Sextus Mureña ein ausgemachter Fuchs war. Also musste er sich etwas Neues einfallen lassen.

Das Neue bestand einmal darin, dass Sheratan derart herausgeputzt in die Arena schritt, dass er als das schönste aller Pferde Beifallsstürme entfachte. Auch Mirjam hatte eine leicht goldfarbene, mit feinen Purpurfäden durchsetzte Tunica und ebensolche Beinkleider angelegt. Den festen Turban behielt sie auf dem Kopf.

Das zweite Neue bestand darin, dass Mirjam von Anfang an nach vorne stürmte. Den ersten Platz anstreben!, lautete die Devise von Sabbas, dann bist du heraus aus allen Gemeinheiten. Dann müssen sie mit Speeren nach dir werfen, aber da werden sie hoffentlich nicht treffen. Tatsächlich hatte sie die Überraschung auf ihrer Seite, als sie von Anfang an scharfes Tempo ging und mit zwei Längen Vorsprung die vordere Wendemarke erreichte.

Diesen Vorsprung hielt sie die lange Gerade durch, verzögerte an der hinteren Wendemarke, enger Bogen, und wieder Galopp. Sheratan ging problemlos mit. Das Tempo war hoch, die anderen hofften gewiss, dass der Reiter an der Spitze das nicht über die ganze Distanz gehen würde.

In der vierten Runde kam von hinten ein Reiter heran. Auch er ritt ein weißes Pferd. Es war ein arabischer junger Mann. Als sie sich nach ihm umdrehte, lächelte er ihr stolz zu. Gut, dachte Mirjam, wir werden sehen. In der Kurve war er zunächst außen, zog aber seinen Araber nach innen, und nun liefen sie nebeneinander. Er schaute zu ihr herüber, seine Haare flogen, ihr Turban saß fest. Sie wandte sich ihm zu, ihre Tunica flatterte wie die seine. Bevor sie erneut die hintere Marke erreichten, merkte Mirjam, wie der arabische Mann auf einmal zu ihr herüber starrte. Fast erschrocken wirkte er. In der Wende zur fünften Runde verlor er prompt eine Länge. Aber er führte seine Stute wieder heran. Auf einmal schrie er zu ihr herüber:

„Was trägst du um den Hals?"

Nun war es an Mirjam, verstört zu reagieren. War das ein Trick? Wollte er sie unaufmerksam machen? Sie verhielt sich doppelt vorsichtig. Aber der junge Mann schüttelte deutlich den Kopf, zeigte auf den Hals und rief erneut:

„Was trägst du da?"

„Ein Messerchen."

„Ist es aus Elfenbein?"

„Ja."

Sabbas, Tribocus und Clarus bemerkten, dass ein Gespräch zwischen Mirjam und dem Angreifer lief. Sie waren entsetzt, winkten Mirjam wild gestikulierend zu, aufzuhören, sich auf das Rennen zu konzentrieren. Aber diese fasste plötzlich Interesse an dem Fremden.

„Stehen da Buchstaben drauf?", verstand sie.

„Ja", rief sie in vollem Galopp.

„Sind es die Buchstaben OP?", schrie der Fremde zurück.

Sie verlor beinahe den Verstand. Wer war der Mann? Wie konnte er das wissen? Was wollte er? Sie war so durcheinander, dass sie die Kurve in die sechste Runde vermasselte. Gleich vier Pferde zogen an ihr vorbei, Sheratan war aus dem Tritt gekommen. Der junge Mann vorne auf dem weißen Pferd drehte sich um, winkte ihr zu, als wolle er sagen: los, komm, beeile dich!, und jagte davon. An der vorderen Wendemarke hatte er die vier anderen eingeholt und setzte sich auf der Gegengeraden sogar an die Spitze. Jetzt fand Mirjam ihren Verstand wieder, der Hengst spürte Führung, und nun jagte sie hinterher. An der hinteren Wendemarke, eingangs zur letzten Runde, war sie deutlich herangekommen. Der junge Mann und die vier Konkurrenten vor ihr liefen hohes Tempo.

Und dann geschah etwas Merkwürdiges: Der Araber winkte ihr mit dem rechten Arm zu, als wollte er sagen, reite weiter rechts außen. Schließlich reagierte sie, verstand aber nicht, was das sollte. Doch das begriff sie rasch: Der Mann warf etwas hinter sich in den Wind, sehen konnte man nichts, nur stiegen auf einmal die Pferde der Verfolger in die Höhe, scheuten, brachen aus, gingen mit allen Vieren in die Luft. Was immer da passiert war, die Konkurrenten waren aus dem Rennen. Im Nu jagte sie an ihnen vorbei und erreichte den Mann auf dem weißen Pferd. Gemeinsam umritten sie die letzte Wendemarke. 80 Faden vor dem Ziel ließen beide ihren Pferden die Zügel frei, und diese schossen davon. Doch das Pferd des Fremden war schneller als ihres. Mirjam musste ihm den Sieg lassen.

Enttäuscht zügelte sie Sheratan und wendete.

Sabbas, Tribocus, Clarus eilten herbei. Eigentlich wollten sie jubeln, waren aber verstört und ärgerlich. Was war da abgelaufen? Nun überhäuften sie, mitten in der Arena und umtost vom grölenden Circus, Mirjam mit Fragen.

„Was habt ihr da geredet? Wer war das?"

Mirjam war noch außer Atem, unfähig zu einer Antwort. Unmöglich konnte sie den Dreien erklären, welche Bewandtnis es mit dem Messerchen auf sich hatte. Während sie so dastand, sah sie plötzlich den arabischen Reiter. Er kam auf sie zu, führte sein weißes Pferd am Halfter. Er blieb vor ihr stehen und streckte seine Hand nach ihrem Hals aus. Schon wollte Tribocus das Beste aus seiner Vergangenheit vorführen, da gebot Mirjam Einhalt. Der Mann nahm das Messerchen in seine Finger, überprüfte die Buchstaben und ließ das Messerchen an Mirjams Hals zurückgleiten.

„Sie heißen Mirjam von Bethanien, nicht wahr?"

Starr vor Schreck stand sie da. Wer war der Fremde? Diesen Namen kannte doch niemand. Niemand!

„Du hast von deinem Mann ein Geschenk erhalten, dieses Messerchen mit den Buchstaben OP. Und auch du hast deinem Mann ein Geschenk gegeben. Stimmt das?"

Mirjam begriff noch immer nichts. Sie konnte nur nicken. Inzwischen waren auch die Freunde des Arabers herbeigeeilt und kümmerten sich um seine weiße Stute.

„Kannst du mir sagen, was das war?"

„Es waren drei Fäden und eine Perle."

„Und welche Farbe hatten die Fäden?"

„Sie hatten die Farben gelb, blau und koschenillerot. Und die Perle war blau."

Der Mann verneigte sich vor ihr.

„Dann darf ich dir einen Brief in Ziegenleder geben. Komm bitte gleich in meinen Stall, am anderen Ende des Ganges."

In diesem Augenblick stürmten Männer heran, mitten in der Arena, ein ganzes Dutzend. Sie gehörten zu den vier Reitern, deren Pferde in der letzten Runde plötzlich gescheut hatten. Sie schwangen Knüppel, Lanzen, sogar Schwerter und verbreiteten gar keinen friedfertigen Eindruck. Der junge arabische Mann und seine Begleiter wichen erschrocken zurück. Die Männer schrien:

„Er hat uns betrogen! Er hat die Pferde scheu gemacht. Er hat Pfeffer in die Luft gestreut!"

Und ehe jemand, nicht einmal Tribocus, die Situation erfassen, geschweige denn verhindern konnte, durchbohrte einer von ihnen mit seinem Speer den jungen arabischen Mann. Sein Leichnam sank neben seinem Pferd zu Boden. Mirjam schrie gellend. Die Menge im Hippodrom sprang auf und jauchzte, endlich hatte sie ihren Toten. Die Begleiter des Ermordeten ergriffen in panischer Angst die Flucht, wurden aber eingeholt und ebenfalls umgebracht.

Sabbas war der erste, der sich gefangen hatte.

„Los! Weg! Schnell! Das gibt eine Massenschlachterei."

Tribocus schwang sich auf Sheratan, fing das andere weiße Pferd ein, und zu zweit auf jedem Pferd jagten sie zurück in die

Ställe. Mirjam war noch völlig verstört. Erst dieser fremde Araber mit einer Botschaft von Octavus, jetzt war der Mann tot, seine Freunde ebenfalls. Und die Botschaft? Sie schrie:

„Packt unsere Sachen, und dann weg! Ich komme später nach. Tribocus, laufe in den letzten Stall am Ende des Ganges, finde diese Rolle in Ziegenleder. Ich brauche sie. Unbedingt! Ich kleide mich um und eile zu Rufus und Gratus."

Der Circus glich einem Tollhaus. Alle schrien und gestikulierten, stierten in die Arena und hofften, dass es noch mehr Prügeleien und Abschlachten geben werden. Keiner beachtete die junge Frau, die blass in ihre Ehrenloge hinaufstieg. Auch der alte und neue Statthalter merkten nicht, dass der Ehrengast zurückkam. Sie hatten sich ebenfalls erhoben und schauten belustigt auf die Einlage des wilden Gladiatorenkampfes. Mirjam fand, der Augenblick sei günstig. Sie ging zu ihnen hinüber.

„Exzellenzen, das ist so richtig nach dem Geschmack der Leute. Ein feines Rennen war das."

„Man konnte wohl nicht alles sehen," antwortete Gratus zweideutig. „Zuerst war es todlangweilig. Aber die Schlussrunde verlief angenehm lebendig. Haben Sie erkennen können, was passiert ist, Frau Mirjam? Drüben auf der anderen Seite der Spina?"

„Ich habe mich in den Ställen umgesehen. Fast jeder Reiter hatte sich seine besonderen Waffen mitgenommen. Die Schiedsrichter ließen alles durchgehen, damit die Leute bei Laune bleiben. Aber der eine hat nun Pech gehabt."

„Wer war das?"

„Den sie mit dem Speer durchbohrt haben? Das war …, er hieß Sextus Mureña. Er hat das Rennen als Sieger beendet. Das wollten die anderen Parteien wohl nicht."

„So so, den Sieger Mureña haben sie getötet? Da haben sie meine Rechte verletzt." Annius Rufus gab sich empört. „Ich hätte den Mann jetzt ehren, ihm den Siegeskranz aufsetzen und das Preisgeld von 30.000 Sesterzen überreichen sollen. Die Leute haben mein Eigentum beschädigt. Adjutant, schick Soldaten runter, sie sollen den ganzen wilden Haufen in der Rennbahn zur Freude des Publikums töten. Die kräftigen verkauft als Sklaven. Die bringen Geld."

Die Schiedsrichter kamen gelaufen.

„Exzellenzen, wir haben den Überblick verloren. Die ersten beiden Reiter sind verschwunden, die weißen Pferde auch, dort prügeln sich jetzt die nächsten vier Parteien."

„Die Sache ist schon entschieden, dank meiner sehr aufmerksamen Begleiterin Domina Maria. Es gibt keinen Sieger. Die Preisgelder werden an das Publikum verteilt. Der nächste Wettkampf."

Die beiden Statthalter luden Mirjam ein, in ihrer Loge zu bleiben. Mirjam konnte nicht widersprechen. Erst jetzt, in der Ruhe des Sitzens, kamen ihr die Bilder der letzten Augenblicke zu Bewusstsein. Der Speer in der Brust des fremden arabischen Reiters, das Blut, sein schönes Gesicht. Woher wusste er das mit dem Messerchen? Mit ihrem Namen, den drei farbigen Fäden? Er musste Octavus begegnet sein. Aber dann, durchbohrt vor ihren Augen. Sie hielt ihre Hände vors Gesicht, schüttelte sich, spürte wieder den Schrecken, der sie erstarren ließ. Dabei selbst in Gefahr, ermordet zu werden. Gut, dass Tribocus den Verstand bewahrt hatte. Aber der arabische Reiter, der war tot, ihn konnte sie nicht mehr fragen. Was wohl in dem Brief steht? Sie erinnerte sich an den ersten Brief von Octavus …

„Geht es Ihnen nicht gut, Domina Maria?"

Der neue Statthalter Gratus beugte sich zu ihr herüber.

„Ich könnte einen Becher Wasser gebrauchen", lenkte sie ab.

Eigentlich hatte sie mit ihren drei Männern nur eine Nacht in Caesarea verbringen und dann gleich zurück reiten wollen. Aber jetzt war alles anders. Sie war aufgewühlt, konnte keinen Gedanken fassen. Und der Ritt saß ihr noch in den Gliedern. Ein Sklave brachte eine Karaffe kühles Wasser. Gratus selbst reichte ihr den Becher:

„Sie sind allein hier, Domina Maria? Ich werde Ihnen drei Diener zuweisen. Sie sind mein Gast, so lange Sie wollen."

Sie hatte in der Tat keine Lust, jetzt nach Hause zu reiten. Der Brief, wenn Tribocus ihn finden konnte – nach den Morden, dem Blut war ihr nicht danach. Es wäre zwar schön, wenn sie mit Salma, Calatoria, Muzi und Tribocus zusammen hocken und gemeinsam bedenken könnten, was gerade passiert war. Aber die waren weit weg. Allein saß sie hier unter Fremden. Sie lehnte sich zurück in die Polster, schloss die Augen, ließ das Geschrei der Arena an sich vorbeirauschen, ohne jedes Interesse an den nächsten Wettkämpfen. Zwei Sklavinnen und ein Sklave kamen, verbeugten sich:

„Wir sind zu ihren Diensten, Domina Maria."

„Ist gut. Ich bleibe noch sitzen."

„Seine Exzellenz hat gesagt, wir sollen ihre Zimmer herrichten."

„Dann tut das."

Erst gegen Abend fühlte sie sich fähig, aufzustehen. Ein Adjutant des Gratus eilte herbei und bot sich an, sie in ihr Haus zu geleiten. Die beiden Sklavinnen, eine kam aus Britannien, die zweite aus Persien, der dritte aus der Kyrenaica, schienen ordentlich zu sein. Sie nahm ausgiebig ein warmes Bad, machte sich frisch, erhielt neue Kleider, ließ sich frisieren und für die Cena fertig machen.

Erst beim anschließenden Symposion, als sie an der Seite des Annius Rufus dem Wein zusprach, verflogen die garstigen Bilder. Sie trank mehr als der Verstand erlaubte. Aber es tat gut, den Tag vergessen zu können. Sie wusste, dass sie den tastenden Blicken der Männer besser misstrauen sollte, aber sie wollte genießen, wegschieben und frei sein von den Erinnerungen. Der Tag hatte sie zur Verliererin gestempelt; dies unangenehme Gefühl wollte sie loswerden. Nun ließ sie sich reizen und reizte andere; das verschaffte Genugtuung. Bei anzüglichen Witzen und politischen Anspielungen machte es ihr Spaß, ihre Schlagfertigkeit zu zeigen und dafür Bewunderung zu ernten. Die Männer auf den Klinen staunten nicht schlecht über ihre Kenntnisse in Geschäften und Banken, über den ägyptischen Hof und Architektur. Als der Adjutant von Gratus, er hieß Severus, sie gegen Morgen nach Hause führte, nutzte er die Schwäche der Torkelnden für einige Berührungen. Und Mirjam fand sie sogar angenehm. Zumindest fehlte ihr die Kraft, sich dagegen zu wehren.

So ging es die kommenden Tage weiter. Gegen Mittag stand sie auf, es folgte eine ausgiebige Bade- und Schminkzeit, Frisieren und dann: auf zum Circus. Bekanntschaften, Belustigungen, gegen Abend die reichhaltige Cena, wo sie sich bei Speisen und Wein weniger und weniger beherrschte. Weiter ging es mit immer neuen Geschäftskontakten, Handelsabkommen und eingestreuten Flirts. Diese Welt und ihre Männer begann sie anzuziehen. Auch einzunebeln. Als Gast des neuen Statthalters stand sie auf hohem Rang, mit römischem Bürgerrecht, vom Kaiser verliehen! Zudem war sie die einzige Geschäftsfrau unter 100 geladenen Gästen. Ohne die Feierlichkeiten hätte sie diese Kontakte nie knüpfen können. Aus Nah und Fern drängten sich in den acht Tagen Kaufleute, um an sie heranzukommen und die fabelhafte junge Frau kennen zu lernen.

Mirjam spürte, wie es ihr zu gefallen begann, in der Mitte zu stehen und wegen des Reichtums ihrer Kontore und der Reize ihres Körpers bewundert zu werden. Für jeden Abend erhielt sie Einladungen zu gleich mehreren Gelagen, die von Mal zu Mal üppiger ausfielen. Hatte sie sich anfangs noch zurückgehalten, so übernahm sie immer bereitwilliger die Freizügigkeiten im Essen und Trinken, im Reden und bei erotischen Spielchen, die offensichtlich von allen Teilnehmern erwartet und genossen wurden. Ich setze sie ja nur für meine Geschäfte ein, dachte sie bei sich. Ihre Kleidung wurde durchsichtig wie die der zahlreichen Hetären, ihre Worte frivoler. Gewisse Männer durften näher an sie heran, und einige Geschäfte fanden ihren Abschluss erst, wenn sie mit dem Kaufmann auf dessen Liegesofa lag.

Was mir fehlt, dachte sie eines Nachts auf ihrem Lager, als sie die Hände noch auf ihren Beinen spürte, ist die Umgebung von zu Hause, der Zaun der Freunde. Dann wieder sah sie den fremden Reiter neben sich, sah sein Blut, hörte die Botschaft ... Sie schüttelte sie ab. Octavus war unter den vielen Männern verschwunden. Bei Zahlen und Paragraphen strengte sie sich an, dem Verstand die Führung zu belassen. Aber zugleich spielte sie mit ihrer Ausstrahlung und wurde unvorsichtig. Dann ärgerte sie sich über sich selbst. Sehr sogar. Aber sie ärgerte sich auch, wenn eine Hetäre mehr Aufmerksamkeit erlangte als sie. Wobei sie nicht leugnen konnte, dass auch manche Männer Ausstrahlung besaßen. Severus hatte längst verstanden, dass diese Dame für ihn unerreichbar war.

Der neue Statthalter hingegen ließ sie nicht aus den Augen. Seine täglichen Annäherungsversuche wies sie mit eleganter Höflichkeit zurück. Sie vertröstete ihn auf später. Das stachelte sein Verlangen erst recht an. Erst in der letzten Nacht geschah es, dass ihre drei Sklaven vergeblich auf die Ankunft ihrer Herrin warteten.

Für ihre Rückreise nach Tarichea hatte Valerius Gratus ihr seinen Reisewagen angeboten und den jungen Severus als Begleiter abgestellt. Mirjam lag auf Polstern. Sie versuchte zu erfassen, wer das war, der jetzt im Wagen des Statthalters nach Hause fuhr, begleitet vom Adjutanten des römischen Legaten. Herculaneum damals, das war etwas anderes, dort war sie neu gewesen, war die Gattin von Caius geworden. Da reichte ihr der Kaiser die Hand, verneigten sich Konsuln vor ihr. Aber das hier …, fast war es ihre eigene Veranstaltung geworden. Und was hatte diese Feier mit ihr angestellt? Seit dem Zwischenfall mit dem Araber hatte der Strom der Ereignisse sie mitgerissen. Und sie hatte sich mitreißen lassen. Wen hatte sie nicht alles kennengelernt! Die Kaufleute aus Massilia etwa, ein lustiger Abend! Sie handelten mit Schiffen und Waren nach Mauretanien und hinauf nach Gallien und Britannien. Sie musste sie unbedingt besuchen. Oder die Senatoren aus Roma, ausgesprochen seriöse Herren, Männer mit Kultur. Drei Einladungen nahm sie von ihnen mit nach Hause. So ging es jeden Abend. Sie konnte ihre Erinnerungen an griechische und römische Dichter aufwärmen und genoss es, wenn einige Herrschaften ihre rhetorischen Wortgebilde mit Klatschen quittierten. Dosiert eingestreute Anspielungen über den Hof der Kleopatra ließen sie zudem geheimnisvoll erscheinen. Und als sie einmal das Siegel der letzten Pharaonin in eine Bemerkung einflocht, umgab sie diese Andeutung mit königlicher Aura.

Ich bin eine neue Persönlichkeit! Ich habe in den acht Tagen gelernt, mit großen Kaufleuten zu spielen. Oder mit mir selbst? Und dabei die Zügel verloren? Ich bin nicht mehr die, die nach Caesarea geritten ist für ein Pferderennen, das Schicksal hat mich nach oben getragen. Warum auch nicht? Habe wieder eine Grenze überschritten. Man kennt mich jetzt, die Geschäftsfrau von Tarichea. Und sie bewundern mein großes Handelsimperium. Alle wissen das jetzt. Und sie begegnen mir mit Respekt. In dieser Welt gelten natürlich andere Spielregeln als in Tarichea. Ich werde sie immer besser lernen.

Severus hatte den Wagen nicht durch das Tal des Arbel gelenkt, wo die Räuber saßen, sondern den See weiter südlich angefahren. Wieder rollte sie an den heißen Quellen von Amathus vorbei wie vor sechs Jahren. Aber die Gedanken wanderten nicht in jene Zeit zurück, sondern verblieben bei den Tagen in Caesarea.

Tribocus erwartete sie am Tor.

„Wir waren etwas in Sorge um dich, Mirjam. Ein paar Leute, die aus Caesarea herüberkamen, sagten uns aber, dir ginge es augenscheinlich gut. Du würdest groß herauskommen. Wärest in den acht Tagen zum Mittelpunkt geworden. Da war ich beruhigt. Aber Salma, Muzifungi und Calatoria sind besorgt um dich. Übrigens, hier ist sie, die Rolle aus Ziegenleder."

„Welche Rolle aus Ziegenleder?"

„Nun, die der arabische Reiter, den sie ermordet haben, dir geben wollte. Ich habe sie gefunden in seiner Box."

„Ach natürlich. Ich muss erst ein Bad nehmen, Tribocus."

Mirjam ging ins Haus. Salma und Muzi kamen ihr freundlich und fragend zugleich entgegen. Etwas Fremdes war zwischen ihnen.

„Wie gut, dass du wieder hier bei uns bist."

„Oh, ich habe viel erlebt. Ich muss euch das alles erzählen. Eine tolle Welt, fantastisch. Wir haben eine Menge neuer Handelskontakte gewonnen. Ich werde unser Geschäft ausweiten. Und Einladungen habe ich, nach Massilia, nach Roma. Und der neue Statthalter, tja, ein feiner Mann. Ich hab es ihm nicht leicht gemacht."

Am Abend nach dem Essen, das Muzi liebevoll zubereitet hatte, was Mirjam mit keinem ‚Dankeschön‘ anerkannte, begann sie zu erzählen. Viel zu erzählen. Aber nicht alles. Die anderen hörten zu. Sie merkten, dass ihre Domina in eine andere Welt geraten war. Eine Welt, die sie von ihnen entfernt hatte. Es war, als wäre Vertrauen verloren gegangen. Gelegentlich fragten sie dies und das, aber Mirjam sprudelte nur weiter.

Am Ende meldete sich Tribocus:

„Erinnerst du dich noch an den toten Araber?"

„Ja ja, ich erinnere mich. Weißt du, Tribocus, der erste war ein Schreck für mich. Furchtbar! Furchtbar!! Aber es gab noch mehr Tote. Jeden Tag ein paar. Allmählich gewöhnt man sich daran."

Sie packte ihre Utensilien und stieg auf ihr Zimmer hinauf.

„Hast du den Brief mitgenommen, den du vom arabischen Reiter bekommen solltest?"

Auf ihrem Zimmer öffnete sie das Band.

„Liebe Mirjam. Ich bin es, dein Octavus Posterius. Ich lebe. Ich hoffe, du lebst auch und es geht dir gut. In Caesarea wurde ich nicht aufs Schiff gelassen, ich wurde versteckt, bekam den Namen Marcus Cissonius. Kam nach Palmyra. Hier bin ich jetzt. Was morgen mit mir wird, weiß ich nicht. Ich denke jeden Tag an dich. Du bist mir sehr lieb! Ich suche dich. Finde mich! dein Octavus."

Mirjam rollte den Bogen zusammen. Es kamen keine Tränen. Ihr Herz schlug nicht. Die Worte verklangen im Geschrei der Arena. Da waren Jahre vergangen. Welten. Octavus, ich konnte nicht anders! Da ist so vieles passiert. Es gibt neue Menschen. Dein Vater, Herculaneum, Tyrus, Alexandria, ach so viel. Ein Kind habe ich auch. Und jetzt erst! Die Tage in Caesarea, mit so vielen Kontakten. Am Ende sogar der Statthalter. Und die Villa hier. Meine Geschäfte. Du würdest mich nicht wiedererkennen. Die Welt ist anders geworden. Zäune sind weggefallen …

Octavus, versteh' bitte. Ich habe deinen Geschmack verloren.

LIV

Der alte Mann mit dem einen Auge, der das Lager Vindobona erreicht hatte, lag nun schon seit zwei Wochen im Lazarett. Er war abgemagert und litt unter Fieberträumen. Sein Name war Quercus. Der Offizier der Auxiliareinheit hatte sich, nach dem Weggang von Marcus Cissonius, einen neuen Adjutanten geholt, Caius Atius von der Legio XV Apollinaris. Der erhielt den Befehl, sich persönlich um den alten Mann zu kümmern. Denn der Offizier hatte von diesem erfahren, dass er früher Centurio unter Quirinius gewesen sei. Da hatte er Recht auf bevorzugte Behandlung. Er kam aus Palästina, war wohl schon zwei Jahre unterwegs und wollte weiter bis in seine Heimat Augusta Treverorum. Bei seiner Schwäche würde er es bis dahin aber kaum mehr schaffen.

„Wie geht es ihm heute früh?"

„Er hat im Fieber wieder geredet. Er spricht immer von einer Mirjam. Manchmal auch von einem Levi und Alrescha. Und dann sagt er, dass er doch gehen musste. Armer Kerl. Er hat wohl viel durchgemacht. Ob er das noch packen wird?"

„Atius, kümmere dich um ihn. Er soll gesund werden, wenn die Götter es nicht anders bestimmt haben. Gib ihm Wein."

Als Atius um die Mittagszeit wieder zum Einäugigen ging und Brot und Wein brachte, war der wach. Er blickte ihn sogar offenen Auges an und lächelte etwas.

„Bringst du Wein? Ich hoffe, es ist ein Falerner."

„Du kennst Falerner?"

„Oh ja, Mirjam wollte immer das Beste haben. Wir haben dann schön gefeiert mit Favinus, nein, er hieß ja Caius Posterius."

Dann schienen ihm wieder die Sinne zu schwinden. Er röchelte: „Nimm es mir nicht übel, ich musste doch gehen. Zurück dorthin, wo ich herkomme. Nicht wahr, du nimmst mir das nicht übel, Mirjam …"

„Ich bin sicher, Mirjam nimmt es dir nicht übel, Quercus. Sie hat Verständnis für dich. Du kannst in Ruhe sein. Heute geht es dir schon besser, nicht wahr? Nimm etwas Wein, auch wenn er nicht so gut ist wie deiner, ich bestelle noch ein Getränk aus Kräutern. Wo warst du eigentlich mit dieser Mirjam?"

„Das war in Palästina, am See Genezareth. Erst war ich bei den Booten, dann habe ich das Haus beaufsichtigt. Für Favinus."

Er schloss das rechte Auge für eine Weile.

„Sie ist eine gute Frau. Aber sie wird es noch schwer haben. Die Götter müssen sie beschützen."

Dann murmelte er etwas von Tribocus und Salma und Musicus, aber das verstand Atius nicht mehr. Quercus schlief wieder ein. Als er am Abend zu ihm ans Lager trat, schien Quercus sich noch mehr erholt zu haben. Er fragte Atius:

„Wo bin ich hier?"

„Du bist im Lager Vindobona. Das hat meine Auxiliareinheit für die Legio XV Apollinaris gebaut, am Flusse Danubius. Du bist vor 15 Tagen hier angekommen. Du warst ziemlich am Ende. Aber heute Abend geht es dir endlich besser, scheint mir."

„Da war schreckliches Wetter, erinnere ich mich. Und die Legionäre waren sehr gereizt. Stimmt etwas nicht?"

„Du bist ein erfahrener Centurio. Ich sage dir kaum etwas Neues. Wir haben Aufruhr. Drei Legionen hier am Danubius und weitere bis zum Rhenum hinüber rebellieren."

„Und warum?"

„Das Übliche. Der Sold wird immer weniger, die Dienstzeit immer länger, die Ferien muss man sich erkaufen, neue Züchtigungen, und die Praetorianer in Roma bekommen das, was uns abgezogen wird."

„Und was wird geschehen?"

„Der Lagerkommandant hat den Sohn des Statthalters nach Roma zum Kaiser geschickt. Mein Vorgänger als Adjutant, der Marcus Cissionius, ein toller Soldat, musste mitgehen, damit der Militärtribun keinen Unsinn erzählt."

„Und das soll helfen? Es wird nicht helfen."

„Und was schlägst du vor?"

Der alte Mann lag eine Weile da, als wäre er tot. Atius wurde unruhig. Da öffnete der alte Mann sein gesundes Auge und sagte:

„Die Götter müssen helfen."

„Wie bitte? Ich verstehe nicht."

Der alte Centurio lag wieder still da. Dann erklärte er:

„Die Götter müssen helfen. Was du mir schilderst, bedeutet für mich alten Legionär, dass die Soldaten das Vertrauen in die Führung, in die Autorität verloren haben. Dann wird es nicht helfen, wenn dieselbe Autorität weiterredet. Sie werden nicht mehr vertrauen."

Atius stand sprachlos neben dem Lager. Das leuchtete ihm ein, was der Alte sagte. Aber woher wusste der so etwas? Er fragte ihn.

„Salma wusste so etwas. Muschicus auch. Sie glaubten an die Götter. Nein, sie glaubten nur an den Einen, wie sie sagten. Ich habe das nie verstanden. Aber Salma war weise. Und Mirjam und Muschi auch. Und sie würden sagen: Die Götter, der Eine muss helfen."

„Helfen die Götter denn einer römischen Legion?"

„Die Götter helfen immer. Jedem. Aber sie verlangen Opfer."

Bis zum Nachmittag hatte es noch geregnet. Nicht mehr so heftig wie vor zwei Wochen, dafür langandauernd. Das Erdreich war vollgesogen mit Wasser. Doch seit dem Abend klarte es auf. Sterne kamen hervor. Seit langer Zeit wieder. Atius trat hinaus auf die Via Quintana. Gegenüber befand sich das Pferdelazarett. Er blickte verwundert zum Himmel. Tatsächlich konnte er Sterne sehen. Das wäre ja wunderbar, wenn morgen die Sonne schiene. Er schritt die gepflasterte Straße zwischen Legatenpalast und Fuhrpark hinüber zum Forum. Auf dem weiten Platz genoss er einen unverstellten Blick.

Und dann sah er das Schreckliche: Der Mond war herausgekommen, doch eine Hand schob sich über ihn und verdeckte sein Licht.

Atius rannte zurück ins Lazarett, zum Lager von Quercus.

„Quercus, komm! Schnell. Die Götter! Sie strafen uns!"

Vom lauten Rufen waren andere Kranke aufgewacht, hörten die angstvollen Worte und erhoben sich ebenfalls von ihrem Lager. Sie stützten den alten Quercus und sich selbst und wankten allesamt hinaus auf die Lagerstraße, hinüber zum Forum. Und dort sahen sie es mit eigenen Augen: Der Mond verlor sein Licht. Die Götter schoben ihre Hand über ihn. Sie nahmen dem Mond das Gesicht weg.

Gemurmel entstand. Es wurde lauter. Erste Schreie gellten über den Platz. Wachen eilten herbei. An der Kommandantur wurden die Fackeln entzündet. Es dauerte nicht lange, da stand die ganze Legion XV dicht gedrängt unter dem Himmel und sah mit eigenen Augen, wie die Götter den Mond zudeckten.

Da war es, das Zeichen der Götter.

In der Nacht schlief keiner mehr im Lager. Alle hockten zusammen und tuschelten. Die meisten voller Angst. Atius war sofort zu seinem Offizier geeilt und hatte ihm mitgeteilt, was Quercus zuvor gesagt hatte. Dass nicht der Kaiser oder Legat mehr helfen könnte, sondern dass die Götter helfen müssten. Und nun hatten die Götter sich gemeldet und ihr Zeichen geschickt.

Aber es sah schrecklich aus. Wie eine Strafe.

Der Offizier eilte noch in der Nacht zum Kommandanten. Beide überlegten mit anderen Hauptleuten, was jetzt zu tun sei.

Atius meinte, dass, nun ja, am ehesten Quercus sprechen solle. Er gehöre nicht zur Lagerleitung, er komme von außen, als alter Centurio sei er eine Autorität. Und vor allem: Er hatte richtig geweissagt.

Am Morgen regnete es wieder. Man stützte den schwachen Quercus auf beiden Seiten, als der, eingepackt in Bärenfelle, zur Versammlung der Legio XV aufs Forum geführt wurde. Auch alle Offiziere und Hauptleute waren anwesend. Der Lagerkommandant hatte für Quercus ein Segeldach errichten lassen, damit er sich nicht neues Fieber zuziehe. Er eröffnete die Versammlung:

„Legionäre! Heute Nacht haben die Götter zu uns gesprochen. Sie drohen, dem Mond sein Licht zu nehmen. Unter uns ist seit zwei Wochen der Centurio Quercus. Er hat unter Quirinius gedient, gegen die Homonadenser und in Apamea gekämpft. Er hat sein Leben für Roma aufgeopfert. Gestern Abend hat er dem Atius gesagt, nicht der Kaiser, nur die Götter können uns helfen. Das war eine Weissagung. Dieser Mann steht vor euch. Er wird jetzt zu euch sprechen. Weil er nur leise reden kann, wird Atius seine Worte euch laut zurufen."

„Männer", begann Quercus. Und Atius rief laut wie ein Echo: „Männer!"

„Ihr seid gut!", fuhr Quercus fort.

„Ihr seid gut!"

„Ihr habt viel von eurem Leben für Roma gegeben. Für den Schutz des Imperiums. Ohne euch bestände es nicht mehr. Die Prätorianer hätten hier im Regen am Danubius schon längst versagt. Ihr werdet gebraucht. Aber ihr werdet ungerecht behandelt. Ihr müsst leiden. Ein Mensch, den ich sehr verehre, hat gesagt: Das Gute gibt es nicht ohne Leiden. Ein anderer hat hinzugefügt: Das Leiden sei das schönste Geheimnis der Welt. Legionäre! Ich verstehe das nicht. Aber ich spüre, da ist etwas Wahres dran. Ihr macht etwas Gutes, Wichtiges, deshalb müsst ihr leiden. Wenn ihr jetzt rebelliert, stellt ihr euch deshalb nicht gegen den Kaiser, sondern gegen die Götter. Gegen die Götter, ja. Sie werden euch strafen. Leidet lieber unter dem Kaiser als unter den Göttern. Eure Forderungen sind richtig. Aber rebelliert nicht. Die Götter werden euch helfen, wenn ihr euren Offizieren gehorcht. Offiziere, behandelt eure Soldaten gerecht. Sonst ereilt die Strafe der Götter euch. Ja euch! Nur wenn ihr alle zusammen steht, könnt ihr eure Aufgabe erfüllen …"

Er sackte zusammen, hustete. Man brachte eilends eine Liege herbei und legte Quercus darauf. Alle Legionäre auf dem Forum, auch die Offiziere und Hauptleute, sogar der Kommandant, schwiegen. Die Worte des alten Mannes trafen sie tief. Jeden. Nach einer Pause konnte Quercus weiter reden:

„Legionäre. Ihr habt die Götter missachtet. Sie haben euch ein Zeichen gegeben. Wenn ihr darauf achtet, werden sie euch helfen. Ja, sie werden es tun. Aber sie fordern ein Opfer. Es wird ein Opfer geben. Und sie werden euch helfen."

Er fiel zurück auf seine Liege. Man trug ihn sogleich hinüber ins Lazarett und brachte heiße Tücher. Atius kam gelaufen.

„Quercus, du hast uns gerettet. Ich glaube, sie haben den Aufruhr abgeblasen. Alle sind erschrocken. Sie haben das Zeichen gesehen. Und jetzt deine Worte gehört. Du hast uns gerettet!"

Sogar der Lagerkommandant kam an sein Lager in Begleitung des ganzen Stabes. Er nahm Haltung an vor dem alten Centurio und dankte ihm. Im Namen des Kaisers. Quercus nickte schwach.

„Es wird ein Opfer geben."

Am Nachmittag lief ein verschmutzter Bote ins Lager: Atius sei mit einer Einheit zum Wald gegangen, um Holz zu holen, aber ein Hang, der vom Regen aufgeweicht war und abrutschte, habe ihn verschüttet … Er müsse ein ehrenvolles Denkmal bekommen.

LV

Die acht Tage, die Mirjam als Gast des neuen Statthalters Gratus in Caesarea genießen konnte, hatten sie in einen neuen Übergang gestoßen. Sie hatte ihn nicht geplant, nicht gewollt; aber der Tod des Arabers nach dem Rennen hatte ihr Geschick in eine völlig unerwartete Richtung gewendet. Im Nachhinein ging ihr auf, was in jenen acht Tagen vor allem anders gewesen war:

Ihre drei Diener in Caesarea hielten es für ihre Pflicht, sie in allem noch begehrenswerter auszustatten. Ihre drei Freundinnen in Tarichea dagegen hätten es als ihre Pflicht betrachtet, ihr Verhalten in Frage zu stellen.

Sie war ohne Zügel gelaufen.

Aber konnte man denn auf solchen Gelagen die Zügel eng halten? Sich einschnüren lassen? Salma, Muzi, Calatoria, ohne Zweifel, ihr seid prächtige Frauen! Ohne eure Hilfe wäre ich nie so weit gekommen. Niemals! Aber seid ihr auch in der Lage, mit mir in diese neuen Welten hineinzugehen? Hinauszugehen in die Welt der Geschäfte? Da muss man die Spielregeln annehmen, die dort herrschen. Und dort ist man freizügiger. Na und? Zu jedem Geschäft, das wisst ihr noch nicht, gibt es Zugaben, honigsüße Leckerbissen. Warum nicht? Keine Sorge, ich behalte mein Ziel immer vor Augen: Dieser neue Vertrag! Jener neue Vertrag. Dieser zu erwartende Gewinn und jener … Und so wächst unser Vermögen. Und das kommt auch euch zugute, Salma, Muzi, Calatoria.

„Ich werde jetzt öfter verreisen müssen, Salma. Mein Vermögen könnte bald die 30 Millionen Sesterzen erreichen. Wunderbar!"

Und wenn sie unterwegs sei, nach Mauretania oder Massilia oder Roma, könne Salma ruhig nach Philadelphia reisen und sehen, ob sie noch jemanden antreffe aus alten Zeiten.

„Muzi, für dich und Calatoria wären die Wege in die Heimat zu weit. Doch wenn ihr beiden Lust hättet, nach Alexandria zu reisen und von dort hinunter nach Felix Arabia, bitte, tut es. Fühlt euch frei! Da kann man bei gutem Wind sicher schon Indien riechen, Calatoria, oder deine Urwälder in Afrika, Muzi. Ich stelle euch sofort ein Schiff bereit. Die Arbeiten hier erledigen unsere Verwalter."

Sie lachte.

„Ihr braucht es nur zu sagen."

Eines Nachts kam ihr Levi in den Sinn. Der war weggegangen aus schützender Umgebung. Vier Wochen im fremden Kontor hatten gereicht, ihn in sein altes Leben zurück zu werfen. War ihr nicht Ähnliches passiert? Nein, nein, da gab es Unterschiede: Levi war noch jung, er war noch nicht gefestigt. Die Jahre als Dieb und im Gefängnis, die saßen tief in ihm drin. Dagegen hatte die kurze Zeit, die er bei ihnen zugebracht hatte, es noch nicht vermocht, in ihm schon Neues aufzubauen. Aber sie, Mirjam, sie war nicht ungefestigt wie Levi. Nein, sie würde in dieser neuen Welt nicht zurückfallen in schlechte Gewohnheiten, die sie ohnehin nie gehabt hatte. Sie würde vorangehen, sich neue Welten erobern. Damals in Jerusalem, das war eine Ausnahme, da fiel das Schicksal über sie her.

Ich muss mich mehr um meinen Sohn kümmern. Ich muss mehr Zeit für ihn haben, mit ihm spielen und sprechen. Es soll ihm nicht wie Levi gehen. Jedoch, er geht ja gerne zu Calatoria. Und ich habe meine Geschäfte. Aber jeden Tag eine Stunde? Eine halbe.

Die drei Frauen schauten ihre Freundin seit jenem Pferderennen schweigend an. Sie fragten sich, wohin das Leben Mirjam noch ziehen würde. Zwar genossen auch sie ihre neuen Arbeitsbereiche in der Stadt, aber diese blieben weitgehend im Rahmen von Tarichea, von Galiläa und Judäa und dessen eher kleinen Kaufleuten. Zudem sprachen sie jeden Abend gemeinsam über alles. In diese neuen Welten, die ihnen durchaus Spaß machten, schritten sie eher langsam hinein. Mirjam dagegen stürmte voran. Alleine. Und weil sie ohne Zweifel eine Aufsehen erregende Erscheinung war, kam die Welt inzwischen zu ihr gelaufen: Der Statthalter hatte plötzlich öfter etwas in Tarichea zu tun – und verbrachte die Nacht auf ihrem Zimmer.

LVI

Das Pferderennen und die amüsanten Weingelage in Caesarea lagen nun schon 4 Jahre zurück. Mirjams Geschäfte in Tarichea blühten, ihre Kontore waren bekannt geworden nicht nur bis nach Jerusalem und Damaskus, im ganzen Mittelmeerraum und in den angrenzenden Ländern kannte man Maria aus Tarichea. Der Statthalter, der den Hohenpriester in Jerusalem nach Belieben ab- und einsetzte, lud sie regelmäßig nach Caesarea ein. Die Kaufleute in Roma, Kampanien und bis nach Massilien pflegten gediegene Kontakte besonders nach Tarichea, wegen der ausgezeichneten Ware der Maria – und dabei genoss jeder Kaufmann seine eigenen Erinnerungen.

Im vergangenen Jahr hatte sie es einfädeln können, den römischen Feldherrn Germanicus zu gewinnen. Am Rhein hatten seine Legionen ihn schon zum Kaiser ausgerufen, doch er ließ Tiberius den Vortritt. Die angetragene Ehre schuf Feinde, vor allem Gnaeus Calpurnius Piso lechzte förmlich danach, ihn zu beseitigen. Nachdem Aretas, der König der Nabatäer, den Beinahe-Kaiser mit einem goldenen Kranz geehrt hatte, lud Mirjam ihn nach Tyros ein. Als Germanicus den Wunsch äußerte, in Alexandria die berühmte Bibliothek und das Museion zu besichtigen, Zentrum aller wissenschaftlichen Arbeiten des Erdkreises, bot sie ihm ihr schönstes Schiff an. So segelten sie nach Alexandria, doch er ohne Leibwache, in einfacher griechischer Kleidung – was gegen das Gebot des Kaisers verstieß. Sie hatte ihn ermutigt, Gebote zu übertreten. Mit ihm zusammen zu essen, zu trinken und zu reden, erlebte sie als Genuss. Er interessierte sich nicht nur für die Erfindungen des Heron, dessen Dampfmaschine, er bestaunte ebenso das Schöpfrad mit der Schraube ohne Ende, den Antrieb durch Wasserkraft und komprimierte Gase, Zerstreuungs- und Sammellinsen, und wie man den Umfang der Erde, die eine Kugel war, berechnen konnte. Sie besuchten zusammen den Tempel der Serapis und fanden die Inschrift der Gottheit: „Die Himmel sind mein Kopf, die Erde meine Füße, die Gewässer mein Leib und die Sonne mein allsehendes Auge."

Auf der Rückfahrt kamen sie auf die ewig selben Themen der Menschen zu sprechen. Germanicus begann mit der Frage:

„Was denken wir eigentlich von unseren Göttern, wenn wir ihnen opfern, aber vorher und hinterher lächerliche bis peinliche Geschichten über sie erzählen?"

Sie lagen wohlgepolstert auf dem erhöhten rückwärtigen Teil des königlichen Schiffes, genossen den warmen Wind und die Weite des Meeres. Mirjam hatte alles an Königlichem, was sie besaß, auf diese Reise mitgenommen. Jetzt am Vormittag, als sie das Nildelta schon hinter sich sahen, lag sie locker gekleidet neben Germanicus:

„Sie haben uns, genau betrachtet, nur geholfen, das Göttliche

am Menschen und das Menschliche an den Göttern herauszu-
arbeiten."

Germanicus lachte.

„Ja, so könnte man sagen. Aber auch solch ein Spruch hilft
nicht weiter. Gibt es nur den Zufall oder gibt es doch Vorse-
hung? Gibt es nur die Natur oder doch Götter? Was leitet uns:
Schicksal? Notwendigkeiten? Die menschlichen Dinge haben
keinen Bestand. Ich selber auch nicht. Der Piso, dieser Cular-
cultor und populismi fautor, er will mich umbringen. Er wird es
auch schaffen. War das dann Schicksal? Oder Walten der Götter?
Du und ich, wir sind Gebildete. Das dürfen wir ruhig sagen. Es
gibt keinen Römer, der nach Alexandria um der Bildung willen
fahren würde. Wir Gebildeten reservieren uns einen vagen Glauben an das göttliche Walten, aber nur einen vagen. Aus Vorsicht,
man kann ja nie wissen. Viel lieber stellen wir alles in Frage. Und
kommen uns dabei als die Überlegenen vor. Ich tue das auch.
Ach, das Meer ist verlässlicher als das Denken des Menschen."

Er seufzte und warf einen Granatapfel ins Meer. Mirjam
schaute der schwindenden Frucht hinterher. Sie mochte sein
freies, fragendes Denken. Aber er kannte anscheinend nur Fragen. Sie sagte:

„Alexander wurde von den ägyptischen Priestern als Abge-
sandter des Gottes Amun begrüßt. Wohl wegen seines menschlichen Ruhmes und triumphalen Auftretens. Kommt jemand in
unauffälliger Kleidung daher, wie du in Alexandria, dann begrüßt dich keiner als Abgesandten Gottes. Wir Menschen suchen Götter – und beten Kleider an. Übrigens, ich wollte für
dich kein Gott sein, nur schön."

„Das bist du auch. Aber, warum haben wir Römer und Griechen eigentlich keine Priester in unseren Tempeln? Die Götter
des Orients haben welche, die wachen über Zeiten, Opfer, Feste,
über Abgaben und Tempelschatz. Brauchen unsere Götter keine
Priester?"

„Sie bevorzugen Jungfrauen im Tempel", lächelte Mirjam.

„Ja, das macht irgendwie noch Sinn." Germanicus tätschelte
ihre Schenkel. „Ach, das ganze Leben ist eine Frage."

So interessant dieser Mann auch war, so angenehm der Umgang mit ihm, er konnte Mirjam nicht mehr geben als sie schon

besaß. Er konnte ihr vor allem keinen Halt geben. Er war nicht die feste Schulter, die sie insgeheim suchte, nicht die Liebe, nach der sie sich unentwegt sehnte, Liebe und die Mahnung zugleich.

Sie brachte ihn nach Antiochia zurück an den Sitz des Legaten. Der Abschied fiel ihr nicht schwer.

In Tarichea lebte und arbeitete sie in einer anderen Welt. Ohne Purpur, ohne Feldherrn, ohne Zentren der Bildung. Es waren einfache Menschen um sie herum. Aber Mirjam wurde das Gefühl nicht los, diese Menschen, ihre drei Frauen und Tribocus, waren gebildeter als die Großen der Welt.

Muzifungi zum Beispiel war von ihrem Fischgeschäft begeistert. Sie kannte alle 16 größeren Häfen am See. Dazu die doppelt so zahlreichen Hausbootstege. Alle Fischhändler, die großen wie die kleinen, sogar die von Hippos am anderen Ufer, liebten die Schwarze, die immer freundlich war, Witze machte, mit ihnen tanzte und sang, wenn sie am Morgen ihre Boote voller Fische brachten. Mit ihr konnte man einen guten Preis aushandeln, einen günstigeren als bei den zwei anderen Fischhändlern. Und vor allem: Muzifungi hatte die Hallen zur Verarbeitung der Fische anders geordnet und teilweise neu gebaut. Dazu hatte sie die Bearbeitung der Fische, vom Hereintragen bis zum Versenden, lange und genau beobachtet. Schließlich legte sie eine neue Abfolge der Arbeitsschritte fest. Die Umstellung brauchte einige Zeit, und manche stellten sich dabei bockig und dumm an. Aber schließlich, zur Verwunderung der Arbeiter und Arbeiterinnen, ging nun alles schneller, einfacher. Sogar die Abfälle, die beim Fischausnehmen unweigerlich anfielen, wusste sie zu verwerten.

„Eeeh, die kochen wir allesamt, mit Gräten, und machen daraus Fischsoße. Das ist doch klar. Teilt sie auf nach Geschmack."

Jeden Abend, bevor die Frauen nach Hause gingen, mussten sie ihre Arbeitsplätze schrubben. Das war vernachlässigt worden. Aber es gefiel den Frauen, wenn sie am Morgen eine saubere Halle betraten. Und noch etwas hatte Muzifungi erfunden: Fliegenfänger! Die Halle war bislang von Fliegen übersät. Muzi beobachtete ihre Gewohnheiten und Johannes Marcus durfte helfen; er rannte herum und schrie und gestikulierte, wenn er wieder einen Ort gefunden hatte, wo die Fliegen sich gern hinsetzten. Muzi besprach sich mit Mirjam, ob sie aus ihrer Erinnerung etwas zum Kleben beitragen könne. Nach wenigen Tagen bastelten die beiden an einer Idee: Sie mischten tierische Häute und Asphalt mit tierischen Leimen und Honig, und Johannes Marcus strich die Masse auf einen Teller. Sofort sausten die Fliegen zum Festschmaus – und kamen von ihm nicht mehr los.

„Aha", dachte Muzi. Zur Perfektionierung ihrer Taktik kaufte sie feinmaschige Vorhänge, die sie vor die Eingänge hängte, und schon kamen weniger Fliegen in die Halle. Und diese sausten in den süßen Tod. Nach einigen Tagen ließ es sich angenehm arbeiten.

„Was lernt ihr daraus?", fragte Muzifungi hintersinnig grinsend ihre Arbeiterinnen. Die schauten sie ratlos an.

„Süße Sachen sind eine Falle!"

Und sie klatschte auf ihre ansehnlichen Hüften und tanzte.

Tribocus war inzwischen zum Präfekten der holzverarbeitenden Industrie geworden. Die Boote, die man bei ihm kaufte, zeichneten sich durch außerordentliche Qualität aus. Entsprechend war der Preis. Aber sogar die einfachen Fischer aus Kafarnaum und Betsaida konnten Qualität gegen Billigware aufrechnen. Seine Hölzer bezog er aus den waldreichen Gebieten Galiläas oder über das Kontor in Tyrus aus den Wäldern am Libanon und sogar aus jenen vom Taurus. Jede Art Boot konnte man bei ihm bestellen: kleine Flitzer für die Jugend, die gern Rennen nach Hippos und zurück bestritt, oder schwere Lastkähne mit Doppelruderern. Er brachte sogar die Idee auf den Markt, allgemeine Transportschiffe für Menschen, Tiere und Waren zu bauen, die von einer Stadt in die andere über den weiten See wollten. So wusste bald ganz Tarichea, wann ein Schiff von seinem Hafen, dem größten am See, hinüber nach Hippos fahren würde. Oder nach Kafarnaum oder Betsaida. Oder in den Süden, wo die Gadarener einen Uferstreifen am See gepachtet hatten. Und für ein As konnte man mitfahren, per Segel oder mit Ruderern.

Auch Salma und Calatoria brachten ihre Geschäftsbereiche immer deutlicher in die „Gewinnzone", wie sie das von Mirjam gelernt hatten. Salma berichtete, wie von Jahr zu Jahr mehr Menschen von auswärts zu ihr kämen, um immer kostbarere Perlen und Nardenöle zu kaufen. An einem Tag, erzählte sie, habe sie sogar fünf Fläschchen indisches Nardenöl für je 200 Denare an einen Fremden verkauft. Ähnlich erging es Calatoria mit ihren Stoffen. Sie brachte all ihre indische Kunst ein, um die ganze Bandbreite von festen, groben Stoffen bis hin zu feinen, seidenartigen anbieten zu können. Mit Hilfe des Kontors in Tyrus war es ihr gelungen, einen Händler in China zu finden, über den sie nun auch Seide bezog. Nach zwei Jahren hatte sie es geschafft: Ihr Laden musste erweitert werden. Aber Mirjam entschied: Nein, wir bauen einen neuen. Einen größeren.

Für die Karawanserei hatte sie eine einfache, aber saubere Gaststätte eingerichtet. Die brachte nicht viel Geld, aber Kontakte. Und so landeten manche Waren, die bislang zu Käufern in den Häfen am Meer liefen, jetzt in ihrer Lagerhalle.

Sie war wirklich eine Geschäftsfrau geworden.

Eines Abends saß Mirjam auf der Veranda und prüfte die Bücher. Marcus war schon sechs Jahre alt. Am liebsten spielte er bei den Tieren; das ehemalige Fohlen hatte er Hatschepsut getauft, es war sein Lieblingspferd. Noch lieber streunte er bei den Bootshäusern herum und schaute interessiert beim Bauen der Kähne zu. Wenn er nicht gerade lernen musste. Calatoria passte auf.

Als Mirjam mit der untergehenden Sonne durch die Büsche und Bäumchen hinunter schaute, sah sie, wie Muzifungi die Straße vom Hafen heraufkam. Hinter ihr schritt eine Frau mittleren Alters. Sie führte ein Maultier am Halfter, das leicht beladen war. Ein Besuch noch am Abend? Mirjam ging hinunter.

„Eeeh, einen schönen und guten Abend, Mirjam", lachte Muzi. Die beiden begrüßten sich, indem sie ihre offenen Handflächen aneinander klatschten und rieben. Muzi trat ein, während die fremde Frau draußen stehen blieb und prüfend an der Villa emporblickte. Eine Sklavin kam gelaufen, wusch dem Gast die Füße, ein Sklave übernahm das Maultier.

„Schau, wen ich gebracht habe. Das ist auch eine Mirjam, Mirjam aus Nazareth. Sie hat für ihr Dorf Fisch gekauft, nun sucht sie eine Unterkunft für die Nacht. Morgen will sie zurück."

Mirjam winkte die Frau herein:

„Chaire. Bitte, tritt ein. Unser Haus ist dein Haus. Es ist uns eine Ehre, dass du bei uns übernachten willst. Ich zeige dir dein Zimmer. Aber, bitte, morgen nimmst du mehr Fisch mit nach

Hause als nur die zwei kleinen Säcke. Ich gebe dir zwei Fass voll. Als Geschenk."

Die Frau lächelte und trat ein. Sie wirkte nicht scheu, im Gegenteil. Mirjam bemerkte an ihr eine gewisse Feinheit und Sicherheit. Sie schaute im Atrium umher und nahm sich dafür Zeit:

„Ein auffallender Bau. Kostbares Holz. Gekonnt verarbeitet."

Johannes Marcus war neugierig herzugetreten und schaute zu der Frau hoch. Die bückte sich, reichte ihm lächelnd die Hand und sagte:

„Ich bin Maria aus Nazareth."

„Ich heiße Johannes Marcus. Kannst du auch bauen? Meine Mama kann gut bauen. Sie macht viel mit Männern."

„Mein Sohn sieht alles. Wir konnten einen griechischen Baumeister gewinnen. Er baut noch anderes in Tarichea und Magdala!"

„Ist es vielleicht Solon Campanus?"

„Ja! Der ist es. Du kennst ihn?"

„Ja, ich kenne ihn. Er ist in der Tat ein guter Mensch und ein vorzüglicher Architekt."

Mirjam zeigte der Frau ihr Zimmer, dazu die Latrine, den Baderaum. Nach dem gemeinsamen Mahl, beim Genuss von Falerner und frischen Früchten, erzählte die Nazarenerin:

„Ich danke, dass ich euer Gast sein darf. Mein Mann ist vor neun Jahren verstorben. Auch ich habe einen Sohn, Jeshua, er ist schon 26. Seit einem halben Jahr studiert er in der großen Bibliothek von Alexandria. Und da ich nun alleine bin und nicht viel zu tun habe, bot ich mich meinem Dorf an, für alle Fisch zu kaufen. Das fanden sie gut. Mit dem Maultier lässt sich der Einkauf leicht tragen. Kannst du schon eine Schale mit Fischen tragen, Johannes Marcus?"

„Jaaa!"

„Wir sind glücklich, dass wir dich auf diese Weise kennenlernen, Maria. Man hört in Tarichea kaum etwas von euch in Nazareth."

„Wir sind ein kleines Dorf. Im Handel haben wir tatsächlich keine Bedeutung. Die meisten Einwohner sind erst vor drei, vier Generationen aus Babylon hergezogen."

„Und woher kennst du Solon Campanus?"

„Ihr wisst ja, dass er in Sepphoris gebaut hat. Das große Theater für Antipas und noch anderes. Dort hat auch mein Mann gearbeitet. Von dort kenne ich Solon. Übrigens siedelt Antipas jetzt zu euch um, an den See. Er baut südlich von Tarichea seine neue Hauptstadt."

„Ja, in diesen Wochen beginnen die Bauarbeiten. Die Stadt wird Tarichea Konkurrenz machen. Aber wie lange wird Antipas brauchen, bis er sein ehrgeiziges Unternehmen beendet hat?"

Mirjam goss Wein und Wasser nach. An der Art, wie die Maria antwortete, konnte sie erkennen, dass die Frau Ahnung hatte. Wie passte diese Frau in das unbedeutende Nazareth? Maria fuhr fort:

„Herodes der Große hat an Caesarea Maritima 12 Jahre lang gebaut. Am Tempel in Jerusalem wurde bis zu seinem Tod, ich meine 14 oder 15 Jahre, gebaut. Und sie sind bis heute nicht fertig, bald 40 Jahre später. Mir will scheinen, Antipas ist kein so großer oder fanatischer Baumeister wie sein Vater. Das könnte sich also hinziehen, bis man die neue Stadt besiedeln kann."

„Hast du schon gehört, wie sie heißen wird, Maria?"

„Unsere Könige im kleinen Palästina müssen vor dem Kaiser Verbeugungen machen. Er wird sie wohl nach Tiberius benennen."

Sie legte eine Pause ein. Dann sprach sie Mirjam direkt an:

„Wenn ich das fragen darf, Mirjam: Wie kommst du hier mit den Juden zurecht? Du bist Jüdin, nicht wahr. Aber du lebst in einem, wir Juden sagen gewöhnlich, unreinen Hause. Du führst Geschäfte mit unreinen Menschen und Völkern. In den Augen der Frommen bist du eine Hure. Gibt es da nicht Spannungen? Darf ich so fragen?"

Mirjam nickte abschätzig. Salma sprang ein:

„Ja, es gibt Spannungen. Am Anfang, da war der Synagogenvorsteher hier, Jehuda. Er ist ein lustiger Kerl und eigentlich auch lieb, natürlich gesetzestreu. Er hat unser Haus gesegnet. Er meinte sogar, auf Mirjam würde ein Segen liegen. Aber der hielt nur so lange, bis sie die Synagoge gebaut hatte. Seitdem wir hier die Villa haben, ist er, glaube ich, recht böse auf uns. Der

Sohn von Mirjam musste unbedingt einen jüdischen Namen bekommen. Aber zur Feier von Tarichea und zu Mirjams 21. Geburtstag ist er nicht gekommen. Mirjam und wir sind große Sünder für ihn und den Pharisäer Simon, der seit einiger Zeit in Magdala wohnt. Seit das Nymphäum und das Gymnasion für die Öffentlichkeit offen stehen, sind wir Heiden. Überhaupt ist das Griechentum für ihn ein einziges Sündenbabel."

Muzifungi spielte mit zwei Datteln:

„Eeeeh, das ist schon komisch. Der Gott, an den er glaubt, der hat dem Mose eine lange Liste von Worten gesagt, lauter Regeln und Weisungen und Gesetze, nach denen Jehuda und alle Juden in Magdala leben müssen. Aber diese Regeln – ich weiß nicht. So urteilen die Geister unserer Ahnen in Afrika nicht. Doch Jehuda ist ganz versessen darauf, dass sein Gott der beste aller Götter sei. Und überhaupt: der Einzige. Und ganz lieb sei er und voll Vergebung. Aber zugleich bestraft sein Gott Leute, die etwas Gutes tun, wie Mirjam zum Beispiel. Ein Gymnasion bauen, das ist doch nichts Schlechtes."

Calatoria hatte die ganze Zeit ruhig zugehört und sich dabei die fremde Frau angeschaut. Jetzt hob sie die Hand:

„Frau Maria, Sie haben gerade gefragt, wie wir, wie Mirjam mit den Juden hier zurechtkommen. Könnte es sein, dass auch Sie Probleme mit den Juden in Nazareth haben?"

Maria von Nazareth lachte erstaunt.

„Sie haben gut hingehört, liebe Frau. Sie kommen aus Indien, nicht wahr? Ja, ich habe Probleme. Einige im Dorf wollten mich als Sünderin steinigen. Ach, das ist eine lange Geschichte. Vielleicht erzähle ich euch später davon, wenn ich noch einmal komme, Fisch zu kaufen. Oder wenn ihr mich besucht. Aber aufgepasst, ich wohne in einer Höhle, nicht so schön wie ihr hier. Ich bin gespannt auf mein Bad und Bett heute Nacht. Danke, Mirjam. Wie bist du eigentlich, wenn ich fragen darf, als junge Frau zu diesem Haus gekommen? Das kostet doch ein Vermögen!"

„Frau Maria, das ist ebenfalls eine lange Geschichte."

Und sie erzählte, wo sie herkam, wie sie aufgewachsen war, sie erzählte kurz von Selene und Octavus und allem anderen. Dabei war sie bemüht, den Eindruck zu erwecken, als stehe sie über allem. Auch die jetzigen Geschäftskontakte erwähnte sie eher von oben herab.

„So bin ich also schon einmal mehr Witwe als du. Meine Freundinnen sind allerdings in Sorge um mich, nicht wahr, Salma?"

„Mirjam hat uns eigentlich gerettet, als wir Sklavinnen bei Herren waren, die uns nur ausbeuteten. Wir sind Mirjam sehr dankbar. Beinahe wäre auch sie Sklavin geworden. Aber eine gütige Fügung hat sie und uns gerettet. Mirjam weiß, dass jemand sie behütet. Nicht wahr, Mirjam? Aber diese Welt der Geschäfte, die hat sie verändert, uns alle. Nur Calatoria, die ist schon so alt und weise, die verändert nichts mehr, nicht wahr, Calatoria?"

„Ich weiß, dass Gott uns behütet. Auch Mirjam. Und Tränen sind dazu gut, dass wir wieder nachdenken. Dass wir einmal innehalten und horchen, wohin wir treiben. Ich habe in meinem Leben viele Tränen geweint, die keiner gehört und gesehen hat … Entschuldigung. Ich wollte davon nicht sprechen."

Calatoria machte eine Pause. Dann fügte sie an:

„Aber heute kann ich sagen, dass Gott mich geführt hat. Ich bin zufrieden und glücklich. Ich habe immer Antworten gefunden."

Sie schaute wieder zu Maria aus Nazareth.

„Haben auch Sie schon gespürt, dass Gott Sie behütet? Dass er Sie führt und seine Hand auf Sie gelegt hat?"

Johannes Marcus krabbelte auf das Sofa und legte seine Hand auf Marias Kopf. Diese lachte, streichelte Johannes und sagte:

„Ich treffe selten Menschen, die solche Gespräche führen. In Nazareth kann ich nur mit meinem Sohn offen reden. Wir machen das ganz gut miteinander. Ich bin wohl zu stark für ihn. Er muss manchmal widersprechen und ausbrechen. Doch zu deiner Frage, Calatoria: Es stimmt, ich habe gespürt, dass Gott der Eine, der Gott unserer Väter, mich führt und seine Hand auf mich gelegt hat. Aber manchmal hatte ich den Eindruck, er führt mich in Dunkelheiten. Dann spüre ich seine Hand nicht mehr. Er überrascht, und der Mensch versteht nicht. Es ist einiges passiert in meinem Leben, was ich nicht verstehe. Es ging mir vielleicht ähnlich wie Mirjam: Ich habe nicht begriffen. Vielleicht begreife ich erst am Ende. Ganz am Ende. Seine Führungen tauchen auf und verschwinden wieder. Manchmal, so denke ich, ist Gott für uns Menschen ein Rätsel."

„Aber wir Menschen sind auch für Gott ein Rätsel, oder?",
vollendete Muzi den Gedanken.

„Ja, das wird wohl so sein."

Maria hielt einen Moment inne.

„Ich bin dankbar, dass ich so mit euch reden konnte. Ich
möchte noch länger mit euch reden. Es gibt so vieles, worüber
ich nachdenken muss, was ich nicht begreife. Ich bewahre es in
meinem Herzen. Aber es muss einmal heraus, nicht wahr?"

Sie lächelte.

„Wenn ihr erlaubt, es war ein langer Tag für mich. Ich freue
mich auf das wunderbare Bett. Gute Nacht, Johannes Marcus."

Am anderen Morgen erhob sich Mirjam mit dem ersten Grau
des Morgens. Das Gespräch vom Abend klang nach. Es hatte in
ihr etwas angerührt, was zerdrückt lag unter vielen Geschäften,
was auch ein Germanicus nicht beantworten konnte. Diese Maria war eine Persönlichkeit. Sie war vermutlich in der Lage, Geschäfte zu organisieren und zu leiten. Aber sie wohnte in einer
Höhle. Und sie hatte sich Johannes Marcus zugewandt wie eine
wirkliche Mutter. Mirjam fühlte sich dieser Frau zugleich überlegen und unterlegen.

Sie ging zum Zimmer der Maria, fand sie aber nicht. Auch
die Zimmer von Salma, Muzi und Calatoria waren leer. In der
Küche wies die Dienerin still nach draußen. Als Mirjam in den
Garten trat, sah sie die vier. Sie hockten nebeneinander auf der
Erde. Es war kein Wort zu hören. Sie schauten gen Osten, wo
die Sonne emporstieg. Muzi wiegte sich wieder mit ihrem Körper, Calatoria saß mit ineinandergelegten Beinen in sich versenkt
da, Salma hockte auf ihren Fersen. Maria aus Nazareth kniete
ebenfalls, die Augen geschlossen.

Salma bemerkte Mirjam und winkte sie herbei. Da trat Mirjam zu den vier Frauen hinzu und hockte sich abwartend neben
Maria. Aber sie musste sich dazu überwinden: Ich komme bloß
aus Höflichkeit, rechtfertigte sie sich. Nichts weiter! Auf einmal
fing Muzi an, etwas zu summen. Es waren nur einfache, leise
Töne. Wie eine Melodie. Aber ganz einfach. Dann begann auch
Salma zu summen. Beide Stimmen klangen zusammen. Nun
stimmte Maria mit ein, und jetzt auch Calatoria. Es klang ganz
wunderbar. Ganz einfach und schön. Ohne Worte. Mirjam woll-

te aber nicht zugeben, dass es ihr gefiel. Sie spürte in sich ein wachsendes Hemmnis, wie ein schweres Tor, das zu öffnen sie sich weigerte. So blieb sie hocken und beließ es bei einem möglichst unbeteiligten Eindruck.

Schließlich brach Muzi in ihr unwiderstehliches „Eeeeh!" aus und alle umarmten sich.

Als Maria nach Brot und Käse, Früchten und Wasser sich von den Frauen verabschiedete und das Maultier, mit zwei kleinen Fässern Fisch beladen, schon wartete, wandte sich Mirjam an sie:

„Eine Frage habe ich noch, Maria. Dein Mann, sagtest du, ist vor neun Jahren verstorben. Er hat im Theater von Sepphoris gearbeitet, richtig? Hieß er – Josef?"

„Ja, Josef von Bethlehem war mein Mann. Ein Baumeister. Er wurde von einem Schlussstein erschlagen. Kanntest du ihn?"

Mirjam sah ihn auf einmal vor sich. Er lächelte sie wieder an, als kenne er sie durch und durch. Sie schloss die Augen.

„Wir haben nur ein paar Worte gewechselt. Ich habe an deinen Mann oft denken müssen. Er besaß ein gütiges, starkes Wesen. Damals hätte ich ihn gebraucht."

Maria reichte Mirjam die Hand:

„Ich habe zwei Jahre benötigt, bis ich ohne ihn zurechtkam. Ach ja … Mirjam, es hat mich sehr gefreut, dich kennen zu lernen. Ich glaube, das war eine Fügung. Oder?"

„Das weiß man immer erst später."

„So ist es."

Maria hielt Mirjams Hand zwischen ihren Händen fest:

„Du hättest ihn damals gebraucht? Dann brauchst du heute erst recht einen Josef. Deine großen Geschäfte, sie werden deine Seele durchbohren, Mirjam, dich herunterdrücken. Du wirst leiden. Dich verlieren. Aber geh' immer weiter. Bleib' nicht stehen."

Sie lächelte lieb.

„Du wirst ihn finden, deinen Gott."

LVII

Sein Besuch damals bei Kaiser Tiberius verlief knapp und ohne jede Aufregung. Der Kaiser ging zunächst auf und ab, ohne jemanden anzuschauen, während der Militärtribun Blaesus aufwendig und unterwürfig die Lage am Danubius schilderte. Dabei musste dem Kaiser die Frage kommen, warum gleich ein Militärtribun nach Roma geschickt wurde, um eine harmlose Situation wie in Pannonien so ausführlich vorzutragen. Intensiver zuzuhören schien dagegen Lucius Aelius Seianus, der Kommandant der Prätorianer. Nach geraumer Zeit unterbrach Tiberius den Blaesus und fragte ihn, Marcus, ob er noch etwas zu sagen habe. In knappen Sätzen gab er Tatsachen zu Protokoll, die dem Seianus sichtlich nicht gefielen. Er schloss mit der Einschätzung des Lagerkommandanten, dass sich die Stellung gegen die Markomannen nur mit einer befriedeten Legion halten ließe. Der Kaiser nickte kurz, gab Seianus einen Wink und verließ den Raum. Die Folge des Winkes bestand darin, dass Seianus nur noch mit ihm sprach. Später hörte er, dass der Sohn des Kaisers, Drusus, mit eben diesem Seianus im Gefolge nach Pannonien geschickt worden war. Was dort schließlich durchgeführt wurde, erfuhr er nicht mehr. Denn sein Leben nahm schon wieder eine unerwartete Wendung.

Seianus befand nämlich, nachdem auch Blaesus den Raum verlassen hatte, dass sein Name zu keltisch klinge, was unter Umständen unerquickliche Nebenwirkungen nach sich ziehen könne. Er werde ihm deshalb den Namen Marcus Victor geben. Außerdem werde er nicht mehr nach Pannonien zurückkehren, sondern werde an den Rhenum, in die Stadt Borbetomagus versetzt und dort das Amt eines Decurio wahrnehmen.

Wenn er jetzt auf die vergangenen fünf Jahre zurückschaute, konnte er nur sagen, dass er ein ruhiges Leben geführt hatte. Er musste nie mehr so frieren wie damals am Danubius. Es gab keine gefährlichen Feindberührungen mehr, er hatte mit Militär und Krieg kaum noch etwas zu tun, es sei denn, eine Legion kam von Argentorate herauf oder eine andere wurde von Augusta Triberos an den Limes verlegt und er war verantwortlich für Verpflegung und Erholung der fast 6200 Männer, für ihre Tiere und Waffen. Das war jedes Mal harte Arbeit, aber er tat sie gern. Und sie dankten es ihm.

Es gab nur ein einziges Ereignis, das immer wieder in seinen Sinn kam. Manchmal täglich. Es lag schon Jahre zurück.

Da kam eines Nachmittags, es war Frühsommer, ein alter, dünner Mann in die Stadt. Ihm fehlte ein Auge. Man brachte ihn gleich zu ihm, denn der Mann, der nur schwer zu verstehen war, gab vor, ein ehemaliger Centurio zu sein. Er, Octavus, fand nach geduldigem Zuhören heraus, dass der Mann sich schon seit Jahren auf dem Weg in seine Heimat, nach Augusta Treveros, befand. Woher er kam, verstand er nicht. Weil der Alte offensichtlich keine Kraft mehr besaß und von Gesundheit bei ihm nichts übrig geblieben war, ließ er ihn zuerst warm waschen, gab ihm stärkende Getränke und verordnete ihm ein warmes Bett.

Aber noch in der ersten Nacht rief ihn sein Adjutant: Der Mann fange an, wirr zu reden.

Er hatte den Arzt holen lassen, aber der schüttelte den Kopf: Es gehe mit dem Alten zu Ende. Sein ‚Augusta‘ wäre wohl hier. Octavus brachte es nicht über sich, wieder in sein Bett zu steigen und den wirren Centurio allein zu lassen. Irgendetwas drängte ihn, bei dem sterbenden Mann am Bett sitzen zu bleiben.

Und dann passierte es: Der Mann fing an zu reden. Es waren keine klaren Sätze, natürlich nicht, nicht einmal klare Worte, die aus seinem trockenen Mund kamen. Es klang nach unzusammenhängendem Stammeln, Gurgeln von unklaren Lauten. Doch auf einmal meinte Marcus „Mirjam“ zu verstehen. Er schaute wie gebannt auf die Lippen des Centurio, dessen Namen er kaum kannte. Er versuchte, ihn anzusprechen, was er da gesagt habe. Und tatsächlich wiederholte der Sterbende diese Worte. Es war deutlich zu hören: Mirjam.

Und dann kam dieser Satz.

An seiner Deutlichkeit bestand kein Zweifel.

Der Mann sagte: Es gibt ihn, Mirjam, es gibt ihn, den Einen. Danach fiel sein Kopf zur Seite.

Die ganze Nacht hatte er sich damals nicht von der Stelle rühren können. Von wem sprach dieser Mann? Es konnte doch unmöglich sein, dass er seine Mirjam meinte! Unmöglich. So etwas gab es nicht. Aber ganz deutlich nannte er eine Mirjam. Und was bedeuteten die Worte „der Eine. Es gibt ihn“?

Seit dieser Zeit wiederholte er den Satz jeden Tag. Inzwischen war er so weit, dass sich der Satz von selber in ihm aussprach.

Plötzlich hörte er sich so reden, so denken, so fühlen: Es gibt ihn, Mirjam, es gibt ihn, den Einen.

In seiner Umgebung begann man zu munkeln, er sei wohl dabei, den Verstand zu verlieren.

LVIII

Zu den Nachrichten der vergangenen Jahre, die nicht direkt ihre Geschäfte betrafen, gehörte auch die Meldung von einem schweren Erdbeben, das 17 kleinasiatische Städte zerstört hatte. Das sei nicht ihre Sache, befand Mirjam. Als aber bekannt wurde, der Kaiser habe sogleich geholfen, indem er Steuern nachgelassen und eine beträchtliche Geldspende den Geschädigten ausgehändigt hatte, kam ihr die Frage, ob sie durch ein ähnliches Tun nicht Vorteile für ihre Handelsgeschäfte erlangen könnte. Schließlich wies sie das Kontor in Tyros an, 15.000 Sesterzen in jeder der 17 Städte zu verteilen, unter gehöriger Herausstellung, von wem das Geld komme.

Die zweite Nachricht betraf den Tod des Germanicus. Kurz vor den Iden des Oktober, das war vor einem halben Jahr, war er in Daphne, der Vorstadt von Antiochia, zusammengebrochen. Genau so, wie er es auf dem Schiff schon vorausgesehen hatte: Mit dem Gift von Piso, wie Gerüchte hartnäckig behaupteten.

Mirjam rührte dieser Tod nicht. Darüber war sie des Nachts in ihrem schönen Bett eigentlich mehr überrascht als über den Tod des Mannes selbst, mit dem sie immerhin wundervolle Tage verbracht hatte. Aber schon damals auf dem Schiff hatten sie philosophiert: Das sei halt das Schicksal. Oder ein Beschluss der Götter. Oder es war egal. Verluste gehörten zum Geschäft. Darüber konnte man nicht jedes Mal in Ohnmacht fallen. Abschreiben, und weiter ging das Theater. Richtig, das Leben war ein Theater, ein Spiel im Circus. Und da gab es Tote. Durch sie wurde der Circus erst interessant. Sonst würde ja keiner mehr hingehen. Der schöne arabische Reiter, er stand an der falschen Stelle der Arena. Und seine Begleiter liefen nicht schnell genug. Dagegen hatte sie selber klüger reagiert.

Sie langte neben das Bett. Im kleinen Schränkchen verwahrte sie seit geraumer Zeit einen Krug. Mit starkem Falerner. Sie konnte doch des Nachts nicht immer erst hinunter gehen. Und die anderen mussten das auch nicht wissen. Ihre Arbeit, ihre Geschäfte luden viele Sorgen auf sie, stellten sie vor schnelle Entscheidungen, und jedes Mal ging es um große Summen. Da konnte man nicht auf den Schlaf verzichten. Ein kleines Schlückchen Wein half recht ordentlich, sich selig zu entspannen, alles zu vergessen und zu schlafen.

Etwa eine Woche später teilte sie den anderen mit, sie müsse unbedingt nach Caesarea Mauretania. Über Alexandria hätte sie Nachrichten erhalten, dass unter den Dienern und Verwaltern Streit ausgebrochen sei. Das Geschäft würde stocken, Kontakte gingen verloren. Vor allem nach Roma. Sie werde deswegen selbst hinfahren und alles wieder in Ordnung bringen. Und wahrscheinlich auch nach Roma segeln. Ihr Haus dort habe sie lange nicht mehr besucht. Und außerdem schiene es ihr sinnvoll, mit diesem Seianus Kontakte zu knüpfen, der werde zum starken Mann in Roma. Die Reise würde also zwei, drei Monate in Anspruch nehmen. Muzi solle in der Zeit selbst den Fischhandel überwachen und sorgfältig die Entscheidungen treffen. Sie wisse ja Bescheid. Und Salma käme mit den Perlen, dem Gold, den Salbölen ebenfalls ausgezeichnet zurecht. Wenn sie Geld bräuchten, ihre Banken seien von ihr informiert. Und Tribocus mit den Booten und dem Holz, da liefe ja inzwischen alles wie von selbst. Muzi möge die Oberaufsicht über das Haus, die Verwalter und Sklaven übernehmen, auch einen Blick auf die Gastwirtschaft für die Karawanserei werfen.

Salma meldete sich.

„Ich habe eine Bitte, Mirjam. Du hast uns einmal angeboten, wenn du lange von Tarichea weg wärest, könnten wir die Zeit nutzen, in unsere alte Heimat zu gehen und zu schauen, wen wir da von früher vielleicht noch treffen. Ich möchte das jetzt tun. Ich möchte zum ersten Mal wieder hinüber nach Philadelphia, in mein altes Dorf. Ich wollte dir das sagen. Für meine Geschäfte habe ich genügend Frauen und Männer eingearbeitet, sie sind in der Lage, Kauf und Verkauf in unserem Sinn weiter zu führen."

„Ja natürlich, Salma. Kein Problem. Ich finde das gut. Geh' hinüber und freue dich, wenn du noch jemanden vorfindest."

Calatoria hatte die ganze Zeit dabei gestanden und auf die Erde geschaut. Als Mirjam gehen wollte, meldete sich die alte Frau.

„Mirjam, ich habe auch einen Wunsch. Ich möchte zurück. In meine Heimat. Ich möchte nach Indien. Ich weiß, ich werde es wohl nicht mehr schaffen. Und wenn, dann werde ich kaum jemanden finden, der mich noch kennt. Ich werde dort allein sein. Vielleicht finde ich nicht einmal mein Dorf. Es lag am Meer. Aber ich möchte meine Hände in den Sand graben, mit dem ich gespielt habe. Ich möchte die Luft riechen, die mir Leben gab. Ich möchte dort sterben. Ich bitte, entlass mich."

Im ersten Augenblick fühlte Mirjam einen Stich im Herzen. Calatoria, die alte Frau, war ihr auf eine Weise verbunden, die nicht zu beschreiben war. Man könnte sagen, sie hatte ungehindert Zugang zu ihrer Seele, zu ihrem Denken, zu ihrem ganzen Wesen. Sie ahnte, ja sie wusste alles über sie. Sie war wie eine Nabelschnur zu ihrer Vergangenheit, zu Caius Posterius Magnus. Aber das waren nur wenige Jahre, die heute kaum mehr zählten. Von den Geschäften abgesehen. Mit Calatoria verband sie eigentlich mehr. Sie konnte die Antwort so schnell nicht finden. Aber ein Gefühl bedrängte sie, mit ihrem Weggang würde sie ein Stück ihres Lebens verlieren, ihrer Vergangenheit. Stand Calatoria nicht für einen Weg in ihrem Leben? Für eine Linie, für eine Art Geradheit? Würde sie also mehr verlieren als nur einen Menschen?

Solche Gedanken sausten durch ihren Kopf. Aber dafür gab es jetzt keine Zeit. Ihr Reisewagen wartete. Da blieb keine Muße für langes Überlegen, sie sollte jetzt schnell etwas Nettes antworten. Und außerdem, Calatoria saß in letzter Zeit allzu oft nur in der Küche herum, den Kopf gesenkt, konnte nicht mehr helfen. Irgendwann hätte sie sowieso eine neue Dienerin einstellen müssen.

„Calatoria, ich verstehe, das ist so etwas wie dein letzter Wille. Den darf niemand verwehren. Ich bin dir unendlich dankbar, dass du von Herculaneum mit mir gekommen bist. Du warst ein Schatz. Für mich, für uns alle. Du wirst uns fehlen. Aber, ich entlasse dich. Nimm dir so viel Geld aus dem Haustresor wie du möchtest. Nimm ein Schiff bis Alexandria, dort lass dir eines geben bis zu unserem Kontor in Aromata. Und dann weiter über Sokotra nach Indien. Ich wünsche, du kommst in deine Heimat und kannst den Sand berühren, über den deine kleinen Füße gelaufen sind."

Mirjam umarmte die alte Frau. Ihre Gedanken wanderten dabei zur Reise nach Mauretanien, dass sie auch ja nichts vergesse von den Unterlagen. Als Salma und Muzi und Tribocus Calatoria umarmten, kamen ihnen die Tränen. Mirjam merkte es und war erbost über sich selbst, dass sie keine Tränen hervorgebracht hatte. Nervosität kam in ihr auf. Sie machte etwas falsch. Machte es sehr falsch. Sie ärgerte sich über sich selbst und über die anderen. Aber, zum Teufel, sie hatte jetzt keine Zeit für lange Abschiedsszenen. Das kam einfach zu überraschend. Sie war nicht vorbereitet. Und jetzt galt es, für ihre Geschäfte nichts zu vergessen.

Sie umarmte Calatoria ein zweites Mal, und jetzt wischte sie sich wenigstens über die Augen.

Als sie zur Tür hinaus schritt, fiel ihr noch etwas ein.

„Ach Calatoria, was ist eigentlich mit Marcus? Wo ist er?"

„Johannes Marcus, dein Sohn, geht in letzter Zeit häufiger hinüber in den jüdischen Stadtteil Magdala, zu Jehuda und dem Pharisäer Simon. Die nehmen ihn gern auf und kümmern sich um ihn. Dort lernt er begierig die heiligen Schriften seines Volkes. Die interessieren ihn sogar mehr als Pferde und Boote."

„Ja, das ist ja auch nicht schlecht. Ja. Dann ist da wohl alles in Ordnung. Sagt ihm, dass ich lange weg bin. Er soll schön lernen. Und auch mal Gesetze übertreten, haha. Sagt ihm das. Ach ja, ich werde wahrscheinlich in Jerusalem ein Haus kaufen und ein Kontor aufmachen. Die vielen Festpilger, dreimal im Jahr, das ist einfach eine Gelegenheit, die nach Geschäft schreit!"

Es war ein merkwürdiger Abschied.

Salma, Muzifungi und Calatoria waren nicht einmal überrascht.

Sie waren bedrückt. Mit dem Pferderennen vor fünf Jahren hatten die Veränderungen eingesetzt. Zuerst erhielt Mirjam nur wenige Einladungen zu Kaufleuten an der Küste. Dann kam der

Statthalter. Dann flatterten immer häufiger diese Pergamente ins Kontor. Und sie blieb immer länger weg.

Am schlimmsten aber war, dass sie kaum noch mit ihnen abends in der Küche saß. Sie tauschten sich nicht mehr aus. Manchmal verging ein Monat, ehe sie sich wieder zu ihnen setzte. Und dann hatte man den Eindruck, sie sei gar nicht anwesend. Früher war es möglich, mit Witz und Humor, mit den Einsichten von Salma, von Muzifungi und Calatoria und auch denen von Tribocus, mit Überlegungen aus anderen Perspektiven und Erfahrungen gewisse Korrekturen einzubringen. Ihre Beziehungen untereinander waren zu jener Zeit die einer herzlichen Gemeinschaft. Kritik machte Spaß und bereicherte jeden – weil jeder bereit war, sich zu ändern.

Aber seit sie nur noch selten mit ihnen zusammensaß, seit ihre Beziehungen dünner und seltener geworden waren und sie gar anfing, alleine auf ihrem Zimmer zu trinken, da folgte sie nur noch ihren eigenen Gedanken. Sie hatte ihre Freundschaften nach außen verlegt. Ihre Welt waren die Geschäfte, ihre innere Welt wurde leer. Und bei den Kontakten zu ihren Geschäftspartnern überschritt sie Grenzen. Nicht nur die des Anstandes. Sie ließ die Männer an sich heran, als sei sie besessen. Das entsprach ihr gar nicht! Unwahrscheinlich, dass sie einen von ihnen liebte. Von Octavus sprach sie nicht mehr. Von Caius war nur das Geld übrig.

In letzter Zeit war nicht zu übersehen, dass sie dicker wurde. Beim Essen schlang sie Fleisch in sich hinein, von dem sie früher nichts angerührt hätte. Damals war sie in ihrem Inneren zufrieden. Aber seit einiger Zeit brauchte sie mehr Essen und Trinken und noch anderes, wahrscheinlich als Ersatz für das leere Herz. Es schien ihnen, sie verlöre ihr Selbst. Sie konnte auch nicht mehr lachen, nicht mehr sich herzlich freuen oder kleine Geschenke bereiten oder annehmen. Ihr Gesicht verlor seine Frische, ihre Gestalt die jugendliche Ausstrahlung. Schminke und Kleidung mussten ersetzen, was sie vordem in ihrer Erscheinung einfach war.

Calatoria sprach die ganze Wahrheit aus:

„Wenn ich jetzt weggehe von ihr, dann gehe ich nicht erst heute weg. Ich bin schon seit Jahren von ihr weggegangen.

Langsam. Aber eigentlich war es umgekehrt: Sie ist von mir, sie ist von uns allen weggegangen. Sogar von ihrem Sohn."

Salma fügte eine weitere Wahrheit hinzu:

„Ich glaube, sie geht sogar von sich selbst weg."

„Sie wird einsam werden …"

„… und sich in der Einsamkeit verirren."

Muzi schaute sie alle an, schüttelte sich und rief erregt:

„Eeeeh, ich kann das nicht! Ich muss jetzt mit euch zusammenbleiben. Ich kann jetzt nicht ohne euch sein. Versteht ihr? Tribocus, du musst hier bleiben. Heute und morgen. Cala, du musst noch zwei Tage bei uns bleiben. Du musst! Du und Salma, ihr könnt jetzt nicht weggehen. Nein! Wir müssen das alles miteinander bereden und verdauen. Das ist doch sehr viel, was da ans Licht kommt. Was ausgesprochen wird. Endlich! Ich bin ganz krank. Ich muss erst wieder tanzen können, dann dürft ihr gehen. Und Mirjam, sie tut mir vor allem leid. Sie geht in schwere Zeiten hinein."

So saßen sie in den nächsten beiden Tagen fast nur zusammen und redeten über die vergangenen Jahre, seit damals Favinus Alexander bei ihnen aufgetaucht war. Mit ihm hatte sich ihr Leben in eine neue Richtung gedreht. Und wäre er nicht gekommen? Auch dann wäre nichts so weitergegangen, wie sie, die unerfahrenen Mädchen, sich das damals gewünscht und vorgestellt hatten. Doch der bedeutsame Einschnitt war nicht durch Favinus oder Mirjams Heirat geschehen. Er geschah unbemerkt, wie eine Eintrübung klaren Wassers, die man erst nach längerer Zeit bemerkt. Als Mirjam sich aus ihren gemeinsamen abendlichen Runden zurückzog und immer weniger mit ihnen sprach, nicht mehr auf sie hörte, da begann ihr Lebensweg sich zu senken und nach unten zu führen. Äußerlich hatte sie Erfolg. Sie gehörte sicher zu den reichsten Frauen außerhalb der römischen Gesellschaft. Aber Caius konnte mit dem Reichtum anders umgehen. Wenn sie an ihn zurückdachten, so sahen sie deutlich, dass Caius das Geld besaß – bei Mirjam war es umgekehrt. Sie war noch nicht so weit, reich zu sein, ohne sich selbst dabei zu verlieren. Sie würde bald zum Gespött der Leute werden. Caesennius, der seit damals ein unauffälliges Dasein in Tarichea führte – wenn er jetzt auftauchte, könnte er sie einkaufen.

Noch andere bedenkliche Entwicklungen besprachen sie, so etwa die Kontore in Tyrus und Alexandria, in denen sich, wie sie aus Andeutungen mitbekamen, mehr Konfliktstoff angehäuft hatte als Mirjam sich eingestand. Oder eingestehen wollte. Vom Kontor in Mauretania sprach sie selten, dort schien überhaupt nichts richtig zu laufen. Die 30 Millionen würde sie nicht mehr erreichen, aber die 20 Millionen bald unterschreiten. Und dann: ihr Sohn. Manchmal konnte man meinen, er sei gar nicht ihr Sohn, so wenig zeigte sie Zärtlichkeit und Aufmerksamkeit ihm gegenüber. Immer nur ihre Geschäfte. Als sei sie besessen davon und süchtig nach immer mehr.

„Neulich am Hafen, als ich drei neue Boote an Fischer aus Kafarnaum auslieferte, fragte der mich – ob er wusste, dass ich zu Mirjam gehörte? –, da gäbe es hier in Tarichea eine reiche Frau, die sei wohl von Dämonen besessen. So erzähle man sich drüben in Kafarnaum; und rund um den ganzen See, fügte sein Kollege an. Ich weiß nicht, ob sie auf etwas Bestimmtes anspielten. Ich blieb still. Aber derlei Gerede tut uns allen nicht gut."

Salma nickte.

„Bei mir kam vor einigen Wochen der Pharisäer Simon aus Magdala vorbei. Er wolle Duftwasser für seine Frau kaufen, sagte er. Natürlich lenkte er das Gespräch auf Mirjam. Wo sie wohl gerade sei? Sicher irgendwo bei den Heiden!, gab er sich selber die Antwort. Ich bin auch still geblieben wie du, Tribocus, aber er drängte weiter, und am Ende sagte er ganz ernst: Der Ewige hat seinen Segen von ihr zurückgezogen. Sie werde für ihre Unreinheiten die gerechten Strafen erhalten."

„Eeeh, der mit seinem Ewigen und den zahllosen Strafen und Opfern", polterte Muzi los, „darauf setze ich nicht mal ein Pfund Gräten. Aber das sehe ich auch: Mirjam geht Wege, die haben ihre Folgen. Wenn du in den Urwald gehst und kennst den Weg nicht, dann beißt dich die Schlange. Das ist ja klar. Mirjam meint, sie kenne den Weg, aber sie ist schon von ihm abgekommen und merkt das nicht. Das ist besonders schlimm. Jetzt wird die Schlange sie finden."

Calatoria hatte wiederum nur zugehört. Jetzt stand sie auf:

„Ich fühle mich schuldig, wenn ich jetzt gehe. Sie braucht mich doch gerade jetzt. Ich denke, ich bleibe."

„Näänää, Cala," Muzi schüttelte ihr krauses Haar, „Du kannst da nicht helfen. Keiner von uns kann ihr jetzt helfen. Ich glaube, da muss wieder so etwas passieren wie damals bei den Hunden, was sie uns einmal erzählt hat. Oder das mit der Flöte in den Beuteln, erinnerst du dich noch, Salma? Diese seltsame Geschichte mit dem ‚Einen', wie sie damals sagte, der seine Hand auf sie gelegt habe? Na, der soll sich jetzt mal beeilen und seine Hand auf sie legen. Und unter sie drunter ebenfalls. Sie läuft wirklich in ihr Verderben."

„Und lehnt Hilfe ab!", ergänzte Tribocus. „Wir Gladiatoren haben immer darauf geachtet, dass wir einen zur Seite hatten, der uns den Rücken freihielt. Allein bist du in der Arena verloren."

Muzi ging hinüber zu Calatoria, die immer noch unschlüssig am Herd stand.

„Weißt du, Cala, du segelst jetzt nach Indien. In dein altes Dorf. Pass auf, du wirst es finden. Die stehen dort alle am Strand, mit bunten Bändern, und warten auf dich. Die Alten und die Kinder. Genau so wird es sein."

Sie lachte schon wieder. Auch Calatoria lächelte nun.

„Und du, Salma, du gehst schön hinüber nach Philadelphia, bis in dein Dorf. Erinnere dich an deine gute Mutter und deinen guten Vater. Rühre ihre Erde an. Und bleibe dort, so lange du willst."

Den Tribocus aber boxte sie auf die Brust.

„Tribocus, du und ich, eeeh!, wir bleiben hier. Wir passen auf, dass der Laden nicht ganz schief läuft, nicht wahr?"

Tribocus nickte sofort. Er nickte sogar lange.

„So machen wir es, Muzifungi, so machen wir es. Ich kann nicht weg. Ich habe versprochen, mein Leben lang dieser Frau zu dienen. Ich habe geschworen, sie zu beschützen. Das sieht jetzt zwar anders aus, als ich mir das gedacht habe. Den Feind nämlich, der Mirjam jetzt bedroht, den sieht man nicht. Und mein Schwert hilft da gar nicht. Zudem meint Mirjam, der Feind sei ihr Freund …"

„Süße Sachen sind eine Falle!" Es war Muzis Lieblingsspruch geworden. „Wisst ihr, jetzt kann ich wieder tanzen. Weil ich kämpfen werde. Eeeh, ich kenne den Feind! Das gibt mir Sicherheit. Diese zwei Tage waren nötig. Irgendwo haben wir das alles zwar schon gewusst, aber jetzt steht es sichtbar vor uns. Jetzt können wir uns wehren. Komm her, Tribocus, ich muss mit dir tanzen."

Das sah dann so urkomisch aus, dass alle befreit lachen mussten. Sie klatschten im Takt und gewannen ihre Fröhlichkeit zurück. Sogar die alte Calatoria lächelte wieder und wiegte sich in ihren Hüften.

„Ja, ich merke es jetzt, ich muss gehen. Wenn ich es bis Aromata schaffe, dann schicke ich euch einen Brief."

„Aber tupfe dein Lieblingsparfum drauf, damit wir dich riechen können, Cala", spaßte Muzi.

„Ihr werdet mich riechen."

„Dann mache auch ich mich zur Reise fertig." Salma atmete ganz tief. „Ein wenig aufgeregt bin ich schon. Aber vermutlich wird alles ganz normal ablaufen. Wahrscheinlich treffe ich nur auf Leute, die mich nicht einmal ansehen."

„Und wenn jemand dich als Sklavin rauben will …"

„… dann sage ich: ich bin schon eine. Ich hole meinen Herrn."

Alle lachten und genossen die wiedergefundene Offenheit. Sie halfen den beiden, ihre Bündel zu packen. Es kam wenig zusammen. Salma nahm fünfzig As aus dem Haushaltsgeld mit.

„Damit schaffe ich es sogar zurück", scherzte sie.

Calatoria wollte den Weg nach Caesarea nehmen und hoffte, dort ein Schiff nach Alexandria zu finden. Sie nestelte an ihrem Bündel, nur einem Tuch, das sie mitnehmen wollte. Salmas Weg führte hinunter zum Hafen; Tribocus versprach mit Gönnermiene, er würde sie umsonst nach Hippos mitnehmen. Und dann sei es gar nicht mehr so weit für sie. Gemeinsam brachten sie Calatoria hinauf ins Tal des Arbel. Aber von dort wollte die alte Frau alleine weiter gehen.

„Lasst mich. Ich kenne den Weg. Ich möchte jeden Schritt genießen. Es ist nicht ein Weg in die Freiheit, ich bin schon frei. Es ist ein Weg in die Tiefe."

Sie schaute jeden mit ihren wundervollen Augen an.

„Ein Weg zu meinem eigenen Ich. Jeder Schritt ist schön."

Dann ging sie.

Sie drehte sich nicht mehr um. Ihr Schreiten sah fest aus. Es hatte den Anschein, als ginge sie immer schneller.

Salmas Abschied unten am Hafen kam Muzifungi nicht wie ein wirklicher Abschied vor. Aufrecht stand ihre Freundin neben Tribocus und winkte ihr mit dem Schleier lange zu.

Ein merkwürdiges Gefühl beschlich Muzifungi, als sie den Weg zur Villa nun allein hinaufstieg. Etwas wie Einsamkeit und Verantwortung legten sich auf sie. Ein Gefühl, als sei sie heute Morgen um Jahre älter geworden.

Als sie sich im leeren Haus an den Tisch in der Küche setzte, sah sie das Tuch. Calatoria hatte ihr Bündel vergessen. Oder hatte sie es absichtlich hier gelassen? Alles, was sie mitnehmen wollte? Muzifungi schnürte das Tuch auf. Sie fand darin gar nichts.

Kein einziges Geldstück.

LIX

Das Schiff segelte seit einigen Stunden nur noch langsam unter Land. Die Stimmung an Bord war angespannt. Der Steuermann drehte jetzt auf Backbord und hielt auf den Hafen von Caesarea Mauretania zu. Seit geraumer Zeit schon stand der Kapitän an erhöhter Stelle und kaute auf seinem Tauende, das mit Ingwer, seinem Lieblingsgewürz, durchtränkt war. Dabei beobachtete er unentwegt das Ufer. Nach allen Seiten. Er schüttelte erneut den Kopf:

„Das gefällt mir nicht. Das gefällt mir ganz und gar nicht!"

Er rief in den Ausguck hinauf:

„Siehst du etwas?"

„Überall, Kapitän. Überall Rauchfahnen. Schwarze."

Mirjam kam aus ihrer Kajüte herauf und trat näher. Sie schwankte. Der Kapitän, der sie inzwischen zur Genüge kannte, wusste, dass die Ursache dafür nicht das Schaukeln seines Schiffes war.

„Was ist los, Kapitän? Sehen Sie Seeräuber?"

„Domina Maria, das sieht nicht gut aus. Ich vermute, da wurden ganze Dörfer verbrannt. Gestern und vorgestern sah ich die ersten Rauchfahnen. Überfälle, denke ich. Dörfer ausgeraubt und verbrannt. Und Caesarea scheinen sie nicht verschont zu haben. Sollen wir trotzdem an Land gehen?"

„Was soll das heißen? Wollen Sie sagen, dass mein Kontor zerstört worden ist?"

Mirjam bemühte sich, nüchtern zu erscheinen; sie wollte der Situation, welcher auch immer, mit kühler Sachlichkeit entgegen treten. Aber ihre Sachlichkeit war ins Schwanken geraten.

„Domina, bei unserem letzten Halt in Carthago habe ich den Stadtpräfekten aufgesucht. Er hat mir erzählt, dass der Häuptling des numidischen Stammes der Musulamier, Tacfarinas, vor drei Jahren seinen ersten Beutezug in diese Gegend unternommen habe. Damals wurde er vom Statthalter Camillus geschlagen. Aber nun mehrten sich Anzeichen, meinte der Präfekt, dass Tacfarinas sich erdreiste, seine Beutezüge wieder zu beginnen. Ich glaube, wir können das jetzt bestätigen. Entlang der Küste hat er so ziemlich alle Dörfer ausgeraubt und abgebrannt. Die Götter mögen uns gewogen sein, dass von Caesarea und ihrem Kontor, Domina, noch etwas übrig ist."

„Aber Caesarea ist doch Hauptstadt der römischen Provinz Mauretania! Hier gibt es doch eine Garnison, einen Königspalast! König Juba hat doch immer für Ruhe sorgen können!"

„Wir werden sehen", antwortete der Kapitän.

Je näher sie dem Hafenbecken kamen, desto deutlicher erkannten sie die Zeichen der Brandschatzung: Verkohlte Schiffe, verkohlte Häuser, Ruinen, aus denen noch Qualm aufstieg. Keine Menschenseele weit und breit. Der Kapitän besprach sich mit seinem Steuermann. Sie suchten Freiwillige für eine nächtliche Erkundungsfahrt im Ruderboot in die Stadt, derweil das Schiff in sicherer Entfernung ankern sollte. Bei einem Angriff wären die Leute auf sich allein gestellt.

„Domina Maria, ich habe in ihre Kajüte frisches Brot und Früchte bringen lassen, dazu Ingwer. Und ein Fass Wasser. Gutes Wasser."

Der Kapitän schaute sie bei den letzten Worten nicht an. Mirjam verstand. Sie fühlte sich elend, gedemütigt. Aber es war ihr Unvermögen. Sie konnte sich nicht mehr beherrschen. Irgendetwas in ihr hatte Macht über sie bekommen. Nennt man das Dämonen? Sie müsste lernen, sich nichts anmerken zu lassen.

Als das Ruderboot im Morgengrauen zurückkam und die Männer an Bord kletterten, brachten sie düstere Nachrichten.

„Überall Leichen, Kapitän. Fast alles verbrannt. Die Garnison und der Königspalast sind anscheinend heil geblieben. Aber stark verbarrikadiert. Räuber haben wir nicht mehr gesehen. Umso mehr Leichen. Es sieht schlimm aus. Der Überfall muss gestern geschehen sein, jetzt sind sie anscheinend wieder weg."

„Wollen Sie an Land gehen, Domina?"

„Ja, ich will."

„Das wird nicht ungefährlich sein. Wir könnten alle …"

In dem Moment zerriss von der Stadt her der Ton einer Trompete die Morgenstille. Alle zuckten zusammen. Der Kapitän blieb ruhig, lauschte, der Steuermann ebenfalls. Es war ein Signal.

„In Ordnung. Das waren unsere Leute. Sie haben uns gesehen, wir können kommen."

Dann sah sie die Leiber. Die Leichen. Verstümmelt, abgehauene Glieder, Arme, Beine, Köpfe lagen herum, auch von Kindern. Grässlich. Blut überall. Fliegen begannen ihren Schmaus, trotz der Morgenkühle. Hunde, dünn und ausgehungert, trauten sich ebenfalls näher. Seit langem wieder Fleisch. Drumherum qualmende Ruinen. Ihr wurde übel. Sie tappten voll Angst durch die Gassen, immer gewärtig, es könnte noch eine Schar schreiender Räuber auftauchen. Dann erreichte sie ihr Kontor … qualmende Ruinen. Und Leichen. Die Frauen, ihre Kinder und die Männer. Ihr weniger Schmuck, abgerissen. Nicht jeder schien schon völlig tot. Sie befahl, die halbwegs Lebenden zu bergen, aufs Schiff zu bringen. In den Trümmern des Kontors rauchte es noch, alles zerschlagen. Reste eines der beiden Zitrustische. Verkohlt. Der Tresor aufgebrochen, ausgeplündert. Archive und Regale in Brand gesteckt.

Das war das Ende.

Sie wankte nach draußen. Jemand wusste den Weg durch die verlassene Stadt zur Garnison. Nach sorgfältiger Überprüfung durften sie durch das schwere Tor eintreten. Auch hier Verwundete. Aber die Garnison hatte standgehalten. Die Legionäre hatten die Räuber sogar vertreiben können. Ja, es waren Tacfarinas und seine Musulamier. Die seien wieder hinauf in die unzugänglichen Berge hinter der Stadt. Der Hauptmann hatte Eilboten geschickt, sollten Verstärkung holen. Die müsste bald hier sein.

Mirjam fühlte sich wie erschlagen von all dem Tod, der auf den Gassen lag, über den sie steigen musste, der ihr den Weg versperrte. Aber der Tod bewirkte auch, dass sie wieder zu denken anfing.

„Wo ist der Königspalast?"

„Domina, wir hoffen inständig, dass der noch steht. Von uns war noch keiner dort."

„Ja, er steht. Ich will dorthin."

Man gab ihr eine Abteilung Soldaten. Zusammen mit den Männern ihres Schiffes stolperte sie erneut durch die Stadt, über Trümmer und Leichen, verscheuchte Hunde, nahm einen Esel mit, der nur noch schrie. Aus einem eingestürzten Haus wankten ihnen blutende Menschen entgegen, wimmerten um Hilfe. Weinten ohne Worte. Mirjam befahl, sie mitzunehmen.

Dann stand sie vor dem Palast. Hier hatte Selene gewohnt. Gelebt. Hier war sie durchs Feuer geflüchtet. Hatte alles verloren. Dasselbe noch einmal, nur war jetzt sie dran. Sie durften hinein. Der König hatte seinen Palast besser schützen können als die Garnison ihren Bereich. Auf einmal waren sie wie in einer anderen Welt. Kein Blut mehr. Nur noch Lebendige. Blumen und Springbrunnen. Menschen ohne Wunden, gab es denn so etwas? So viele davon? Lachende?

Verwundert schauten ihre Leute umher. Die Soldaten gingen zurück in die Garnison. Es gab Gespräche, mit dem König, der Königin. So vieles hätte sie jetzt zu fragen. Aber sie konnte nicht. Es wurde Essen angeboten, Wein. Als sie die Toten sah, in ihrem Innern, konnte sie nicht essen. Nicht einmal trinken.

Dann trank sie doch. Sie fühlte sich nicht in der Lage, das alles auszuhalten. Hatte Caius nicht gesagt, dass es immer wieder Verluste gäbe? Auch er hatte Schiffe verloren. Nun, dann war das jetzt ihr passiert. Das gehörte wohl zum Geschäft. Da waren ja noch Alexandria und Tyrus und Roma. Und Tarichea. Aber die Menschen, die Toten, die Kinder! Wie es wohl Marcus jetzt ginge! Sie wollte sich mehr um ihn kümmern. Viel mehr. Sobald sie zu Hause war.

Am nächsten Tag, gerade als sie zum Hafen gehen wollten, ertönten erneut Trompeten. Pferdegetrappel gesellte sich dazu. Schreie von Männern. Erst waren alle im Königspalast erschrocken, dann erkannten einige die einmarschierende Menge: Es waren die römische Hilfstruppen, die in Eilmärschen herbeigeeilt waren. Retten konnten sie nichts mehr. Aber sie gaben ein Gefühl von Sicherheit. Als würde alles wieder in Ordnung kommen.

Mirjam nahm zwei Matrosen und ging über die Leichen hinüber in die Garnison. Sie zwängte sich durch die Soldaten, um den befehlshabenden Offizier der Hilfstruppen zu sprechen. Wenn er noch etwas fände in ihrem Kontor, möge er sie benachrichtigen.

Der Offizier hatte noch den Helm auf dem Kopf und seine Rüstung am Leib. Unwirsch drehte er sich zu Mirjam um. Und dann schaute er sie bohrenden Blickes aus zusammengekniffenen Augen an. Mirjam wurde unsicher. Auf einmal sprach er, betont langsam:

„Was wollen Sie, Domina Maria? Ich soll ihr Kontor retten? Das war wohl unecht, sonst wäre es nicht kaputtgegangen."

Er nahm langsam den Helm ab. Wischte sich übers verschwitzte Gesicht. Da erkannte sie ihn: Dolabella!

„Oh, Konsul Dolabella! Ich wusste nicht … Was machen Sie denn hier? Wie … warum …?"

„Nur was echt ist, hat Bestand. Richtig? Und ihr Kontor?"

Er gönnte sich den Triumph. Und sie wusste nichts dagegen zu sagen. Er hatte sogar Recht. Deshalb schwieg sie.

„Sie haben mir keine echte Statue gesandt, Domina. Sie haben Ihr Wort gebrochen. Sie selbst sind unecht. Was wollen Sie?"

Mirjam wusste sich geschlagen. Sie drehte sich um und ging mit ihren Matrosen wortlos hinaus.

„Wenn ich etwas finde", rief er hinterher, „werde ich Ihnen Ihre Trümmer nachschicken. Die sind echt!"

LX

Muzifungi stand am Herd. Das Fleisch in der Pfanne duftete verlockend. Hinter ihr im Raum dagegen tobte ein Kampf.

„Ich will aber mitkommen! Immer gehst du mit anderen. Und ich muss wieder hier bleiben. Ich will mitkommen!"

„Nein, das geht nicht. Bei drei Senatoren, hochrangigen Persönlichkeiten in Roma, kann ich nicht mit einem kleinen Jungen ankommen, der ungehorsam ist. Du bleibst hier!"

„Ich will aber mit! Du hast es mir versprochen, letztes Jahr, als du nach Mauretania gesegelt bist, da hast du gesagt, dass ich dieses Jahr mitkommen darf. Du hast es versprochen!"

Muzifungi drehte sich um:

„Ja, Domina, du hast es deinem Sohn versprochen."

„Muzi, das geht doch nicht! Ich kann doch nicht in Roma mit meinen Geschäftspartnern verhandeln und an der Hand einen kleinen Jungen führen, der nur trampelt und schreit."

„Mirjam, du bist zuerst Mutter. Sei das – und Marcus trampelt nicht mehr. Übrigens, hast du gehört, was mit Levi geschehen ist?"

„Mit unserem Levi? Nein."

In Mirjam stieg ein unangenehmes Gefühl hoch, wenn der Name Levi fiel. Als stände sie da in jemandes Schuld.

„Er ist aus dem Gefängnis wieder heraus. Ein reicher Zollbeamter hat ihn gekauft. Als Diener für sein Haus. Nun kann er seine Zahlenkünste noch verbessern."

„Und diverse andere Künste ebenfalls."

Das war ganz geschickt von Muzi, dachte Mirjam, jetzt von Levi zu sprechen. Sie weiß sehr genau, dass ich da eine schwache Stelle habe. Aber ich kann Marcus nicht alleine mitnehmen, er ist erst acht Jahre alt, und dann in Roma … oder?

„Also gut, Marcus, du kommst mit. Aber dann nehmen wir auch Tribocus mit, damit jemand auf dich aufpasst."

„Jaaa!"

Tribocus passte auf, aber nicht nur auf Marcus. Die Herrin hatte einen Sklaven gemietet, der in Caesarea für seine Fertigkeiten in Glücksspielen bekannt war. Er sollte sie in die geheime Kunst solcher Spiele wie Senet oder Duodecim Scripta, Pharao oder Tabula einführen. Teufelsfallen, wie Tribocus unverhohlen die neueste Idee seiner Herrin nannte. Fast die gesamte Überfahrt verbrachte sie mit dem Kerl unten in ihrer Kajüte. Und wenn sie heraufkam, musste sie sich an Geländern und Tauen festhalten.

In Roma bezogen sie ihre Zimmer in der alten Villa von Caius Posterius Magnus auf dem Clivus Cinnae. Catullus, der treue

Sklave, war schon seit geraumer Zeit am Ort und hatte alles vorbereitet. Mirjam schickte ihn sogleich los, den ersten Besuch bei einem der Senatoren anzukündigen. Tribocus sollte derweil Johannes Marcus durch Roma führen und ihm die Sehenswürdigkeiten zeigen. Am ersten Tag nahm er sich das Marsfeld vor. Zunächst flanierten sie zur Porticus Europa. Dort bestaunten sie Jupiter, der in der Gestalt eines Stieres die auf seinem Rücken sitzende phönizische Königstochter Europa übers Meer entführte.

„Tribocus, ist Phönizien da, wo Mutter ihr Kontor hat?"

„Das Land bei Tyrus am Meer ist Phönizien. Richtig, Marcus."

„Kann man Mutter auch entführen?"

„Marcus, wir beide werden aufpassen!"

Unterwegs begegneten sie zahllosen Müßiggängern, die zur angrenzenden Sportanlage schlenderten. Dort übten einige Dauerlauf, andere Hochsprung oder Weitsprung, andere schwammen im Tiber oder warfen mit Speeren oder Diskusscheiben. Wer Geld hatte, übte sich im Reiten. Die Kräftigeren bevorzugten Boxen oder Ringen, auch Fechten. Sogar mit einem fest gestopften Ball warf man herum.

„Frauen sehe ich hier nicht, Tribocus."

„Nein, Schürzenjäger auch nicht."

„Was ist ein Schürzenjäger, Tribocus?"

„Das ist ein Sportler, der sich nicht anstrengen will."

„Ich will mich anstrengen."

Sie überquerten die Via Flaminia und kamen zur Saepta. Hier fanden früher Wahlen statt, erklärte Tribocus, aber heute nutze man den Platz für Gladiatorenspiele. In den Säulenhallen dabei hatten sich Händler niedergelassen, und zwar Luxushändler; sie priesen lauthals ihre Kostbarkeiten an und machten Geschäfte mit den Leuten, die mit Geld viel gelten wollten. Marcus bestaunte Tischplatten aus Tujaholz, dahinter schöne Sklavinnen, Feldspatpokale, Lustknaben für spezielle Kunden und solche für gewöhnliche, geölte Elfenbeinware, Bergkristallgefäße und schildpattbelegte Speisesofas, in Gold eingearbeitete Smaragde …

„Mama hat auch so einen", wusste Marcus.

„Die Domina hat alles, was hier herumsteht. Besseres."

„Tribocus, ich will nach Hause."

„Also nicht mehr zu den Badeanstalten?"

„Ach, in Tarichea habe ich eine ganz große Badeanstalt."

„Recht so, mein Junge. Luxus macht müde."

Am nächsten Tag sahen sie Mirjam beim Frühstück. Nach diesem bereitete sie sich auf ihren nächsten Senator vor. Tribocus und Marcus dagegen hatten sich vorgenommen, einmal durch das arme Viertel Romas zu gehen, die Subura. Das erste, was ihnen auffiel, nein, was sie spürten, war der Dreck. Marcus schlug sogleich vor, auf dem Rückweg doch noch die Badeanstalten zu besuchen. Die Gassen waren eng, die Menschen wälzten, schoben, schlugen sich hindurch und bekamen Schläge von anderen. Schlamm und Kot spritzte an ihnen hoch, aus den Häusern ertönte schrecklicher Lärm, aus allen vier Stockwerken regnete undefinierbarer Müll auf ihre Köpfe, vor den Häusern stellten Händler ärmliche Waren aus, was die Straßen noch enger machte. Dazwischen gähnten rußgeschwärzte Imbissstuben, um Pfeiler gekettete Weinkrüge zwangen zu neuerlichen Faustkämpfen, der Frisör zückte mitten in der Menge sein Messer, Fleischer und Prostituierte schrien um die Wette nach Kunden. Nur hundert Schritte vor ihnen passierte es dann: Ein Haus stürzte ein. Pech für die einen, Umwege für die anderen.

„Sei froh, Marcus, dass wir keinen Brand erlebt haben."

„Wo gehen wir morgen hin?", wollte der Junge wissen.

„Morgen besuchen wir die Theater."

Als sie am nächsten Morgen loszogen, hatten sie Mirjam noch nicht gesehen. Catullus würde sich schon um sie kümmern, dachte Tribocus; oder sollte er nicht besser zurückgehen und nachschauen? Er tat es nicht. Die Theater lagen nicht weit vom Marsfeld. Pompeius hatte eines gestiftet. Davor war ein Platz für Bühnenmaschinen. Selbst Tribocus bekam den Mund nicht mehr zu, so etwas hatte er noch nicht gesehen. 40.000 Personen passten in das Theater.

„Wohnen so viele in Tarichea?", wollte Marcus wissen.

„So viele nicht, Marcus; aber es werden immer mehr."

Sie bewunderten hölzerne Bühnen, die man abbauen konnte, beobachteten Mimen bei ihren obszönen Proben und bestaunten Requisiten für Gefechte, sogar Schiffe für die Bühne. In einem Theater konnten sie an einer Aufführung teilnehmen. In den obersten Reihen saßen Sklaven, darunter die Frauen; sie selber erhielten einen Platz bei den Plebejern. In den Reihen unter ihnen saßen Männer aus dem Ritterstand, und die besten Plätze waren den Senatoren vorbehalten. Einer dieser Senatoren, erkennbar an seiner weißen Toga, darunter die mit zwei breiten senkrechten Purpurstreifen versehene Tunica und Schuhe aus rotem Leder, hatte sich immer wieder umgedreht und zu ihnen emporgeschaut. Jetzt bemerkte Tribocus, wie dieser Mann sich erhob und zu ihnen heraufstieg. Er kam tatsächlich auf sie zu.

„Sind Sie Begleiter der Jüdin Maria aus Magdala?", fragte er.

„Ja, ich begleite Frau Mirjam aus Magdala."

„Hm, ich habe Sie bei der Villa vom ehrenwerten Caius Posterius Magnus gesehen. Verehrter Centurio, ich würde Ihnen empfehlen, ein wenig mehr auf die Domina Maria zu achten."

„Was ist mit ihr los?", rief Marcus. „Sie ist meine Mutter!"

„Mein Junge, das ist bedauerlich. Sie war gestern bei mir. Jetzt läuft sie gerade in ihr Verderben, befürchte ich."

„Exzellenz! Senator! Bitte sagen Sie das deutlicher!"

„Nach meiner Information ist es ein Glücksspiel, aber ich weiß nicht wo. Ich weiß nur, dass jemand alles dran setzt, dass sie verliert."

„Wen können wir fragen?", rief Tribocus erregt.

„Frage den Mimen unten auf der Bühne, den, der gerade spielt."

Tribocus jagte nach unten, sprang über die Stufen, durch die Orchestra und mitten auf die Bühne. Das Publikum fand die Einlage originell und klatschte. Tribocus hielt den Mimen an der Gurgel:

„Wo findet das Glücksspiel mit der Jüdin statt?"

Der keuchte, würgte, erschlaffte.

„Frage im Bordell beim Circus Maximus den Gladiator."

„Marcus, komm, schnell!"

Die beiden liefen, was die Füße hergaben, vorbei am Balbus-Theater, vorbei an der Porticus Octaviae und am Marcellus-Theater, dann quer durch die Straßen hin zur Ara Maxima des Hercules, dahinter endlich, endlich der Circus Maximus. Außer Atem kamen sie an.

„Wo ist der Gladiator beim Bordell?", schrie Tribocus mehrfach.

Einige schauten den Schreihals kopfschüttelnd an, andere grinsten. Einer aber wies mit dem Finger über die Schulter. Tribocus fand ihn. Würgen konnte er diesen Mann nicht …

„Wo findet das Glücksspiel statt? Mit hohen Herrschaften?"

Das Beutelchen wechselte den Besitzer.

„Weißt du, wo die puticuli sind? Die Gärten des Maecenas, beim Standbild mit dem roten Glied? Im Turm dort. Oben!"

Tribocus raste los, Marcus am Arm hinter sich herziehend. Die Esquiliae, das war ein langer Weg! Er fegte durch den Argiletum, rannte um, wer ihm in den Weg kam, Marcus tapfer hinter ihm, bog nach rechts in den Clivus Suburanus ein, vorbei an der Porticus Liviae und Concordia, wo früher dieses Monster von Vedius Pollio einen Sklaven den Muränen vorwerfen wollte, was Augustus mit persönlichem Einsatz verhinderte. Steiler ging es bergauf, sie keuchten zum Umfallen, Zugtiere mit schweren Marmorblöcken am Seil blockierten ihren Lauf. Da, endlich, hinter dem Brunnen des Orpheus, da musste es sein, der Turm des Maecenas. Über den Gräbern der Sklaven. Den Eingang versperrte ein fettes Schwergewicht. Der Mann blieb ungerührt stehen. Tribocus stieß ihm das Schwert bis zum Griff in den Bauch: Ab in die Gräber! Hinauf. Schnell!

Als er eintrat, fielen die Würfel.

Ein leichter Schrei.

Von Gegenüber, aus dem Dunkel einer Tür, trat einer hervor. Tribocus musterte ihn. Der Mann sah so aus … Unmöglich! Doch, so, wie man ihn beschrieben hatte. Er? Hier? Dann war sie verloren.

„Mama, komm her. Ich bin hier."

Mirjam erhob sich, taumelte herüber zu Johannes Marcus und Tribocus, glitt in seine Arme. Der Mann gegenüber trat hervor ins Licht der Kerzen, an den Tisch mit den Würfeln.

Er lachte satanisch.

„Also die Villa auf dem Clivus Cinnae? Caius Posterius Magnus, ich nehme es, dein schönes Haus. Es ist des Gardepräfekten würdig."

Seianus trat zwei Schritt weiter auf Mirjam zu:

„Verpiss dich, du jüdische Ziegenhirtin!"

LXI

Über dem Kopf seines Pferdes sah der Junge das Dorf auftauchen. Endlich! Er war stolz darauf, diesen langen Ritt alleine geschafft zu haben. Er klopfte Hatschepsut auf den Hals.

„Brav, meine Gute. Sehr brav. Gleich gibt es was zu fressen."

Er schaute sich um. Durch Wälder war er geritten, dann wieder über steinige Felder, vorbei an Schaf- und Ziegenherden. Zweimal musste er Hirten nach dem Weg fragen. Linker Hand begleitete ihn seit langer Zeit der Itabyrion, jetzt gab es keinen Zweifel mehr: Dort vorn am leichten Hang lag Nazareth.

Die Frau wusste nicht, dass er kommen würde. Hoffentlich war sie zu Hause. Ob ihr Sohn auch da war? Sonst müsste er nach Sepphoris reiten, vielleicht war sie dorthin gegangen. Oder die Nachbarn würden es wissen. Ach, er würde sie schon finden.

Er näherte sich dem Brunnen vor dem Dorf. Es war Nachmittag, viele Frauen standen jetzt dort, schöpften Wasser und tauschten Neuigkeiten aus. Johannes Marcus fiel ein, dass Maria erzählt hatte, sie wäre von Dorfbewohnern beinahe gesteinigt worden. Vielleicht sollte er die Frauen also besser nicht nach ihrem Haus fragen. Er ritt auf seiner weißen Stute langsam an den Wasserholerinnen vorbei. Der Weg führte gemächlich bergan, nach links dehnte sich hinter einer flachen Kuppe eine weite Mulde, nach rechts aber stieg das Gelände zu einem Bergrücken auf. Der Weg führte fast gerade auf die wenigen Häuser zu, die er vor sich sah.

Etwa hundert Schritte vor ihm ging eine Frau in dunklem Kleid. Sie ging allein, ohne eine andere Frau an ihrer Seite. Auf ihrem Kopf trug sie eine dickbäuchige Amphore, aus der ab und an ein paar Wassertropfen schwappten. Er eilte näher und wollte der Frau gerade sein Pferd für die schwere Last anbieten, da schaute sie aus den Augenwinkeln zu ihm herauf:

„Aber, ich kenne dich! Das ist doch, warte, das ist Johannes Marcus aus Tarichea, nicht wahr?"

„Ja, und du bist Maria! Du warst bei uns, bei meiner Mutter Mirjam und Salma und Muzifungi und Tribocus. Und Calatoria. Aber die ist jetzt weg nach Indien. Salma ist auch weg. Dich habe ich gesucht. Willst du nicht den Wassertopf auf mein Pferd setzen?"

Als wäre sie sich des kostbaren Nass bewusst, schritt Hatschepsut mit vorsichtigen Schritten weiter.

„Schau, da ist mein Haus."

Marcus besah sich den einen Raum, der aus Steinen gebaut war. Dahinter konnte er eine Höhle entdecken. In deren Felsboden waren Silos und Zisternen eingelassen, um Körner und Öl aufzubewahren.

„Jetzt muss ich deiner Hatschepsut erst einmal zu trinken geben. Sie trägt den Namen einer bedeutenden Pharaonin, weißt du das? Und du machst dich frisch. Danach essen wir gemütlich."

„Ist dein Sohn nicht da?"

„Nein, du hast wieder Pech. Damals war er in Alexandria, als ich bei euch war, oder? Jetzt ist er schon wieder unterwegs. Er wollte nach Babylon, wo unser Stamm herkommt. Und dann hatte er die verrückte Idee, über Indien und Arabien zurück zu kommen. Das ist doch eine verrückte Idee, findest du nicht auch?"

„Nein, nein! Da würde ich gerne mitgehen. Viele Länder sehen und andere Menschen, das ist doch schön."

Nach dem Essen ließ Maria das Feuer brennen. Während das Pferd vom Eingang her hereinschaute, fragte sie den Jungen:

„Marcus, jetzt bin ich aber neugierig. Wo mein Sohn ist, das weiß ich; aber – weiß deine Mutter auch, wo du bist?"

„Muzi wird es ihr gesagt haben. Heute früh konnte ich es ihr nicht sagen. Sie schlief noch. Und gestern ging es auch nicht."

„Deine Mutter hat viel zu arbeiten, nicht wahr?"

„Ja. Sie macht viel mit Geschäften und verdient Geld."

Maria ließ dem Jungen Zeit. Er trug mehr als eine Amphore voller Wasser. Und er suchte jemanden, der ihm alles tragen half.

„Im letzten Jahr war ich mit ihr in Roma. Tribocus war auch mit. Da hat sie die Villa verloren. Beim Glücksspiel. Der Seianus hätte sie beinahe getötet, sagte Tribocus."

Marcus schwieg und schaute ins Feuer. Dann rutschte er zu Maria hinüber und legte seinen Kopf auf ihren Schoß. Nach einer Weile sagte die Mutter:

„Du möchtest nicht, dass sie so viel arbeitet, nicht wahr?"
Der Junge nickte.

„Habe ich das richtig verstanden, dass Calatoria von euch weg ist, zurück nach Indien? Warum?"

„Sie wollte in ihrer Heimat sterben."

„Sie war sehr wichtig für dich."

Der Junge richtete sich auf und nickte wieder.

„Ja, sie war gut. Sie hatte immer Zeit für mich. Ich konnte sie alles fragen, und sie hat immer Antworten gewusst. Sie hat auch Witze gemacht und wir haben gelacht. Jetzt ist keiner da."

„Und Salma?"

„Die ist auch weg. Sie wollte in ihr Dorf, sie wollte sehen, wo ihre Eltern begraben sind. Aber sie kommt bald zurück, hat Muzi gehört. Salma ist auch gut. Muzi auch."

Maria legte ihren Arm um den Jungen und drückte ihn an sich. Nach einer Weile sagte Marcus:

„Mama trinkt. Ich will nicht, dass sie trinkt. Dann ist sie ganz anders. Kannst du nicht machen, dass sie nicht mehr trinkt?"

Sie schwiegen beide.

„Marcus, wenn sie die Villa in Rom verloren hat …"

„Mauretania hat sie auch verloren. Schon vorher."

„Solch Verlieren, das ist manchmal, als würde eine Tür zugeschlagen. Dort kann der Mensch nicht mehr hinein und hindurch. Manchmal schließt Gott Türen in unserem Leben zu, weil er verhindern will, dass wir falsche Wege gehen."

„Die Cala hat mal gesagt, dass jemand seine Hand auf Mama gelegt hat. Und du hast auch so was gesagt. Stimmt das? Hat Jemand seine Hand auf Mama gelegt? Beschützt er sie? Wird sie wieder gut?"

„Marcus, deine Mutter ist gut. Ich habe es in ihren Augen gesehen, in ihrem Gehen. Ich habe es in ihrer Stimme gehört. Sie ist gut. Und da ist auch Einer, der sie beschützt. Er führt sie durch diese dunklen Wege. Immer weiter. Er wird sie herausführen."

„Aber der Jehuda und der Simon, die sagen, dass Gott Mama strafen wird, dass sie in ihren Sünden umkommen wird und dass sie in der Gehenna landen wird, weil sie kein Gesetz hält."

Und nach einer Weile fuhr er fort:

„Dann werde ich dahin gehen und Mama holen."

Er drückte sich eng an Maria. Die streichelte über seinen Kopf.

„Marcus, hat deine Mama dir einmal erzählt, wie dein Vater, der große Caius, sie gerettet hat? Dein Vater hat sie gerettet. Das hat mir Salma erzählt. Und diesen Vater trägst du in dir. Diesen Vater hat Gott gesandt, für deine Mama. Und Gott wird wieder jemanden senden, Mirjam zu retten. Denn Gott will retten. Alle."

„Aber Jehuda und Simon sagen, dass nur wenige gerettet werden. Viele sind erwählt, aber nur wenige werden gerettet, sagen sie. Nur die Guten, die Bösen nicht. Aber Mama tut viel Böses, sagen Jehuda und Simon. Dann wird Mama nicht gerettet?"

Maria umarmte Marcus und drückte ihre Wange an seine.

„Ich erzähle dir mal etwas, Marcus. Höre gut zu:

Als mein Sohn noch klein war, er war sechs Jahre alt, da gab es hier im Dorf einen Streit. Einen großen Streit. Er wurde immer größer. Und auf einmal hat ein Mann ein Kind erschlagen. Es war tot. Da stürzten sich die anderen auf diesen Mann und haben den Mann erschlagen. Danach lag schwere Schuld auf unserem Dorf. Am Abend kam mein Junge zu mir: Was wird Gott jetzt machen? Wen wird er erschlagen? Wird Gott die Bösen töten? Wir haben lange darüber geredet, sein Vater und er und ich, die halbe Nacht lang. Am nächsten Morgen, als die Sonne aufgegangen war, habe ich zu ihm gesagt: Jeshua, jetzt geh einmal den Berg hinter unserer Stadt hinauf, bis zur höchsten Stelle, wo du weit herumschauen kannst. Und dann schau dir alles genau an. Dreh dich dabei im Kreis, rundherum. Und schau genau hin, was du siehst! Und dann komm wieder her und sage mir, was du gesehen hast. Mein kleiner Sohn, er war jünger als du jetzt bist, Marcus, ging also los. Nach drei Stunden war er wieder da. Ich habe ihn gefragt: Na, was hast du gesehen? Da hat er gesagt: Ich habe ganz weit hinten, da drüben – das ist Westen, sagte ich ihm – die Berge vom Karmel gesehen und daneben das Meer, und dann weiter links, da war die Ebene Jezreel mit vielen Feldern, und noch weiter links, da waren wieder Berge und davor war Naim, und in meinem Rücken, da war weites Land und das Dorf Ein Dor, wo Saul war bei der Hexe, und ganz, ganz hinten, da waren wieder Berge, ganz hohe – das ist im Osten, erklärte ich ihm – und dann weiter, da kamen auch Berge, aber nicht so hohe. Und dahinter muss der große See sein. Und dann konnte man gerade noch Kana sehen … Schön, sagte ich ihm, du hast richtig ganz rundherum geguckt. Jetzt kommt das Wichtigste: Wo hat die Sonne nicht geschienen? Die Sonne? Die Sonne, antwortete mir mein Jeshua, die hat überall geschienen, am Meer und hinten bei den Bergen und überall … Ich fragte ihn: Hat es nirgendwo schwarze Flecken gegeben, so etwas wie dunkle Schatten, weil die Sonne da nicht geschienen hat? Nein, sagte er, da waren keine dunklen Schatten … Hm, sagte ich, also hat die Sonne überall geschienen, auch dort, wo böse Menschen waren? Da hat er für einen Moment geschwiegen. Dann sagte er leise: Die Sonne hat auch in unserem Dorf geschienen, als der Mann das Kind erschlug. Ich machte eine Pause, dann antwortete ich: Stell dir einmal vor, die Sonne würde überall dort nicht scheinen, wo ein böser Mensch ist. Und sobald jemand etwas Böses tut, ginge das Licht der Sonne aus. Was wäre dann wohl mit unserer Erde? Oh, die wäre fleckig und dunkel, meinte mein Jeshua. Richtig, die wäre sehr dunkel. Und was für die Sonne gilt, sagte ich ihm, das gilt auch für die Wolken und den Regen. Nicht wahr, wir brauchen den Regen, damit die Pflanzen wachsen, die Ölbäume und die Datteln und Oliven und jede Blume … Und auch zum Trinken, sagte er. Richtig. Stell dir einmal vor, die Wolken würden nur dort regnen, wo ein Mensch gut ist, und bei einem bösen Menschen, da würden sie nicht regnen. Was passierte dann wohl? Dann, dann gäbe es bald keine Pflanzen mehr. Keine Bäume, keine Blumen. Und wir hätten auch nichts zu trinken. Ja, so ist es, Jeshua, habe ich gesagt. Die Wolken regnen nicht, weil Pflanzen schon gewachsen sind, also zur Belohnung für die Pflanzen, weil sie Frucht schon gebracht haben, sondern umgekehrt: Die Wolken regnen, damit die Pflanzen Frucht bringen können. Und die Sonne scheint nicht, weil da ein guter Mensch ist, oder weil da viele Menschen gut sind, sondern damit die Menschen gut werden. Gut werden können.

Und so, sagte ich zu meinem Sohn – und das sage ich jetzt auch zu dir, Marcus: So ist Gott. Er schickt uns seine Liebe wie die Sonne ihre Strahlen und wie die Wolken ihren Regen, nicht weil der Mensch schon gut ist, zur Belohnung, sondern damit jeder Mensch gut werden kann. Gott schickt deiner Mutter seine Sonne, damit Mirjam wieder gut wird. Und wenn sie böse ist, dann schickt er sogar noch mehr Sonne. Und er wird sie so lange schicken, bis sie gut ist. Denn Gott selber ist gut, wie die Sonne Licht ist."

Sie schwiegen beide. Maria lächelte ihn an:

„Jehuda und Simon von Magdala, ich glaube, sie müssen noch lernen, was du schon weißt, Marcus. Dass Gott rettet. Dass er jeden Menschen retten wird. Auch deine Mutter."

Nach einer Weile sagte Marcus ganz leise:

„Das war schön."

Und nach noch einer Weile:

„Danke."

Und dann schlief er bei Maria ein.

LXII

Tribocus selbst wollte sie hinüberbringen. Er hatte dazu ein neues Boot ausgewählt, das nun mit prallem Segel unter frischem Wind durch die Wellen schoss und die Gischt nach rechts und links verteilte. Als Herrin der fischverarbeitenden Betriebe von Tarichea folgte Muzifungi einer ehrenvollen Einladung zu einer Hochzeit. Ein Fischer vom Nordrand des Sees Genezareth wollte heiraten. Sie mochte diesen etwas schüchternen Mann, der jeden zweiten Vormittag seine Fänge treu an sie verkaufte. Er war meist guter Stimmung, immer auf Ausgleich und Harmonie bedacht. Dass er jetzt heiratete, überraschte sie jedoch. Denn nach ihrem bisherigen Eindruck kam der Mann mit Frauen nicht leicht zurecht. Mit seinen Kumpanen, den Booten und Netzen konnte er gut umgehen; mit den Fischen redete er sogar. Aber bei Frauen zeigte er sich unbeholfen und unsicher. Bei ihr zum Beispiel: Wenn er seine Fische nach Tarichea brachte, da war er freundlich, aber blieb auf Distanz. Vielleicht war es ja mehr die Schwiegermutter, die die Ehe eingefädelt hatte. Und weil er keinen Streit mit ihr haben wollte, hatte er eingewilligt. Muzifungi war gespannt, was sie bei der Feier noch alles erfahren würde.

„Wo sollen wir anlegen, in Kafarnaum?", fragte Tribocus.

„Aber nein, zwei Meilen östlich, in Betsaida."

„Wo feiern sie denn? Oben in der Stadt Julias beim Tetrarchen oder unten im Fischerdorf?"

„Unten natürlich. Das sind einfache Leute. Immerhin ist ihr Ort ein Zentrum des Fischfanges; es heißt ja auch ‚Fischhausen‘."

„Und wie heißt der Glückliche?"

„Ich bin gar nicht sicher, ob er glücklich ist oder es jemals sein wird. Aber vielleicht ist seine bessere Hälfte glücklich. Sie heißt Ruth. Nach dem, was er mir erzählt hat, ist die Schwiegermutter jedoch die glücklichste von den dreien. Der arme Mann heißt Schimon, der Sohn des Jona."

„Er hat dir etwas über seine Schwiegermutter erzählt?"

„Ja, wenn wir seine Fische wiegen, kann man ein Gespräch mit ihm führen. Er ist irgendwie lieb, weißt du; wenn man ihn verständnisvoll anspricht, dann legt er seine Seele offen. Die Schwiegermutter jedoch, die scheint in seinem Haus alles zu bestimmen."

„Liegt der Ort rechts oder links neben dem Jordan?"

„Tribocus, er liegt westlich! Der Hafen auch. Pass aber auf, es ist sehr flach dort, da ist eine Lagune."

Schimon holte Muzifungi persönlich vom Bootssteg ab. Nur wenige bedeutendere Gäste schienen der Einladung gefolgt zu sein. Doch irgendetwas würgte den lieben Mann. Er drehte und wendete sich: Das sei auf keinen Fall seine Absicht gewesen, überhaupt nicht, sie möge das nicht falsch verstehen … Was ihn denn so quäle, fragte sie ihn. Er wollte das wirklich nicht, aber das sei so vorgeschrieben, und also, nun ja, sie müsse dort an den anderen Tisch gehen. Sie gehöre doch zu den Unreinen, flüsterte er, und der Mann Tribocus ebenfalls. Aber für ihn, für ihn seien sie beide Freunde, wirklich! Aber sie möge doch bitte an dem Tisch dort an der Seite Platz nehmen.

Muzi war auf die Sonderbehandlung vorbereitet. Sie gratulierte Schimon und schenkte ihm zwei Schläuche Wein und einen kleinen Krug Ginno, seiner Frau eine Halskette aus Bernsteinen vom Mare Balticum. Tribocus spendierte ihm vier nagelneue Ruder.

So saß sie nun, mit Tribocus an ihrer Seite, unter den „Unreinen". Die Stimmung unter diesen Gästen am Rand war locker und lustig. Man begrüßte sich reihum mit „Ich bin Herr Unrein" oder „Hallo, ich bin Frau Unrein" und kam so lachend miteinander ins Gespräch. Schnell wurde auch dem Letzten am Tisch klar, wer Muzi war, die als Schwarze sowieso auffiel. Von der großen Mirjam aus Tarichea? Na, von der höre man ja so allerhand. Wie alt ist sie jetzt? Dreißig? Na, da hat sie noch was vor sich. Stimmt es, dass der Statthalter mit ihr …? Aber er komme doch auffallend regelmäßig in die Villa, werde erzählt, und verbringe die Nacht auf ihrem Zimmer!

„Sie hilft ihm, seine Briefe an den Präfekten der Prätorianergarde zu schreiben. Auf Lateinisch."

Schmunzelnd stießen alle auf Mirjam, die Lateinerin, an.

Und sie wolle jetzt eine Dionysos-Feier veranstalten? Bei sich in ihrer Villa? Na, da würden wir gerne mitmachen. Wein habe sie wohl genug im Keller. Nein, unterm Bett … Und ist sie wirklich die Herrin der Dämonen? Aber wenn jetzt König Antipas in seine neue Stadt einziehe, dann müsse wohl jemand aufpassen, dass der Statthalter nicht gerade in ihr Zimmer hineinwill, wenn der König von dort herauskommt …

„Das ist meine Aufgabe", brummte Tribocus. „Aber zuerst passe ich auf, welche Gedanken aus eurem Hintern austreten. Lasst die Frau in Ruhe, sie hat viel für Tarichea getan."

„Stimmt es, dass sie Jüdin ist?"

„Eeeeh, sie ist ein Mensch!", ereiferte sich Muzi. „Sie ist eine Frau, sie ist Mutter. Sie ist in Judäa geboren. Sie sieht sogar schön aus, immer noch. Den Rest könnt ihr euch ans Hemd stecken!"

„Ist ja gut, liebe Frau", antwortete ein Fischhändler aus Jerusalem, ein phönizischer Heide, „wir denken alle genauso. Aber hier geht die Welt anders herum. Warum zum Beispiel bekomme ich in Jerusalem Fisch niemals aus Tarichea in mein Lager, sondern nur aus dem reinen Magdala? Na? Unreines nicht mal als Wort in den Mund nehmen! Versteht ihr? Hier ist zuerst wichtig, ob sie Jüdin ist. Und auf den Rest schlägt das Gesetz zu."

„Das Gesetz schlägt nicht zu!"

Vom anderen Tisch hatte ein Pharisäer zugehört. Jetzt kam er zu ihrem Tisch herüber, blieb aber zwei Schritte davor stehen.

„Das Gesetz, das Gott dem Mose gegeben hat, ist eine Hilfe fürs Leben. Damit der Mensch der Ordnung Gottes entsprechend leben kann. Es gibt keine weisere Ordnung als diejenige unseres Gottes. Und wer sich daran hält, wird auch gerettet. Gott regelt unser Zusammenleben und schützt den Menschen vor dem ewigen Tod."

„Na ja, manche befördert er auch in den ewigen Tod!"

„Nur die, die schwere Schuld auf sich geladen haben."

„Und was ist schwere Schuld? Wer bestimmt das?"

„Das steht klar im Gesetz des Mose. Wer eines der Gebote, die der Heilige, gepriesen sei Er, dem Mose geoffenbart hat, aus freiem Willen und bewusst übertritt, der muss ausgerottet werden. Er hat den Willen des Ewigen missachtet."

„Das ist ja eine schöne Kake." Der Fischhändler nahm kein Blatt vor den Mund. „Der bestimmt wohl alles, dieser Mose. Hat den jemand mal gesehen und ihm auf den Zahn gefühlt?"

Vom ersten Tisch kam Schimon herbeigeeilt. Er hatte gehört, wie der Disput heftiger wurde. Nun wollte er, seinem Naturell entsprechend, ausgleichen:

„Mose hat mit Gott gesprochen, ja. Er weiß alles. Und ich kann gut mit diesen Geboten leben. Sie sind für uns alle eine wirkliche Hilfe. Unser Leben ist beim Ewigen in Sicherheit."

„Aber das Leben meiner Herrin ist nicht in Sicherheit, Schimon!"

„Sie muss sich bekehren und ablassen von ihren falschen Wegen. Sonst muss sie sterben …", stellte der Pharisäer klar.

„Sag mal, Tribocus, wo bin ich hier eigentlich?" Ein Teppichhändler aus Babylon, der dem Tetrarchen Ware gebracht hatte, schlug mit der Faust auf den Tisch. „Der Gardepräfekt, habe ich oben gehört, will Mirjam umbringen, der Mose will sie auch umbringen – gibt es vielleicht jemanden, der sie ausnahmsweise nicht umbringen will?"

„Ja, wir beide. Frau Muzifungi und ich, wir Unreine, wir werden uns vor sie stellen, egal, wie viele Mosesünden sie begangen hat."

Der Pharisäer gab nicht auf:

„Das hier ist heiliges Land Gottes. Er selber hat es dem Abraham gegeben. Und also gelten hier die heiligen Gesetze Gottes. Es ist Sein Land! Und jeder muss hier nach Seinen Geboten leben."

Schimon wurde immer nervöser. Er lenkte ab:

„Wisst ihr übrigens, dass wir da oben am Jordan einen neuen Zöllner haben? Ein junger Mann. Er ist noch unerfahren."

„Die Zöllner und die Dirnen sind für Gott ein Gräuel!", beendete der Pharisäer das Gespräch und kehrte zurück zu seinen Freunden.

„Lass ihn", winkte Muzifungi ab, „er ist so aufgewachsen und erzogen. Er kann nicht anders denken. Aber dieser neue Zöllner, nimmt der noch niedrige Preise? Wie heißt der Mann?"

„Er ist noch jung und nennt sich jetzt Matthäus, habe ich gehört."

„Eigentlich ist er Jude", wusste der Fischhändler, „ein Diener vom Oberzöllner Zachäus in Jericho, hört man in Jerusalem. Der hat ihn an seiner Zollstelle zur Tetrarchie des Philippus eingesetzt."

„Ein Jude als Zöllner? Und dieser Gräuel Gottes heißt Matthäus?"

„Er heißt eigentlich Levi."

LXIII

Die Hochzeitsfeier von Schimon lag bereits ein Jahr zurück. Wenn er jetzt nach Tarichea kam und seine Fänge an Muzifungi verkaufte, sprach er von seiner Frau Ruth nur in wenigen, eher sachlichen Sätzen, von der Schwiegermutter jedoch bestenfalls mit den Augen. Dieses Thema, stellte Muzi fest, ist also tabu. Und der Disput mit dem Pharisäer über die Unreinen, so hatte es den Anschein, lag ihm sogar noch schwerer im Magen; er war nicht in der Lage, sich für eine Auffassung zu entscheiden. Er besaß zwei Seelen, eine jüdische und eine natürliche – und fand beide richtig.

Armer Mann, dachte Muzi: Jüdische Gesetze und dein gutes Herz, das wird dich im Leben noch vor bittere Entscheidungen stellen.

Ihren alten Freund Levi alias Matthäus, den neuen Zöllner, hatten sie noch nicht zu Gesicht bekommen. Er hatte gewiss keine Zeit, nach Tarichea in sein altes Heim zu kommen. Mirjam ihrerseits vermied es, ihn an seiner Zollstelle aufzusuchen. So hörten sie meistens über Karawanen, wie er, wohl mehr unglücklich als glücklich, die Geschäfte für den Großzöllner in Jericho erledigte.

Salma war schon ein halbes Jahr vor jener Fischer-Hochzeit aus ihrer Heimat zurückgekehrt nach Tarichea. Als sie sich wegen der zweieinhalbjährigen Abwesenheit bei Mirjam entschuldigen wollte, winkte diese ab. Alles in Ordnung. Sie zeigte auch kein Interesse, zu erfahren, was Salma alles erlebt hatte.

Salma aber hatte viel erlebt. Sie erzählte es Muzi und Tribocus und Johannes Marcus. Vor allem letzter hörte begierig zu. Salma musste ihm seitdem jede Woche neue Einzelheiten berichten.

Sie war zuerst in der großen Stadt Philadelphia gewesen; bis dorthin war ihre Reise normal verlaufen. Dann aber kam sie zu ihrem Dorf und erlebte bittere Enttäuschung: Das Dorf gab es nicht mehr. Nach Zerstörung und Brand war es in anderer Weise aufgebaut worden. Keiner der jetzigen Bewohner erkannte sie wieder. Schließlich fand sie doch ein paar Alte, die sich an sie und ihre Eltern erinnerten. Von ihnen erfuhr sie, dass zwei ihrer jüngeren Brüder sich damals verstecken konnten und nach Petra geflüchtet waren. Also war sie nach nur wenigen Tagen nach Petra aufgebrochen. Der Weg erwies sich als beschwerlich, vor allem für eine Frau, die kein Geld besaß. Wie war sie dankbar, dass sie jetzt auf zwei gesunden Füßen laufen konnte! Mehrfach musste sie sich unterwegs Geld verdienen. Erst nach Monaten kam sie in der Felsenstadt an. Petra ist nämlich eine der großen Städte der Nabatäer, erzählte sie dem staunenden Marcus, mitten in Felsen gehauen mit Tempeln und Palästen. Sie musste ihm immer neu schildern, was sie dort gesehen hatte. Am nächsten Tag schon wurde sie von ihrem Bruder gefunden. Gab das eine Feier! Er hatte inzwischen Familie und kleine Kinder. Die ganze Stadt nahm teil an ihrer Freude. Sie ruhte sich bei ihrem Bruder aus und genoss selig die Familie, die sie an ihre guten Eltern erinnerte. König Aretas und seine Frau Shuqueilat veranstalteten ein Fest für den Gast; sie konnte dem König einiges aus Galiläa und Tarichea erzählen. Ja, die Maria von Tarichea sei ihm bekannt, er hätte sogar schon Geschäfte mit ihr gemacht. Richtig, der

Germanicus sei vorher bei ihm gewesen, erinnerte er sich. Einer seiner Beamten, Chuza mit Namen, habe vor einigen Monaten ein Angebot von König Antipas angenommen und sei nach Sepphoris gezogen. Das könnte die Beziehungen zwischen ihnen beruhigen, meinte der König. Seine Tochter Phasaelis sei ja mit Antipas verheiratet. Der Chuza sei sehr talentiert in Sachen Geld und Zahlen. Dann zog der König weiter. Viele Wochen habe sie so in Petra verbracht und die Zeit genossen wie das Paradies, schwärmte Salma. Und alle seien entgegenkommend gewesen, die ganze Stadt, und natürlich ihr Bruder mit seiner Familie.

Von ihm erfuhr sie, dass auch der jüngere noch lebe. Aber damals sei der mit einem anderen Stamm noch weiter in den Süden geflüchtet. Jahre später erst sei ihm gemeldet worden, der jüngere habe sich weit unten im Lande Kusch, aus welchem die Königin von Saba stammte, niedergelassen und dort eine Familie gegründet. Und da habe sie, Salma, auf einmal den Entschluss in sich gespürt, sie solle auch diesen anderen Bruder im Lande Kusch aufsuchen.

Der Stadtpräfekt stattete sie mit einer kleinen Karawane aus; er nutzte die Gelegenheit und verknüpfte seine Hilfe für Salma mit eigenen Handelsabsichten. Jetzt hatte sie ein gemütliches Kamel und viele Diener um sich herum. Es sei eine unvorstellbar lange Reise geworden, hinunter zum Schilfmeer, dann weiter auf der östlichen Seite des Meeres bis hinunter nach Sana, dann hinüber auf Schiffen ins Land Kusch. Dort gab es viele und hohe Berge, wunderschöne Wadis, ganz andere Bäume und Büsche, und vor allem sehr liebe Menschen. Am Ende habe sie ihren Bruder gefunden. Auch er habe eine große Feier veranstaltet, und auch dort sei sie dem König vorgestellt worden, und der habe ihr erzählt, mit allen Einzelheiten, wie die Königin von Saba den Salomon besucht habe.

Diese Geschichte wollte Marcus immer wieder hören:

Also, der König David hatte einen Sohn, dem gab er den Namen Salomo. Salomos Weisheit war so wunderbar, dass sie überall in der Welt bekannt wurde. Kein Reich der Erde hat ja Bestand ohne Weisheit, und ohne Weisheit rinnt Reichtum rasch dahin. Auch die Königin von Saba hörte von Salomo und seiner Weisheit. Sie gliche, so erzählte man ihr, der Süße des Honigs und dem Betören des Weines. Diesen Weisen zu sehen, war das Verlangen der Königin des Südens. So ließ sie 999 Kamele satteln, unzählige Maultiere und Esel mit kostbaren Geschenken beladen und machte sich auf die Reise nach Jerusalem. Dort wurde sie mit höchster Zuvorkommenheit empfangen, ein köstliches Mahl folgte dem anderen, die Tische bogen sich unter der Last geschlachteter Hirsche und Gazellen, gebratener Hühner und Fische aller Art. Dies alles beeindruckte die Königin nicht, sie wollte den Gerühmten erproben, wie weise er wirklich sei. Sie ließ Mädchen und Jungen in gleichen Kleidern auftreten, aber der König warf eine Handvoll Granatäpfel, die Jungen stürzten sich darauf, zurück hielten sich die Mädchen. Sie stellte echte und künstliche Blumen auf, die Bienen des Königs lösten auch dieses Rätsel. In dreitausend Sprichwörtern und tausend Liedern war die Weisheit des Königs gesammelt, er ergötzte sich an siebenhundert Frauen und dreihundert Nebenfrauen. Doch keine von ihnen erreichte die Schönheit der Königin von Saba. Salomo aber konnte sie nicht gewinnen. Am Vorabend ihrer Abreise ersann er eine List. Er empfing die Gesandtschaft aus dem Lande Kusch zu einem prunkvollen Abschiedsessen mit vielen Gewürzen. Die Luft duftete von Moschus, Myrrhe und Weihrauch, es hüllten den Raum in durchscheinendes Licht Vorhänge aus Purpur, tiefe Teppiche tauchten die Leiber in weichen Flaum. Da lädt Salomon die Königin ein, in seiner Kammer mit ihm zu schlafen. Er werde sich ihr nicht mit Gewalt nähern, es sei denn, sie vergreife sich an etwas, was ihm gehöre. Die Königin aber lacht über seine Bedingung: Ihr Königreich biete mehr noch als seines, weshalb sollte sie etwas stehlen? Doch nach diesem Mahl mit scharfen Speisen verlangt es die Königin zu trinken. Mitten in der Nacht greift sie nach dem bereitstehenden Becher mit Wasser – da greift Salomo nach ihrer Hand: Habe ich dich! Mit einem Becher Wasser hast du den Eid gebrochen. Sie muss das Lager mit ihm teilen. In der Nacht sieht König Salomo ein helles Licht, das seinen Glanz über Israel verbreitet, bis es sich über dem Lande Kusch niederlässt. Und Israel bleibt im Dunkel. Am nächsten Morgen gibt der König ihr einen Ring: Wenn mein Same Frucht trägt und du einen Sohn gebierst, sende ihn an meinen Hof. Beschenkt mit doppelt so viel Kamelen und Maultieren und Eseln reist sie zurück in ihr Land. Neun Monate später gebiert sie einen Sohn, sie nennt ihn „Lebendiges Wasser". Der Junge wächst heran und erfährt die Geschichte seiner Herkunft. Er macht sich auf die Reise zu Salomo, an seiner Hand den Ring. Seinem Vater wie aus dem Gesicht geschnitten!, sagen die Bewohner des Grenzlandes. Dem Salomon aber dringt die Nachricht ins Herz, denn trotz seiner zahlreichen Frauen hat Gott ihm nur drei Söhne geschenkt, dieser aber ist sein Erstgeborener. Doch der Sohn kehrt zurück ins Land Kusch und nimmt mit sich die Heilige Lade Israels, gewonnen mit einem Schluck aus einem Becher voll Wasser.

„Nur einen Schluck Wasser?", fragte Marcus dann jedes Mal.

Den Rückweg, fuhr Salma fort, habe sie auf dem Nil genommen. Ihre Karawane habe sich jedoch geteilt, nur zwei Dienerinnen seien bei ihr auf dem Schiff geblieben. Und dann sei das Merkwürdigste geschehen, was man sich überhaupt denken könne: Während der Kapitän sich von Tag zu Tag mehr mit ihr anfreundete, habe er zu erzählen begonnen. Hellwach sei sie geworden, als er eines Tages von einer alten Frau berichtete, die er auf der Hinfahrt nach Aromata mitgenommen hatte. Sie sei wohl Inderin gewesen und wollte nach Indien, aber, er schüttelte den Kopf, sie sei so schwach gewesen, dass sie die ganze Zeit nur auf ihrer Matte liegen konnte. Sie habe kaum etwas gegessen, nur Säfte getrunken. Sie hatte auch kein Geld. Er habe sie dann in Aromata im Hafen mit ihrer Matte einfach auf der Erde abgelegt. Was sonst hätte er tun sollen? Jemand würde schon kommen und sich um sie kümmern. Als er nach zwei Tagen wieder losgefahren sei, habe sie dort nicht mehr gelegen. Er sei neugierig geworden, habe sich auch schuldig gefühlt und deswegen im Hafen herumgehorcht, was mit der Alten geschehen sei. Und dann hatte ihm jemand erzählt, da sei ein junger Mann gekommen, seine Haare hätte er gegen alle Sitten wie einen Pferdeschweif gebunden, und dieser Fremde habe sich über die Frau gebeugt, das hätten andere Leute gesehen. Und dann, aber das sei doch ganz unmöglich, er habe sie ja selber wochenlang beobachten können, dann soll also die alte Inderin aufgestanden sein. Einfach so aufgestanden und auf ihren eigenen Beinen davongegangen! Aber das war ja unmöglich, er hatte sie doch ge-

sehen, diese schwachen Beine! Und zu einem Schiff sei sie gegangen, das nach Sokotra fahren wollte, und dort an Bord. Nein,
schüttelte der Kapitän den Kopf, das sei eine sehr eigenartige
Geschichte. Was es doch alles so gebe unter dem Himmel!

Sie, Salma, habe nur wie erstarrt zuhören können. Das muss
Calatoria gewesen sein, habe sie sofort gedacht! Und der Fremde mit den langen Haaren über dem Rücken?

„Die Mutter Maria, die aus Nazareth, die hier bei uns war",
rief Johannes Marcus dazwischen, „die, die hat mir gesagt, dass
ihr Sohn Jeshua eine lange Reise gemacht hat und über Indien
und Arabien zurückkommen wollte. Das war er! Ganz bestimmt! Er war das! Er hat unsere Cala getroffen. Ohhh …"

Muzi schüttelte ungläubig den Kopf:

„Erinnert ihr euch? Die Cala hat uns versprochen, wenn sie
bis Aromata käme, dann würde sie uns einen Brief schicken. Mit
ihrem Parfum drauf … Das war ihr Parfum. Sie wurde irgendwie
geheilt, so klang das, was der Kapitän dir erzählt hat."

Salma berichtete weiter, dass der Kapitän sie bis Heliopolis
mitgenommen habe. Doch unterwegs sei ihr der Gedanke gekommen, ob sie nicht Alexandria aufsuchen und dort Mirjams
Kontor finden sollte. Ihre Dienerinnen seien alleine nach Petra
zurück gereist, sie aber zur Riesenstadt Alexandria. Dort habe
sie das Kontor gefunden und sich vorgestellt. Und nun, am Ende
ihrer schönen Reise, hörte sie eine traurige Nachricht: Die Domina Maria, ja, die sei irgendwo hier in der Stadt. Sie sehe krank
aus. Und sei unfähig, Geschäfte zu leiten. Man habe mit ihr darüber gesprochen und ihr erklärt, dass es besser sei und ganz im
Sinne von Caius Posterius Magnus, wenn ihr Diener Catullus
vorläufig die Geschäfte führe. Das habe man auch schriftlich
festgehalten. Sie habe geschrien und getobt, woraus für alle noch
klarer geworden sei, dass sie von irgendwelchen Dämonen be-
herrscht werde. Es täte ihnen leid, sagten die Angestellten, aber
so stehe die Sache jetzt. Im Moment hätte die Domina Maria in
Alexandria nichts mehr zu sagen.

„Alexandria haben wir nun auch verloren", hatte Muzi darauf festgestellt. „Was kommt als Nächstes dran?"

Seit jenem Abend sprachen sie oft miteinander über diese
Reise und über zugeschlagene Türen. Mirjam bekamen sie selten

451

zu Gesicht; tauchte sie einmal auf, dann wollte sie über nichts sprechen, was sie selbst betraf. Den Namen Alexandria erwähnte sie nicht mehr. Mauretania und Rom auch nicht. In Mauretanien war im vergangenen Jahr der König Juba gestorben, die letzte Verbindung zu Selene.

Man konnte meinen, nun sei Mirjam selbst über Bord gefallen, wie es damals von Octavus Posterius gemeldet worden war.

Aber gestern, ein Jahr nach jener Hochzeit des Simon, war plötzlich ein Bote in ihre Villa gekommen. Ob hier die Domina Maria wohne? Und bei ihr eine Frau Salma? Salma hatte den Mann begrüßt, man sprach über dies und das, schließlich übergab er die Botschaft:

„Sie kennen einen Herrn Chuza, der bei Aretas, dem König der Nabatäer, angestellt war und dann zum König Antipas ging? Der wird jetzt heiraten, eine Frau Johanna aus Sepphoris, eine Jüdin. Und sowohl die Domina Maria als auch Sie, Frau Salma, sind eingeladen zur königlichen Hochzeit von Herrn Chuza und Frau Johanna. Herr Chuza bekleidet inzwischen den Posten des epítropos: Er ist des Königs oberster Finanzbeamter."

Als sie wieder unter sich waren, kam Marcus, der inzwischen schon über elf Jahre alt war. Er fragte Salma:

„Hat Gott Mama wieder eine Tür zugeschlagen?"

„Gott öffnet auch Türen, Marcus. Sogar solche, die aus undurchdringbarem Fels bestehen."

„Hat Gott eine solche Tür geöffnet?"

„Johannes Marcus, das hoffen wir."

LXIV

Einer der zehn Reiter, die an diesem Nachmittag über den Tiber ritten, hieß Marcus Victor. Für ihn ganz unerwartet, war er dem Legionskommandanten zugeteilt worden, als dieser sich auf die Reise nach Roma begab, um über die Lage in Germanien Bericht zu erstatten. Allerdings nicht dem Kaiser, sondern dem Lucius Aelius Seianus, seinem Praefectus Praetorio. Kaiser Tiberius verlor mehr und mehr an Einfluss, und Seianus war der neue starke Mann.

„Diesem Seianus traue ich so wenig wie Arminius."

Auf dem langen Weg hatte er einen treuen Kameraden gefunden, einen Offizier, der sich zehn Jahre zuvor in den Feldzügen des Germanicus gegen Arminius ausgezeichnet hatte. Marcus hörte ihm zu, mal mehr, mal weniger aufmerksam, jedenfalls unterbrach er ihn nicht. In seinen Gedanken weilte er immer häufiger in Palästina. War er doch Jerusalem so nahe gekommen wie seit 16 Jahren nicht mehr – und doch tausend Meilen von ihm entfernt.

„Weißt du, Marcus, dieser Seianus hat es tatsächlich geschafft, seine Tochter in das Kaiserhaus hineinzuheiraten. Unglaublich! Und dann ließ er, natürlich, seine eigene Statue im Theater des Pompeius aufstellen. Vor zwei Jahren zog er seine Prätorianer in einer besonderen Kaserne im Nordosten Romas zusammen. Du kannst dir denken, was das bedeutet. Und mit dieser Macht im Rücken lässt er den einzigen Sohn seines Kaisers ermorden, den Drusus. Brutal und gewissenlos, dieser Mann. Tiberius weiß es nicht oder will es nicht wissen. Er wird immer schwächer. Zur Bestattung lud Tiberius die beiden ältesten Söhne meines Herrn Germanicus ein, Nero und Drusus, und rate mal, was das zur Folge hatte? Seitdem intrigiert Seianus gegen die beiden und ihre Mutter Agrippina."

Auch gegen Mirjam, erinnerte sich Octavus, wurde intrigiert. Und Macht besaß der Statthalter genug. Wo sie wohl sein mochte? Ob sie überhaupt noch lebte? Ich komme nach Roma, Mirjam, und du weilst irgendwo in Palästina. Vielleicht finde ich Gelegenheit, nach Jerusalem zu reisen. Ich würde gleich zum Decumanus laufen, zu den drei Frauen, dich überraschen.

„Aber, lassen wir mal den Seianus. Hast du das Neueste schon gehört? In Africa hat unser ehemaliger Konsul Dolabella im letzten Jahr den Tacfarinas geschlagen. Endgültig. Der hat dort vier Jahre lang geplündert und geräubert. Jetzt haben wir da wieder Ruhe. Aber so gut wie mein Germanicus ist niemand gewesen."

Vielleicht lebst du gar nicht mehr in Jerusalem. Ja natürlich, du bist von dort bald weggegangen. Sicher. Aber ich werde dich finden. Wenn ich nur länger weg könnte von Borbetomagus.

„Habe ich dir das schon erzählt? Nein? Also, wir sind damals von Moguntíacum über den Berg Taunus, das war im Frühjahr, mit vier Legionen in das Gebiet der Chatten. In den Bergen von Taunus baute er ein Lager seines Vaters Drusus wieder auf, das die Chatten nach der Niederlage von Varus zerstört hatten. Am Unterlauf der Adrana haben wir sie dann erwischt, die Chatten, und verhauen. Aber das war nicht der Hauptkampf. Germanicus hat dazwischen dem Segestes geholfen, dem Schwiegervater von Arminius, der aber Roma treu geblieben war. Unter den Gefangenen war, du wirst es nicht glauben, Thusnelda, die Tochter vom Segestes und Gattin des Arminius. Sie blieb ihrem Mann stur treu und gebar dem Arminius in der Gefangenschaft den Thumelicus."

Und wir beide haben kein Kind. Aber ich bleibe dir treu aus Liebe, Mirjam, auch im letzten Winkel des römischen Reiches. Denk dran, es gibt ihn, den Einen!

„Hörst du noch zu? Also, in drei Abteilungen sind wir dann bis zur Mündung der Amisia gezogen. Vier Legionen unter Caecina stießen nach Osten vor. Die Reiter mussten durch das Gebiet der Frisier, an der Küste entlang. Die restlichen vier Legionen schlichen auf Schiffen durch den Drususkanal und den Flevo Lacus. Dann drehten wir nach Süden und haben erst mal die Bructerer überrascht und geschlagen. Dabei habe ich einen der drei Legionsadler wiedergefunden, die Varus verloren hatte. Also, das kam so … habe ich schon erzählt? Ich werde alt. Wo war ich? Also, wir konnten das gesamte Gebiet zwischen Lupia und einem anderen Fluss, habe den Namen vergessen, verwüsten. Dabei fand Germanicus die zwei Lager des Varus; da haben wir die toten Kameraden begraben, Germanicus hat einen Altar errichtet. Dieser Arminius, ich sage dir Marcus, das war ein gerissener Fuchs. Er hat unsere schwer bepackten Legionäre von den Höhen herab mit Pfeilen angegriffen. Ich sage dir, da haben wir unser Gepäck liegen gelassen und sind um unser Leben gerannt …"

Wenn sie hinter dir her sind, wenn sie dich in eine Falle locken, Mirjam, dann lauf um dein Leben. Laufe weg! Lass alles liegen und laufe. Ich hole dich schon ein, ich bringe dir alles nach, was du verloren hast. Ich werde dich finden. Aber du musst am Leben bleiben, hörst du? Also flieh! Laufe weg!

Etwa 20 Tage war ihr Tross unterwegs gewesen bis Roma. Heute nun gab Seianus ihnen Audienz. Sie folgten gerade der

Straße den Ianiculum hinauf. Sein Kamerad ritt wieder neben ihm und gab, unverwüstlich, das Neueste vom Kaiserhof zum Besten:

„Und vor kurzen, habe ich gehört, habe er Tiberius ersucht, die Livilla heiraten zu dürfen. Dabei hat die vor zwei Jahren auf Anraten eben dieses Seianus ihren Mann umgebracht. Aber auch bei ihr, das wette ich, geht es Seianus einzig um seine Wut gegen Agrippina. Ich meine aber, Tiberius hat ihm keine Erlaubnis gegeben. Und vielleicht deswegen will Seianus den Kaiser nun aus Roma entfernen. Und der, soweit ich weiß, hat keine Lust mehr, in Roma zu bleiben. Er will nach Capreae, in die Villa des Augustus über dem Meer und dort von der Welt nichts mehr hören.“

„Wohin führt diese Straße eigentlich? Roma liegt doch hinter uns und unter uns?“

„Oh, der Seianus hat vor einigen Jahren diese Villa auf dem Clivus Cinnae erworben. Ich meine, durch ein gemeines Glücksspiel. Von einer Frau, die so dumm war, gegen ihn zu spielen. Davor gehörte die Villa dem großen Caius Posterius Magnus.“

Octavus ließ vor Schreck die Zügel fallen.

„Wem gehörte die?“

„Dem Kaufmann Caius Posterius Magnus. Du kennst ihn?“

„Ja, ich kenne ihn. Ähm, flüchtig. Schon lange her.“

„Der Mann war gut, so viel ich gehört habe. Er hat dem Kaiser und dem Reich sehr geholfen. Zwar ein gerissener Geschäftsmann, aber er soll viel Gutes getan haben. Ganz im Stillen. Am Ende hat er ein junges Ding geheiratet, so ein Flittchen, na du weißt schon, aus Tyrus oder Tarichos oder so. Aber die versteht natürlich nicht, Geschäfte zu führen. Verliert eine Sache nach der anderen. Soll zudem das übliche Lotterleben führen, erzählt man.“

„Hatte dieser, ähm, Caius Posterius Magnus nicht auch eine Villa in Herculaneum?“

„Richtig! Du weißt ja doch etwas. Aber auch die ist verkauft, habe ich gehört. Muss ungeheuer prächtig gewesen sein. Der Kaiser Augustus sei einmal dort gewesen, zur Hochzeit von Caius Posterius mit dem jungen Ding. Wenn ich mich recht erinnere, hat der Kaiser anlässlich der Hochzeit der Braut das römische Bürgerrecht vermacht. Eine äußerst ungewöhnliche Ausnahme. Aber geholfen hat ihr das auch nicht. So, jetzt sind wir da. Mal sehen, was der Seianus mit uns spielen will. Glaub ihm kein Wort, Marcus!"

„Und wo ist der Caius Posterius Magnus jetzt?"

„Der ist schon einige Jahre tot."

Octavus schwirrte der Kopf. Hier war er also im Haus seines Vaters. Sozusagen in seinem Eigentum! An der Versammlung mit dem mächtigen Mann des Reiches war ihm jedes Interesse geschwunden. Er setzte sich in die letzte Reihe, hinter einen breiten Rücken, um möglichst nicht gesehen zu werden, und ließ die anderen nicken. Bei einer Pause verschwand er durch eine kleine Tür. Er hatte überlegt, ob vielleicht ein alter Sklave im Hause sei, der ihm Auskunft geben könnte. Aber die Sklaven schüttelten den Kopf, sie seien alle ausgetauscht worden. Nur eine alte Sklavin, die könnte sich womöglich noch an Caius Posterius Magnus erinnern. Sie liege aber krank darnieder, draußen in einer verfallenen Hütte, und Seianus werde sie wohl bald töten lassen.

Octavus fand sie. Sie sah fiebrig aus, die Augen gläsern, sie war am Ende ihrer Kräfte. Er beugte sich über sie, nahm ihren schweißnassen Kopf in seine Hände, schaute sie ruhig und liebevoll an. Eine ganze Weile.

„Hast du Caius Posterius Magnus noch erlebt?"

Nach einem Moment der Stille nickte sie. Octavus verstand, dass sie nicht mehr reden konnte. Er musste also Fragen stellen. Was aber wollte er eigentlich wissen? Er überlegte eilig.

„Wann ist Caius Posterius Magnus gestorben?"

Sie schaute ihn hilflos an. Verdammt, wie sollte er nur fragen?

„War das vor zehn Jahren?"

Er streckte die zehn Finger beider Hände vor. Sie nickte.

„Noch länger?"

Sie nickte etwas.

„Und Herculaneum … ach. Ist die Villa in Herculaneum auch schon so lange weg? Verkauft?"

Sie nickte wieder.

„Wem gehörte die Villa hier? Gehörte die seiner jungen Frau?"

Die sterbende alte Sklavin schloss die Augen. Aber nach einer Weile taten sie sich auf, ihre Lippen bewegten sich, sie nickte.

„Lebt diese Frau noch?"

Der Kopf nickte heftiger.

„Ist sie hier in Roma?"

Der Kopf schüttelte ein Nein hervor. Oh je, ich kann doch nicht alle Länder der Welt durchgehen. Was hat mein Freund gesagt?

„Kommt sie aus Tyrus?"

Der Kopf der Alten bewegte sich, als wollte sie sagen, nicht so ganz, aber so ungefähr. Was kann ich denn noch fragen?

„Ist Caius Posterius Magnus hier in Roma begraben?"

Sie schüttelte schwach den Kopf.

„In Herculaneum?"

Der Kopf nickte und sackte nach unten. Octavus spürte ihren Puls. Sie lebte noch. Aber sie war eingeschlafen oder ohnmächtig geworden. Mehr konnte er von ihr nicht erfahren. In Herculaneum also war sein Vater begraben. Wie konnte er dorthin gelangen?

Er schlich zurück in den Raum der Versammlung. Unbemerkt von Seianus erreichte er seinen versteckten Platz. Der Gardepräfekt erzählte gerade vom Kaiser Tiberius:

„Der göttliche Tiberius hat sich jetzt nach Campanien zurückgezogen. Die Geschäfte des Reiches hat er mir übergeben. Als wir in Nola ankamen, weihte er dem Augustus einen Tempel. Später wollte er in einer Grotte an der campanischen Küste speisen. Alles war vorbereitet, aber jemand hatte nicht genügend Acht gegeben. Ich schaute prüfend zur Decke der Grotte empor, sie machte mir keinen zuverlässigen Eindruck. Ich behielt sie ständig im Auge. Und dann geschah es: Während wir speisten, lösten sich Steine, Felsen, sie donnerten auf Teller, Pokale und Menschen. Am Tisch schrien alle und flohen in panischer Angst ins Freie. Ich blieb beim Kaiser. Ich warf mich über ihn. Ich schützte ihn mit meinem Leib. Der Kaiser lebt. Es ist der unwürdige Gardepräfekt, der ihn gerettet hat."

Gemurmel in der Runde. Anerkennendes Nicken. Ob Seianus den Beifall brauchte oder ob er die verachtete, die ihn spendeten, konnte Octavus nicht erkennen.

„Ich habe eine weitere Veränderung anzukündigen: Im kommenden Jahr werde ich den Posten des Präfekten in Judaea neu besetzen. Valerius Gratus hat dann neun Jahre dort gedient. Und das Land ist ruhig geblieben. Ein Zeichen seines Könnens. Es freut mich, den Anwesenden mitteilen zu können, dass der ehrenwerte Nonatus Pontius Pilatus seinen Stuhl übernehmen wird."

Erneut Gemurmel in der Runde.

„Er stammt aus der verdienstvollen Familie der Pontier. Den tapferen Ahnen dieser Familie aus Samnium haben wir es zu danken, dass gewisse Männer Romas, die nach Macht strebten und dazu Ägypten in das Reich holten, mit ihrem Bemühen nicht zu weit gekommen sind. Pontius Pilatus gehört dem Ritterstand an, er wird der fünfte Präfektus Judaeas werden. Judaea ist unsere unruhigste Provinz. Mein Lieber, deine hervorragenden Talente sind gefordert. Zeige diesem widerspenstigen Volk gleich vom ersten Augenblick an, wer dort der wahre Herr ist. Nämlich Roma. Lass ihre Messiasträume nicht zum Himmel wachsen, halte sie kurz. Wenn du dich durchsetzt, wirst du in die Geschichte eingehen."

Octavus interessierte nicht, wer in Judaea neuer Präfekt werden und ob der die Juden klein halten würde. Er überlegte, wie er mehr über seinen Vater erfahren könnte. Er müsste die junge Frau finden, das „Flittchen", wie sein Freund gesagt hatte, die die Villa seines Vaters gegen Seianus verspielt hatte. Aber wo sollte er sie suchen?

„Noch eine Versetzung ist zu erwähnen. Hier im Raum sollte anwesend sein Marcus Victor. Wo sitzt er?"

Octavus zuckte zusammen. Nein! Nein, er wollte hier nicht genannt werden. Ängstlich schaute er nach vorne und hob den Arm.

„Ah, dort haben wir ihn. Marcus Victor, du bist von Borbetomagus nach Lugdunum in unser Verwaltungszentrum für ganz Gallien versetzt. Wir haben die Stadt von den Kelten geerbt. Du wirst die Leitung der Münzstätte des Imperiums übernehmen. Hier gebe ich dir schon mal einen Silberdenar …"

Belustigtes Schmunzeln im Raum.

„… wie du ihn jetzt zu Tausenden in exzellenter Qualität prägen wirst. Beachte die Aufschrift: Caesar Divi Augusti Filius

Augustus, und ebenso die Rückseite mit dem Bildnis der Julia Augusta Livia und der Umschrift: Pontifex Maximus. Du begibst dich gleich dorthin."

Octavus hörte und hörte doch nicht. Das war zu viel auf einmal. Gerade noch hatte er überlegt, wie er hier unauffällig verschwinden, wie er seinen Vater, dessen Grab ausfindig machen könnte, da wird er bemerkt, wird versetzt, wieder in die Ferne, weit weg von Palästina und Mirjam. Mit neuer Verantwortung. Er fühlte sich unfähig, irgendetwas zu begreifen, sich zu freuen oder traurig zu sein. Er registrierte es nur einfach.

Bei der Verabschiedung kam er hinter Pontius Pilatus zu stehen. Der Gardepräfekt wechselte gerade einige Worte mit dem neu ernannten Statthalter. Octavus vernahm nur den Schluss ihres Gespräches, aber der ging ihm in der Folgezeit nicht mehr aus dem Sinn. Ja, er wurde zu einem Albtraum, der ihn Tag und Nacht verwirrte:

„… und dann gibt es da am See jene Frau, die mir bereits die schöne Villa hier überlassen hat. Nach meiner Information steht sie in einer geheimen Beziehung zur großen Kleopatra. Sie dürfte also noch viel mehr an Gebäuden und Geld besitzen als nur dieses Häuschen. Ich würde mich freuen, wenn du mit ihr würfelst, Pontius. Du wirst leicht gewinnen. Gib ihr nur reichlich Wein. Aber vergiss nicht: Sie besitzt römisches Bürgerrecht, diese Ziegenprinzessin."

LXV

Die Hochzeitsfeier des Nabatäers Chuza mit der Jüdin Johanna übertraf an pompösem Glanz alles, was Galiläa bis dahin gesehen hatte. Herodas Antipas hatte das Fest geschickt mit einem weitaus wichtigeren Ereignis verknüpft: der Einweihung seiner neuerbauten Provinzhauptstadt. Die Neugründung war in mehreren Etappen hochgewachsen und nach etwa 10 Jahren Vorbereitung und Bauzeit endlich bewohnbar geworden. Sie war dem Kaiser geweiht: Tiberias. Allerdings gab es ein Problem für Antipas: Er fand keine wohlsituierten Bürger für seine Stadt, und den frommen Juden galt sie als unrein, da sie teilweise über einem alten Friedhof angelegt war. So musste der König zähneknirschend Gesindel und Bettler von den Zäunen und Straßen des Landes herbeischaffen, und weil Armut als Schande galt, musste er ihnen zusätzlich Wohnungen bauen – Leuten, die er gar nicht haben wollte! Während jene, die er haben wollte, nicht kamen. Aber ohne das Lumpenpack wäre sein Fest zur Peinlichkeit geraten. Das wiederum hätte ihn seinen politischen Kopf gekostet. Nun wirkte die Stadt trotz des Trubels der Massen kalt und unecht. Die bunten Basare und teuren Läden glichen herbeigeschleppten Fremdkörpern. Was aber die Feste und Umzüge selbst, die Spiele und die Gelage und alles andere betraf, da ließ die Doppelfeier nichts aus, was im römischen Reich Anerkennung hervorrief. Sogar der Nabatäerkönig Aretas wäre zufrieden gewesen, denn die Festlichkeiten für seinen Mann Chuza färbten auf ihn ab. Und natürlich auf seine Tochter Phasaelis, die Frau des Antipas. Aber Aretas war auf einen Wink seiner Geheimagenten der Feier fern geblieben.

Und einen dritten Anlass hatte König Antipas mit der Einweihung seiner neuen Hauptstadt geschickt verbinden können: den Amtsantritt des fünften Prokurators Romas, Nonatus Pontius Pilatus.

„Der Mann ist erst wenige Monate im Land und hat schon zwei Niederlagen einstecken müssen. Sieht schlecht für ihn aus."

Ein Centurio unterhielt sich mit Tribocus. Sie standen auf der großen Veranda des neuen königlichen Palastes, gut 350 Ellen hoch über dem See. Unter ihnen rechter Hand sahen sie die heißen Quellen von Amathus. Die Vorderfront des mächtigen Gebäudes hinter ihnen, mit viel Aufwand in die Bergflanke eingefügt, schmückten Tierbilder und Skulpturen.

„Wenn Antipas die Bilder über unseren Köpfen nicht umformen lässt, kriegt er erneut Krach mit den Juden", fuhr der Centurio fort.

„Was ist da in Caesarea passiert? Pilatus wollte 1000 Juden umbringen? Stimmt das?"

Tribocus wusste perfekt wie ein Centurio aufzutreten. Dank der Erzählungen des guten Quercus überraschte er jeden Hörer mit zahllosen Details aus Schlachten und über hohe Persönlichkeiten. Auch sein „Kollege" Hortensius hielt ihn für echt.

„Pilatus? Er spielte den starken Mann. Als er die Kohorte ins Winterquartier nach Jerusalem führte, ließ er das Bild des Tiberius nachts auf den Feldzeichen in die Stadt tragen. Er wollte den Juden zeigen, wie tief er sie und ihr Gesetz verachte. Frühere Prokuratoren haben Konfrontationen möglichst vermieden. Die Juden eilten auch sofort nach Caesarea und bestürmten den Prokurator mehrere Tage lang, er solle die Bilder entfernen. Der widersprach, das sei eine Beleidigung des Kaisers. Aber die Juden wichen nicht von der Stelle, sieben Tage lang. Schließlich trat Pontius in der Rennbahn von Caesarea auf, das Volk bat erneut um Verlegung der Bilder, da ließ er versteckte Soldaten auftreten, mit blankem Schwert. Ha, da hat er die Juden erst richtig kennen gelernt. Sie warfen sich zur Erde und boten ihren Nacken dar: Lieber sterben als gegen Gottes Gesetz handeln. Bumms, hatte Nonatus verloren. Er konnte nicht 2000 Juden umbringen. Also, die Sache mit den Bildern war eine Niederlage. Seine erste."

„Da war er in der Tat nicht klug beraten."

„Tja, und dann wollte er eine neue Wasserleitung bauen, über 200 Stadien lang, nahm dazu aber Geld aus dem Tempelschatz. Natürlich gab es wieder einen Aufstand. Es wurde ziemlich hitzig. Und dieses Mal hat er etliche von ihnen umgehauen. Weißt du, diese Menschen sind hartnäckig."

„Ich würde sagen: Sie sind mutig. Beeindruckend!"

„Na ja, ihre Religion ist ihnen heilig. Anders als bei uns. Entweder wird's genauso gemacht, wie ihr Gesetz das verlangt, oder sie lassen sich töten. Die Fanatiker unter ihnen töten auch andere."

„Und die Bilder und Skulpturen hier, mit denen Antipas seinen Palast schmückt, die sind doch auch gegen das Gesetz."

„Das sind sie, Centurio Tribocus, das sind sie. Und diese Stadt zu betreten, macht einen frommen Juden sieben Tage lang unrein, habe ich mir sagen lassen. Dieser Antipas ist allerdings jemand, dem auch wir Offiziere nicht trauen. Er putzt seine Stadt hellenistisch-römisch heraus und mimt zugleich den Juden. Der Mann ist ein Heuchler. Er will beim Kaiser Einfluss haben, damit er lange seinen Thron behält, und liefert Tiberius dafür heimlich Informationen über römische Beamte und Offiziere. Deshalb ist auch nur der Prokurator gekommen. Seine hohe Begleitung ist demonstrativ ferngeblieben."

„Ich bin froh, dass ich nicht mehr im Dienst der Truppe stehe, Hortensius. Meine jetzige Arbeit reicht mir."

„Ja, die Domina Maria ist eine auffallende Frau", erwiderte der Centurio ebenso höflich wie vorsichtig. Dann kniff er ein Auge zu:

„Sie kann einen Centurio wohl beschäftigen ..."

Sie schritten zurück in die Säle der Akropolis, durchquerten das hohe, durch korinthische Säulen abgesetzte Atrium, wo Gäste gerade eisgekühlte Getränke genossen und nebenbei aus dem Speisewärmer Nachschlag ihrer Lieblingsbissen holten. Statussymbole sind dazu da, demonstriert zu werden, dachte Tribocus.

„Stimmt es, dass die Domina heute noch eine bedeutende Ankündigung von sich geben wird, Tribocus?"

„So haben wir es abgesprochen. Dort drüben sehe ich sie."

Mirjam befand sich gerade im Gespräch mit König Antipas und Pontius Pilatus. Salma hielt sich tapfer an ihrer Seite. Sie und Tribocus hatten abgemacht, dass in jedem Moment einer von ihnen dicht bei der Domina sein müsse. Diese hatte sich heute sehr zusammengenommen, war bis jetzt, am frühen Nachmittag, noch relativ unauffällig geblieben, was bedeutete: Sie hatte so viel getrunken, dass sie normal erschien. In diesem Zustand war sie eine Schönheit, eine bezaubernde Frau, schlagfertig und intelligent, der Mittelpunkt der ganzen Gesellschaft; sie verstand es, jeden um den Finger zu wickeln und unsicher zu machen. Sogar Antipas und Pilatus sanken vor ihrer betörenden Anziehungskraft dahin.

Salma gab Tribocus ein Zeichen: Alles noch in Ordnung! Tribocus nickte und schlenderte mit seinem Kollegen durch angrenzende Säle und Gärten. Sie bewunderten die Gemälde ebenso wie die Sklaven und Sklavinnen, die ihnen Wein und Früchte reichten, und natürlich die Gäste, die sich in Kleidung und Parfums überboten. Keiner wollte übersehen werden.

„Antipas und seine Gesellschaft hier, sie eifern Roma und Baiae nach. Aber wer nur auf sein Vergnügen sinnt, hat aufgehört, ein guter Staatsbürger zu sein", philosophierte der Centurio mit moralischem Unterton. „Nicht weil sie arbeiten, schwitzen sie, sondern weil sie so viel essen und saufen und huren."

„Nun, diese vier Damen da drüben, die schwitzen nicht. Schweiß passt nicht zu ihren Perücken, ihrem Gold und Silber überall, ihren Salben und Schminken und Haarfärbereien". Tribocus hatte einen Blick für künstliche Schönheit gewonnen.

„Heute Abend werden im Amphitheater zum Tode verurteilte Räuber mit Fackeln gegen Löwen kämpfen."

„Gut, die werden schwitzen."

„Und morgen sollen wir eine Seeschlacht auf dem See zu sehen bekommen … Oh, Tribocus, schau, wir nähern uns dem Brautpaar!"

Chuza und Johanna lösten sich gerade aus einer größeren Gruppe Gratulanten. Johanna erblickte Tribocus. Sie eilte auf ihn zu, ihr Gesicht hellte sich auf:

„Ach, endlich ein normaler Freund", sagte sie leise und fiel Tribocus in die Arme.

„Darf ich vorstellen", wandte sich Tribocus förmlich an Chuza, „Centurio Hortensius aus Caesarea."

Chuza nickte Hortensius zu.

„Ich habe schon mitbekommen, dass nur wenige Offiziere anwesend sind. Aber soweit ich das verstehe, verstehe ich das."

Alle lachten. Hortensius bemühte sich, locker zu antworten:

„Bei einer Eheschließung, wo es ja um Liebe geht, sollte man nicht zu viel Militär aufbieten. Herr Chuza, ich gratuliere Ihnen zu ihrer Frau. Frau Johanna, ich gratuliere zu diesem Mann."

Tribocus, der zur Vorbereitung der Hochzeit des Öfteren mit Johanna und Chuza zusammengetroffen war, schnitt ein Thema an, das nicht nur ihn interessierte.

„Haben Sie, Johanna, schon Besuch von Jehuda erhalten wie die Domina Maria? Er wird durch ihre Ehe noch tiefer in den Jammer gestürzt. Eine Jüdin heiratet einen heidnischen Nabatäer!"

„Unser Vorteil ist, dass er Tiberias nicht betreten darf. Aber irgendwie wird er mir schon zu verstehen geben, dass ich jetzt unrein bin und Gott fern von mir ist. Welch Glück, dass meine Familie zur Oberschicht von Sepphoris gehört, sonst hätte ich Chuza nicht heiraten können. Aber es ist gelungen, und ich bin glücklich."

„Auch ich bin glücklich!" Chuza strahlte. „Meine Frau besitzt außerordentliche Fähigkeiten, sie kann organisieren, sie ist schön", er gab ihr einen Kuss. „Ich bin stolz darauf, sie zur Frau zu haben."

„Nabatäer und Jüdin, was macht ihr jetzt mit euren Göttern?", fragte Hortensius. „Müssen die auch heiraten?"

„Das wäre ja noch schöner", lachte Chuza. „Aber keine schlechte Idee. Ich weiß nur nicht, wie Götter das anstellen. Die sind gewöhnlich sehr eigenwillig und selbstbewusst."

„Richtig! Und dulden keinen anderen an ihrer Seite. Und dass zwei Götter heiraten, habe ich auch noch nicht gehört."

„Mein lieber Hortensius, vielleicht lieben die Götter nicht. Und deswegen heiraten sie auch nicht. Oder?"

Tribocus fand seinen Gedanken überzeugend. Er dozierte weiter:

„Eigentlich sind Götter grundsätzlich neidisch. Und deswegen sind wir Menschen das auch. Und weil Götter nicht heiraten, kann die eine Religion nicht mit einer anderen zusammen gehen. Ist doch klar, oder?"

Die anderen lachten. Plötzlich meldete sich Johanna:

„Ich glaube doch, dass Götter lieben können." Sie schaute aus den Augenwinkeln nach links. „Oder zumindest spielen sie verliebt."

Chuza fasste seine Frau am Arm.

„Was ist los, Johanna?"

„Schaut euch mal die an, aber unauffällig."

„Wen?"

„Na, das üppige Weib da neben der Zypresse an der Brüstung. Wem gurrt die wohl gerade zu?"

Die anderen drei blickten durch oder über ihre Gläser in die angegebene Richtung. Da entdeckten sie eine junge Frau, tatsächlich auffallend üppig in ihrer Aufmachung. Und sie blickte recht unverwandt jemanden an.

„Das kann doch nicht wahr sein!"

Chuza war der erste, der es aussprach.

„Das ist …"

„Richtig. Und er schaut nicht ganz uninteressiert zurück."

„Aber das ist Antipas! Der König selbst."

„Und sie?"

„Nun ja, sie möchte auch Königin sein."

„Ist das nicht Herodias, die Frau vom Tetrarchen Philippus?"

„Nein, das ist die Frau vom anderen Philippus, dem Sohn von der zweiten Mariamme. Bei Herodes ist jeder mit jedem verschwägert."

„Mein Lieber, du sagst es."

„Aber sie ist doch verheiratet, und er auch!"

„Tja, und eigentlich hat Antipas eine wunderbare Frau."

Hortensius schaute Tribocus unter Stirnfalten an:

„Könnte es sein, dass doch Militär benötigt wird?"

Tribocus versuchte einzulenken:

„Nein, lass mal. Ein Mann wird nun mal ganz heiß, wenn er so ein Weib sieht. Unsere Domina …, äh, also, das regelt sich alles wieder ein. Ganz gewiss."

Doch Chuzas Stimme klang absolut ernst, als er jetzt sagte:

„Antipas ist mein Herr. Aber seine Frau – ist mein Stamm."

„Es scheint, dass die Götter nun doch ins Spiel kommen."

„Freunde, ich bitte euch: Schaut euch um. Hier guckt jeder einer jeden tief in die Augen und etwas darunter, und es juckt ihn in den Lenden. Also, lasst mal. Ich muss jetzt gehen und schauen, wo meine Salma ist. Denn wo die ist, da finde ich auch die Domina Maria."

Tribocus eilte davon. Johanna lief hinterher.

„Tribocus, was ist mit Mirjam?"

„Johanna, du weißt es. Bis jetzt scheint alles einigermaßen gut gegangen zu sein. Aber ihre schwierige Zeit ist der Abend. Also, jetzt. Ab jetzt geht es los."

„Für mich ist sie eine ganz großartige Frau. Sie ist die tollste Frau, die ich kenne. Ich, ich habe solches Mitleid mit ihr. Ich würde ihr so gern helfen. Aber wer kann ihr helfen? Und wie?"

Sie eilten von Raum zu Raum, nicht zu hastig, damit es nicht auffiele. Johanna verhüllte ihren Kopf. Auf dieser Etage war sie nicht. Sie stiegen ein Stockwerk hinauf. Auch dort fanden sie sie nicht. Noch eines. Auch nichts. Schließlich hinunter, bis in den Garten. Tribocus wurde unruhig. Gut, dass Johanna dabei war, so hatte er jemanden, den er im Notfall um Hilfe schicken konnte.

Im Keller unten fanden sie sie. Salma dabei.

Mirjam hockte auf der Erde. Ihr Kleid war besudelt. Sie hatte erbrochen. Alles an ihr war dreckig, stank, die Haare wild, die

Schminke verschmiert. Mit wirrem Blick schaute sie schief hinauf zu Tribocus. Als hätte sie ihn erkannt. Dann sackte sie zur Seite.

„Salma, Johanna, schaut nach, welchen Weg wir durch die Büsche zu unserem Wagen nehmen können! Schiebt den Wagen so dicht wie möglich hier heran. Die Diener sollen die Pferde ruhig halten. Ich suche derweil nach alten Säcken, um Mirjam einzuwickeln."

Tribocus musste sie nur 70 oder 80 Schritte weit tragen. Er hatte Mirjam in graues Tuch gepackt und über seine Schulter gelegt. Die beiden Frauen gingen dicht hinter ihm und trugen große Palmzweige, um das Geschehen zu verbergen. Zum Glück standen in diesem Teil des Gartens keine großen Fackeln, und Wege gab es auch nicht.

Tribocus legte sie auf die Polster.

Salma trat zu Johanna.

„Johanna, jetzt musst du uns helfen. Mirjam wollte heute Abend noch eine Rede halten. Sie wollte dir und dem König und allen ein großes Geschenk ankündigen. Jetzt kann sie das nicht mehr tun. Bitte, mach du es für sie."

„Kann das nicht warten?"

„Nein, diese Versammlung mit König, Prokurator, euch beiden, die kommt nicht wieder zusammen. Es muss jetzt geschehen."

„Aber was soll ich denn sagen?"

„Wir haben schon befürchtet, dass sie nicht mehr in der Lage sein wird, ihre Rede zu halten. Wir haben sie deshalb aufgeschrieben. Hier ist sie. Du kannst ja lesen. Und eigentlich passt es viel besser, wenn du, die Braut, die Ehrenperson dieses Festes, diese Rede hältst."

„Ach, das ist nicht meine Stärke, vor so vielen Leuten."

„Johanna, du musst es machen. Bitte! Wir verschwinden."

„Und was steht da? Was für ein Geschenk?"

Salma schaute Tribocus an, als würde sie überlegen.

„Tribocus, hör mal: Ist es nicht günstiger, wenn Johanna und Chuza sagen, das sei ihr eigenes Geschenk? Wenn als Gönnerin Mirjam genannt wird, dann wollen alle sie sehen. Das geht nicht. Also, ihr müsst sagen, du und dein Mann, dass ihr heute der Stadt und dem König und wem auch immer ein Geschenk machen wollt."

„Aber wir haben doch keine Ahnung!"

„Sei ohne Sorge. Solon Campanus ist der Baumeister. Er ist anwesend, er wird gerne hervortreten und Rede und Antwort stehen. Das Geld hat Mirjam schon beiseitegelegt. Ich wünschte, dass sie bald keines mehr hat."

„Und was werden wir verkünden?"

„Ihr werdet das Hippodrom neu bauen."

LXVI

Tribocus war reichlich erschöpft, als er zurückkam. Aber er war froh, dass er überhaupt zurückkam. Mit allen Gliedmaßen.

„Was wir auf der Feier damals gesehen haben, war nur der Anfang der Liebesgeschichte. Die Herodias hat Ernst gemacht."

„Was ist passiert, Tribocus? Wo warst du eigentlich?"

Ihr verlässlicher Tribocus war vor drei Wochen ohne erkennbaren Grund plötzlich einsilbig geworden, redete kein Wort mehr, und einen Tag später war er verschwunden. Dafür kam Chuza am nächsten Tag, sprach über dies und das und meinte schließlich, es sei alles in Ordnung mit Tribocus, der käme bald wieder.

Jetzt streckte der alte Haudegen alle Viere von sich.

„Erinnert ihr euch noch an die verliebten Blicke zwischen Herodias und Antipas auf der Feier? Ach, ihr habt das ja nicht gesehen. Die Herodias gurrte damals dem Antipas zu, und sie meinte es tatsächlich ernst. Aber sie verlangte, dass Antipas seine Frau Phasaelis verstoßen müsse. Man braucht nicht lange zu raten: Chuza hat der Frau aus seinem Stamm den Seitensprung ihres Mannes sofort mitgeteilt. Die war vielleicht wütend, oh ihr Götter! Und beauftragte Chuza, heimlich ihre Flucht zu ihrem Vater vorzubereiten. Als Antipas aus Roma zurückkehrte und still die Heirat mit Herodias einfädelte, bat Phasaelis ihn, die Festung Machärus besuchen zu dürfen. Herodes, der ahnungslose Schwachkopf, fand ihre Abwesenheit günstig für seine Pläne und erlaubte ihr das. Aber Chuza hatte zuvor mich, den alten

Centurio, den niemand verdächtigte, nach Machärus geschickt, damit ich dort ohne Aufsehen die weitere Flucht der Phasaelis mithilfe nabatäischer Stämme organisiere. Ich habe jeden Augenblick befürchtet, dass meine Tarnung auffliegt."

„Eeeh, nun ist Herodias die neue Frau von Antipas?"

„So ist es, Muzi."

„Er hat also, warte mal, seine Schwägerin geheiratet?"

„Sie ist auch seine Nichte, Salma. Das gibt Ärger mit den Juden. Aber ich gehe jetzt erst mal schlafen. Wehe, es weckt mich einer!"

Wesentlich friedlicher ging es beim Wiederaufbau des Hippodroms zu. Das war kein Problem für Campanus. Vor dem ersten Rennen, das vor Jahren dort hätte stattfinden sollen, waren bauliche Mängel festgestellt worden, aber es fand sich niemand, der Geld für ihre Beseitigung gab. In den folgenden Jahren verfiel es, nach den Gesetzen des Lebens: Was nicht gebraucht wird, baut ab. Campanus jedoch wurde bezahlt, zudem war er ein trefflicher Baumeister. Der graziöse Bau des kleinen Gymnasions von Tarichea hatte ihn zur Berühmtheit gemacht. In etwas mehr als einem Jahr reparierte, restaurierte, verbesserte er nun das Hippodrom. Wieder gelang ihm ein Prachtbau, zwar nicht so imposant wie dasjenige von Caesarea, das aufs Meer schaute, aber jenes zu überflügeln wäre auch unklug gewesen. Immerhin öffnete sich seines jetzt zum See hin, erholsamer Ausblick für jene, welche die Rennen langweilten. Die besondere Lage des Hippodroms hatte die Synthese zwischen Architektur und Natur ermöglicht: Es lag wie eingebettet in die sanfte südliche Flanke des Arbel und öffnete sich nun nach Osten hin, zum Meer von Galiläa.

Mirjams Hintergedanke bei der Renovierung war politisch genial: Sie wollte Tarichea und Tiberias verbinden. Das Hippodrom lag genau in der Mitte des Weges zwischen beiden Städten. Ohne Zweifel würde Tiberias als Stadt der Residenz des Königs und seiner Verwaltung Tarichea auf Dauer überflügeln. Indem nun aber Tarichea das Hippodrom stiftete, erlangte es beachtliche Aufwertung. Und zugleich wurde eine bösartige Konkurrenz zwischen beiden Städten abgebaut. Jedenfalls war das Mirjams Absicht. Und natürlich stand ihr Name einmal mehr obenan.

Allerdings wollte sie unbedingt das erste Rennen bestreiten. Sie hatte den alten Sabbas wieder einbestellt, Tribocus und Clarus befohlen, ebenfalls mitzumachen. Den drei Männern brauchte niemand zu erklären, dass schon der erste Ritt, ach, die erste Runde zu einer Blamage für Mirjam werden würde. Vor 20.000 Zuschauern. Nur sie selber sah das nicht. Sabbas schüttelte den Kopf, blickte noch einmal zu Tribocus, der nickte – und als es soweit war, dass die Pferde aus der Box schreiten sollten, humpelte der alte Sheratan.

Mirjam bekam einen Anfall, schrie, schlug um sich, tobte, drosch auf das Pferd ein, aber Sabbas und Tribocus hatten damit gerechnet. Ohne Rücksicht packten sie die Domina und versteckten sie in einer dunklen Kammer. Bis man sie ohne Aufsehen hinausführen konnte. Statt ihrer ritt, wie abgesprochen, Clarus, auf Cinda, einem der 100 Pferde, die vor Jahren Caius Posterius Magnus aus China bestellt hatte. Die größte Lächerlichkeit war vermieden worden.

Aber das war erst der Anfang. Die Einweihung des Hippodroms ließ die Domina eine ganze Woche lang feiern. Eine Veranstaltung jagte die andere. Hochrangige Gäste und Kaufleute von überallher mussten gebührend empfangen und bewirtet werden. Tiberias und Tarichea kamen nicht zur Ruhe, am wenigsten zur Nachtruhe: Jeden Abend fuhren erleuchtete Schiffe auf den See, die mit ihren Fackeln das Wasser in tanzende Spiegel verwandelten, beladen mit ebenso viel Fässern süffigen Weines wie mit Männern und leichten Mädchen und lockigen Jungen. Und zum Abschluss, gewissermaßen als Höhepunkt der sieben Tage, war eine Weinfeier zu Ehren des Gottes Bacchus oder Dionysos geplant: Jeder sollte sich den Gott wählen, der ihm und ihr zur wildesten Ausgelassenheit verhalf.

Als der Stadtpräfekt Mirjam darauf aufmerksam machte, dass die Bacchanalien erst zu Beginn der neuen Vegetationsperiode, etwa zu den Iden des März, stattfänden, entgegnete sie gebieterisch, am See Genezareth herrsche Vegetationsperiode das ganze Jahr über. Und außerdem gebe es Bacchanalien auch zur Weinernte.

Salma, Muzifungi, Tribocus befürchteten das Schlimmste. Ein Großteil der Bürger beider Städte hatte in den letzten Tagen so-

469

wieso mehr Wein als Wasser getrunken, und jetzt noch die Bacchanalien! Das Gefährliche an diesen Gelagen war die Mischung von starkem Wein mit bestimmten Pilzen und Tollkirschen, die den Leuten die Selbstbeherrschung nahm. Dann torkelten die Betrunkenen, anfangs noch auffällig in Tierfelle gehüllt, wie von Sinnen durch die Straßen, jeder Mann durfte sich jede Frau nehmen, jede Frau durfte auf jedem Mann reiten. Am Ende würden alle nackt durch die Straßen laufen, mehr noch ihres Verstandes als ihres Leibes entblößt. Einige würden das rohe Fleisch einer lebendig geviertelten Ziege verschlingen, andere zu Ehren des Phallus Lieder singen, deren Schamlosigkeit nur dürftig religiös verbrämt war als Feier zu Ehren ihres Gottes. Eine zügellose Orgie war zu erwarten.

In großer Sorge besuchte Sextus Comicus die Villa von Mirjam. Die Domina war nicht zu sprechen. Er beriet sich mit Tribocus, Salma und Muzifungi.

„Wir müssen diese Feier verhindern. Wir müssen! Die Stadt, beide Städte geraten bei diesen Exzessen völlig außer Kontrolle. Wir kriegen Ärger mit dem Prokurator oder gar dem Legaten."

„Wir müssten es schaffen, dass alle Träger von Verantwortung an diesen Tagen sich von den Gelagen und vom Wein fernhalten. Sie dürfen nur Wasser trinken. Damit wenigstens die Funktionsträger den Verstand bewahren. Alle, die etwas leiten."

„Und du meinst, die sind so vernünftig?"

„Und wenn wir allen Wein in den See schütten?"

„Dann werden die Leute wütend, stecken die Stadt in Brand."

„Und wenn wir heimlich Salz in den Wein mischen?"

„Das schafft ebenfalls nur Aufruhr."

Während sie miteinander berieten, kam ein Sklave herein und kündigte Besucher an. Da seien zwei Damen. Sie seien mit einem feinen Reisewagen vorgefahren. Tribocus ging hinaus. Als er zurückkam, kratzte er sich am Kopf.

„Ja, da sind zwei Damen. Sie wollen Mirjam besuchen. Irgendwoher kenne ich ihre Namen. Sie nennen sich Lydia und Phryne …"

Salma und Muzifungi sprangen auf, schrien vor Freude. Dann lagen sie sich in den Armen. War das schön, diese beiden Freundinnen wieder zu sehen! Salma fühlte in sich riesige

Erleichterung. Muzi erging es ebenso. Niemanden konnten sie besser brauchen als diese erfahrenen Frauen. Denn die kannten Mirjam. Ja, sie hätten von der Feier in Tarichea gehört und gleich Mirjam dahinter vermutet. Sie wollten sie überraschen. Bei ihnen gehörten Bacchanalien zum Jahreslauf. Salma und Muzi hatten das Gefühl, jetzt werde alles gut.

„Und wo ist Mirjam?", fragte Lydia.

Alle senkten den Kopf und schwiegen.

„So ist das also", sagte Phryne ruhig.

„Wir sind nicht überrascht." Lydia schien von etwas völlig Normalem zu sprechen. „Wir haben sie kennengelernt als junges Mädchen. Damals war sie 16, oder? Und sie hatte unglaubliche Gaben. Sie war glücklich mit ihrem Octavus. Jetzt müsste sie Anfang dreißig sein. Und ein Mensch, eine Frau mit diesen Fähigkeiten, dazu mit dem Reichtum von Caius Posterius Magnus, die wächst nicht einfach gerade hoch. Die schlägt nach allen Seiten aus."

„Sie ist jeden Tag betrunken. Auch jetzt."

„Wir kennen das. Allerdings, damals in Jerusalem half ein Eimer Wasser gegen die Dämonen. Ich fürchte, damit lassen die sich heute nicht mehr vertreiben."

„Wir sind traurig und hilflos. Ihr ganzes Leben ist in Unordnung. Ihr würdet sie nicht wiedererkennen."

Sie redeten lange miteinander. Über alles, was passiert war: Wie sie bald nach dem Besuch von Lydia und Phryne – „vor 17 Jahren? Ich fasse es nicht!" – die Gladiatoren überwältigten, wie nach der Einweihungsfeier der Synagoge und des Nymphäums der Brief von Caius kam, er wolle sie heiraten, dann die große Heirat in Herculaneum, mit Kaiser Augustus – Lydia und Phryne sagten nur: „unglaublich!" –, dann der Tod ihres zweiten Mannes, wie sie dessen Geschäfte übernahm, wie sie nach dem Pferderennen in Caesarea den Kontakt zu ihnen aufgab, und den zu sich selbst verlor. Nicht mehr sie sei Herr über die Geschäftswelt gewesen, sondern die Geschäfte, das Geld seien Herr über sie geworden. Mit dem Wein, das wäre ihr Eindruck, wollte sie nur fliehen, aber: Sie wusste nicht wohin.

„Und Octavus?", fragte Phryne.

„Octavus, ja, der lebt zwar, wie wir erfahren haben. Wo er ist, weiß niemand. Nur, er bedeutet Mirjam nichts mehr. Sie hat auch ihn verloren. Wisst ihr, die Männer liegen ihr zu Füßen. Reihenweise. Kaufleute, Statthalter, Könige."

„Ich denke, darin besteht das Problem", sagte Lydia nachdenklich. „Sie braucht keine Männer, die ihr zu Füßen liegen. Sie braucht den einen, der hinter ihr steht. An den sie sich anlehnen kann. Der sie hält und zu führen versteht."

„Sie ist ja nur ein kleines Hirtenmädchen."

„Und sucht immer noch den Jungen, den sie bitten kann, es zu lieben. Aber jetzt mischt sich in die Sehnsucht des kleinen Mädchens das Geschäft, das Vermögen, der Ruhm der großen Dame. Bei ihr geht alles durcheinander."

„Wir haben in unserer Arbeit nie Liebe gesucht."

„Nein, das war reines Geschäft. Und Geschäfte muss man ohne Gefühl machen. Für die Gefühle braucht man jemand anderen."

„Wo ist eigentlich die dritte von euch?", fragte Salma.

„Laïs? Die haben wir nicht ausfindig machen können."

Tribocus und der Stadtpräfekt hatten aus Anstand den Raum verlassen. Jetzt kamen sie zurück.

„Erlaubt, ihr ehrenwerten Damen, unsere Mirjam ist nur eines unserer Probleme. Was uns im Moment weitaus mehr im Nacken sitzt, das sind die orgiastischen Feiern, die in zwei Tagen Tarichea und Tiberias außer Rand und Band bringen werden. Wir wissen nicht, wie wir das verhindern können. Habt ihr eine Idee?"

„Bei uns in Antiochia gibt es die Bacchanalien oder den Dionysoskult mit seinem Toben und Treiben schon seit langem. Die Leute haben sich daran gewöhnt, die Mehrheit gibt deswegen nicht mehr den Verstand ab. In Ephesus, Lydia, hast du gewiss noch mehr Erfahrung. Was könnte man da machen?"

„Diese Feiern gelten Göttern. Gegen Götter kann man eigentlich nichts machen. Jedenfalls Menschen können da nichts machen."

Auf Phrynes Gesicht erschien ein breites Lachen:

„Götter können da was machen?"

Sextus Comicus wie auch Tribocus schauten die Damen nicht gerade geistreich an. Aber Phryne lachte laut auf:

„Du hast Recht, Lydia. Götter sind die einzigen, die gegen Götter helfen. Also, bringen wir die Götter ins Spiel!"

Boten wurden losgeschickt, Solon Campanus zu holen, Chuza und Johanna zum Stadtpräfekten von Tiberias, und alle sollten ihre besten und absolut vertrauenswürdigen Freunde mitbringen. Aber niemandem etwas auch nur andeuten. Lydia und Phryne machten sich derweil frisch, besuchten auch Mirjam auf ihrem Zimmer, kamen lachend wieder herunter in den großen Raum der Villa:

„Eeeh, wie war's?", fragte Muzifungi ängstlich.

„Wunderbar! Wir haben mit ihr getrunken!" Vor Schreck ließ die Schwarze den Mund offenstehen.

An die 40 Personen hatten sich eingefunden, überwiegend Männer. Alle schauten erwartungsvoll auf die Damen aus Ephesus und Antiochia. Die waren auch mit 50 noch eine Augenweide. Und dann breiteten die beiden ihren Plan aus. Es war ein verrückter Plan, absolut verrückt, total. Solon war wieder der erste, der mit zusammengekniffenen Augen nickte:

„Ja, das kriegen wir hin. Das könnte klappen."

Dann wurden die Aufgaben verteilt. Es waren viele, sehr viele. Und es gab keine Zeit. Man brauchte noch mehr Helfer. Zimmerleute und Handwerker vor allem. Aber nichts durfte bekannt werden. Mit dem Dunkelwerden sollte die Feier beginnen.

„Denkt daran, stellt genügend Weinfässer auf!", mahnte Lydia augenzwinkernd.

Am Abend des befürchteten Weinfestes sahen die beiden Stadtpräfekten zu ihrem großen Erstaunen, wie sich die Menschen aus Tiberias und Tarichea tatsächlich einer nach dem anderen auf den Weg in Richtung Hippodrom begaben. Sie rannten sogar.

Was war geschehen?

Die heimlichen Organisatoren der ersten Bacchanalien von Tarichea und Tiberias hatten große Weinfässer an den Straßen aufgestellt, die von Tarichea nach Süden, von Tiberias in Richtung Norden aus der Stadt herausführten. Im Abstand von je 200 Schritten in Richtung zum Hippodrom. Den Wein gab es umsonst, so viel ein jeder wollte oder konnte. Damit wurden die Bürger, ohne dass sie es merkten, von ihrer Stadt weg zur Pferderennbahn hingelenkt. Und sie liefen, was ihre Beine hergaben. Die Dümmeren waren schon besoffen, als sie am Hippodrom ankamen, und unfähig, die Götter zu besingen oder ihre Blöße zur Schau zu stellen.

Als die nachfolgenden Scharen an der Pferderennbahn eintrafen, von den Weinfässern wie ins Paradies geführt, fanden sie dort eine Fülle von Ständen aufgebaut, an denen jede Art von Fleischspießen und Brot und anderen Köstlichkeiten auf sie wartete, ohne Bezahlung. Und während die Menge, die schon auf 20.000 angewachsen war, über die unerwartete Befriedigung ihrer Gaumenlust jubelte, wurden die entferntesten Weinfässer in aller Stille zum Hippodrom gekarrt, so dass es Wein schließlich nur noch bei der Pferderennbahn gab. Derweil waren im sandigen Innenraum des Circus Elefanten zu bewundern, sogar Giraffen, Krokodile und Affen. Ebenso Löwen und Bären, letztere allerdings in eisernen Käfigen.

Es war wohl zwei Stunden vor Mitternacht, als die ersten ausgelassenen Zecher sich in die mitgebrachten Tierfelle kleideten und ihren orgiastischen Mummenschanz begannen. Genau das war das Zeichen für den Auftritt der Götter.

Plötzlich flammten riesige Fackeln im westlichen Rund der Rennbahn auf, das abgesperrt geblieben war. Ihr flackerndes Licht, das heller und heller leuchtete, ließ allmählich eine riesige Gestalt erkennen, die aus der Tiefe auftauchte … es war der Gott Bacchus! Kaum legte sich der erste Schrecken der Tausenden und ging in ehrfürchtiges Raunen über, da erschien an seiner Seite noch eine Gestalt: Es war die der Großen Mutter Kybele, mit einer Stadtmauer als Krone auf ihrem Haupt und einem Pinienstamm in der Linken. Und dann stockte den Menschen der Atem: Die Götter lebten! Bacchus bewegte seinen Arm! Er drehte seinen Kopf, aus seinen Augen blitzte Feuer. Kybele ging gar einen Schritt auf die Menge zu.

Kreischen und Gestöhne erschallten aus dem Dunkel. Und dann, unfassbar, begannen die Götter zu sprechen:

„Selig, wer hohen Glückes voll der Götter Weihen weiß,
Sich hält an der Großen Kybele heiligen Festbrauch,
Mit Thyrsos Stab sich weiht dem Weine des Bacchus.
Sterbliche werden unsterblich, Unsterbliche sinken dahin,
Lebend einander den Tod, das Leben sterbend einander …"

Als die 40 sich am nächsten Mittag wieder in der Villa versammelten, gab es keinen unter ihnen, der nicht ausgelassen glücklich den anderen zuprostete. Zu ihrer Schande mussten sie eingestehen, dass sie selbst dem Wein am meisten zugesagt hatten.

„Solon, dein Bacchus und die Kybele, die hätten Troja erobert!"

„Bedankt euch bei den Zimmerleuten. Was die in 39 Stunden zusammengebaut haben, was auch noch funktionierte und nicht umkippte, wo kein Seil riss: meine Anerkennung!"

„Und dann die Stimmen! Los, Plautus, sprich noch einmal den Bacchus mit deiner tiefen Stimme, da kommt einem ja das Gruseln."

Plautus war ein Sklave von Chuza, ein kräftiger Mann mit einer mächtigen und tiefen Stimme. Er hatte durch einen riesigen Trichter gesprochen, dass das Areal über dem See nur so dröhnte und allen eine Gänsehaut über den Rücken lief. Und ebenso die Kybele! Solon rief ihr prostend zu:

„Phryne, dir möchte ich als Göttin wahrlich nicht begegnen!"

Phryne lachte und hob an, die Hände wie einen Trichter geformt:

„Fehlt dir, o Bürger, der Vater?
Dann such, so befehl' ich, die Mutter!"

Alle johlten und brachen erneut in Jubel aus. Lydia wandte sich mit leichter Verneigung an die Herren Stadtpräfekten:

„Herr Sextus Comicus, Herr Marcus Babius, hiermit gebe ich Ihnen zwei friedvolle Städte zurück. Die Bacchanalien von Tarichea und Tiberias sind würdevoll verlaufen. Wie viele sind noch im See?"

„Eine ganze Menge. Also diese Idee! Die Götter sind doch von anderer Art als wir Menschen. Darauf wäre ich nie gekommen."

„Tja, was Götter befehlen, das tun manche Menschen blind."

Salma und Muzifungi, die im Haus geblieben waren, weil sie Mirjam dort festhalten und sich um sie kümmern wollten, konnten nicht oft genug hören, wie die beiden Götter es angestellt hatten, dass bei Bacchanalien zum ersten Mal in ihrer Geschichte statt Wein Wasser gesoffen wurde. Bacchus und Kybele hatten nämlich den fassungslosen Männern und Frauen der beiden Städte, die aus Ehrfurcht vor den Göttern schon in die Knie gegangen waren, zu guter Letzt den Befehl erteilt: Wenn sie am Leben bleiben wollten, dann müssten sie den See austrinken! Sie sollten sich ins Wasser stürzen und trinken, trinken, trinken ...

„Und einige sind immer noch drin?"

„So ist es. Sie trinken immer noch den See leer."

LXVII

Streng verpflichtete Lydia jeden, nicht ein Sterbenswörtlein von den hölzernen Hintergründen der Erscheinung der Götter und den irdischen Motiven ihrer Befehle zu verraten. Alle gelobten feierlich, das Walten von Bacchus und Kybele ein Leben lang für sich zu behalten. Die Gäste bedankten sich und schickten einen stillen Gruß zu Mirjam hinauf. Die war während der Tage nicht zu sehen gewesen.

Am nächsten Vormittag kam ein neuer Besucher:

„Verehrter Herr Synagogenvorsteher, was ist ihr Begehr?"

Muzi war bis an das Straßentor gegangen. Denn Jehuda hatte sie wissen lassen, dass er ein Haus von Unreinen nicht betreten werde.

„Verehrte Frau Muzifungi, ich will nicht unhöflich sein, das gehört sich nicht für einen Diener des Ewigen – gepriesen sei Er –, der dem Menschen, der auf seinen Wegen geht, mit Wohlwollen begegnet. Sie gehören nicht zu unserem Volk. Deswegen unterliegen Sie nicht den Gesetzen des Höchsten. Aber die Domina Maria. Und die Frau Johanna ..."

„Sie meinen die Frau des Herrn Chuza vom königlichen Hof?"

„Ja, die meine ich. Ihre Stadt werde ich nicht betreten! Keiner von uns aus Magdala wird sie betreten, um nicht unrein zu werden."

„Eeh, ihr Ewiger scheint ziemliche Angst zu haben."

„Der Ewige kennt keine Angst. Aber Er hat eine Ordnung erlassen, und die rettet alle, die sich daran halten. Frau Mirjam aber hat sich nicht daran gehalten. Frau Johanna auch nicht. Frau Mirjam hat das Gymnasion gebaut, ein Gräuel in den Augen Gottes! Frau Johanna das Hippodrom, ein Ort der Heiden und Gottlosen! Ein Jammer für unser Volk. Sie verunreinigen unser Land, das Gott gehört. Frau Mirjam und Frau Johanna sind Sünder geworden. Öffentlich vor aller Augen. Sie verhalten sich wie Männer und treiben mit Heiden unreine Geschäfte."

„Jehuda, um die Sünden von Frau Mirjam und Frau Johanna machen Sie sich keine Sorgen. Die gehören allein den beiden und Gott – falls sie den überhaupt interessieren."

„Sie irren. Welch ein Jammer! Ihre Sünden gehören nicht allein dem Allerhöchsten und ihnen. Mit ihren Sünden belasten sie unser ganzes Volk. Wir allesamt stehen vor dem Ewigen jetzt tiefer in Schuld, weil Mirjam und Johanna nicht die Gebote gehalten haben. Wir alle müssen nun mehr Buße tun und Opfer bringen. Ihre Sünden verzögern die Ankunft des Ewigen."

Salma war hinzugekommen.

„Jehuda, da kann ich Ihnen nur empfehlen, den Vertrag zwischen dem Ewigen und seinem Volk schleunigst zu ändern. Der Vertrag scheint mir deutlich zu ihren Ungunsten zu sprechen. Ich jedenfalls schließe mit meinen Handelspartnern solche Verträge nicht ab; dann wäre ich wirklich ein böser Mensch."

„Nein, nein! Der Ewige will uns retten. Er ist voll Vergebung. Er vergibt uns, wenn wir unsere Opfer bringen. Denn Gott ist der Gute. Wir sind es, die sündigen, die gegen seine heilsamen Gesetze und Gebote handeln, die seine Rechtsnormen und Satzungen übertreten. Er aber ist das Heil seines Volkes."

„Jehuda, die Domina Maria hat für die Juden von Magdala eine Synagoge errichtet; eine Synagoge ist etwas Gutes. Und alle Juden haben sich gefreut. Sie hat für die Einwohner von Tarichea ein Nymphäum errichtet. Ein Nymphäum ist etwas Gutes. Und alle haben sich gefreut. Und ein Gymnasion. Auch das ist etwas Gutes. Und wieder haben sich alle gefreut. Und Frau Johanna hat eine Rennbahn gebaut. Und alle Einwohner von Tiberias und Tarichea zusammen haben sich gefreut. Warum ihr Ewiger ein Nymphäum, ein Gymnasion, ein Hippodrom für Vergehen hält, von denen euer Volk erlöst werden muss, das sollten Sie und ihre Sammlung mal gründlich überdenken. Und jetzt, meine ich, haben wir …"

„Wo ist die Domina Maria? Ist sie krank?"

„Ja, sie ist krank."

„Das ist die Strafe des Allerhöchsten! Die gerechte Strafe für eine Sünderin. Frau Johanna wird auch gestraft werden."

„Jehuda, wenn jemand krank ist, dann helfe ich ihm. Sie aber scheinen sich zu freuen, dass jemand krank ist."

„Wenn der Ewige straft, dann hat er Recht. Dann darf kein Mensch Mitleid haben. Gott hat immer Recht."

„Das möchte ich mal mit Ihrem Gott besprechen", knurrte Muzi, „aber mit Gott selbst, nicht mit Ihnen!"

Auf einmal wurde Jehuda feierlich:

„Im Namen Gottes teile ich, der Synagogenvorsteher von Magdala, Ihnen mit, dass wir, die Juden von Magdala, Mirjam von Magdala und Johanna, die Frau des Chuza, mit Gerichtsbeschluss aus der Synagoge ausgeschlossen haben."

Zuerst standen Salma und Muzi wie versteinert. Dann aber trat Muzifungi einen Schritt aus dem Tor heraus:

„Herr Jehuda, bei uns in Afrika haben wir Medizinmänner. Die stehen mit den Geistern der Ahnen in Verbindung. Es sind weise Männer. Die mahnen uns, aber sie heilen auch. Und zwar umsonst! Weil die Leute arm sind. Sie mahnen und heilen. Verstehen Sie? Ihr Ewiger sollte mal zu unseren Medizinmännern gehen. Mirjam hat uns erzählt, dass es auch in ihrem Volk solche Medizinmänner gab. Sie haben sie Propheten genannt. Die haben, wenn ich mich recht erinnere, gemahnt und auch geheilt. Schade, dass es die nicht mehr gibt. Die würde ich gern aufsuchen."

„Dann gehen Sie hinunter an den Jordan, bei Jericho. Da steht so einer. Er nennt sich Johannes. An heiliger Stelle, wo Josua das Volk ins erwählte Land geführt hat, wo Elia in den Himmel gefahren ist. Dort steht dieser Prophet. Aber er ist keiner! Denn er hat die Mitglieder des Hohen Rates beschimpft, sie seien Nattern und würden zischen wie Schlangen. Wir befürchten, er ist ein Verführer. Er lenkt das Volk von den altbewährten Wegen ab."

„Aber er hat den Antipas wegen dessen Heirat mit der Herodias getadelt. Er hat Mut, ihr sündiger Verführer. Er riskiert sein Leben. Den Tod fürchtet er nicht. Ihr Hoher Rat hat den Antipas nicht getadelt, oder? Haben die Herren Angst vorm Tod? Angst vor Menschen? Der König, sagen die Leute, mag den Johannes sogar, er will ihn immer wieder hören. Die Leute vom Synedrium will er nicht hören."

Schon während der letzten Worte hatte Jehuda sich grollend abgewandt, nun zog er gesenkten Kopfes davon.

„Ich mag ihn, Muzi. Er ist ehrlich. Er liebt seinen Gott aus ganzem Herzen. Ich bewundere ihn, wie konsequent er ist."

Im Haus kam ihnen Lydia entgegen:

„Wo ist eigentlich der Sohn von Mirjam?"

„Johannes Marcus ist vor zwei Wochen nach Tyros in ihr Kontor gegangen, er will dort etwas lernen."

„Wie alt ist der jetzt?"

„Er ist 14 Jahre alt, ein großer Junge."

„Schade. Vielleicht besucht er uns später einmal. Wisst ihr was, uns ist die Idee gekommen, ein bisschen im Land herumzufahren. Wenn wir schon mal weg sind von unseren Männern, dann wollen wir das ausnutzen. Wir kommen in ein, zwei Monaten wieder. Macht euch keine Sorge um uns. Grüßt Mirjam."

Salma und Muzi schauten sie bedrückt an. Da legte Lydia ihre Arme um die Schultern der beiden:

„Habt Hoffnung! Ich kann mir nicht vorstellen, dass diese wundervolle Frau einfach untergeht. Nein, das geht nicht."

„Ob der Medizinmann helfen kann?"

„Die Herodias hasst ihn. Er braucht selbst Hilfe."

LXVIII

Seitdem war einige Zeit vergangen. Der Frühling hatte der Erde ihr Leben entlockt, alles grünte und blühte oder brachte bereits Früchte hervor. In der wohltuenden Wärme konnte man auf der Veranda der Villa liegen und Himmel und Erde genießen. Aber nicht jeder fand Zeit dazu. Muzifungi zum Beispiel hatte Sorgen.

Ihr war seit einigen Wochen aufgefallen, dass der übliche Betrieb der Fischanlieferung durcheinander geraten war. Und sie wusste nicht, woran das lag. Die Fischer kamen unregelmäßig, sie sah viele neue Gesichter. Dieser Schimon mit seiner Schwiegermutter zum Beispiel, der bislang alle zwei Tage seine Fische von Betsaida herüber gerudert hatte, der kam plötzlich nicht mehr. Ähnlich stand es um andere Fischer. Wo trieben sich diese Burschen bloß herum?

Eines Tages schnappte sie sich einen von ihnen, einen jungen, der sich ihren Händen nicht entwinden konnte, und fragte:

„Heee, wo sind deine Kameraden? Dieser Simon aus Betsaida und sein Bruder Andreas oder der Jakobus mit seinem Bruder? Warum sehe ich die nicht mehr? Haben die den Beruf gewechselt?"

„Nein nein", gab der Kleine zur Antwort, „die sind unten am Jordan, beim Propheten."

„Was heißt ‚beim Propheten'? Bei diesem Medizinmann Johannes? Warum versammeln die sich noch? Er ist ja eingesperrt."

„Einige sagen, das sei der Messias. Und er redete gewaltig."
Muzi schüttelte den Kopf:

„Haben die denn gar kein Verantwortungsgefühl für ihre Familien? Laufen einfach davon und lassen Frau und Kinder mir nichts, dir nichts hungern?"

„Der Messias ist wichtiger. Er wird alles neu machen."

„Eeeh, das möchte ich sehen, was der noch neu macht, wenn er im Gefängnis sitzt und die Leute vom Fleisch gefallen sind."
Muzi war erbost. Die Medizinmänner ihres Volkes schickten die Leute bald wieder nach Hause. Die Geister der Ahnen wären böse geworden, wenn man die Lebenden vergessen hätte.

Aber der Frühling brachte nicht nur Leben.

Eines Tages kam Johanna, um ihnen die Einladung zur Geburtstagsfeier von König Antipas zu bringen. Salma, Muzifungi und Tribocus waren darüber nicht begeistert. Würde Miriam das Gelage durchhalten? Alle Vornehmen der Tetrarchie des Herodes waren geladen, 200 Gäste; würde sie hier auffallen, wäre ihr Ruf endgültig dahin.

Johanna und Chuza hatten Miriam und die anderen an ihren Tisch geholt. Es wurde eine jener verordneten Feiern, die vor allem eines waren: langweilig. Lydia und Phryne fehlten, sie hätten die steife Atmosphäre ohne Zweifel in Schwung gebracht. Dann wurde ein Tanz angekündigt, und ab diesem Moment rutschte Mirjam nervös hin und her. Es tanzte Salome, die Tochter der Herodias. Sie tanzte zwar nicht schlecht, das Orchester war schlechter, aber vor allem schamlos und verführerisch.

„Schaut mal, wie hingerissen der Alte guckt."

„Der könnte vier Augen gebrauchen."

„Ist er wirklich hingerissen oder tut er bloß so, um die Stimmung in Gang zu bringen?"

Das zweite schien eher zuzutreffen, denn wie um die lahme Gesellschaft herauszufordern, sprang das Geburtstagskind umher wie ein losgelassener Affe, und der König machte der Kleinen für diesen Tanz das Versprechen, ihr jeden Wunsch zu erfüllen.

„Und wenn es die Hälfte meines Reiches wäre!"

Chuza schreckte auf seiner Kline kerzengrade in die Höhe:

„Um aller Götter und Dämonen willen!", flüsterte er, „dazu muss er vorher mich fragen! So etwas geht doch nicht."

„Na lass mal, die Kleine wird sich jetzt ein kuscheliges Löwenbaby zum Spielen wünschen."

„Denkste! Schau mal, zu wem die geht."

„Ach du grüne Kröte! Zu ihrer Mutter … Jetzt gibt es Ärger."

Es geschah, wie sie befürchtet hatten. Das Mädchen pflanzte sich mitten im Saale auf und piepste mit unschuldiger Kinderstimme:

„Ich will den Kopf von dem … von dem Täufer Johannes."

„Da hat meine Finanzabteilung aber Glück gehabt", stöhnte Chuza. „Doch der arme Prophet. Weil so eine Göre ihre Beine hochhebt und die abgebrühte Mutter voller Hass steckt, muss der gute Kerl sein Leben abgeben. Ist schon schlimm heute mit den Alten."

Der blutige Kopf wurde feierlich auf einem silbernen Tablett hereingetragen. Ein gruseliger Anblick. Ab da ging es mit der Stimmung im Saal bergauf. Mirjam jedoch war bleich geworden. Auf einmal erhob sie sich und verließ die Feier, den Palast.

Und seitdem saß sie wieder oben in ihrer Etage.

Nur zwei Tage später kamen Lydia und Phryne zurück. Sie berichteten von ihren Erlebnissen, wollten aber viel genauer hören, was inzwischen hier passiert war. Ja, das von der Ermordung des Johannes hätten sie vorgestern schon in Jerusalem gehört. Und Mirjam sei beim Tanz der Kleinen unruhig geworden?

„Ich ahne, warum", meinte Phryne.

Als Salma mitteilte, sie sei wieder oben, zurückgezogen wie in die Tiefe einer Höhle, spräche schon seit Wochen kaum ein Wort mit ihnen, vegetiere mehr denn dass sie lebe, fragten die Hetären:

„Geht ihr denn nicht regelmäßig hinauf?"

„Sie will nicht. Nur ihr Marcus, der von Tyrus gekommen ist, der geht ab und zu hinauf. Aber er redet darüber nicht."

„Dann möchten wir jetzt hinauf zu Mirjam. Sie ist uns wichtiger als alles. Wir wollen bei ihr sein, einen, vielleicht zwei Tage. Einfach mit ihr sprechen. Oder alte Erinnerungen lebendig werden lassen, als ihre Welt noch gesund war. Kommt bitte nicht nach oben."

Seit diesem Entschluss von Lydia und Phryne geschah etwas Unerwartetes, was das Leben im Haus völlig veränderte: Nicht nur Mirjam war nicht mehr aus ihrer Etage herunter gestiegen, auch Lydia und Phryne kamen nicht wieder herunter. Eine eigenartige, lähmende Atmosphäre lag über dem Haus. Salma und Tribocus führten ihre täglichen Arbeiten schweigend und wie abwesend weiter.

Muzifungi dagegen erlebte eine Abwechslung.

Eines Mittags stieg bei den Fischhallen eine Frau aus einem Schiff, das von vier Männern gerudert worden war. Aber was für eine! Sogar der Göttervater Zeus hätte bei dieser Frau lange überlegt, Hand an sie zu legen. Sie nahm den Raum von drei Personen ein. Jeder ihrer Oberarme maß leicht den Umfang des Oberkörpers eines Jungen. Muzi hatte sie noch nie gesehen. Es war ratsam, das verstand jeder auf den ersten Blick, dieser Frau nicht zu widersprechen. Und ihr nicht in die Hände zu fallen.

Kaum hatte sie den schwankenden Kahn verlassen, steuerte sie mit der Macht einer ganzen Kohorte auf Muzifungi los. Die Schwarze war keineswegs ein furchtsamer Mensch, nun aber fragte sie sich doch, was jetzt wohl passieren würde.

„Wer hat hier das Sagen?", legte die Dreifache los.

„Gnädige Frau, mein Name ist Muzifungi. Und wie heißen Sie?"

„Wer hier das Sagen hat, will ich wissen? Sie etwa?"

Muzifungi überlegte, ob sie eine kleine Schlacht inszenieren sollte, mit Humor natürlich, sich ebenfalls breitbeinig hinpflanzen, ihre Arme vor der Brust kreuzen … Aber dann entschied sie, die Mittel der Höflichkeit und Klugheit einzusetzen.

„Ja, ich habe hier das Sagen."

„Ich bin Salome aus Betsaida. Sie müssen eingreifen, Muschifuc. So geht das nicht weiter."

„Was geht nicht?"

„Die Jungs sind weg. Unsere Männer haben einen Fimmel. Früher sind sie alle runter zum Jordan, zu diesem …"

„… Medizinmann, ich weiß."

„Was für ein Mann? Der soll ein Prophet gewesen sein! Das ganze Land schien verhext. Alle rannten dahin, stürzten sich ins Wasser und erklärten hinterher, sie seien jetzt bekehrt. Aber niemand arbeitete mehr … wie nennen Sie den?"

„Bei uns nennen wir so einen Medizinmann!"

„Ist auch egal. Also, unsere Männer, die haben einen Knall. Seit Wochen sind die weg. Sie glaubten, dieser Prophet sei der Messias. Unfug! Jetzt ist er tot. Habe ich mir gleich gedacht. Man soll nicht mit dem Finger auf die Fehler der Großen zeigen. Dummkopf! Aber wir Frauen saßen zu Hause und mussten ihre Arbeit zusätzlich erledigen. Wir können doch nicht auch noch nachts auf den See und die Fänge gar hierher rudern! Während unsere Männer am Jordan andächtig im Gras sitzen und einem Propheten lauschen. Die haben einen Vogel! Wir müssen was machen, Muschifuc. So geht das nicht. Der Wirrwarr ist mit dem Tod des Propheten nämlich nicht vorbei. Überhaupt nicht! Wissen Sie das Neueste: Es gibt schon wieder einen!"

„Was heißt: Schon wieder einen?"

„Ja, wir haben einen zweiten Propheten. Da scheint es irgendwo ein Nest zu geben."

„Noch ein Prophet? Tauft der auch am Jordan?"

„Genau, in Änon bei Salim. Aber seit der Antipas den Propheten Nummer eins ins Gefängnis gesteckt und abgemurkst hat, hat sich Prophet Nummer zwei nach Galiläa verzogen. Er verfolgt die entgegengesetzte Methode: läuft durch Städte und Dörfer. Und heilt, verstehen Sie? Macht Leute gesund! Alle schleppen ihre Omas, Tanten, Kinder, Krüppel, Besessene hin, und er macht sie gesund. So was! Und unsere Männer immer dabei! Und was das Schlimmste ist: Meine beiden Söhne, auch die rennen diesem Propheten hinterher! Fühlen sich anscheinend wie der Kaiser von Roma. Können Sie sich das vorstellen? Ich muss arbeiten, und meine Söhne spielen Prophet!"

Muzifungi lächelte in sich hinein. Etwas Bewegung täte dieser Salome nicht schlecht. Aber mit ernster Miene antwortete sie:

„Ja, ich habe davon gehört. Aber wir waren bei uns im Haus sehr beschäftigt in letzter Zeit. Wir haben nur wenig mitbekommen. Wie heißt denn dieser zweite Medizinmann?"

„Der heißt Jeshua. Er sieht eigentlich manierlich aus. Nicht wie dieser Johannes. Bedenke, Muschifuc: Johannes hat niemanden geheilt, doch dieser Mann macht sogar Mondsüchtige gesund! Und was er redet, ist halbwegs vernünftig. Doch die Spione aus Jerusalem sitzen ihm bereits im Nacken. Und was ich von seinen Ideen gehört habe, da wird er Krach mit dem Hohen Rat kriegen, das sage ich dir."

„Und worüber redet er?"

„Er soll von einem Reich Gottes reden! Und alle sollen umkehren. Umkehren hier, umkehren dort, da wird einem ja schwindlig. Wenn der noch lange von seinem Reich redet, dann hat er auch die Römer am Hals. Die Freunde vom Hohen Rat sind schon dran, weil er Gebote nicht hält. Aber das ist seine Sache. Jedenfalls soll er meine Kinder in Ruhe lassen. Die gehören in unser Dorf, die sollen arbeiten."

„Wer sind denn ihre Söhne?"

„Das sind Jacobus und Johannes, die Söhne des Zebedäus aus Betsaida. Mein Mann hat sich sein Bein zwischen Booten zerquetscht, aus und Ende, jetzt führe ich das Geschäft."

„Betsaida, wo ich bei der Hochzeit von Schimon war?"

„Ja ja, der Simon, der hängt sich an mich. Weiß nicht, warum. Aber er mag mich", Salome grinste, „mehr als seine Frau."

Muzi lachte.

„Aber gewiss nicht so sehr wie seine Schwiegermutter!"

„Sie täuschen sich, Muschifuc, Sie täuschen sich. Der und sein Bruder Andreas, die laufen jetzt auch dem neuen Propheten hinterher. Ich verstehe die Welt nicht mehr. Und diese Schwiegermutter, Sie werden es nicht glauben, auch die hat dieser Prophet geheilt. Na, die Alte hat doch nur gespielt und den Gottesmann unter ihre Fuchtel kriegen wollen. Aber der hat das durchschaut."

„Der Mann scheint so eine Art Ausstrahlung zu haben."

„Hat er. Ohne Zweifel. Hat er!"

„Also, Jacobus und Johannes, das sind ihre Söhne? Ich habe bemerkt, dass die seit Wochen keine Fische mehr bringen."

„Also meine Söhne, das geht in Ordnung, wenn der Prophet deren Hilfe braucht, also meine. Für die bürge ich, da stehe ich dahinter. Aber wissen Sie, Muschifuc, wen der noch gerufen hat? Ich fasse es nicht! Den Levi, diesen Matthäus, den Zöllner!"

Hier musste sie ihren Redefluss unterbrechen, weil Muzifungi ein Schrei entwich.

„Den Levi? Der ist jetzt bei diesem Propheten?"

„Kennen Sie den?"

„Ich kenne ihn gut, sehr gut. Das ist ja eine komische Entwicklung mit diesem Burschen. Die Geister der Ahnen mögen ihn lenken. Aber zurück zu unseren Geschäften. Richtig, meine Lieferungen nach Jerusalem und Roma sind überfällig. Wir haben keine Vorräte mehr. Salome, was machen wir? Vielleicht treten wir beide als Prophetinnen auf und locken die Männer hierher?"

„Mein Hintern lockt keinen mehr. Ich habe eine andere Idee."

„Und die wäre?" Muzi war gespannt.

„Dieser Jeshua kommt nach Tarichea. Ich habe ihm ausrichten lassen, dass ich das von ihm erwarte. Ihr habt doch oben mit der Domina Maria ein großes Haus. Du musst mir versprechen, Muschifuc, dass ihr den Herrn Propheten zu euch einladet. Und dann macht ihm klar, welche Unordnung er in unser Leben und Arbeiten gebracht hat. Er selber kann ja meinetwegen durchs Land laufen und heilen und reden, aber er soll unsere Männer in Ruhe lassen. Die brauchen wir hier zum Arbeiten und für die Familie. Klar?"

„Hm, das könnte man versuchen. Aber die Domina Maria ist noch krank. Ich weiß nicht, ob sie das schon schafft."

„Ist mir egal, ob die krank ist. Sie besitzt Autorität. Sie soll sich zusammenreißen und dem Propheten sagen, was hier nicht geht."

LXIX

Muzifungi konnte Salome schlecht in die Hintergründe des Dramas einweihen, das Mirjam seit einigen Tagen mit Lydia und Phryne auf ihrer Etage fesselte, wo niemand wusste, wie es ihr ging. Jeden Abend, wenn sie von ihrer Arbeit nach Hause kam, fragte sie Salma, ob sich oben etwas verändert habe. Aber die schüttelte nur schweigend den Kopf.

Jetzt waren schon drei Tage vergangen, dass Lydia und Phryne nicht wieder in der Küche erschienen waren. Aber sie wollten doch zurückfahren? Auch nach vier, nach fünf Tagen tauchten sie nicht wieder auf. Salma und Muzi schauten sich fragend an. Angst beschlich sie. Aber sie trauten sich nicht, nach oben zu gehen. Tribocus schüttelte mehr und mehr den Kopf und sah von Tag zu Tag schlechter aus. Salma und Muzi stellten regelmäßig Früchte und Brot, Kräuter und Wasser auf die Treppe; abends stand das leere Tablett mit dem Geschirr auf den Stufen. Aber von oben hörten sie nichts, kein Wort, kein Reden, kein Weinen oder Lachen. Es war einfach still, lähmend still. Hilflose Angst hatte sich zu ihnen gesellt. Manchmal schien die Stille, unheimlich genug, wie von Kraft gefüllt – nur war nicht klar, ob die Kraft zerstörte oder aufrichtete.

Am zehnten Tag, nachdem sie hinaufgegangen waren, kamen Lydia und Phryne herunter. Sie sahen mager aus, ihre Wangen waren bleich, ihre Hände schienen nur Knöchel zu sein. Aber in ihren Gesichtern konnte man etwas entdecken, das wie Klarheit leuchtete, wie Durchscheinen, wie Schönheit von innen. Salma und Muzi, die gerade die Küche säuberten, meinten zuerst, sie sähen Gespenster. Aber dann lächelten die beiden ganz leicht und sagten nur:

„Danke! Danke, dass ihr uns ausgehalten habt. Dass wir allein sein konnten. Entschuldigt diese Marter. So etwas könnt ihr euch nicht vorstellen. Es war gut. Ich glaube sogar, gut für uns alle. Lasst ihr noch Zeit. Lasst sie alleine, sie hat einen Weg angefangen."

„Ja, lasst sie. Ihr braucht euch keine Sorge mehr zu machen. Sie ist noch nicht gesund. Es liegt noch viel Kampf vor ihr. Aber sie scheint wie aus einem tiefen Schlaf erwacht. Sie wird sich melden, wenn sie euch braucht. Also keine Sorge."

„Müssen wir einen Arzt holen?", fragte Salma.

„Nein, nicht nötig. Sie hat ihren Arzt gefunden. Einen besonderen, irgendwo in sich selbst. Vielleicht hat sie ihren Ursprung wieder entdeckt. Sie braucht sicher noch einen anderen, der ihr hilft. Mehrere. Aber sie wird sie finden. Sie hat gekämpft, wie ich noch nie einen Menschen habe kämpfen sehen. Es hat sie geschüttelt. Wir haben oft nur dagesessen, wir haben mehr geheult als sie."

„Wir haben unsere Hände ineinander gekrampft, gezittert, aber wir haben ausgehalten. Wir wollten gehen, jeden Tag wollten wir uns verabschieden, aber wir konnten es nicht. Unmöglich. Wir haben viel mit ihr geredet. Innerlich hat sie geschrien, lautlos, so schien uns, aber nach außen kam nichts durch."

Phryne schaute Salma und Muzi an:

„Da kommt noch einiges. Es ist noch nicht alles heraus. Noch lange nicht. Aber sie hat sich auf einen Weg begeben."

Nur wenige Tage, nachdem Lydia und Phryne nach Antiochia und Ephesus zurückgefahren waren, stand Laïs in der Tür. Sie hätte in Alexandria von dieser urkomischen Feier der Bacchanalien in Tiberias und Tarichea gehört, über die inzwischen das ganze römische Reich lachte, aber auch geheimnisvolle Andeutungen über Mirjam vernommen. Die sei von dunklen Dämonen besessen, die sie einsperrten und zerfleischten. Da habe sie einen Drang gespürt, sich auf den Weg nach Tarichea zu begeben.

Salma und Muzi erzählten, was in all den Jahren zuvor geschehen war bis in die letzten Wochen nach der Bacchus-Feier. Auch davon, was Lydia und Phryne ihnen von Mirjam mitgeteilt hatten. Laïs saß danach über eine Stunde schweigend in ihrem Zimmer. Dann kam sie in die Küche, ging längere Zeit schweigend auf und ab, erbat sich schließlich ein größeres Öllämpchen. Das füllte sie, zündete es an und stieg damit langsam die gewundene Treppe hinauf.

Salma und Muzi stockte der Atem.

Aber wieder war nichts zu hören. Im Gegensatz zu ihren Freundinnen kam Laïs schon am nächsten Tag herunter. Ohne das Öllämpchen. Sie lächelte ein wenig, Tränen in den Augen. Ohne etwas zu sagen, umarmte sie Salma und Muzi und bestieg ihren Wagen. Seitdem stand auf dem Tablett mit dem gebrauchten Geschirr jeden Tag das Öllämpchen. Zum Auffüllen.

Ein paar Tage später saß Muzi abends mit Salma in der Küche. Sie berichtete von Salomes Neuigkeiten, von jenem zweiten Propheten, der herumgehe und heile und Männer um sich sammle. Auch von Salomes Vorschlag – „die scheint nie zu bitten, sie befiehlt nur!" –, diesen Mann einzuladen. Sie überlegten, welche Vor- und Nachteile solch ein Besuch bringen könnte. Salma war ähnlich skeptisch wie Muzifungi. Und außerdem: Mirjam blieb verschwunden.

„Weißt du, wir wissen gar nichts mehr von ihr. Das gefällt mir nicht. Wenn Laïs es gewagt hat, hinaufzugehen, dann können wir das auch tun. Vielleicht wartet sie sogar darauf."

Muzi schaute einige Zeit in das ruhige Licht der Öllampe.

„Du hast Recht. Ich gehe morgen hinauf."

„Ich komme mit."

Aber dazu kam es nicht. Als sie spät am Abend noch Geschenke vorbereiteten, die sie am nächsten Tag armen Familien bringen wollten, geschah es: Sie bemerkten einen Schatten an der Treppe. An deren Wand erhellten kleine Lampen den Zugang nach oben. In ihrem Licht tauchte sie auf. Sie trug ein graues Gewand, schritt langsam die Stufen herunter, in ihrer Hand das Tablett mit dem benutzten Geschirr und dem Öllämpchen.

„Ich glaube, ich kann das jetzt selber tragen."

Salma und Muzi saßen wie gelähmt. Eigentlich wollten sie schreien vor Schreck und vor Freude, aber sie brachten keinen Laut heraus, ihr Herz pochte dreimal so schnell oder es stand still, sie schauten nur mit weit aufgerissenen Augen.

„Sagt mal, kennt ihr mich nicht mehr?"

Und nun sprangen sie auf, rannten auf Mirjam zu, umarmten sie, küssten sie, schrien vor Freude und drückten sie an sich. Langsam legte Mirjam auch ihre Arme um die Freundinnen, aber in ihnen war noch keine Kraft. Sie war dünn geworden.

Sehr dünn. Muzi und Salma kamen die Tränen. Sie holten Brot und Ziegenkäse, Wasser und Früchte und deckten schnell einen schönen Tisch. Mit dem Öllämpchen. Mirjam war ruhig, als sie sprach:

„Als ich eben die Stufen hinunter ging, kamen mir andere Stufen in Erinnerung, die ich vor vielen Jahren hinunter geschritten bin. Damals in Herculaneum stand unten der Kaiser. Ich war gekleidet wie eine Königin. Es war der Höhepunkt meines Lebens, die Hochzeit mit Caius. Was habe ich damals alles gedacht! Und wie habe ich vergessen, dass ich nur eine kleine Ziegenhirtin bin. Es war ein unechter Höhepunkt. Vielleicht war Dolabella viel echter als ich. Aber dieses einfache Kleid hier, das ist echt. Und ihr, ihr seid mir mehr wert als der Kaiser. Ich danke euch!"

Tribocus hatte die Stimmen gehört, kam hereingestürzt. Als er Mirjam sah, brach aus ihm die Anspannung der letzten Monate hervor. Erst stand er starr, dann schüttelte es ihn, er fiel auf die Knie und schluchzte. Er weinte lange. Nach einer Weile erhob er sich, wischte sich übers Gesicht und trat vor sie hin:

„Domina, ich bin zu ihren Diensten. Wie immer. Und für immer, bis ans Ende der Welt."

Sie saßen die ganze Nacht zusammen. Johannes Marcus, der für zwei Tage aus Tyros herübergekommen war, streichelte ihren Arm, als wolle er sie beschützen und festhalten. Mirjam erzählte, wie das selbst auferlegte Gefängnis ihr half, ihr inneres Gefängnis zu erkennen. Und welch große Überwindung es sie gekostet hatte, sich einzugestehen, dass sie von dem riesigen Ehrgeiz besessen gewesen war, zum größten Geschäftsimperium rund um das Mittelmeer aufzusteigen. Wie sie eitel geworden war. Und mit der Zeit eiskalt.

„Ich habe nicht gemerkt, wie ich damit nur meine eigenen Leidenschaften finanziert habe. Zu ihnen gehörte, dass ich von mir selbst beeindruckt war. Ich habe den Kult um mich genossen. Hochmütig bin ich geworden, weil ich schön war."

Fatal sei auch gewesen, dass die Geschäfte so lange so gut liefen, so habe sie sich in Selbstzufriedenheit sonnen können.

„Mein ausgedehnter Handel trieb mich in eine Art von geheimer Gewalt. Ich habe aber nicht merken wollen, dass in mir selbst etwas faul war. Ich habe Warnsignale von euch, von meinem Körper, von anderen überhören wollen. Das war beschämend und falsch. Manche unserer Verwalter durchschauten meine Krankheit; da sie selbst an die Macht wollten, hielten sie listig von mir fern, was ich nicht hören wollte. So konnte ich unbeschwert genießen, wenn mir die Herren zu Füßen lagen und ich meine Lust an ihnen ausließ. Schließlich gab es niemanden und nichts mehr, das mich warnte. Ich habe mich selbst von der Wirklichkeit isoliert. Ich habe die Führung über mich abgegeben und es nicht bemerkt."

„Und der Wein?", wollte Muzi wissen.

„Der Wein war nur eine Folge meiner inneren Zerrissenheit. Ich brauchte ihn, um mich vor der Wirklichkeit zu verstecken. Oder um die Wirklichkeit auszuhalten."

Sie brach etwas vom Käse und frischen Brot ab.

„Aber da sind noch andere Zerrissenheiten in mir. Die sind noch nicht geheilt. Ich weiß nicht einmal, welche es sind, woher sie kommen, was in ihnen drinsteckt. Ich spüre nur, da ist noch mehr. Wenn etwa von Gott die Rede ist, dann zittert es in mir; wenn ich an Jehuda denke, wie er redet und urteilt, dann krampfen sich meine Hände zusammen. Was ist das? Ich werde aufpassen müssen."

Dann wurde sie nachdenklich.

„Lydia und Phryne und Laïs, die Hetären, die haben mir mehr geholfen als alle Gottesmänner. Sie waren mit mir, als ich in meinem Gefängnis saß, als ich unrein war, als die Frommen mich verurteilten. Sie haben bei mir ausgehalten. Sie mussten mir nichts sagen, das meiste wusste ich selbst. Aber sie waren da. Das war wichtig."

„Hätten wir zu dir hinaufkommen sollen?"

„Nein! Salma, Muzi, bitte: Versteht mich nicht falsch. Es mussten andere sein, nicht ihr, mit denen ich jahrelang zusammengelebt habe. Deswegen war es gut, dass diese alten Freundinnen gerade jetzt kamen. Warum sind sie nur gekommen? Gerade jetzt?"

Und nach einer Weile:

„Man braucht solche Freunde."

„Wirst du jetzt Tyros und Alexandria aufgeben? Auch unsere Geschäfte in Tarichea?"

„Ich bin noch nicht in der Lage, ruhig und klar zu denken. Ich werde jetzt keine Entscheidungen treffen. Ich muss den Verwaltern in Alexandria aber danken, dass sie mir damals die Vollmacht entzogen haben. Das war richtig."

Salma und Muzi hielten den Moment für gekommen, von den Vorgängen in Galiläa und Judäa zu sprechen, dass man schon wieder einen Propheten im Lande habe. Der heiße jetzt Jeshua. Und wieder liefen die Männer diesem Gottesmann hinterher, anstatt für Frau und Kinder zu sorgen. Man habe keine Fische mehr zum Versenden nach Roma und Jerusalem. Dann erklärte Muzifungi, was Salome vorgeschlagen hatte. Dabei unterließ sie es nicht, mit breitem Lachen die Frau lebendig darzustellen. Sie sei durchaus vernünftig, realistisch, allerdings von sich und ihren Söhnen uneingeschränkt überzeugt. Doch die Idee, diesen zweiten Propheten einzuladen und mit ihm über die prekäre Situation der Familien rund um den See zu sprechen, die sei vielleicht gar nicht so übel, oder?

„Wenn er in Tarichea reden will, bitte. Das geht mich nichts an. Hinterher in unserem Haus? Aber dann müsst ihr dabei sein. Ich – ich habe einen Horror vor Gottesmännern."

Johannes Marcus umarmte seine Mutter. Sehr lange. Innig.

„Mirjam, ich wollte dich noch etwas fragen."

Salma trat nahe an ihre Herrin heran.

„Ja, bitte."

„Damals, bei der Geburtstagsfeier von Antipas, kannst du dich noch erinnern? Da wurde der abgeschlagene Kopf des Propheten Johannes hereingebracht. Ich sah, wie du auf einmal ganz bleich geworden und schnell weggegangen bist. Du schienst mir völlig durcheinander. Aber, diesen Johannes, du kanntest den Mann doch gar nicht. Was ist da in dir geschehen?"

„Ich habe plötzlich den Kopf von Octavus gesehen."

LXX

Es hatte ihn erheblich mehr Zeit gekostet, in Lugdunum Fuß zu fassen und heimisch zu werden als damals vor 14 oder 15 Jahren in Borbetomagus. Das war ein kleines Städtchen gewesen; diese Stadt aber war das zentrale Verwaltungszentrum für den gesamten Westteil des römischen Reiches. Hier gastierten Legionskommandanten, Konsuln, Senatoren, Praetoren, hohe Herrschaften, die immer jemanden suchten, auf den sie herabblicken konnten. Zugleich traf er auf eingearbeitete Verwaltung und darin auf Menschen, die gar nicht zu verbergen suchten, dass sie ihn nicht mochten. Sie fielen ihm in den Rücken, wo es nur ging. Er wollte aber nicht kämpfen. Der einzige Lichtblick: Sein Posten als Chef der Münzstätte bescherte ihm einen begrenzten Arbeitsbereich, für den allein er zuständig war, mit relativ wenigen Querverbindungen zu anderen Ämtern.

Er fühlte sich nicht wohl. Schon seit zwei Jahren nicht.

Und dann war da die Bemerkung von Seianus über jene geheimnisvolle „Ziegenprinzessin". Sie ging ihm nicht aus dem Kopf. Und die andere seines Kollegen, dass sein Vater ein „Flittchen" geheiratet habe, die seine Villa beim Würfeln verspielte. Und Pilatus solle jetzt mit ihr würfeln. Und sie habe Beziehungen zur großen Kleopatra. Wer war das? Er erinnerte sich, dass Mirjam ein paar Mal von Kleopatra gesprochen hatte, richtig, sie hatte auch Ziegen gehütet, schon wahr. Aber Flittchen?

In ihm wuchs die Angst, es könnte vielleicht doch seine Mirjam sein. Aber nein! Nein, so war sie nicht, sie war das Gegenteil von einem Flittchen. Doch was konnte er nur tun, um Sicherheit zu erlangen, wer und wo sie war?

Eines Tages fiel ihm die Lösung buchstäblich in die Hände: Briefe! Er schrieb täglich Briefe. Warum sollte er nicht an den Stadtpräfekten von Jerusalem schreiben? Aber nein, in Jerusalem war sie bestimmt nicht mehr. Hatte Seianus nicht von einem See gesprochen? Also Tiberias? Tiberias war jetzt Provinzhauptstadt, dort liefen viele Informationen zusammen. Dort würde der Stadtpräfekt vielleicht wissen, wen er, Octavus Posterius alias Marcus Victor, suchte – wenn es diese Frau dort überhaupt gab.

Und so kam es, dass eines Tages ein Brief folgenden Inhalts auf die Reise nach Tiberias ging:

„Data Idibus Decembris. Lugdunum. Marcus Victor, Kaiserlicher Verwalter der Münzstätte, an Marcus Babius, den Praefecten von Tiberias. Friede und Heil mit dir. Mir ist zu Ohren gekommen, dass der ehrenwerte Praefectus Praetorio bei einem Gespräch mit dem neuen Statthalter von Palästina, Pontius Pilatus, eine Frau erwähnt hat, die in deinem Gebiete wohnhaft zu sein scheint. Sie ist von einigem Interesse für mich in Geldangelegenheiten. Der Praefectus Praetorio erwähnte, dass sie mit der großen Kleopatra in Verbindung gestanden, dass sie dem Glücksspiel mit Würfeln verfallen sei, dass sie Ziegen hüte oder gehütet habe. Andere Aussagen deuten darauf hin, dass sie einem lockeren Leben verfallen sei und Immobilien in Herculaneum und Rom besitze. Sie war wohl, so wurde gesagt, die Frau des hochverehrten, inzwischen verstorbenen Caius Posterius Magnus, der sich um das Römische Reich und den Kaiser sehr verdient gemacht hat. Es würde mir in meinen Angelegenheiten sehr helfen, wenn du, verehrter Marcus, mir Hinweise geben könntest, ob diese Frau oder eine, auf die diese Beschreibungen passen könnten, sich in deinem Amtsbereich aufhält. Ich bitte darum, mir ihren Aufenthaltsort und Namen mitzuteilen. Lebe wohl."

Kaum war der Brief unterwegs, fühlte sich Octavus schlecht. Er hatte einen schrecklichen Verdacht über jene Frau, die er liebte, in die Öffentlichkeit gebracht! Aber der Brief suchte schon sein Ziel.

LXXI

An diesem Morgen zog eine Kohorte römischer Soldaten durch die Stadt Tarichea. Tribocus hatte sich gerade auf den Weg zum See begeben, jetzt musterte er die auf dem Cardo vorbeimarschierende Truppe. Dabei entdeckte er unter den Reitern seinen Freund.

„Hortensius, sei gegrüßt! Wohin seid ihr unterwegs?"

„Wir haben Befehl, die Straßen in der Provinz Arabia zu reparieren. Das Gebiet der Nabatäer. Vor allem die von Damascus nach Raphana, Adraa, Kanatha und die zu unserem äußersten Posten Bozra, der liegt etwa 60 Meilen östlich vom See. Alles nur Sand."

„Na, da habt ihr schweißtreibende Arbeit vor euch."

„Mein Lieber, du sagst es! Die Leute sind nicht gerade begeistert aufgebrochen. Jeder trägt die üblichen 100 Pfund auf dem Rücken, alles Werkzeuge für den Straßenbau. Dazu die Waffen. Und du, wohin bist du unterwegs? Auch schweißtreibende Arbeit?"

„Ich hoffe nicht. Ein Diener hat mir gemeldet, der neue Prophet, dieser Jeshua, der sei heute nach Tarichea gekommen. Er tritt aber anscheinend nicht im Gymnasion auf, sondern da unten am Ufer. Ich möchte ihn mal in Augenschein nehmen."

„Ist vorsichtig, der Junge. Hat wohl gelernt. Ach, noch etwas …"

Der Centurio führte sein Pferd näher an Tribocus heran, beugte sich zu ihm herunter und flüsterte:

„Der Ehemann da oben, dem die Frau abgehauen ist, fühlt sich beleidigt und bloßgestellt. Oder sein neuer Drachen spuckt Feuer. Wir haben Informationen, dass er gegen Aretas einen Krieg führen will. Vielleicht kannst du das zu gutem Nutzen verwenden."

Sie verabschiedeten sich, und Tribocus lenkte seine Schritte zum See hinunter. Unterwegs wurde er von jungen Leuten überholt, die eiligst in seine Richtung liefen. Dann werde ich euch mal folgen. Etwas nördlich der Stadt, direkt am Wasser, stieß er auf eine wachsende Ansammlung von Männern. Sie bildeten einen großen Halbkreis zum See hin. Dann sitzt der Prophet also im Boot.

Er schaute sich die Neugierigen an: Na ja, von allen Sorten haben wir hier einige. Aber dort drüben, ist das nicht der gerechte Jehuda mit seinen Freunden aus Magdala? Die werden kaum hier sein, weil sie begierig eine neue Lehre suchen. Wen haben wir denn noch? Oh, da schau her! Unser guter Caesennius. Soll ich annehmen, er will auf seine alten Tage fromm werden? Eher ein informativer Bericht an den Statthalter.

Während er noch umherschaute, fühlte er ein Zupfen am Ärmel.

„Mirjam! Du hier?"

Sie stand hinter ihm, in unscheinbarem Gewand. Um ihren Kopf hatte sie Tücher gewickelt. Salma begleitete sie.

„Ich will seine Augen sehen."

„Was? Seine Augen?"

„Ja, seine Augen. Worten traue ich nicht. Nur den Augen."

Sie schoben sich zu dritt langsam durch die hinteren Reihen. Keiner wendete den Kopf nach ihnen. Wie gebannt horchten alle auf die Worte dieses Propheten. Sie schafften es bis hinter die vordere Reihe, in den lichten Schatten einer Terebinthe.

Dann sah sie ihn. Im Boot. Hinter ihm ein Fischer, der den Kahn in Richtung Ufer hielt. Er sieht normal aus, gute Gestalt, dachte Mirjam, wenigstens das. Nichts Auffälliges. Schöne Haare, das weiße Gewand, mit einem Riemen gegürtet, zwei Handbreit über die Knie hinunter reichend, kurze Ärmel. Ein waches, feines Gesicht, ohne Bart. Und seine Augen? Sie bemühte sich, so nah wie möglich heranzukommen, ohne dabei aufzufallen. Sie war jetzt fast am Wasser, der Boden wurde schon feucht zwischen den Steinen. Sie hockte sich nieder und schaute zwischen den Männern vor sich hindurch.

Die Augen!

Sie sind ruhig. Ehrlich. Sie verletzen nicht. Sie schauen, als würden sie durchschauen. Als würden sie erkennen. Und zugleich sind sie gütig, sie nehmen den Menschen an. Sie verurteilen nicht. Jetzt hat er mich entdeckt, er blickt zu mir herunter. Er schaut wie in mich hinein. Als würde er alles in mir sehen. Sein Blick berührt mich … Jetzt stockt seine Rede. Lächelt er? Ja, er lächelt. Er denkt über mich nach. Jetzt redet er weiter. Er blickt nicht mehr zu mir. Nein, er wird mich nicht mehr anschauen. Aber er sieht mich. Er trägt meine Augen in sich. Denn unsere Blicke sind sich begegnet.

Ich möchte diese Augen wiedersehen.

Sie erhob sich, schritt seitwärts aus den Reihen der Zuhörer weg. Auch jetzt achtete niemand auf sie oder Salma und Tribocus. Alle schienen immer noch gefangen von der Rede des Gottesmannes. Mirjam hatte kein einziges Wort vernommen. Nur diese Augen …

Als sie wieder unter sich waren, wandte sie sich an Tribocus:

„Sag ihm, dass ich ihn bitte, in unser Haus zu kommen. Wir – wir hätten einiges zu besprechen."

Tribocus nickte und lehnte sich an den Baum.

Seitdem warteten sie in der Villa. Eine gewisse Nervosität bemächtigte sich ihrer. Nur Muzifungi schien ungerührt.

„Eeeh, das ist doch nur ein Mann. Wie alle anderen. Warum schleicht ihr so komisch durchs Haus?"

Und sie lachte und schwang ihre Hüften im Takt eines Tanzes.

Endlich, es wurde schon dämmrig, kam er. Diener eilten mit Wasser und Öl herbei. Er kam allein. Stand in seinem weißen Gewand in der Tür. Hinter ihm Tribocus. Der Gast schaute zur Decke empor, prüfte die Wände, den Boden.

„Das war Solon Campanus, nicht wahr?"

Mirjam ging ihm entgegen, ein wenig scheu, mit ernstem Gesicht. Sie hatte ein einfaches Kleid gewählt, eine schlichte Halskette, die Ringe von Octavus und Caius. Kein Parfum.

„Den scheint hier jeder zu erkennen. Er hat auch das Gymnasion gebaut, das Hippodrom. Ach ja, auch die Synagoge in Magdala, dem Stadtviertel der Frommen. Nun, ich grüße Sie in unserem Haus. Wollen Sie nicht Platz nehmen?"

Salma trat näher. Sie suchte nach ihrer Rolle in diesem Gespräch. Der Mann ging sie eigentlich nichts an; sie wollte auf Mirjam achten und sie schützen. Vor sich selbst.

„Eigentlich hat Mirjam die Synagoge gebaut. Auf Bitten des Synagogenvorstehers Jehuda. Aber der hat inzwischen festgestellt, dass sie eine Sünderin ist. Sie wurde ausgeschlossen aus der Synagoge."

„Salma, das ist jetzt unwichtig. Herr Jeshua, wir haben mit dem Essen auf Sie gewartet. Bitte, bedienen Sie sich, nehmen Sie, was Sie möchten. Und hier sind die Getränke. Oh, Entschuldigung: Das ist Muzifungi, unsere Alleskönnerin. Sie ist das lachende Herz des Hauses. Ohne sie wäre es kalt in ganz Tarichea."

„Eeeh, Mirjam, lass das. Schalom, Herr Jeshua."

„Sie haben hier die halbe Welt beieinander! Muzifungi, spreche ich das richtig?, kommt natürlich aus Afrika. Frau Salma, Sie sehen aus, als kämen Sie aus Arabien, richtig? Herr Tribocus, hm, müsste Germane sein, oder? Und Frau Mirjam aus Israel."

„Früher hatten wir noch eine Frau aus Indien bei uns."

Jeshua hielt einen Moment inne, als überlege er.

„Ja, Indien ist ein wundervolles Land. Also, es stimmt: Fast die ganze Welt ist hier vertreten. Die Weite gefällt mir."

„Ein Junge gehört noch dazu, Johannes Marcus, mein Sohn. Er ist gerade wieder in Tyrus, um zu lernen."

Dann wagte sie sich mutig an das heiße Thema:

„Und Sie sind also der neue Prophet."

Jeshua lächelte:

„Sie sehen nicht so aus, Frau Mirjam, als würden Sie den Leuten alles nachreden. Ich vermute, Sie haben sich stets Ihre eigene Meinung gebildet. Was etwa ein Synagogenvorsteher denkt, haben Sie nicht nachgesprochen, ohne selbst nachzudenken. Sie gehen Ihre eigenen Wege und gelten vielen als Sünderin. Nun, ich bin Ihr Gast. Finden Sie selbst heraus, wer ich für Sie bin."

„Das will ich gerne tun, Herr Jeshua. Manchmal ist es sogar nicht leicht, auch nur herauszufinden, wer man selbst ist, ein Sünder oder ein Gerechter. Wissen Sie, wer Sie sind?"

„Ja, ich weiß es", nickte der Mann. „Und weiß es zugleich nicht. Der Mensch, jeder Mensch, so scheint mir, ist ein Geheimnis. Er ist mehr, viel mehr, als er von sich weiß und wissen kann. Er ist in sich unendlich. In seiner tiefsten Seele rührt er an Gott."

Aus weiter Ferne stiegen Worte von Selene in Mirjam auf. Aber sie antwortete betont kühl und abweisend:

„Ach wie schön, nett gesagt. Und deshalb muss der Mensch wohl leiden. Prächtig, so einfach kann man sich das machen? Aber bevor wir uns in philosophischen Abstraktionen verlieren, möchte ich ein Thema mit Ihnen ansprechen, das uns hier am See, in unserem Fischereigewerbe, beschäftigt: Sie holen uns die Männer weg, Herr Jeshua. Die Familien verlieren ihre Brotverdiener, und wir haben keine Fische mehr für den Versand in die ganze Welt. Sie mögen doch die ganze Welt. Also, da sollten wir mit Ihnen besprechen, wie man das ändern könnte. Sie und wir, wir müssten uns die Männer teilen, sozusagen. Mal Sie, mal wir."

Jeshua lachte:

„Und Sie meinen, die Männer machen mit?"

„Wenn Sie sie nicht überzeugen, wir Frauen schaffen es."

Jeshua lachte wieder. Es war ein herzliches, offenes Lachen, ein Lachen des Leibes, des ganzen Menschen. Mirjam gefiel es.

„Ich erzähle Ihnen einmal, wenn es recht ist, was ich bisher getan habe. Wozu ich die Männer brauche, und was ich tun möchte. Dann werden wir eine einfache Lösung finden. Übrigens, ich habe darüber noch zu niemandem gesprochen."

Sie legten sich auf die Klinen.

Er und andere, begann er, fänden die Art, wie die herrschende Religion hierzulande Gott vorstelle, nicht korrekt. Wie sie ihn, den Vater aller Menschen, in Heiligtum und Torah verkündeten, das sei „Menschensatzung", wie schon Jesaja gesagt habe. Der wahre Gott ginge dabei fast verloren. Gott wolle nicht eingesperrt sein in Tempel, Gesetze, Riten, Opfer. Er sei ein liebender Gott, und deswegen sei er immer unterwegs zu den Geschöpfen seiner Hände. Er strafe nicht, er wolle retten, die Sünder zuerst. Und deswegen müssten die Menschen nicht zu ihm kommen, sondern umgekehrt: Gott gehe zu ihnen. Weil er sie liebe. Zu jedem. Israel habe in seiner uralten Tradition dies befreiende, schönere Gottesbild geschenkt bekommen. Da man mit diesem Gott allerdings kein Imperium aufbauen und kein Geld verdienen könne, hätten sie das Bild vom wahren Gott, dem Guten und Barmherzigen, allmählich und fast unbemerkt umgeformt. Sie ließen ihn jetzt wie den Räuberhauptmann drüben am Arbel auftreten: Du willst hier durch? Prima, dann lass die Denare springen! Du willst in den Himmel – dann bezahle! Aber so sei der Gott Abrahams, Isaaks und Jakobs nicht gewesen. Ganz im Gegenteil: Dieser Gott wollte schenken. Schon bei Abraham habe er damit begonnen. Ohne Bedingung. Wie ein Vater seinen Kindern eben nur schenken könne. Und die Propheten hätten es wiederholt. Es sei doch alles ganz einfach.

Doch er habe nicht vor, darüber Bücher zu schreiben. Wie der Philo in Alexandrien oder die Griechen drüben in Hellas. Ja, er habe Philo besucht und mit ihm nächtelang über den Logos disputiert, über Vernunft und Offenbarung. Aber er, Jeshua, wolle nicht Texte verfassen. Worte seien zwar wichtig, aber wichtiger seien Taten. Ebenso Bilder. So solle sein Leben zu einem Bild Gottes werden, wie er in Wahrheit ist. Nach der uralten Tradition Israels. Und deswegen seien auch andere Männer und Frauen nötig, sofern diese bereit seien, ihr Leben ebenfalls zu einem Bild, zu einer lebendigen Gegenwart Gottes werden zu lassen.

„Ich meine, für dieses Ziel ist es nicht nötig, dass die Fischer Nacht und Tag, jede Woche, jeden Monat ausschließlich bei mir sind. Das kann man sicher auch anders regeln."

Zurzeit würden sich ihm immer mehr Männer anschließen. Die Schar sei in der Tat bedrohlich groß geworden. Bedrohlich, weil sie unorganisiert und schwer zu lenken sei. Das läge nicht in seiner Absicht. Er wolle sich in Jerusalem und Caesarea nicht unnötig Gegner schaffen. Deshalb habe er die unübersichtliche Menge bereits unterteilt. Jetzt gebe es eine Schar von 72 Männern, und daraus habe er jüngst 12 ausgewählt. Mit diesen Zwölf wolle er nun arbeiten. Die Hälfte von ihnen, da hätten sie recht, seien Fischer.

„Fast alle kommen aus Galiläa, nur einer nicht. Der Jehudah aus Kariot, unten im Süden von Hebron, der ist etwas Eigenes. Aber in keiner Familie sind alle Kinder gleich. Die Eltern auch nicht. Deswegen, ich sehe gute Möglichkeiten, Frau Mirjam, dass wir uns einig werden. Wenn die Männer, meine Zwölf und einige der 72, sofern sie mitkommen wollen, mit mir drei oder vier Tage nacheinander in die Städte und Dörfer Galiläas gehen, dann reicht mir das. So denke ich jetzt. Danach kommen wir wieder nach Hause, die Männer können ihren Arbeiten nachgehen, die Frauen bekommen, was sie brauchen, und die Familien sind nicht zerstört. Zu gegebener Zeit gehen wir dann wieder los, hin zu den Menschen. So kann ich meine Gedanken von der neuen Familie Gottes etwas breiter unter Israel streuen."

„Nur im erwählten Haus Israel?"

„Ich gehe auch gerne zu Samaritanern, Römern, zu allen Heiden."

„Unsere Muzifungi ist der Präfekt der fischverarbeitenden Gewerbe. Muzi, was meinst du? Könnte das klappen?"

„Ich werde das mit den leitenden Fischern, vor allem mit Frau Salome besprechen." Alle schmunzelten im Gedanken an die Frau des verunglückten Herrn Zebedäus. „Es wird aber nur funktionieren, wenn jemand das alles organisiert."

„Wir werden sehen. Aber ihre Lehre, Herr Jeshua, die klingt mir unter den herrschenden Umständen wie eine neue Lehre. Die hat Auswirkungen in den Bereich der Politik, wenn ich das recht verstehe. Da werden Sie Ärger kriegen. Nicht nur mit Jehuda."

Jeshua blickte ernst, als er langsam antwortete:

„Frau Mirjam, man kann das Gute niemals und nirgendwo in diese Welt einpflanzen, ohne dafür Ärger auf sich zu nehmen."

„Das klingt hübsch. Aber die Mächtigen haben gerade so einen umgebracht, der Neues einpflanzen wollte. Wir waren dabei."

Jeshua schob seine Füße leicht über den Steinboden:
„Jochanan war mein bester Freund. Mein Verwandter."
Alle schwiegen. Sie sahen ihn vor sich, den blutigen Kopf.
In Mirjam aber stiegen die Dämonen hoch:
„So, war er? Da scheint ihr Gott im Himmel aber ein
Schwächling zu sein, wenn er seine Männer nicht schützt, nicht
schützen kann. Ein Schwächling! Oder uninteressiert! Oder: Es
gibt ihn gar nicht."
„Mirjam! Bitte, wir sind jetzt beim Essen."
Salma wusste, was in ihrer Herrin für ein Sturm an Gedanken
und Gefühlen losbrach. Nicht jetzt, dachte sie, in Gegenwart
dieses Gastes. Aber Jeshua erwiderte leise:
„Ich bin bereit, darüber zu sprechen."
Der Fortgang der Mahlzeit drohte unter Spannung zu verlaufen. Muzi bemühte sich, die Atmosphäre zu retten, indem sie
eine heitere Geschichte nach der anderen erzählte. Jene vom Fischer Akawja erregte Aufmerksamkeit:
„Also, Akawja aus Kursi kam eines Tages unten am Hafen an.
Ich helfe ihm aus seinem Kahn, da sehe ich auf seiner Wange rote
Streifen, als hätte er eine saftige Ohrfeige erhalten. Akawja, sage
ich, wer hat dich geschlagen? Erst ist er stumm, schaut hilflos auf
die Erde, dann sagt er kleinlaut: Die links ist von Hulda …, dreht
sich um und zeigt die andere Wange: … und die von meiner Frau.
Zwei Frauen haben dich geschlagen?!, frage ich im Ton göttlicher
Gerechtigkeit, aber warum das? Also, das kam so, begann Aka-
wja: Ich bin bei uns im Garten, da sehe ich, wie die Magd Hulda
auf der Erde kniet, weil sie an einem Netz, das aufgehängt ist,
etwas reparieren will …"
Salma schüttelte heftig den Kopf, und Muzi verstand: Die
Geschichte eignete sich nicht, die düstere Atmosphäre aus dem
Raum zu jagen, damit man in Frieden auseinandergehen könnte.
Und in der Tat, Mirjam war die einzige, die keine Miene ver-
zogen hatte, als hätte sie gar nicht hingehört. Sie griff nur das
Stichwort auf:
„Gottes Gerechtigkeit ist selten zum Lachen, nicht wahr,
Gottesmann? Bei ihrem Freund Jochanan ging es nicht mit ein
paar Ohrfeigen ab. Sie haben ihn verloren. Den besten. Den ein-
zigen. Was ist nun mit der Gerechtigkeit ihres Gottes, na?"

Jeshua schwieg.

Da richtete sich Mirjam von ihrer Kline auf:

„Und er war nicht der einzige, der sterben musste. Da wurden Kinder umgebracht, erzählte mir meine Mutter, zu der Zeit, als ich geboren wurde, nicht weit von uns. Einfach so. Und ihr Gott? Hat er gerade geschlafen? Wo war da der Gottesmann, der eingeschritten wäre und das Elend verhindert hätte? Und Sie wirken jetzt Wunder, hören wir? Na großartig! Und wie viele werden nicht geheilt? Und siechen dahin in ihrem Elend, und niemand kommt, sie aufzuheben, sie glücklich zu machen? Und wenn sie geheilt worden sind, was werden die dann tun? Werden sie nicht noch mehr in Saus und Braus leben als vorher, glücklich dass sie gesund sind? Und sterben werden sie auch. Wozu haben Sie also geheilt, Gottesmann?"

Mirjams Stimme war immer lauter geworden. Salma erinnerte sich voll Entsetzen an jene andere Stunde, damals, als Favinus Alexander zum ersten Mal bei ihnen war und Mirjam gegen ihn geschrien hatte. Jetzt wieder. Und sie hörte nicht auf:

„Warum sind Sie also gekommen, Gottesmann? Wollen Sie die Menschen aufscheuchen und zu einem Gott hin jagen, der sie dann alleine lässt? Was helfen Ihre sanften Augen? Ihre schönen Worte? Laufen Ihnen die Menschen deswegen nach? Ich hoffe, Sie glauben das nicht. Sie laufen Ihnen nach wegen ihrer eigenen Wünsche, und sie erwarten, dass Sie ihnen diese erfüllen. Ihre eigenen. Jedem seinen Wunsch. Und wenn Sie das nicht tun, Gottesmann, dann werden die Menschen Sie töten. Und ich hoffe, Sie wissen das. Weshalb also sind Sie gekommen? Wollen Sie vielleicht Hoherpriester werden? Oder König Antipas vom Thron stürzen? Dann gehen Sie besser nach Roma, werden Caesar. Dort können Sie die Welt verbessern, die Sümpfe der Eitelkeiten austrocknen. Aber treiben Sie sich nicht hier am See herum, wo seit Jahrhunderten das Leben gleich läuft und noch Jahrhunderte nach Ihnen genauso laufen wird. Ob Sie nun hier gewesen sind oder nicht, das ändert gar nichts. Überhaupt nichts."

Mirjam fühlte, wie die Dämonen von ihr Besitz ergriffen. Sie waren mächtig geworden, sie stiegen auf und stürzten aus ihr heraus. Und dieser Gottesmann, er saß einfach da. Hörte nur zu. Verstand er nicht, was sie sagte? Oder wusste auch er keine Antwort? Oder spielte er den schweigend Überlegenen? Aber da waren noch viel mehr Fragen in ihr.

„Reicht Ihnen das nicht? Oh, ich habe noch mehr, Gottesmann. Sie haben gesagt, Sie wollen einen neuen Gott verkündigen, einen, der schenkt, ohne Bedingung. Ach wie schön. Wie wunderschön! Aber Sie haben nicht gesagt, was er uns schenken wird, Ihr Gott. Will er uns noch mehr Sklaverei schenken? Und Tyrannen dazu, vor denen Tausende die Knie beugen müssen? Will er uns Dämonen schenken, die Tore der Unterwelt öffnen, dass die Menschheit in Angst vergehe? Will er uns Krankheiten schenken, alte und neue, damit wir noch schneller sterben? Was will er denn schenken, Ihr Gott? Ah, vielleicht schenkt er mehr Gesetze, mehr Religionen, mehr Priester! Gesetze für die Mächtigen, nicht damit sie sich daran halten, sondern damit sie die Kleinen besser unterdrücken können! Neue Religionen, um die Leute mehr zu belügen! Mehr Priester, um die Menschen mehr mit Sünden vollzustopfen! Damit sie mehr opfern müssen, mit teurem Geld. Was schenkt er also, Ihr Gott?"

Sie war jetzt so weit gegangen, dass sie ihren Verstand nicht mehr kontrollieren konnte. Ihre Zunge war bitter geworden. Es kam nur Gemeines aus ihr heraus, Ekel und Spott. Sie wollte zerstören, egal was und wen und wie. In ihrem Zorn hatte sie nicht bemerkt, wie Jeshua der Salma, Muzifungi und Tribocus einen Wink gegeben hatte, sie mögen den Raum verlassen.

Mit Groll, Wut und Trauer in der Stimme fuhr sie fort:

„Wo warst du denn, Gottesmann, als meine Eltern starben? Hat dein Gott ihnen den Aussatz geschickt? Warum? Wozu? Wo warst du, als die Priester kamen und im Namen ihres Gottes Ungeheuerliches über meine Eltern urteilten? Wo warst du, als ich ihre Liebe verlor und verlor und verlor und hergeben musste? Wo?"

Sie stand da, die Arme fielen ihr herunter, sie schluchzte. Dabei hatte sie sich abgewandt. Jeshua nutzte die Pause; er ging leise zur anderen Wand, wo, aufgehängt zwischen Orchideen, eine Flöte angebracht war. Er nahm sie vorsichtig, ging zurück an seinen dämmrigen Platz auf der Kline und behielt sie in seinen Händen.

Sie lehnte an der kalten Wand, vor der sie einst geweint hatte, als Caius hinter ihr stand. Sie sah das plötzlich vor sich. Wie elend und verloren sie sich damals gefühlt hatte. Aber jetzt war ihr Elend noch weit größer. Ihre Stimme klang hilflos und zornig:

„Wo war dein Gott, als ich Selene verlor? Als ich Octavus verlor? Was durfte ich in diesem Leben festhalten? Dein Gott will uns beschenken, sagst du? Oh nein, ich habe ihn beschenkt! Mit meinen Eltern, mit Selene, mit Octavus, mit Caius. Ich habe ihm geopfert, immer nur gegeben, immer nur verloren, und jetzt willst du noch mehr ... Ich habe nichts mehr, was ich noch verlieren könnte."

Sie drehte sich zu Jeshua hin, der immer noch auf der Kline saß und sie ruhig anschaute. Grimm, Böses drängte aus ihr hervor:

„Nicht wahr, du willst mich fertig machen. Du willst mich aussätzig machen. Kommt nur, du und dein Gott, und sprecht euer Urteil über mich. Stoßt mich in die tiefste Gehenna. Was verlangt ihr von mir? Soll ich mich umbringen? Soll ich Buße tun im Tempel? Mich zerfleischen? Willst du mein Opfer im Feuer, Gottesmann?"

Sie hielt inne, senkte den Kopf. Die Augen wurden nass. Sie barg ihr Gesicht in den Händen, drehte sich zur Wand und schluchzte:

„Wozu bist du gekommen? Welche Opfer verlangst du? Welche Strafe verhängst du im Namen deines Gottes über mich? Wegen all meiner Sünden? Sag es! Sag es laut und deutlich!"

Jeshua saß immer noch ruhig da. Er schaute sie an. Dann sprach er sein erstes Wort:

„Gott bittet dich, dass du tanzt!"

Nach einem Schweigen kam es zwischen ihren Händen hervor:

„Spiel nicht mit mir, Gottesmann. Spiel nicht mit mir! Er hat mich schon zerstört, dein Gott. Was will er noch von mir? Welches Urteil hält er in Händen?"

Aus der Stille des Raumes zwischen den Öllampen hörte sie:

„Ich möchte, dass du tanzt."

Sie senkte den Kopf. Schwieg nun selbst eine Weile. Dann ...

„Ich kann nicht tanzen. Ich bin tot."

Und noch leiser:

„Ich bin verdammt."

Sie sah nicht, dass Jeshua die Flöte an die Lippen setzte. Der erste Ton ließ sie erstarren. Er ging ihr durch und durch. Er war wie ein heller Strahl, der von weither kam und in ihre Tiefe drang. Ein klares Licht, das nicht verletzte. Und der nächste, und nächste ... Und dann sah sie es! Das zerrissene Schäfchen in der Wüste, spürte den Kampf mit den Hunden. Diese Melodie! Dieselbe! Sie hatte lange in ihr verschüttet gelegen. Sie hatte nicht mehr an sie geglaubt. Aber sie hatte sie nicht vergessen. Er spielte diese wunderschöne, rettende Melodie ihrer Kindheit, als sie Hirtin gewesen war.

Er konnte sie nicht kennen!

Mirjam stand starr; gelähmt war alles in ihr und an ihr. Sie konnte nicht denken, nicht fragen, sie war weder erfreut noch erschrocken. Es war wie ein Innehalten ihres Lebens. Immer noch stand sie vor der Wand im Dunkel des Raumes, von Öllämpchen flackernd erhellt. Und Jeshua spielte diese Melodie. Einmal, zweimal, dreimal. Es war, als würde etwas wie Wärme in sie einziehen.

Dann wandte sie sich weg von der Wand, hin zu ihm und sagte, kaum dass sie ihre eigenen Worte verstand:

„Könntest du mir helfen, zu tanzen?"

Als sie die Flöte hörten, waren Salma, Muzifungi und Tribocus aus dem Dunkel des Raumes nebenan gekommen und hatten sich leise an die Tür gestellt. Da sahen sie nun etwas, was ihnen ein Wunder dünkte, etwas Unwirkliches. Und zugleich Göttliches.

Jeshua legte die Flöte beiseite. Er erhob sich. Er legte sein Obergewand ab, stand da, bekleidet nur mit dem Schurz um die Hüften. Sein Oberkörper war gebräunt, kräftig, ebenmäßig, über seine linke Schulter lief eine Narbe; seine Beine waren wohl geformt von Muskeln. Er stand wie ein Wehrloser und schaute zu Mirjam. Dann ging er einen Schritt auf sie zu, noch einen, noch einen. Er streckte die Hand aus, da kam sie zu ihm wie gezogen, einen Schritt, noch einen. Er fasste ihre Hand, drehte die Frau behutsam herum und berührte mit seinem Körper ihren Rücken. Seine Hände legte er um sie herum und schloss sie vor ihrem Leib. So stand er ganz dicht an sie gelehnt, sein Kinn an ihren Kopf gelegt.

Ihnen an der Tür war, als hörten sie die Flöte von neuem, aber niemand spielte. Doch die Melodie war da, im Raum, in seiner Gestalt. Sie sahen, wie er sacht sein Bein hob und das von Mirjam führte, das daran gelehnt war, mit der Bewegung seines Beines nach vorne. Setzte es ab. Führte ihr anderes Bein mit der Bewegung des seinen nach vorne. Bewegte ihren Körper durch seinen. Ganz dicht und langsam ging er so mit ihr. Dann nahm er seine Hände von ihrem Leib, ergriff ihre Arme und hielt sie geradeaus nach vorne, als wollten und sollten sie tasten. Und ging weiter mit ihr. Langsam, als wären ihre Körper einer, der sich bewegte. Geführt von seinem Leben.

Als sie an den Klinen vorbei kamen, löste sich Jeshua behutsam von ihr. Mirjam aber ging weiter, mit geschlossenen Augen, Schritt für Schritt. Ihre Hände vor sich ausgestreckt, als taste und suche sie. Ihre blinden Hände führten sie geradewegs auf die Freunde zu, berührten deren Körper. Nicht heftig, eher zögerlich, vorsichtig. Es war keine Umarmung, nur ein sachtes Berühren, ein Streicheln mit den Fingerspitzen. Eine Wahrnehmung der lebendigen Seele.

Nach einer Weile öffnete Mirjam ihre Augen. Ganz tief aus ihr heraus kamen die Worte:

„Was war das?"

Die anderen standen stumm da, die Hände vor dem Mund.

„Wo ist er?"

Jeshua war verschwunden.

LXXII

Erschöpft saßen sie bis zum Morgen. Unsägliche Lasten waren verschwunden, Ketten gelöst. Sie waren wieder Gemeinschaft geworden. Salma und Muzi hielten ihre Freundin fest. Tribocus saß hinter ihnen, legte seine Hand auf Mirjams Schulter. Noch klang die Wucht der Anklagen in ihnen nach, jener Fragen und Schmerzen, die wie die Not der ganzen Welt in ihr Haus gestürzt waren. Aber die Nacht war vergangen, einem Morgen gewichen.

Einem Anfang, der noch zitterte.

„Ich muss ihn noch einmal sehen. Ich will mich bedanken."

„Komm, wir gehen erst einmal schlafen. Ich hoffe, du kannst jetzt ruhig schlafen."

Tribocus meldete sich mit einer komischen Bemerkung, die er mit seinen Fäusten begleitete:

„Schlafen? Oh ihr Frauen! Ich brauche jemanden, mit dem ich jetzt kämpfen kann. Ich … oooh, ich habe eine solche Spannung in mir, eine solche Wucht. Ich musste vorhin ganz still stehen, verstehst du? Habe nur meine Faust geballt. Und konnte nicht schlagen. Ich hole mir den Clarus und dann prügeln wir uns."

Mirjam lächelte.

„Ja ja, ihr armen Männer. Muzi, die Geschichte von Akawja, bitte, die musst du mir später erzählen. Ich konnte vorhin nicht hinhören. Aber jetzt – die Fragen, sie sind verschwunden! Sie sind nicht gelöst, aber sie haben sich aufgelöst. Sie haben ihre giftige Spitze verloren. Jetzt sind sie einfach nur Fragen."

Am nächsten Vormittag konnte jeder sehen, dass sich in Mirjam etwas verändert hatte. Sie stand früh auf, half in der Küche, und ging dann mit Salma durch Tarichea, besuchte all ihre Läden und Geschäfte, sprach freundliche Worte zu den Männern und Frauen, ging auch hinunter zu Muzifungi, trat in ihre Fischhallen, begrüßte die Frauen, lobte ihre Arbeit, ging sogar hinunter zu den Bootswerften, wo Tribocus die Arbeiter gerade anwies, fünf neue Boote zu bauen. Sie redete nicht viel, aber sie war wieder da.

Und die Menschen atmeten auf.

Gegen Mittag fuhr ein Wagen vor. Johanna kam.

„Hast du gehört, Mirjam? Er war hier …"

Dann stand sie still, schaute Mirjam an, blickte in ihr Gesicht, schüttelte den Kopf und fragte ängstlich:

„Ist etwas passiert? Mirjam! Du bist ganz anders."

„Wir hatten Besuch, gestern Abend, netten Besuch."

„Was für Besuch?"

Muzifungi war meistens die erste, eine Situation zu klären:

„Eeeh, der zweite Prophet, dieser Jeshua. Er ist nicht übel."

„Der war hier? Bei euch?"

Johanna erzählte, wie sie gehört hatte, dass er nach Tarichea kommen und predigen wolle. Da habe sie zwei ihrer Diener zum Ufer geschickt. Aber was die ihr von seiner Predigt erzählt hätten, da werde ihr angst und bange. Der Mann verstehe wohl nicht, wen er alles gegen sich aufbringe. Er scheine reichlich naiv zu sein.

„Nein, er ist nicht naiv", widersprach Mirjam. „Er weiß ganz genau, in welche Gefahr er sich begibt."

Johanna schaute sie ungläubig an.

„Johanna, er war gestern hier. Ich hatte ihn eingeladen. Wegen der Fischer und unserer Exporte. Wir suchen eine Lösung, damit seine Talmidim nicht zu lange ihren Familien fehlen. Vielleicht haben wir eine gefunden."

Johanna verteidigte ihre Meinung:

„Lass ihn einen edlen Menschen sein, Mirjam, aber er ist naiv! Sie werden ihn umbringen. Ich will euch etwas sagen: Als wir bei der Geburtstagsfeier saßen und sahen, wie der Sklave den abgeschlagenen Kopf des Täufers hereinbrachte, da sind mir viele Gedanken durch den Kopf gesaust. Heute Morgen entstand daraus die Antwort: Diesen Jeshua müssen wir schützen! Sonst bringt Antipas ihn genauso um wie den ersten Propheten. Wisst ihr, vor Jahren, noch unter dem Großen Herodes, hat die Frau seines jüngsten Bruders Pheroras, sie war Sklavin, 6000 Peruschim geschützt vor Herodes. Mit Geld. Ich habe mich gefragt, ob ich das nicht auch für diesen einen Mann, für den Jeshua, tun müsse."

„Dann haben wir zwei Aufgaben", sagte Salma. „Muzi hat gestern Abend überzeugend festgestellt, dass die Sache mit den Männern vom See, die einige Tage mit dem Jeshua gehen, dann wieder bei ihren Familien sind und fischen, dass das nur funktioniere, wenn es organisiert wird. Also muss das jemand organisieren. Und jetzt kommst du, Johanna, und sagst, dieser Jeshua brauche Schutz. Dann muss auch dieser Schutz organisiert werden."

Jeder schwieg.

Dann schauten alle gleichzeitig zu Mirjam.

„Nein, bitte! Ich bin noch nicht so weit. Gebt mir Zeit. Was ihr sagt, ich denke, das ist klar. Aber Johanna, du kannst das ebenso gut organisieren. Ich brauche noch Zeit. In mir ist noch zu viel durcheinander. Ich muss noch einmal zu ihm. Heute!"

„Mirjam, niemand von uns kann so gut organisieren wie du. Du hast den Namen, hier in Tarichea und überall. Wenn, dann bist du die Autorität. Ich und wir alle, wir machen natürlich mit."

Mirjam rieb sich die Stirn, schloss die Augen.

„Salma, bitte, finde ihn. Sage mir, wo er ist oder wo er heute hingeht. Ich muss zu ihm."

Salma hatte überlegt, dass es besser wäre, wenn sie zu zweit suchten. So rief sie nach Clarus. Der jedoch blickte sie misstrauisch an:

„Nein", lachte Salma, „Tribocus braucht dich heute nicht. Jetzt müssen wir herausfinden, wo sich der Prophet aufhält, dieser Jeshua. Geh du zur Karawanserei, zum Boots- und Fischviertel, ich suche im Färberviertel, bei den Taubenhändlern, bei der Webern. Und im jüdischen Viertel. Bei den Banken wird er kaum sein."

Gegen Nachmittag kamen sie zurück. Clarus schüttelte den Kopf. Er habe nur gehört, dass er die Nacht im Freien verbracht habe, er hätte bei der Karawanserei geschlafen. Aber heute früh sei er verschwunden. Salma meldete sich:

„Ich habe etwas herausgefunden. Im jüdischen Viertel Magdala hat mir eine Frau gesagt, der Parush Schimon habe ihn eingeladen, heute Nachmittag zum Essen. Er müsse das tun, weil dieser Jeshua sich nicht an die Tora halte, da müsse er ihn überprüfen, damit die Menschen nicht auf Abwege geführt werden. Und er würde auch Freunde einladen, sogar einige Kohanim, damit diese seine Übertretungen vor dem Synedrium verlässlich bezeugten."

„Da geht es schon los."

„Nein, die werden ihm nichts antun. Mit denen wird er fertig. Aber ich muss hin. Ich muss zu ihm. Salma, such mir eine kostbare Narde. Ich ziehe mich derweil um."

„Eeeh, Mirjam!" Muzi schüttelte besorgt den Kopf. „Der Schimon, der kennt dich. Denn sicher ist auch Jehuda dabei. Der kennt dich noch besser. Die werden dich verachten, die werden dich schlagen, rauswerfen. Du bist eine Hure in ihren Augen."

„Muzi, es hat einen Vorteil, wenn man Hure ist: Ihr Gesetz verbietet es ihnen, mich anzurühren."

Sie zog ein schlichtes, aber schönes Gewand an, aus feinem Stoff mit eingezogenen Goldfäden, legte eine kostbare Kette um ihren offenen Hals, Ringe an die Füße. Sie wollte sich schön machen. Und sie wollte echt sein. Sie benutzte das Parfum mit dem lang anhaltenden Duft, das Zibet, das sie am liebsten mochte. Schließlich legte sie einen Schleier um die Haare, die Salma ihr kunstvoll gelegt hatte, einen Schleier aus chinesischer Seide mit Purpurfäden durchwirkt. Ihre Schönheit sollte ihn ehren, sollte ihn erfreuen.

„Hier, die Narde. Sie ist noch von Calatoria."

Salma begleitete sie durch die Stadt. Die Menschen drehten sich nach ihr um, in jedem Viertel. Einige flüsterten, einige grüßten, manche lächelten verstohlen. Sie erreichten das Viertel Magdala. Diese engen Gassen, lang war es her, dass sie hier gegangen war, mit Levi. Oh, den musste sie jetzt aufsuchen. Oder würde sie ihn treffen, unter seinen Talmidim? Die Juden hier drehten sich noch auffälliger nach ihr um, zeigten mit dem Finger auf sie. Aber sie spürte in sich eine neue Sicherheit, etwas wie Leichtigkeit und Gelassenheit. Ja sogar Freude. Tanzen? Gewiss! Sie hatte keine Angst, sie wollte nur zu ihm. Was hatte er nur in ihr gelöst! Die Gier nach Macht war in ihr zur Schlichtheit gewandelt. Alles andere war unwichtig. Ihn sehen, ihm danken. Er würde die Narde mögen. Er mochte Schönes.

Dort war das Haus vom Parusch Schimon. Salma verabschiedete sich. Ob sie warten solle?

„Nein, geh nach Hause, Salma. Ich bin frei."

Als sie eintrat, roch sie die Speisen. Sie nickte den Dienern zu. Die Frau des Parusch schaute erschrocken um die Ecke, andere Frauen eilten aus der Küche, schlugen die Hände vors Gesicht, aber niemand wagte, sie zu hindern und oder ihr etwas zu verbieten.

„Ist er hier?"

Sie nickten, wortlos, Furcht in ihren Gesichtern.

Als Frau hätte sie nicht eintreten dürfen in den Raum der Männer, die auf ihren Klinen lagen. Aber sie war frei. Gelöst.

Ganz und gar.

Sie erfasste den großen Raum mit einem Blick. Dort war der Ehrenplatz, dort lag er. Neben Schimon. Und da lag Jehuda. Sie musste innerlich schmunzeln, wie sich aller Blicke auf einmal ihr zuwandten, sie musterten, mit Schrecken und Neugierde, mit Furcht und Ergötzen zugleich. Ihr bemerkt meine Schönheit? Ja, das sollt ihr! Ihr riecht mein Parfum? Ja, das sollt ihr! Und müsst doch alle Schönheit ablehnen, bei einer Sünderin. Als sie an der Wand hinter den Klinen an der Seite vorbeiging, rutschte ihr Schleier herunter und lag auf ihren Schultern. Sie genoss es, die Schönheit ihrer Schultern, ihres Halses zu zeigen.

Alles für ihn. Was sie nur schenken konnte, sie wollte es geben.

Für sie war er alleine hier im Raum.

Und er lächelte. Ganz fein. Als hätte er sie erwartet.

Sie stand hinter seiner Kline, er schaute zu ihr herauf. Sie blickte in sein Gesicht, in seine Augen. Sie zeigte das Alabastergefäß mit der kostbaren Narde. Aber sie brachte kein Wort heraus, spürte nur dankbare, zitternde Freude in sich aufsteigen.

Es war nicht der Moment der Worte.

Sie konnte nicht stehen bleiben über ihm, hockte sich zu seinen Füßen, setzte die Narde auf den Boden und berührte seine nackten Füße, schaute in seine Augen. Er nickte ihr zu. Da löste sie ihre Haare, und deren Pracht fiel wie ein Zelt über ihren Kopf und seine Füße. Und darunter war sie mit ihm allein. Mehr brauchte sie nicht, nur diese Füße. Sie umschlang sie, als wären sie der ganze Leib, die ganze Welt, Himmel und Erde – und dann kamen sie, die Tränen. Und wie sie kamen! Sie schluchzte, ihr Körper schüttelte sich. All der eitle Wahn der vergangenen Jahre drängte nach draußen, wie eine Flut brachen sie heraus, jene Ereignisse seit dem Ritt in Caesarea, alles, alles. Ihr war, als könne sie den Dreck ihres Lebens loswerden, was in ihr an Wirrnis war, an verkorkstem Leben, an Gemeinheiten, an Lügen, Intrigen, Machtspielen – über diese Füße ausschütten.

Alles und Jedes.

Und er ließ seine Füße dort.

Aber das wusste sie.

Als ihr Körper, ihre Seele langsam zur Ruhe kamen – Zeit? Zeit gab es nicht. Es war die Ewigkeit. Sie war klein geworden, ganz klein, wie Nullum – sah sie die Bescherung: Augen und Nase hatten Wasser und Schnodder verschüttet, ohne Ende. Ihr

Schleier war zur Seite gefallen. Da nahm sie ihre langen, schwarzen Haare, sich selbst, und wischte seine Füße, wischte, weil das schön war, seine Füße zu streicheln. Und da ihr Mund schon so nahe daran war, küsste sie diese Füße. Küsste sie innig, wie sie nie geküsst hatte, mit aller Inbrunst ihres Herzens. Lange. Du sollst mich spüren, sollst wissen, dass ich dich liebe. Und die Narde? Sie hätte ein Geschenk sein sollen, für diesen Mann, diesen Propheten, in seine Hände. Aber nun, viel besser, diese Narde über seine Füße zu schütten. Alles. Überreich. Auch 100 Narden wären zu wenig für ihn.

Und so schüttete sie die Narde über seine Füße. Und salbte sie. Massierte, streichelte seine Füße, seine Beine, mit ihrer Seele, mit ihrem Dank, mit ihrer Sehnsucht. Er sollte es fühlen, sollte sich schön fühlen. Das wenigstens konnte sie tun, ihn beschenken, ihn salben, die Füße, den Leib, diesen Menschen. Dann legte sie ihren Kopf auf die Füße. Hier bleiben. Das ganze Leben lang. Das war schon der Himmel. Das war mehr als Tanz. Das war Seligkeit.

Dann hörte sie, dass Worte gesprochen wurden. Von einem Geldverleiher, der zwei Schuldner hatte, der Schulden erließ durch Schenken – ja, das hatte sie anfangs auch getan. Wer mehr liebt? Ja, ich will dich mehr lieben, Jeshua. Und dann vernahm sie:

„Siehst du diese Frau?"

Sie blickte hinauf und sah, wie er sich umwandte und zu ihr schaute, in ihre Augen. Wieder begegneten sich ihre Augen.

„Als ich in dein Haus kam, hast du mir kein Wasser gegeben, keinen Kuss, kein Öl gereicht, sie aber hat nicht aufgehört …"

Ach Jeshua, lass ihn. Das ist doch alles unwichtig. Ich habe dich, ich darf bei dir sein. Das ist genug. Warum redest du noch weiter? Simon hat versäumt, dich zu begrüßen? Ja natürlich, er war zu aufgeregt. Und dich zu küssen? Natürlich nicht! Wo denkst du hin? Öl über dein Haupt, Parfum – ich wusste, du magst es. Aber Simon konnte das doch nicht tun. Dich salben? Bedenke, was das bedeutet hätte! Komm, lass uns gehen. Was redest du da?

„Ihr sind ihre vielen Sünden vergeben, weil sie viel geliebt hat."

Meinst du mich? Ich habe viel geliebt? Nein, ich habe zerstört, habe mich selbst gesucht, habe andere untergehen lassen, ich habe nicht geliebt! Ich habe geliebt? So viel? Was sagst du da, Gottesmann? Du irrst! Warum sagst du das? Was siehst du in meinem Leben? Du kennst mich ja nicht, kennst nicht all die Jahre … Die Flöte! Woher kanntest du die Melodie? Woher wusstest du … Warst du es, der sie damals gespielt hat? Warst du es, der sie in die Beutel mit den 800 Steinen gesteckt hat? Warst du immer da? Immer an meiner Seite? Bist bei mir geblieben, auch wenn ich nicht liebte?

Ich habe viel geliebt?

Und wieder kamen die Tränen, die erlösenden, die reinigenden. Wenn er mir sagt, der Gottesmann, dass er in meinem Leben viel Liebe sieht, dann ist es gut.

„Deswegen sind deine Sünden vergeben."

Meine Sünden vergeben? Alle Sünden dieses Lebens, das sich selbst zerstört hat? Das so undankbar war, so unaufmerksam? Alles vergeben? Wer bist du, Jeshua? Du darfst das nicht, das weißt du doch. Du darfst nicht Sünden vergeben. Warum?

Sie richtete sich auf und kniete hinter ihm. Da sah sie die Herren, wie sie tuschelten, mit zusammengekniffenen Augen, und ihn verurteilten, den falschen Gottesmann, und sie ebenfalls, die Hure und Geschäftsfrau, die den Gott ihrer Väter verraten hatte. Diese Sünderin!

Wisst ihr, dachte Mirjam, und lächelte – tatsächlich, ich kann wieder lachen! Ich würde am liebsten jeden von euch jetzt küssen, lange, unmäßig, bis euch Hören und Sehen vergeht. Bis ihr versteht, was dieser Rabbi euch gerade gelehrt hat. Ihr engen Menschen.

Sie erhob sich und wollte gehen.

Jeshua winkte sie herunter:

„Warte in deinem Haus. Ich werde kommen."

Und laut sagte er:

„Dein Vertrauen hat dir geholfen. Geh in den Frieden."

Sie nahm das leere Nardenfläschchen, das duftete, als wäre es voll, und als sie an der Küche vorbei ging, reichte sie es einer Sklavin, die sie mit ängstlichen Augen anschaute, und flüsterte ihr zu:

„Vergiss nie, zu lieben."

Erschrocken blieb die stehen und wagte nicht, die Alabasterflasche anzurühren. Mirjam beugte sich zu ihr:

„Die ist von Noa, von seiner Frau. Speziell für dich."

Ungläubig schaute die Magd auf das Alabastergefäß, nahm es zögernd und barg es unter ihrem Gewand.

Als Mirjam zurückkam, war Johanna schon da.

„Mirjam, wie war's? Lebst du noch?"

„Jetzt könnte ich tanzen. Das ganze Leben lang!"

Sie lagen sich alle in den Armen. Dann besprachen sie, was erforderlich wäre, um diesen Propheten zu schützen. Und wie das Miteinander von Fischfang und Familie geregelt werden könnte. Johanna wollte noch mehr Frauen aus der Oberschicht suchen; sie hätte neulich die Frau des Pontius Pilatus kennen gelernt, die sei sympathisch.

Da sagte Mirjam auf einmal:

„Ich habe auf dem Rückweg hierher zum ersten Mal seit Jahren an meine Schwester und meinen Bruder denken können."

Sie lächelte:

„In Frieden!"

Dann warteten sie, dass er komme.

Glossar

Ad personam	Auf ihre Person hin. Persönlich an Sie …
Adrana	Fluss Eder
Africa	Ein etwa 250 km tiefes Gebiet am Mittelmeer entlang der Syrte bis ins heutige Algerien hinein
Alae	Nicht-römische Hilfstruppen an den Flügeln, bestehend aus 480 oder 960 Reitern
Ambikos	Kunstvolles Gestell aus Ägypten, mit Eisenschale und Glasrohren, zum Herstellen seltener Erden
Amicus Caesaris	„Freund des Kaisers". Diesen Ehrentitel trug auch Pontius Pilatus.
Amisia	Die Ems
Argentorate	Straßburg
As	Kleinste röm. Bronzemünze; 16 As = 1 Denar
Augustus	Der „Göttliche". Sein ‚Augusta' … = Wortspiel mit Trier und „göttlicher Ort".
Ausgusta Triberos	Trier (auch Treveros); s. Augustus
Baiae	Beliebtes Heilbad und luxuriöser Erholungsort am nordwestlichen Ufer der Bucht von Neapel, zwischen Puteoli und Misenum
Beelzebul	Gott der Fliegen
Beneficiarius consularis	Unteroffizier, an Offizier gebunden. Eine der Endstufen der römischen Unteroffizierslaufbahn
Borbetomagus	Worms
Caccabus	Kochtopf in jeder Größe, aus feuerfestem Ton oder auch aus Bronze
Caesaraugusta	Das heutige Zaragoza
Caesarea Mauretania	Hauptstadt der römischen Provinz Mauretania, heute etwa die Ortslage von Algier
Capreae	Insel Capri; die Villa des Augustus erweiterte Tiberius zur Prachtanlage von zwölf Villen.
Cardo Maximus	Röm. Hauptstraße in Nord-Süd-Richtung
Cena	Hauptmahlzeit der Römer, fand am Nachmittag oder frühen Abend statt
Chaire	*Griech.* „Sei gegrüßt", der normale Gruß damals
Cirta	Stadt im westlichen römischen Africa, südlich von Hippo. Heute Constantine in Algerien
Claqueure	Bestellte Personen zum befohlenen Klatschen
Clavis	Schlüssel

Clivus Cinnae	Bergrücken bei Roma, heute der Monte Mario
Columbarium	Taubenhaus
Cornicen	Hornbläser eines Manipel in der röm. Legion zur akustischen Befehlsübermittlung
Cularcultor	*Lat.*, „Arschkriecher"
Danubius	Donau
Data Idibus Decembris	Gegeben (...) am 13. Dezember
Data Idibus Octobris	Gegeben an den Iden des Oktober, = 13. X.
Decurio	Mitglied des „Stadtrats" einer römischen Stadt
Decumanus	Rechtwinklig vom Cardo abzweigende Ost-West-Straße
Dekapolis	Vom Pompeius gegründeter Wirtschaftsverbund 10 bis 18 griechisch-römisch geprägter Städte, zwischen Philadelphia und dem See Genezareth, mit kommunaler Selbstverwaltung; ein Rat von 600 Mitgliedern stand den Städten vor.
Delos	Lange und sehr schmale Insel der Kykladen im Ägäischen Meer mit großem Apollo-Tempel; heute eine unbewohnte Museumsinsel
Denar	1 Denar = 4 Sesterzen entsprach etwa einem Tageslohn. (Heute ca. 60 EUR. So gerechnet, entsprächen 300 Denare dem Wert von 18.000 €)
Domina	„Herrin". Wurde in der römischen Kaiserzeit Anrede für Frauen des kaiserlichen Hauses. Über das Französische entstand daraus „Dame".
Elle	knapp 0,50 m
Epítropos	Oberster Finanz- oder Steuerbeamter
Eudaemon Arabia	Das heutige Aden (Arabia Felix)
Faden	1 Faden entspricht 1,85 m; 116 Faden = 224 m.
Flevo Lacus	Zuydersee. Zur Zeitenwende viel kleiner als heute.
Fretale	Pfanne
Frisii (Frisier)	Die Friesen
Fuß	200 Fuß = 59,24 m. 1 Fuß knapp 30 cm.
Garamanten	Volk der Berber, das im Fessan lebte, einer Landschaft im heutigen Lybien bis hinunter zum Tschad
Gaulanitis	Landschaft östlich des Sees Genezareth, von Caesarea Philippi bis etwa zur Mitte des Sees.
Gehenna	„Hölle". Kommt vom hebräischen Gehinnom-Tal, das westlich-südlich Jerusalem umfasst. Zu Zeiten des Königs Manasse (698–642) wurden dort Menschen im Feuer den Göttern geopfert (Jer 32,35), zur Zeit Jesu diente es als Kloake und Müllhalde.
Gymnasion	Auf drei Seiten von Säulengängen umgebener Platz (*Peristyl*), Umfang zwei Stadien (371 m); Übungsplatz für als volljährig und bür-

gerlich selbstständig erklärte junge Männer. An den Seiten Bäder, Hallen, sonstige Räumlichkeiten, wo Philosophen, Rhetoren, Dichter, Freunde männlicher Schönheit zur Unterhaltung zusammenkamen. Mit Gymnasium verbunden die *Palästra*, Platz für Leibesübungen und Spiele der Knaben und Jünglinge, die völlig nackt waren. Philosophen und Wanderlehrer versammelten dort ihre Schüler und Zuhörer. Kein weibliches Wesen durfte diese der Ausbildung des Männlichen geweihten Stätten betreten. Das Gymnasion in Tarichea misst fast haargenau 1/3 (124 m) des klassischen Gesamtumfanges eines griechischen Gymnasions.

Hippodrom	Pferderennbahn, meist für Wagenrennen. Der Circus Maximus in Rom (600 mal 200 m), mit 4-stöckigen Zuschauertribünen, fasste 150.000 Menschen. Der Circus in Caesarea Maritima maß nur 320 x 82 m und fasste 20.000 Besucher.
Hispalis	Stadt im Süden Spaniens, heute Sevilla
Itabyrion	Berg Tabor
Jehudah	*Hebr.* Judas (Iskariot = der Mann aus Kariot)
Jochanan	*Hebr.*, Johannes
Kakkē	*Griech.* menschliche Exkremente
Kalendis Decembris	An den Kalenden des Dezember = 1. XII.
Kidron	Alter Bach auf der östlichen Seite Jerusalems
(50) Klienten	Heute „Schnorrer" (?): Erhielten von ihrem Mäzen Geld für den Tag plus Essen, mussten ihn dafür auffällig zu wichtigen Treffen begleiten
Kline	*Lat.*, Liegesofa (am Speisetisch)
Kohanim	*Hebr.* Priester (*plur.*)
Kohorte	Zehnter Teil einer Legion, ca. 610 Mann. Eine Kohorte umfasste 6 Zenturien. 2 Zenturien bildeten einen Manipel.
Koisch	„Von der Insel Kos", bekannt für feine Stoffe
Kusch	Der heutige Sudan mit Teilen Äthiopiens
Kyrenaica	Gebiet in Nordafrika an der Küste des Mittelmeeres, östlich des heutigen Bengasi in Lybien
Leptis Magna	Küstenstadt in der Mitte der Großen Syrte, etwa 120 km östlich von Tripolis gelegen
Lugdunum	Stadt Lyon
Lupia	Fluss Lippe
Lutum	*lat.*, Kot, Dreck, Schmutz, aber auch Gelbkraut, der „Wau"
Macellae	„Fleischmärkte"

Machärus	Südöstlichste Festung des Herodes, östlich des Toten Meeres, im Grenzgebiet zu Nabatäern
Magdala	„Stadt der Türme" (Migdal = Turm)
Manipel	Zwei Centurien einer Legion
Mansio	Nachtquartier, hier: Militärposten mit Herberge
Massilia/-en	Das heutige Marseille
Mauretanien	Das heutige westliche Algerien und Marokko
Meile	1 röm. Meile = ca. 1,5 km
Migdal Nunaiya	*Hebr.* „Turm der Fische"
Moguntiacum	Mainz
Nabatäer	Altes Volk der Wüste, errichtete Handelsreich, mit zahlreichen Städten im Negev bis nach Damaskus, Hauptstadt Petra
Nauportus	Heute: Laibach
Nekropole	Begräbnisstätte
Nonatus	(Der) „Neunte"
Nymphäum	Heiligtum der Nymphen in einem Hain oder an wasserführender Grotte.
Obolus	Griech. Bronzemünze, 6 Oboloi = 1 Denar
Octavus	*Lat.,* der achte" (Sohn)
Odeion	Geschlossener, theaterförmiger Bau mit Bühne und ansteigenden Sitzreihen
Olla	Großer Kessel
Pannonien	Röm. Provinz (Ober- und Unter-Pannonia); Gebiet ungefähr des heutigen Ungarn, östlich und südlich der Donau, bis nach Wien
Parusch/Peruschim	Pharisäer, *Singular/Plural*
Perennis	*Lat.,* dauernd, beständig, immerwährend, ewig
Peristyl(e)ium	Von Säulenhallen umstandene Höfe und Gärten mit Brunnen, Wasserbecken, Skulpturen. Bildeten griechische Gymnasien und Palästren nach.
Pfund	1 damaliges Pfund entspricht etwa 0,32 kg
Pharisäer	Neben Sadduzäern, Essener, Zeloten stärkste Gruppe im Judentum der Zeit Jesu. Name kann bedeuten: die Abgesonderten. Gingen aus dem Makkabäer-Aufstand hervor und machten das Gesetz des Mose (Torah) zum höchsten und einzigen Maßstab des Lebens und der Heiligung.
Pompa	Aufwendige Prozession von Personen und Persönlichkeiten samt Bildern von Göttern oder vergöttlichten Kaisern, einschließlich der Teilnehmer, vor dem Rennen

Pons Cestus und Fabricius	Zwei Brücken, die bei der Tiberinsel in Rom den Tiber überqueren
Pontifex Maximus	(Röm.) Hoherpriester
Populismi fautor	*Lat.* „Wetterfahne", „Wendehals"
Praefectus Castrorum	Lagerkommandant
Praefectus Civitatis	Statthalter einer Region, die noch nicht zur Provinz erhoben ist
Praefectus Praetorio	Präfekt der Prätorianer
Prätorianer	Die Garde und Leibwache der röm. Kaiser unter zwei Gardepräfekten.
Prätorium	Röm. militärischer Fachausdruck für den Wohnsitz des Statthalters
Primipilus	Führender Offizier der ersten Kohorte einer Legion, mit besonderen Vollmachten und Auszeichnungen
Propyläen	Baulich hervorgehobener Eingang oder Torbau eines Heiligtums, von Pälasten oder öffentlichen Gebäuden. Konnte drei Durchgänge haben.
Prytanes	Der Prytanes hatte dafür zu sorgen, dass das Feuer der Göttin Hestia ständig brannte. Dazu oblag ihm die Annahme und Pflege der Opfergaben und die Finanzierung der Kulte.
Putéoli	Hafenstadt am nördlichen Golf von Neapel
Puticuli	Ort, wo die Leichen der Sklaven verrotteten
Quercus	Eiche
Rhenus	Der Rhein
Sardonyxcameo	Weiß-braun geschichteter Schmuckstein
Schimon	*Hebr.*, Simon
Sesterze	Römische Münze, 4 Sesterzen = 1 Drachme
Siebenwochenfest	Unser Pfingsten/Pentecostes
Spina	Mittelbarriere im Circus Maximus. An beiden Enden mit Wendemarken ausgestattet. Rundenzähler aus Marmoreiern und aus Bronzedelphinen informierten die Zuschauer über den Stand des Rennens.
Stadion	Als Maßeinheit = 186 m.
Strabon	Röm. Geschichtsschreiber und Geograph
Symposion	Im hellenistisch-römischen Raum Gelage nach der *Cena*, der Mahlzeit. Zum Symposion konnten auch Hetären kommen. Wein wurde reichlich gereicht, Sklavinnen und Sklaven dienten der Erheiterung.
Synedrium	Höchste religionsgesetzliche Behörde des jüdischen Volkes (auch: der „Hohe Rat"), umfasste 71 Mitglieder: Vertreter der Hohepriester, der Ältesten, der Schriftgelehrten. Den Vorsitz führte der amtierende Hohepriester; er gehörte der Partei der Sadduzäer an.
Tablinum	Hauptraum in einem römischen Peristylhaus
Talent	1 Talent = 6.000 Drachmen/Denare = 41 kg.
Talmidim	*Hebr.*, Jünger, *Plur.*

Tarichea	(Frei übersetzt:) „Fischpökelhausen"
Treverer	Menschen aus der Gegend von Trier
Tiberius Caesar Divi Augusti Filius Augustus	„Kaiser Tiberius, der verehrungswürdige Sohn des göttlichen Augustus
Triclinium	Speiseraum mit (drei) Liegesofas
Vasa murrina	Eine Vase aus womöglich in Armenien gewonnenem Flussspat, vergleichbar dem Sardonyx
Via Quintana	Straße im römischen Legionslager, zwischen Lazarett für Soldaten, Legatenpalast, Waffenkammer, Leibwachen auf der einen, Pferdelazarett, Fuhrpark und Forum auf der anderen Seite
Vexilla	Bewegliche militärische Einheit für besondere Bedürfnisse
Vindobona	Wien

Namen der handelnden Personen

Abu Sbeih	Arabischer Führer einer Karawane
Aelius Gallus	Röm. Präfekt von Ägypten, um 25/24
Alexas aus Dendera	Diener von Favinus A. in Alexandria
Alphäus	Vater von Levi, Beit Sahur, Synagoge in Chorazin
Annius Rufus	Nachfolger des Statthalters Ambibulus
Antipas	König, Sohn des Großen Herodes, gest. 39
Antonius	Marc A., war mit Kleopatra liiert, röm. Kaiser
Aretas	König der Nabatäer
Aspicius	Diener von C. P. Magnus u. von Mirjam
Atius	s. Caius Atius
Aulus Tetteius Mystes	Arzt des Favinus A. aus Antiochia
Aulus	Zweiter Diener von Caesennius
Blaesus	Militärtribun
Bolos	Früher „Physiker", lebte in Mendes
Caesennius	Geheimagent in Tarichea
Caius Atius	Adjutant, Nachfolger von Marcus Cissonius
Caius Posterius Magnus	Reicher Geschäftsmann, Vater von Octavus
Calatoria	Indische Sklavin von C. Posterius M. und Mirjam
Calpurnia	J. Caesars vierte Frau
Camillus	Statthalter in Nordafrika
Cassius	Einer der Mörder Caesars
Catullus	Diener von C. P. Magnus und von Mirjam
Charmion	Die „Hexe", nennt sich „Dienerin" der Kleopatra
Chuza	In Geldsachen talentierter nabatäischer Beamter
Clarus	Ein treuer Sklave von Mirjam
Clavis	Gefängniswärter in Tarichea
Coponius	Erster Statthalter von Palästina, 6 bis 8 n. Chr.
Drusus	Vorsteher im Laden von Caesennius
Ezechias	Räuberhauptmann am Arbel
Favinus Alexander	Zweiter Name von Caius Posterius Magnus
Firmus	Dritter Diener von Caesennius
Galenus	Arzt des Favinus A., in Alexandria
Germanicus	Berühmter röm. Feldherr, sollte Kaiser werden
Gnaeus Calpurnius Piso	Konsul, Gegner des Germanicus
Gratus	s. Valerius Gratus

Herodes	Herodes der Große 73 bis 4 v. Chr.
Hortensius	Centurio aus Caesarea in Tiberias
Jacobus	Sohn des Zebedäus, der Salome, Jünger Jeshuas
Jehuda	Synagogenvorsteher von Magdala
Johanna	Jüdin aus Sepphoris, Frau des Chuza
Johannes	Sohn des Zebedäus, der Salome, Jünger Jeshuas
Johannes	Der Täufer, von Herodes hingerichtet
Josef	Baumeister in Sepphoris
Juba	(Angeblicher) Sklave von Charmion
Kleopatra	Letzte Pharaonin von Ägypten
Lazarus	Älterer Bruder von Mirjam
Lucius Aelius Seianus	Kommandant der Prätorianergarde
Lucius C. P. Caesoninus	Konsul, Erbauer der Villa in Herculaneum
Lucius Caecilius Iucundus	Bankier in Pompeji
Lucius Mammius Clitus	Vorgesetzter von O. Posterius
Lucius Papirius	Sklave von C. Posterius M.
Lucius Ruma	Älterer Verwalter der Güter von C. P. Magnus
Lydia, Lais, Phryne	Hetären aus Jerusalem
Marcus Ambibulus	Statthalter in Judäa nach Coponius
Marcus Babius	Präfekt von Tiberias
Marcus Cissonius	Zweiter Name für Octavus Posterius
Marcus Pupius Montanus	Röm. Senator
Marcus Victor	Neuer Name für Octavus Posterius
Maria von Nazareth	Maria, Mutter Jesu, Muttergottes
Marobundus	König der Markomannen
Marta	Ältere Schwester von Mirjam
Mirjam	Maria von Bethanien, die sog. Maria Magdalena
Muzifungi	Afrikanische Dienerin von Mirjam
Nekoda	Stadtstreicher in Tarichea
Octavian	Kaiser Octavianus Augustus
Pallas	Sekretär für Buchhaltung u Finanzen in Tyrus
Phasaelis	Tochter von König Aretas, mit Herodes verheiratet
Philemos von Gadara	Epikureischer Philosoph aus Syrien
Pontius Pilatus	Statthalter in Judäa nach Valerius Gratus
Posterius	Octavus Posterius, röm. Soldat, Freund von Mirjam
Publius Cornelius Dolabella	Konsul in Rom
Publius Ostorius Scapula	Kaiserlicher Präfekt von Ägypten
Quercus	Mirjams dritter Diener, Centurio, aus Trier gebürtig

Quintus Caecilius Metellus Creticus Silanus	Nachfolger von Quirinius
Quintus Iunius Blaesus	Röm. Militärtribun an der Donau
Rufus	s. Annius Rufus Sabbas Alter Reiterfanatiker
Rahel	Mutter von Mirjam
Ruth	Frau von Simon Petrus
Salma	Dienerin von Mirjam aus Philadelphia/Jordanien
Salome	Frau des Zebedäus, Mutter von Jacobus u Johannes
Schimon	Pharisäer in Tarichea/Magdala
Seianus	s. Lucius Aelius Seianus
Selene	Tochter der Kleopatra
Severus	Adjutant des Statthalters Valerius Gratus
Sextus Atelleius Comicus	Stadtpräfekt von Tarichea
Sextus Mureña	Tarnname für Mirjam beim Reiterrennen
Shuqueilat	Frau des Königs Aretas
Simon	Vater von Mirjam
Simon	Sohn des Jona, Apostel Petrus alias Kephas
Solon Campanus	Baumeister aus Campanien
Sulpicius Quirinus	Legat des Kaisers, Vorsteher des Orients
Tacfarinas	Häuptling der Musulamier
Taxo	Soldat unteren Ranges
Theudion aus Krokodilopolis	Diener von Favinus A. u. Mirjam
Tiberius Julius Proculus	Römischer Senator
Tribocus	Germanischer Diener Mirjams
Valerius Gratus	Nächster Statthalter von Judäa
Varus	Röm. Feldherr in Palästina und in Germanien

Kapitelüberschriften